Für Laura Labas,

Schöpferin von Dämonen,
Göttern und Hexen

Prolog

« KLERIKERBLUT »

Das kühle Metall des im Licht glitzernden Messers presste sich gegen meinen Hals, schnitt jedoch wie durch ein Wunder nicht in meine Haut. Mein Peiniger hielt es mit unbarmherziger Kontrolle fest. Mit dem anderen Arm hatte er von hinten meine Taille umfangen und mich an sich gedrückt. An meinem Schulterblatt spürte ich, wie seine Brust sich hob und senkte.

Am liebsten hätte ich die Augen geschlossen und tief durchgeatmet. Um zur Ruhe zu kommen und dem Schrecken vor mir nicht mehr entgegensehen zu müssen.

»Ich muss sagen, ich hätte niemals gedacht, dass eine Klerikerin solchen Mut besitzt«, höhnte er mit einer ekelerregenden Ruhe. Mit jedem Wort, das er derart aus seinen Lippen presste, fühlte ich seinen Atem in meinem Haar, an meiner Wange, überall …

Selbst in diesem Moment, die glänzende Klinge an meiner Kehle, hätte ich mich ihm widersetzt, aber er hatte nicht mit mir gesprochen. Nicht ich war es, die plötzlich seine Aufmerksamkeit auf sich gelenkt hatte.

»Ach nein?«, versuchte Jenna ihm entgegenzusetzen und ihre Stimme mutig klingen zu lassen. Die kleine Gestalt, die vor uns stand und die Pistole in ihrer leicht zitternden Hand auf den Kopf meines Geiselnehmers richtete, schien so stoisch, wie ich sie noch nie gesehen hatte. »Dann pass gut auf.«

Ich hielt es nicht mehr aus. »Jenna, lauf!«, hinderte ich sie für einen Moment, ihr Ziel genauer anzuvisieren.

»Ich bin wirklich beeindruckt. Dennoch wird es Zeit, dass wir das hier zu einem Abschluss bringen, nicht wahr?« Plötzlich setzte seine

Atmung aus. Sein Körper war hart wie Stein und ebenso unnachgiebig.

»Jenna!«, mahnte ich, konnte aber nicht verhindern, dass mir ein Schluchzer entfuhr. Sie musste hier weg. Egal, wen genau dieser Kerl gerade bedrohte, Jenna war genauso in Gefahr wie ich. Ich konnte nicht zulassen, dass ihr etwas geschah.

»Lass deine Waffe fallen, Kleines, dann kommt niemand zu Schaden.«

»W-was hast du mit ihr vor?«

Kälte ergriff mich, ließ mein Herz gefrieren und meine Gedanken allmählich sterben. Sie würde nicht gehen.

»Sie kommt mit mir, aber ich verspreche dir, ihr kein Härchen zu krümmen.«

»Jenna«, schrie ich nun gegen ihn an. »Lauf! Bitte! Lauf, solange du noch kannst. Hol Hilfe, verschwinde!«

Im selben Moment tat sich die Tür hinter meiner Freundin auf. Mein Herz machte einen Satz und Zuversicht durchströmte meinen gesamten Körper. Unsere Blicke trafen sich sofort.

»Aidan, bring Jenna weg!« Ich schoss nach vorne, ungeachtet der Waffe, die nur noch auf einen leichten Impuls wartete, um mir die zarte Haut meines Halses zu durchtrennen. »Aid-«

Mein Peiniger riss mich zurück, ich prallte gegen seine harte Brust und dann spürte ich den Schmerz. Scharf schnitt die Klinge mir ins Fleisch. Ich keuchte, schluchzte, wimmerte. Für einen Moment verlor ich die Aufmerksamkeit für das, was um uns herum geschah.

»Helena!« Jennas Schrei zwang mich, die Augen zu öffnen. Ihr blasses Gesicht ließ sie so schwach wirken, als würde sie jeden Moment zerbrechen.

»Aidan, es ist mir eine Freude, dich wiederzusehen«, hörte ich die Stimme nahe meinem Ohr frohlocken und ich zuckte zusammen, als sein Atem über meine Wange strich.

»Was ist hier los?«, knurrte Aidan und sein Blick bohrte sich in den Feind hinter mir.

Die Wunde an meinem Hals pochte, das versicherte mir aber zugleich, dass der Schnitt nicht tief genug gewesen war. Solange ich den Schmerz spürte, war ich am Leben.

»Verdammt, lass sie los.«

Aidan baute sich zu voller Größe auf. Seine Erscheinung war beeindruckend und ich glaubte, nie im Leben etwas Bedrohlicheres gesehen zu haben.

»Die Pläne haben sich geändert, Junge.« Mein Herzschlag setzte aus. Er war ein Söldner. Ein Söldner wie Aidan selbst.

»Die Pläne haben sich geändert? Samuel, wir haben einen klaren Auftrag und das hier ist nicht …« Ich sah genau den Moment, in dem ihn die Erkenntnis wie ein Blitz traf. Ich sah, wie der Schrecken sich in seine Seele schlich.

»Bei allem, was uns heilig ist, Sam, nimm endlich das Ding weg von ihrem Hals.« Samuel lachte nur und zog mich noch ein wenig weiter mit sich – einfach, weil er mit mir machen konnte, was er wollte.

»Tut mir leid, Bruder.«

»Wir haben einen Eid geleistet, Sam!«

»Du, nicht wir. Und dein Eid an uns ist wesentlich älter. Entscheide dich, Aidan. Komm zu mir und wir alle gehen unverletzt von dannen, oder …«

Samuel hob das Messer und dieses Mal setzte er es an meinem Kinn an. Ganz langsam zog er es über die Haut. Dieses Mal traf mich der Schmerz nicht unvorbereitet, doch mein ganzer Körper bebte und die Tränen liefen mir nun doch die Wangen hinunter, bis sie sich mit dem Blut meiner Wunde mischten.

Ich wagte nicht, mich zu rühren. Zu schreien.

»Sam!«

Die Klinge wanderte wieder zu meiner Kehle.

»Es tut mir leid. Du musst dich entscheiden.«

»Aidan«, flüsterte ich, konnte aber nicht sagen, ob er meine Stimme überhaupt hörte.

Er stand einfach nur da. Fast regungslos, doch ich sah deutlich, wie sein Körper von einem Zittern gefangen gehalten wurde.

»Jenna«, sagte er dann leise, ohne sie anzusehen. »Leg die Waffe hin.«

Jennas Augen weiteten sich, doch dann tat sie, was er verlangte und senkte die Pistole gen Boden.

»Zu mir. Bring sie zu mir, Klerikerin«, forderte Samuel und sie erstarrte. Stolz erfüllte mich, als sie ihre Angst augenblicklich wieder unterdrückte und auf uns zukam. Ich sah Tränen der Wut in ihren Augen glitzern, so nah war sie mir, als sie die Waffe in Samuels ausgestreckte Hand legte.

»Ich danke dir, Mädchen«, flüsterte Samuel leise.

Dann ertönte der Schuss. Jenna sackte zusammen.

»Nein!« Mein Schrei vermischte sich mit Aidans. Er war nicht schnell genug bei ihr. Ihr Kopf schlug hart auf dem Boden auf. Ihre weit aufgerissenen Augen starrten ins Leere und …

Ich schrie und kämpfte gegen Samuel an. Sein Messer schnitt in mein Kinn, dennoch brachte ich die Kraft auf, mich loszureißen.

Die Magie erfüllte mich so rasant, dass ich nicht einmal wusste, woher sie kam. Die Gefahr aber war mir gleich. Wie von einer fremden Macht getrieben, wirbelte ich zu Jennas Mörder herum und schleuderte ihm die Flammen mit einem gewaltsamen Schwung meiner Arme entgegen. Seine Schreie erklangen nur sekundenlang. Ehe wieder die Stille eintrat, kniete ich bereits neben Jenna. Tief in der Lache aus Blut.

Kapitel 1

« CHAOSMAGIE »

Es war die Erinnerung, die mich vor meinem Spiegelbild verharren ließ. Die Narben in meinem Gesicht und an meinem Hals, die dieses schreckliche Ereignis, Jennas Tod, wieder zurück in mein Gedächtnis gerufen hatten. Ich hätte die Spiegel längst verhängen sollen.

Wütend auf mich und die Vergangenheit, griff ich nach einem dicken Schal, den ich mir eng um den Hals schlang, und versteckte auch mein Kinn in dem weichen Stoff, sodass die Male, die Samuels Messer auf meiner Haut hinterlassen hatte, gänzlich verdeckt waren. Dann streifte ich noch meinen Mantel über, ehe ich die Tür öffnete und mir kalte Luft entgegenschlug.

»Blue?«, rief ich und schützte mein Gesicht mit dem Arm vor dem grellen Licht der Sonne, das von den Schneeflecken auf den mit Gras bewachsenen Hügeln reflektiert wurde.

Es dauerte nicht lange, bis ich das freudige Bellen meines besten Freundes vernahm und der irische Wolfshund um die Ecke meines kleinen Häuschens rannte. Der sanftmütige Riese stoppte kurz vor mir, um mich nicht umzureißen, dann stellte er sich auf die Hinterpfoten, legte die vorderen auf meine Schultern und leckte mir über das Gesicht.

»Wo warst du nur wieder den ganzen Tag?«, fragte ich und drückte ihn dann mit aller Kraft wieder von mir fort. Er grunzte und sah mich aus treu dreinschauenden Augen an. Meist brachte mich das zum Lächeln, heute nicht.

»Na komm«, seufzte ich. »Ich könnte auch einen kleinen Spaziergang gebrauchen.«

Im Grunde gab es in meinem Leben auch nichts anderes zu tun. Annähernd zwei Jahre war es her, dass mich die Gemeinschaft, der ich selbst angehörte, isoliert hatte. Starr sah ich über das Plateau, das sich vor mir erstreckte. Die wunderschöne Landschaft einer vergessenen Insel zwischen Island und Schottland.

Hierher hatte man mich verbannt. Ich bewohnte ein riesiges Fleckchen Land für mich allein, doch da ich dieses nie verlassen konnte, stellte es für mich kein Paradies dar – vielmehr war es ein Gefängnis. Ein durch Magie vor der Menschheit abgeschottetes Gefängnis.

Die Menschen blieben mir fern, die Insel war nicht einmal auf den Karten verzeichnet und ich … ich war allein. Seit meinem frühen achtzehnten Lebensjahr hockte ich hier und bekam nur jemanden zu sehen, wenn man mir meine Verpflegung, neue Kleidung oder sonstige Nützlichkeiten sandte. Das geschah vielleicht einmal im Monat. Der zwischenmenschliche Kontakt erstreckte sich über ganze fünf Minuten.

Gefangen in meinen trüben Gedanken, hatte ich mich nicht gerührt und Blue war bereits eine ganze Strecke vorangelaufen. Nun drehte er sich zu mir herum und fragte mit einem flehenden Blick aus seinen großen braunen Augen nach meinem Verbleib.

Endlich setze ich mich in Bewegung, doch heute würde der dreistündige Spaziergang mir nicht die innere Ruhe verschaffen, die ich so dringend nötig hatte. Die letzten Nächte waren von Träumen durchzogen gewesen, die mich immer wieder hatten erwachen lassen.

Das waren Träume von Jenna, das waren Träume von Samuel, meinen Geschwistern und vor allem von Aidan. Ich kämpfte mich einen Hügel hinauf. In der Ferne weideten die zwei anderen und letzten Mitglieder meiner kleinen Inselgemeinschaft. Die Shetlandponys Fenna und Lilja, die mir meine ältere Schwester Amalia nach einem Englandaufenthalt gekauft und hierher hatte bringen lassen.

Ein bisschen Freude, hatte sie es genannt. Ich grunzte bei der Erinnerung an ihre Worte. Sie war bemüht um mich und doch hatte auch sie sich nach den Ereignissen vor zwei Jahren von mir distanziert. Ich konnte es ihr nicht verübeln. Amalia stand unserer Gemeinschaft vollkommen loyal gegenüber. Ihre Arbeit stahl ihr die Zeit. Ich glaubte nicht wirklich, dass sie mich absichtlich so lange unbeachtet ließ. Ich war nur einfach nicht die erste Priorität.

Ich stieß einen kurzen Pfiff aus und die Ponys hoben die Köpfe. Im Nu trabten sie freudig auf mich zu und ich tätschelte ihnen die Hälse.

Mit ihren weichen Nüstern knabberten sie an meiner Jackentasche und schließlich holte ich ihnen die Leckereien hervor, die ich immer für sie dabeihatte.

»Es tut mir leid, ich bin heute nicht sonderlich gut aufgelegt«, ließ ich sie wissen, doch sie waren ohnehin viel zu sehr mit meinen Mitbringseln beschäftigt, um das zu bemerken.

Hörst du dich eigentlich manchmal selber denken?, fragte ich mich und schüttelte den Kopf. Jetzt war ich schon auf das Einfühlungsvermögen verfressener Ponys angewiesen und …

Ich bereute diesen Gedanken sofort. Mochte ich doch langsam verrückt werden, sie waren meine einzigen Vertrauten hier. Keine verfressenen Ponys, meine Freunde.

Ich bedachte sie noch eine Weile mit Streicheleinheiten, dann machte ich mich wieder auf, zurück zu der kleinen Hütte, die zu meinem Heim geworden war, um Schutz vor dem aufkommenden Sturm zu suchen. Und dass einer im Anmarsch war, konnte ich fühlen.

Ich war eine gebürtige Naturmagierin. Zumindest zur Hälfte. Naturmagier – die eigentlich einzigen magisch begabten Menschen, die noch existieren – waren in der Lage, die Energien der Elemente in ihrer Umgebung zu erkennen und zu kontrollieren. Das, was wir Magie nannten, war im Grunde vielmehr die perfekte Harmonie zwischen Mensch und Natur. Dieses feine Gespür konnte allerdings durchaus zu einer Waffe perfektioniert werden, denn wir waren in der Lage, die Naturgewalten zu beeinflussen, manchmal sogar zur Gänze zu kontrollieren.

Inzwischen riss der Wind schon beinahe brutal an meinem Haar und ich brachte ihn mit einer einfachen Handbewegung etwas zur Ruhe. Während ich meine Schritte beschleunigte, hinderte ich auch den Regen daran, auf mich herunterzuprasseln. In einer Art Schutzblase, an der die Tropfen abperlten, lief ich zur Hütte zurück. Blue folgte mir und achtete ebenfalls peinlich genau darauf, nicht aus dem Radius meiner Magie herauszutreten, um nicht nass zu werden.

Die Ponys, die mich nach meinen Spaziergängen sonst stets bis zum Haus begleiteten, hatten sich augenscheinlich gegen den schnellen Lauf entschieden und ihre mittlerweile klitschnassen Köpfe wieder gen Gras gerichtet. Ich sah noch eine Weile zu dem Hügel, auf dem ich sie zurückgelassen hatte, dann öffnete ich die Tür. Kaum waren Blue und ich eingetreten, schoss die Wassersalve, die ich zurückgehalten hatte, hinter mir zu Boden.

»Und was jetzt?«, fragte ich, aber Blue war bereits Richtung Wohnzimmer gerannt, wobei er gleich zwei Stapel Bücher, die aus Platzgründen im Flur standen, umstieß.

»Blue!«, schalt ich ihn eher müde als böse und begann dann, die Hemingways und Shakespeares wieder behelfsmäßig aufzustapeln. Ich war gerade fertig, da klingelte das Telefon. So schnell ich konnte, rappelte ich mich auf und stolperte dabei selbst über die Bücher. Fast schon panisch sprang ich über einen weiteren Stapel im Wohnzimmer und über Blue, der sich der Länge nach in die Tür zur Küche gelegt hatte.

»Greta?«, keuchte ich in den Hörer und hörte gleich darauf die Stimme meiner zweitältesten Schwester in einem glockenhellen Lachen ertönen.

»Natürlich, wer sollte es sonst sein?« Ihre Worte waren nett gemeint, doch sie schmerzten mich unheimlich. Ja, wer sonst …? Greta war die Einzige, die mich jeden Tag anrief, um sich nach meinem Befinden zu erkundigen. Amalia und mein beinahe gleichaltriger Bruder Leonard beschränkten sich auf eher mäßig häufige Anrufe.

»Ich bin froh, dass du anrufst, Greta«, seufzte ich, zog mir einen der zwei Barhocker heran und setzte mich dicht an die Wand, an der das Telefon befestigt war.

»Ist alles in Ordnung mit dir? Du wirkst so gehetzt.« *Nein, es ist nicht alles in Ordnung mit mir. Ich bin allein! Ich bin ganz allein und ich habe Angst, ich könnte …*

»Alles in Ordnung«, versicherte ich ihr und Blue ließ vom Wohnzimmer aus ein missbilligendes Geräusch verlauten, das einem Stöhnen sehr nahe kam.

Ich hielt eine Hand auf die Sprechmuschel und funkelte ihn böse an. »Auf deine Meinung kann ich verzichten.«

Blue sah mich irritiert an, als hätte er nichts weiter getan als gegähnt, anstatt meine Lüge höhnisch zu kommentieren.

»Wie war das?«, hörte ich Greta und entschloss, mich jetzt endlich dem Telefonat mit meiner Schwester zu widmen, auf das ich jeden Tag wartete wie ein Verdurstender auf Regen.

»Nichts, gar nichts. Ich bin nur gerade von einem Spaziergang heimgekommen und hatte Angst, es nicht rechtzeitig zum Telefon zu schaffen«, erklärte ich und immerhin kam das der Wahrheit am nächsten.

Zwar hätte ich alle Zeit der Welt gehabt, zum Telefon zu gelangen, doch ich wartete immer noch auf den Tag, an dem Greta bereits nach dem zweiten Freizeichen auflegen würde, um ihrer Pflicht Genüge getan zu haben.

Mir wurde schon fast schlecht bei dem Gedanken, dass wir einander verpasst hätten, wenn meine Laune nicht so schlecht gewesen und mein Spaziergang somit nicht kürzer ausgefallen wäre.

»Wie läuft's bei der Arbeit?« Greta arbeitete im Archiv unserer Gemeinschaft als Chronistin. Ich und meine vier Geschwister waren zwar Teil einer mächtigen Familie von Naturmagiern, aber die Magie war in Greta und meinem nächstälteren Bruder Leonard nie wirklich stark ausgeprägt gewesen. Sie hatten sich entschieden, sie nicht weiterzuentwickeln und der Gemeinschaft in anderer Weise nützlich zu sein.

Leonard studierte Jura, um irgendwann die Interessen der Gemeinschaft zu wahren, während Greta stets darum kämpfte, Aufzeichnungen und Tagebücher der unseren ausfindig zu machen, aufzubereiten und zu archivieren.

»Wir haben eine ganze Menge Trainingsprotokolle aus dem 18. Jahrhundert gefunden. In einem längst vergessenen Ordenshaus in Rumänien. Ich werde in den nächsten Tagen beginnen, sie zu sichten. Vielleicht geben sie uns Aufschluss darüber, wie wir unsere Taktiken verbessern können. Daran wäre auch Amalia gelegen.«

Meine älteste Schwester hatte die Arbeit im Außendienst erst vor Kurzem aufgegeben und nutzte ihre magische Begabung nun für den Unterricht unserer Nachkommenschaft.

»Es sollte mich wirklich nicht mehr wundern, dass du inzwischen auch Rumänisch sprichst.«

Ich wusste genau, dass Greta immer das Gefühl gehabt hatte, im Schatten ihrer Schwestern zu stehen. Sie achtete wie keine von uns auf ihr Aussehen, wählte ihre Kleidung mit aller Sorgfalt aus und lernte darüber hinaus mehr als all ihre Geschwister zusammen. Sie war bewandert in Geschichte, Politik, Chemie, Philosophie und beherrschte diverse Sprachen.

»Nun, in den letzten Jahren sind immer wieder Nachweise dahingehend aufgetaucht, dass ein Großteil unserer Art dort ansässig gewesen ist«, erklärte sie. »Aber kommen wir zu erfreulicheren Dingen.« Damit meinte sie erfreulicher für mich, denn ich wusste genau, dass diese Nachricht Gretas Herz bereits hatte höherschlagen lassen. »Ich habe dir wieder ein paar Bücher geschickt. Sie müssten mit der nächsten Versorgungslieferung eintreffen.«

Ich lächelte. »Greta, du weißt schon, dass mein Häuschen nicht größer wird?«

»Ach, für ein paar Bücher hat man immer Platz.«

Ich lebte auf genau sechzig Quadratmetern, meine Büchersammlung belief sich dank Greta nun ungefähr auf sechshundert Exemplare.

»Ich möchte einfach nicht, dass du dich langweilst.«

Ich seufzte. Sie meinte es gut, doch das, was sie intendierte, war nur ein weiterer Messerstich in meiner Brust. All die Bücher, all die Geschichten würden mich nicht darüber hinwegtrösten können, dass ich allein war. Sie bewahrten mich nicht vor dem Schrecken der Einsamkeit.

»Ich weiß und ich freue mich wirklich. Ich habe den Tolstoi gestern ausgelesen.« In der Originalsprache, hätte ich hinzufügt, wenn ich mit jemand anderem als mit meiner Schwester gesprochen hätte.

Mit meinem fünfteiligen Sprachinventar kratzte ich an der absoluten Minimumsgrenze. Alle Naturmagier wurden stets in mindestens fünf Sprachen unterrichtet, da diese Kenntnisse sowohl für unsere Außenarbeit als auch für etliche andere Berufe in unseren Reihen unbedingt vonnöten waren.

Greta sprach neun Sprachen fließend und übte sich meines Wissens momentan in drei weiteren. Rumänisch schien die zehnte zu sein, die sie perfektioniert hatte.

»Und was sagst du?«

Ich schilderte ihr jeden Gedanken, der mir beim Lesen gekommen war, und versuchte darüber hinwegzutäuschen, dass ich in *Anna Karenina* nicht das sah, was sie mir hatte aufzeigen wollen.

Ich sprach über die Tiere, das Wetter und meine stümperhafte, Zeit vertreibende Malerei – eine Beschäftigung, die ich ebenfalls von ihr übernommen hatte. Greta mochte dieses Gespräch als anregend empfinden, mir reichte es, ihre Stimme zu hören; doch jeden Tag hoffte ich, dass sie das Thema in eine ganz andere Richtung lenkte.

Heute konnte ich mich nicht zurückhalten.

»Greta?«, fragte ich zögernd und unterbrach ihre Ausführungen zu ihrer neuen Auszubildenden. »Wie geht es Cornelius?«

Unser ältester Bruder hatte sich seit Monaten nicht mehr persönlich bei mir gemeldet. Unser Kontakt beschränkte sich seit Langem bereits auf kurze E-Mails in Telegrammstil. Seit einiger Zeit machte er sich nicht einmal mehr die Mühe, diese an mich aufzusetzen.

»Helena«, seufzte meine Schwester und ließ mich dann eine Weile schweigend in der Luft hängen. »Du musst ihm Zeit lassen.«

»Das tue ich. Ich lasse ihm seit zwei Jahren Zeit, aber …« Ich stockte, konnte meiner Stimme nicht mehr vertrauen. »Aber … Er hasst mich, Greta, nicht wahr? Er kann mir einfach nicht verzeihen.«

»Es gibt nichts zu verzeihen. Cornelius weiß das, ich weiß das, wir müssen uns nur alle damit abfinden und wenn wir das geschafft haben, dann …«

Jetzt hielt ich es nicht mehr aus.

»Zwei Jahre!«, schrie ich förmlich in den Telefonhörer. »Es sind fast zwei Jahre vergangen und ich kriege E-Mails, die nie mehr als etwa zehn Worte umfassen.«

Alles in Ordnung. Ich hoffe, es geht dir gut. Cornelius.

»Er distanziert sich mit jedem Tag mehr und es ist, als wäre er gar nicht mehr Teil meiner Welt, er …«

»Aber er distanziert sich von uns allen. Ich weiß nicht, ob ich wirklich mehr Worte mit ihm wechsle, Helena.«

»Ich bitte dich, ihr wohnt zusammen.«

»Es ist eine schwierige Zeit für ihn.«

»Für mich etwa nicht? Ich war dabei. Ich habe gesehen, wie sie getötet wurde, und ich konnte es nicht verhindern. Ich trage die Schuld. An ihrem Tod … Daran, dass sie überhaupt erst an diesem gottverfluchten Ort gewesen ist. Wäre es nach ihr gegangen, wären wir zu Hause geblieben und …«

»Du kannst nichts dafür. Niemand konnte ahnen, dass die Söldner ihr Wort brechen würden, und du hast ihren Tod gerächt. Mehr war einfach nicht möglich«, betonte Greta mit gerade so viel Nachdruck, wie eine ältere Schwester ihn aufbringen konnte. Ich schwieg eine Weile.

Sie wollte, dass ich mich besser fühlte. So war Greta, so war sie schon immer gewesen, doch ihre Worte entsprachen nicht der Wahrheit. Ich war an diesem verdammten Ort gewesen. Ich hatte diejenige sein müssen, die aus Jennas Blutlache gezogen worden war.

»Weißt du, wo er jetzt ist?«, wagte ich zu fragen und Greta nahm dies als stilles Einvernehmen, dieses tragische Kapitel unserer gemeinsamen Vergangenheit ad acta zu legen.

»Er war es, der mir die Unterlagen aus Rumänien gebracht hat. In diesem Moment ist er, glaube ich, nach Irland aufgebrochen, um einigen Spuren nachzugehen.«

Irland, so nah.

Diese Spuren interessierten mich nicht.

Cornelius war anders als sein Zwilling Amalia noch immer im Außendienst tätig. Er verschaffte den Chronisten Material und rekrutierte neue Schüler. Es war immer dasselbe.

»Er wird sich bei mir melden«, fügte Greta mit hörbarem Widerstreben in der Stimme hinzu. Vermutlich wollte sie keine weitere Attacke meinerseits riskieren. Dazu hatte ich jedoch ohnehin keine Kraft mehr. Früher einmal vielleicht.

»Sagst du mir dann Bescheid?«, fragte ich beschwichtigend. Das war nicht mehr ich und auch Greta musste das merken. Ihre Stimme wurde mit einem Mal wieder ganz weich.

»Selbstverständlich.«

Tränen schossen mir in die Augen und ein dicker Kloß setzte sich tief in meinen Hals. Ich konnte momentan nicht auch noch ihr Mitgefühl aushalten.

»Hör zu, wir sollten jetzt auflegen. Ich habe noch eine ganze Menge zu tun. Das Haus muss endlich einmal wieder aufgeräumt werden, die Pflanzen wollen gegossen werden … Du weißt schon, all das, was ich zu Hause nie gemacht habe«, versuchte ich zu scherzen. Mir wurde beinahe schlecht, weil ich sie alle so vermisste. Ich wollte mich nicht verabschieden. Ich hatte hier nicht das Geringste zu tun.

Sobald die Stille mich wiederhaben würde, säße ich hier, allein mit meinen Gedanken.

»In Ordnung, und dir geht es wirklich gut, Helena?«

Ich schluckte. »Natürlich.«

Das war die einfachste, die ungefährlichste Antwort. Gretas Einfühlungsvermögen war schwer zu täuschen. Je mehr ich mich in Lügen verstricken würde, desto eher würde sie hinter meine wahren Gefühle kommen. Sie würde versuchen, mit mir zu reden, aber nicht zu mir kommen.

Es war verboten. Und es würde mich zerstören.

»Ich hab dich lieb, Gretchen«, murmelte ich.

»Ich hab dich auch lieb, Nell«, hörte ich sie noch, ehe ich den Hörer langsam auf die Gabel legte.

Für eine ganz kleine Weile saß ich einfach nur da und bedauerte mich selbst. Mein eigenes Mitleid war sehr viel besser zu ertragen als Gretas.

Irgendwann erhob sich Blue, trottete zu mir und leckte mir über die Hand. Für ihn rang ich mir ein Lächeln ab.

»Ist schon gut, mein Großer. Kümmern wir uns lieber um unseren Anbau. Wir wollen ja nicht verhungern«, wisperte ich und fragte mich zum wiederholten Mal, wo der Mut geblieben war, der mich einmal wie heiße Lava durchflossen hatte.

Abermals an diesem Tag schlüpfte ich in meinen Mantel und wickelte beinahe andächtig den Schal um meinen vernarbten Hals. Der Regen hatte sich noch nicht gelegt und ich zauberte eine Schutzblase um uns, ohne weiter darüber nachzudenken.

Die Magie war schon immer stark in mir gewesen. Ebenso wie in Cornelius und Amalia, die allerdings eine Ausbildung absolviert hatten, die auch mir zugestanden hätte, wäre ich nicht isoliert worden. Heutzutage waren die wirklich begabten Naturmagier rar gesät. In vielen schlummerte lediglich nur noch ein kleiner Funke der Magie, die uns früher ausgemacht hatte. Da stellten Leonard und Greta keine Ausnahmen dar.

Cornelius, Amalia und ich besetzten mit den wenig anderen Mächtigen eine Sonderstellung, die uns bereits seit dem Tage unserer Geburt der Gesellschaft ein Stück entfremdet hatte. Schon immer lebten wir unter den wachsamen Augen der Kleriker. Sie hatten uns Besuche abgestattet und unsere magischen Fähigkeiten untersucht, dafür gesorgt, dass wir die Magie richtig verstanden und richtig einsetzten.

Die Kleriker waren keine Geistlichen in dem Sinne. Sie entsprangen einem alten Naturvolk, hatten einen unendlichen Wissensschatz über magische Heiltinkturen und die Durchführung uralter Rituale, deren Magie der unseren vollkommen entgegenstand.

Seit Jahrhunderten hatten sie in alten Zeiten im Einklang mit uns gelebt und waren somit im Grunde schon von Beginn an Teil unserer Gemeinschaft. Einst hatten sie als so rein, so geläutert in Körper und Seele gegolten, dass sie den *Wahnsinn* in unserem Inneren zu kontrollieren vermochten, sollte er je aus uns herausbrechen. Sie waren unsere Wächter, unsere Sicherheitsgarantie und waren in der Lage, uns sicher in einem Bann vor der Außenwelt abzuschirmen, ohne dass wir jemals dazu fähig sein konnten, uns aus eigener Kraft zu befreien.

Dieser Aufgabe gingen sie noch immer nach, doch mittlerweile waren sie auch zu unserer politischen Führung geworden. Sie bildeten den Großteil unseres auf zwölf Jahre gewählten Rates, während die Naturmagier nur eine kleinere Minderheit ausmachten. Noch immer vertraute die naturmagische Welt auf den Mythos der Reinen. Ich hingegen hatte sie auch von einer anderen Seite kennengelernt.

Die Klerikerin Tessa, Jennas Mutter, war eine gute Freundin meiner Eltern gewesen. Als sie starben, waren Cornelius und Amalia als ihre ältesten Kinder kaum vierzehn Jahre alt gewesen. Man hatte zwei Fliegen mit einer Klappe geschlagen, indem man Tessa nicht nur zum Vormund der verwaisten Feyrsingerkinder gemacht, sondern damit auch unsere sich noch entwickelnde Magie unter ständige Beobachtung gestellt hatte.

Mit Tessa war auch ihre neunjährige Tochter Jenna in unser Haus eingezogen, das zugleich Ordenshaus und Botschaft der Naturmagier gewesen war. Ich, wesentlich jünger, hatte dem Mädchen sofort in den Arm gebissen, woraufhin es mir auf den Kopf geschlagen hatte.

Einander wirklich grün wurden wir uns erst, als sie begann, sich für meinen Bruder Cornelius zu interessieren. Ich war elf gewesen, als ich sie weinend im Zimmer der riesigen Villa meiner verstorbenen Eltern aufgefunden hatte. Jenna so vor mir zu sehen, das wunderschöne rundliche Gesicht in den Händen vergraben, die blasse Haut von Tränen zerfurcht, war mehr als nur furchtbar gewesen. Ihr Anblick hatte mir das Herz gebrochen. In diesem Moment war mir das erste Mal klar geworden, wie wichtig sie mir war. Wie eine dritte Schwester.

Die Erklärung, sie könnte niemals gut genug für Cornelius sein, hatte mich gleich darauf sanft lächeln lassen. Dann hatte ich sie in den Arm genommen und sie nicht mehr losgelassen, bis ihre Schluchzer verstummt waren. Seitdem hatten wir trotz des Altersunterschieds mit jedem Tag nur noch mehr Zuneigung für die jeweils andere empfunden.

Wie hatte sie jemals denken können, nicht gut oder schön genug zu sein? Es stimmte, sie war ein Winzling – vor allem neben Cornelius – und wohl auch weit von einer schlanken Statur entfernt gewesen, doch niemand hätte jemals ihre ganz eigene Schönheit übersehen. Ihr lockiges rostbraunes Haar war ihr sanft bis auf die Schultern gefallen. Ein Blick aus ihren braunen Rehaugen und man war dahingeschmolzen.

Ich seufzte. Ihr Strahlen hatte jeden anderen Makel wettgemacht. In Erinnerung versunken stapfte ich über den matschigen Boden bis hin zu meinem eigenen kleinen Gewächshaus. Ich hatte vor meiner Isolation erklärt, nicht ohne frisches Gemüse leben zu wollen, und so hatte man mir kurzerhand die Möglichkeit verschafft, meinen Bedarf selbst zu decken. Alle natürlichen Widrigkeiten glich ich mit Leichtigkeit durch meine Magie aus. So hatte ich selbst im tiefsten Winter frische Tomaten, Paprika, Gurken und alles, was ich noch begehrte, direkt vor der Tür.

Wie immer ließ ich zunächst Blue in das Gewächshaus huschen und sah ihm ein wenig wehmütig hinterher. Er war nun seit fünf Jahren an meiner Seite. Als Cornelius offiziell um Jennas Hand angehalten hatte, war der Hund ein Geschenk des Paares an mich gewesen. Ich hätte nicht gewusst, was ich ohne ihn tun sollte.

»Ohne Helena hätte ich den Mut aufgegeben und das Vertrauen in uns«, hatte Jenna deklariert und mein lieber Bruder – vollkommen ergeben in seiner Liebe – hatte ihrem Wunsch, mich dafür zu beschenken, sofort entsprochen.

Blue bellte fröhlich. Man sah ihm das Alter nicht an, doch ich wusste, spürte sogar, dass es bereits an ihm nagte. Manchmal war meine Gabe ein Fluch. Ich spürte in jeder Sekunde, wie die Welt zerfiel. Ebenjene Macht sandte ich gerade in die Erde der Erdbeerpflanzen und überprüfte die Konzentration der Nährstoffe. Es ging ihr bereits besser. Sanft strich ich über die feinen Blättchen und temperierte die Luft um sie herum optimal.

Diese Magie, diese Macht, sie war mir vertraut. Seit ich ein kleines Kind gewesen war, hatte man mich in dem Wissen großgezogen, dass ich eines Tages die Welt verändern würde, und das, obwohl ich nur zur Hälfte dieses spezielle Erbe in mir trug. Niemals hatte man mich wie ein halbes Kind behandelt, aber genau genommen war ich das.

Als Mutter mit Leonard schwanger gewesen war und Cornelius, Amalia und Greta schon längst auf der Welt, hatte mein Vater eine längere Außenmission auf sich genommen. Er hatte seine schwangere Frau nicht verlassen wollen, doch der Rat hatte nicht mit sich reden lassen.

Erst nach einem Jahr war er zurückgekehrt, doch nicht allein. Er hatte mich, seine Tochter, zu seiner Familie in Baltimore gebracht. Mir wurde erzählt, Mutter liebte mich von der ersten Sekunde, in der sie mich sah, doch den Verrat an ihrer Ehe hatte sie meinem Vater wohl nur schwerlich verzeihen können. Sie tat es schließlich. So musste es gewesen sein, denn ich war in einem Haus mit so viel Liebe aufgewachsen, wie sie kaum eine Familie in dieser Art gekannt haben dürfte.

Meine leibliche Mutter war nie ein Thema für mich gewesen, doch gerade ihre Existenz hatte den entscheidenden Ausschlag dafür gegeben, wie mein Leben weiter verlaufen sollte.

Jennas Tod hatte nicht nur in den Kreisen der Kleriker für größtes Aufsehen gesorgt. Auch die meinen hatten sich gefragt, was genau in diesen Augenblicken geschehen war. Für mich war die Sache klar und nicht von besonders großer Bedeutung gewesen. Jenna war tot. Vor meinen Augen erschossen worden und zu Boden gefallen. Im einen Moment hatte ich auf das klaffende Einschussloch in ihrem Kopf gestiert, im nächsten hatte ich nach der mächtigsten elementaren Magie in meiner Umgebung gegriffen und sie gegen Samuel gerichtet. Es war das Feuer gewesen, das mir zu Hilfe geeilt war. Ich hatte seine Kraft für mich beansprucht und war dann zusammengebrochen.

Diese Erklärung hatte jedoch niemanden zufriedengestellt. Man fürchtete, in mir könnte etwas ganz anderes schlummern, das sich plötzlich Bahn gebrochen hatte.

Vor langer Zeit hatte eine andere Art von Magiern existiert. Das Mysterium ihrer Macht hatte die Naturmagier schon immer geängstigt. Als sie eines Tages wie ein Duft im Wind verschwunden waren, hatte diese Angst sich in kalte Panik verwandelt. Man fürchtete die unvorstellbaren Fähigkeiten dieser Menschen, deren Magie offensichtlich keine Grenzen gesetzt waren.

Chaosmagie.

Und mit dem Verdacht, in mir könne diese Macht wohnen, fürchtete man fortan auch mich.

Kapitel 2

« ISOLATION »

« Zwei Jahre zuvor »

Schon bevor Samuels Schreie verklungen waren, kniete ich neben Jenna. Der Anblick hätte Übelkeit in mir auslösen sollen, doch ich konnte nur da sitzen und auf das blutige Einschlussloch starren, das ihr wunderschönes Gesicht verunstaltete. Rostbraune Strähnen nahmen ihr die Sicht.

Zittrig streckte ich meine Hand aus. Aidan, der sich mir langsam genähert hatte, war mir in diesem Moment ganz fern.

»Nell.« Auch seine Stimme war zu weit weg, als dass sie wirklich in mein Bewusstsein dringen konnte. »Tu das nicht.«

Vorsichtig berührte ich Jennas weiches Haar und strich es ihr hinter das Ohr. Dann starrten mich ihre leblosen braunen Augen an. Der Tod umfasste mein Herz. Ich schrie auf und schreckte von ihr zurück. Das Blut begann langsam durch den Stoff meiner Jeans zu sickern und erst jetzt begann ich, wirklich zu sehen.

»Jenna«, schluchzte ich und immer wieder: »Jenna.«

Irgendwann hatte Aidan mich an sich gezogen, aus dem Blut heraus, und mein Gesicht an seiner Brust geborgen. Sein Shirt sog alle Tränen, die ich vergoss, sofort auf.

Ich spürte seine Lippen an meiner Schläfe, konnte die Worte, die er mir zuflüsterte, jedoch noch immer nicht verstehen. Mein ganzes Sein war nur auf einen einzigen Gedanken fixiert.

Samuel hat sie umgebracht. Er hatte mir meine Jenna genommen.

Nichts in der Welt würde daran noch etwas ändern können. Ich würde hier stehen und warten, als sei die Zeit eingefroren. Ich wäre auch eingefroren. In meinem Leiden gefangen.

Langsam, ganz langsam begann ich, wieder mehr zu fühlen. Aidans Herzschlag an meiner Wange. Ich war es, die sich aus dieser Starre befreien musste, wenn sie nicht ewig halten sollte. Wenn ich eine Chance haben wollte, dass dieser Schmerz irgendwann verging. Selbst wenn ich nicht daran glauben konnte.

»Wir müssen die Kleriker informieren«, würgte ich die Worte hervor. Es schien mir beinahe, als würde das Sprechen auch die Tränen wieder heraufbeschwören.

Aidan nickte nur und in einer fließenden Bewegung erhob er sich – mich noch immer im Arm haltend. Er unterzog mich einem prüfenden Blick, ehe er mich mir selbst überließ und zum Handy griff. Ich schwankte ein wenig, blieb jedoch aus eigener Kraft stehen.

Ich schluckte, kam aber nicht gegen den Kloß an, der sich in meiner Kehle gebildet hatte. Um Fassung ringend schlang ich die Arme um mich und schloss die Augen.

Ich musste das viele Blut ausblenden und den Geruch. Ich musste stark sein. Jenna lag dort, nicht ich. Ich hatte stark zu sein.

»Nell?« Aidans Stimme riss mich aus meinem tranceähnlichen Zustand. Ruckartig öffnete ich die Augen und war dann da. Ich war einfach wieder hier, in dieser blutigen, traurigen Welt.

»Wann werden sie ankommen?«, fragte ich ohne jede Emotion, wagte es aber dennoch nicht, mich nochmals zu der Leiche meiner besten Freundin herumzudrehen.

»Bald. Sie waren in der Nähe.«

»Sie waren …« Ich unterbrach mich und bohrte mir die Fingernägel in die Oberarme. Stark sein!

Sie waren in der Nähe gewesen.

Jenna musste sie verständigt haben, als wir den Eindringling bemerkt und uns im Schlafzimmer verbarrikadiert hatten.

Hätten wir ein wenig länger ausgeharrt, wären uns die Kleriker zu Hilfe geeilt und … Ich versuchte, den Gedanken abzuschütteln, ging im Raum auf und ab.

»Helena?« Aidan stand da wie eine Statue, seine Miene skeptisch und zugleich irgendwie kühl. In diesem Moment interessierte mich das jedoch nicht. »Wollen wir nicht lieber in den Nebenraum …«

Ich schüttelte den Kopf, ehe er weitersprechen konnte. »Ich lass sie nicht allein.«

Offensichtlich fand er es müßig zu erwähnen, dass Jenna das Alleinsein nun nicht mehr stören würde und dass dieser Ort meine neu errungene Fassung allzu leicht zerstören könnte. Ohne all das anzusprechen, griff er nach der Überdecke, um Jennas Körper vor mir abzuschirmen.

»Es ist in Ordnung«, flüsterte ich. Irgendwann würde ich dieses Wort hassen, jetzt half es mir über die Verzweiflung hinweg. Wenn ich mir nur immer wieder einredete … Ich setzte mein Umherirren fort, bis ich einen anderen Untergrund unter meinen Füßen spürte. Teilnahmslos sah ich auf Samuels Überreste hinunter. Es war nicht viel. Komisch, dass ein ganzer Mensch zu so wenig zerfiel, wenn Feuer ihn erfasste. Einige Körperteile waren nicht einmal mehr erkennbar. Er musste lange gebrannt haben. Ich musste lange neben Jenna gekniet haben.

»Würdest du das Fenster öffnen?«, fragte ich und Aidan, der wohl einen neuen Zusammenbruch befürchtete, entriegelte die bis zum Boden reichenden Flügeltüren zum Balkon.

Sobald ich die frische Luft hineinströmen spürte, atmete ich auf. Ich ergriff ihre belebende Energie. Mit einer mir fremden Nüchternheit betrachtete ich mein Werk. Mir blieb keine andere Emotion. Ich konnte in diesem Moment nicht kämpfen, die Kälte in mir bewahrte mich vor der zerstörerischen Trauer.

»Hel-«

»Hör auf.«

Ich fuhr zu ihm herum und stieß auf die unnachgiebige, unbeteiligte Miene, die er als Söldner aufzusetzen gelernt hatte. Kurz stieg Wut in mir hoch. Jenna war in den letzten Monaten auch zu seiner Freundin geworden, oder nicht? Wieder vertrieb ich mir die unsinnigen Gedanken aus dem Kopf. Wahrscheinlich war meine Maske ähnlich gut wie die seine.

»Ich schaffe das. Lass mich selbst entscheiden, was ich mir zumuten kann.«

Ich wartete gar nicht erst auf sein Nicken und wandte mich Jennas Leiche zu. Ich hatte noch einen Rest Kraft in mir. Sie musste einfach ausreichen, um das hier zu ertragen.

Ohne meine Freundin aus den Augen zu lassen, kniete ich mich wieder neben sie in die rote Lache. Eigentlich hätte ich sie aus dem Blut ziehen sollen, Aidan hätte mir geholfen, aber der Gedanke, sie wie einen Kadaver fortzuschleppen, trieb die Übelkeit in meinen Körper.

Der Söldner war es selbst, der mir diese Entscheidung abnahm. Er schob mich ein wenig beiseite und beugte sich dann zu dem Leichnam hinunter. Vorsichtig, als würde er befürchten, sie zu wecken, hob Aidan sie in die Arme und legte sie behutsam auf die weiche Matratze des Himmelbettes.

Wie schwebend trat ich zu ihr, hob die Decke an und enthüllte ihr geschundenes, leeres Gesicht. Ein letztes Mal strich ich ihr sanft über die Wange.

Als die Kleriker hineinstoben und mit dem blanken Entsetzen in den Augen den Raum inspizierten, flüchtete ich hinaus. Im Wohnzimmer unseres geräumigen Apartments lagen überall noch ihre Sachen verstreut. Ihre riesige geblümte Strandtasche, ihr roter Lippenstift, den sie vor dem Überfall hatte auftragen wollen und nicht einmal mehr geschlossen hatte, das Buch, von dem sie mir gerade hatte vorschwärmen wollen … Das zu sehen, war fast schlimmer als der Anblick des toten Körpers.

Ich öffnete die Tür nach draußen und sah aus den Augenwinkeln noch, wie Aidan die Kleriker im Nebenzimmer aufklärte. Das brauchte ich nicht hören und so trat ich in das kleine Gärtchen hinter dem Haus, das wir uns extra für unseren Italienaufenthalt gemietet hatten.

Die grell strahlende Sonne verbiss sich in meine Augen. Es kam schon einem schlechten Witz nahe. Dort drinnen war es stockfinster gewesen, ein Mausoleum.

Ich erinnerte mich kaum mehr an die Zahlenfolge, nachdem ich sie auf dem Display meines Handys berührt hatte. Meine Hand zitterte, als ich das mobile Telefon ans Ohr hielt. Es klingelte exakt viermal.

»Na, Schwesterchen, alles in Ordnung bei euch?«

Nein. Nichts würde je wieder einfach in Ordnung sein.

»Cornelius«, krächzte ich und dann brachen sich Dutzende Schluchzer auf einmal Bahn. »Es … ich …«

Ob ich die Worte wirklich aussprach, kann ich heute nicht mehr sagen. Wie hatte ich ihm vom Tod seiner Verlobten berichten können?

Als Cornelius eintrat, verriet mir bereits seine Miene, dass es nicht gut um mich bestellt war. Seufzend erhob ich mich, um mich meinerseits dem Verhör zu unterziehen.

Genau eine Stunde später kehrte ich in den Raum zurück, der an den Versammlungssaal angrenzte und in dem meine allesamt älteren Geschwister bereits auf mich warteten. Das winzige Zimmer war spartanisch eingerichtet und schimmerte in einem beunruhigenden Moosgrün: die schweren Vorhänge, die Sitzgarnitur, die Teppiche. Alles andere war in dunklem Teakholz gehalten. Ein Zimmer ohne Licht und ohne Freude. Ein paar Sessel und ein Sofa waren um einen Kamin herum drapiert, in dem jedoch nicht einmal Feuerholz lag.

Greta sprang sofort auf und nahm mich in die Arme. Nach wenigen Sekunden schon löste sie sich von mir. In den letzten Tagen hatte ich nicht viel von ihnen allen gehabt. Diese kurze Zeitspanne wärmte mein Herz bereits. Amalia stand mit verschränkten Armen vor dem Fenster und Leonard hatte sich erhoben, sobald ich eingetreten war.

Sie alle waren gekommen, obwohl sie unheimlich wichtigen Beschäftigungen nachzugehen gehabt hätten.

Selbst Cornelius war noch da. Er saß teilnahmslos auf einem der Sessel und hatte die Arme auf die Knie gestützt. Sein Blick war gen Boden gerichtet. Früher einmal hätte ich gesagt, er sei dennoch geistig vollkommen da, doch seit Jennas Tod hatte sich so vieles verändert, *er* hatte sich verändert. Dieses Verhör heute musste auch ihm unsagbar zugesetzt haben.

»Wie war es?«, fragte Leonard, der nur ein paar Monate älter war als ich.

Ich sah erst zu ihm, dann zu Amalia, die neugierig, aber zugleich mitfühlend wirkte. Ich schuldete ihnen eine Erklärung. Sie standen mir bei und ich wollte ihnen zeigen, wie viel mir das bedeutete.

»Sie haben eine ganze Weile auf Kleinigkeiten beharrt«, seufzte ich und setzte mich auf das Sofa gegenüber von Cornelius. Taktisch nicht die beste Wahl, denn so konnte ich jede seiner Gesichtsregungen sehen, die von meinen Worten ausgelöst wurden. »Sie fragten nach den Umständen, die Jenna und mich nach Italien verschlagen hatten.«

Hier hielt ich bereits inne. Cornelius hatte so plötzlich den Kopf gehoben, dass ich erschrocken zusammengezuckt war. Konnte ich es ihm verübeln? Jenna wäre am liebsten den ganzen Tag in unserer Villa in Baltimore geblieben und hätte die Rückkehr ihres Verlobten erwartet. Seine Außeneinsätze hatten ihn oft in die entferntesten Länder getrieben. Jenna war vor Sehnsucht nach ihm beinahe die Wände hochgegangen – und ich vor Langeweile – und so hatte ich sie überredet, es ihm gleichzutun und zu reisen.

Unser Aufenthalt in Italien war *meine* Schuld gewesen. Wie so vieles andere.

»Dann«, fuhr ich fort und nahm dankbar Gretas Hand, die sie mir hinhielt, und drückte sie liebevoll, »fragten sie mich so ausführlich wie möglich, was ich gespürt habe, als ich das Feuer entfachte.«

»Und was hast du geantwortet?«, ergriff zum ersten Mal Amalia das Wort und setzte sich nun auch zu uns.

»Dass ich nicht nachgedacht habe. Jen ... Sie lag tot vor mir und ich habe einfach reagiert, nach der stärksten Energie im Raum gegriffen und sie gegen Samuel gerichtet. Das war nun einmal das Feuer.« Ich bemühte mich sehr, Cornelius bei diesen Worten nicht ansehen zu müssen. »Genau das, was ich auch euch schon erklärt habe. Aber der Rat ...« Ich stockte und erschauderte, als ich mir Michael Dews Worte ins Gedächtnis rief.

»Was hat er gesagt?«

»Naturmagische waren in den Tagen vor Jennas Tod in der Nähe und ließen keinen Zweifel daran, dass ich unmöglich ein solches Feuer hätte beschwören können. Die letzten Tage war es nicht annähernd heiß genug.«

»Ein italienischer Sommer nicht heiß genug?«, fragte Leonard skeptisch und ich lächelte ihn mit einer Bitterkeit an, die mir in den letzten zwei Monaten zur ewigen Vertrauten geworden war. Er hatte nie wirklich verstanden, wie unsere Magie funktionierte.

»Nicht, um einen Menschen in so kurzer Zeit derart zu entstellen.«

Keiner von uns erwiderte etwas darauf. Es war auch gar nicht möglich, diesen Worten zu widersprechen. Es gab keinen Mordfall in der gesamten Geschichte unserer Existenz, der diesem in irgendeiner Weise gleichgekommen wäre. Ganze Körperteile Samuels hatten sich zu einem elenden Häufchen Asche verwandelt. Die Finger, Teile der Arme … Das Gesicht war nicht mehr erkennbar gewesen. Nirgendwo war ein Nachweis einer solchen Macht verzeichnet – jedenfalls nicht in *unseren* Chroniken.

»Und«, setzte Greta an, »sie glauben wirklich, dass du das Feuer aus dem Chaos heraufbeschworen hast?« Das Chaos war die Welt vor der unseren. Das allumfassende Nichts, aus dem später ein ganzes Universum heraus entstanden war.

»Was sollen sie sonst glauben, Gretchen?«, murmelte Cornelius tonlos. »Wir arbeiten mit der Magie, die die Natur uns zur Verfügung stellt. Das scheint Nell in diesem Fall nicht gekonnt zu haben.«

Chaosmagier waren in der Lage, praktisch alles aus dem Chaos, dem zeitlosen Nichts einer anderen Sphäre, heraufzubeschwören.

»Cornelius, das ist lächerlich«, fauchte Amalia jetzt ihren Zwillingsbruder an. Nur sie wagte es, ihn in seiner Trauer um Jenna zur Rechenschaft zu ziehen. »Ich weiß, wie du dich fühlen musst, aber du kannst nicht ernsthaft glauben, dass Nell eine … von denen ist.«

Eine von denen, schoss es mir durch den Kopf. Wir waren einmal *ein* Volk gewesen. Nur die Tatsache, dass *die anderen* einfach verschwunden waren, machte sie nun zu etwas Unfassbarem, etwas Unerklärlichem. Die Menschen fürchteten das Unerklärliche und auch die Naturmagier waren davon nicht ausgenommen.

Cornelius warf mir einen wissenden Blick zu.

Wenn du es ihnen nicht sagst, tu ich es, teilte er mir ohne Worte mit und ich spürte einen Stich in meinem Herzen. Er wusste Bescheid. Sie hatten ihn in ihrem Verhör aufgeklärt, ihm dieselben Dinge erzählt wie mir, nur schienen sie ihn nicht so aus der Bahn geworfen zu haben wie mich.

»Es gibt etwas, das ihr nicht wisst«, wagte ich zu sagen und drei Augenpaare huschten voller Überraschung zu mir.

»Ihr wisst, dass Vater auf einem längeren Außeneinsatz war, als er …«

… *Mutter betrog und mich als außereheliches Kind in die Welt setzte.*

»… als er dich zu uns geholt hat«, beendete Amalia meinen Satz bestimmt. Sie war eine meist sehr harsche Person, doch ihre Worte erwärmten mir das Herz. Sie war meine Schwester.

»Offensichtlich«, flüsterte ich, versuchte noch immer, das zu verarbeiten, was ich gerade erfahren hatte, »war dies kein normaler Außeneinsatz. Man beauftragte ihn, nach Mazedonien zu reisen, wo sich zu dem Zeitpunkt vor meiner Geburt starke Unruhen hervorgetan hatten. Man glaubte – sollten noch Nachkommen der ehemaligen Chaosmagier existieren –, könnten diese dort sein, um in den Wirren der politischen und gesellschaftlichen Ordnung unterzutauchen. Während dieser Aufgabe ist er auf meine leibliche Mutter gestoßen.«

Fast flehend sah ich Cornelius an, damit er mich erlöste. Hätte er ein einziges Mal aufgesehen und mir mit seinem Lächeln signalisiert, dass er dennoch an meiner Seite war, wäre alles so viel einfacher gewesen.

»Vater hat nach Beweisen gesucht, Beweise für die Existenz noch lebender Chaosmagier«, schloss ich, als Cornelius meinen Blick nicht erwiderte.

»Und?«, drängte Amalia. »Hat er welche gefunden?«

»Nein«, antwortete Cornelius für mich, sah aber nicht auf.

»Dann ist doch alles klar«, seufzte Greta erleichtert, doch sah sie noch nicht, dass der Rat offensichtlich zu einem anderen Schluss gekommen war.

»Da wäre ich mir nicht so sicher.« Leonards Worte überraschten mich nicht. War er in magischen Belangen zwar nicht erfahren, so war er es jedoch trotz unseres jungen Alters in fast allen anderen. Jetzt war er schneeweiß um die Nase.

»Was willst du damit sagen?«, flüsterte Greta. »Vater hätte solche Beweise niemals unterschlagen.«

»Vielleicht hätte er es getan«, setzte Amalia vorsichtig an und legte unserer Schwester eine Hand auf die Schulter, um sie auf irgendeine Weise wissen zu lassen, dass sie da war. Mir reichte ihr sanfter Blick, der mir innerhalb von Sekunden übermittelte, dass sie mir gegenüber loyal war, ganz egal, was meine Herkunft für Schattenseiten aufweisen mochte. »Er hätte es getan, um diejenigen, die er liebt, zu beschützen.«

Ich schluckte schwer.

»Er hat dich geliebt, Helena«, bestätigte Cornelius, ohne jedwede Emotion, die mir gezeigt hätte, dass seine Gefühle für mich noch genauso waren. »Hätte er gewusst, dass deine Mutter zweifelhafter Abstammung ist, hätte er es verschwiegen. Er hat die Angst der anderen unserer Art immer leichtfertig als hysterisch abgetan.« Er erhob sich und wandte sich zur Tür.

»Du redest, als wäre ihre Mutter tatsächlich von *zweifelhafter Abstammung*«, knurrte Leonard. »Es ist nichts bewiesen und überhaupt, selbst wenn es so sein sollte … Du hast diese Angst vor den Chaosmagiern auch niemals ernst genommen. Sie waren einmal unsere Verbündeten und wir wissen nicht, was sie dazu trieb, unsere Gemeinschaft zu verlassen.«

Cornelius nickte, als hätte Leonard diese Worte nicht mit solcher Wut vorgetragen.

»Wir wissen es nicht, das stimmt. Beides nicht. Aber ich muss sagen, es spricht schon einiges für die Theorie des Rates.« Dann verschwand er aus dem Raum, ohne mich noch eines weiteren Blickes zu würdigen. Ich sollte ihn für sehr lange Zeit nicht mehr allein, fernab der offiziellen Versammlungen, zu Gesicht bekommen.

»Wie kann er nur?«, schrie Greta auf. Die Verzweiflung in ihrer Stimme war unverkennbar. Langsam begann auch sie zu begreifen, dass es für mich übel aussah. »Selbst wenn du chaosmagische Wurzeln haben solltest, bist du deshalb noch lange nicht abartig oder gefährlich oder sonst irgendetwas. Und es macht dich nicht weniger zu unserer Schwester!«

Halbschwester, dachte ich bitter, sprach es aber nicht aus. Ihre Worte machten so vieles leichter. Wie ich sie liebte. Jedes meiner Geschwister, mochten wir auch nur zur Hälfte miteinander verbunden sein.

»Er ist nicht gegangen, weil er Nell nun weniger liebt oder weil er sich vor ihr fürchtet, Greta«, warf Amalia traurig ein, die in einem Moment genau dasselbe erkannt hatte wie ich.

Ich nickte. »Er ist gegangen, weil er glaubt, ich hätte ihr … Jenna schon früher helfen können, ehe sie …«

»Das ist absurd. Wie hättest du das machen sollen?« Ich nahm die Hand meines gleichaltrigen Bruders, der so mühevoll nach Worten rang.

»Mit dem, was augenscheinlich Samuel getötet hat. Mit Chaosmagie, Leo«, benutzte ich den Spitznamen, den ihm unsere deutschen Großeltern gegeben hatten.

Wir schwiegen eine Weile und ich musste daran denken, ob Cornelius mir jemals würde verzeihen können, dass ich Jenna in diese Lage gebracht hatte, dass ich sie nicht beschützt hatte. Dann fragte ich mich: Sollte sich jemals rausstellen, dass ich der Chaosmagie mächtig war, würde ich mir verzeihen können, dass ich sie hatte sterben lassen?

»Was wird jetzt geschehen?«, fragte Greta angsterfüllt und ich seufzte. Ich wusste genau, was jetzt geschehen würde, doch war ich bereit auszusprechen, was man sich für mich ausgedacht hatte? Ich musste. Hoffnung war jetzt wohl das Einzige, das Greta letzten Endes noch mehr verletzt hätte.

»Greta«, flüsterte ich und suchte verzweifelt nach den richtigen Worten. »Sie werden mich eine Weile isolieren.«

»Nein! Da- das können sie nicht. Das ist seit Ewigkeiten nicht mehr vorgekommen, sie …«

Ohne weitere Worte zu verlieren, nahm sie mich in die Arme.

»Was heißt eine Weile?«, fragte Leonard kühl und analytisch, als würde er bereits nach einem Ausweg suchen. Ich glaubte zu wissen, dass er die Antwort gar nicht mehr zu hören brauchte.

»Nun … Bis sie Beweise haben. Chaosmagisch oder nicht. Welches Ergebnis zu welchem Resultat führen wird, kann ich nicht sagen.«

»Nein«, fuhr Amalia mir bestimmt ins Wort, noch ehe ich zu Ende gesprochen hatte. »Das könnte Monate so gehen. Ich werde die Versammlung erneut einberufen. Sie sollen mir einen Plan vorlegen, wie sie die Beweise erbringen wollen. Können sie das nicht, lass ich sie dich nicht einsperren, bis irgendjemandem eine vermaledeite Idee kommt.«

Seither waren zwei Jahre vergangen. Man hatte Amalia einen Plan vorgelegt, den sie nicht akzeptiert hatte. Letztendlich war das jedoch egal gewesen.

Kapitel 3

« SO VIELE TAGE, DIE VERGINGEN »

Die Erinnerungen zurückdrängend, schloss ich die Tür des Gewächshauses wieder und sah Blue hinterher, der fröhlich durch den Matsch tollte. Sein graues Fell sog sich regelrecht mit all dem Dreck voll. Für mich bedeutete das, den gesamten Abend damit zuzubringen, Hundefriseurin zu spielen.

Mein Badezimmer war sogar für die Verhältnisse meines Hauses klein und ich dachte ungern an die letzte Hunde-Bade-Aktion zurück. Wohlweislich ließ ich den wasserscheuen Wolfshund zunächst draußen, um die Badewanne zu füllen. Schlafende und vor allem ahnungslose Hunde sollte man nicht wecken.

Als die Wanne zu einem Drittel gefüllt war, stoppte ich den Wasserfluss und sah für einen Moment auf die glatte, seidige Oberfläche des klaren Wassers.

Seit meiner Isolation hatte ich den offiziellen Status: bedenklich. Die meisten nannten mich hinter meinem Rücken bereits *aus dem Chaos geboren*. Der Rat hatte mir versichert, eine Technik entwickelt zu haben, die es vermochte, chaosmagische Energien aufzunehmen. Man sagte mir, sie wüssten es sofort, sollte ich ein einziges Mal Magie anwenden, die nicht *natürlich* war. Und sie hatten gesagt, ich würde in ein paar Monaten wieder nach Hause zurückkehren können.

Dieses Versprechen hatten sie nicht gehalten. Kein einziges Mal in den letzten zwei Jahren hatte es eine chaosmagische Tendenz zu verzeichnen gegeben. Jedenfalls nicht, dass ich davon gewusst hätte. Die Furcht des Rates jedoch schien nicht gewichen zu sein. Die Furcht, ich könnte chaosmagisch sein. War ich es?

Ich hielt einen Finger in das klare Wasser und ließ es rapide abkühlen. Das war ein Leichtes für mich. Ich brauchte nur die restliche Wärme aus dem ohnehin schon kühlen Nass ziehen und an die mich umgebende Luft abgeben.

Man sagte, während Naturmagier den bereits aufkeimenden Sturm lediglich anzufachen und zu kontrollieren vermochten, beschworen Chaosmagier ihn herauf. Ohne dass die Natur ihn in bestimmten Energien vorbereitet oder vorherbestimmt hatte, ließen sie ihn einfach aus dem Nichts entstehen.

Sie beschworen Wasser in der Wüste, sie riefen das Feuer im eiskalten Meer. Ich ließ meine gesamte Hand eintauchen und versuchte Flammen zwischen meinen Fingerspitzen entstehen zu lassen, die das Wasser durch ihre Kraft und Hitze auf einen Schlag verdrängen würden. Unter idealen Umständen wäre ich sogar dazu fähig gewesen, ein Feuer zu entfachen.

Jetzt hatte ich keine Chance. Das Feuer wurde von dem kalten Wasser immer wieder niedergerungen, ehe es sich wirklich ausweiten konnte. Seufzend ließ ich von meinem merkwürdigen Unterfangen ab und rief Blue zu mir.

Vollkommen durchnässt durch das Ringen mit dem wasserscheuen Wolfshund trat ich eine Stunde später an das Fenster, um frische Luft hereinzulassen. Ich sah in den trüben Himmel. Dort spannte sich die magische Kuppel, die all meine Magie absorbierte, über mich und die Insel. Für meine menschlichen Augen nicht zu erkennen, für meine Magierseele jedoch deutlich spürbar, machte sie diesen Ort praktisch unsichtbar für die Menschen. Wie aus einem inneren Instinkt heraus mieden sie diesen Bereich der Seekarte.

Die Kleriker hatten diese Kuppel geschaffen. Sie waren zwar nicht von Natur aus magisch begabt, doch konnten sie durch jahrhundertealtes Wissen starke Bannzauber weben. Ein Schwur fesselte mich an diesen Ort und die Welt konnte mich nicht finden. Ich war ein Niemand in meinem eigenen Nichts.

»Ich hasse euch«, wisperte ich der unsichtbaren Abschirmung entgegen. Ich konnte nicht sagen, wie sie es geschafft hatten, aber die magielosen Kleriker hatten etwas heraufbeschworen, das mich bewährter einsperrte als jeder Eid, den ich ohnehin nie zu brechen im Sinn gehabt hätte. Aber wer konnte einer Chaosmagischen schon vertrauen?

Ich wandte mich von dem schmerzvollen Anblick des Himmels ab, um mich wenig später dem zweiten Tor zur Außenwelt in Form quälend kurzer Mails zu widmen.

Keine neuen Benachrichtigungen.

Sobald sich die Sonne am nächsten Morgen zeigte, verließ ich das Haus. Der Schlaf hatte mich gemieden, bis ich irgendwann eine ganze Kanne Kamillentee gekocht und mich vor den Fernseher gesetzt hatte. Immer wieder war ich für einige Momente auf dem Sofa eingedöst und hatte die Flüssigkeit in der Kanne noch einmal aufwärmen müssen.

Jetzt fühlte ich mich merkwürdig schwach.

Ich wanderte ein Stückchen auf der Insel umher. Es hatte ein wenig geschneit und der Boden war gefroren. Dennoch breitete ich eine Decke nahe der Steilklippe aus und setzte mich so darauf, dass ich gut in die Tiefe aufs Meer schauen konnte. Ich hatte schon lange nicht mehr einfach so dagesessen.

Zu Beginn meiner Isolationszeit hatte ich diese Stille und auch diese Aussicht noch genossen. Die Sonne schien auf die unstete Meeresoberfläche und ließ jede Welle auf ihre ganz eigene Art glitzern. Hier hatte ich in aller Ruhe nachdenken können. Mittlerweile machte mich das Nachdenken krank.

Als die Kälte mir in die Glieder zog, hielt ich meinen Wärmehaushalt magisch aufrecht. Blue kuschelte sich eng an mich und ich streichelte abwesend sein weiches Fell. Das Meer rief so manche Erinnerung wach.

Der Tag war bereits weit fortgeschritten gewesen, als ich den Strand entlang spaziert war. Jenna hatte sich in ein Buch vertieft und war den ganzen Tag über nicht ansprechbar gewesen. Aidan, den man uns für die Reisen als Begleitschutz an die Seite gestellt hatte, war in die Stadt gefahren. Dafür, dass er uns hatte beschützen sollen, hatte er uns bemerkenswert oft allein gelassen.

Irgendwann hatte ich mich im Meer wiedergefunden. Die Wellen hatten um meine Oberschenkel herum getanzt und mein weißes Kleid hatte ich einfach ins Wasser hängen lassen. Die untergehende Sonne hatte mich merkwürdig glücklich gestimmt und ich hatte zu tanzen begonnen, während die Wassermoleküle von mir im Takt durch die Luft dirigiert worden waren.

Ich hatte gelacht und gesungen, so wie es damals meine Art gewesen war, bis ich mir meines Beobachters gewahr geworden war. Aidan hatte einfach nur dagestanden und nicht aufgehört, derart zu verharren, bis ich auf ihn zugegangen und direkt vor ihm zum Stehen gekommen war. Seine Miene hatte keine einzige Emotion offenbart und ich hatte es satt gehabt, dass sich dies niemals änderte, wenn er mich ansah.

»Hey.« Mein amüsiertes Lächeln hatte ich gar nicht erst zu verstecken versucht. Von diesem Mut gepackt, hatte ich die Hand nach seinem Gesicht ausgestreckt und die ernsten Fältchen um seine Mundwinkel nachgemalt.

Ehe ich noch ein weiteres Wort hatte verlieren können, hatte er mich näher an sich gezogen und ganz vorsichtig hatte ich meine Lippen auf die seinen gelegt und …

Bei der Erinnerung an diesen einen Kuss sprang mein Herz so in die Höhe, dass ich mit einer schmerzhaften Plötzlichkeit wieder ins Hier und Jetzt katapultiert wurde.

Dieser Tag am Strand hatte mir einen Beweis für all das gegeben, was ich mir wochenlang nur erhofft hatte. Ein Beweis dafür, dass ich all die Blicke – mochten sie für einen Außenstehenden noch so kühl gewirkt haben – richtig interpretiert hatte.

Ich seufzte. Dieser Tag am Strand hatte mich für einige Stunden schweben lassen, zum glücklichsten Wesen der Welt gemacht. Nur einen Tag später hatte Samuel den Abzug seiner Waffe gedrückt. Und ich hatte auf tragische Weise feststellen müssen, dass ein kleines Mädchen wie ich niemals eine wirkliche Bedeutung für einen umherziehenden Söldner gehabt haben konnte.

Nachdem er zu meinen Ungunsten vor dem Rat ausgesagt hatte, war er ohne Abschied zu seinem verräterischen Pack zurückgekehrt. Er hatte Samuels Verrat an uns durchaus aufrichtig verabscheut. Seine Augen hatten mir das gesagt. Doch er gehörte nun einmal zu ihnen.

Die Söldner waren neutral und kannten sich in der magischen Welt gut genug aus, um für ihre Gemeinschaften zu arbeiten. Meist meinte das den Personenschutz für außergewöhnliche Magier. Oft auch begleiteten sie die Magier im Außendienst auf der Suche nach Abtrünnigen.

»In jeder Stadt ein anderes kleines Abenteuer, nicht wahr?«, flüsterte ich Blue zu und drückte ihm einen Kuss auf den Kopf. Wenigstens hatte meine Strafe dafür gesorgt, dass er nicht ab und an bei mir vorbeischauen konnte, damit ich zu seinem neuesten Abenteuer werden konnte. Ich hätte nicht zu sagen vermocht, ob ich ihn zurückgewiesen hätte.

Um die Erinnerung ein wenig wachzuhalten und mich so noch ein wenig seelisch zu quälen, ließ ich meine Magie die Klippe hinabstürzen und zauberte wie damals mit dem Wasser ein paar Gemälde in die Luft.

Wasser und Luft waren für mich schon immer leicht zu kontrollieren gewesen. Ihre Energien waren eng miteinander verbunden. Sie waren praktisch überall, umgaben mich zu jeder Zeit. Der Wind, das Wasser in der Erde, in den Pflanzen, Meere, Seen und Flüsse zogen mich an wie das Licht die Motte.

Ähnlich verhielt es sich mit der Luft, ein wenig auch mit der Erde … Das Feuer jedoch war ein ganz anderer Fall. Wenn nicht gerade jemand ein riesiges Lagerfeuer entzündete, musste man sich irgendeiner Wärmequelle bedienen und versuchen, sie ins beinahe Unermessliche zu steigern.

»Wie soll ich das geschafft haben, Blue? Wie soll ich Feuer aus dem Nichts geschaffen haben? Gestern habe ich unter Wasser nicht einmal einen Funken zustande gebracht. Und jetzt …« Ich entzog der sonnengewärmten Luft ein wenig Energie und ließ sie in meine Hände strömen. Kleine Flämmchen bildeten sich um meine Finger herum, ohne ihnen zu schaden. Als ich versuchte, ihnen noch mehr Energie zuzuführen, begannen sie unruhig zu flackern, bis sie irgendwann ganz erloschen.

»Wie soll ich es geschafft haben, Samuel zu töten, wenn ich nicht einmal das hier richtig hinbekomme?«

Wütend rief ich die Flammen zurück – mochten sie auch noch so schwach sein – und sandte sie dieses Mal direkt auf einen kleinen Flecken Erde. Für eine Weile schaute ich einfach zu, wie sie sich an dem kalten Gras labten und immer größer wurden. Ich fügte sie zusammen und ließ einen fußballgroßen Feuerball eine Weile in der Luft schweben, ehe ich ihn in Richtung Meer schleuderte und das brennende Gras mit Wasser aus der Luft löschte.

»Ich kann das unmöglich gewesen sein«, flüsterte ich. Selbst Cornelius konnte das Feuer besser beherrschen als ich, und daran, dass er durch und durch Naturmagier war, zweifelte schließlich niemand.

Blue schaute mich nur gelangweilt an. Er war vor dem Feuer nicht eine Sekunde lang zurückgeschreckt. Nach fünf Jahren in meiner Gesellschaft fürchtete er sich nicht mehr. Zumindest jagten ihm die Elemente keine Angst ein – bis auf das Wasser am Waschtag natürlich.

Es gab nur zwei Möglichkeiten. Entweder ich hatte nicht die kleinste chaosmagische Veranlagung oder etwas – eine Haltung etwa – blockierte diese fremde Macht. Eine Blockade, die der Schock über Jennas Tod mit Wucht gelöst hatte. Diese Gedanken aber brachten mich nicht weiter.

Um nicht nach Hause gehen zu müssen, holte ich aus meiner Tasche eine alte Ausgabe von *Krieg und Frieden* hervor, den nächsten Tolstoi auf meiner Liste. Mit Russisch stieß ich sprachlich am ehesten an meine Grenzen und so wollte ich die neu gewonnene Freundschaft nach *Anna Karenina* noch eine Weile auskosten.

Im Gegensatz zu Greta war ich sprachtechnisch eine Katastrophe. Neben Englisch wurden die für Naturmagier obligatorischen fünf Fremdsprachen bei mir durch Spanisch, Französisch, Schwedisch, Russisch und Deutsch – die Sprache meiner väterlichen Vorfahren – abgedeckt. Wirklich fließend sprach ich keine von ihnen. Ironischerweise auch kein Wort meiner eigentlichen Muttersprache.

Als die Sonne begann, sich hinter den Horizont zu schieben, seufzte ich und tätschelte Blue auffordernd den Kopf.

»Komm, Kleiner. Es wird Zeit zu gehen.« Bedächtig spazierten wir an dem Sonnenuntergang vorbei und ich drängte alle damit verbundenen Erinnerungen erfolgreich zurück.

Als ich mir ein wenig Tomatensuppe in der Mikrowelle aufwärmte, schielte ich für einen kurzen Moment zu meinem Computer, entschied mich dann aber dagegen, ihn einzuschalten und mich nur noch einer weiteren Enttäuschung auszusetzen. Den Anruf von Greta hatte ich verpasst und auch den Moment, sie zurückzurufen, aber was sollte mir das auch bringen? Ihre Stimme würde mich nur daran erinnern, dass ich sie nicht in die Arme würde nehmen können und ihre andauernden Fragen nach meinem Wohlbefinden würden mich in dieser Verfassung nur zum Heulen bringen.

Ich entschloss mich stattdessen, früh schlafen zu gehen, und hoffte, dieses Mal würde der Schlaf mich nicht meiden.

Erschrocken riss ich die Augen auf, als das Telefonklingeln die Stille des Hauses durchbrach. Für eine Weile lag ich perplex ob meines abrupten Erwachens da, dann sprang ich auf, warf die Decke von mir und eilte in die Küche.

»Ja?«

»Helena.« Mir fiel beinahe das Telefon aus der Hand. Nervös krallte ich meine Finger um das Plastik und drückte es mir förmlich gegen das Ohr.

»Cornelius?«, wisperte ich fassungslos. Seine Stimme war mir so fremd, dass ich ernsthaft überlegte, wie wahrscheinlich es war, dass er mich gerade anrief.

»Wie geht es dir?«, fragte er in einem ebenso leisen Ton, der mir die Tränen in die Augen trieb.

»Wie es *mir* geht? Wie geht es *dir*, verdammt? Ich habe seit Wochen nichts von dir gehört.«

»Beantworte die Frage einfach«, hörte ich ihn seufzen und ich brauchte noch einen weiteren Moment, ehe ich antwortete.

»Wie soll es mir gehen? Ich lebe auf einer Insel. Hier ändert sich nichts. Jetzt sag …« Plötzlich fiel mir wieder ein, wie spät es war. In Baltimore mochte es zwar gerade noch Tag sein, aber Cornelius hatte sich seit Monaten nicht mehr telefonisch bei mir gemeldet, und jetzt sollte ich glauben, dass er aus Lust und Laune zum Hörer gegriffen hatte, ohne sich zuvor Gedanken um die hiesige Uhrzeit zu machen? Das passte nicht zu meinem Bruder, der sich ganz ohne Anstrengung stets einen Plan im Kopf zurechtlegte.

»Was ist los?« Er antwortete nicht. »Cornelius, raus mit der Sprache!«

»Reg dich nicht auf, Nell.«

»Das kommt auf deine Erklärung an.«

Eine Weile lang sagte er nichts und allmählich festigte sich in mir die Gewissheit, dass er nicht ohne Grund so lange überlegen musste, ehe er mir die Neuigkeiten mitteilte.

»Cornelius!«

»Ja, verdammt. Es ist … Du weißt doch, dass Leonard dieses Praktikum in Schweden absolviert hat, nicht?« Ich nickte, obwohl er das natürlich nicht sehen konnte. Leonard studierte Jura und hatte die Möglichkeit beim Schopf gepackt, in Stockholm in einer renommierten Kanzlei Einblicke in das schwedische Rechtswesen zu erhalten. Vor seiner Abreise, vor drei Wochen, hatte er sich noch bei mir gemeldet.

»Natürlich«, antwortete ich jetzt laut und drängte ihn gleichzeitig, endlich weiterzusprechen.

»Es ist … Es könnte sein, dass wir ihn verloren haben.« Mein Herz setzte für einen Moment aus, dann brach sich Verwirrung in mir Bahn.

»Was genau meinst du mit *verloren?*« Ich versuchte, meine Stimme fest klingen zu lassen, und krallte mich an den Grashalm, Leonard sei nur *verloren* und nicht … nichts Schlimmeres.

»Er …« Cornelius räusperte sich. »Er ist seit vier Tagen nicht mehr in die Kanzlei gekommen. Gestern erhielten wir den Anruf.«

»Wie bitte? Und das erzählt ihr mir jetzt erst?«

»Wir wollten dich nicht beunruhigen. Ich habe den ganzen Tag herumtelefoniert. Das Hotel, seine Vorgesetzten, seine Freunde hier. Er hat sich nirgends abgemeldet.« Das war nicht Leonards Art. Wie oft hatten wir ihn damit aufgezogen, dass er sich viel zu viel Mühe gab, der menschlichen Welt zu gefallen und sich lächerlich korrekt zu verhalten.

»Was jetzt?«, presste ich hervor und packte gedanklich schon meine Koffer.

»Nun, noch können wir nicht viel tun. Greta ist etwas aufgelöst. Amalia versucht sie gerade zu beruhigen.« *Und wer beruhigt mich!?* »Amalia und ich haben die nächsten Flüge nach Stockholm gebucht. In drei Stunden sind wir in der Luft.«

»Ich komme hin«, entschied ich kurzum und wollte gerade den Hörer auf die Gabel knallen und die nötigsten Sachen zusammensuchen, als Cornelius meinen Namen mit einer Schärfe aussprach, die mich erschrocken innehalten ließ.

»Du wirst bleiben, wo du bist.«

»Ich kann nicht«, wisperte ich und meine Finger verkrampften sich nur noch mehr um den Hörer. Das Plastik knarzte regelrecht unter meinem festen Griff.

»Sei vernünftig. Du kommst von der Insel nicht weg«, mahnte er in einem merkwürdig resignierenden Tonfall.

»Ich werde schon jemanden finden, der mich hier wegholt.«

»Das ist ganz gleich, Helena«, knurrte er. Seine Geduld hing am seidenen Faden. »Ob du nun schwimmst, dir ein Floß baust oder dich in ein Flugzeug setzt … Die Magie, die die Kleriker um die Insel gelegt haben, würde dich in tausend Teile zerfetzen, sobald du mit ihr in Berührung kommst.«

Alle Kraft wich mit beeindruckender Wucht von mir, als mir das gesamte Ausmaß meiner Situation wieder bewusst wurde.

Die Barriere, die Magie abhielt. Mich abhielt.

Mein Körper wollte nur noch zu Boden sinken, hielt sich aber irgendwie aufrecht. Ich war gefangen, konnte nichts tun. Man hinderte mich daran, meiner eigenen Familie beizustehen.

Leonard.

Es musste einen Weg geben.

»Der Rat«, murmelte ich. Die Verzweiflung erstickte meine Stimme so sehr, dass sie kaum mehr zu hören war. »Sie müssen mich einfach gehen lassen. Es sind zwei Jahre, Cornelius. Zwei Jahre.«

Cornelius stöhnte, als läge die Last der gesamten Welt auf seinen Schultern, und so war es ja auch. Zumindest der Kosmos unserer kleinen Familie. »Ich arbeite für den Rat und ich kann dir versichern, dass sie die Isolation nicht aufheben werden.«

Gefangen. Gefangen. Gefangen.

»Dann holt ihr mich hier weg!«, brach es in einem letzten Anfall von Kampfesmut aus mir heraus. »Amalia und du. Ihr braucht mich. Ihr braucht meine Magie! Hol mich hier weg, bitte.«

Er schwieg einen kleinen Moment. Ich schloss die Augen und Tränen quollen unter meinen Lidern hervor. Kein einziges Mal in diesen zwei Jahren hatte ich gefleht.

Wie konnte er mich im Stich lassen?

Er konnte. Noch bevor er antwortete, wusste ich, dass er nicht kommen würde.

»Meinst du, es hilft Leo, wenn du Hals über Kopf deinen Eid brichst?« Seine Stimme war so weit von meinem Bewusstsein entfernt. *Er* war mir so fern. »Bitte versteh doch. Die Strafe dafür fällt schon unter normalen Umständen hart aus. Wer weiß, was sie mit einer Chaosgeborenen tun würden …«

»Ich bin keine Chaosgeborene, Cornelius. Du musst das endlich begreifen. Hör auf, in mir das Monster zu sehen … Ich … In den letzten zwei Jahren habe ich keine Anzeichen gezeigt, dass …«

»Und wenn schon? Wenn du jetzt deinen Eid brichst, werden die Räte erst recht glauben, dass du …«, *chaosmagisch bist.* Er selbst sprach den Satz nicht zu Ende. »Du hast keine andere Wahl«, schloss er mit einer Bestimmtheit, die mein Untergang war.

Ohne weitere Worte legte ich auf. Ganz sacht kam der Hörer mit einem leisen Klicken auf der Gabel auf und dann umfing mich wieder die Stille, das Alleinsein.

Ein Seitenblick durch das Fenster offenbarte mir die Welt dort draußen. Ein Sturm kam auf, der mein Inneres widerspiegelte. Während meine Wut und all die Verzweiflung in mir zunahmen, schraubten sich wild wirbelnde Schneekreise durch die Luft und zerstoben in weiter Höhe an der Mauer meines Gefängnisses.

Am nächsten Tag fühlte ich mich schwach. Ich hatte in der Nacht keine einzige Stunde geschlafen. Ich hatte gewartet. Auf einen Anruf oder jemanden, der meiner Isolation ein Ende setzte. Ich wartete vergeblich.

Langsam setzte sich der Gedanke in meinem Kopf fest, dass ich auf ewig hierbleiben würde. Sie würden mich niemals hier fortlassen und ihre Magie hielt mich gefangen, drückte mit aller Macht auf meine Seele.

Sie hatten alle Mittel, die es brauchte, mich zu brechen, mich zu kontrollieren.

War es so?

Sie haben Angst vor dir, hörte ich meine innere Stimme. *Nur aus diesem Grund bist du hier.*

Plötzlich ergab sich für mich ein völlig neues Bild, schoss in meine Gedanken wie eine Fügung des Schicksals. Ich hatte einen Eid geschworen, mich ihrer Kontrolle zu unterwerfen.

Warum? Warum dieser Eid, wenn ihre Magie mich doch niederrang?

Die Antwort konnte nur eine sein. Sie wussten nicht, was Chaosmagie ausrichten konnte. Sie fürchteten sich davor. Davor, dass sie imstande war, sie zu übertrumpfen. Davor, dass eine Chaosmagische imstande war, sich von den Ketten ihrer Magie zu befreien.

Ich bin keine Chaosgeborene, hatte ich noch am Tag zuvor beschworen. War ich mir sicher?

Wollte ich, dass es so war, jetzt, wo es vielleicht meine einzige Möglichkeit war, dieser Insel zu entkommen?

Ich hatte kein Feuer im kalten Badewasser erzeugen können, aber was hieß das schon?

War ich es gewesen, die Samuel getötet hatte, war dies in einem Moment der Wut und der absoluten Verzweiflung geschehen. Ich war außer mir gewesen. Wollte ich wirklich erproben, welche Art Magie in mir wohnte, musste ich mich vielleicht in einer ähnlichen Lage befinden.

Kapitel 4

« FEUER UND WASSER, ERDE UND LUFT

Ich schritt langsam über die Hügel meiner Insel. Ein wenig Schnee zauberte Flecken auf das grüne Gras und ich strich im Vorbeigehen mit den Fingern über die lilafarbenen Heidepflanzen. Der Geruch der wild wachsenden Thymianpflanzen stieg mir in die Nase. Ich nahm alles so intensiv wahr, als ich meine Magie um mich herum sammelte.

Nach einiger Zeit erreichte ich die Seen der Insel. Sie waren großflächig über das riesige Areal verteilt, das sich vor mir erstreckte. Es war nicht mehr so kalt, dass sie ganz zugefroren waren. Das würde jedoch kein Problem für mich darstellen. Ich löste die Nackenbänder meines Kleides und ließ es zu Boden gleiten, sodass ich nun vollkommen nackt vor dem in der Sonne glitzernden See stand. Manchmal genoss ich derartige Momente, in denen ich mir sicher sein konnte, vollkommen unbeobachtet zu sein.

»Blue«, murmelte ich leise und streifte mir die Sneakers von den Füßen. »Ich muss jetzt etwas ausprobieren.«

Mit diesen Worten trat ich einen Schritt weiter, bis das kalte Wasser meine Knöchel umspielte. Ich erschauderte leicht, setzte meinen Weg jedoch fort und schritt weiter hinein. Als die leichten Wellen sanft gegen meine Hüften schwappten, ließ ich mein Bewusstsein von meinem Körper abrücken und es wie einen Pfeil durch das kalte Wasser schnellen. In Sekundenschnelle gefror alles um mich herum. Die Wasseroberfläche wurde zu einem harten, unnachgiebigen Eisplateau. Dort, wo ich weiter in den See hineinwatete, verharrte es.

Das Wasser kühlte sich so schnell ab, dass mir der Schmerz in den Körper fuhr. Tausend Nadelstiche marterten ihn. Ich biss die Zähne fest zusammen und schloss die Augen, sammelte mich. Hinter mir hörte ich Blue laut bellen, doch als er meine Magie spürte, legte er sich dicht an das Ufer. Er ließ mich nicht aus den Augen.

Ich lächelte ein wenig traurig, dann aber konzentrierte ich mich erneut auf die eisige Unterwasserwelt.

Würde ich hier Feuer heraufbeschwören, würde irgendeine fremdartige Magie mich retten, dann … Ja, was dann? Dann hatte ich einen Beweis, dass ich mehr war als eine gewöhnliche Naturmagierin? Sollte mich das glücklicher stimmen? Sicherer vor dem Rat würde ich dadurch nicht werden. Erst recht nicht, wenn ich diese neu gewonnene Magie dazu nutzen würde, meinen Eid zu brechen, ihre Barriere zu zerstören und vor ihnen zu flüchten.

Doch ich wollte es wissen. Wissen, wozu ich fähig war, wissen, ob ich von dieser Insel würde fliehen können, wenn ich es wünschte, nicht wenn man es mir gestattete. Hier ging es nicht um mich, nicht allein um Leonard, es ging um Chaosmagie und um Freiheit.

Ebenso wusste ich jedoch bereits eines. Ich wusste um die Gefahren, die dieses Eiswasser mit sich brachte. Meine Muskeln würden in wenigen Minuten so taub und unbrauchbar sein, dass ich mich nicht mehr an die Oberfläche würde retten können.

Ich holte tief Luft und tauchte unter. Ich tat ein paar kräftige Schwimmzüge und dann entließ ich die Magie, die meine Körpertemperatur wie von selbst auf einem einigermaßen akzeptablen Niveau gehalten hatte. Sie durfte mich nicht weiterhin schützen. Wenn sich die Chaosmagie nicht in einer solch lebensbedrohlichen Situation zeigte, existierte sie wohl nicht. Zumindest nicht in mir.

Für einen Moment spürte ich die volle Intensität des kalten Wassers, dann wurde ich von ebendiesem nach oben gedrückt. Ich wehrte mich dagegen, dann ging mir die Luft aus. Mit Leichtigkeit ließ ich die Sauerstoffanteile im Wasser sich als Luftblase um meinen Kopf zusammensetzen. Ich atmete kurz ein und ließ sie sich dann wieder auflösen.

Nicht weit von mir entfernt spürte ich, wie warmes und kaltes Wasser sich mischten. Ich griff nach der unwesentlichen Wärme, zog sie zu mir heran, doch sie entglitt mir. In Sekundenschnelle war sie ebenso kalt wie alles um mich herum.

Ich rief sie noch einmal, die Wärme, aber da war nichts. Keine Wärme, keine Hitze und auch kein Feuer. Panik breitete sich in mir aus. Ich wagte noch einen Versuch.

Dieses Mal hielt ich mich nicht auf, die Wärmeenergien zu suchen. Ich rief das Feuer, ohne zu wissen wie. Ich wünschte es mir herbei, malte es mir vor meinem inneren Auge so präzise aus, dass ich fast glaubte, es wirklich zu spüren, doch in Wahrheit spürte ich gar nichts mehr.

Nicht einmal die Kälte. Dann waberten dunkle Schatten vor meinen Augen. Mein Körper verlor seine Kraft.

Binnen weniger Sekunden wurden mir die Glieder taub und so schwer, dass ich mich nicht sehr weit unter Wasser halten konnte. Hart stieß ich mit dem Rücken gegen die von mir geschaffene Eisdecke. Wo sich mein Einstiegsloch befand, konnte ich jetzt schon nicht mehr sagen.

Meine Lungen füllten sich so schnell mit Wasser, dass ich nicht reagieren konnte. Ich griff nach der Luft, nach Sauerstoff, doch er kam nicht. Panisch stieß ich einen Schrei aus, der von den kalten Massen tot gedrückt wurde. Ich konnte nicht atmen, mein Kopf hämmerte, meine Lunge schien zu zerbersten.

Der Schmerz in mir explodierte …

Hysterisch ließ ich meine Magie in kleinen Stößen hinausschießen, hoffte, dass sie mir die Luft zurückbrächte, die ich so dringend zum Atmen brauchte …

Dann sank ich und alles wurde schwarz, nur um sofort wieder ins Bewusstsein zurückkatapultiert zu werden.

Der Schmerz kehrte pfeilschnell zurück. Es war das Brennen meiner Lunge und das Wasser, das ich über mein Kinn spuckte, was ich als Nächstes wahrnahm. Die Sonne biss grell in meine Augen und ich kniff sie gequält zusammen.

»Du bist verrückt«, hörte ich eine ferne Stimme. Der Rest des Satzes ging in meinem unkontrollierbaren Husten unter. Weiter Wasser hervorstoßend, versuchte ich mich ein wenig aufzusetzen. Jemand half mir dabei.

»Nell.« Ich konnte mich mit diesem Jemand nicht beschäftigen. Nicht jetzt. Fast wahnsinnig schnappte ich nach Luft und hustete und spuckte und weinte.

Nach einer gefühlten Ewigkeit erlaubte ich mir, die Augen zu öffnen und aufzusehen. Ich spürte die Hände, die mein Gesicht umfasst hielten, und dann sah ich die Augen, die mich in meinen Träumen – guten wie schlechten – verfolgten.

»Das. Ist. Ein. Albtraum«, stieß ich hervor und musste wieder husten. Er brachte mich in eine sitzende Position und klopfte mir sacht auf den Rücken wie bei einem Säugling, der verdaute. Das war zu viel.

»Lass mich!«, brachte ich hervor und stieß ihn unbeholfen von mir. Jetzt, erst jetzt, wo meine Aggressivität wieder zutage kam, wurde mir klar, dass meine Kleidung, meine gesamte Kleidung, sicher und trocken und weit von mir entfernt lag. »Verflucht«, stieß ich hervor und bedeckte Teile meiner Blöße, dann befiel mich ein weiterer Hustenanfall.

»In der Tat«, knurrte Aidan. »Was bitte hast du da getrieben, Helena?!« In dieser Situation, in der ich nackt und halb tot vor ihm saß, ließ er mich wie ein kleines Kind fühlen, das eine teure Vase der Mutter umgestoßen hatte.

»Üben«, krächzte ich und versuchte aufzustehen. Er half mir und umfasste instinktiv meine Taille. Wütend funkelte ich ihn an, auch wenn seine Hand an meiner nackten Haut mich kaum klar denken ließ. Mein Blick genügte, dass er die Hände hob und ein paar Schritte zurückmachte.

Kraftlos torkelte ich zu meinen Klamotten. »Dreh dich gefälligst um, du Spanner!«, fuhr ich ihn an. Lange hatte ich mich nicht so lebendig gefühlt.

»Ohne mich – und dein laut kläffendes Viech hier – wärst du ertrunken.«

Wie sehr mich diese arrogante Art, mit der er Tatsachen auflistete, immer schon aufgeregt hatte!

»Das Risiko besteht, wenn man allein auf einer einsamen Insel wohnt«, knurrte ich und schaffte es irgendwie, in mein Kleid zu schlüpfen. Ich dankte Gott – oder wem auch immer –, dass ich mich nun nicht auch noch mit Hosen herumschlagen musste. Das hätte meine eiskalten Finger an die Grenzen ihrer Fähigkeiten gebracht.

Ohne weitere Worte zu verlieren, schleppte ich mich mit so großen Schritten, wie ich sie zu machen vermochte, zum Haus zurück. Blue flankierte mich, als hätte er Angst, ich würde mich wieder in den Tod stürzen. Auch Aidans Blick spürte ich im Rücken und ab und an hörte ich seine schweren Schritte im Matsch.

Ehe ich der Versuchung erlag, mich umzudrehen, um zu sehen, wie nahe er mir war, knallte ich ihm die Tür vor der Nase zu.

Fassungslos stemmte ich mich auf das Waschbecken und sah meinem Spiegelbild in die rot unterlaufenen Augen. Das konnte nicht die Wirklichkeit sein. Er stand dort draußen, war hier, auf meiner Insel!

Warum er hier war, lag auf der Hand. Der Rat – vielleicht sogar Cornelius – hatte die Söldner kontaktiert, um sicherzustellen, dass die so unberechenbare, gefährliche Helena Feyrsinger nicht das Weite suchte. Und wen hatte man geschickt? Den Mann, vor dem ich mich freiwillig für ewig abgeschirmt hätte.

Er mochte inzwischen Mitte zwanzig sein. Wir beide waren älter geworden und doch … Ein Wort von ihm und ich war wieder das verliebte siebzehnjährige Mädchen in Gestalt einer ausgelaugten, kampfscheuen Zwanzigjährigen. Allein dafür hasste ich ihn.

Nachdem ich ausgiebig geduscht, Jogginghose und T-Shirt angezogen und noch ein Kapitel Tolstoi gelesen hatte, ohne auch nur einen Satz zu erfassen, öffnete ich die Tür und sah auf seinen geraden Rücken. Duldsam hatte er sich auf den Boden vor dem Haus gesetzt. Blue lag abwartend neben ihm. Als ich hinaustrat, wandten mir beide den Kopf zu. Der eine liebevoll, der andere … unergründlich. Manche Dinge änderten sich nie, doch dieses Mal würde ich nichts in seine Blicke hineininterpretieren.

»Ich weiß, ihr Söldner könnt stundenlang in der Kälte hocken und warten, aber vielleicht möchtest du dich ein bisschen aufwärmen, bevor ich dich von meiner Insel werfe.«

Ohne seine Reaktion abzuwarten, ging ich wieder ins Haus und marschierte weiter in die Küche, um dort sinnlos mit dem Wasserkocher herumzuhantieren. Ich spürte genau, dass Aidan hinter mir auftauchte. So wie ich ihn kannte, hatte er sich wohl lässig gegen den Türrahmen gelehnt. Unbeteiligt, emotionslos.

»Tee?«, fragte ich, als mir wieder ins Bewusstsein drang, was man mit dem Küchengerät in meinen Händen anstellte, und füllte es mit Wasser.

»Gern.«

Ich hatte ihn in meinem ganzen Leben noch keinen Tee trinken sehen. Als Söldner war seine Familie schon während seiner Kindertage öfter in unserem Ordenshaus zu Gast gewesen. Wir waren uns die meiste Zeit nicht wirklich geheuer gewesen, zumal er eher in Cornelius' und Amalias Alter war und sie ihm deutlich angenehmere Spielgefährten gewesen waren. Später hatte man sie sogar gemeinsam für den Außendienst trainiert, bis er dann irgendwann von der Bildfläche verschwunden und mir erst im Einsatz wieder begegnet war.

Ich wählte mit Absicht einen recht bitteren Tee, um ihn zu quälen, und begann dann das Geschirr, das sich in der Spüle stapelte, abzuwaschen. Ich konnte mich jetzt nicht zu ihm umdrehen. Es würde zu sehr schmerzen.

»Du hast die Haare kürzer.« Instinktiv fasste ich mir bei seiner Bemerkung in das schulterlange und noch etwas feuchte Haar, das mir früher noch in schokoladenbraunen Wellen bis zur Taille gefallen war. Zu Beginn meiner Isolation hatte ich es bis knapp übers Kinn gestutzt und selbstständig immer wieder nachgeschnitten. Es war keine sonderlich ausgefallene Version einer Frisur, aber die brauchte man schließlich nicht, wenn man derart abgeschirmt lebte.

»Veränderungen sind wichtig, wenn man einer sich so selten verändernden Umgebung ausgesetzt ist.«

»Soso«, antwortet er lahm. Er wusste es. Er wusste, dass ich versuchte, ihm Schuldgefühle zu machen. Dafür, dass ich hier gelandet war, allein, traurig und einsam. »Und ich dachte, du wolltest deine Narben nur noch mehr … zur Geltung bringen.«

Das war er. Der Impuls, der gefehlt hatte, damit ich ihm endlich ebenbürtig entgegentreten konnte. Wütend warf ich das Geschirrhandtuch fort und drehte mich zu ihm um.

»Zur Geltung bringen? Als sei man stolz darauf? Sie erinnern mich nur jeden Tag daran, wie ich meine beste Freundin verloren habe, die Verlobte meines Bruders und mein Gleichgewicht. Und den Glauben an jegliche Abkommen.«

Aidan rührte sich nicht, doch sein Blick durchbohrte mich mit einer Intensität, dass ich die Antwort gar nicht hören wollte.

»Genau das meinte ich, Helena. Du versuchst dich nur selbst zu quälen, indem sie dir jedes Mal ins Auge springen, wenn du in den Spiegel siehst. Gib es zu.«

»Tu nicht so, als würdest du mich kennen«, zischte ich und drehte mich wieder zur Theke, um nicht zeigen zu müssen, wie nah er der Wahrheit gekommen war. »Komm endlich zum Punkt. Was willst du hier?«

Seit er vor den Räten der Kleriker und Magier ausgesagt hatte, war er ohne ein Wort des Abschieds verschwunden und hatte seither keinen einzigen Versuch unternommen, mich zu kontaktieren. Er hatte dieses leidige Ende dieser bedeutungslosen Liebschaft wohl nicht weiter ausdehnen wollen.

»Ich habe den Transport deiner Versorgungslieferung begleitet.« Mit einer Langsamkeit, auf die ich selbst stolz war, goss ich das heiße Wasser über die duftenden Teebeutel.

»Dass das ein neuer Aufgabenbereich der Söldner ist, wage ich doch sehr zu bezweifeln«, murrte ich und drückte ihm im Vorbeigehen die Tasse in die Hand. Mit wenigen Schritten war ich zur Couch gelangt und kuschelte mich in einer bequemen Position darauf. Im Schneidersitz – wenig elegant, aber ich wollte ja niemanden beeindrucken. Zumindest zwang ich mich dazu, es *nicht* zu wollen.

»Setz dich, Aidan.« Ich musste lernen, ihn so zu behandeln wie er mich. Mit aller Gleichgültigkeit, die ich aufbringen konnte, selbst wenn ich sie nicht fühlte. Er nahm auf meinem letzten Möbelstück Platz, einem alten gelben Ohrensessel, der wirklich schon bessere Tage erlebt hatte. Lauter Flecken verunzierten das verwaschene, löchrige Polster. Voller Unmut musste ich eingestehen, dass er selbst auf diesem armseligen Sessel eine gute Figur machte.

Von der Statur – groß und kräftig – glich er Cornelius frappierend. Das brachte unsere Welt nun einmal so mit sich. Wer im Außendienst arbeitete – war er nun magisch oder nicht –, musste sich auch behaupten können.

»Also«, improvisierte ich und hoffte, ihm würde nicht auffallen, wie schwer mir diese fadenscheinige Ungezwungenheit fiel. »Wir wissen beide, warum du hier bist, und ich brauche nicht um den heißen Brei herumzureden. Ich kann dich beruhigen.«

»Ist das so?«, fragte er mit einem amüsierten Lächeln und nahm einen Schluck von seinem Tee, ohne das Gesicht zu verziehen. Insgeheim musste ich ihn dafür bewundern, wie wenig er sich durch seine Gestik verriet. Aber da ich ihn die längste Zeit wie einen Ölgötzen angestarrt hatte, tat ich es ihm nach, nahm einen Schluck Tee und erhielt meine Maskerade aufrecht.

»Ja. Ich kann dir versichern, dass ich die Insel nicht aus einer Laune heraus verlassen werde. Ich weiß, dass alle ganz furchtbare Angst davor haben, wozu ich Monster in der Lage wäre, aber selbst wenn ich so ungeheure Kräfte besäße … Ich habe einen Eid geleistet, erinnerst du dich?«

»Man hat mir gesagt, die Umstände hätten sich derart verändert, dass man sich nicht weiter darauf verlassen möchte, dass du dich selbst unter Kontrolle hast.«

Jetzt war ich es, die das Gesicht verzog. Natürlich durfte man das nicht glauben. Leonard war verschwunden, ohne ein Zeichen. Das dürfte Grund genug für einen Fluchtversuch sein – im Affekt oder nicht.

Aber Aidans Auftauchen zeigte mir nun deutlich, was ich zuvor nur vermutet hatte: Sie fürchteten mich. Und sie glaubten, dass ich tatsächlich mächtig genug sein könnte, um ihre gebündelten Kräfte zu zerreißen.

»Du weißt aber nichts von diesen Umständen? Man hat dir nicht erzählt, was passiert ist, oder?«, fragte ich leicht süffisant. So sehr vertraute man den Söldnern wohl auch nicht mehr oder noch immer nicht. Das war ein gewisses Erfolgserlebnis. Mir wurde schlecht. Dieses Erfolgserlebnis war die direkte Folge von Jennas Tod gewesen.

»Vielleicht klärst du mich auf?« Ich merkte den Unterschied in seinen Gesichtsregungen augenblicklich. Noch immer versuchte er den neutralen Rahmen unserer Unterhaltung aufrechtzuerhalten, aber seine Augen hatten sich nun starr auf mich gerichtet und die Informationsgier war ihm in die Stimme gelegt. Er war gut, aber nicht so gut, dass ich ihn nicht hätte durchschauen können. Dafür waren wir zu lange zusammen unterwegs gewesen.

Ich lächelte freundlich und trank noch einen Schluck, um meine Erkenntnis zu verbergen. »Vielleicht.«

Der Ausdruck der Überlegenheit wich aus seiner aufgesetzten freundlichen Miene und für eine Sekunde zeigte sich ein echtes, anerkennendes Schmunzeln. In diesem Moment hatten wir unsere Grenzziehung abgeschlossen.

»Was hast du in den letzten zwei Jahren so getrieben?«, fragte ich in einem netten Plauderton, selbst wenn ich mich in meiner Haut so unwohl fühlte, selbst wenn es wehtat, in sein Gesicht sehen zu müssen. Was ich eigentlich meinte, wusste Aidan genauso wie ich: *Quid pro quo.* Ich würde ihm ganz sicher keinen Vertrauensvorschuss gewähren.

»Ich war viel in Europa unterwegs.«

Während ich hier festgesessen hatte. Ich war es immer gewesen, die auf Reisen hatte gehen wollen. Die anderen waren stets nur dann ins Flugzeug gestiegen, wenn sie einen Auftrag erhielten, und Jenna ... als ich sie dazu gezwungen hatte.

»Hat dich die Reiselust gepackt?« Die Botschaft war hoffentlich unmissverständlich. *Das reicht bei Weitem nicht. Nicht für die kleinste Information.*

Er lächelte und in seinen tiefgrauen Augen funkelte es. *Bastard.*

»So ähnlich. Ehrlich gesagt, ich war tatsächlich einmal nicht im Auftrag der Söldner unterwegs.«

»Zwei Jahre lang?«

»Nun ... ja. Sie haben mir eine Art eigene Expedition gewährt und finanziert. Norwegen, Russland, Tschechien.«

Das sagte mir etwas. Nichts Gutes. »Länder, in denen Gemeinschaften der Chaosmagier vermutet wurden?«

Wie er wohl darauf gekommen war? Er konnte mich keine Sekunde lang glauben machen, dass ihn niemand beauftragt hatte. Wenn nicht für die seinen, dann musste er für Kleriker oder Naturmagier oder sonst wen tätig gewesen sein.

»So ist es«, gab er widerstrebend zu. Er sah mich nicht an, fixierte stattdessen den Inhalt seiner Tasse.

»Und ich vermute, der Weg führte dich auch in das Heimatland meiner Mutter? Meiner leiblichen Mutter«, fügte ich unnötigerweise noch an. Sollte er ruhig merken, dass ich allmählich wütend wurde.

»Ja, aber nicht ...« Ich unterbrach ihn, indem ich aufstand und ihm die Tasse aus der Hand riss. Schnurstracks ging ich in die Küche, schüttete den noch warmen Inhalt in das Spülbecken und begann abzuwaschen. Er war mir natürlich gefolgt.

»Nell, das hatte nichts mit dir zu tun.« Ich drehte mich nicht zu ihm um.

»Warum auch? Ich darf schließlich hier versauern, ohne dass man sich auch nur die Mühe macht, meine Unschuld zu beweisen.« Ich hörte ihn seufzen und einem Teil in mir tat es so furchtbar leid, ihn derart zu quälen.

»Ich kann dir gar keine richtige Antwort geben, oder?«, fragte er irgendwann, schien davon aber nicht wirklich berührt. »Sage ich, ich war da, um Informationen über dich zu sammeln, schreist du mich an, weil jeder dir misstraut. Wäre ich dorthin gereist, um deine Unschuld zu beweisen, würdest du mir nicht glauben.«

Er hatte recht, natürlich hatte er recht. Aber hatte er denn Zugeständnisse verdient? War es meine Aufgabe, dass er sich besser fühlte? Das konnte niemand von mir verlangen – insbesondere er nicht.

»Das Leben ist nicht fair, Aidan Gavriel«, zischte ich und knallte eine saubere Tasse zum Trocknen neben das Spülbecken.

»Von dir habe ich auch keine faire Behandlung erwartet.« Ich hatte diese Antwort nicht kommen sehen und schwieg. Nie hätte ich gedacht, dass er etwas zu sagen wagte, das unseren leidigen Abschluss intendierte.

»Nach Jennas Tod«, ich krampfte meine Hände zu Fäusten, als er ihren Namen aussprach, »habe ich begonnen, die Dinge zu hinterfragen. Ich musste wissen, wer dahintersteckte. Wer es wagte, ein so widerliches Attentat zu begehen.«

Ich lachte verächtlich. »Das kann ich dir sagen.«

»Wir sind nicht das verräterische Pack, als das du uns hinstellst, Nell, das weißt du ganz genau. Die Mitstreiter Samuels büßen nun ihr Leben lang für ihre Taten und ihn selbst hast du bestraft.« Ich schwieg. »Ich rede von etwas anderem. Sam war nicht gerade intelligent und er war ein Söldner, daran gewöhnt, für andere die Arbeit zu erledigen.«

Ich warf mein Geschirrhandtuch auf die Theke und drehte mich zu ihm um. Halt suchend stemmte ich meine Hände rücklings auf der hölzernen Arbeitsfläche ab. »Hör auf. Damit kann ich mich jetzt nicht befassen.«

Mit dunkler Miene sah er mich an und machte ein paar Schritte auf mich zu. Mit einer Hand strich er sich durch sein kurzes Haar, als wüsste er nicht, wie er mit mir reden sollte. Als ob er es war, dem es das Herz zerrissen hatte, der sich nun all dem Schmerz zu stellen hatte.

»Dir bleibt vielleicht keine andere Wahl. Es muss jemanden gegeben haben, der Samuel angeheuert hat …«

»Aidan«, warnte ich knurrend, doch er ließ sich von mir nicht einschüchtern, hatte er noch nie.

»Eine unbekannte Macht, die sich augenscheinlich gegen dich und deine Gemeinschaft gestellt hat.«

»Ich will das jetzt nicht hören.«

Mir wird schlecht, wenn ich nur daran denke! Ich drehte mich wieder herum und verkrallte meine Hände in das feuchte Geschirrhandtuch. In meinem Kopf setzten sich genau zwei Worte fest. Feind und Leonard. Für eine ganze Weile sagte er nichts. Ich konnte seine bohrenden Blicke ganz genau in meinem Rücken spüren.

»Was ist los?«, fragte er irgendwann. »Was ist passiert?«

»Ich kann …«

In kürzester Zeit war er bei mir und hatte mich zu sich herumgedreht. »Weich nicht aus.«

Seine Stimme war nicht unfreundlich, nur eiskalt und beherrscht. Er war Spion und Informant und noch immer voll und ganz der Söldner – ob er seine Gemeinschaft mit einem geheimen Auftrag hinterging oder nicht.

Ich seufzte und hob meinen Blick. Für einen Moment sahen wir einander in die Augen und ich wusste, dass er genau erkannte, dass meine Welt gerade aus den Fugen gerissen wurde. Seine Hand glitt von meiner Schulter, an der er mich gepackt hatte, und er machte ein paar Schritte zurück.

»Entschuldige«, murmelte er.

»Schon gut«, flüsterte ich. »Du konntest es noch nie leiden, wenn man dich in Ungewissheit ließ.« Ich atmete einmal tief durch und erlangte meine Fassung wieder. »Dass ich es verstehe, heißt aber nicht, dass ich dir alles offenbare.«

»Wie du willst.«

Er ließ sich auf den Barhocker nieder und ich wandte mich dem restlichen Geschirr zu. Mit aller Sorgfalt wischte ich jedes einzelne Stück trocken und stellte alles an seinen rechtmäßigen Ort.

Ich konnte ihm nichts erzählen, solange ich keine Informationen und vor allem Instruktionen von Cornelius und Amalia hatte.

Cornelius und Amalia, die sich kaum bei mir meldeten. Die sich geweigert hatten, mit mir über Leonard zu sprechen, oder über Jenna oder überhaupt etwas von Bedeutung. Noch einmal drehte ich mich um. Aidan hatte mich direkt angeschaut. Er wusste sicher, dass ich mein Schweigen nicht lange würde aufrechterhalten können, und warum sollte ich?

Das hier war Aidan. Er hatte mich nicht verraten, selbst wenn ich das gern glaubte. Er hatte lediglich die Wahrheit gesagt. Ich wusste ja selbst nicht, was mit mir los war. Auch meiner Familie hatte er nie Leid zugefügt. Das Einzige, was ich ihm – in einer ruhigen, wirklich ehrlichen Minute – vorwerfen konnte, war, dass seine Gefühle für mich nicht ausgereicht hatten. Und dass er zu feige gewesen war, mir das ins Gesicht zu sagen, oder zu desinteressiert.

»Es geht um Leonard«, brachte ich hervor. Ich musste endlich mit jemanden darüber reden. »Er wird seit einiger Zeit vermisst. Cornelius und Amalia sind nach Stockholm gefahren, um ihn zu suchen. Er hat dort gearbeitet.«

»Es ist sicher nichts.«

Eine reine Höflichkeitsfloskel. Ich lächelte bitter. »In unserer Welt kann immer etwas sein, Aidan, das wissen wir beide ganz genau.« Ich merkte, wie meine Stimme zu beben begann. »Verstehst du, weshalb ich mir deine Geschichte jetzt nicht anhören kann? Ich will nicht daran glauben, dass da draußen irgendeine Macht lauert, von der wir nichts wissen. Ich kann jetzt nicht daran glauben, dass es eine *Gegenseite* gibt, die uns derart zu schaden versucht.«

Er nickte und wandte endlich den Blick ab.

»Mach dir keine Sorgen«, versuchte er mich halbherzig zu beruhigen. Ich zuckte mit den Schultern, auch wenn er das nicht sehen konnte, und wandte mich zur Tür in Richtung Wohnzimmer.

»Du machst dir doch selbst Sorgen. Und das anscheinend schon länger als ich.«

Zwei Stunden hatte ich mich noch zu einem Spaziergang aufgerafft, den ich mehr schlecht als recht absolvierte. Meine Beine fühlten sich wie Gummi an, als ich die Tür zur Hütte aufstieß und wieder ins Warme trat. Ich hatte mich nicht mit Magie vor dem schlechten Wetter geschützt. All meine Energie war während meines Todeskampfs abhandengekommen.

Ich erwischte Aidan auf meinem Sofa, den Kopf in den Nacken gelegt, die Augen geschlossen, beim Dösen. Blue, der mich nicht hatte begleiten wollen, hatte sich eng an ihn gekuschelt und seinen Kopf auf Aidans Beine gelegt. Er hob nur kurz den Kopf, um mich zu begrüßen. *Verräter.*

»Mach's dir nicht zu bequem«, ließ ich verlauten und riss den Söldner aus seinem leichten Schlummer. »Du bist schneller von dieser Insel runter, als du glaubst.«

Aidan schob Blue von sich herunter und erhob sich in einer so schnellen Bewegung, bei der ich wahrscheinlich sofort hingefallen wäre.

»Das hast nicht du zu entscheiden.«

»Ich weiß«, seufzte ich.

»Tut mir leid.« Ich winkte mit einer Handbewegung das Thema ab und schaute mich im Raum um.

»Du kannst auf dem Sofa schlafen.«

Es würde merkwürdig sein, einen Gast unterzubringen. Eine weitere Person unter dem Dach zu akzeptieren, unter dem es stets nur Blue und mich gegeben hatte.

Früher noch hatte ich manchmal gehofft, die Lieferanten würden durch einen Sturm von der Abreise gehindert, sodass sie mir zumindest für eine Nacht Gesellschaft würden leisten müssen.

Doch das war nie passiert. Dann hatte ich gehofft, meine Geschwister würden kommen, doch auch sie hielt die Barriere zurück. Niemand, der auch nur einen Hauch der Magie in sich trug, konnte sie passieren, solange sie aktiv war.

Amalia hatte ihre Stellung einmal genutzt, um mir die Ponys zu bringen, damit war unser Guthaben an Zugeständnissen jedoch aufgebraucht gewesen. Aber ich glaubte auch nicht, dass Cornelius je einen Gefallen beim Rat eingefordert hatte, um mich zu besuchen.

Heute erfüllte mich der Gedanke, jemandem so nahe zu sein, der nicht Blue war, mit merkwürdiger Beklommenheit. Obschon ich mir dessen bis eben nicht bewusst gewesen sein mochte, lebte ich nun wohl doch lieber für mich allein.

Ich sah noch immer zur Couch, die für so viel stand, vor allem für geheime Wünsche während meiner ersten Monate auf der Insel.

»Wollen wir hoffen, dass uns bald ein Anruf von dieser Situation befreit.«

Ich hoffte nicht nur, ich flehte.

»Dann werde ich mal anfangen, deine Vorräte ins Haus zu tragen.«

Verwirrt schaute ich auf. »Das hast du noch nicht? Dein Schläfchen war dir wohl wichtiger.«

»Ich wusste ja nicht, dass du dich so kooperativ zeigen würdest«, sagte er, als er sich zur Hintertür hinbewegte. Seine Bemerkung brachte mich jetzt doch zum Lächeln.

»Heißt das, du hast gedacht, ich würde dich draußen schlafen lassen? Es ist nicht zu übersehen, dass man dich hier einfach abgesetzt hat und dass du keine Möglichkeit hast, diese Insel zu verlassen.« *Genau wie ich.*

»Bei dir, Nell? Da weiß ich nie, woran ich bin«, antwortete er und verschwand nach draußen. Meine gute Laune war so schnell verschwunden, wie sie gekommen war. Es hatte eine Zeit gegeben, da hatte er sich meiner sicher sein können.

Während ich die Couch auszog und die Decke und ein altes Kissen bezog, kam mir noch ein sehr abstruser Gedanke. Meist kamen Lieferanten mit gemeinschaftseigenen Jets und so musste auch Aidan auf die Insel gekommen sein. Ich fragte mich, was mit mir geschehen würde, wenn ich versuchte, in einer Maschine zu flüchten, solange die Barriere noch intakt war. Vermutlich müsste man mich dann von der Innenwand des gewählten Transportmittels kratzen.

»Schweine, alles Schweine«, fluchte ich, als ich die Decke fein säuberlich zusammenlegte und schwungvoll auf die ausgezogene Couch warf.

»Du redest doch nicht von mir, oder?«, hörte ich Aidan, der gerade eine Kiste mit haltbarer Milch hereintrug.

»Quatsch«, knurrte ich. »Aber vielleicht von denen, die dich hierhergeschickt haben.«

»Schreib einen Beschwerdebrief.«

»Sehr witzig.« Ich wandte den Blick ab. »Den Rest schaffst du allein, nicht? Ich wollte früh ins Bett. Du weißt schon, nach diesem Tag bin ich wirklich erledigt.«

Ich flüchtete in mein Schlafzimmer, ohne auf eine Antwort von ihm zu warten, und Blue, ausnahmsweise loyal, folgte mir schnellen Schrittes.

»Gute Nacht«, flüsterte ich noch tonlos und schob die Tür zu.

Kapitel 5

« DISTANZ »

Als ich die Augen öffnete, wusste ich sofort wieder, warum meine Nacht so unruhig gewesen war. Warum ich mich ständig von einer Seite auf die andere gedreht hatte und Blue irgendwann genervt auf den Boden umgezogen war. Aidan. Aidan. Aidan. *Verdammt, verdammt, verdammt.*

Während seine Anwesenheit im Nebenraum beinahe ein Loch in die Wand zu bohren schien, lag ich jetzt hier in meinem einzigen, löchrigen Pyjama – allein hier auf der Insel machte ich mir sonst nie Sorgen um sittsame Schlafbekleidung.

Ich wollte nicht hinaus ins Wohnzimmer treten und ihn schlafend auf der Couch vorfinden. Ein vertrautes Bild klebte noch allzu präsent in meinem Kopf. Es gab nichts, was mich emotional mehr in Aufruhr versetzen konnte als Aidan am Morgen.

Entgegen dem, was man von einem Söldner erwartete, war er längst kein Frühaufsteher. Seine Haare standen nach dem erholsamen Schlaf in alle Richtungen ab und noch eine Stunde nach dem Aufstehen rieb er sich verschlafen über die Augen. Während mir bei diesem Anblick stets das Herz wie wild in der Brust herumgesprungen war, hatte Jenna lediglich ab und an angemerkt, er solle sich doch endlich etwas anziehen.

Unruhig wälzte ich mich auf den Rücken und breitete meine Arme aus. Mein Bett war nicht besonders breit, sodass beide über die Seiten der Matratze ragten. Zeitschindend ließ ich sie in der Luft kreisen. Als ich dazu keine Lust mehr hatte, legte ich meine Hände auf das Gesicht, als würde mir das genügend Mut geben, endlich dieses Zimmer zu verlassen.

»Ich bin ein Feigling, Blue«, murmelte ich und wartete auf die Reaktion meines lieben Freundes. Dieser schien sich mit seiner Antwort – meist ein beherzter Sprung auf das Bett – jedoch Zeit lassen zu wollen. Ich wartete genau drei Sekunden. Dann drehte ich mich wieder auf die Seite und schaute zu der Hundedecke, auf die es Blue trieb, wenn ihn mein unruhiger Schlaf störte.

»Blue?«, fragte ich in Richtung der leeren Decke und erhob mich mit einer Art leichtem Schrecken. Im Nu hatte ich den winzigen Raum, der gerade einmal das schmale Bett und eine kleine Kommode beinhaltete, sondiert. Der Hund war weg. Mein Reaktionsvermögen war an diesem Morgen nicht das Beste und ich schaute zur geschlossenen Tür. Wut durchströmte mich.

»Das gibt es nicht.« Die Sorgen um meine Kleidung oder den Anblick des schlafenden Söldners vergessend, sprang ich nun aus dem Bett und riss die Tür beinahe aus ihren Angeln.

Das Wohnzimmer war leer, Aidans Bettwäsche ordentlich zusammengefaltet. Ich brauchte nicht lange, um festzustellen, dass sich auch im restlichen Haus niemand aufhielt. Eine Weile stand ich geradezu hilf- und ratlos im Raum und stierte auf die Couch, auf der Aidan die Nacht verbracht hatte.

Ehe ich mich entscheiden konnte, was genau es für ein Gefühl war, das mich durchströmte, drang das Bellen meines Hundes von draußen zu mir. Endlich erwachte ich aus meiner Verwirrung und trat hinaus. Die grelle Morgensonne kitzelte mich sofort im Gesicht. Sie war für diese Jahreszeit ungewöhnlich warm und für einen ganz kleinen Moment vergaß ich meinen Unmut, schloss die Augen und genoss ihre Liebkosung.

Viel zu schnell aber wurde ich mir der Situation gewahr und stierte Aidan mit finsterer Miene entgegen. Dieser joggte gerade in einem schlichten grauen Sportanzug auf mich zu, den freudig um ihn herumspringenden Wolfshund im Schlepptau. Mit einer einfachen, aber bestimmenden Geste befahl ich Blue an meine Seite, der augenblicklich gehorchte.

»Du warst in meinem Schlafzimmer«, zischte ich. *Während ich noch in meinem Bett lag.* Allein die Vorstellung, wie er mich belustigt beäugte …

Ohne eine wirkliche Reaktion kam Aidan vor mir zum Stehen. Abschätzig betrachtete er meinen Aufzug.

»Dein Schönheitsschlaf scheint durch mich nicht gestört worden zu sein.«

Seine ätzende Arroganz trieb mich langsam zur Verzweiflung, aber ich brauchte die Stärke, die die Wut mir gerade verlieh.

»Das ist ja wohl nicht dein Ernst. Man schleicht sich nicht einfach so in anderer Leute Schlafzimmer, während diese einem vollkommen ausgeliefert sind!«

»Vollkommen ausgeliefert? Du mir?«

Ich knurrte wütend. *Treib es nicht zu weit, Aidan Gavriel. Ich kann auch anders.*

Ohne dass ich es beabsichtigte, schoss eine kleine Sturmbö auf ihn zu, ohne ihn jedoch in irgendeiner Weise aus dem Gleichgewicht zu bringen. Verdammte Selbstbeherrschung. *Verdammt!*

»Es gehört sich nicht, basta. Menschen beim Schlafen zu beobachten, ist gruselig, vielleicht auch krank. Wenn du mich jetzt entschuldigen würdest, es gibt Frühstück.«

Ich drehte mich auf der Stelle um und verschwand im Haus. Sein Lachen verfolgte mich.

Wie in alten Zeiten, hätte Jenna jetzt wohl gesagt.

»Frühstück für mich, nicht für dich.« Blue wimmerte leise und ich wollte gern glauben, dass er um Vergebung bat. Ich streichelte ihm leicht über den Kopf. »Und vielleicht kriegst du auch was, du Verräter.«

Meinem einzigen Freund konnte ich nicht lange böse sein. Wer würde sonst schon auf meiner Seite stehen?

Ich bediente die Kaffeemaschine in Windeseile und sah aus den Augenwinkeln, wie Aidan Richtung Badezimmer verschwand. Seufzend holte ich zwei Teller und zwei Tassen aus dem Geschirrschrank und stellte sie auf der Theke bereit. Um jemandem den Kaffee zu verweigern, war ich dann doch nicht gemein genug. Gespannt schaute ich in den Kühlschrank und die Vorratskammer, die Aidan am Vorabend gefüllt hatte, und ein Lächeln stahl sich in mein Gesicht.

Wenn man in absoluter Isolation lebte, begann man jede Kleinigkeit zu vermissen und sich über sie zu freuen, wenn man sie endlich wieder genießen konnte. Frische Eier, frische Milch, Orangensaft, all das, was für mich zu einem guten Frühstück dazugehörte.

Für einen ganz kurzen Moment rundum glücklich, rührte ich die Zutaten für einen herrlichen Pfandkuchenteig zusammen und ärgerte mich jetzt schon darüber, dass ich dieses Mahl mit Aidan würde teilen müssen. Isolation schürte offensichtlich auch den Futterneid, was mir zuvor dank fehlender Gesellschaft noch nie aufgefallen war.

Gerade als ich die ersten goldbraunen Pfannkuchen zubereitete, kehrte Aidan zurück. Oberkörperfrei und gerade dabei, sein dunkles Haar mit einem Handtuch trocken zu rubbeln.

»Mach hier mal weiter«, wies ich ihn harsch an und streckte ihm den Pfannenwender entgegen. Sein Blick in Richtung der zwei Teller blieb mir nicht verborgen und ich knurrte wieder. »Auch wenn du es vielleicht nicht verdient hast, lasse ich unter meinem Dach niemanden hungern.«

Gut, hätte ich an meinem Plan festgehalten, allein zu essen, wäre es wohl dennoch nicht dazu gekommen, aber ich wollte keinen weiteren seiner gönnerhaften Kommentare anhören müssen.

»Nell, jetzt mach nicht so ein Drama daraus. Ich bin ja schließlich nicht über dich hergefallen.«

Ich ignorierte ihn. »Komm schon, Blue.«

Ich schüttete schnell Trockenfutter in seinen Napf, goss ein wenig Wasser darüber und stellte es ihm vor die Nase. Er machte sich darüber her, als gäbe es nichts Besseres auf der Welt, und ich musste lächeln bei dem Gedanken, dass diese Isolation für Blue wohl weit weniger schlimm war – nicht nur gastronomisch gesehen.

Einen weiteren Blick in Richtung Aidan werfend, marschierte ich auf seine Reisetasche zu, die ordentlich unter dem Couchtisch verstaut war. Ich brauchte nicht lang, um das zu finden, wonach ich suchte.

»Zieh dir endlich was an«, befahl ich und warf ihm ein weißes T-Shirt zu, ehe ich selbst im Bad verschwand.

Ich hätte mich gern für eine ganze Stunde oder noch länger unter die Dusche geflüchtet, aber der Duft meines Frühstücks trieb mich hinaus.

Ich wickelte mich in ein großes Handtuch, schlich eine Tür weiter in mein Schlafzimmer und schlüpfte in legere Leggins und einen alten, viel zu großen Pullover. Ich kämmte mich nicht vor dem Spiegel. Heute konnte ich meine Narben nicht ansehen. Vielleicht hatte Aidan recht und ich provozierte den Schmerz, den ihr Anblick verursachte, mit voller Absicht.

Aber es ging ihn nicht das Geringste an. Das war mein Leben und meine Art, mit allem fertigzuwerden.

In der Küche hatte mein ungeladener Gast bereits Pfannkuchen auf die Teller verteilt und Kaffee in meine Lieblingstasse gegossen. Er selbst hielt seine bereits in der Hand. Ich schob mich auf den Barhocker und begann zu essen, während er stillschweigend seinen Kaffee trank.

Es war mir unangenehm, wie er mich so betrachtete. Es mochte ja sein, dass ich Teil seines Auftrags war, der vielleicht sogar über die bloße Bewachung hinausging, aber ich wollte wenigstens unbeobachtet frühstücken.

Ich selbst war gezwungen, meinen Blick gesenkt zu halten. Ich wollte es nicht sehen. Sein perfektes Gesicht, das wirklich keine einzige Narbe aufwies. Er war Söldner, er hatte Narben und das wusste ich genau. Sein gesamter Oberkörper war übersät von Beweisen, wie gefährlich sein Leben gewesen war, wie gefährlich es noch immer war. Nur sein Gesicht war von diesen Malen stets verschont geblieben, seine perfekte Erscheinung ungebrochen.

Es war nicht gerecht, dass die einzige Katastrophe, die einzige Gefahr, die ich durchzustehen gehabt hatte, so unverkennbar in meinem Gesicht prangte. Nun, ich gab mir auch nicht besonders große Mühe, das zu ändern, aber mein Leben war nun einmal verpfuscht. Narben hin oder her.

Endlich zog Aidan seinen Teller zu sich heran und für eine Weile war nur das leise Klirren des Bestecks zu hören, das ab und an gegen das Porzellan schlug. Es war seltsam, wie einträchtig wir beieinander sein konnten, und für eine Weile vergaß ich all den Gram, die Trauer und andere störende Emotionen.

»Du hast es wirklich schön hier.«

Im Nu war dieser Moment vorbei. Seufzend sah ich zu ihm auf und plötzlich wurde mir klar, dass er das vollkommen ernst gemeint hatte. Ganz kurz ließ ich mich darauf ein und ließ meine Augen durch die Küche wandern.

»Ja«, wisperte ich dann. »Es hat lange gedauert, aber jetzt weiß ich, dass ich es einmal ganz genau so haben will. Ein kleines Häuschen aus Holz, meine Bücher, meine Tiere … und diesen Ausblick aufs Meer«, fügte ich hinzu, als ich an Aidan vorbei aus dem Küchenfenster zu den Klippen hinsah, hinter denen die Wellen tosend gegen die Felsen schlugen.

»Ich bin nicht mehr diejenige, die ich einmal war. Ich habe die Ruhe für mich entdeckt und die Schönheit, die in den einfachen Dingen steckt. Es ist nur, dass ich …«

»Dass du nicht dazu gezwungen sein möchtest«, beendete Aidan meinen Satz und meine Augen zuckten vom Fenster zurück zu ihm. Ich wollte nicht, dass er es verstand. Ich wollte nicht, dass er Mitleid mit mir hatte.

»Ich muss dir dankbar sein«, erwiderte ich abwehrend, als ich vom Barhocker rutschte und meinen Teller in die Spüle stellte. Dabei kam ich ihm viel zu nahe. »Dafür, dass ich endlich gemerkt habe, wie ich wirklich bin. All der Trubel, all der Lärm, all das, was ich früher glaubte zu lieben, ist so unbedeutend geworden.«

Alles, was ich zu lieben glaubte. Alles.

»Dein Leben bestand nicht nur aus diesem unguten Trubel.« Ich wollte ihn ignorieren und ließ heißes Wasser über mein Geschirr laufen. »Du warst nur unglaublich impulsiv.«

»Ich war unruhig und launisch und oft so wütend auf Dinge, die ich nicht ändern konnte. Ich denke, ich war ungemein großspurig und dennoch irgendwie feige«, schloss ich und griff nach dem Geschirrspüler.

»Lass mich das machen.« Binnen einer Sekunde hatte er mich zur Seite geschoben und sein Geschirr zu dem meinen gestellt. Ich konnte nicht anders, als ihn anzusehen und für eine Weile zu schweigen, bis mein Blick auf die Wanduhr der Küche fiel. Es war noch nicht einmal Mittag. Wir hatten noch den ganzen Tag vor uns und mein Haus war wahrlich nicht groß. Den gesamten Rest des Tages würden wir aufeinanderhocken.

Draußen begann nun zu allem Übel auch noch die Welt unterzugehen. Wind peitschte den strömenden Regen gegen die dreckigen Scheiben der Küchenfenster. Ich stöhnte.

Wir mussten einander irgendwie aus dem Weg gehen, aber ich würde ihn ganz sicher nicht in das kalte Unwetter schicken können. Robustheit hin oder her, nicht einmal ein Söldner würde einen Tag im Regen ohne Lungenentzündung überstehen.

Warum hatte das Wetter von vorhin nicht einfach vorhalten können? Aber das war die Eigenart dieser netten, magisch vollkommen aus der Bahn gebrachten Insel. Vermutlich konnte ich noch froh sein, dass es nicht zu schneien begann.

»Danke, Aidan, ich werde …«

»Kein Problem, ich weiß ja, wie dich dreckiges Geschirr aufregt«, unterbrach er mich und ich konnte nicht anders, als leise zu lachen.

Dass er sich solch neurotische Eigenarten gemerkt hatte, brachte mich ein wenig aus dem Konzept. Gott wusste, warum. »Ich mache einen kleinen Spaziergang, wenn du schon so lieb bist …«, entzog ich mich einfallslos der Situation. *Lieb?* Ich machte mich zum Affen, aber das war ja nichts Neues.

»Bei dem Wetter?«, hörte ich ihn nur skeptisch fragen, während ich mich aus der Küche hinaus zur Garderobe flüchtete. Warum bloß kam mir im Zusammenhang mit Aidan nur immer wieder Flucht in den Sinn? Ich brauchte das nicht zu beantworten, ich wusste es natürlich schon längst.

»Ich werde bestimmt nicht den ganzen Tag im Haus verbringen.« *Solange du dich auch darin aufhältst.*

»Zieh dir was Warmes an«, rief er aus der Küche. Hatte ich ihn da gerade richtig verstanden? Ich schnaubte erzürnt und wickelte meinen Schal eng um meinen vernarbten Hals. Dann schlüpfte ich in die dickste Jacke, die ich hierhatte, und öffnete die Tür.

»Ich schaffe mir meine eigene Wärme.«

»Das hängt wohl ganz davon ab, wie lange du *dem Haus* fernbleiben willst.«

Mistkerl! Ohne weitere Worte an ihn zu verschwenden, trat ich hinaus. Ich richtete meine Hand schwungvoll in die Luft und beschwor meine unsichtbare Schutzbarriere herauf.

Ich war gerade fünf Minuten unterwegs, da fiel mir mein Alleinsein auf. Ich hatte tatsächlich den Hund vergessen. Für einen kleinen Moment dachte ich darüber nach, noch einmal zurückzugehen, tat diesen Gedanken jedoch sofort wieder ab. Je schneller ich wegkam, desto besser, und Blue würde sich in Aidans Gegenwart pudelwohl fühlen.

Ich verzog das Gesicht, als mich wieder eine Erinnerung durchfuhr. Aidan und Blue hatten sich nie wirklich verstanden. Zu der Zeit, in der Jenna und ich durch die ganze Welt reisten, waren unsere beiden männlichen Reisebegleiter einander aus dem Weg gegangen.

Hatte Aidan sich genähert, hatte Blue ihn nur missmutig angeknurrt und sich verzogen. Was die beiden nun zu den besten Freunden machte, konnte ich nicht sagen. Vermutlich war das ein weiterer Streich, den mir das Leben spielte.

Und hatte ich nicht vor ein paar Augenblicken noch gesagt, dass ich die Wut abgelegt hatte? Das war definitiv eine Lüge gewesen. Es stimmte, dass ich zur Ruhe gekommen war, dass ich mein neues Leben in seinen Grundzügen meinem alten vorzog, doch die Wut war nie gewichen.

Die Wut auf die Person, die ich einmal gewesen war: lüstern nach den Abenteuern der Welt, auf mich bedacht und rücksichtslos, ohne es zu merken. Die Wut auf Samuel, der Jennas Leben ohne ein Wimpernzucken beendet hatte. Die Wut auf Aidan, die Wut auf den Rat, der mich zu dieser Einsamkeit verbannt hatte. Die Wut darauf, dass ich hier war, während etwas Schreckliches vorging.

Hier zu sein und zu warten, während Leonard womöglich in Schwierigkeiten steckte, war eigentlich ein Ding der Unmöglichkeit.

All diese Wut … In Verbindung mit der nagenden Angst würde sie mich in der Welt dort draußen nach und nach wieder in diese grässliche Person verwandeln, die ich einmal gewesen war.

Fünf Stunden hatte ich draußen verbracht. Auf dem nassen Boden sitzend, hatte ich die Abschirmung erweitert und so auch Fenna und Lilja vor dem Unwetter bewahrt. Dann hatte ich ihnen einfach nur beim Grasen zugesehen und mich dafür verflucht, dass ich so schnell das Weite gesucht und darüber hinaus mein Buch vergessen hatte. So eine kopflose Flucht konnte einem eine wirklich langweilige Zeit einbringen.

Stillschweigend hatte ich dem Meeresrauschen gelauscht und ab und an Fenna oder Lilja über das weiche Fell gestreichelt, wenn sie mir einen kurzen Besuch abstatteten. Irgendwann fand auch Blue wieder seinen Weg zu mir, nachdem es zu regnen aufgehört hatte.

Als mir die Kälte langsam in die Glieder biss und weder warme Kleidung noch Magie nützten, machte ich mich auf den Rückweg, zwei

Ponys und einen Hund als Geleit. Die Sonne senkte sich allmählich und ich stieß einen glücklichen Seufzer aus, als das Haus endlich wieder vor mir auftauchte. Ich fror tatsächlich entsetzlich.

Ich lief gerade den Hügel zur Tür hinunter, da trat auch Aidan hinaus. Ich musste mich abrupt bremsen, um nicht direkt in seine Arme zu laufen.

»Also das nenn ich mal ein Bild für die Götter.«

»Was?«, fragte ich in einem recht aggressiven Ton, bereit, mich wieder gegen ihn zu verteidigen. Seine Anwesenheit hier glich einem Kleinkrieg.

»Dich über die Hügel wandern zu sehen, während dir zwei wirklich winzige Pferde und ein beinahe genauso großer Hund hinterherdackeln, mehr nicht.« Die Belustigung war wie weggewischt. »Fühl dich nicht gleich angegriffen«, brummte er mich an.

»Kümmere dich um deinen eigenen Mist.« Mehr fiel mir als Erwiderung nicht ein.

Ich verschwand im Haus. Überfordert mit all meinen Gefühlen, warf ich mich in meinen Sessel und angelte nach *Vojna i mir*. Recht gehetzt, als würde ich fürchten, nicht schnell genug zu sein, knipste ich die Lampe an und suchte die Stelle, an der ich geendet hatte. Lesezeichen nutzte ich nur sehr selten und meist machte mir das nicht das Geringste aus, da ich genau wusste, auf welcher Seite ich weiterlesen musste. Normalerweise. Ganze fünf Minuten verbrachte ich nun damit, mich daran zu erinnern, was ich tags zuvor gelesen hatte.

Irgendwann fand auch Aidan seinen Weg wieder ins Haus und setzte sich tatsächlich auf seine improvisierte Bettstatt. Ich knurrte innerlich, gab ihm aber nicht die Genugtuung, aufzustehen und in mein Schlafzimmer umzuziehen.

»Du sprichst Russisch?«, fragte er irgendwann und ich warf ihm über den Buchrand hinweg einen missmutigen Blick zu. Es war allerdings schon immer hoffnungslos gewesen, ihn subtil auf Sachverhalte hinzuweisen, indem man ihn nur ansah. Diese Nuancen ignorierte er stets mutwillig.

»Lesen ja, sprechen eher nicht«, grummelte ich, um ihn irgendwie zum Schweigen zu bringen. »Ich bin noch im Lernprozess. Also wäre ich dir sehr verbunden, wenn du mich nicht weiter in meiner Konzentration stören würdest.«

»Beeindruckend.« Genervt klappte ich das Buch zu, nachdem ich sorgsam einen Finger zwischen die Seiten geschoben hatte, um nicht wieder endlos suchen zu müssen, wenn er mich endlich in Ruhe ließ.

»Nur weil ihr Söldner kaum euren Namen schreiben könnt …«

»Entschuldige mal. Ein paar Sprachen beherrsche ich auch.«

Ich lächelte boshaft und wandte mich wieder meiner Lektüre zu.

»In Anbetracht der Tatsache, dass ihr Söldner weit mehr in der Welt herumkommt als die meisten Magier, sprichst du noch zu wenig. Das ist meine Meinung.«

Wo kam nur diese Hochnäsigkeit plötzlich her?

»Du hast recht. Was für ein Glück, dass wir euch immer dabei haben, nein, warte. Der einzige Grund dafür ist, dass *ihr* euch nicht ohne *uns* in die große weite Welt traut.«

Ich schnaubte. »Rede du nur weiter.«

Für eine Weile tat er genau das nicht. Wir saßen einfach nur da. Er schwieg und ich versuchte, mich auf den russischen Text zu stürzen, ohne wirklich etwas zu verstehen. Draußen wurde es langsam dunkel und auch wenn ich wusste, dass der Abend sich sehr lange hinziehen konnte, erfüllte mich eine gewisse Erleichterung.

Aidan schaltete irgendwann das hellere Licht an, setzte sich auf den Boden, um den Kopf gegen die Wand zu lehnen, und kraulte Blue, der sich an ihn gekuschelt hatte. Ein seltsames Gefühl der Wärme breitete sich in mir aus. Diese Alltäglichkeit war … schön, aber ich durfte nicht vergessen, dass sie eine Lüge war.

»Helena?«, hörte ich ihn da flüstern und ich verbot mir, erschrocken aufzuschauen.

»Hm?«

»Ich war heute Morgen an dem See, aus dem ich dich gezogen habe.«

»Und weiter?« Innerlich fürchtete ich mich vor dem, was jetzt unweigerlich kommen musste.

»Er war nicht mal mehr ansatzweise gefroren.«

Es machte mir solche Angst, mit ihm gerade darüber reden zu müssen. »Das liegt vermutlich daran«, antwortete ich, als sei das vollkommen offensichtlich, »dass ich ihn gestern mutwillig eingefroren habe.«

»Warum?«

»Das habe ich dir doch schon gesagt. Ich habe geübt.« Ich sah nicht von den Worten auf.

»Was geübt?«

»Ich hatte es satt, dass ich festgehalten wurde, ohne dass irgendjemand versuchte, meine Unschuld zu beweisen. Man brachte mich hierher, um herauszufinden, ob ich chaosmagische Energien in mir habe. Das hat offensichtlich niemand getan und da dachte ich mir, wenn ich Samuel nur auf diese Weise habe töten können, weil ich in Aufruhr und Panik war ...«

»Du versuchst mir jetzt nicht gerade wirklich zu erklären, dass du dich selbst in Lebensgefahr gebracht hast, damit die Chaosmagie dich rettet?«

»Oder nicht rettet. Um Gewissheit zu haben, ja.«

Es tat weh, so gleichgültig zu sein. Ich wollte es jemandem erklären. Jemandem, den es interessierte. Ich wollte ihm offenbaren, wie elend es mir gegangen war. Was für eine Angst ich gehabt hatte. Wie sehr ich mir gewünscht hatte, endlich von dieser Insel zu kommen, wieder zu leben, zu wissen, ob ich gefährlich war oder nicht.

Es war mein letzter Ausweg gewesen. Eine Handlung, die aus der Verzweiflung geboren worden war. Warum konnte er das nicht sehen?

»Du bist verrückt.«

Warum siehst du nicht, wie verzweifelt ich bin?

»Ja, vielleicht bin ich das«, flüsterte ich, blätterte eine Seite um und ließ meinen Blick über die erste Zeile wandern.

»Nun«, murmelte er und erhob sich, »dann hast du deine Antwort jetzt. Wäre ich nicht gekommen, wärst du jetzt tot. Ertrunken. Du hast dich nicht chaosmagisch retten können. Deine Unschuld ist bewiesen und das hat dich fast das Leben gekostet. Zufrieden?«

»Ich kann mir nicht sicher sein.«

»Ach nein?«, fragte er mit kalter Stimme. »Wie schade.«

Dann schritt er Richtung Küche, ohne meine Antwort abzuwarten.

Nein, ich konnte mir nicht sicher sein. Warum hätte die Chaosmagie mich retten sollen, wenn ich mich selbst schon fast vollkommen aufgegeben hatte?

Es vergingen noch zwei weitere Tage. Zwei Tage, die ich irgendwie überlebte, ohne zu wissen, wie. Wir lebten nebeneinanderher, sprachen kaum ein Wort. Aidan kochte und kümmerte sich um den Haushalt. Ich las – meist draußen bei meinen Tieren. Obgleich wir uns stillschweigend arrangierten, wusste ich, dass Aidan genau wie ich auf einen erlösenden Anruf wartete.

Ein ums andere Mal hatte ich sowohl Gretas Nummer als auch die von Cornelius oder Amalia gewählt. Beim ersten Freizeichen hatte ich sofort wieder aufgelegt. Ich wollte keine schlechten Nachrichten hören. Ich hätte mir selbst nicht getraut. Ich wusste nicht, was ich getan hätte. Gute Neuigkeiten schienen nicht in Aussicht.

Meine Geschwister schwiegen, weil sie mich ruhig halten wollten, weil sie wussten, dass jeder Anruf mich nur noch mehr in Aufruhr versetzen würde.

Manches Mal erwischte Aidan mich dabei, wie ich vollkommen verzweifelt meine Stirn gegen die Wand stemmte, als würde das meine Situation in irgendeiner Weise verbessern. In diesen Fällen hatte ich ihm dann einen bösen Blick zugeworfen und mich rar gemacht. Nun, die Tage waren rumgegangen, selbst wenn ich zuvor nicht geglaubt hatte, sie überstehen zu können.

Das Telefon klingelte am anbrechenden fünften Tag seiner Anwesenheit. Es war am Morgen, sieben Uhr, und ich fiel beinahe aus dem Bett. In Windeseile war ich aufgesprungen, an dem schlafenden Aidan vorbei, über Bücherstapel stolpernd zur Küche.

»Ja?« Eine Zeit lang kam kein Laut von der anderen Seite, dann ein leises Wispern und ein Schluchzen.

»Nell …«

»Greta.« Mein Herzschlag setzte für einen Moment aus. »Greta, was ist passiert?«

»Ich … Ich weiß ja, dass ich es nicht sollte, dass ich übertreibe, aber …« Für eine Weile sagte sie nichts, ich hörte nur ihren schweren Atem und wusste, dass sie sich bemühte, so ruhig wie möglich zu sprechen. »Cornelius und Amalia haben sich nicht bei mir gemeldet, Nell. Vor zwei Tagen haben sie sich eigentlich melden wollen.«

Ich atmete tief durch und schloss die Augen, um mich zu sammeln. Das Ordenshaus in Stockholm war nur eine kleine Familiendelegation.

Sie hatten weder die Mittel noch die Macht, dort nach dem Rechten zu sehen. Unsicher öffnete ich die Augen wieder. Aidan war an die Tür getreten und sah mich abwartend an.

»Ruf das Ordenshaus in Moskau oder Hamburg an und lass sie jemanden nach Stockholm schicken, dann …«

»Das habe ich schon gestern gemacht, Nell«, wisperte sie und plötzlich wurde ihre Stimme ganz fest, aber abwesend, als wäre sie innerlich längst fort. »Sie sind weg. Sie können sie nicht finden.«

Ich hatte Angst gehabt, was ich hätte tun können. Wozu ich in der Lage wäre, wenn das Telefon klingelte und man mir schlechte Neuigkeiten offenbarte. Was würde ich tun? Mein Blick brannte sich in Aidans.

Kapitel 6

« WENN EIS ZERSCHLAGEN WIRD »

Für einen Moment war es wie früher. Wir verstanden einander, ohne auch nur ein Wort zu sagen. Meine Finger krampften sich um den Telefonhörer, während ich zuhörte, wie meine Schwester vollkommen aufgelöst ins Telefon schluchzte. Ich hingegen brauchte Zeit, um alles zu rekapitulieren.

»Greta!«, fuhr ich ihr dazwischen und sie verstummte augenblicklich. Ich schloss die Augen und presste die Faust fest gegen die Stirn. Ich atmete einmal tief ein und aus, dann ein zweites Mal, ein drittes Mal … Cornelius und Amalia waren verschwunden, ebenso wie Leonard. Nur für einen einzigen Gedanken war momentan in meinem Kopf Platz. *Ich hätte sie begleiten sollen. Anstatt mich hier zu verstecken.*

»Du bleibst, wo du bist, Greta. Du verlässt nicht das Haus, bis ich mich wieder bei dir gemeldet habe, ist das klar?«

»Nell«, warnte sie, doch ich ließ es nicht zu.

»Ich sagte, ist das klar?«, knurrte ich meine Schwester an. Sie mochte älter sein, doch in unserer Gesellschaft hatten in Krisensituationen nur Magische das Kommando.

»Ja«, gab sie daher nach. »Was hast du vor?« Mir wurde schlecht und ich presste die Augen nur noch fester zusammen. Ich durfte Aidan jetzt nicht ansehen. Er würde mir nur das Gefühl geben, vollkommen falsch zu handeln, aber es ging hier um meine Familie. Wenn Cornelius und Amalia nicht mehr da waren, um sie zu schützen, würde ich das tun müssen.

»Nell …«

»Ich melde mich wieder«, versprach ich ihr, öffnete die Augen und legte den Hörer mit aller Bedachtsamkeit auf die Gabel. Ich brauchte nur noch einen ganz kleinen Augenblick. Ein paar Sekunden. Die gewährte Aidan mir jedoch nicht.

»Was ist geschehen?« Ich sah ihn nur flüchtig an, dann trat ich an ihm vorbei in mein Schlafzimmer. Er folgte mir, stützte sich abwartend gegen den Türrahmen, wie er es schon seit Jahr und Tag tat.

»Cornelius und Amalia melden sich nicht zurück«, gab ich ihm nun zur Antwort und zog mir das Oberteil meines Schlafanzugs über den Kopf. Seine Anwesenheit interessierte mich jetzt kein bisschen mehr. Vollkommen ungerührt kramte ich nach dem nächstbesten Kleidungsstück.

»Seit wann?«, fragte er fachmännisch, ganz der katastrophenerprobte Söldner, der er war.

»Seit zwei Tagen«, berichtete ich knapp, zog mir einen weinroten Pullover über, ehe ich mich der Schlafanzughose entledigte und in eine alte Jeans schlüpfte.

»Das muss nichts heißen.« Ich bemerkte durchaus, dass er mich zu beruhigen versuchte. Mein kaltes Verhalten musste ihn unweigerlich zur richtigen Schlussfolgerung gebracht haben. Dass ich nicht mehr hier herumsitzen würde, bis sich alles von allein regelte.

»Ich denke schon.«

Keine Bewegung war zu viel, als ich meine bequemsten Turnschuhe über meine Füße streifte. Erst als ich mich an ihm vorbei ins Wohnzimmer drängte, hielt ich einen weiteren Moment inne. Ich sah noch ein letztes Mal in seine nun dunkler schimmernden grauen Augen.

»Dieses Mal werde ich mich aber selbst darum kümmern.« Seine Hand wanderte über meinen nackten Arm und auch wenn sie mich kaum berührte, fühlte es sich an, als würde sie ihn fest umklammern.

»Beruhige dich. Rede erst einmal mit mir.«

»Ich bin doch ganz ruhig«, flüsterte ich sanft. »Aber reden werde ich ganz sicher nicht mehr.« Dann entwand ich mich seiner Präsenz und im Nu war ich aus dem Haus gehuscht. Blue war schon an meiner Seite.

Es war die Wahrheit. Mit einer Ruhe, die mich an jemand anderem selbst in Angst versetzt hätte, kletterte ich den Hügel hinauf, lief auf ihm entlang, vorbei an der rasch aufgehenden Sonne. Als ich die zwei Schemen der Pferde erblickte, stieß ich einen einfachen Pfiff aus. Die Tiere hoben ihre Köpfe und trabten dann erfreut in meine

Richtung. Ihr Training, das ich nur aus einer Laune heraus begonnen hatte, machte sich nun bezahlt.

Sobald Fenna und Lilja sich in Bewegung gesetzt hatten, drehte ich mich wieder herum und machte mich auf in Richtung Haus. Aidan vor mir betrachtete mit angespannter Miene, wie ich erneut an ihm vorbeimarschierte, samt Ponys, was ihn zuvor noch so belustigt hatte.

Wenige Minuten später öffnete ich die Tür des Hauses und zwängte die Tiere hindurch. Irgendwie abwesend sah ich mir dabei zu, wie ich auch Blue ins Haus befahl. Ich wusste nicht, was ich gleich entfesseln würde, und ich wollte sie alle drei in Sicherheit wissen. Aidan würde sich von mir nicht einmal in Sicherheit bringen lassen, wenn man ihm mit der Peitsche drohte.

»Verdammt, was treibst du da?« Dieses Mal packte Aidan mich harsch am Arm und riss mich so herum, dass ich ihn wieder ansehen musste.

»Ich tue endlich etwas«, zischte ich und für einen Moment erlaubte ich mir, seinem Blick standzuhalten und meine Kraft zu beweisen, dann riss ich mich von ihm los und rannte.

»Nell«, rief er erst noch mahnend, dann immer wütender. »Nell!«

Meine Schritte beschleunigten sich, wurden zu Sprüngen und steigerten sich zu einem kräftezehrenden Lauf. Ich spürte, wie Aidan mir hinterhersetzte, aber ich wusste, dass er mich nicht würde einholen können. Der Wind war auf meiner Seite.

Keuchend rannte ich den matschigen Hügel hinauf und rutschte förmlich auf der anderen Seite wieder herunter. Ich wurde immer schneller, in meiner Brust aber breitete sich ein lästiges Husten aus.

»Nell!« Von Panik erfüllt strauchelte ich, fing mich im selben Moment aber wieder und rannte weiter. Es war nicht mehr weit. Vor der Klippe bremste ich abrupt ab und sah hinunter in die Fluten. Donnernd schlugen die Wellen gegen den kalten Stein.

Schnell warf ich einen Blick über die Schulter und sah Aidan auf mich zueilen.

»Nell«, hörte ich ihn noch einmal rufen, wenngleich er nicht mehr brüllte. Etwas Flehendes war in seine Stimme getreten, aber darauf wollte ich jetzt nicht achten. Ich wandte mein Gesicht ab. Dann rief ich den Wind zu mir.

Ehe Aidan mich erreichen konnte, schickte ich einige leichte Böen in seine Richtung. Schützend hob er die Arme vors Gesicht. Ich hatte einen kleinen Moment Zeit gewonnen.

Mit eiserner Konzentration starrte ich zu der Stelle, an der ich diese verfluchte Magiebarriere der Kleriker vermutete. Hinter den brechenden Wellen, wo das Wasser ganz still war.

In einer rhythmisch-fließenden Bewegung schwang ich meine Arme in die Luft und schickte den Wind über das Meer. Die von mir selbst erschaffene Barriere zerfiel und nun hatte der einzige Mann, der mich von all dem hier würde abbringen können, freie Bahn.

Jetzt musste ich schnell handeln. Er würde nicht lange brauchen, um bei mir zu sein, und ein wütender Söldner war zu allem fähig. Wenn es nötig war, würde er mich womöglich sogar mit einem gezielten Schlag außer Gefecht setzen. So weit würde es nicht kommen. Ich trat noch einen Schritt vor. Nichts war mehr zwischen mir und dem Abgrund, meine Zehen hatten bereits keinen Boden mehr unter sich.

»Nell.«

»Komm mir nicht zu nahe«, rief ich. »Du willst doch nicht, dass ich falle.«

Und plötzlich verstummte das Donnern der Wellen. Ich schloss die Augen und drängte die Wassermassen immer weiter von den Felsen der Klippe fort, bis eine Wand aus Wasser sich vor mir in die Höhe reckte.

»Komm da weg.« Ich beachtete ihn gar nicht. Er schien sich nicht näher zu wagen, denn der Wind schoss in kräftigen Zügen an uns vorbei. Ein Stich durchfuhr meine Brust ob der ungewohnten Belastung, die mein Körper plötzlich zu ertragen hatte. Die Elemente begannen langsam gegen meine Befehle und mich selbst anzukämpfen. Ich unterdrückte den Schmerz und stieß gequält die Luft aus.

Einen Aufschrei konnte ich nicht vermeiden, als ich das Wasser nur so in die Höhe riss und es mit dem Sturm vermengte, der über uns tobte. Zitternd bildete ich mit den Händen eine Kugel und schloss die Augen. Meine Lunge drohte zu zerbersten. Lange würde ich nicht mehr aushalten.

Einmal noch atmete ich tief durch, dann schmetterte ich das unnatürliche Gemisch aus Wasser und Luft gegen die unsichtbare Barriere.

Solange Wasser nur Wasser war und Luft nur Luft, hatte die Barriere sie nicht zurückgehalten, doch jetzt gemischt mit meiner Magie …

Der Aufprall meines heraufbeschworenen Orkans an der Barriere traf mich selbst innerlich, als hätte mir jemand mit aller Kraft in den Bauch getreten. Mir blieb die Luft weg und ich taumelte. Der Wind um mich herum stürzte in die Tiefe, als ich für einen Moment die Kontrolle verlor. Die Wellen stießen mit solcher Kraft zurück gegen die Klippen, dass die Erde bebte. Ich sah mich fallen, hinunter in die Tiefen des Meeres, und gegen den zerfressenden Stein schlagen wie das Wasser, das sich meiner Macht entzogen hatte.

Und dann schlangen sich Aidans Arme um meine Taille. Er zog mich so fest an seine Brust, stand selbst so sicher am Rande der Klippe, dass ich mich für einen winzigen Augenblick seiner Umarmung überantwortete.

Ich spürte Tränen auf meinen Wangen und wusste nicht, wann sie sich von meinen Augenlidern gestohlen hatten und ob sie vom Schmerz oder der Enttäuschung herrührten. Ich wusste nur, dass ich nicht einfach aufgeben würde. Ich hatte mich zu lange von allem und jedem aufhalten lassen.

»Lass mich los«, zischte ich, obgleich es sich selbst in meinen Ohren anhörte wie das Wispern eines kraftlosen Mädchens.

»Garantiert nicht.« Er zog mich mit sich, fort von dem Abgrund, der mich beinahe verschluckt hätte. Vor der nahenden Erschöpfung bebte mein Körper nur noch mehr. Ich durfte nicht die Kontrolle verlieren.

»Ich sagte, lass los!«, schrie ich und irgendetwas riss ihn von mir fort.

Der Wind schnellte zurück, umfing mich wie eine enge Hülle, und immer wieder schlug ich ihn gegen die noch immer intakte Barriere, die einen Bogen um diese Insel spannte. Ich stürzte auf die Knie, als der Schmerz in meinem Bauch zunahm, schlang meine Arme um den Unterleib und dennoch tobte der Sturm um mich herum weiter.

»Nell.«

Ich warf ihm den Wind entgegen. Er würde mir nicht zu nahe kommen. Das würde ich nicht noch einmal zulassen. Der Himmel verdunkelte sich und das Meer wurde tiefschwarz. Ich spürte, wie all meine Stürme mich vor Aidan schützten, über die peitschenden Wellen rasten und an meinem unsichtbaren Feind zerschellten. Jedes Mal traf mich die Wucht inmitten meines Herzens. Irgendwann presste ich mir die Hände auf den Kopf, der sich anfühlte wie von meinem restlichen Körper abgetrennt.

Und dann explodierte etwas in mir, ich schrie und fiel zur Seite weg. Ich stürzte vermutlich nur deshalb nicht in die Fluten des Meeres, weil Aidan mich zuvor weit genug fortgezogen hatte. Mein gesamter Körper war einem grässlichen Zittern unterworfen und ich schluchzte leise ein jedes Mal, wenn der Schmerz zu übermächtig wurde. Noch immer hatte sich das Unwetter um mich herum nicht gelegt.

Meine wie vor Fieber glühende Haut in Kontakt mit dem eiskalten Boden schmerzte, doch ich konnte sie nicht erlösen. Ich konnte mich nicht bewegen. Irgendwann spürte ich kalte Finger über mein Gesicht streichen. Ich zwang mich, die Augen zu öffnen und über die Schulter zu schauen. Aidans Blick waberte nur verschwommen vor mir auf.

»Helena.« Für einen Moment dachte ich, ich würde nun sterben. Es kam mir ganz und gar nicht unsinnig vor, dass ich jetzt für immer die Augen schließen würde. Nein, es erschien mir sogar allzu wahrscheinlich und wie wäre mir dieser Schlaf willkommen gewesen.

Und von einer Sekunde auf die andere war die Kraft zurück. Genauso schmerzhaft, wie sie entwichen war, schlug sie gegen mein Herz, gegen meinen Kopf und alles, was in mir noch zu fühlen in der Lage war. Ich konnte mich nur bis auf die Knie aufrappeln, Aidan war es, der mich stützte, und dann krallte ich die Finger in die Erde. Ein Knistern erfüllte die Luft. Während die Magie durch mich hindurch und wieder hinausströmte, mitsamt meiner Lebensenergie, wie ich glaubte, konnte ich nur zusehen, wie die Luft in der Ferne zu schimmern begann.

Eis fraß sich entlang der Barriere immer höher und bildete ein Dach über uns. Es war, als hätte sich die eigentlich unsichtbare Kuppel aus Magie mit einem Male materialisiert.

»Scheiße«, hörte ich Aidan keuchen. Mir selbst wurde in diesem Moment klar: Der Versuch, diesem Kerker zu entkommen, hätte mich das Leben kosten können, und jetzt hatte ich doch eine Chance. Mit einer schnellen Handbewegung schickte ich alles, was sich meinem Willen noch beugen wollte, der Eiswand entgegen.

»Nein!« Aidans Schrei kam zu spät, als das eisige Dach zerbrach und auf uns hinabstürzte.

Er riss mich fest an sich und ich schrie, als mein geschundener Körper gegen die mir aufgezwungene Bewegung rebellierte. Aidan presste mein Gesicht an seine Brust, schlang seine Arme über meinen Kopf und dann hörte ich die Eismassen neben uns einschlagen. Ich hatte keine Kraft, irgendetwas zu tun, und drängte mich an ihn, bis ich nichts mehr fühlte.

Der Geschmack von Blut und Galle erfüllte meinen Mund. Mein Kopf war leer und konnte keinen klaren Gedanken fassen, während in ihm immer noch der Schmerz wütete. Ich konzentrierte mich nur auf eines: Aidans Geruch. Wimmernd presste ich meine Nase in den Stoff seiner Kleidung und seine Arme schlossen sich noch fester um mich, aber nur kurz, dann umfingen sie mich auf eine andere Weise.

Schwungvoll hob er mich hoch und mein Gesicht fiel gegen seinen vom Schweiß feuchten Hals. Ich konnte nicht sehen, was die zerbrochene Kuppel um uns herum für Schaden angerichtet hatte. Nicht einmal, ob Aidan selbst verletzt war, doch da er mich noch mit einer solchen Leichtigkeit in den Armen wiegte, ließ ich diese Gedanken nicht an mich heran. Ich wollte nur schlafen.

»Bist du zufrieden?«, knurrte er da jedoch und riss mich aus meinem tranceartigen Zustand. Ich wollte etwas erwidern, doch ich erinnerte mich nicht, wie man sprach, ohne sich zu übergeben. »Du hättest uns beide fast umgebracht. Hast du … Hast du überhaupt eine Sekunde darüber nachdacht, dass …« Er brach ab. Offensichtlich war ihm bewusst geworden, dass ich keines seiner Worte wirklich vernahm. Wie ein hilfsbedürftiges Kätzchen krallte ich meine Finger in sein Hemd und ließ mich forttragen.

»Ich will deine Hilfe nicht«, flüsterte ich, ohne zu wissen, warum.

»Du hast sonst niemanden«, zischte Aidan und ich wappnete mich gegen die Woge des Schmerzes, die diese Worte in mir auslösen würden. Ich ertrug sie still. Ich merkte kaum mehr etwas.

Aidan legte mich irgendwann auf das Sofa, das ich vor einigen Tagen noch für ihn bezogen hatte. Wie er zuvor die Ponys aus dem Haus gescheucht hatte, war mir nicht ersichtlich. Blue war in meiner Nähe.

Aus der Küche hörte ich, wie Aidan lauthals mit jemandem stritt. Viel verstand ich nicht, doch Aidans »Du kommst gefälligst hierher« war schwer zu überhören.

Das Zittern in meinem Körper hatte sich gelegt, als er zurück ins Wohnzimmer trat.

»Es kommt Hilfe.« Ich wusste nicht genau, ob ich diese Art von Hilfe in Anspruch nehmen wollte, die ganz offensichtlich von Aidan erzwungen worden war. »Eine alte Freundin. Sie wird uns von hier wegbringen.«

»Wegbringen?«, fragte ich schwach, auch wenn ich innerlich frohlockte.

»Was denkst du denn? Du hättest es wohl nicht anders verdient, aber da ich den Rat kenne, habe ich sicher nicht die Absicht, dich seiner Wut zu überlassen.« Ich sah ihn vollkommen überrascht an. Damit hatte ich nicht gerechnet. Viel eher hatte ich geglaubt, er würde mich …

»Du hast geglaubt, ich lasse dich hier? Damit du am Ende noch versuchst, fortzuschwimmen?« Ich lächelte schwach. Er war noch immer stinksauer auf mich, aber seine Stimme hatte schon an Härte verloren.

»Sie haben mich eingekerkert, Aidan«, murmelte ich und mir wurde wieder ganz anders.

»Sie haben mich magisch abgeschirmt. Es war nur eine Frage der Zeit, bis ich das nicht mehr ertragen hätte.«

Er nickte. Ich schluckte den Blutgeschmack hinunter.

»Du hast es gewusst. Du hast gewusst, dass sie mich gefangen halten.«

In meinem Kopf wirbelten die übelsten Schimpfworte durcheinander, aber keines fand den Weg hinaus. Stattdessen nur dieser eine Satz, voller Enttäuschung. Zuvor noch nervös auf- und abgehend, verharrte Aidan plötzlich und sah zu mir herüber.

»Nichts habe ich gewusst, aber es überrascht mich auch nicht weiter.« Ich rappelte mich ein wenig auf und lehnte mich gegen die Sofakissen.

Es überrascht dich nicht?, schrie eine Stimme in mir, die ich gleich zu unterdrücken begann. *Und an diese Leute hast du mich verraten?*

»Einem Söldner traue ich alles zu«, flüsterte ich und wusste nicht, ob ich zu ihm oder zu mir sprach. »Was … was ist da draußen passiert?«

»Nun, irgendwie hast du es geschafft, dass uns die Eisbrocken nicht erschlagen haben. Allerdings hat mein Rücken doch einiges abbekommen.«

»Das Eis«, wisperte ich. »Ich habe die Barriere mit Eis überzogen.« Seine Miene verfinsterte sich.

»Nicht direkt. Wenn es so wäre, hättest du nur den Eismantel zerstört, aber nicht die Magie zerschmettert.«

»Aber wie ...«

Ich schluckte schwer, führte den Satz nicht zu Ende, als mir klar wurde, worauf er hinauswollte.

Ich hatte die Barriere, diese unsichtbare Macht, in etwas anderes verwandelt, sie durch das Eis ersetzt und dann zerschlagen. Das war nicht natürlich und ganz sicher keine Naturmagie.

»Vielleicht ist sie nicht zerstört«, schloss Aidan, während er sich vor das Fenster stellte und hinausblickte, als könnte irgendjemand, den er benachrichtigt hatte, bereits innerhalb von fünf Minuten hier sein.

»Doch«, wagte ich zuzugeben. »Sie ist zerstört.«

Lange hatte ich mich nicht so frei gefühlt. Vom ersten Tag meines Exils an hatte mich etwas niedergerungen und jetzt war dieser erdrückende, fortwährende Schmerz plötzlich verschwunden.

Ein merkwürdiges Gefühl stieg in mir auf und ich vergrub mein Gesicht in den weichen Kissen. Eine Weile starrte ich einfach nur gegen die Sofalehne und sah nicht einmal auf, als der Söldner sich wieder bewegte und in mein Schlafzimmer ging. Ich hörte, wie er die Schubladen meiner Kommode öffnete und wieder schloss, wollte aber nicht fragen, was genau er da tat. Ich konnte es mir ja denken.

Nach einer ganzen Weile kehrte er zurück und warf meine Reisetasche neben einige Bücher, die vermutlich einmal zu Stapeln drapiert gewesen waren, ehe ich die Ponys ins Haus getrieben hatte. Eine Weile schaute ich auf die Tasche und fragte mich, was er eingepackt haben könnte, ehe ich mir sagte, dass es vollkommen egal war.

Seufzend versuchte ich meine Beine über die Sofakante zu schwingen, schob sie aber eher. Die Erschöpfung steckte mir noch in jedem Knochen. Es dauerte nicht lange, bis ich akzeptierte, dass ich noch nicht würde aufstehen können.

»Würdest du …«, begann ich, brach dann aber ab. Als er sich fragend zu mir herumdrehte, kam mir meine Frage plötzlich unsagbar kindisch vor. »Vergiss es.«

»Faye müsste bald hier sein«, sagte er daraufhin nur, als müsste er irgendwie reagieren, und sah wieder hinaus.

»Faye?«, fragte ich und strich Blue über den Kopf.

»Nur ihr würde ich in dieser Situation vertrauen.« Ich erschauderte. *In dieser Situation.* In dieser Situation, in der ich den Rat gegen mich aufgebracht hatte, in der meine Geschwister in Gefahr waren. Alles war mit einem Mal so unwirklich geworden.

»Ich muss Greta Bescheid geben«, sagte ich leise und stemmte mein Gesicht in die Hände. Meine Haut fühlte sich so matt an.

»Das kannst du nicht, Nell. Der Rat wird sie als Erste aufsuchen.«

»Genau. Und sie werden ihr erzählen, ich sei ausgebrochen, und sie werden ihr erzählen, wie ich …« *Wie ich wieder die Grenzen meiner Magie überschritten habe.*

»Bis wir wissen, was hier vor sich geht, rufst du sie nicht an.«

»Du hast mir nichts zu sagen, Aidan.«

»Wir werden sehen«, stieß er so zornig hervor, dass Blue loyal in seine Richtung knurrte. Ich fuhr beruhigend über sein weiches Fell.

»Habe ich durch deine Anwesenheit sämtliche Rechte verloren?« Ich versuchte meine Stimme ruhig klingen zu lassen, aber es war nicht leicht. Es war wie früher. *Er* war wie früher.

»Nein, aber mit deiner vollkommen überstürzten Aktion hier.«

»Meine Geschwister sind verschwunden.« Ich stieß jedes einzelne Wort wie einen Peitschenhieb hervor. »Ich musste etwas tun.«

»Wirklich?«, gab er plötzlich in vollkommener Monotonie zurück, ohne das aus den Augen zu lassen, was er schon die ganze Zeit draußen zu betrachten schien. »Ich hatte eher das Gefühl, dass dies alles vielmehr mit deiner eigenen Wut zu tun hat.«

Ich zuckte zusammen. »Was weißt du schon?«

Mir wurde übel. Wenn ich ehrlich zu mir selbst war, hatte ich nicht an meine Geschwister gedacht, als ich mich in meiner Macht verloren hatte. Ich hatte an nichts gedacht, hatte mich nur an diese Gefühle gehalten, die mich durchströmt hatten. Aber war das nicht normal? Nannte man so etwas nicht schlichtweg *Kurzschlussreaktion?*

»Du verstehst nicht wirklich, in was für ein Chaos du uns gestürzt hast, oder?«

Chaos. Ich schloss die Augen. *Chaos.* Dieses Wort tanzte in meinem Kopf herum wie ein lästiges Lied, das man in Gedanken immer wieder singen musste, ohne es zu wollen. *Oh Gott.* Meine Gedanken und auch die aufkeimende Panik wurden durch laute Motorengeräusche unterbrochen. Ich spürte, wie der Wind draußen aufgewirbelt wurde.

»Warte hier«, wies Aidan mich an und verschwand hinaus. Ich dachte nicht im Traum daran, ihm jegliche Kontrolle zu überantworten. Kurz sah ich Blue in das treuselige Hundegesicht, dann versuchte ich, mein Gewicht auf meine Beine zu verteilen. Ich schwankte, blieb jedoch stehen.

Meiner eigenen Kraft noch nicht ganz vertrauend, schlich ich vorsichtig zur Tür und schob sie auf. Ein asphaltgrauer Jet stand unmittelbar vor meiner kleinen Hütte, auf meinem Lieblingshügel, der von dem auftauenden Eis in der Sonne glitzerte.

Alles, was ich ansonsten sah, war wild wehendes schwarzes Haar, das einen kernigen Körper in Lederkluft umspielte, den Aidan schon in seine Arme schloss.

Die Vertrautheit zwischen den beiden schaffte es irgendwie, einen schwach pochenden Schmerz in mir wachzurufen. Ungewollt drängten sich Aidans Worte in meinen Kopf. *Eine alte Freundin.* Ich schnaubte und merkte, wie Blue mich von unten herauf ansah.

Die Fremde ließ von Aidan ab und sah an ihm vorbei in meine Richtung. Jetzt bereute ich es, nicht näher herangekommen zu sein, während die beiden miteinander beschäftigt gewesen waren, denn sie formte ihre Lippen zu Worten, die ich nicht verstehen konnte. Aidan blickte daraufhin flüchtig in meine Richtung und nickte. Sämtliche Emotionen schienen sich von mir verabschiedet zu haben und ich wusste nicht, ob ich zurück ins Haus schleichen oder ihr entgegengehen wollte. Sie nahm mir die Entscheidung ab und war bei mir, ehe ich überhaupt irgendwie reagieren konnte.

Sie war atemberaubend. Das konnte man ruhig so festhalten. Ihre Haut war leicht gebräunt und ihr lockiges Haar hatte die Farbe von in der Sonne glänzenden Rabenfedern. Sie war sehr schlank und in einem Kleid, das ihre Muskeln nicht so betonte wie die Lederuniform der Söldner, hätte sie vermutlich sogar zierlich gewirkt. Aus kastanienbraunen Augen sah sie mich an. Noch nie hatte ich eine solche Kälte aus so warmen Augen heraus gesehen.

»Faye?«, fragte ich, nicht höflich, eher bitter. Sie zog eine Augenbraue hoch und lächelte ein recht merkwürdiges Lächeln. Ohne mir zu antworten, warf sie Aidan einen Blick über die Schulter zu.

»Ich hole eure Sachen«, sagte sie mit einer sehr näselnden Stimme, die so gar nicht zu ihrer perfekten Erscheinung passen wollte. Sie wartete nicht einmal eine Erlaubnis meinerseits ab und betrat mein Haus. Als wäre es selbstverständlich, marschierte sie mit Springerstiefeln in meinen einzigen Rückzugsort, dorthin, wo ich seit zwei Jahren sorgsam mein Leben verwahrte. Man musste mir meine Entrüstung vom Gesicht ablesen können, doch Aidan, der inzwischen bei mir war, sagte nichts.

»Ist es dort, wo ihr herkommt, Sitte, ungefragt in ein fremdes Haus einzudringen?«, stieß ich hervor und meine Fingernägel bohrten sich vor Wut in meine Handinnenflächen.

»Halt dich mit deinen Kommentaren zurück«, knurrte Aidan und sah mit so finsterer Miene auf mich herab, dass ich es ganz kurz wirklich mit der Angst zu tun bekam.

Dann folgte er ihr und ließ mich zurück. Ich stand außerhalb meines gesamten Lebens, als sei es nicht mehr an mir, es zu lenken. Ich sank auf die Knie. Faye so entgegenzutreten, hatte mich alle Kraft gekostet und sie hatte mir nur ein müdes Lächeln entgegengebracht, als sei ich nicht mehr wert.

Die beiden verbrachten nicht lange in meinen privaten Räumlichkeiten. Faye trug Aidans wenige Habseligkeiten und er trug die Reisetasche, die er mir gepackt hatte. Sie ging wortlos an mir vorbei, während Aidan bei mir verharrte.

»Wir haben nicht viel Zeit«, mahnte er mich nur ungehalten. Das war es? Das war mein Abschied von allem, was mir so lange ein Zuhause gewesen war? Aber es gab Wichtigeres als diese Kindereien. Ich hatte eine verschollene Schwester und zwei Brüder, die mich brauchten.

»Die Ponys«, wisperte ich, als Aidan mir einen Arm um die Taille schlang, um mich zu stützen.

»Ich kümmere mich darum, dass sie versorgt werden.«

Was sollte ich dazu schon sagen? Was Aidan versprach, hielt er. Stillschweigend ließ ich mich zur Maschine führen, sogar von ihm hineinheben. Faye trat gerade von der anderen Seite des Jet hervor und kletterte ohne fremde Hilfe ins Innere. Ganz kurz kam mir der Gedanke, dass es vielleicht gar nicht so schlimm wäre, wenn die Barriere nicht zerstört worden wäre und ich mitsamt meiner Magie als Fleck an der Jetinnenwand enden würde.

Die Möglichkeit bestand. Menschen konnten die Barriere durchqueren, wenn sie wussten, wo die Insel war und somit vor dem magischen, inneren Impuls gefeit waren, der ihnen zuflüsterte, diesen Ort zu meiden.

»Wir sind startklar«, näselte Faye und Aidan bückte sich, um ihr Blue hochzugeben.

»Das ist nicht dein Ernst, oder?« Ich hätte sie am liebsten von hinten aus dem Jet gestoßen. »Willst du dieses Viech wirklich mitnehmen?«

Er seufzte. »Versuch mal, ihn zurückzulassen.«

Kapitel 7

« FERN DES BEKANNTEN »

Viel Zeit hatte es nicht gebraucht, bis mir klar wurde, dass Faye und ich niemals Freunde werden würden. Noch während die Insel in der Ferne immer kleiner wurde, begann ich, sie zu hassen. Aidan hatte mir eine kratzige Wolldecke um die Schultern gelegt, ehe Faye die Maschine gestartet hatte. Diese hatte sich daraufhin nur umgedreht und mich mit einem ihrer verächtlichen Blicke gemustert, die ich jetzt schon als für sie typisch erachtete.

»Sobald du das kleine Häufchen Elend versorgt hast, könnte ich hier einen Kopiloten brauchen.«

Ich war mir ziemlich sicher, dass sie keine Hilfe beim Fliegen des Jet brauchte, doch Aidan leistete ihrer Aufforderung Folge. Genauso sicher war ich mir, dass ihm ihr Befehlston gehörig missfallen musste, doch er verzog keine einzige Miene.

Ich seufzte, schloss die Augen und streckte mich ausgiebig – soweit der Sicherheitsgurt dies zuließ. Ich sah Cornelius' und Amalias Gesichter vor mir und mir wurde wieder ganz flau im Magen. Die beiden waren mächtige Naturmagier. Im Gegensatz zu Greta und Leonard hatten sie ihre Fähigkeiten schulen lassen. Ich kannte niemanden, der ihre gebündelte Energie übertreffen konnte. Ich selbst hatte stets gehofft, mich einmal mit ihnen messen zu können, aber Amalia hatte mir verboten, vor meinem achtzehnten Lebensjahr das Training zu beginnen. Zu diesem Zeitpunkt hatte man jedoch bereits über die Bedingungen meiner Isolation beratschlagt. All das, was ich konnte, war nur das, was von Beginn an in mir geschlummert und was ich auf der Insel selbst erprobt hatte.

Wichtig war jedoch eigentlich nur, dass ich *wirklich* niemanden kannte, der Amalia und Cornelius zu besiegen vermochte, vor allem nicht, wenn sie gemeinsam kämpften. Man musste sie in einen Hinterhalt gelockt haben und dieser Gedanke war wenig beruhigend. In meiner Vorstellung gab es Explosionen oder Kanonenhagel. Ich war gut darin, mir Dinge auszumalen, und ich ließ ein undefinierbares, erschrockenes Schluchzen verlauten, das dem drückenden Schmerz in meiner Brust entflohen war.

»Alles in Ordnung?«, rief Aidan über die Schulter und ich hörte auch Faye wieder entnervt stöhnen. Wut überkam mich. Vielleicht war ich nicht mehr die zähe und willensstarke Nell, die ich einmal gewesen war, aber in dieser Situation hätte ein jeder die Fassung verloren.

»Ja«, sagte ich nur und machte mich an meinem Sicherheitsgurt zu schaffen. Mit diesen Dingen hatte ich schon immer in jedem Flugzeug Probleme gehabt. Als ich mich endlich befreit hatte, stattete ich Aidan und seiner Freundin einen kleinen Besuch ab. Vorsichtshalber stützte ich je eine Hand auf den Lehnen ihrer Sitze ab. Blue winselte traurig, von seinem Hundegeschirr an der hinteren Seite des Jet festgehalten.

»Du solltest dich besser wieder anschnallen, Magiermädchen«, begrüßte Faye mich. »Nicht, dass du dir noch wehtust.«

»Wieso?«, fragte ich in einem ähnlich ätzenden Tonfall. »Muss ich mir Sorgen machen, dass du den Jet gegen den nächsten Wolkenkratzer setzt?« Wir befanden uns mitten auf dem Meer.

»Witzig«, entgegnete Rabenlöckchen, »aber du wirst schon merken, wie du da stehst, wenn es ein bisschen turbulenter wird. Oder eben nicht mehr stehst.« Aidan, der sich bis zu diesem Zeitpunkt stillschweigend zurückgehalten hatte, knurrte genervt und nahm sein Headset ab. Ich rechnete mit der nächsten Standpauke.

»Was ist denn?«, fragte er relativ freundlich und ich lächelte eines der schnippischen Lächeln, das die alte Nell Feyrsinger immer so perfekt beherrscht hatte.

»Ich konnte euch von dort hinten so schlecht verstehen und es wäre mir lieber zu wissen, was ihr euch so gedacht habt. Wohin fliegen wir?« Ich war wirklich schlecht darin geworden, Dinge durch meinen natürlichen Witz in Erfahrung zu bringen. Wahrscheinlich, weil dieser *natürliche* Witz für mich nicht mehr natürlich war.

»Edinburgh.«

Ich erstarrte. »Ohne mich.«

»Nell.«

»Komm mir nicht wieder mit diesem erzieherischen Ton«, fauchte ich ihn an und schloss Fayes Reaktion vorsorglich schon einmal aus meinem Wahrnehmungsradius aus. »Ihr mögt ja so einiges von euch halten, aber lass dir eins gesagt sein, Aidan Gavriel. Nichts auf der Welt bringt mich zu den Söldnern.«

»Helena, wenn du ...«

»Hast du gehört, Aidan? Ehe ich dieses Haus betrete, springe ich lieber aus diesem Jet und glaube ja nicht, dass du mich davon abhalten kannst.« Ich sah genau, wann der Moment eintrat, da ich den Bogen überspannt hatte. Offensichtlich nicht angeschnallt, schnellte er aus seinem Sitz in die Höhe und drängte mich fort von den Pilotensitzen in den hinteren Raum des Jet.

»Du bist eine verdammte Plage, Nell, und allmählich überkommt mich die Lust, dich eigenhändig hinauszustoßen.« Seine Stimme war so laut geworden, dass Blue wütend zu bellen begann. Auch mich erschreckte sein harsches Verhalten, aber nichts auf der Welt konnte so furchterregend sein, dass ich das Ordenshaus der Söldner betrat.

»Dann tu es. Ich werde immer kreativer darin, mir Mittel und Wege zu erdenken, wie ich nicht nur mich, sondern auch dich samt deiner Hexe ...«

»Jetzt reiß dich gefälligst zusammen. Wir könnten dich ganz einfach zurücklassen und dich der Gnade des Rats überlassen, möchtest du das?«

Diese Vorstellung machte mir beinahe ebenso viel Angst wie die Aussicht, unter einem Dach mit dem verräterischen Söldnerpack zu leben, selbst wenn es nur für eine Nacht war. Das würde ich ihm aber nicht auf die Nase binden.

»Vergiss es, Aidan. Ich werde mich diesen Verrätern nicht auf hundert Meter nähern.«

Die Wut in seinen Augen nahm beinahe schon Spuren des Wahnsinns an und ich hätte mich nicht gewundert, wenn er mir augenblicklich an die Gurgel gesprungen wäre, wie Blue, der sich noch immer nicht beruhigt hatte, es wohl gerne bei ihm getan hätte.

»Die Verräter sind verurteilt und hinter Gittern. Begreif das endlich!« Noch nie hatte ich ihn so laut schreien gehört. Er schien vollkommen außer sich. Nichts schien ihn wütender zu machen, als wenn jemand seine Familie verunglimpfte. Ich wusste nicht viel über die Söldner, doch eines war sicher: Sie lebten in einem ähnlich engen Verbund wie wir Naturmagier.

Für eine Weile sahen Aidan und ich einander an, nun, starrten uns viel eher mit all unserer Wut nieder. Niemand von uns gab nach. Herrgott, ich wusste, dass er recht hatte. Die Söldner waren nicht von Grund auf böse. Es hatte Verräter in ihren Reihen gegeben, aber die meisten von ihnen waren denjenigen gegenüber loyal, die sie bezahlten. Doch das war doch genau das Problem, oder etwa nicht? Man konnte sich nie sicher sein, wer es war, der gerade zahlte.

Vor meinem inneren Auge sah ich Jenna vor mir, während sich mein Blick noch immer in Aidans verbiss. Das blutig zerfetzte Loch, das beinahe die gesamte obere Gesichtshälfte verschlungen hatte. Mir wurde übel und ich verlor den stumm ausgetragenen Kampf mit diesem einen Söldner, dem ich wohl trotz allem noch mein Leben anvertraut hätte. Ehe die Tränen mich noch mehr bloßstellten, wandte ich mich ab. Nicht schnell genug.

»Nell?« Ein Teil seiner Wut schien verraucht, doch seine Stimme war noch immer hart und unnachgiebig. Ich konnte vor ihm nicht weiter zurückweichen. Er hätte mich schon bis ans Ende des kleinen Jet gedrängt.

»Stockholm liegt in ungefähr der gleichen Entfernung wie Edinburgh. Ich würde vorschlagen …«, begann ich mit einer Stimme, die sich selbst in meiner Kehle schon zerbrechlich anfühlte.

»In Stockholm sind deine Geschwister verschwunden. Man wird dicht dort als Erstes suchen. Darüber verhandle ich nicht.«

Als sei damit die Entscheidung für das Ordenshaus der Söldner besiegelt, drehte er sich herum und wollte gerade zu seinem Platz im Cockpit zurückkehren, als ich einen letzten Versuch unternahm, ihm die Standfestigkeit meines Entschlusses zu verdeutlichen. Gut, ich wäre wohl niemals freiwillig aus dem Jet gesprungen, aber dennoch hatte ich nicht alle Kraft verloren, wie er vielleicht glaubte.

»Ich gehe nicht dorthin, Aidan«, ließ ich meine Worte so scharf wie möglich klingen. Das letzte Fauchen eines verletzten, eingekesselten Tieres.

»Und wenn ich dir sage, dass du keine Wahl hast?«

Ich unterdrückte die Panik, die mich früher nie zu übermannen vermocht hätte, wahrscheinlich gar nicht erst aufgekommen wäre. Diese Schwäche hatte sich erst in den letzten zwei Jahren entwickelt. Ich würde nie wieder die Alte sein. Es stimmte, dass ich diese Person nicht vermisste, doch ihr hatte es nie an Kraft gefehlt. Ich vermisste diese Stärke, diese Sicherheit.

»Man hat immer eine Wahl.«

Ich weiß nicht, ob es letztendlich wirklich die Angst war, ich könnte uns alle im Meer versenken, um mich seinem Einfluss zu entziehen, die ihn zu einem resignierenden Stöhnen verleitete.

»Also schön«, knurrte er. »Bring den Hund zum Schweigen und schnall dich an.«

Erst als ich spürte, wie er sich entfernte, drehte ich mich um. Auch Blue brauchte keinerlei Ermahnung. Als Aidan sich augenscheinlich freiwillig zurückzog, unterließ er das Bellen. Fragend sah mich mein alter Freund an. Ich versuchte ein Lächeln und begab mich auf meinen Sitz.

Der gerade Blick in Richtung Cockpit reichte, um zu sehen, wie Aidan sich mit einer Sanftheit über Faye beugte, die mehr Intimität ausstrahlte als alles, was ich zuvor zwischen den beiden beobachtet hatte. Er flüsterte ihr etwas ins Ohr, woraufhin Faye laut und voller Unmut reagierte. Die genauen Worte konnte ich nicht verstehen, doch konnte ich mir den Schwall von Beleidigungen bereits ausmalen. Aidan lächelte lediglich und ließ sich nun wieder sichtlich entspannt in seinen Sitz fallen.

Das sich anbahnende Gefühl von Eifersucht ob dieser Vertrautheit konnte ich nicht leugnen. Es ging mich absolut nichts an. Herrgott, ja, ich war in ihn verliebt gewesen, das konnte mit siebzehn schon einmal vorkommen. In den Zwanzigern sollte man darüber ja wohl erhaben sein.

Ich schloss die Augen und konzentrierte mich auf das Geräusch der Motoren. Heimlich begann ich bereits einen Fluchtplan zu ersinnen, für den Fall, dass Aidans Kapitulation nur vorgetäuscht gewesen war.

Eines stand unweigerlich fest. Die beiden Söldner versprachen sich etwas davon, mich mit sich zu nehmen – sei es im Auftrag des Rates oder aus Eigeninteresse. Lange könnte ich nicht bei ihnen bleiben. Ohnehin hatte ich nicht vergessen, was mich zur Flucht verleitet hatte. Sobald die Möglichkeit bestünde, würde ich nach Stockholm reisen und mich auf die Suche nach meinen Geschwistern machen.

Man hat immer eine Wahl.

Ich versuchte während des Flugs, den ich überwiegend mit geschlossen Augen durchstand, die Sekunden zu zählen, doch reizbar, wie ich war, entschied ich irgendwann, diesen Unsinn zu lassen.

Weder die Hexe noch Aidan sprachen mich noch einmal an. Vielleicht glaubten sie, ich wäre eingeschlafen, vielleicht wollten sie sich aber auch einfach nicht länger mit mir beschäftigen als nötig. Erst als mein Körper gegen den starken Abfall der Flughöhe protestierte, als würde jemand in meinem Magen Purzelbäume schlagen, öffnete ich die Augen. Mittlerweile hatte Aidan das Fliegen übernommen und Faye hatte sich tief in ihren weichen Pilotensessel geschmiegt.

Durch die Frontscheibe sah ich die Welt auf uns zurasen und unterdrückte einen Laut des Unmuts. Ich mochte die Elemente beherrschen, doch konnte ich von ihnen bezwungen werden. Erst recht, wenn ich hier drin gefangen war.

Was war nur los mit mir? Ich hatte mich doch nie vorm Fliegen gefürchtet.

Obgleich ich trotz meiner Anspannung mucksmäuschenstill war, bemerkte Faye meinen Blick und wandte sich mit einer hochgezogenen Braue zu mir herum. Ich dankte Gott dafür, dass wir uns im Landeanflug befanden und sie nicht zu mir herüberkommen konnte.

Ich mochte Aidan nicht standgehalten haben, doch vor ihr schreckte ich nicht zurück. Sie nahm mich nicht ernst, das spürte ich, und mit Sicherheit würde sie mich mit einer einfachen Handbewegung auf den Boden schleudern können. Früher oder später würde ihr jedoch klar werden, dass auch ich nicht ganz so machtlos war, wie sie dachte. Wenn wir einander überhaupt so lange ertragen mussten.

Der Jet setzte auf und ich vergaß meine Gedanken für eine Weile. Als die Maschine zum Halten kam und die Söldner sich abschnallten, tat ich es ihnen gleich und befreite Blue umgehend von seinem Geschirr. Skeptisch wagte er sich hinaus und ich streichelte ihm aufmunternd über das strubbelige Fell. Dann – als sei zuvor nichts vorgefallen – trottete er hinter Aidan her und sprang mit einem Satz hinaus.

Grimmig fragte ich mich gerade, wie man einen Jet ohne eine Art Rampe besitzen könne, da hörte ich Fayes Stimme von draußen.

»Schaffst du den Sprung allein, Magiermädchen, oder soll ich dich auffangen?«

Ich knurrte wütend und positionierte mich vor der Luke ohne Rampe, die hinaus ins Freie führte. Die Hexe war weit und breit nicht zu sehen, Aidan ebenso wenig. Bisher hatte ich mich immer auf seine Hilfe verlassen können, ganz gleich, wie wütend oder genervt er gerade gewesen sein mochte. Diese plötzliche Gleichgültigkeit verletzte mich mehr als sein Geschrei.

Dann packte mich nur noch Ärger auf mich selbst. Wer war ich geworden, dass ich ständig auf Hilfe angewiesen war? Vorsichtig setzte ich mich an die Kante der Öffnung, schätzte die Entfernung von meinen hinunterbaumelnden Beinen zum Boden ab und sprang, obwohl ich mir ganz und gar nicht sicher mit der Höhe und meiner Fähigkeit, unversehrt zu landen, war.

Der Schmerz, der in mein rechtes Bein schoss, sobald ich aufkam, war schon beinahe vorherzusehen gewesen. Ich kauerte noch einen Moment am Boden, dann stemmte ich mich in die Höhe.

»Elegant«, ließ Faye verlauten, die lässig an der Seite des Jet lehnte und mich beobachtete.

Dein Lächeln wird dir schon noch vergehen, zischte irgendwo in meinem Kopf die alte Nell, ehe ich, das Humpeln unterdrückend, einige Schritte nach vorne machte. Wir waren auf einer weiten Flur gelandet. Rings um uns herum war nichts zu sehen außer unberührte Felder und ein in der Abendsonne schwarz glänzendes Auto, das an einer einzigen befestigten Straße stand, die in ein ewiges Nichts zu führen schien. Aidan hievte gerade eine schwere Kiste in den Kofferraum und trottete dann ohne ein Wort wieder an mir vorbei, um noch weitere auszuladen.

Ich beschloss sein Missfallen zu ignorieren und mich nicht weiter derart eingeschüchtert zu geben. Bisher mochte jeder Versuch, meine schnippische, selbstsichere Art wiederzufinden, misslungen sein, doch eine neue Woge der Zuversicht überkam mich. Man sollte die Hoffnung niemals aufgeben.

»Wo sind wir?«, fragte ich und folgte Aidan zum Wagen.

»In der Nähe von Scarborough. Fast vier Autostunden von Edinburgh entfernt. Das sollte dir an Abstand zum Ordenshaus wohl genügen.« Nachtragend zu sein, war nicht typisch für Aidan. Ich musste ihn wirklich verärgert haben, aber daran konnte ich nun nichts ändern. »Faye hat hier in der Nähe ein Anwesen. Morgen fahren wir hin.«

»Fein«, murmelte ich, verbiss mir aber jeden weiteren Kommentar darüber, was ich davon hielt, in Fayes Haus zu leben. Alles war besser als das Ordenshaus der Söldner. »Und wo schlafen wir heute Nacht?«

»Du kannst auf der Rückbank schlafen. Das ist bequemer. Faye und ich nehmen den Jet.«

»Wir hätten jetzt in einem schön bequemen Bett im Ordenshaus liegen können«, hörte ich Faye hinter mir zu Aidan sagen, der ein warmes Lachen verlauten ließ, bei dem mir ganz anders wurde.

»Wir kriegen die Nacht schon rum«, antwortete er dann. Blue leckte mir aufmunternd über die Hand und ich nahm die Decken und meine Reisetasche entgegen, die Faye mir reichte, um mich dann auf die Rückbank des Autos zu quetschen. *Ich werde diese Nacht kein Auge zumachen.*

Abrupt riss ich die Augen auf und ich sah mich leicht verwirrt in dem Auto um, in dem ich die letzten Stunden doch ein wenig Schlaf gefunden hatte. Es brauchte einen Moment, bis ich mich erinnerte, wo ich war und was das alles zu bedeuten hatte. Die Orientierung allmählich wiederfindend, fiel mein Blick auf die Reisetasche, die Aidan für mich gepackt hatte. Kurzum öffnete ich sie in einer fließenden Bewegung.

Obenauf lag *Vojna i mir,* Krieg und Frieden. Ich lächelte bei dem Gedanken, wie Aidan es in meiner unordentlichen Behausung trotz der von ihm gebotenen Eile gesucht hatte. Es zeigte mir, dass er immer noch dieser umsichtige und fürsorgliche Mann war, den ich einst gekannt hatte. Jemand, dem es selten schwerfiel, sich in andere hineinzuversetzen, und der stets versuchte, den Menschen in seiner Umgebung eine Freude zu machen.

Vielleicht hatte er in meinem Fall aber auch nur gehofft, dieses Buch würde mich ein wenig gnädiger und umgänglicher stimmen.

Vorsichtig, als hielte ich einen Schatz, nahm ich das Buch heraus und besah mir den dünnen Einband, der durch die Dicke des Taschenbuches unvermeidbar schon leicht geknickt war. Teile der Unterhaltung, die ich mit Greta über Tolstoi geführt hatte, kamen mir wieder ins Gedächtnis. Zu diesem Zeitpunkt war noch alles gut gewesen. Seufzend legte ich das Buch auf meine Decke und öffnete die Autotür.

Es war an der Zeit, aktiv zu werden. Der Gedanke an Greta half mir dabei. Ich stieg aus dem Wagen und wies Blue, der auf dem kalten Gras lag und wohl besser geschlafen hatte als ich selbst, an, in den Wagen zu springen. Wohl wissend, dass es wieder zu einem Streit kommen könnte, ließ ich ihn darin zurück, um weder ihn zu sehr aufzuregen noch Aidans Geduld überzustrapazieren. Faye würde über meine Bitte und auch über das, was ich zu fordern vorhatte, wahrscheinlich nur laut lachen. Mir blieb keine Wahl, als mich unterwürfig Aidans Wohlwollen auszusetzen. Ich besaß nicht einmal mehr ein Handy. Auf der Insel hätte ich ohnehin nie Empfang gehabt.

Es war nicht schwer, die beiden auszumachen. Vielleicht wirklich darauf bedacht, dass ich sie im Zweifelsfall finden konnte, standen sie nahe des Jet im dämmrigen Mondlicht. Der Wind sorgte dafür, dass mir ihre untereinander gewechselten Worte zugetragen wurden, ehe sie mich wahrnahmen. »Ich verstehe immer noch nicht, warum du sie unbedingt mitnehmen musstest. Die Kleriker kümmern sich um außer Kontrolle geratene Naturmagier. Sie hätten sich ihrer angenommen, wir wären aus dem Schneider gewesen und hätten uns mit den wirklich wichtigen Dingen beschäftigen können.«

Soso, wirklich wichtige Dinge, dachte ich verärgert.

Aidan seufzte: »Sie wäre nie folgsam mit ihnen gegangen. Ihre Geschwister sind verschwunden. Freunde von mir.« Es überraschte mich, dass er sich daran noch erinnerte. Es schien eine Ewigkeit her zu sein, dass er mit Cornelius und Amalia zusammen trainiert worden war.

»Ich weiß«, flüsterte Faye mit einer Sanftheit, die mich überraschte und zugleich ärgerte. Hatte sie also doch ein nettes Gesicht. Ihre Boshaftigkeit mir gegenüber war also voll beabsichtigt. »Ich will dir helfen, sie zu finden, das weißt du, aber dieses Gör können wir nicht gebrauchen. Sie hat keine Ausbildung erfahren und ihre Kräfte sind immer noch zweifelhaft und …«

»Ich war es ihnen schuldig, sie nicht einfach zurückzulassen, so einfach ist das. Und im Grunde …«

Er verstummte sofort, als sie mich bemerkten. Noch ehe einer von ihnen mich unwirsch abweisen konnte, ließ ich meine Bitte verlauten. »Ich brauche ein Telefon. Greta wird sich Sorgen machen.« In Anbetracht der Tatsache, dass ich einfach aufgelegt hatte, als sie mir von Cornelius' und Amalias Verschwinden erzählt hatte, war das wohl auch verständlich.

»Du darfst dich nicht bei ihr melden«, erwiderte Aidan, als würde er mit einem kleinen Kind reden, und sah mich dabei nicht einmal richtig an.

»Wie bitte?«

»Du hast mich schon ganz richtig verstanden. Die Ratsmitglieder müssen inzwischen von deiner Flucht …«

»Flucht? Ich bin doch keine Schwerverbrecherin!«, fuhr ich ihm dazwischen, doch er redete unbeirrt weiter.

»… erfahren haben. Wenn sie es nicht schon längst getan haben, werden sie sich in Kürze mit deiner Schwester in Verbindung setzen. Weiß sie, wo du bist oder was du vorhast, stellt sie einen unnötigen Risikofaktor dar.«

»Das ist absurd. Sie würde mich nicht verraten. Abgesehen davon, dass sie mir so etwas nie antun würde, bin ich auch die Einzige, die unsere Geschwister wiederfinden kann, wenn ihnen etwas geschehen ist.«

Jetzt drehte Aidan sich um. In seinen Augen schimmerte reines Desinteresse. Das war viel schlimmer als alles andere, was ich in seinen Augen hätte lesen können. »Ach, du bist die Einzige, ja?«

»Augenscheinlich die Einzige, die sofort etwas unternimmt, und genau aus diesem Grund werde ich gleich morgen früh nach Stockholm aufbrechen.«

Aidan blieb unnachgiebig. »Du scheinst die Lage nicht richtig zu erfassen. Was, glaubst du, passiert, wenn du nach Stockholm reist? Die Kleriker werden dich finden, ehe du auch nur aus dem Flugzeug gestiegen bist.«

Ich wünschte, er würde schreien, sodass ich es ihm gleichtun könnte, ohne wie das trotzige Kind zu wirken, als das er mich behandelte.

»Das ist mein Problem.«

Aus den Augenwinkeln sah ich Faye, die Aidan einen schnellen Blick zuwarf. Wie ich aus dem Gespräch von vorhin schließen konnte, sah sie das genauso wie ich.

»Mit deinem bescheuerten Befreiungsversuch hast du es zu meinem Problem gemacht. Eine mögliche Chaosmagierin zu befreien, wird mir so oder so teuer zu stehen kommen. Wenn ich sie aber davon überzeugen kann, dass ich dich nur vor dir selbst geschützt habe, indem ich ein Auge auf dich habe, werden sie sowohl dich als auch uns mit Nachsicht behandeln.«

Mögliche Chaosmagierin. Also schloss er selbst auch nicht aus, dass man mich zu Recht verurteilt hatte. Das war der Punkt, an dem ich mir zu hundert Prozent sicher wurde, dass ich die beiden verlassen musste.

»Ich hätte da einen Vorschlag«, unterbrach er meine Fluchtgedanken.

Skeptisch verschränkte ich die Arme vor der Brust. »Der da wäre?«

»Faye und ich werden nach Schweden fliegen und unser Möglichstes tun, um Informationen zu sammeln, die für die verantwortlichen Kleriker, Magier und Söldner von Belang sind. Sobald ...«

»Sobald was ...? Sobald ihr euch sicher seid, dass ich sie schnell genug allein finde? Dass jemand sie findet? Dass niemand sie findet? Und bis dahin sitze ich hier und riskiere, dass ... dass ...« Ich konnte diesen Gedanken nicht zu Ende führen. »Das ist kein Plan, auf den ich mich einlassen kann, tut mir leid.«

Mit diesen Worten wandte ich mich um, doch da war er schon bei mir und packte mich am Arm, riss mich so nah an sich, dass meine Nase fast sein Kinn berührte. Seine Wut fand in mir einen Spiegel. »Wo willst du hin?«

»Spazieren und mir überlegen, wie ich dich Sturkopf endlich loswerde«, schimpfte ich und blieb damit erstaunlich – und erschreckend – nah an der Wahrheit.

»Du gehst nicht, bevor wir das besprochen haben«, drohte er mir.

»Du hast mir nichts vorzuschreiben, Aidan. Früher einmal vielleicht, aber jetzt nicht mehr.«

Ich sah das Blitzen in seinen Augen und wusste genau, was er dachte. Er kannte mich durch und durch. Er konnte nicht wissen, dass diese unvernünftige, impulsive Helena fort war und ich mir Stück um Stück ihre Kraft zurückholen musste, und genau deshalb konnte er mir nicht glauben.

Ich bekam Unterstützung von unerwarteter Seite. »Lass sie gehen, Aidan. Wo soll sie um diese Uhrzeit denn schon hin? Hier in der Nähe lebt doch niemand.« Ich versteckte ein triumphierendes Lächeln, da unsere Gesichter einander immer noch so nah waren, dass ich seinen Atem auf meiner Haut spüren konnte.

Widerstrebend ließ Aidan mich los, sein fester Griff war noch immer spürbar für mich. Mit einem neutralen »Bis später« machte ich mich so unauffällig, wie es mir irgend möglich war, zum Jet auf. Ich überlegte nicht lange und stemmte mich mit einem Sprung ins Innere der Maschine. Aidan und Faye hatten zu streiten begonnen und bemerken nichts davon, dass ich den vorgeschobenen Spaziergang nicht angetreten hatte. Ich hörte ihre Worte gar nicht, denn meine Konzentration war schon auf etwas anderes gerichtet. Konnte es so einfach sein?

In einer der Taschen der Söldner lag auf fein säuberlich gefalteten T-Shirts der Autoschlüssel. Ich versuchte zunächst, meine Chancen rational abzuwägen, ließ mich dann jedoch von einem Teil meines Selbst, der noch der alten Nell zuzuschreiben war, führen. Vielleicht musste ich doch nicht allzu tief graben, um sie wiederzufinden. Ich war eine Magierin und ich hatte nur diese eine Gelegenheit. Wie fremdgesteuert griff ich nach dem Schlüssel und sprang wieder hinaus. Den Schmerz in meinen Knöcheln ignorierte ich dieses Mal vollkommen.

Ich machte einige ruhige Schritte zum Wagen, konnte es aber nicht verhindern, dass meine Schritte ein wenig schneller wurden. »Nell?« Aidans Stimme versetzte mich in Panik und Adrenalin erfüllte mich. Der Blick, den ich über die Schulter geworfen hatte, musste mich verraten haben. Ich konnte es in seinem Gesicht ablesen. Im Nu hatte er mein Vorhaben durchschaut.

Wir sahen einander an und mein Herzschlag setzte aus. Dann rannte ich. Mit einem Satz war er hinter mir her, doch ich ließ die Erde unter seinen Füßen beben. Nur aus den Augenwinkeln sah ich ihn stürzen und richtete meine Konzentration wieder auf das Auto. Ich sprang auf den Fahrersitz und versuchte hektisch, den Schlüssel in die Zündung zu stecken. Das Ertönen des Motors war für mich wie eine Erlösung und ich schluchzte erleichtert auf. Ein Blick verriet mir, dass Aidan mit einer von Zorn zerfurchten Miene auf mich zurannte wie ein wild gewordener … Er würde zu spät kommen.

»Festhalten, Blue«, warnte ich den Wolfshund auf der Rückbank. Das Auto protestierte laut, als ich das Gaspedal durchdrückte und floh.

Kapitel 8

« IM DUNKEL DES TAGES »

Starke Kopfschmerzen quälten mich, seit ich Aidan entwischt war. Drei Tage waren seitdem vergangen. Im Grunde waren die Schmerzen mir in den Kopf geschossen, sobald ich in Aidans dunkelgraue Augen gesehen hatte. Beinahe geschockt hatten sie gewirkt. Auch mir war es ein Rätsel, wie mir die Flucht hatte gelingen können. Er hätte damit rechnen müssen, er hätte bereit sein müssen und doch war er es nicht gewesen.

Vielleicht hatte er mich einfach nicht für so dumm gehalten. Der Ort, an dem wir gelandet waren, hatte fernab von allem gelegen und ich hatte ewig über eine weite Landstraße fahren müssen, ohne zu wissen, wohin sie mich führte. Für einen irrationalen Moment hatte ich befürchtet, dass genau dies mir zum Verhängnis werden würde. Das Gefühl von Sicherheit hatte sich erst in meiner Brust ausgebreitet, als ich in einen nahezu undurchdringlichen Wald gefahren war.

In der nächsten Ortschaft, die ich erreicht hatte, besorgte ich mir eine Landkarte und hob genügend Geld ab, um Benzin, Mautgebühren sowie Kost und Logis zu zahlen. Die entsprechende Bankkarte hatte Cornelius mir schon vor Jahren überantwortet. Für unautorisierte Außeneinsätze hatte er ein Konto eröffnet, von dem der Rat keine Kenntnis hatte. Ich hatte dies nie verstanden, jetzt tat ich es. Anscheinend hatte mein Bruder schon immer ein gewisses Misstrauen allem und jedem gegenüber gehegt. Innerhalb von weniger als dreißig Stunden hatte ich Stockholm erreicht.

Die Autofahrt war eine regelrechte Tortur gewesen, doch ich hatte die Sicherheitsmaßnahmen am Flughafen gescheut, durch die meine Position viel deutlicher hätte nachverfolgt werden können. Dass ich auf den Weg nach Stockholm war, konnten sie sich wohl ohnehin zusammenreimen.

Während ich nun meinen Kopf massierte, wanderte ich im Raum auf und ab. Die schweren Stoffvorhänge meines Hotelzimmers spendeten mir eine wohltuende Dunkelheit, schirmten mich von der Hektik der Großstadt ab, die absolut nicht förderlich für meine dröhnenden Kopfschmerzen war. Die lange Reise hatte an meinen Nerven gezehrt und schon das Gewühle auf den Straßen, die ich auf dem Weg ins Hotel passiert hatte, war mir zu viel gewesen.

Zwei Jahre in der Isolation hatten mich zu einer Einsiedlerin gemacht. Die vielen, lauten Menschen waren für mich kaum zu ertragen. Erst recht nicht, wenn ich mich inmitten von ihnen befand. So hatte ich mich tagsüber nur genau so lange draußen aufgehalten, bis ich mir alle notwendigen Informationen beschafft hatte. Als das Prepaid-Handy klingelte, hielt ich es bereits in der Hand und nahm ab. Es gab nur eine Person, die diese Nummer hatte.

»Ja?«, meldete ich mich und schon beim Klang meiner eigenen Stimme schien mein Kopf zu zerbersten. »Greta?«

Meine Schwester hatte eine Weile gebraucht, um sich mit der Tatsache anzufreunden, dass ich nun eine gesetzlose Flüchtige war, doch mittlerweile entwickelte sie einen Feuereifer bei der Suche nach Leonard, Cornelius und Amalia, den ich bei mir schon fast vermisste.

»Haben sie sich wieder bei dir gemeldet?«

Der Rat hatte Greta nur drei Stunden nach meiner Flucht kontaktiert, seitdem nicht mehr. Da sie zu diesem Zeitpunkt nichts über meinen Verbleib gewusst hatte, war es ihr gar nicht möglich gewesen, mich zu verraten. Mittlerweile telefonierte auch sie mit einem Prepaid-Handy, um mich nicht anfällig für ihre Ortungsversuche zu machen.

»Nicht direkt. Einer meiner Bekannten im Rat hat mich inoffiziell kontaktiert. Die naturmagische Minderheit der Mitglieder scheint sich mit dir zu solidarisieren. Sie haben sich beinahe kollektiv dagegen ausgesprochen, dich zu verfolgen, und stattdessen dafür, deine Strafe für eine Weile auszusetzen, bis die drei gefunden sind.« Sie seufzte. »Du kannst dir denken, wie der Rest darauf reagiert hat. Was hast du erreicht?«

Ich atmete tief ein. Die Spaltung des Rates war garantiert nicht die beste Nachricht, aber auch nicht die schlechteste. »Ich habe die Kanzlei aufgesucht, in der Leo arbeitet. Natürlich wussten sie nicht mehr als das, was sie auch euch schon erzählt haben. Ich habe ihnen deine Nummer gegeben, falls einer der drei sich bei ihnen meldet.«

»Was eher unwahrscheinlich ist.«

Ich nickte, auch wenn Greta das natürlich nicht sehen konnte.

»Die Krankenhäuser und die Polizei haben deine Kontaktdaten auch und werden sich bei dir melden, sobald sie etwas hören.«

Das Risiko, meine eigenen Daten dort zu hinterlassen, war Greta und mir zu hoch gewesen. Die Kleriker suchten nach mir und würden all diese Orte aufsuchen.

»Sehr gut.«

»Haben sie dir gesagt, wie sie weiter verfahren wollen?«

Ich wollte die professionelle Arbeit der offiziell zuständigen Außenbeauftragten in keiner Weise behindern, doch war es wichtig, ihnen aus dem Weg zu gehen. Keinesfalls würde ich mich wegsperren lassen, bis meine Geschwister gefunden und sicher waren.

»Nein. Sie tun nicht mehr als du auch. Drei Naturmagier wurden von Moskau aus nach Stockholm zur Unterstützung entsandt. Sie sind spezialisiert, magische Spuren zu lesen.«

Ich schnaubte abfällig. Drei Magier sollten die kleine Gemeinschaft des hiesigen Ordenshauses unterstützen, das gerade einmal aus zehn Naturmagiern bestand, die nicht im Außendienst erprobt waren? Lächerlich.

Die Wut stachelte meine Kopfschmerzen nur noch mehr an. »Aber sie mögen noch so spezialisiert sein, so gut wie du können sie nicht sein.«

Ich musste ihr zustimmen. Ich war natürlich keine Spezialistin für magische Schwingungen, ich war nicht einmal Spezialistin für andere Dinge, was meiner Isolation und der nicht begonnenen Ausbildung zuzuschreiben war, doch ich kannte meine Geschwister. Emotionale Bande waren stärker und für unsere Spürkräfte förderlicher als alles andere. Keine Ausbildung konnte diese natürliche Verbindung übersteigen.

»Sobald es dunkel ist, mache ich mich selbst auf die Suche«, versprach ich und wollte gerade auflegen, um mich noch für eine kleine Weile hinzulegen, da hörte ich sie am anderen Ende aufseufzen.

»Helena?« Sie zögerte. »Glaubst du, hinter all dem könnten Chaosmagier stecken?« Ich stockte. Der Gedanke war mir vollkommen fern gewesen. Hatte ich mich in letzter Zeit mit Chaosmagie beschäftigt, hatte ich stets nur über mich selbst nachgedacht.

»Ist es das, was der Rat glaubt?«, fragte ich, obgleich ich mir die Antwort schon denken konnte.

»Wäre es so abwegig?«

»Greta, die Chaosmagier sind seit Jahrhunderten nicht in Erscheinung getreten. Ich denke, wir sollten sie dort lassen, wo sie jetzt auch sind. Lebendig in ihrer Legende, aber nicht mehr.« Ich sagte es ihr, doch sie hatte eine merkwürdige Angst in mir geweckt, die mein Herz einzufrieren schien.

»Sie hätten die Macht dazu, Nell. Glaubt man den Aufzeichnungen, war ihre Macht grenzenlos. Alles, was sie sich erdenken konnten, konnten sie erschaffen und Wirklichkeit werden lassen. Man sagt, sie könnten den Geist anderer kontrollieren. Wäre das nicht …«

Ich wusste, worauf sie hinauswollte. »Das wäre eine Möglichkeit, wie man Amalia und Cornelius so einfach überwältigen konnte, aber es gibt noch ein Dutzend andere. Lass diese Gedanken beiseite und lies nicht zu viel in deinen Chroniken. Diese Gedanken helfen mir jetzt nicht.«

Sie seufzte. »Du bist hier die Magische«, unterwarf sie sich meinem Kommando. »Auch wenn es mir schwerfällt, meine kleine Schwester die Entscheidungen treffen zu lassen. Es kommt mir so schwach vor.«

»Du bist stark, Greta. Wir sind alle stark füreinander, so wie wir es eben können, und bald werden wir auch wieder zusammen sein.«

Kurz, ehe die Gemeinschaft mich lebenslang fortsperrt.

»Ich möchte nur, dass du vorsichtig bist.«

»Ich verspreche es«, versicherte ich ihr, obgleich ich nicht wusste, ob ich diesen Schwur würde halten können.

Ich kann sie nicht finden, schoss es mir irgendwann durch den Kopf. Seit Stunden wanderte ich durch die dunkle Stadt und hatte noch keine einzige vertraute Schwingung ausgemacht. Natürlich hätte es eigentlich nicht verwunderlich sein sollen, wenn ein Mensch einen anderen in der Großstadt nicht auf gut Glück fand, aber weder ich noch meine Geschwister waren normale Menschen.

Leonard hätte sich meine Wahrnehmung leicht entziehen können, aber sowohl Amalia als auch Cornelius hinterließen üblicherweise mit ihrer bloßen Anwesenheit solch deutliche magische Spuren, dass ich diese meist ohne Probleme auch aus größerer Entfernung orten konnte. Sie mussten in der Nähe von Leonards Kanzlei gewesen sein. Sie wäre ihr erstes Ziel gewesen, die erste Priorität, doch selbst dort spürte ich nichts.

Zitternd zog ich mir die Kapuze meines Sweatshirts über den Kopf und hauchte warmen Atem in meine eiskalten Hände. In Schweden konnte eine Mainacht durchaus kühl werden und ich ärgerte mich, dass ich so unachtsam gewesen war und mich nicht wärmer angezogen hatte. Auch auf meiner Insel war das isländisch-schottische Wetter selten besser gewesen als jetzt, aber ich hatte mich immer nur so lange draußen aufgehalten, wie ich die Temperaturen um mich herum hatte im Zaum halten können. Ich war es nicht gewohnt, mich groß um meine Kleiderwahl zu kümmern. So hatte ich nicht bedacht, dass ich meine gesamte Magie auf die Suche und nicht auf meinen Wärmehaushalt ausrichten würde.

Enttäuscht schielte ich auf die Uhr meines einfachen Prepaid-Handys, die drei Uhr nachts anzeigte. Lange würde ich nicht mehr aushalten können. Während ich weiterwanderte, ließ ich meinen Blick schweifen, bis er auf eine kleine Kneipe fiel, die noch geöffnet hatte. Meine zitternden Glieder trieben mich hinein. *Nur ein bisschen Wärme tanken,* sagte ich mir. Sie würde mir Kraft geben, bis zum Morgengrauen weiterzusuchen.

Es war zu früh für mich, jetzt zu verzweifeln.

Die Kneipe war nicht nur klein, sondern auch so dreckig, dass ich ohnehin nicht vorhatte, lange hier zu verweilen. Vier lieblos zusammengestellte Ensembles von verschiedenen Holztischen und Stühlen waren notgedrungen in den Raum gezwängt. Drei Männer, die kaum mehr ansprechbar schienen, hingen förmlich über der Bar. Einer rutsche beinahe von seinem Hocker, als er ein neues Bier zu ordern versuchte.

Für einen Moment überlegte ich, mich an einen leeren Tisch zu setzen, wählte dann jedoch den erstbesten Barhocker. Ich würde mich hier nicht länger aufhalten als nötig.

»Was darf's denn sein?«, fragte mich der kompakte Mann hinter dem Tresen freundlicher, als ich hier erwartet hatte. Ich bestellte einen Wodka und versuchte ein Lächeln, auch wenn mir nicht danach war.

»Du bist nicht von hier, oder?«, fragte er mich weiter auf Schwedisch, als er mir den Wodka über den Tresen schob. Ich schluckte das Zeug herunter und schüttelte den Kopf.

»Nein«, gab ich zurück und schob ihm das leere Glas hin, damit er nachschenkte. Er verstand und in wenigen Sekunden hatte ich das zweite geleert. Es war Jahre her, dass ich das letzte Mal getrunken hatte, und in mir breitete sich eine ungewohnte Wärme aus. »Ich komm von überall her. Noch einen bitte.«

Warum ich derart unvernünftig agierte, wusste ich nicht. Es war alles so seltsam. Plötzlich wieder mitten im Leben zu sein, unter Menschen, mit denen ich mehr Worte wechseln konnte, als ich selbst es wollte. Nach vier Stunden Suche hatte ich nichts erreicht und langsam fragte ich mich, was ich hier eigentlich machte. Ich war für solche Situationen nicht ausgebildet.

»So, dein Akzent ist aber amerikanisch.« Ich nickte nur. »Weißt du, hierher verirren sich Menschen wie du nur selten.« Ich lachte auf und sah zu den drei Halbtoten auf ihren Barhockern.

»Das glaube ich gern, aber jetzt musst *du* etwas wissen: Ich bin nicht hier, um eine nette Unterhaltung zu führen.«

»Verstehe«, erwiderte er nur, ohne sein Lächeln zu verlieren, und schenkte mir zum dritten Mal ein. Das würde übel enden, doch ich war jetzt schon zu weit weg, um mir darüber Gedanken machen zu wollen.

So ging es eine Weile weiter. Ab und an kehrte der Barkeeper zurück, füllte mein Glas neu und ich trank. Nach etwa einer halben Stunde füllte sich die kleine Kneipe mit einer neuen Gesellschaft, die deutlich angeregter und lauter war als die erste.

Teilnahmslos belauschte ich ihr Gespräch. Mit übermäßigem Alkoholkonsum verringerte sich meine Fähigkeit, all den schwedischen Äußerungen zu folgen, doch im Grunde ging es um das Übliche. Ich verdrehte die Augen und setzte das nächste Glas an die Lippen.

Irgendwo da draußen waren meine Brüder und meine Schwester. Ob sie am Leben waren, wusste ich nicht. Die Einzigen, die mir hätten helfen können, hatte ich verlassen und bald schon würden die Außenbeauftragten mich gefunden haben, um mir den Prozess zu machen. Erst jetzt, in diesem Zustand, wurde mir allmählich bewusst, was das bedeutete.

Wenn man mich auf einen bloßen Verdacht auf chaosmagische Wurzeln hin bereits für ganze zwei Jahre weggesperrt hatte, ohne die Aussicht auf eine baldige Aufhebung der Strafe ... Langsam dämmerte mir, dass Aidan vielleicht doch nicht so falschgelegen hatte. Ich wäre niemals zurückgeblieben, auf jeden Fall nach Stockholm gereist, aber wären er und seine kleine Freundin mit mir gekommen, hätte ich mir vielleicht ein wenig des Ärgers erspart.

Im Grunde blieb mir nur eines. Ich selbst befand mich bereits in der denkbar schlechtesten Ausgangslage und in diese hatte ich mich ganz allein gebracht. Einfacher gesagt: Schlimmer konnte es für mich nicht mehr werden, es sei denn, meinen Geschwistern widerfuhr etwas. Ich musste sie finden, ehe man mich fand. Was danach passieren würde ... Nun, das lag nicht in meiner Hand.

»Was für Aussichten«, murmelte ich und kippte den letzten Wodka für diesen Abend hinunter.

Meine Beine unter mir waren wie aus Gummi, warmes, leichtes Gummi, das sich komisch anfühlte, mich aber nicht sonderlich gut aufrecht halten konnte. Es war wirklich keine allzu brillante Idee gewesen, meine Suche auf diese Art zu beenden, mochte sie auch noch so erfolglos verlaufen sein.

Ich taumelte und stützte mich an einer kühlen Hauswand ab. Ich wusste ungefähr, in welchem Stadtteil ich mich befand, doch von hier aus in mein Hotel zu finden, erschien mir im gegenwärtigen Zustand beinahe unmöglich. *Wie kann man nur so dumm sein?*, schrie die zweite Stimme in mir und ich musste ihr zustimmen. Wenn sie doch nur nicht so laut schreien würde.

Ich atmete tief durch und versuchte mich an den schnellsten Rückweg zu erinnern. Meinen Geist schickte ich voraus. Ich suchte im Geflüster des Winds nach meiner eigenen Spur, doch der Alkohol ließ sie mich immer wieder verlieren.

»Verdammt«, grummelte ich. »Verdammt, verdammt, verdammt.« Unentschlossen, was ich nun zu tun hatte, ließ ich mich zunächst gen Boden sinken und umschloss meine zittrigen Knie mit meinen Armen.

»Warum bist du nur so dumm?«, fragte ich mich jetzt selbst. Man erwartete mehr von mir, mehr als ich fähig war zu leisten.

»Na, wen haben wir denn da?«, hörte ich da eine Stimme in der Nacht. Die neue Männerrunde aus der Kneipe hatte mich gefunden und wenn ich die Situation richtig interpretierte, hatten sie nicht die Absicht, mir den richtigen Weg zu zeigen.

»Macht 'n Abgang. Ich habe keine Zeit für die Spiele irgendwelcher Betrunkenen.«

Ich wusste nicht, ob sie mein Gemurmel überhaupt verstanden, war mein Schwedisch doch selbst im nüchternen Zustand nicht immer einwandfrei. Die Reaktion im Gesicht desjenigen, der mir am nächsten war, zeigte mir allerdings recht schnell, dass es nicht meine Aussprache war, die ihn verärgerte.

»Hey, Süße, es gefällt mir gar nicht, wenn Frauen so mit mir reden.«

Ich ahnte die Gefahr voraus, wenn auch recht spät, und erhob mich.

»Das ist nicht mein Problem. Ich werde jetzt gehen«, antwortete ich harsch und wandte mich herum. Ein Fehler, wie sich binnen weniger Sekunden herausstellte. Grob packte er mich am Arm und irgendwie erinnerte mich das an etwas. Aber Aidans mahnender Griff während unserer letzten richtigen Unterhaltung war nichts dagegen.

»An deiner Stelle würde ich das wirklich lassen«, knurrte ich wütend und um mich herum begannen kleine Luftmoleküle zu peitschen.

Ruhig, erinnerte ich mich selbst und wiederholte dieses Wort wie ein Mantra immer wieder in meinem Kopf. Wenn ich mich nicht unter Kontrolle hatte, würde ich diesen Menschen ernsthafte Verletzungen zufügen können.

»Ach wirklich, Kleine? Man müsste dir mal etwas Respekt einbläuen.« Er schubste mich zu einem seiner Kumpels hinüber, den ich jedoch mit voller Kraft ins Gesicht schlug, ehe er mich auffangen konnte. Blind vor Zorn rauschte ich zu ihrem offensichtlichen Anführer herum.

»Respekt? Vor dir?«

Ohne dass ich es wirklich heraufbeschwören wollte, begann die Erde zu beben. Meine Peiniger verloren zeitweise das Gleichgewicht. Ich wollte diesen Moment nutzen und mich an ihnen vorbeistehlen, da hatte mich schon wieder einer von ihnen in der Gewalt.

Ruhig. Ich war schon kurz davor, die Augen zu schließen. Es war schon paradox, dass ich mich zusammenzureißen versuchte, während … Ein kräftiger Stoß ließ mich gegen eine Häuserwand krachen. Ich stöhnte schmerzerfüllt auf und sank zu Boden. Ich hörte sie lachen und plötzlich konnte ich mich nicht mehr halten. Wortlos rief ich den Wind zu mir, der mir stets gehorchte, ganz gleich, in welchem Zustand ich mich gerade befand.

»Mistkerle«, schrie ich, als man mich bei den Schultern packen und hochziehen wollte.

Setz dich endlich zur Wehr, befahl mir die Stimme meines alten Ichs und dann fiel ich zurück gegen die Wand, als mein Angreifer gewaltsam von mir fortgezogen wurde.

Zunächst war alles verschwommen. Der zweite Sturz gegen die Wand hatte auch meinen Kopf in Mitleidenschaft gezogen. Als meine Sicht langsam wieder klarer wurde, konnte ich dennoch nicht glauben, was gerade geschah.

Aidan streckte den zweiten meiner Peiniger mit einem gezielten Schlag nieder. So schnell ich konnte, rappelte ich mich auf und überlegte tatsächlich fortzulaufen. Doch nicht vor meinen Angreifern. Dieser Gedanke verflüchtigte sich ins Nichts, als der Anführer Aidan von hinten packte.

»Wag es ja nicht«, knurrte ich und mit einer Wut, die ich zuvor nicht einmal ansatzweise verspürt hatte, riss ich den Mann beinahe in den Tod. Mit einem einzigen Wutschrei entzog ich ihm jegliche Luft aus den Lungen. Seine Miene verzerrte sich ins Entsetzen, als er vergeblich nach Luft schnappte, rückwärts taumelte und fiel.

Aus den Augenwinkeln sah ich, wie Aidan sich unserem letzten Gegner zuwandte, ließ den Blick aber nicht von diesem Schwein ab. Erst als ich eine Hand auf meiner Schulter spürte, kehrte ich ins Hier und Jetzt zurück.

»Nell«, hörte ich Aidan eindringlich flüstern. Verwirrt sah ich ihn an und wusste nicht, was er von mir wollte. »Lass von dem Mann ab.« Ich zuckte zusammen und sah auf das Häufchen Elend zu meinen Füßen. Mit einem Aufschrei ließ ich die Magie wieder frei. Einige quälende Sekunden vergingen, dann füllten sich die Lungen des betrunkenen Schweden wieder mit Luft.

»Das …« Das hatte ich noch nie getan. Entsetzt starrte ich auf meine Hände, die Hände, die zu so etwas fähig gewesen waren. Nein, nicht die Hände, ich. Mein Blick huschte zu Aidan. Panik durchfuhr mich, doch da hatte er mich schon gepackt und riss mich in eine abgelegene Seitengasse.

»Glaub ja nicht, dass du wieder abhauen kannst«, knurrte er.

»Du solltest mich nicht reizen«, antwortete ich ihm auf die gleiche Weise. Er musste sich ja sehr sicher sein, dass ich ihm nicht zu Leibe rückte, und das, nachdem er gerade mit angesehen hatte, wozu ich in der Lage war.

»Du kommst mit mir.«

»Nur über meine Leiche«, fauchte ich und entwand mich seinem Griff. »Du verfluchter Mistkerl.«

»Du gebrauchst den Begriff inflationär.«

»Es ist deine Schuld«, schrie ich ihn an, während ich zu ihm herumfuhr. »Verdammt, es ist alles deine Schuld. Du mit deinem verdammten … makellosen Gesicht, du …«

»Du bist betrunken«, sagte er so emotionslos, dass ich wieder zu schäumen begann.

»Glaub mir, ich bin wieder nüchtern. D-du, du bist schuld an allem. Ohne dich wäre Jenna … am Leben, ohne dich hätte ich nicht diese Narben …« *Oder diesen Schmerz in mir.*

»Jetzt hör endlich auf zu schreien. Wir müssen hier weg.« Irgendwie hatte er es geschafft, mich wieder zu fassen zu bekommen. Ich entriss mich ihm.

»Ja, du hast wieder diesen perfekten Plan, du …« *Himmel!* Das Sprechen fiel mir noch immer schwer, selbst jetzt auf Englisch. »Du hast den Überblick über alles. Immer perfekt. Deshalb sieht man deine Narben auch nicht auf deiner … deiner Haut. Und heute hätte ich mir vielleicht noch welche dazugewonnen, nicht wahr?«

Ich schrie und fuchtelte mit den Armen, ging immer weiter von ihm fort, die dunkle Gasse entlang. »Oh, ich hasse dich, Aidan Gavriel. Ich hasse dich für meine Isolation. Und meine Einsamkeit und dafür, dass ich mich in dieser verfluchten Gesellschaft nicht mehr … zurechtfinde. Ich hätte diese Männer beinahe umgebracht! Das alles wäre nie passiert, wenn …«

»Wenn was …? Das hier hätte jedem passieren können. Das lag nicht an dir oder deiner Vergangenheit – höchstens an deinem Alkoholkonsum. Hör auf, dich zu bemitleiden«, schleuderte er mir entgegen. »Denk lieber darüber nach, was du tun wirst, wenn die Kleriker hier aufschlagen. Dieses Mal werden sie dich nicht mit so einer leichten Strafe bedenken.«

Plötzlich wurde er wieder ruhiger, beinahe gelassen, als ginge ihn dies alles nichts an.

»So vorschnell wäre ich an deiner Stelle nicht«, murmelte ich und verschränkte, ihm den Rücken zugewandt, die Arme vor der Brust, wie er es so oft tat. »Vergiss nicht, dass du in dieser Geschichte den Fluchthelfer gespielt hast. Und glaube nicht, dass ich nicht weiß, was mir blüht, Aidan. Glaube nicht, dass das, was ich erlebt habe, leicht war.«

»So meinte ich das nicht.«

Ich winkte ab. »Ach, es kümmert mich doch nicht, wie du es gemeint hast.« Ein Windhauch umspielte meine Wange und jetzt, da ich wieder klarer denken konnte, gelang es mir wieder, zuzuhören. Jetzt kannte ich den Weg. »Ich bin hier, um meine Geschwister zu finden. Danach mag kommen, was auch wolle.«

Mit diesen Worten schritt ich an ihm vorbei in Richtung meines Hotels. Er folgte mir. Es war mir gleich. Ich war ihm einmal entwischt, das würde mir wieder gelingen.

Jenna hatte es mir oft gesagt. *Alkohol löst die Zunge in Momenten, in denen man lieber den Mund gehalten hätte.* Jetzt wünschte ich mir, ich hätte ihr besser zugehört oder vielmehr ihre weisen Ratschläge auch beherzigt. Während ich vollkommen ignorierte, dass der so undurchschaubare Söldner direkt hinter mir lief, ohne auch nur ein Wort zu sagen, rief ich mir mit jedem Moment, in dem ich wieder ein wenig klarer im Kopf wurde, die Worte zurück ins Gedächtnis, die ich ihm entgegengeschleudert hatte.

Mit Alkohol konnte man vieles entschuldigen – auch wenn ich das ungern tat –, aber für mich war es nahezu unverzeihlich gewesen, ihm die Schuld an Jennas Tod zu geben. Wem hätte es etwas genutzt, wäre er mit erhobenen Waffen auf Samuel zugestürzt? Jenna wäre vermutlich noch eher gestorben. Ich seufzte, dann spürte ich eine Hand auf meinem Rücken.

»Mein Auto steht in der Nähe.« Mehr brauchte er nicht sagen. Es mochte wie ein nett gemeintes Angebot klingen, doch mir war bewusst, dass er gerade einen Befehl formuliert hatte.

»Ich gehe nicht ins Ordenshaus der Söldner«, stellte ich erschöpft fest.

»Ich glaube nicht, dass wir in Stockholm überhaupt eins haben.«

»Blue ist noch in meinem Hotelzimmer.«

Er lachte, fast erleichtert. Wahrscheinlich erinnerte er sich daran, wie schwierig es einmal gewesen war, mir etwas vorschreiben zu wollen. »Wir holen ihn.«

Ich nickte nur und ließ mich von Aidan zu seinem Wagen führen. Auf der Fahrt setzten wir unser Schweigen fort. Wir hatten einander nichts zu sagen. Was auch immer ihn dazu brachte, mir zu helfen … Das hier war einer seiner Aufträge und es war seine Art, diese mit Bravour zu erfüllen. Es würde auch jetzt nicht anders sein. Was mich anging, wollte ich diesem Mann keinen meiner Gedanken mehr anvertrauen.

Blue war erfreut, Aidan zu sehen. Sobald ich ihn in das große Auto des Söldners verfrachtet hatte, schleckte er ihm liebevoll über das Gesicht, was Aidan mit einem Lachen quittierte. Ich erlaubte mir einen Moment der Überraschung. Aidan hatte in der gesamten Zeit vor Jennas Tod nicht so viel gelacht wie in diesen wenigen Tagen. Auf meiner Insel, in Fayes Anwesenheit, jetzt … Es war ein netter, wenn noch immer seltener Laut und ich fragte mich, warum er ihm früher nie entschlüpft war.

Eine Stunde später gelangten wir zu dem Hotel, das Aidan sich für seinen Aufenthalt in Stockholm ausgesucht hatte. Schon von außen sah es um einiges komfortabler aus als das meine. Ich hatte Wert darauf gelegt, dass es in der Nähe von Leonards Kanzlei gelegen und unauffällig war. Aidan hatte offenbar genau gegenteilige Ansprüche gehegt. Er nannte dem Rezeptionisten zwei Zimmernummern und erhielt die Schlüssel. Einen davon reichte er mir und ich wog ihn vorsichtig in der Hand, als würde ich eine Art Handgranate halten.

Offensichtlich hatte Aidan das Zimmer bereits im Voraus reserviert. Ob ich nun noch immer die störrische alte Nell gewesen wäre oder nicht, er hatte nicht vorgehabt, mich allein zu lassen. Was versprach er sich bloß davon, meinen Aufpasser zu spielen? Wäre er wirklich den Klerikern verpflichtet, hätte er ihnen meinen Aufenthaltsort umgehend genannt. Ebenso musste er es handhaben, wenn die Naturmagier ihn beauftragt hätten. Sie suchten schließlich alle nach mir, oder etwa nicht?

Ich sagte jedoch nichts.

»Komm. Bevor du dich schlafen legst, müssen wir noch etwas besprechen.« Ich hatte ihm nichts zu sagen, doch auch diesen Kommentar sparte ich mir. Stattdessen folgte ich ihm in sein Zimmer und mein Herz begann unvernünftigerweise schneller zu klopfen. Die edel dekorierten Flure hätten mich bereits darauf hinweisen müssen, dass auch die Zimmer hier um einiges heller und freundlicher waren als mein altes. Obwohl es draußen dunkel war, strahlten mir die beigen und weißen Farbtöne der gepolsterten Möbel ins Gesicht. Die Wände waren von einem edlen Mintgrün. Hier und da ein Sprenkel Gold, der Bilderrahmen, das dunkle Holz der Bettpfosten und alles andere verzierte. Die Betten selbst waren groß genug für drei ausgewachsene Menschen.

»Ich hätte nie gedacht, dass du dir ein solches Zimmer aussuchen würdest«, versuchte ich ihn eher halbherzig aufzuziehen.

Er verzog keine Miene. Ich war wohl wirklich nicht diejenige, die ihn zu diesem seltenen Lachen ermunterte.

»Die Zimmer sind alle gleich. Das von Faye sieht genauso aus.« Ich stöhnte innerlich. Natürlich war er nicht ohne sie angereist. Was hatte ich mir auch gedacht?

»In meines kommt der Köter aber sicherlich nicht«, hörte ich sie da auch schon und warf einen Blick in Richtung der Stimme. Sie stand in einer anderen Tür, die offensichtlich direkt in ihr Zimmer führte. Verbindungstüren, wie nett.

»Faye«, überging ich den Kommentar mit dem Köter. »Wie schön, dass du Zeit gefunden hast, mir nachzureisen.«

»Ich bin nicht freiwillig hier.«

»Das glaube ich gern«, murmelte ich, während ich mich in einem riesigen weißen Ohrensessel niederließ. Aidan versteckte seine Gefühle wie gewohnt hinter seiner verschlossenen Söldnermiene. »Machen wir dem hier schnell ein Ende. Ich bin seit gestern Morgen auf den Beinen und würde gern ein wenig schlafen.«

Diese Worte richtete ich gezielt an Faye. Sie war es, der ich möglichst schnell entgehen wollte. Aidan war nur ein Ärgernis, Faye selbst war eine langwährende Folter. Sie sah voller Belustigung in meine Richtung, was mir einen kalten Schauer über den Rücken jagte.

»Ich lass euch zwei dann mal allein«, gurrte sie noch lächelnd und verschwand, ohne mich mit einer weiteren so beunruhigenden Geste zu bedenken.

»Hast du etwas in Erfahrung bringen können?«, fragte Aidan mich, als sie fort war, und mir blieb nichts anderes übrig, als den Kopf zu schütteln.

»Wissen die Kleriker …«

»Nein«, kam ich ihm zuvor. »Sie stehen in Kontakt mit Greta.« Aidans Miene verfinsterte sich, während er so auf mich heruntersah. Ich zog meine Beine enger an meinen Körper und kümmerte mich nicht darum, dass meine dreckigen Stiefel womöglich den reinweißen Sessel beschmutzen könnten.

»Greta, ja?«

»Sie hat nichts gesagt«, stellte ich schnell klar. Er würde vielleicht versuchen können, mich hier festzuhalten, aber ich würde nicht zulassen, dass er die Loyalität meiner Schwester mir gegenüber anzweifelte.

»Offensichtlich nicht«, gab er nach. »Aber kannst du mir versichern, dass das auch so bleiben wird? Du hast ja keine Ahnung von dem, was die Kleriker zu tun imstande sind. Bist du dir sicher, deine Schwester wird es durchstehen, wenn man sie Tag für Tag befragt, bedroht und mit Horrorszenarien ängstigt?«

Ich sah weg. Gretas Wesen war wesentlich zarter als das von uns übrigen. Ich tat ihr kein Unrecht, indem ich das eingestand. Es war einfach so. Wenn man sie glauben machte, ihr Schweigen würde ihre Geschwister in nur noch größere Gefahr bringen, würde sie es brechen.

»Nun, dann muss ich mich mit der Suche einfach ein wenig beeilen.« Mehr fiel mir zu diesem Thema auch nicht ein. »Wenn wir dann fertig sind …«, setzte ich an und erhob mich, doch ein einziger Blick, den Aidan mir zuwarf, gab mir zu verstehen, dass ich noch nicht entlassen war.

Er stieß einen Laut aus, der deutlich machte, wie gering die Meinung war, die er von mir hatte.

»Ich weiß, du hältst mich für unvernünftig und naiv«, gab ich uns beiden zur Antwort und wollte den Satz gerade weiterführen, als er seinen Zorn entließ.

»Du weißt gar nichts, Nell. Ich möchte mir nicht vorstellen müssen, was sie mit dir tun werden. Sie fürchten die Chaosmagier mehr als alles andere. Sie sind besessen von dem Gedanken, sich vor ihnen zu schützen und …«

Mir reichten diese Worte vollkommen. »Du sagst es schon wieder.« Kopfschüttelnd, um meinen inneren Schmerz vor ihm verborgen zu halten, ging ich Richtung Tür. »Für dich bin ich eine von denen, nicht wahr? Du hast mich abgestempelt.«

Wie Cornelius. Ich hätte nicht gedacht, dass dieser Schmerz noch schlimmer werden konnte.

»Was ich denke, ist nicht wichtig.« Mir war es wichtig.

»Ich kann mich niemandem anvertrauen, der mich für gefährlich hält. Gute Na-« Sein überrascher Blick ließ mich stocken.

»Gefährlich? Vielleicht, aber nur für dich selbst. Wenn sie auf die Idee kommen, Chaosmagier könnten mit dem Verschwinden deiner Geschwister zu tun haben, werden sie dich nicht mehr so nett behandeln. Mit deiner Flucht hast du dich nur noch verdächtiger gemacht.«

»Du bist also auch schon auf diesen Gedanken gekommen? Dass Chaosmagier hinter alldem stecken. Und sag mir jetzt nicht wieder, deine Meinung würde nichts zählen.«

Er lächelte ein beinahe trauriges Lächeln und sah in meine Richtung. Auch er wirkte müde und ich fragte mich, wann er das letzte Mal geschlafen hatte.

»Es ist nicht schwer, sich vorzustellen, dass deine Leute das denken.« So wenig verriet er freiwillig, frei von sich aus.

»Du denkst das nicht?«

Er schüttelte den Kopf. »Man sagt, die Chaosmagier hätten sich irgendwann selbst ausgelöscht. Ich bin gewillt, dies zu glauben.« *Als man dich über mich befragte, schien das nicht so zu sein,* schoss es mir durch den Kopf.

»Wieso?«, flüsterte ich, doch er blieb mir eine Antwort schuldig. Das Klingeln meines Handys durchbrach die Stille, die sich gerade zwischen uns ausgebreitet hatte. Mit einer schnellen Bewegung hatte ich den Anruf entgegengenommen und konnte nicht glauben, was mir am anderen Ende eröffnet wurde.

Aidan sah die Veränderung in meinem Gesichtsausdruck augenblicklich. »Was ist passiert?«

Mit ungläubiger Miene sah ich ihn an. Alles war so unwirklich. Konnte es sein? Nach diesen wenigen Tagen in Stockholm sollte schon alles vorbei sein? All der Schrecken.

»Ich brauche dein Auto. Wir müssen ins Krankenhaus«, wisperte ich nur und seine Miene nahm noch besorgtere Züge an. Ich konnte nichts mehr sagen. In meinem Kopf spielten sich nur die Worte, die Greta an mich gerichtet hatte, immer und immer wieder ab.

Sie haben Cornelius gefunden.

Kapitel 9

« ALTE PROBLEME, NEUE KATASTROPHEN »

Während Aidan schier über die Autobahn raste, hielt ich meine Stirn gegen die kühle Fensterscheibe gedrückt. Das hatte ich schon früher getan. Damals, als glückliches Kind und ebenso als Kind, das seine Eltern verloren hatte. Maida und Paul Feyrsinger waren bei einem Flugzeugabsturz ums Leben gekommen. Die Gemeinschaft der Magier hatte uns Kinder abholen lassen. In einem dunklen, kalten Raum hatte ich zusammen mit meinen Geschwistern ausgeharrt und gewartet. Greta hatte mich und Leonard – wir beide waren gerade sieben, sie selbst neun, beinahe zehn Jahre alt gewesen – eng an sich gezogen. Leonard hatte geweint, ich nicht.

Irgendwann waren Amalia und Cornelius eingetreten. Die Zwillinge hatten es schon immer geschafft, dass sich ihre Gefühle nicht auf ihrem Gesicht abzeichneten. Auch an diesem Tag waren ihre Mienen verhärmt gewesen. Cornelius hatte Greta einen einfachen Blick zugeworfen und sie hatte zu weinen begonnen. Ich hatte auf Cornelius' Armen Zuflucht gefunden, Leonard auf denen Amalias, während diese Greta, die sich an ihre Seite gekuschelt hatte, liebevoll übers Haar strich. So hatten wir, als nun deutlich kleinere Familie, die Beileidsbekundungen unserer Gemeinschaft entgegengenommen. Cornelius hatte mich die ganze Nacht nicht losgelassen.

Ich seufzte schwer, als die Erinnerungen mich überkamen. Das Krankenhaus, in das man meinen ältesten Bruder gebracht hatte, hatte Greta sofort kontaktiert, als man seine Identität einwandfrei hatte bestimmen können. Sie war zu aufgeregt gewesen, um mir Einzelheiten über seinen Zustand zu verraten. Ich wusste nur, dass er nicht bei Bewusstsein war.

»Was hast du mit Fayes Auto gemacht?«, hörte ich Aidan fragen, erfasste den Sinn seiner Worte jedoch erst nach einer kleinen Verzögerung.

»Das Auto?«, murmelte ich abwesend und wusste nicht, warum das jetzt so wichtig war. Ich setzte mich ein wenig auf und sah durch die Windschutzscheibe auf die dunkle Straße vor uns.

»Das Auto, mit dem du vor unseren Augen davongebraust bist.«

»Ist das wichtig?«, fragte ich verwirrt, antwortete jedoch, ohne eine Antwort abzuwarten. »Ich habe es verkauft. Und bevor du fragst, das geschah nicht etwa mit einem Kaufvertrag.«

Das Konto für Notfälle hätte mir schließlich nicht ewig als Geldquelle dienen können und ohne das Auto, so hatte ich gedacht, hätten Faye und Aidan mich nicht so leicht aufspüren können.

Aidan grummelte etwas Unverständliches und ich verdrehte genervt die Augen. Hatte er keine anderen Sorgen als den Verlust eines Autos?

»Ich zahl ihr das Geld zurück«, gab ich in neutralem Ton zurück.

Ich schuldete Faye etwas dafür, dass sie mich mit ihrer Anwesenheit verschonte. Ich hätte sie an meiner Seite in diesem Augenblick nicht ertragen.

»Behalte es. Nur für den Fall, dass du uns wieder entwischst.«

Da musste ich lächeln. Ein Lächeln, das viel zu kurz andauerte, denn meine Gedanken schweiften wieder zu Cornelius.

»Was soll das heißen, Sie können mich nicht zu ihm lassen?«, schrie ich die winzige Krankenschwester an, die in ihrer kleinen Kabine saß wie ein König auf seinem Thron.

»Hören Sie, Ihnen ist anscheinend nicht klar, dass Cornelius Feyrsinger Opfer eines Gewaltverbrechens wurde. Wenn überhaupt, dürfen wir nur die engsten Familienangehörigen zu ihm lassen. Solange Sie sich also nicht ausweisen, kann ich nichts für Sie tun.« Das konnte ich nicht. Die Kleriker würden mich dann nur noch schneller ausfindig machen. Leicht verzweifelt sah ich zu Aidan.

»Ich rufe Greta Feyrsinger an«, erklärte ich. »Seine Schwester. Man hat sie angerufen und sie wird …«

»… auch nichts daran ändern, dass wir nur Familienmitglieder zu ihm lassen, die sich ausgewiesen haben.«

Sie betonte jedes einzelne Wort, als seien Verständigungsschwierigkeiten hier das Problem. Es würde nicht viel fehlen und ich würde ihr ins Gesicht schlagen, obgleich die arme Frau nichts anderes tat als ihren Job.

»Ich …« Die winzige Persönlichkeit stützte ihre Ellbogen auf die Theke und schielte mich über ihre Hornbrille hinweg aus dunklen Augen an. Jegliches Mitgefühl, das sie gehabt hatte, schien endgültig verschwunden zu sein.

Ich stöhnte ergeben auf und warf noch einen Blick in Richtung Aidan. Er stand neben mir, hatte aber noch kein einziges Wort gesagt.

»Na schön«, stieß ich wütend hervor und begann in meiner Tasche zu kramen.

»Nell«, mahnte mich Aidan, doch ich ignorierte ihn und zog meinen Ausweis hervor. Die Krankenschwester nahm ihn skeptisch entgegen.

»Ich bin Helena Feyrsinger, seine Schwester. Kann ich jetzt bitte zu meinem Bruder?«

»Und warum haben Sie das nicht gleich gesagt?«, näselte sie. »Ich bin mir nicht sicher, ob ich diese Geschichte glauben soll. Im Übrigen ist Ihnen doch klar, dass die Polizei noch mit Ihnen zu sprechen wünscht?« In diesem Moment wäre ich ausgerastet. Ich hätte sie hinter ihrem sicheren Glaskasten hocken lassen und wäre ohne ihre Erlaubnis losgelaufen. Meine Magie hätte mich schon irgendwann zu Cornelius geführt, ich glaubte ja jetzt schon beinahe, ihn zu spüren.

»Um Gottes willen«, mischte sich jetzt Aidan auf Englisch ein und hielt mich von diesem wirklich schlechten Plan ab, der mich vermutlich nur ins Gefängnis gebracht und somit den Naturmagiern auf einem Silbertablett serviert hätte. »Lassen Sie das Mädchen doch endlich zu seinem Bruder. Die Polizei wird sich der Sache schon annehmen, wenn sie ohnehin mit Helena zu sprechen haben.«

Die Dame hinter dem Schalter sah ihn schon fast geschockt an. Aidan hatte wenig freundlich geklungen. Endlich griff die Krankenschwester nach ihrem Telefon.

»Ich werde jemanden rufen, der Sie zu Ihrem Bruder geleitet. Er kann ein Auge auf Sie werfen, bis ich Gewissheit habe«, sagte sie, als sei sie die Vorsitzende der CIA.

Ehe der *Verantwortliche* dann zu mir kam, hielt Aidan mich noch kurz zurück. Seine Hand schloss sich um meinen Arm und brannte mir unsichtbare Zeichen auf die Haut.

»Du darfst nicht zu lange bei ihm bleiben. So akribisch wie die Dame verfährt, ist die Polizei in wenigen Sekunden verständigt.« Ich nickte nur. Die Kleriker hatten in der Welt der Menschen und ihrer Polizei viel Einfluss, wenn sie auch nur im Hintergrund auftraten. Ich traute ihnen zu, dass dieser Einfluss so weit reichte, dass die Polizisten mich an Ort und Stelle festnehmen würden.

Ich hatte Aidans Worte jedoch schon vergessen, als man die Tür zu Cornelius' Zimmer öffnete.

»Cornelius«, wisperte ich und sofort schossen mir die Tränen in die Augen. »Oh Gott, du bist wach.«

Ich merkte gar nicht, wie ich die Entfernung zwischen uns überbrückte, plötzlich war ich bei ihm und hatte die Arme um seinen Hals geschlungen.

»Nell«, hörte ich ihn irgendwann nur flüstern und ich schaffte es, von ihm abzulassen. Zum ersten Mal seit zwei Jahren sah ich ihm wieder ins Gesicht und mir stockte der Atem. Reflexartig umfasste ich seine Hand und setzte mich zu ihm aufs Bett. Er sah furchtbar aus. Sein Gesicht war überzogen von blutigen Kratzern. Auf seiner Wange klebte ein dickes Pflaster. Man hatte ihm den Kopf verbunden und auch an seinen Armen prangten Druckverbände. Sein Blick aber war noch immer der gleiche. Ernst und nachdenklich, in seinen Augen lag jedoch eine unendliche Wärme, eine Wärme, von der ich geglaubt hatte, er hätte sie nach Jennas Tod verloren.

»Nell«, wiederholte er und lächelte kurz. »Sie haben dich gehen lassen?«

Aidans Worte, die ich so erfolgreich vergessen hatte, stahlen sich mir wieder in den Kopf. Ich trieb sie fort. Nichts würde mich jetzt von meinem Bruder fernhalten. Mit meinen Problemen würde ich Cornelius aber nicht noch belasten.

»Was hast du denn gedacht«, fragte ich liebevoll und noch immer hingen Tränen in meinen Wimpern. »Man kann mich doch nicht auf einer Insel festhalten, wenn …« Ich verstummte und auch in Cornelius' Augen sah ich Schmerz aufflackern. »Was ist passiert? Wo ist Amalia?«, sah ich mich gezwungen zu fragen.

»Sie … sie ist … ich weiß es nicht. Nell, ich weiß es nicht. Wir haben Leonards Spur bis in einen nahe gelegenen Park verfolgt, wo man uns sofort attackiert hat. Es waren ein ganzes Dutzend gut ausgebildeter Nahkämpfer.«

Mir wurde ganz kalt. »Söldner?«, fragte ich, doch mein Bruder schüttelte den Kopf.

»Ich weiß nicht, wer sie waren. Wir hatten keine Chance. Innerhalb weniger Sekunden brachten sie Amalia in ihre Gewalt. Sie zwangen mich, die Magie zurückzurufen. Sie drohten mir mit ihrem Tod und ich tat, was sie sagten. Dann erinnere ich mich nur noch an die Schmerzen. Aufgewacht bin ich dann hier.«

»Haben sie ihr was angetan?«, wisperte ich.

»Ich kann es nicht sagen. Ich habe getan, was sie wollten«, sagte er nochmals und wandte den Kopf ab, als versuche er durch das Fenster zu sehen, das durch Jalousien verdunkelt worden war. »Es muss ihr gut gehen.«

Seine Stimme wurde mit jedem Wort schwächer und ich drückte fest seine Hand, ehe ich den Blick aus dem Fenster ermöglichte. »Wir werden sie finden, Cornelius.«

Zweifel an meinen Worten keimte in uns beiden auf, das konnte ich spüren.

»Das glaubten Amalia und ich auch und innerhalb weniger Augenblicke belehrte man uns eines Besseren.«

Ich lächelte schwach. »Nun, es ist ja nicht so, als könnten wir einfach aufhören, nach ihnen zu suchen.«

Ob es aussichtslos war oder nicht, auch Cornelius würde seine Stärke wiederfinden. Aber es war nicht an der Zeit, diese Dinge jetzt zu besprechen.

»Du solltest ein bisschen schlafen«, riet ich ihm, schob mir einen Stuhl an sein Bett und ergriff wieder seine Hand. »Ich werde hierbleiben.« Ich schluckte gegen einen dicken Kloß in meinem Hals an. Wenn die Kleriker mich vorher fanden, müsste ich mich ihnen entgegenstellen, um dieses Versprechen einzuhalten, aber das durfte mich nicht abhalten. Ich strich ihm über die schulterlangen blonden Locken, die ganz ungewohnt stumpf waren, bis er eingeschlafen war.

Dass ich weggedämmert war, merkte ich erst, als die Tür aufschwang und ich unsanft in die Höhe gerissen wurde. »Wir müssen los«, hörte ich Aidan polternd befehlen. Reflexartig versuchte ich, mich ihm zu entreißen, doch sein Griff war unnachgiebig.

»Gavriel, lass sie sofort los«, knurrte Cornelius und setzte sich unter schmerzensvoller Miene in seinem Bett auf, ehe er geschwächt mit dem Rücken gegen das Bettgestell zurücksank. Erschrocken stieß ich Aidan von mir, der mich nun wirklich losließ, und strich meinem Bruder besorgt über die kalte, schweißnasse Stirn.

»Verschwinde doch einfach«, fuhr ich den Söldner an, der sich davon jedoch nur wenig beeindrucken ließ.

»Sicher nicht. Ich habe dir schon genügend Zeit gelassen und da dieser Affe mich nicht ins Zimmer lassen wollte, haben wir noch mehr davon verloren. Offensichtlich hast du diese Zeit schlafend statt sinnvoll verbracht. Glaubst du, du bist deiner Familie eine Hilfe, wenn du hinter Gittern sitzt?«

Was genau er nun mit sinnvoll meinte, ließ er unkommentiert, die Wut in seiner Stimme war jedoch unverkennbar. Ich sah ihn nicht an, half Cornelius nur, eine bequeme Sitzposition einzunehmen.

»Was meint er damit?«

»Es ist nichts«, bekräftigte ich und versuchte Aidan vollkommen zu ignorieren, als ich Cornelius ein weiteres Kissen in den Rücken steckte.

»Der Morgen ist angebrochen. Die Polizei ist vermutlich bereits auf dem Weg und wer weiß, ob sie die Kleriker nicht schon längst informiert haben«, erklärte Aidan und ich hielt inne. Er sprach wohl mit Cornelius, dessen Miene sich sofort verfinsterte.

»Nell.«

Jetzt war es mein Bruder, der Mahnungen aussprach. Warum behandelten sie mich alle wie etwas, das keinen eigenen Willen, kein Recht auf Entscheidungen hatte, nicht einmal dazu fähig war, das Richtige zu tun? Ich sagte nichts.

»Was glaubst du, wie sie von dieser verfluchten Insel runtergekommen ist? Der Rat hat ihr jedenfalls keinen Jet geschickt, damit sie außerhalb seiner Verfügungsgewalt auf eigene Faust handelt.«

Meine Hände verkrampften sich. Ich sah niemanden von beiden an.

»Nell, du hast mir gesagt, sie hätten dich gehen lassen.« Ausdruckslos sah ich an ihm vorbei zur Zimmertür, als könne jederzeit einer von ihnen hereinstürmen, um mich mit fortzunehmen.

»Nicht direkt.« Für eine Weile schwieg mein Bruder. Dieses Schweigen dehnte sich so entsetzlich lange aus, dass ich ihn irgendwann doch ansehen musste. Er blickte starr geradeaus, doch in seinen Augen blitzte es, als wüte in ihm ein Sturm.

»Cornelius, ich …«

»Du musst gehen«, unterbrach er mich.

»Nein. Ich lasse dich ganz sicher nicht hier allein. Die Kleriker können kommen. Ich habe genug davon. Ich habe genug davon, mich einsperren zu lassen und …«

Cornelius' Blick schoss so schnell in meine Richtung, wie eine Pistolenkugel durch die Luft schnitt. In einer fließenden Bewegung, die ich ihm zuvor gar nicht zugetraut hatte, schwang er die Beine über die Bettkante. Schwer atmend stützte er seinen Oberkörper auf seine Knie.

»Verdammt, du sollst gehen, hab ich dir gesagt.« Er starrte mir unverwandt in die Augen. »Ich komme nach, das verspreche ich dir, aber du musst jetzt sofort hier weg. Der Rat darf dich nicht mitnehmen, hast du verstanden?«

Unsicher sah ich zu Aidan, der hinter mir stand wie mein unerbittlicher Feind.

»Nell, jetzt geh!«

Ich überlegte noch wenige Sekunden, stand einfach da und starrte Aidan an. Irgendwann nickte ich ihm zu. Mit einem Schritt war er bei meinem Bruder und hielt ihm einen Zettel entgegen.

»Du findest uns hier. Nell«, rief er mich wie einen Hund hinter sich her, als er zur Tür schritt. Zorn durchlief mich wie das Blut in meinen Adern, doch ich hatte keine Zeit für die Gefühle, die ich in diesem Moment gegen ihn hegte.

»Du kommst erst, wenn die Ärzte dich entlassen«, fauchte ich Cornelius zu. Ich gewährte mir einen letzten, tiefen Blick in seine Augen. »Ich gehe nicht, ehe du das versprichst.«

Er nahm meine Hand und drückte sie kurz. »Versprochen, und jetzt geh!«

So schnell ich konnte, drängte ich mich an Aidan vorbei in den Gang. Er war beinahe ebenso schnell bei mir. Wie ich es erwartet hatte. Wie Diebe in der Nacht huschten wir ungesehen durch das Krankenhaus, bis wir von Tageslicht empfangen wurden.

Sobald ich mich auf den weich gepolsterten Sitz des Autos fallen ließ, wollte ich die Augen schließen und schlafen, doch Aidans Anspannung, die Wut, die er zu verbergen versuchte, griff auch auf mich über. Stumm beobachtete ich, wie er die Finger um das Lenkrad krallte, bis seine Fingerknöchel weiß hervortraten.

Darauf gefasst, dass der Zorn jeden Augenblick aus ihm herausbrechen würde wie Lava aus einem Vulkan, atmete ich tief durch. Ich legte mir Worte bereit, die sogar schon meine Lippen streiften, die ich aber dennoch unausgesprochen ließ.

Er schwieg und stierte auf die Straße. Langsam wurde es lächerlich.

»Aidan«, versuchte ich sanft auf ihn einzureden, doch das war nicht die beste Idee gewesen. Bei Weitem nicht.

»Du bist unglaublich«, herrschte er mich an.

Offensichtlich war das nicht als Kompliment gemeint. »Vielen Dank«, erwiderte ich dennoch patzig, auch wenn mir klar war, dass diese Antwort nicht dazu beitragen würde, seine Laune zu verbessern.

»Ich habe dir gesagt, dass wir es nicht darauf ankommen lassen dürfen, mit der Polizei konfrontiert zu werden, und du legst dich neben deinem Bruder schlafen. Wenigstens *ihm* hätte ich mehr Verstand zugetraut.« Das ging nun aber wirklich zu weit. Ich war bereit gewesen, mich seinem Zorn zu stellen, damit er sich abreagierte, aber ich hasste es, wenn er meinen erwachsenen und mächtigen Bruder als Grünschnabel hinstellte.

»Er wusste nicht, dass ich auf eigene Faust gehandelt habe.«

Aidan schnaubte, warf einen längeren Blick in den Rückspiegel und starrte dann wieder geradeaus. »Er ist dein Bruder. Er müsste dich gut genug kennen.«

»Ach, das macht mich wirklich neugierig, Aidan.« Es war schwierig, mit jemandem zu streiten, der sich so vehement weigerte, seinem Kontrahenten in die Augen zu sehen. Andererseits war das in Anbetracht der Tatsache, wie er das Tempo anzog, vielleicht doch die sicherere Variante. »Von welchen Eigenschaften meinerseits hätte er wissen sollen, um eine derartige Situation zu durchschauen?«

Er lachte finster auf. »Da wüsste ich so einiges. Du weißt nichts von der Welt. Und wenn deine Unwissenheit mich nicht zur Weißglut treibt, ist es diese schiere Unvernunft, mit der du alles, was du zu begreifen in der Lage bist, ignorierst.«

Ich schwieg. Mit jedem seiner Worte, die er eigentlich nicht mir, sondern der Straße entgegenbrüllte, hatte ich mir meine Finger fester in die Beine gebohrt. Nur aus einem Grund hatte ich ihn während dieses beleidigenden Monologs ausreden lassen. Ich hatte wissen wollen, was er nun wirklich von mir hielt. Vor zwei Jahren hatte er notgedrungen diese neutrale Fassade aufrechterhalten, war mir ansonsten mit formvollendeter Freundlichkeit begegnet.

»Gut zu wissen«, murmelte ich nur.

Ich hätte erwartet, dass er sich nun, wo er sich aller Wut entladen hatte, besänftigt zeigen, irgendetwas sagen würde, was all das vorige relativierte. So war es nicht. Er schwieg. Ich konnte es nicht. Mein gekränktes Herz brauchte Zerstreuung. Die Wahl des neuen Themas fiel jedoch auch nicht sonderlich weise aus. »Ich denke, du überschätzt die Kleriker maßlos. Sie sind nicht die Inquisition. Sich in schwarzen Vans an meine Fersen zu heften, passt nicht zu ihrer Berufsbeschreibung.«

Er antwortete nicht. Die einzige Regung, die er zeigte, war ein weiterer flüchtiger Blick in den Rückspiegel. »Sie sind Politiker und Heiler. Sie …« Ich unterbrach mich, als er nur hastig über die Schulter schaute. »Was ist los?«

»Vielleicht sind deine friedlichen Politiker wirklich nicht für Verfolgungen gemacht, dummerweise besteht der Rat auch zu einem guten Teil aus Magiern, und diejenigen, die sie fürs Grobe losschicken, haben noch deutlich weniger Skrupel. Du müsstest das wissen, zwei deiner Geschwister gehören schließlich dazu.« Er machte eine lange Pause, als überlegte er, mir die folgende Information zu verschweigen, auch wenn sie wohl sein stärkstes Argument war. »Außerdem verfolgen sie uns schon, seit wir den Parkplatz des Krankenhauses verlassen haben«, ließ er mit aller Ruhe verlauten, drückte jedoch weiter aufs Gas.

»Was?«, stieß ich hervor und drehte mich herum. Tatsächlich fuhren zwei schwarze Autos hinter uns. Auf so ein Klischee sollte ich mich einlassen? »Das ist doch Unsinn. Aidan, du leidest ja schon unter Verfolgungswahn, sie …«

»Schau dich um, Nell. Wenn du weniger Konzentration darauf verwendet hättest, was ich von dir halte, hättest du selbst gemerkt, dass sie …«

»Sie werden schneller«, keuchte ich.

Diese Information brauchte er nicht. Ich sah wieder nach vorne und mir wurde beinahe schlecht, als ich sah, wie schnell die Bäume dicht an uns vorbeirauschten. Und noch immer legten wir an Geschwindigkeit zu.

»Aidan?«, flüsterte ich ein wenig erschrocken, doch er antwortete nicht, steuerte das Auto nur immer weiter durch den undurchsichtigen Wald, bis es einmal sehr knapp wurde. Eine Unebenheit im Boden ließ das Auto ins Schlingern geraten. »Aidan!«

Er fluchte und brachte den Wagen gerade noch unter Kontrolle. Das durfte nicht wahr sein. Als der Tag begonnen hatte, wäre mir nicht im Traum eingefallen, dass er mit einer Hochgeschwindigkeitsflucht enden würde.

»Verflucht«, schrie ich. »Aidan, das sind meine Leute und nicht …«, ich keuchte, »… nicht die Mafia. Aidan, halt an.« Lieber stellte ich mich, als bei dieser halsbrecherischen Aktion draufzugehen. Er sah aus den Augenwinkeln zu mir. Endlich ein Blick von ihm und dann war es in dieser Situation. Dann wurde er noch schneller. »Halt an!«

Mit einem Ächzen des Motors flogen wir regelrecht auf eine breite Landstraße. Die Fahrt wurde ruhiger. Erst jetzt merkte ich, wie ich mich an den Haltegriff über meinem Fenster krallte, dann sah ich wieder zurück. Im gleichen Moment schossen unsere Verfolger hervor.

»Das ist verrückt. Verrückt«, wimmerte ich vor mich hin.

»Vielleicht«, knurrte Aidan zur Antwort. »Ich denke, wir könnten ein wenig magische Hilfe gebrauchen.«

»Was? D-Du meinst …«

»Was sonst? Ein Erdbeben oder … irgendwas.«

»Erdbeben? Spinnst du jetzt völlig? Wie soll das bitte für uns enden?«, brüllte ich ihm entgegen.

Das Auto raste über irgendein Loch im Asphalt und hüpfte förmlich in die Luft. Den panischen Schrei, der mir nun entschlüpfte, konnte ich nicht länger unterdrücken.

»Nell, ich halte nicht an. Wenn du dem hier ein Ende bereiten willst, dann …«

»Schon gut«, schrie ich und meine Hände gingen zittrig zu meinem Sicherheitsgurt, während ich bereits meinen Geist ausdehnte.

»Was zum Teufel soll das werden?«

»Ich brauche Platz. Was denkst du? Außerdem muss ich sehen, was ich tue«, keifte ich zurück, ein wenig stärker durch die Magie, die in mir erwachte. »Halt den Wagen besser ruhig.«

So sicher, wie ich tat, war ich längst nicht, doch ich hatte keine Zeit, mir großartig Sorgen zu machen. Ich wies Aidan an, die Fenster zu öffnen und kniete mich auf meinen Sitz, hielt mich kurzzeitig an der Lehne fest. Kalte Luft strömte in den Wagen. Vorsichtig probierte ich die Arme auszustrecken, ich schwankte, hielt mich jedoch, dann schloss ich die Augen.

Der Wind rief mich zur Eile, gab mir Kraft und dann war alles ganz plötzlich ruhig. Es war, als spielte sich alles in Zeitlupe ab. Ich spürte jedes Element um mich herum so klar und deutlich, dass es mir beinahe die Tränen in die Augen trieb.

Einen Wirbelsturm gegen die Autos zu richten, würde eine zu große Gefahr für die Insassen bedeuten. Einen Baum zu entwurzeln und auf die Straße fallen zu lassen, war vermutlich auch keine gute Idee. Wenn ich dazu überhaupt in der Lage gewesen wäre, was ich stark bezweifelte.

»Nell!«

Aidans Stimme brachte mich in die Wirklichkeit zurück. »Schneller, Aidan.« Ohne Umschweife führte er meinen Befehl aus, der Motor heulte auf, dann schwang ich meine Hand in die Luft und ließ unmittelbar hinter uns eine Erdwand durch den Asphalt brechen. Einen winzigen Moment hatte ich Zeit, zu überprüfen, ob jemand in den Wagen ernstlich verletzt worden war, doch sie hatten rechtzeitig abbremsen können.

Ich atmete tief aus. »Schalt die Scheinwerfer aus, Aidan.« Dann griff ich nach der feuchten Luft um mich herum. Nach und nach ließ ich die Luft erkalten und beschwor durch gekonnt kreisende Bewegungen meiner Hände eine undurchsichtige Nebelbank hinter uns herauf.

Matt fielen meine Hände auf die Kopfstütze meines Sitzes. Ich konnte mich nicht rühren, kniete einfach nur da. Wenig später spürte ich Aidans Hand an meiner Hüfte. Vorsichtig half er mir mit einer Hand, mich wieder richtig hinzusetzen, während er mit der anderen den Wagen auf gerader Spur hielt.

»Ich halte den Nebel noch eine Weile aufrecht«, flüsterte ich müde. »Der Rest liegt bei dir.«

Wieder antwortete er nicht. Ich hatte auch nichts erwartet. Nach dem, was er mir an den Kopf geknallt hatte, schienen unsere Fronten verhärteter als je zuvor. Dass ich uns aus der Bredouille gebracht hatte, hatte nichts zu bedeuten. Für Aidan mochte dies wohl eine Art Wiedergutmachung für meine *schiere Unvernunft,* wie er es genannt hatte, sein.

Nach einiger Zeit griff er nach seinem Handy. Ich konnte mir denken, wen er anrief. Diejenige, der er vertrauen konnte, wenn es Schwierigkeiten gab. Dass ich das nicht war, war jetzt ja vollkommen eindeutig.

»Faye? Wir haben Probleme …«

Auch den Rest der Fahrt vermochte ich es nicht zu schlafen, obwohl meine Augen vor Müdigkeit schon brannten. Noch immer ließ mir Aidans Anspannung keine Ruhe und nervös fiel mein Blick immer wieder auf die leere Straße hinter uns. Nach einer Stunde waren wir zurück. Faye wartete am Eingang des Gebäudes. Dieses Mal umspielte kein höhnisches Lächeln ihre dünnen Lippen.

»Ihr hattet Glück, dass die Straßen um diese Uhrzeit noch leer waren. Das hätte auch anders ausgehen können.« Bei diesen Worten sah sie mich an, als sei alles mein Verschulden gewesen, was es faktisch auch war. Aidan hatte ihr am Telefon zwar einen emotionslosen, aber dafür kompletten Bericht der Geschehnisse geliefert, sodass sie sich jetzt jeder meiner Verfehlungen bewusst war. Selbstverständlich sah sie die Dinge ebenso wie Aidan.

»Du schläfst in Fayes Zimmer, wo ich dich im Auge behalten kann«, wies er mich an, als er mir den Schlüssel der Söldnerin in die Hand drückte. Ich achtete kaum darauf, wie er mich durch die Flure führte und mich in sein Zimmer schob. Faye folgte uns, ohne einen Laut von sich zu geben. Allgemein musste ich sagen, dass sie eine sehr ruhige Frau war, die nicht viele Worte um Kleinigkeiten machte – es sei denn, es ging um mich.

»Was jetzt?«, murmelte ich und sehnte mich nur nach der Einsamkeit meines Bettes.

»Wir warten, bis dein Bruder sich erholt hat, und dann machen wir einen Plan, wie wir deine Geschwister finden.«

»Wir könnten vorher etwas tun.« Trotz meiner Worte war all mein Eifer verschwunden. Selbst wenn ich wollte, ich hätte nichts zu tun vermocht. Nicht in diesem Moment. Wieder fragte ich mich, wann ich das letzte Mal richtig geschlafen hatte. Es war kaum zu glauben, dass ich letzte Nacht noch durch die Stadt geschlichen war, mich betrunken und mit Aidan diese widerlichen Saufnasen zur Strecke gebracht hatte.

»Damit uns dann dasselbe angetan wird wie deinem Bruder?«, säuselte Faye. »Ich werde mich all dem bestimmt nicht stellen, ohne seinen Bericht abgewartet zu haben.«

Ich musste zugeben, dass sie recht hatte, aber hier rumzusitzen, während meine Geschwister in Gefahr waren, erschien mir falsch. »In Ordnung«, sagte ich jedoch nur.

»Glaubt ihr, es waren deine Leute, die euch verfolgt haben?«, fragte Faye irgendwann und ich sank vollkommen erschöpft in denselben Ohrensessel, in dem ich mich schon vor ein paar Stunden geborgen gefühlt hatte. Allzu bald würde es wohl doch keinen Schlaf für mich geben.

»Darüber können wir morgen reden«, hörte ich Aidan sagen. »Nell kann sich kaum noch aufrecht halten. Wir alle könnten etwas Ruhe gebrauchen.«

»Greta hat mich wissen lassen, dass die Naturmagier sich für mich ausgesprochen haben, damit ich bei der Suche mitwirken kann«, murmelte ich müde, während ich auf meine Hände sah, die matt in meinem Schoß lagen. »Es sind die Kleriker, die mich unbedingt festsetzen wollen, aber da sie den Großteil des Rates ausmachen, werden sie wohl ungeachtet der Fürsprache Magische auf mich angesetzt haben. Und was die Kleriker angeht … habe ich schon lange aufgehört, mich auf ihre Gnade zu verlassen.«

Dieses Geständnis fiel mir nicht leicht. Ich war wirklich zur Abtrünnigen geworden, nur weil ich meine Familie hatte schützen wollen. Ich hätte ihnen nicht zugetraut, dass sie so weit gehen würden.

»Aber unsere Verfolger haben auf meine Magie nicht reagiert, den Nebel zu lichten versucht oder … Ich weiß es nicht.«

Faye ging im Raum auf und ab, während ich sprach. »Wer war es dann?«

Ich zuckte müde mit den Schultern. »Cornelius hat von bewaffneten Nahkämpfern gesprochen, die ihn und meine Schwester überfallen haben. Vielleicht waren es dieselben.«

»Willst du damit sagen, dass es Söldner waren, du …«

Aidan war es, der ihrem Ausbruch entgegenwirkte, ich selbst hätte dazu ohnehin keine Kraft mehr gehabt. »Genug«, herrschte er seine Partnerin an, dann war er bei mir. Ich fand gerade noch Kraft, zu ihm aufzusehen.

»Tu endlich etwas gegen diese violetten Schatten unter deinen Augen. Ich kann mir das nicht mehr mit ansehen.« Seine Stimme war kalt, doch in seinen Augen blitzte etwas wie Sorge auf. Ohne zu überlegen, nahm ich seine Hand und ließ mir von ihm aufhelfen.

Als sich unsere Hände wieder voneinander lösten, hörte ich ihn nur »Gute Nacht« murmeln und schlich dann in das Nebenzimmer.

Ich machte mir nicht mehr die Mühe mich umzuziehen und kämpfte mich regelrecht unter die Decke. Matt vor Müdigkeit streckte ich noch einmal den Arm aus und streichelte Blue über das Fell, eher er sich mit einem entspannten Schnaufen auf den Boden legte. Dann fand ich endlich den Schlaf, den ich mir schon viel zu lange vorenthalten hatte.

Kapitel 10

« VON DEM, WAS UNS BEHERRSCHT »

Als ich aufwachte, fühlte ich mich, als wäre ich durch Abertausende von Wolken gefallen. Nach der Erschöpfung, die ich am Morgen verspürt hatte, hätte ich niemals mehr mit einem solchen Gefühl gerechnet. Genüsslich räkelte ich mich in dem herrlich weichen Kingsize-Bett und schwor mir, bei der Wahl meines Hotels nie wieder praktisch zu denken.

Die Sonne schien mir direkt ins Gesicht und kitzelte meine Nase, bis ich ein wohliges Niesen verlauten ließ. Die Gemütlichkeit des Moments auskostend, umfing ich mein Kissen und kuschelte mich nochmals hinein, bis die Erinnerung an alles, was geschehen war, dem ein Ende setzte. Ich fuhr so plötzlich und intensiv zusammen, dass meine Glieder augenblicklich wieder zu zittern begannen.

Mit einem deutlich weniger euphorischen Gefühl richtete ich mich auf und hielt mich nicht weiter mit Bequemlichkeiten auf. Schnell schaute ich auf mein Handy, das auf meinem Nachttisch gelegen hatte, und staunte über die Uhrzeit. Es war beinahe vier Uhr nachmittags. Ich hatte fast den ganzen Tag verschlafen.

»Hey, Süßer«, begrüßte ich Blue flüsternd. Er hob mit einem treuen Blick den Kopf, blieb aber liegen, als wisse er, dass jegliche Gefahr für den Moment gebannt war.

Im Halbschlaf hatte ich nur vage mitbekommen, wie Aidan ihn gegen Mittag herausgerufen und erst vor einiger Zeit wieder zurückgebracht hatte, war aber zu erschöpft gewesen, darauf in irgendeiner Weise zu reagieren.

Ich streckte die Beine unter der Bettdecke hervor und entledigte mich sofort meiner Kleidung, sobald ich das Bett verlassen hatte. Frisch geduscht kehrte ich in ein Handtuch gewickelt in mein Zimmer zurück und fand dort die ledernen Klamotten, bestehend aus Hose, Top und Jacke, die die Söldner üblicherweise im Dienst trugen. Jemand hatte sie akkurat auf mein gemachtes Bett gelegt. Ich atmete einmal tief durch.

Es geschah selten, dass man einen Naturmagier in einer solchen Kleidung sah. Der Außendienst meiner Leute war meist eher geschäftlicher denn kriegerischer Natur und machte es nicht erforderlich, dass man sie durch das spezielle Material der Söldnerkleidung schützte. Magier im Einsatz trugen legere Kleidung. Ich hatte Cornelius und Amalia nur ein einziges Mal in voller Kampfmontur zu Gesicht bekommen. Der Gegenstand ihres damaligen Auftrags war mir bis heute unbekannt, dennoch erinnerte ich mich an die Angst, die mich bei ihrem Anblick durchfahren hatte.

Ich überlegte nur einen Moment, dann schlüpfte ich in die ungewohnte Kleidung. Das dehnbare Material der Hose schmiegte sich eng an meinen Körper, während das Top ein wenig zu groß war, was ich fast schon beruhigt zur Kenntnis nahm.

»Was soll das?«, fragte ich und wies auf das mir aufgezwungene Outfit, noch während ich in Aidans Zimmer trat.

Ehe ich in den Raum sah, verfluchte ich mich und hoffte, beim Aufschauen nicht ihn und Faye im Bett sehen zu müssen. Dem war nicht so, ganz und gar nicht. Es waren weder Faye noch Aidan, die sich im Raum aufhielten, sondern jemand, den ich nicht erwartet hatte, der sich aber dennoch gerade von dem hellen Sofa erhob.

»Cornelius.« Ehe er antworten konnte, lag ich in seinen Armen und er hielt mich für einen Moment einfach nur fest.

Irgendwann schaffte ich es, mich von ihm zu lösen. Das war er. Mein Bruder, annähernd so, wie ich ihn vor Jennas Tod gekannt hatte. Während dieses Unglück aber seine Seele beinahe zerstört hatte, schien das Verschwinden unserer Geschwister ihn zurück ins Leben geholt zu haben.

Er rückte seine Brille zurecht, die er während seiner Einsätze üblicherweise gegen Kontaktlinsen austauschte, und lächelte mich an. Seine Mundwinkel erreichten beinahe die blonden Locken, die seine Wangen streichelten.

»Was machst du schon hier? Die Ärzte …«

»… haben mir grünes Licht gegeben, keine Sorge«, beschwichtigte er mich, doch sein kleines, so schönes Lächeln verschwand. »Ich sollte in nächster Zeit keinen Marathon laufen, aber ansonsten …« Dieses Mal unterbrach ich ihn.

»Nein, nur denjenigen ausfindig und unschädlich machen, der Amalia und Leonard gefangen hält«, schimpfte ich. »Und sag mir nicht, dass das nicht gefährlich ist. Sieh dich doch einmal an.«

Seinen Kopfverband hatte man ihm abgenommen und gegen ein riesiges Pflaster an der Schläfe ersetzt. Wie es mit seinen anderen Verletzungen aussah, konnte ich nicht sagen, da sie ebenfalls von dunklen Lederklamotten verborgen waren.

»Damit meine ich sowohl die Wahl deiner Kleidung als auch das, was man dir schon angetan hat. Du hättest dich wirklich noch ausruhen müssen«, murmelte ich am Ende nur noch sehr leise. Ich wusste ja selbst, dass auch ich nicht die Beste darin war, einfach auszuharren.

Cornelius' hochgezogene Augenbraue vermittelte mir dasselbe. Mein Bruder ließ sich ohne einen Kommentar wieder auf das cremefarbene Sofa fallen und legte seine Brille auf den Couchtisch vor ihm. Ich wusste, dass er dieses Thema mit mir nicht mehr erörtern würde, also setzte ich mich in *meinen* Sessel.

»Also«, begann ich. »Willst du mir erzählen, was genau vorgefallen ist?«

Er seufzte, ein dunkler Schatten legte sich um seine sonst so strahlenden, grünen Augen.

»Moment«, fuhr ich ihm noch dazwischen, »Wollen wir Aidan und Faye dazuholen?«

»Ich habe ihnen bereits alles mitgeteilt, was sie wissen sollten.«

Ich runzelte missbilligend die Stirn. »Was soll das heißen? Wie lange bist du denn schon hier?«

Mein Bruder ließ sich von mir leider nicht allzu leicht tadeln. »Seit Mittag. Und hör mit diesen Blicken auf. Ich denke, im Krankenhaus habe ich die letzten Tage alles in allem mehr geschlafen als du in deinem Bett. Im Übrigen müssen wir uns ohnehin noch einmal darüber unterhalten, was du alles riskiert hast und warum du entschieden hast, dich unbedingt Aidan Gavriel anzuvertrauen.«

Ich lachte bitter auf. »Groß gefragt wurde ich da nicht.«

»Darüber reden wir noch«, wiederholte er mit all der Autorität des älteren Bruders, dann begann er: »Quasi direkt nachdem wir telefoniert haben, sind Ammie und ich ins Flugzeug gestiegen. Wir waren gerade angekommen, da begannen wir, Erkundigungen anzustellen. Zunächst natürlich in der Kanzlei, in der Leonard angestellt war.«

Ich nickte. »Ich war auch dort.«

»Man konnte uns jedoch nicht mehr sagen, als dass Leonard seit einigen Tagen nicht zur Arbeit erschienen war. Sein Verhalten schien sich nicht geändert zu haben, niemand hatte etwas Auffälliges beobachtet. Wir sprachen mit einigen seiner Kollegen und den wenigen Freunden, die er hier bisher gefunden hatte, und … anderweitigen Bekanntschaften.«

»Bekanntschaften?«

»Frauen«, gab Cornelius knapp zurück.

»Oh, verstehe.«

Es war nicht so, dass ich Leonard allgemeinhin für einen Heiligen hielt, doch schockte mich diese Aussage dennoch. Leonard war zwar ein paar Monate vor mir geboren worden, ehe mein Vater mich als sein uneheliches Neugeborenes zu meiner neuen und auch einzigen Familie gebracht hatte, doch ich hatte ihn stets als das Nesthäkchen angesehen. Wahrscheinlich war ich das vielmehr selbst gewesen.

Mein Bruder lächelte leicht. »Ja, er hat sich die letzten zwei Jahre ein klein wenig verändert.« Das war untertrieben, wenn aus dem wissbegierigen kleinen Jungen plötzlich ein Frauenheld geworden war.

»Jedenfalls wussten auch diese Kontakte nichts von seinem Verbleib und wir mussten annehmen, dass sein Verschwinden nicht von Umständen der menschlichen Welt, sondern der unseren beeinflusst worden war.

Wir verlagerten uns auf das, was du wohl auch schon getan hast. Wir suchten nach seiner magischen Identität. Wir waren zwar einerseits im Vorteil, da wir uns aufteilen konnten, aber die Spur eines so wenig herausstechenden, nicht praktizierenden Magiers ausfindig zu machen, ist noch bedeutend schwerer. Wir konnten Leonard nicht lokalisieren, stießen dafür aber auf eine merkwürdige Magiequelle. In der Nähe des Waldgebiets nördlich der Stadt gab es zeitweise unerklärliche Wetterphänomene.«

»Im Naturschutzgebiet?«, nutzte ich meine Information über die Umgebung. »Ich habe mich umgehört. Niemand erzählte etwas über irgendwelche ungewöhnlichen Naturerscheinungen.«

»Wer sonst achtet auch schon darauf? Uns und im Übrigen auch den Magiern aus Moskau, die ein paar Tage vor uns hier waren, waren die Nuancen nicht verborgen geblieben. Der Wechsel von kalten und warmen Luftmassen, der übermäßige Regen, kleinere Stürme, der Nebel, selten auch ein Minimum an Eis und Schnee … All das war in diesem Gebiet nicht natürlich, sondern deutlich verstärkt. Im nächsten Moment herrschten genau an dieser nicht sehr weitläufigen Stelle Höchsttemperaturen.«

»Also waren es doch Magier?«

»Das dachten wir. Am Tag des Angriffs fuhren wir dort hinaus und fanden nichts. Alles schien vollkommen normal zu sein. Bis … Nun ja, den Rest der Geschichte kennst du. Obwohl unsere Angreifer ihrerseits nicht magisch begabt waren, hatten wir kaum eine Chance. Amalia war zu weit von mir entfernt und wurde überrumpelt. Ich konnte ihr Leben nicht riskieren.«

Für einen Moment schwieg ich und zog die Beine an meinen Körper. Cornelius war, seltsam gelassen, noch tiefer in das Sofa gerutscht, doch ich fühlte seine Anspannung.

»Warum haben sie dich zurückgelassen?«

Er zuckte mit den Achseln. »Aus Rache möglicherweise. Ich habe einen von ihnen verletzt, vielleicht auch getötet, aber es fällt mir schwer zu glauben, dass derartig ausgebildete Männer sich von solch niederen Gefühlen beherrschen lassen und ihren Auftraggeber übergehen. Und man hatte mich zwar angeschossen, aber auch nicht so schwer verletzt, dass man davon hätte ausgehen können, dass ich meinen Wunden erliegen würde. Ebenfalls kein Grund, mich wider des Plans zurückzulassen.«

»Also war es Teil des Auftrags, dich nicht mitzunehmen und am Leben zu lassen«, schloss ich und mir wurde bei diesem Gedanken ganz anders.

Warum hatte man ausgerechnet Amalia und Leonard in seine Gewalt bringen müssen? Leonard mochte lediglich als Köder gedient haben, aber Cornelius' Macht stand Amalias in nichts nach. Warum hatte man nicht beide gewollt, wo sie doch selbst zu zweit ihren Gegnern vollkommen ausgeliefert gewesen waren? Plötzlich aber kam mir ein noch schrecklicherer Gedanke.

»Wenn Leonard der Köder war, wird er jetzt nicht mehr gebraucht«, wisperte ich und stützte mein Kinn auf meine Knie.

»Hör auf«, wies Cornelius mich zurecht. »Fang gar nicht erst an, so zu denken.«

Plötzlich war er bei mir und hatte seine Hände auf meine Knie gelegt. »Hast du verstanden?«

Ich nickte nur.

»Ich meine das ernst, Nell. Du musst dich jetzt zusammenreißen. Ohne dich kann ich die beiden nicht finden.«

Sämtlicher Mut hatte mich mit einem Mal verlassen. »Amalia ist eine ausgebildete Naturmagierin. Ich habe nicht einmal die Anfänge der Ausbildung begonnen. Mit ihr hast du versagt, wie solltest du mit mir …«

»Wir waren unvorsichtig und überheblich. Wir haben nicht geglaubt, dass das, was Leonard überrumpelt hat, uns nur im Entferntesten etwas anhaben könnte. Wir waren zu dumm, zu erkennen, dass hinter all dem etwas viel Größeres, Mächtigeres stecken muss. Dieser Fehler kann uns jetzt nicht mehr passieren.«

Ich schob meine Beine wieder von dem Sessel und sah an mir herunter. »Das bringt uns gar nichts. Diese Aufmachung ändert ebenso wenig. Ich werde dir keine Hilfe sein, ich …«

»Ich brauche dich.« Diese einfachen Worte, mit dieser Intensität ausgesprochen, ließen mir die Tränen in die Augen steigen. »Ich brauche dich an meiner Seite, Nell.«

Ich seufzte unglücklich und sah in die offen flehenden Augen meines Bruders. »Du hast recht.«

Er zog sich wieder zurück. »Nun gut«, kehrte er zu dem fachmännischen, beinahe emotionslosen Ton zurück. Ich wischte mir noch über die feuchten Augen, um wieder in die Situation zu finden. »Dann können wir uns ja dem Thema zuwenden, warum zum Teufel du mit den Söldnern reist.«

»Du solltest nicht so überrascht sein, Cornelius. Schließlich wurde Aidan angeblich von den Klerikern geschickt, um darauf achtzugeben, dass ich Amalia und dir nicht wie ein treuer Hund nachlaufe.«

Bei dem Wort *Hund* fiel mir siedend heiß ein, dass Blue noch immer in meinem Zimmer lag. In dem Glauben, Faye wäre in diesem Zimmer, deren übermäßiges Gekeife ich ihm hatte ersparen wollen, hatte ich ihn in dem meinen zurückgelassen. Während ich sprach, erhob ich mich und öffnete die Verbindungstür. Blue kam augenblicklich freudig in den Raum gestürzt und begrüßte Cornelius mit einem ausgiebig feuchten Kuss. Der ließ es geschehen, doch das Thema verlor er nicht aus den Augen.

»Davon wusste ich nichts.«

»Nun, das ist ja auch nicht wichtig. Solange Faye und er annehmen, dass die Kleriker hinter den Ereignissen der letzten Nacht stecken, müssen sie annehmen, dass sie jetzt auch auf der schwarzen Liste stehen. Sie werden es nicht wagen, mit ihnen in Kontakt zu treten, nur um mich auszuliefern. Ich denke, unter diesen Voraussetzungen können wir für eine kurze Zeit zusammen arbeiten.«

Cornelius' Miene verdunkelte sich und er schob den riesigen Wolfshund von seinen Schultern. »Was meinst du damit? Was ist letzte Nacht passiert?«

Ich blinzelte kurz, dann wurde mir klar, dass ich kaum mehr zusammenbekam, was ich ihm erzählt und was ich aus Rücksicht auf seine Verfassung verschwiegen hatte. Anscheinend hatten auch Faye und Aidan nichts erwähnt.

Die Tatsache, dass sie es mir überließen, was ich ihm zumutete, überraschte mich, aber ich war dankbar, dass sie nicht über meinen Kopf hinweg entschieden. Zumindest dieses Mal vertrauten sie meinem Urteil.

Seufzend begann ich, ihm von Aidans Auftauchen zu berichten und ließ auch die genauen Umstände meiner Flucht nicht unerwähnt, selbst wenn er sich dann wieder daran erinnern mochte, dass er mich im Grunde für ein Monster hielt.

»Mir erschien es mehr als merkwürdig, dass sie mir halfen, mich vor den Klerikern zu verstecken«, schloss ich nach einer Weile. »Mir wurde klar, dass ich keine Ahnung hatte, für wen sie arbeiteten. Für mich war es sicherer, vor ihnen zu fliehen. Einen Tag konnte ich hier nach euch suchen, ehe sie mich doch gefunden und hierher gebracht haben. Dann kam der Anruf von Greta.«

Er hörte mir zu und ich versuchte, seine Reaktion größtenteils auszublenden. Erst als ich zu den Geschehnissen der letzten Nacht kam und damit seine eigentliche Frage beantwortete, folgte auf seine fast schon beängstigende Ruhe der Sturm, dem man gar nicht entkommen konnte.

»Sie haben dich tatsächlich wie ein Kriminelle verfolgt?«, knurrte er so finster, dass mir ein kalter Schauer über die Haut fuhr. »Diese Drecksschweine! Du hättest dabei umkommen können.«

Mit hochrotem Kopf sprang er auf. Blue verzog sich mit einem erschreckten Jaulen ins Nebenzimmer.

»Ich fass es selbst nicht, dass ich das sage, aber … Ich finde, ihre Reaktion ist irgendwie verständlich. Sie haben Angst vor mir«, murmelte ich mit der Resignation, die mich in den letzten zwei Jahren wie eine zweite Natur begleitete. »Angst ist fast schon untertrieben. Und in Anbetracht dieses Umstands waren sie doch noch so gnädig, mich nicht in einem winzigen Verlies in Ketten zu legen.«

Mit zornerfüllter Miene blickte er in meine Richtung. »Gnädig, ja?«

»Du müsstest das doch wunderbar nachvollziehen können«, sagte ich jetzt ein wenig kälter. »Wäre ich nicht deine Schwester … Du hättest genauso gehandelt, wenn deine Angst um unsere Geschwister deine Abscheu vor mir nicht im Zaum halten würde.«

»Das ist nicht …«

Jetzt war ich diejenige, die wütend wurde, und erhob mich. »Ich will es nicht hören. Anscheinend war es dir nicht wichtig, was genau mit mir geschah, solange ich noch auf dieser Insel festsaß. In den letzten zwei Jahren habe ich jeden Tag mehr gelitten als letzte Nacht.«

»Nell …«

»Hör auf. Jetzt ist es *mir* einmal nicht wichtig, ob die Kleriker mich nach alledem auf ewig mit Bannen gefangen halten. Im Gegensatz zu euch aber habe *ich* jedes Recht dazu, *mein* Leben hintanzustellen. Jetzt geht es um Amalia und Leonard und wir waren dabei, zu besprechen, ob wir den Söldnern vertrauen können oder nicht.«

Als ich mit Blue nach einem ausgiebigen Spaziergang wieder ins Hotel trat, ging ich im Kopf noch mal das Gespräch durch, das ich mit Cornelius nach unserer Auseinandersetzung geführt hatte. Er traute den Söldnern nicht, hätte sie am liebsten augenblicklich aus der Stadt verbannt. Ich sah das anders. Nichts war quälender als Aidans ständige Anwesenheit und Fayes widerlich überlegenes Gehabe, doch ich wusste auch, dass weder Cornelius noch ich ausgebildete Nahkämpfer waren. Er hatte schon einmal versagt und ebendas war Amalia zum Verhängnis geworden.

Ich wollte mir nicht ausmalen, was geschah, wenn wir uns erneut ohne die Hilfe der Söldner auf den Weg machten. Das hier war größer, als wir bisher angenommen hatten, hatte Cornelius das nicht selbst gesagt?

Mein Bruder hatte eingewandt, dass es lediglich um Recherche ging und er die Söldner verständigen würde, sobald die Situation eskalierte. Nun, vor einigen Tagen hatte er die Situation nicht richtig eingeschätzt und inzwischen war nicht mehr nur Leonard, sondern auch eine unserer Schwestern verschwunden.

Wir hatten die Entscheidung letzten Endes um eine Stunde zurückgestellt, doch als ich gerade meine Hand auf den Türgriff zu Aidans altem Zimmer gelegt hatte, das Cornelius provisorisch übernommen hatte, wusste ich, dass mein Bruder mich übergangen hatte.

»Wenn das so ist, dann trennen sich unsere Wege hier.«

Die Stimmen hallten schon jetzt so laut im Flur wider, dass ich die Tür gar nicht hätte öffnen müssen, um alles zu verstehen, dennoch tat ich es.

»Was zum Teufel ist hier los!?«

Meine Stimme brach mit dem letzten Wort weg, als ich in die erschrockene Miene von Cornelius und die wutgezeichneten Gesichter der Söldner sah.

Aidans Augen funkelten, als er sich zu mir herumdrehte. »Dein Bruder ist absolut verrückt geworden, das ist hier los.«

»Danke, das habe ich schon selbst bemerkt«, entgegnete ich trocken und mit all der Distanz, die ich zwischen uns in Zukunft aufzubauen gedachte. Dann sah ich meinen Bruder an. »Wir wollten das zusammen entscheiden.«

Vorsorglich sperrte ich Blue in das Zimmer nebenan. Das geschah so oft in letzter Zeit und doch konnte ich es nicht ändern. Diese

Szenarien waren nichts für ihn, auch wenn ich seinen Beistand gerade jetzt vermissen würde.

»Der gemeinsame Nenner unseres Gesprächs war, dass wir ihnen nicht trauen können, solange nicht klar ist, wer ihr Auftraggeber ist. Ich habe sie schon danach gefragt, sie haben nicht geantwortet. Damit ist alles klar.«

Ich warf ihm aus den Augenwinkeln einen scharfen Blick zu. »Für dich vielleicht. Übergeh mich noch einmal so und ich werde dir zeigen, dass die alte Nell sich noch nicht ganz verabschiedet hat, Cornelius.«

Diese Aussage sollte ihm Angst machen und in der Tat zuckte er fast unmerklich zurück. Ich befasste mich damit jedoch erst einmal nicht. Ich schloss all meine Gefühle tief in meinem Innersten ein und sah zu den beiden Söldnern. Faye hatte es vorgezogen, sich gemütlich auf dem frisch bezogenen Himmelbett zu räkeln, während alle anderen viel zu aufgewühlt gewesen waren, um nicht wild gestikulierend im Raum herumzulaufen.

Ich ignorierte sie. Ich hatte herausgefunden, dass das die beste Methode war, mit ihr auszukommen. »Ihr wollt uns also nicht sagen, in wessen Dienst ihr euch gestellt habt?«, fragte ich Aidan, der wie so oft seine Arme vor der Brust verschränkte.

»Ich habe dich nicht angelogen, Nell. Damals auf der Insel.«

Jetzt wurde die Luft zwischen uns zu Eis. »Verzeih, wenn ich es nicht schaffe, mir den genauen Wortlaut wieder ins Gedächtnis zu rufen. Du hast mich damals auf jeden Fall *glauben* lassen, dass die Kleriker dich schickten, aber hast du mir das auch explizit gesagt?«

Er wich meinem Blick aus, was an sich bereits verdächtig gewesen war, doch dann sagte er: »Die Kleriker haben mich geschickt.«

Hinter mit hörte ich Cornelius schnauben. Ich ignorierte auch das und machte einige Schritte auf Aidan zu. Dunkle Haarsträhnen hingen ihm im Gesicht, vermochten es jedoch nicht, den Ausdruck in den grauen Augen weniger intensiv wirken zu lassen. »Dann habt ihr die Kleriker in dem Moment hintergangen, als ihr mir zur Flucht verhalft.«

»Der Auftrag sah vor …«

»Aidan.«

Überrascht sah ich auf. Wenn Faye zunächst eher belustigt gewirkt hatte, war sie nun todernst. Ihre Miene war hart wie Stein und sie erhob sich mit der Körperspannung einer Bogensehne, ehe man sie losschnellen ließ.

»Der Auftrag wies einige Schlupflöcher auf«, sagte Aidan dann, ohne auf ihre Warnung zu hören.

»Die ihr sofort genutzt habt, um einem zweiten nachzugehen?«, fragte Cornelius scharf und trat neben mich.

Ich hätte beinahe die Hand meines Bruders ergriffen. Wir mussten jetzt zusammenhalten, wir waren eine Einheit und ich wollte dieses Gefühl um jeden Preis der Welt festhalten.

»Ist es so?«, griff ich daher seine Frage einfach auf. »Habt ihr noch einen anderen Auftraggeber?«

Aidan sah mir so tief in die Augen, dass ich beinahe zusammengezuckt wäre. »Dazu kann ich nichts sagen.«

Im Grunde reichte das auch schon. Ein undefinierbarer Schmerz bohrte sich mir ins Herz. »Ihr spielt also wieder ein doppeltes Spiel, Aidan? Wirklich? Nach allem, was mit Jenna passiert ist?«

»So ist das nicht.«

»Natürlich nicht«, fauchte ich in genau demselben Moment, in dem Cornelius seinerseits ganz andere Worte fand: »Weshalb dieses besondere Interesse an meiner Schwester?«

Er erhielt keine Antwort. Faye sah zu Aidan, dessen Blick sich noch immer in meine Augen bohrte.

»Warum habt ihr ihr geholfen zu fliehen, wo ihr doch genau wusstet, dass das gegen den Willen der Kleriker war? Wieso habt ihr sie nicht einfach allein nach Schweden gehen lassen, wenn ihre Freiheit alles war, was ihr im Sinn hattet?«

»Darauf antworten wir nicht«, sagte Faye ohne eine Regung in ihrem Gesicht.

»Ach nein?« Ich sah den Zorn in Cornelius förmlich explodieren und wollte ihn gerade zurückhalten, als er eine endgültige Konsequenz zog. »Raus. Raus hier!«

Für einen Moment reagierte niemand, dann schnellte Aidan nach vorn, packte Cornelius am Kragen und riss ihn nahe zu sich.

»Hör mal zu, du Hampelmann. Ohne uns seid ihr da draußen aufgeschmissen. Willst du etwa noch eine Schwester verlieren, ja?«, knurrte er so unheilvoll, dass selbst mir ganz flau im Magen wurde.

Mein Bruder aber hatte sich noch nie von der körperlichen Überlegenheit anderer abschrecken lassen. Gewaltsam stieß er den Söldner von sich fort.

»Du kommst meiner Schwester nicht mehr zu nahe. Nur über meine Leiche! Und jetzt verschwindet endlich!«

Noch nie hatte ich ihn so beeindruckend laut schreien hören. Faye verzog hochnäsig das Gesicht und griff nach Aidans Arm.

»Komm schon. Ich verschwende hier nicht meine Zeit für dieses Mädchen, um mich dann so behandeln zu lassen.«

Für einen Moment sah es so aus, als würde Aidan sich ihrem Griff entziehen, doch dann wandte er sich um, ohne noch einen Blick in unsere Richtung zu werfen, und verließ den Raum mit Faye, die mir noch ein einziges Mal ihre Aufmerksamkeit schenkte.

»Nicht einmal auf Knien wirst du mich dazu bewegen, dir noch mal zu helfen, hörst du? Verreckt doch«, zischte sie dann noch uns beiden entgegen und folgte ihrem Partner.

Wir rührten uns nicht, ehe das Geräusch der zugeknallten Tür im Zimmer verhallt war.

»Gut«, wisperte ich, ohne meinen Bruder anzusehen, unsicher, was diese neueste Begebenheit in mir auslöste. »Wirklich gut gemacht, Cornelius.«

»Das muss ich auch sagen«, sagte er hochnäsig und so stur, dass ich voller Wut die Arme in die Luft warf.

»Wann zum Teufel hast du das entschieden? Wie kommst du dazu, so etwas ohne mich zu tun? Es geht hier auch um mein verdammtes Leben, Cornelius!«, schrie ich ihm entgegen.

»Dir wird nichts passieren. Ehe es bedrohlich wird …«

»Lässt du nach anderen Söldnern schicken, ich weiß. Das hast du schon vor ein paar Stunden gesagt und da hat es mich ebenso wenig überzeugt.«

»Wir brauchen dieses selbstgefällige Duo nicht, Nell«, sagte er mit Nachdruck und griff nach meinem Arm. Ich entwand mich ihm. »Ich passe auf dich auf.«

»Wie auf Amalia, nicht wahr?«, zischte ich und er zuckte verletzt zurück.

Schuldgefühle überkamen mich, aber für die hatte ich jetzt bei aller Liebe keine Zeit. Das, was Faye gesagt hatte, das, was mir herausgerutscht war … all das stimmte doch, oder? Wir waren in Gefahr, in *tödlicher* Gefahr. Keine Entscheidung sollte so leicht zu treffen sein, insbesondere nicht, wenn sie unser Überleben betraf.

»Das war falsch«, stellte ich leise fest. »Wie hätten wir sonst so leicht an Söldner kommen können, die uns schützen und sich mit uns beratschlagen, ohne es sofort den Klerikern zu melden?«

»Was macht dich so sicher, dass die beiden das nicht auch tun?«

»Weil sie ebenso zuwider den Anweisungen des Rates gehandelt haben wie wir, verdammt.«

»Toll«, brüllte er fast und gestikulierte jetzt auch wild mit den Händen. »*Großartig!* Und dafür erstatten sie dann dem großen Unbekannten Bericht.«

»Und wer das ist, erfahren wir nur, wenn wir in ihrer Nähe bleiben«, entgegnete ich und stellte mich mit verschränkten Armen vor eines der Fenster und betrachtete die Welt dort draußen.

»Helena, er hat gegen dich vor dem Rat ausgesagt.«

Ich zuckte mit den Achseln. »Hätte er die Aussage denn verweigern sollen? Wirklich *wehgetan* hat mir jemand ganz anderes.«

Dieser Seitenhieb verfehlte seine Wirkung nicht. Ich hörte das Verletzte in der Stimme meines Bruders deutlich heraus.

»Ich habe das getan, was ich für das Richtige hielt.«

»Das hat er auch. Das tut doch im Grunde jeder«, wisperte ich. »Wenn ich dich nicht dafür verurteilen soll, darf ich das bei ihm auch nicht. Du hast eine eigene Entscheidung für dich ganz allein getroffen, Cornelius. Dieses Recht musst du mir jetzt auch zugestehen.«

Er sagte nichts. Ich spürte ihn noch eine Weile hinter mir mit sich selbst ringen. Er wusste, dass er mich übergangen hatte. Gleichzeitig schien er unendlich wütend. Er wollte sich nicht von seiner kleinen Schwester bevormunden lassen, aber ich war erwachsen geworden, nicht mehr die kleine, dreiste Schwester, die ihn zu Unrecht anschrie. Und er hatte bereits einmal versagt. Irgendwann verschwand Cornelius aus dem Zimmer.

Ich stand noch immer am Fenster und sah starr hinaus. Die Entscheidung müsste eigentlich einfach sein. Vertraute ich genug auf unsere Kraft? Wollte ich unser Leben diesem Vertrauen aussetzen?

Ich brauche dich, hatte Cornelius gesagt. *Ich brauche dich an meiner Seite.* Wir brauchten einander und ich war mit dafür verantwortlich, dass wir am Leben blieben. Für Amalia und Leo. Für Greta. Für uns.

Verreckt doch! Verreckt doch, verreckt doch, verreckt doch.

Plötzlich war da Angst in mir. Wie viel Zeit mochte vergangen sein? Ob Aidan und Faye bereits gepackt, womöglich schon ausgecheckt hatten?

»Mist«, fluchte ich und stürmte los.

Das letzte der drei Zimmer, die Aidan gebucht hatte, war einige Flure weiter und ich wollte jede Sekunde gutmachen, die ich mit so unsinnigen Gedanken verschwendet hatte. Mein Entschluss hatte doch schon lange festgestanden. Wir brauchten Schutz, den sie uns bieten konnten.

Ich stieß die Hotelzimmertür so impulsiv auf, dass ich im Raum stand, ehe ich mir wirklich Gedanken machen konnte, was genau ich zu sagen hatte. Wie ein erschrockenes Reh im Scheinwerferlicht sah ich Aidan an.

»Nell, was …«

Vollkommen außer Atem stieß ich die Luft aus und sah in seine dunklen Augen. Er wartete, würde warten, bis ich das ausgesprochen hatte, was mich hierhergetrieben hatte.

»Was willst du denn schon wieder hier?«, hörte ich Faye fauchen und fand endlich den Mut, zu bitten.

»Bleibt.«

»Was?«

Ich sah den Triumph in Fayes Augen ganz genau. Sie hatte gewusst, dass ich angekrochen kommen würde, um zu flehen.

»Wir brauchen den Schutz. Cornelius will das nicht sehen, aber wir sind in Gefahr, das wisst ihr doch.«

»Das ist nicht unser Problem«, knurrte Aidan und mein Mut sank.

Hatte er nicht gerade noch vor Wut gekocht, als Cornelius uns einem Kampf hatte aussetzen wollen, der vermutlich unseren Tod bedeutet hätte? Hatte ich wirklich gedacht, unser oder *mein* Schicksal würde ihn kümmern? Es war egal. Ich hatte keine andere Wahl.

»Ich bitte euch. Mit jedem weiteren Moment verlieren wir nur noch mehr Zeit. Wir können uns später auch um anderweitigen Schutz bemühen, aber wir müssen in diesen Wald, in dem Amalia verschwunden ist. Ich kann nicht zulassen, dass sich alles widerholt, und …«

Ich brauchte die Worte nicht sagen.

»Ich habe dich gewarnt, es dir mit uns nicht zu verscherzen«, erwiderte Faye süffisant.

»Ich erinnere mich zu gut. Nicht einmal auf Knien, hast du gesagt. Ist es das? Soll ich vielleicht doch vor dir auf die Knie fallen? Glaub nicht, dass ich während meiner Zeit auf der Insel nicht gelernt hätte, meinen Stolz herunterzuschlucken. Glaub nicht, ich würde das nicht machen, um meine Geschwister zu schützen, ich …«

Ich bewegte mich schon und wollte mich gerade auf die Knie fallen lassen, als sich Aidans fester Griff schmerzhaft um meinen Arm schloss.

»Nicht.«

Ich konnte nicht verhindern, dass mir Tränen der Verzweiflung in die Augen schossen. Bei all den kleinen Kämpfen, die ich ständig auszufechten hatte, vergaß ich so oft, dass ich nichts war als ein elternloses Mädchen, das zwei seiner Geschwister verloren hatte.

»Bitte«, wisperte ich nur.

Aidan sah mich wieder an und hob seine Hand, die eine Weile hauchzart über meiner Wange schwebte, ehe er sie wieder senkte.

»Faye, pack unsere Sachen zusammen«, sagte er schließlich, als er mir die Berührung nahm und zu seiner Partnerin sah.

Kapitel 11

« DAS UNDENKBARE »

Der Waldboden gab unter meinen müden Schritten ein wenig nach. Er war merkwürdig feucht, dafür, dass die Abendsonne sich noch mit einiger Intensität durch das dichte Blätterdach drängte.

»Herrlich«, bemerkte Faye trocken, während Cornelius, Aidan und Blue vorausgingen. »Ein Waldspaziergang ist genau das, was ich jetzt brauche.«

Ich verdrehte die Augen. Ich war zu müde für solche Streitereien. Ohne ein Wort ließ ich sie stehen und zog die Strickjacke enger um meinen Körper, die ich statt der Lederjacke trug, um die enge Einsatzkluft zu bedecken.

Wider dessen, was ich zunächst verstanden hatte, hatte Aidans *Pack die Sachen* nur bedeutet, dass er vorhatte, augenblicklich in den Wald aufzubrechen. Cornelius war von dieser neu aufgeflammten Allianz nicht besonders begeistert gewesen, doch ich hatte ihm versprochen, dass wir sie so bald wie möglich wieder auflösen würden, und schließlich hatte er sich gefügt.

Mittlerweile gingen wir schon seit ein paar Stunden das Areal ab, in dem Cornelius und Amalia attackiert worden waren, ohne auch nur einen einzigen Anhaltspunkt auf Magie zu finden. Mein Bruder und ich streckten unsere Fühler in jedes Element, in jeden Luftstoß, die Erde, die nahe gelegenen Flüsse und fanden nichts.

»Helena«, hörte ich da Cornelius alarmiert rufen und mit einigen Schritten war ich bei ihm.

»Wa-« Ich verstummte, als ich diese vertraute Schwingung wahrnahm. Etwas, das mich einst so in Wut versetzt hatte, dass ich mich der Welt entrissen hatte.

»Unglaublich«, wisperte ich und wollte noch weiter vortreten, als Cornelius mich schon zurückhielt.

»Nicht, ich weiß nicht, was … Ich habe so was noch nie gespürt.«

Ich entwand mich seinem Griff und ging auf die Barriere zu, die mich lockte und doch wieder zurückdrängte.

»Ich schon.«

Vorsichtig ging ich vor der unsichtbaren Barriere in die Knie und streckte die Hand dorthin aus, wo die Magie die Erde für einen normalen Menschen kaum erkennbar geteilt hatte. Nur kleine kreisförmige Wirbel in der trockenen Erde deuteten darauf hin, dass etwas den Boden in Aufruhr versetzt hatte. Vorsichtig fuhr ich mit den Fingerspitzen darüber und spürte bereits, wie diese Bewegung mit jedem weiteren Vorwagen meinerseits schwerfälliger wurde.

Ich fuhr mit den Fingern mit aller Langsamkeit, die ich aufbringen konnte, die unsichtbare Wand hinauf. Immer wieder versetzte es mir kleine, intensive Stiche, wenn ich die Hand zu weit ausstreckte.

»Irgendetwas …«, murmelte ich irritiert und runzelte die Stirn. »Irgendetwas ist falsch.«

Die anderen schienen auf meine leisen Worte nicht sonderlich zu reagieren. Lediglich Cornelius sah ich aus den Augenwinkeln auf mich zukommen. »Bleib zurück«, wies ich meinen Bruder an, während ich mich erhob. »Diese Barriere ist ähnlich wie die, die mich auf der Insel abgeschirmt hat. Sie hält Magier zurück, als wären sie ihre Feinde, die es zu vernichten gilt. Wer weiß, was passiert, wenn man sie mit zu viel fremder Magie konfrontiert.«

»Bist du sicher, dass es dieselbe Kraft ist?«, flüsterte Cornelius und ich hörte den Zweifel sehr wohl aus seiner Stimme heraus.

Ich konnte es ihm nicht verdenken, denn ich wusste genau, was diese Aussage meinerseits bedeuten würde. Es waren die Kleriker gewesen, die die Insel magisch abgeschottet hatten, und wenn sie auch hinter dieser Magie steckten, musste man sich zwangsläufig die Frage nach dem *Warum* stellen. Was wollten sie an dem Ort verstecken, an dem meine Geschwister verschwunden waren?

»Ich bin sicher«, wisperte ich fast schon entschuldigend. »Trotzdem ist irgendetwas ganz anders. Es ist, als hätte die Wand … Löcher. Die Abschirmung ist nicht mehr vollständig.«

Zum Beweis ließ ich meine Hand durch eines der Löcher schlüpfen. Ohne Probleme durchbrach ich die Barriere an dieser Stelle, während sich um meinen Arm herum noch immer die Magie schlängelte.

»Hier sind undichte Stellen, als würde sie langsam zerbröckeln«, erklärte ich nun sicherer und zog die Hand zurück, während ich mich bereits zu den anderen umdrehte.

Faye sah mich mit der üblichen Skepsis an, die sie allem, was ich sagte, bereits aus Prinzip entgegenbrachte. Aidan hatte wie erwartet seine Arme vor der Brust verschränkt und Cornelius hatte sich ähnlich wie ich zuvor neben mich hingekniet und betrachtete die sanft gezeichneten Kreise in der Erde.

»Es scheint niemanden mehr zu geben, der diese Art von Barriere aufrechterhält«, schloss mein Bruder und ich nickte zustimmend.

»Ich frage mich, wie stark sie noch ist.«

»Nicht!«, brüllte Aidan hinter mir, doch es war zu spät für diese Warnung.

Ehe seine Stimme verklungen war, hatte ich meine gesamte Handfläche gegen den bestehenden Teil der Magieabschirmung gepresst und spürte die Konsequenzen dieser dummen und leichtfertigen Tat augenblicklich. Schmerz schoss in meinen Arm, der daraufhin zu zerbersten schien, als flösse reines Gift durch meine Adern, das mich von innen auffraß. Es verteilte sich in meinem Körper und …

Ich schluckte schwer und dann verklang mein Herzschlag, der eben noch wie ein Vorschlaghammer in meinem Kopf hörbar gewesen war. Ehe die Angst mich packte, sackte ich zu Boden.

Obgleich Cornelius neben mir gekniet hatte, war es Aidan, der die Geistesgegenwart seines Söldnerdaseins nutzte, um mich von hinten zu packen. Ich spürte seine Hände noch an meinem Arm, doch den Sturz konnte er nicht verhindern. Wie leblos prallte ich mit dem Rücken gegen seine Beine. Gleich darauf sank er zu mir herunter.

Die Sicht war merkwürdig verzerrt, von Farben, Licht und Dunkelheit. Mit weit aufgerissenen Augen starrte ich in den Wald vor mir. Ich atmete nicht. Nichts deutete darauf hin, dass zwischen mir und dieser Welt dort noch etwas war. Etwas so Gefährliches, das es mich … Ich atmete noch immer nicht. Ich schnappte panisch nach Luft. *Cornelius!*

»Cor-«, krächzte ich, dann drückte die Atemlosigkeit meine Worte nieder.

»Ich bin hier, Nell. Es ist alles gut.«

Ihm war nichts geschehen. Mein Blick schweifte wieder ab.

»Helena, komm schon.« Cornelius umfasste mein Gesicht mit beiden Händen und strich mir sanft über die Wange. »Komm schon, du musst jetzt wieder atmen. Nell!«

Atmen. Wie sollte ich das nur anstellen? Die Welt vor mir wurde schwarz. Die Worte meines Bruders wurden zu einem unangenehmen Rauschen. Schlug mein Herz wieder? Ich konnte es nicht hören. Hörte man das eigene Herz schlagen? Ich wusste es nicht mehr. Ich sterbe. Ich durfte nicht sterben.

Reiß dich gefälligst zusammen. Du bist ja vollkommen hysterisch!

Ich stieß ein verzweifeltes Wimmern aus und dann strömte Luft in meine Lungen. Gestern vor der Kneipe hatte ich meinem Feind die Luft zum Atmen genommen, ohne wirklich darüber nachzudenken, wie entsetzlich dieser Kampf ums Überleben für ihn gewesen war.

Tränen schossen mir in die Augen und ich begann zu husten. Für einen Moment war ich zu Hause, auf meiner Insel, hatte mich aus dem Wasser gekämpft und lag wieder in Aidans Armen. Ich kannte dieses Gefühl, niemals hätte ich mich auf diese furchtbare Weise verteidigen dürfen. Nun, eigentlich hatte ich ja auch vielmehr Aidan helfen wollen.

Kraftlos rollte ich mich auf die Seite. Schmerzhaft bohrten sich meine Knie in die harte Erde und meine Hände wanderten Halt suchend über Aidans Arme, die noch immer auf meinen Schultern ruhten und mich daran hinderten, in mich zusammenzusinken.

»Kannst du nicht ein einziges Mal deinen Verstand benutzen?«, knurrte Aidan und meine Augen huschten automatisch zu den seinen.

Der Blick, der mich traf, war von Wut und Ärger und allen möglichen anderen negativen Emotionen gezeichnet. Dennoch half er mir ganz selbstverständlich auf und wollte gerade seine Arme unter meine Beine schieben, um mich in die Luft zu heben, als mein Bruder ihn von mir wegschob.

»Ich mach das schon«, keifte Cornelius und im Nu schwebte ich über der Erde, die mich noch vor wenigen Momenten so schmerzhaft empfangen hatte.

Mit wenigen weit ausholenden Schritten brachte er einige Meter zwischen die magische Mauer und uns, ehe er mich auf eine Stelle mit weichem Moos niedersinken ließ.

»Das war unbeschreiblich dumm von dir.« Ich nickte nur, widersprach nicht. »Bleib hier. Ich sehe mir das jetzt einmal genauer an.«

»Sei vorsichtig«, murmelte ich und sah zu, wie Cornelius sich zu Aidan und Faye gesellte, die in Richtung der Barriere starrten, die für sie nicht wahrnehmbar war. Vermutlich mussten sie die Magie der Barriere gar nicht fürchten, doch wer konnte schon mit Sicherheit sagen, ob diese Abschirmung sich nicht gänzlich anders verhielt als die auf meiner Insel und sich nicht ebenso gegen Menschen richtete.

Cornelius wagte sich trotz allem weiter als die Söldner. Eher abwesend beobachtete ich ihn, wie er einen leichten Windhauch der Magie über den magischen Wall tanzen ließ. Dort, wo die beiden Mächte aufeinanderprallten, konnte man blaue Lichtreflexe aufschimmern sehen.

Ich zog meine Beine dicht an meinen Körper und wartete. Mein Bruder schob sich mit der Zeit immer weiter an der Barriere entlang und irgendwann überschritt er sie, als sei sie nicht mehr existent. Faye machte ihren riesigen silbernen Bogen schussbereit, den sie zuvor noch um den Körper herum getragen hatte, und warf mir einen fast besorgten, dennoch aber sehr flüchtigen Blick zu.

Für einen Moment war ich verwundert, dieses Gefühl gab sich jedoch schnell. Söldner vergaßen ihre Pflicht nie und in diesem Moment hatte sie mir ihre Dienste zugesichert, ich hätte nicht so überrascht sein sollen. Samuels Verrat saß jedoch noch tiefer, als ich es selbst dachte. Ich sollte ihre Umsicht trotz ihrer durchaus vorhandenen Abneigung mir gegenüber allmählich schätzen lernen.

Aidan, der nie ein Freund von den traditionellen Fernwaffen der Söldner gewesen war, zückte anstelle eines Bogens oder einer Pistole ein sichelförmiges Messer. Die Klinge wirkte fast wie die Klaue eines Raubtiers, war mit schwarzen Ornamenten verziert und schien nebenbei selbst noch im gebogenen Zustand fast so lang wie mein gesamter Unterarm zu sein.

Cornelius, der im Zuge seiner Ausbildung zwar ein ausgiebiges Waffentraining vollzogen hatte, schritt unbewaffnet in das neu freigelegte Areal. Naturmagier setzten auf die Überlegenheit, die sie ihrem Körper durch die Harmonie mit der Natur verschafften.

Die Anweisungen meines Bruders waren durchaus unmissverständlich gewesen, doch als die drei sich immer weiter von mir entfernten, rappelte ich mich mühsam hoch, um ihnen vorsichtigen Schrittes zu folgen. Schnell hätte ich mich ohnehin nicht bewegen können.

Als ich dort angelangte, wo zuvor noch die Barriere so machtvoll emporgeragt war, stockte ich einen Moment, doch war ich mir schon nach nur wenigen Augenblicken im Klaren darüber, dass diese einst so gefährliche Abschirmung nur noch in Fetzen in der Luft hing. Ein solcher auf meiner Haut würde nicht mehr als ein Mückenstich schmerzen.

Dennoch kostete es mich einige Überwindung, den nächsten Schritt zu machen, der jedoch von Erfolg gekrönt war. Aufatmend trottete ich hinter meinen Gefährten her. Die Aggressivität dieses Zaubers beunruhigte mich zutiefst. War er wirklich auch von den Klerikern heraufbeschworen, war es wohl gut, dass ich die Barriere auf meiner Insel zuerst zerstört hatte, bevor ich geflohen war. Dennoch wollte mir diese Erklärung nicht gefallen. Das hier überstieg alles, was wir den Klerikern an Macht zugeschrieben hätten. Hatten wir sie so unterschätzt?

»Nell.«

Die Stimme meines Bruders holte mich in die Realität zurück. Für einen Moment glaubte ich, er würde mich dafür tadeln, dass ich seinen Anweisungen nicht Folge leistete, doch sobald ich mich umsah, bemerkte ich den Ausdruck tiefster Sorge in seinem Blick. Fassungslos sah ich auf das, was er mir gerade entgegenstreckte.

»Amalias Haarband«, wisperte ich.

Meine Schwester hatte dichtes weinrotes Haar, das einmal mittelblond wie das von Cornelius gewesen war. Unverwechselbar hüllte es sie in eine solch geheimnisvolle Aura, dass sie die roten Wellen nicht einmal im Dienst in einer praktischen Frisur versteckte. Lediglich um ihr Gesicht von den einzelnen Strähnen frei zu halten, trug sie breite Bänder aus schwarzer Seide.

Mir zitterte die Hand, als ich nach dem weichen Stoffbändchen griff. Ich hatte mich immer gewundert, wie sie es schaffte, dass etwas so Zartes ihre wilde Mähne zurückzuhalten vermochte.

»Das lag dort drüben«, murmelte Cornelius und wies in die Richtung, in der Aidan und Faye nach weiteren Hinweisen suchten. »Das muss die Stelle gewesen sein, an der wir attackiert wurden.«

Ich nickte nur und ließ die Information kurz auf mich wirken. »Wie kann es sein, dass ihr die Barriere nicht bemerkt habt?«

Cornelius runzelte die Stirn. »Weil sie vorher nicht hier war.«

»Sicher?«

Jetzt hob er mit leichter Überheblichkeit eine Augenbraue. »Glaubst du wirklich, das wäre uns entgangen?«

Mit Sicherheit nicht. »Bleibt nur die Frage, warum man sie nachträglich beschworen hat.«

Faye trat näher zu uns. »Ich sehe keine einzige Spur, die darauf hindeutet, dass hier je ein Kampf stattgefunden hat. Vielleicht hatte die Barriere dieselbe Funktion. Die Spuren zu verwischen. Die magischen, meine ich«, fügte sie noch hinzu, ehe sie ihren Bogen wieder schulterte.

»Meinst du, dass die Kleriker hinter all dem stecken?«, fragte Cornelius und trat an meine Seite, als würde ich jeden Moment zusammenklappen.

Ich schüttelte den Kopf, nicht, um seine Frage zu verneinen, sondern weil ich mir auf all das einfach keinen Reim machen konnte. »Ich weiß nicht«, murmelte ich. Ich legte die Hände um meinen Kopf, der schon wieder viel zu stark pochte. »Vielleicht waren sie es auch nicht. Vielleicht … Wenn … Wenn …«

Ich schluckte schwer und vermied es, den anderen in die Augen zu sehen, dann zog mich mein Bruder fort. »Lass uns gehen. Hier können wir im Moment ohnehin nicht viel ausrichten«, sagte er so abgeschlagen und müde, dass sich das Gefühl der Machtlosigkeit ohne Umschweife auf meiner Seele niederschlug.

Seine Hand schwebte über meinem Kreuz. Früher hatte er mich oft so durch die vollen Straßen geführt und ich war mir in der riesigen Welt voller fremder Menschen immer sicher vorgekommen.

Das war noch immer so, doch ich konnte mich nicht gänzlich in diesem Gefühl verlieren. Wir waren nicht sicher, ganz gleich, was Cornelius mich fühlen ließ. Mein Blick huschte zu Aidan, der gerade das Messer an seinem Gürtel befestigte und ebenfalls zu mir sah. Tausend Botschaften gingen zwischen uns hin und her. Ich hatte keine Ahnung, woher diese Verbindung kam, doch in diesem Moment wusste ich genau, was in seinem Kopf vorging.

Er sorgte sich. Er sorgte sich um Faye, deren Bedeutung für ihn ich wohl noch immer nicht in ihrer vollkommenen Gänze erfassen konnte. Er sorgte sich um meine Geschwister, um Amalia, die einmal eine seiner besten Freundinnen gewesen war. Und ich sah etwas, das mich eigentlich nicht hätte überraschen sollen. Aidan Gavriel sorgte sich um mich.

Als wir an ihm vorbeigingen, zuckten seine Mundwinkel zu einer Art flüchtigem Lächeln, als hätte auch er mir all die grausamen Gefühle vom Gesicht wischen wollen. Dann strich er sich über das kurze, dunkle Haar und der Moment war vorbei. Ich sah in die Richtung, in der wir unseren Wagen geparkt hatten, an dem Blue treuselig auf uns wartete.

Der riesige Wolfshund begrüßte uns nicht so freudig wie sonst. Legte seine übermächtig großen Pfoten nicht auf meine Schultern, leckte mir nicht übers Gesicht, sondern rieb nur seinen Kopf an meinem matten Körper. Auch er schien zu spüren, dass etwas geschehen war, das uns für viele Stunden den Willen zum Weitermachen nehmen würde.

Und Stunden waren es, die vergingen, ehe ich es wagte, die so undenkbare Wahrheit auszusprechen, die ich zuvor noch verzweifelt hatte von mir weisen wollen. Die Kleriker waren nicht magisch, aber sie konnten unsere Magie mit Ritualen bannen. Etwas anderes konnte es nicht sein, was wir dort im Wald vorgefunden hatten:

»Die Barriere bestand nicht aus Naturmagie. Sie war einer der Bannzauber, den die Kleriker auch um mich herum beschworen haben«, murmelte ich.

Cornelius und ich hatten uns in unseren Raum zurückgezogen, um die Lage zunächst ohne Aidan und Faye zu besprechen. Während ich die Weichheit meines Bettes genoss, fixierte ich mit starrem Blick die Decke des Hotelzimmers. Ich wusste nicht, wie lange ich mich nicht mehr gerührt hatte. Auch jetzt bewegte ich meine Lippen kaum.

»Ja«, stimmte Cornelius mir mit fester Stimme zu. »Aber das heißt nicht, dass sie etwas damit zu tun haben. Unsere Widersacher könnten sich ihr Wissen um die Rituale zunutze gemacht haben.«

Ich seufzte und drehte mich auf die Seite, um zu Cornelius zu sehen. Nach unserer Rückkehr hatte er sich in den Ohrensessel fallen lassen, den er bis zu diesem Moment nicht verlassen hatte. Den Ellbogen auf die Lehne gestützt und das Kinn auf der Faust ruhend, sah er unendlich müde aus.

»Hast du irgendeine Nachricht bekommen, dass die Kleriker in Alarmbereitschaft sind? Jemand von ihnen entführt oder etwas gestohlen wurde? Ich nicht.«

Für die Rituale benötigte man diverse Kräuter und Tinkturen, die nur die Kleriker herstellen konnten. Ihre seelische Reinheit, so hieß es, war es, die den Gemischen die Kraft verlieh, unsere Macht zu bannen. Aber bedeutete das nicht, dass es letztlich doch ein Kleriker gewesen sein musste, der die Barriere heraufbeschworen hatte?

Ich malte das Muster meiner weißen, fein bestickten Tagesdecke nach und überlegte einige Minuten, ohne zu einem befriedigenden Ergebnis zu kommen.

»Ich weiß nicht weiter«, hörte ich meinen Bruder da flüstern und mir schoss schmerzhaft die Kälte ins Herz. »Ich weiß nicht, was wir tun sollen, Helena. Mir das einzugestehen, hat mir einfach zu viel Angst gemacht, aber ich kann es nicht länger leugnen. Ich weiß nicht, wem wir trauen können. Die Kleriker sind Teil unserer Gemeinschaft, unserer Welt, aber das …«

»Jenna war eine Klerikerin. Ihr konnten wir trauen.«

Wie uns das weiterhelfen sollte, wusste ich selbst nicht. Ich versuchte mich nur an für mich unumstößliche Fakten zu halten, um nicht vollkommen wahnsinnig zu werden.

»Das ist es ja«, stöhnte Cornelius und erhob sich. »Jenna ist tot, Nell. S-Sie ist tot. Seit zwei Jahren ist sie tot und ich weiß nicht, ob die Kleriker noch diejenigen sind, die sie waren, oder noch für das einstehen, für das Jenna einstand. Ich kannte diese Frau wie keine andere, aber ohne sie können wir nicht sagen, was für Menschen die Kleriker heute sind. Und … die Söldner …«

Er brach ab, wandte sich zum Fenster und fuhr sich nervös durch die blonden Locken, die ganz stumpf im grellen Licht der untergehenden Sonne wirkten.

»Die Söldner haben sie mir genommen. Natürlich ist dieser Verrat nur auf einige wenige von ihnen zurückzuführen und doch … Aidan und Faye wollen uns noch immer im Unklaren darüber lassen, für wen sie arbeiten. Söldner mit unbekanntem Auftraggeber könnten sonst etwas im Sinn haben. Wer weiß, vielleicht stehen sie in den Diensten derjenigen, die Amalia und Leo in ihrer Gewalt haben, ich …«

Seine Stimme ging in eine finstere Resignation über, die mich mehr ängstigte als alles bisher Dagewesene. Die nahenden Tränen unterdrückend, stemmte ich meine Hände in die weiche Decke und richtete mich auf. Ganz langsam bewegte ich mich auf ihn zu und berührte irgendwann ganz sacht seine Schultern. Er zuckte zusammen und fuhr zu mir herum. Tatsächlich waren seine Augen feucht. Die ganze Zeit über hatte ich seinen verzweifelten Worten gelauscht, seine Verzweiflung in mich aufgenommen und gehofft, er würde sich selbst aus diesem dunklen Loch ziehen. Er war mein Bruder, mein älterer, starker Bruder. Er musste einfach einen Weg finden.

Erst jetzt wurde mir klar, dass ich mich nicht immer nur auf ihn verlassen konnte. *Wir müssen stark füreinander sein, jeder von uns.*

»Wir brauchen die Söldner, Cornelius. Ohne sie sind wir ein zu leichtes Ziel. Wir sind sicher vor ihnen, solange wir niemals vergessen, dass wir ihnen nicht unser volles Vertrauen schenken können, solange wir auf der Hut sind und zusammenhalten. Wir zwei. Wir schaffen das.«

Ich spürte, wie er seine Kraft wiederfand. Dieser Moment der Schwäche hatte ihm zugestanden, denn auch ich hatte sie mehrmals schon ausleben dürfen, jetzt aber musste er zurückkehren.

»Ich rufe Greta an«, beschloss er. »Es wird Zeit, ihre Sorgen um mich zu zerstreuen.«

»Ja, wir sollten sie nicht länger im Unklaren lassen.«

»Das auch«, begann Cornelius und ich erkannte an seinem leichten Zögern, dass noch mehr dahintersteckte. »Außerdem kam mir gerade noch ein anderer Gedanke.«

»Ach?«, hakte ich lächelnd nach. Mir war noch immer nicht wirklich nach solchen Faxen zumute, aber wir mussten lernen, unseren Mut und auch unsere Freude trotz all der Trauer nicht zu verlieren. Nur so konnten wir stark bleiben und letztendlich gewinnen.

»Wir drei müssen jetzt zusammenarbeiten. Greta ist ein entscheidender Faktor bei unserer Suche, vielleicht sogar der wichtigste.«

Verwundert sah ich ihn an. Ich hatte ihn zwar darum gebeten, Greta nicht als Risikofaktor einzustufen, doch waren ihre magischen Fähigkeiten nun einmal auch so begrenzt, dass ich für sie kaum …

»Die Chroniken«, fiel es mir da wie Schuppen von den Augen.

Cornelius nickte. »Die Chronisten arbeiten seit Jahrhunderten weitestgehend unabhängig von den Klerikern. Wenn es Gründe für einen möglichen Verrat der Kleriker an uns gibt, ist das Material der Chronisten das, was uns die Beweise dafür liefert.«

Ich atmete tief durch. »Ich möchte immer noch nicht glauben, dass es tatsächlich die Kleriker sind, die …«

Cornelius schloss einen Arm um mich und drückte mich einmal liebevoll. »Ich weiß. Mir geht es genauso. Aber auch ihre Unschuld können wir nur mithilfe der Chroniken aufdecken. Und zufällig haben wir eine sehr fähige und einflussreiche Chronistin in der Familie.«

Ich wusste nicht, was ich mir erhoffte. Waren die Kleriker schuldig, würde das einen Krieg heraufbeschwören, der entsetzliche Ausmaße annehmen und Freunde ganz plötzlich zu Feinden machen würde. Waren sie aber unschuldig, hatten wir wertvolle Zeit für die Suche nach unseren wahren Feinden verloren, die uns dann noch immer vollkommen unbekannt sein würden. Nichtsdestotrotz blieb uns keine Wahl.

»Gut«, stimmte ich zu. »Auf nach Baltimore.«

Nach zwei Jahren der Isolation und meiner erzwungenen Flucht würde ich endlich nach Hause zurückkehren. Und ich konnte mich einfach nicht darüber freuen.

Mit einem stutzigen Blick sah mein Bruder auf. »Du glaubst doch nicht tatsächlich, dass ich mich derart weit von dem Ort wegbewege, an dem zwei meiner Geschwister verschwunden sind?«

Ich schnaubte. »Ich dachte …«

»Wir haben nicht viele Archive, das stimmt, aber ein paar mehr als eines gibt es schon«, sagte er und zwinkerte mir zu. »Greta untersucht in Baltimore alles, was ihr in jüngster Zeit zugetragen wird, das meiste wird allerdings im Norden Schwedens archiviert.«

Erleichterung machte sich in mir breit. Auch mir hätte es zutiefst widerstrebt, ganz bewusst so weit weg von Amalia und Leonard zu reisen, die hier vielleicht in höchster Gefahr schwebten.

»Ein günstiger Zufall«, sagte ich lächelnd.

Cornelius schmunzelte leicht. »Das Archiv ist sehr weit im Norden. Nur ein kleinerer Teil der Bevölkerung lebt dort. Der ideale Ort … übernatürliche Aktivitäten unbemerkt auszuüben. Wir wären mit dem Auto noch ein paar Stunden unterwegs, aber immerhin liegt so kein ganzer Ozean zwischen uns. Wollen wir hoffen, dass Gretas Einfluss groß genug ist …«, versteifte mein Bruder sich schon aufs Pläneschmieden und drückte die ersten Tasten seines Handys.

Leicht beschwingt erhob ich mich und lächelte ihm aufmunternd zu. »Grüß Greta von mir. Sag ihr, dass ich sie lieb hab.«

Dieser Anruf war etwas, das ganz meinen beiden Geschwistern bleiben sollte. Er sollte die Angst heilen, die beide so lange gefangen gehalten hatte. Greta, weil sie um ihn gebangt hatte, Cornelius, weil er hatte glauben müssen, sie nie wieder sehen oder sprechen zu können. Ich hatte diesen Moment mit ihm gehabt und – so nahm ich mir vor – wir würden diesen Moment mit Amalia und Leonard haben.

Kapitel 12

« VERTRAUEN »

Wehmütig sah ich ein letztes Mal zu meinem Bett. Ich hatte die gesamte letzte Nacht und den Großteil des nächsten Tages geschlafen. Diesen Luxus hatte ich mir viel zu lange verwehrt. Zu einer angenehm späten Morgenstunde war ich erwacht, ohne einem gut ausgearbeiteten Plan entgegenzusehen. Jetzt war Cornelius für eine Weile an der Reihe, die Dinge im Auge zu behalten.

Wie in jeder freien Minute waren meine Gedanken natürlich auch immer wieder zu Leonard und Amalia geschwirrt, doch sie hatten mich nicht beherrscht. Noch immer waberte eine gefährliche Euphorie in mir. Alles, was wir bisher herausgefunden hatten, würde uns nicht viel nützen, wenn die Archive keine Informationen enthielten, die uns über die wahre Loyalität der Kleriker aufklären konnten, aber seit Cornelius' Ankunft hatten wir mehr herausgefunden als ich während meines Alleingangs. Es ging voran und ich erlaubte meinem Herzen diesen kleinen Hoffnungsschimmer.

Ein Klopfen riss mich aus den Gedanken. Ich sah kurz auf mein Schlafoutfit – kurze Pants und ein knappes Shirt –, ignorierte diesen Umstand jedoch und bat den Störenfried meiner Ruhe hinein.

Wider Erwarten war es Aidan, der ins Zimmer trat. Überrascht warf ich ihm einen Blick über die Schulter zu, während ich mein Bettzeug behelfsmäßig zusammenlegte.

»So allein, ohne deine Kriegerprinzessin?«, witzelte ich eher schlecht als recht und schenkte ihm dann meine volle Aufmerksamkeit.

Aidan zog eine Augenbraue hoch und nickte in Richtung Tür. »Sie wartet unten. Dein Bruder checkt uns aus. Und du bist spät dran.«

Seufzend nickte ich. »Und aus ist es mit der Ruhe.«

Aidan lächelte beinahe schon entschuldigend, ehe er in seine halb offene Reisetasche griff und meine mittlerweile sehr in Mitleidenschaft gezogene Ausgabe des Tolstoi hervorholte.

»Das hast du im Auto vergessen, als du es verkauft hast.« Er hielt es mir so selbstverständlich hin, dass ich ihn nur perplex anstarrte. Verwirrt zog er die Augenbrauen zusammen. »Was ist denn nun schon wieder?«

»Ich versuche das in Einklang zu bringen«, murmelte ich.

»Und was genau?«

»Diesen gleichgültigen und superharten Söldner, der nur für sich und meinetwegen Faye kämpft, und … das hier.« Ich versuchte sein Verhalten mit einer einzigen ausladenden Geste einzufangen. »Diesen fürsorglichen Mann, der schon zum zweiten Mal daran denkt, mir die Dinge hinterherzutragen, die mir wichtig sind?«

Er zuckte mit den Achseln. »Es ist nur ein Buch, Nell. Außerdem musste ich sichergehen, dass du im Wagen keine Spuren hinterlassen hast. Da habe ich es nun einmal da liegen sehen. Mach keine große Sache draus.«

Er warf mir das Buch förmlich in die Arme und wandte sich dann ab. Es *war* eine große Sache. Denn in diesem Moment war mir etwas bewusst geworden. Etwas, dass mich wohl noch weiter von ihm entfernen würde.

»Aidan.« Er hielt tatsächlich inne und wandte sich halb zu mir um. »Es gibt da etwas, das ich klarstellen muss, aber bevor ich das tue, möchte ich dich etwas fragen …«

Ich stockte, weil mir bewusst wurde, welches Risiko ich einging. Ich hatte den Gram doch längst vergessen, warum sollte ich die Ereignisse wieder aufwirbeln und ihn wieder in mein Herz kommen lassen? Den Gram, nicht Aidan.

Der wartete geduldig auf meinen Frage, als würde er wissen, wie wichtig sie mir war. »Ich muss wissen, was du dem Rat damals erzählt hast«, flüsterte ich und versuchte, ihn nicht direkt anzusehen: »Ganz gleich, was es war. Ich glaube, ich … Ich würde es sogar verstehen. Ich möchte es einfach nur wissen.«

Ich hörte ihn die Luft förmlich einsaugen, ehe er einen Schritt auf mich zu machte. »Ich bin mir sicher, dein Bruder hat dich bereits eingeweiht. Er war schließlich anwesend.«

»Alles, was er mir sagte, war, dass man zu der Ansicht gelangt war, eine Isolation wäre die beste Lösung.«

»Nell, es … es ist kompliziert«, rang er nach Worten.

Das konnte ich nicht ertragen. Das hier würde nicht einmal das Schwerste sein, was ich tun müsste.

»Sag es doch einfach. Ich verspreche dir, dass ich dir nichts vorhalten werde.«

»Versprich nichts, was du nicht halten kannst«, erwiderte er plötzlich so ernst, dass ich mich auf das Schlimmste gefasst machte. »Ich habe dem Rat gesagt, was ich gesehen habe, und es war Chaosmagie, die ich gesehen habe. Ich kann dir nichts anderes sagen, tut mir leid.«

Er machte eine kleine Pause und ich schwieg, denn ich wusste instinktiv, dass er noch nicht alles gesagt hatte. Seine unausgesprochenen Worte lagen bleischwer in der Luft. »Ich habe der Isolation nicht zugestimmt, aber ich habe auch nichts getan, um sie zu verhindern.«

Ich nickte nur. Ich hatte deutlich das Mitleid in seiner Stimme gehört und doch sagte mir mein Instinkt, dass er jedes Mal wieder so entscheiden würde.

»Es ist schon in Ordnung«, wisperte ich seufzend und sah ihn nur unverwandt an. Ein letztes Mal ehrlich sein. Ehrlich, was die Vergangenheit anbelangte. Unaufrichtig mussten wir nur im Jetzt sein. »Ich brauchte diese Antwort, um sicher zu sein, dass es nicht das war, was mich so gekränkt hat.«

Plötzlich sprudelten die Worte ungehindert aus mir heraus. »Ich habe dir vorgeworfen, dass du gegangen bist. Mich mit dem Schlamassel allein gelassen hast. Ich hätte jeden Freund gebraucht und dabei … dabei habe ich ganz vergessen, dass du selbst genügend Probleme hattest. Deine Gemeinschaft hat dich nach diesem Verrat mehr denn je gebraucht. Ich dachte nur an das, was *ich* durchgemacht hatte.«

»Helena«, sagte er nur und machte Anstalten, noch weiter auf mich zuzugehen. Ich hob eine Hand, um ihn daran zu hindern.

»Du hast dich nicht richtig verhalten, aber ich habe zu viele Bedingungen an das gestellt, was unsere Beziehung ausgemacht hat, und mittlerweile glaube ich, dass die Entscheidung, mich … mich fortzusperren, vielleicht nicht die schlechteste gewesen ist.«

Sein Blick wurde merkwürdig kalt. »Was faselst du denn da schon wieder?«

»Ich weiß selbst, dass mit mir etwas nicht stimmt.«

»Mit dir ist alles in Ordnung.«

Mein Lächeln war der Beweis, dass ich endlich mit dem abschloss, was noch kommen würde. »Glaubst du, dass ich chaosmagisch bin, Aidan?«

»Nell …«

»Siehst du?«, fragte ich ein wenig traurig, dass er nicht eine Sekunde uneingeschränkt an meine Unschuld zu glauben schien. »Solange du diese Frage nicht sicher mit Nein beantworten kannst, muss ich der Realität endlich ins Auge sehen, ich …«

Ich musste aufhören. Es war an der Zeit, das zu tun, was ich durch weiteres Gerede nur hinauszögern würde.

»Es gibt einen Grund dafür, dass ich dich das jetzt gefragt habe, Aidan«, erklärte ich und mit jedem Wort wurde mir das Herz leichter und gleichzeitig unendlich viel schwerer.

»Wir müssen uns endlich der Situation bewusst werden, in der wir uns befinden.« Er fixierte mich mit einer Härte, die es mir schwer machte, die richtigen Worte zu finden. »Wir vertrauen einander nicht, Aidan. Nicht mehr. Cornelius und ich haben uns entschlossen, eure Hilfe noch etwas länger in Anspruch zu nehmen, aber … Ihr versprecht euch etwas von dieser … Unternehmung. Das geht uns nicht anders, auch wenn unsere Motive wohl tiefer gehen.« Ich drückte mir das Buch fest an die Brust. Ein Akt der Freundlichkeit, an dem ich mich nun festklammern wollte. Mit aller Kraft. »Darüber hinaus könnt ihr nichts von uns erwarten. Da sind nur Cornelius, Greta und ich. Ihr seid auf euch allein gestellt.«

Aidans Blick war verschlossen und ich befürchtete, dass ich nie wieder sehen würde, wie sein Gesicht von Mitgefühl, Sorge und Freude bestimmt wurde. Diese Momente waren sowieso immer schon zu selten gewesen.

Aber wir vertrauen einander nicht. »Wir sind keine Partner«, stieß ich noch hervor. »Solange ihr … uns nicht genug vertraut, um uns eure Beweggründe oder denjenigen zu benennen, der euch diesen mysteriösen, schlupflöchrigen Auftrag erteilt hat … Solange ihr unser Vertrauen nicht verdient habt, werden wir keine wirklichen Partner sein.«

Ich wollte, dass er es verstand. Ich konnte mir nicht leisten, emotional auf Abwege zu geraten. Wenn die Dinge unter uns geklärt waren, konnte ich vielleicht endlich anfangen, mich auch daran zu halten. »Wir werden nur für unsere Sicherheit sorgen, solange ihr ebenso nur eure im Sinn habt. Das heißt im Klartext: Im Kugelhagel werdet ihr zurückgelassen. Verstanden?«

Er rieb sich über die Bartstoppeln an seinem Kinn und lehnte sich gegen die geschlossene Tür. »Damit geht ihr ein recht hohes Risiko ein, möchte ich meinen.«

Ich schüttelte den Kopf. »Nein«, gab ich seufzend zur Antwort. »Damit bewahre ich uns vor dem Risiko.«

Ich machte eine kurze Pause, um zu schauen, ob er widersprach, was er nicht tat. Stattdessen überwand er die letzte Kluft zwischen uns. Hatte ich geglaubt, diese Weichheit in seinen Augen nie wiederzusehen? Jetzt war sie da – oder zumindest ein Hauch von ihr.

»Das ist euer gutes Recht«, murmelte er und sah auf mich herunter.

Ich hielt dem Blick stand und wartete. Wartete auf das, was er mir sagen würde. Dass ich … wir ebenso auf uns gestellt wären. Dass dieser Todespakt besiegelt war, dass wir …

»Mach dich fertig, Nell. Wir warten draußen auf dich.«

Und mit einer Plötzlichkeit, die mich verwirrt blinzeln ließ, war ich allein. Es war vorbei. Alles war gesagt.

Seufzend strich ich über den alten Einband von *Vojna i mir*, legte es dann mutlos auf meine fertig gepackte Reisetasche und zog mich um. Irgendwie bezweifelte ich, dass ich noch einmal Gelegenheit haben würde, auch nur eine Zeile zu lesen, bis meine Geschwister in Sicherheit waren.

Was hätte ich darum gegeben, mich einfach noch für eine Weile in eine fremde Geschichte zu vergraben, bevor alles nur noch schlimmer wurde? Ich sehnte mich danach, Greta wiederzusehen, sie nach zwei langen Jahren wieder in den Armen zu halten, und doch … Und doch verlangte es mich danach, noch ein wenig länger einfach nur dazusitzen.

Ich bin noch nicht bereit für die nächste Katastrophenstimmung.

War die Hölle für den Menschen schon auf Erden zu finden, dann sicherlich in der Nähe eines Flughafens.

Mit starrem Blick sah ich zu den Flügeltüren, aus denen in einem fließenden Strom die neu eingetroffenen Menschen mit ihrem Gepäck traten. Die Landung von Gretas Flug war noch nicht einmal angezeigt und immer mehr Menschen und ihre schreienden Kinder schienen mich zu umgeben.

Wie so oft verfluchte ich meine Isolation. Es hatte Zeiten gegeben, da hatte ich es geliebt, in der Masse zu verschwinden, hatte mich mit gefälschten Ausweisen und ein bisschen Magie in die Klubs geschlichen und bis zum Morgen getanzt. Heute war mir diese Welt voller lauter, geschäftiger Menschen zuwider. Diese Hektik schlug mir zu guter Letzt nicht nur auf das Gemüt. Mein Kopf drohte zu zerbersten.

Seit einer geschlagenen Stunde saß ich hier und dachte an nichts anderes, als dass diese elenden Schmerzen endlich vorbeigehen mussten, wenn ich nicht schreiend fliehen sollte. Ein wenig besorgt sah ich zu meinem Bruder, der ebenso wie ich ständig auf die Anzeigetafel starrte, dabei aber nervös auf und ab lief. Aidan hielt sich abseits. Sein Blick war abwechselnd auf Faye, Cornelius und mich gerichtet. Ich konnte es jetzt ganz und gar nicht gebrauchen, von ihm beobachtet zu werden.

Trotz allem war er da, an unserer Seite und doch abseits. Gewaltsam riss ich meine Konzentration von ihm los und vergrub mein Gesicht in den Händen, als die Welt vor mir nur noch zu flimmern schien. Die Zeit verschwamm regelrecht und ich schloss mich ein in ein kleines Gedankengrab, genoss die Leere, die imaginierte Stille und …

»Nell!«, erklang da die Stimme meiner Schwester vor mir.

Mein Kopf schoss in die Höhe und sofort stiegen mir Tränen in die Augen. Ich sprang auf, rannte und ganz plötzlich lag ich in den Armen meiner zweitältesten Schwester. Die letzten Tage hatte ich versucht, alles zu regeln, jetzt aber erlaubte ich mir, bei ihr Schutz zu suchen.

Greta roch nach Pfingstrosen und Vanille. Ich sog ihren vertrauten Duft ein, der ihre Perfektion sanft begleitete, die ein jeder außer ihr selbst erkannte.

»Oh, Gott sei Dank«, murmelte sie und ich konnte ihren Atem in meinem Nacken spüren.

Ich drückte sie noch ein wenig fester an mich, ehe ich sie freigab. Sie legte ihre Hand auf meine Wange und lächelte mich liebevoll an. »Du hast mir gefehlt, Helena. Ich kann dir gar nicht sagen, wie sehr.«

Ich konnte ihr Lächeln nur still erwidern. Mit den Tränen hatte sich ein dicker Kloß in meinen Hals gesetzt.

»Wo ist Cornelius?«, fragte sie plötzlich und sah sich um.

»Ich weiß nicht«, murmelte ich verwirrt, »er war die ganze Zeit hier und hat mit uns gewartet, ich …«

»Gretchen!«

Greta rotierte herum und ein erleichterter Schluchzer entrang sich ihren Lippen. »Cor-«, begann sie, da hatte er sie bereits in seine Arme geschlungen.

Wie ein kleines Kind verlor sie sich in der Umarmung. Ich konnte mich kaum noch an solche Szenarien erinnern. Die Zeit vor dem Tod meiner Eltern war allzu verschwommen und von da an hatte Greta sich nur selten erlaubt, die kleine Schwester zu sein. Wie selbstverständlich hatte sie sich selbst die Rolle der stillen Unterstützerin der Zwillinge zugeschrieben und Leonard und mich Kind sein lassen.

»Es tut gut, dich zu sehen«, flüsterte Cornelius gerührt und ich konnte ob dieser Vertrautheit, der ich das erste Mal wirklich gewahr wurde, nur noch ein paar Tränen mehr verdrücken. Dann machte ich wieder einen Schritt auf die beiden zu und ergriff Gretas Hand.

»Wir haben alles Nötige im Wagen. Wir können direkt weiterfahren.«

Greta verzog müde das Gesicht. »Genau das, was ich brauche. Eine lange Autofahrt.«

Sie sprach nicht aus, was wir alle wirklich dachten. Keiner von uns wünschte sich, dass unser Wiedersehen von dieser tödlichen Dringlichkeit überschattet wurde, doch da es nun einmal so war …

»Die Chronisten haben mir freie Hand gelassen. Sie haben schon lange versucht, mir diese Arbeitsstelle schmackhaft zu machen.«

Aus reiner Verbundenheit zu unserer Heimat und zu ihren Geschwistern hatte Greta dieses Angebot stets abgelehnt, wenngleich ihr als Chronistin eigentlich nichts Besseres hätte geschehen können.

»Die Kleriker sind nicht misstrauisch?«

Greta lachte. »Sie sind generell misstrauisch, was mich betrifft. Sie reden seit Tagen auf mich ein, ich solle ihnen nichts verheimlichen. Du wärst gefährlich und dein eigenmächtiges Handeln eine noch größere Gefahr für Cornelius und Amalia … Nun ja«, sie winkte ab. »In diesem Fall aber wissen sie noch nichts von meinem Verbleib. Ich bin den Chronisten unterstellt, nicht den Klerikern. Ich habe meine Vorgesetzten gebeten, diesen Umstand noch ein wenig für sich zu behalten.«

Cornelius runzelte die Stirn. »Die Kleriker haben dir nicht ausgerichtet, dass ich … gefunden wurde? Sie müssen es doch wissen. Die Polizei war involviert und es ist bekannt, dass die Kleriker gute Verbindungen haben.«

»Hätte die Polizei mich nicht kontaktiert, hätten sie mich wohl noch eine Weile im Dunkeln gelassen«, seufzte Greta. »Sie erzählen niemandem mehr etwas, Cornelius. Der Großteil unserer Gemeinschaft weiß noch nicht einmal, dass überhaupt jemand verschwunden ist.«

Aidan jagte das Auto über die Straßen. Cornelius hatte nur unter Protest gestattet, dass der Söldner Greta und mich zum geheimen Archiv brachte, während Faye unter der akribischen Bewachung meines Bruders den Jet flog.

Aidan hatte nicht riskieren wollen, dass wir drei uns absetzten, ohne ihm die Information zukommen zu lassen, wo das Hauptarchiv der Chronisten lag.

»Das Hauptarchiv ist für viele von uns nur schwer zugänglich. Die Delegation in Stockholm leitet es«, erklärte Greta gerade und ich zwang mich, meiner Schwester aufmerksamer zuzuhören. »Allerdings darf sich immer nur ein Delegationsmitglied zur selben Zeit dort aufhalten. Drei weitere Chronisten bleiben jeweils für zwei Monate am Stück und werden dann ausgewechselt.«

»Warum das?«, fragte ich und betrachtete die vorbeirauschende Landschaft hinter den verregneten Fensterscheiben.

»Ich kann nur raten. Ich gehe davon aus, dass die Obersten unserer Gemeinschaft nicht wollen, dass jemand über einen allzu langen Zeitraum dort verweilt. Wie gesagt, das Archiv ist vollkommen abgeschirmt von der Außenwelt und mit seinem Inhalt ließe sich so manches in Erfahrung bringen, das unsere Welt von den Füßen reißen könnte. Man will die Kontrolle über das, was hier geschieht, sicher nicht verlieren.«

Ich nickte nur. Die Chronisten waren eine merkwürdige Ansammlung nicht praktizierender Naturmagier. Niemand wusste viel von ihnen oder ihren Beweggründen. Der Rat, in dem schon damals die Kleriker den überwiegenden Anteil gebildet hatten, hatte vor zweihundert Jahren beschlossen, die Bewahrung unserer Geschichte müsse in die Hände neutraler Wissenschaftler gelegt werden. Um diese Neutralität zu gewährleisten, ließ man ihnen nahezu freie Hand. Greta war fünfzehn gewesen, als sie begonnen hatte, für die Chronisten zu arbeiten.

»Wie lange wird es dauern, bis wir ankommen?«

»Auf ein paar Stunden wirst du dich einstellen müssen, Süße«, gestand Greta. »Auch wenn es wohl erheblich schneller gehen wird, wenn man Aidans Tempo mit einberechnet.«

Greta war dem Söldner mehr reserviert als höflich gegenüber gewesen. Sie hatte ihn als Freund der Zwillinge nur flüchtig gekannt und ihm die Rolle, die er für den Ausgang meiner Verhandlung gespielt hatte, anscheinend nicht ganz vergessen.

Diese spitze Bemerkung aber rührte von anderswo her. Greta war bei Autofahrten noch nie wohl gewesen. Ich lächelte und trat gegen die Rückseite von Aidans Sitz. »Gavriel, deine mörderische Fahrweise macht meiner Schwester Angst.«

Ich meinte ihn schnauben zu hören, doch er reduzierte tatsächlich ein wenig die Geschwindigkeit.

»Danke«, murmelte Greta und ich sah sie mit milder Nachsicht an. Jetzt war sie es, die nach draußen stierte, obwohl durch den Regen kaum etwas zu erkennen war.

Meine Schwester war ein Phänomen. Als Professor Greta Feyrsinger war sie geachtet und sogar gefürchtet. Wo sie war, arbeitete ein jeder doppelt so hart, um ihren Ansprüchen gerecht zu werden. Ich erinnerte mich so gut daran, wie sie einen Chronisten in der Ausbildung so kalt angefahren hatte, dass dieser den Tränen nahe gewesen war und …

Greta war eine starke Persönlichkeit, solange sie die Sicherheit ihrer Berufung um sich spürte, in anderen Belangen fehlte ihr jedoch oft der Mut. Stillschweigend betrachtete ich sie.

Ihr Haar, das noch heller war als das von Cornelius, hatte sie wie üblich in einen adretten Knoten gezwungen. Keine Strähne wagte es oder hatte überhaupt die Möglichkeit, sich herauszuwinden. Sie trug ein schwarzes Etuikleid und einen Blazer in derselben Farbe, eine Strumpfhose über ihren makellosen Beinen und beigefarbene Schuhe mit kleinem Absatz.

Greta war stets die Eleganz in Person. An ihrer Kleidung würde man niemals auch nur den winzigsten Fussel finden oder ein kleines Loch in ihren Strümpfen. Sie lebte für ihre Perfektion, zu der sie sich genötigt fühlte.

Ich wusste genau, dass sie glaubte, sich selbst in einem Schatten zu befinden, den Cornelius, Amalia und vielleicht sogar ich warfen, und sie tat alles, um in diesem Schatten nicht auch noch negativ aufzufallen. Ich fragte mich so oft, ob sie sich selbst dadurch nicht längst verloren hatte.

Der Gedanke war gerade entschwunden, da lächelte Greta und sah wieder zu mir hin. Selbst wenn sie glaubte, neben Amalia oder mir zu verblassen, ihr Lächeln war das schönste, das ich in meinem ganzen Leben gesehen hatte.

»Ich bin so froh, dass du hier neben mir sitzt. Einfach so und du bist wieder da.«

Meine Kehle schnürte sich zu und ich ergriff ebenfalls lächelnd ihre Hand. »Ich bin auch froh.«

Ich sah auf und erhaschte Aidans Blick im Rückspiegel, der auf mir ruhte. Ich wusste, was er dachte. Gerade dieses *einfach so* würde mich in die schlimmsten Schwierigkeiten bringen. Aber dieses Problem würde ich erst später in Angriff nehmen können. Wir mussten einfach nur schnell genug sein, das erste Anliegen zu lösen.

Ich versuchte zu lächeln, um ihm zu signalisieren, dass er dieses Problem allein mir überlassen musste. Sein Blick verriet mir nicht, ob er diese Botschaft verstanden hatte, doch der weiche Zug, der sich um seine Augen legte, ließ es mich vermuten. Mein Lächeln vertiefte sich. Ich lehnte entspannt den Kopf zurück und sah dabei dem sich langsam beruhigenden Regen hinter der Fensterscheibe zu, bis die Welt um mich herum allmählich verschwand.

Kapitel 13

« DAS HERZ DER ZEIT »

Es verging fast ein halber Tag, bis wir unser Ziel erreichten. Stunde um Stunde waren wir an dem Meer entlanggefahren, das meine deutschen Großeltern *Ostsee* genannt hatten. Meine Augen waren immer wieder zugeklappt. Die Helligkeit draußen hatte mich jedoch am Schlafen gehindert.

So weit im Norden ging die Sonne nur für wenige Stunden unter, wenn überhaupt. Die Nacht war vielmehr eine ewig währende Dämmerung. Stunde um Stunde fuhren wir an einem endlos langen Fluss entlang, der im leichten Licht ein wenig glitzerte. Die Welt um uns herum war weit und leer, vollkommen einsam. Hügel, Flüsse und Berge, die weit entfernt am Horizont eine Skizze vor den Himmel zeichneten.

Irgendwann tauchte in all dieser vom Menschen unberührten Natur ein kleines Häuschen vor uns auf. Die Fassade war aus einem dunklen Holz gefertigt. An den weißen Fenstern waren blaue Fensterläden angebracht und die weitläufige Terrasse war ebenso wie der Balkon von Zäunen in abgeblättertem Weiß umschlossen. Aufatmend verließen wir drei nahezu gleichzeitig das Auto.

Ich befreite gerade Blue aus dem Kofferraum, der gleich darauf die Gegend erkundete, dann war Aidan schon an meiner Seite.

»Alles in Ordnung?«, fragte er leicht abwesend.

»Klar«, gab ich kurz angebunden zurück und spazierte so unbekümmert, wie ich mich geben konnte, zu Greta. »Das ist es also? Das imposante Hauptarchiv der Chronisten? Der Hort allen Wissens unserer Gemeinschaft?«

Ich wollte wirklich nicht einfältig und pedantisch klingen, aber ein wenig mehr hatte ich mir schon erwartet. Ich konnte mir nicht einmal ansatzweise vorstellen, dass sich in dieser Absteige überhaupt ein einziges Buch befand, das uns weiterhelfen konnte. Die Lösung unserer Probleme, die Rettung meiner Geschwister rückte mit einem Male so weit in die Ferne, dass es mir körperlich fast wehtat.

»Hör schon auf zu meckern. Es ist durchaus eindrucksvoll, aber es stellt seinen besonderen Wert nun einmal nicht so offen zur Schau. Die wahren Schätze, die wir hier bewahren, liegen ein paar Meter in sicherer Tiefe.«

Ich schämte mich ein wenig für mein kindliches Verhalten, Gretas Worte konnten mich jedoch nicht wirklich überzeugen. Ich hatte mir vorgestellt, das Archiv würde in all seinem Glanz stehen und mich durch nur einen Blick in grenzenlose Zuversicht stoßen.

»Nun kommt. Sehen wir uns um.« Greta setzte sich in Bewegung und bedeutete uns mit einer Geste, ihr zu folgen. »Und da gibt es noch ein paar Leute, die ich von hier verscheuchen muss. Es sollen euch nicht mehr als nötig zu Gesicht bekommen.«

Als sie an die hölzerne Tür klopfte, hielten wir uns in einiger Entfernung, die Köpfe gesenkt.

»Miss, äh, ich meine Professor Feyrsinger«, stotterte eine piepsige Stimme. »Wir haben Sie schon erwartet und alles vorbereitet, um mit Ihnen … Aber kommen Sie doch erst einmal herein. Möchten Sie eine Tasse Tee, ich …«

Der dürre Mittdreißiger redete so schnell, dass ich schon als Unbeteiligte die Geduld verlor. Ich war müde, wollte schlafen und die Aussicht auf die voraussichtlich alten Betten war nicht einmal annähernd so aufbauend, wie sie hätte sein sollen.

»Keinen Tee, ich danke Ihnen«, ließ Greta bestimmt verlauten, auch wenn ich sehr sicher war, dass sie ihm eines ihrer aufrichtigsten Lächeln schenkte. »Ich muss Ihnen leider mitteilen, dass Sie und Ihre Delegation mit sofortiger Wirkung und auf unbestimmte Zeit der Leitung des Hauptarchivs enthoben sind.«

Der älteste Sohn der Familie Svenson, der für diese Wochen die Leitung des Archivs innegehabt hatte, hatte nur wenige Minuten gebraucht, um seine drei Hilfschronisten zurück nach Stockholm zu schicken. Zwar hatte niemand von ihnen damit gerechnet, auf *unbestimmte Zeit* entlassen zu werden, doch sie hatten versucht, sich nichts anmerken zu lassen. Svenson selbst durfte bleiben, um Greta bei der Recherche zu helfen. Während wir unsere Taschen aus dem Auto holten, setzte er in der Küche Kaffee auf. Der schmächtige Mann hatte auf mich einen sehr verstörten Eindruck gemacht.

»Das … war vielleicht mal ein Auftritt«, ließ ich Greta wissen.

Meine Schwester winkte ab. »Das war Formalität. Besser so, als mit ihm zu diskutieren. Die drei durften nicht zu viele Fragen stellen. Sie kriegen ihre Stellung zurück, sobald wir fort sind.«

Sie hatte recht. Und selbst wenn dies nicht der Fall gewesen wäre, Naturmagier brauchten für ihren Lebenserhalt keine Arbeit. Wir ließen einander nicht verarmen. »Ich muss mich eben nur daran gewöhnen, dass du manchmal einfach jemand anderes bist«, gab ich irgendwann zu, zum ersten Mal in meinem Leben.

Plötzlich fühlte ich mich wirklich wie die kleine Schwester, die ich war. »Wenn ich bei der Arbeit deine Schwester wäre, hätte ich keine Arbeit, Nell.«

Ich biss mir leicht auf die Lippen, um mir einen Kommentar zu verkneifen, von dem ich noch nicht einmal wusste, wie er ausgefallen wäre. Ehe es nötig wurde, eine Antwort zu formulieren, trat Aidan zurück ins Freie. Er drückte auf eine Taste seines Handys und nahm dann meiner Schwester ihr Gepäck ab.

»Faye und Cornelius sind verständigt.«

Greta nickte nur fachmännisch und trat ins Innere. Ich folgte ihr, noch immer skeptisch. Sobald ich die Türschwelle passierte, schwirrte mir augenblicklich der Geruch von altem Holz und Staub in die Nase. Der enge Eingangsbereich war spärlich beleuchtet, enthielt lediglich eine alte hölzerne Vitrine, die den Raum noch viel kleiner wirken ließ. Ich streckte meine Hand aus und fuhr mit dem Finger über den Holzrahmen. Jahrhundertealter Staub klebte mir an der Haut.

»Gemütlich«, nuschelte ich. »Vom Putzen hat hier wohl noch nie jemand etwas gehört.«

»Du kannst es dir ja zur Aufgabe machen«, schnappte Greta genervt und führte mich den Flur hinunter, vorbei an zwei deckenhohen Türen in eine kleine Küche, in der Svenson bereits wie wild hin und her lief, um den kleinen Tisch mit verschiedenen Porzellantassen zu versehen.

Als er uns wahrnahm, zuckte er förmlich zusammen und strich sich die aschblonden Haarsträhnen aus dem bleichen Gesicht. »Professor, ich möchte Ihnen nochmals versichern, wie sehr uns … mich Ihre Anwesenheit ehrt«, haspelte er in einem sonst perfekten Englisch. Dann wandte er sich mir zu und streckte mir die Hand entgegen. »Willkommen.«

»Vielen Dank, Mr Sv-«

»Oh, Henrik. Nur Henrik bitte«, sagte er schnell und errötete auf der Stelle. Ich konnte nicht umhin, ihn zu mögen, und reichte ihm meinerseits die Hand, ehe er sich seiner Rolle als Gastgeber wieder bewusst wurde. »Setzen Sie sich doch. Ich habe schon alles vorbereitet. Es müsste sogar noch ein wenig Kirschkuchen im Kühlschrank sein und …«

Während er weiterplapperte, tauschten Greta und ich ein belustigtes Lächeln und quetschten uns auf die Eckbank, die mit dem Holztisch verbunden war. Ich vermied es, die Hände auf die klebrige Plastiktischdecke zu legen. Dennoch verschwand mein Lächeln nicht.

»Das Haus ist größer, als es zunächst erscheint«, fuhr Henrik fort, als er uns zwei unterschiedliche Teller mit wirklich großzügigen Kuchenstücken reichte. »Im oberen Geschoss befinden sich drei Schlafzimmer, unten im Archiv ein weiteres. Zu meinem Bedauern werden sie dennoch nicht ausreichen, wenn Ihre Begleiter hier eintreffen. Ich werde selbstverständlich mit dem Sofa im Wohnzimmer vorlieb nehmen, um Ihnen so viel Raum wie möglich zu geben, und …«

Greta winkte lächelnd ab und unterbrach den Redeschwall, der mich schon ganz konfus machte. »Das wird nicht notwendig sein, Henrik. Ziehen Sie in das Zimmer im Archiv. Die restliche Zimmeraufteilung muss Sie nicht kümmern.«

Der Chronist nickte nach einigen Momenten, als würde er abschätzen, ob er diese Situation wirklich so belassen sollte, schien dann jedoch dankbar.

Als wir den Kuchen überwiegend schweigend gegessen hatten, erhob ich mich, ehe meine eingezwängten Beine krampfen konnten, und öffnete die Tür neben dem Kühlschrank, um auf eine kleine Terrasse hinauszuschauen. Blue lag zufrieden vor mir.

»Na, du bist aber schlau. Wo hast du denn den Söldner gelassen?«, murmelte ich und wandte mich dann an Henrik. »Dürfte ich?«, fragte ich und deutete auf die Einbauschränke.

»Natürlich.«

Während Greta begann, das Gesprächsthema in geschäftliche Bahnen zu lenken, machte ich mich auf die Suche nach einer Schüssel, die ich mit ein wenig Wasser für Blue füllen konnte.

»Bin ich für sämtliche Abteilungen autorisiert?«

»Aber natürlich, Professor. Das System ist durch die verschiedensten Codes gesichert, die Sie natürlich haben dürften. Außerdem sind einige Abteilungen mit extra modifizierten Mustern zur Stimm-, Fingerabdruck- und Blutverifizierung ausgestattet. Die Ihren sind dem System selbstverständlich bereits bekannt.«

Ich hörte nur mit halbem Ohr zu. Greta war die Chronistin. Solange sie Bescheid wusste, sollte alles in Ordnung sein.

Wenige Minuten vergingen, die ich hauptsächlich damit zugebracht hatte, Blue beim Trinken zuzusehen und die Umgebung zu betrachten.

»Das wäre dann alles, denke ich. Bringen Sie Ihre persönlichen Dinge bitte ins untere Zimmer, während ich meine Schwester herumführe. Ich brauche Sie morgen sehr früh. Es wäre besser, Sie würden sich sofort schlafen legen«, bestimmte meine Schwester in einem Ton, der keine Widerrede zuließ, und Henrik verschwand augenblicklich.

Entgegen meiner Erwartungen führte Greta mich nicht in den Hausflur zurück, sondern aus der Gartentür hinaus ins Freie und um das Haus herum. An der Hausseite befand sich eine hölzerne Treppe, an der noch Reste von weißer Lackfarbe auszumachen waren.

»Nach oben kommt man nur von außen. Soweit ich mich erinnern kann, gibt es neben den drei Schlafzimmern noch zwei Bäder im ersten Stock. Damit werden wir wohl zurechtkommen«, erklärte sie mir, während wir hinaufstiegen.

Oben angekommen, schloss sie die blau angestrichene Tür auf, die in den Flur der ersten Etage führte. Außer einer vertrockneten Palmenpflanze in der hintersten Ecke war auch dieser Raum leer und schien nur aus den fünf Türen zu bestehen, die von ihm abgingen.

»Hier«, erklärte Greta und öffnete die Tür rechts von uns, »ist das Zimmer, das wir uns teilen werden. Wirklich süß, nicht wahr?«

Süß? Das war nicht gerade die Beschreibung gewesen, die mir als Erstes eingefallen wäre.

Dieses Zimmer war wie eine Traumphantasie von Mary Poppins, aus der man nie wieder erwachen würde. Es war nicht besonders groß, doch das hatte ich auch nicht angenommen. Das Mobiliar bestand aus einem klobigen Himmelbett und einem Schrank, der bis an die Decke reichte und denjenigen, der es wagte, hier einzudringen, beinahe erschlug.

Das Holz der Möbel wirkte ähnlich dunkel wie das, in dem das Haus gehalten war. Alles Übrige, die Bettdecken, die Vorhänge, der Teppich auf dem dunklen Parkett, war blau. Die Tapete war im Grunde genommen sogar weiß, doch stachen die vielen blauen Ornamente darauf, zwischen denen sich aufgemalte Vögel tummelten, viel zu sehr ins Auge.

»Wahnsinn«, brachte ich nur hervor und verkniff mir ein Lachen.

Greta grinste, schob die blauen Vorhänge auf und ließ ein wenig Licht hineinfallen, das den Raum wegen der umstehenden Bäume nur spärlich beleuchtete.

»Ein wirklich interessantes Farbkonzept«, versuchte ich meine Bedenken nett zu formulieren.

»Ich finde es reizend. Irgendwie pittoresk.«

»Du findest auch für alles ein Wort«, schloss ich ergeben und griff nach der himmelblauen Bettdecke, um sie an der Luft aufzuschlagen.

Während Greta anschließend ein erstes Mal die Archive begutachtete, zog ich mit Blue den Fjord entlang. Voller Freude, dem Stadtleben entkommen zu sein, lief er euphorisch voraus. Lächelnd beobachtete ich, wie er Dutzenden verschiedenen Gerüchen gleichzeitig zu folgen versuchte. Irgendwann reckte ich mein Gesicht gen Sonne, die mein Gesicht nur leicht wärmen konnte.

Mein Lächeln vertiefte sich, als der Wind mir liebevolle Worte zuflüsterte, ich die Kontrolle über ihn übernahm und Wellen über das Fjordwasser tänzeln ließ. Stille Traurigkeit überkam mich bei diesem Anblick.

Kapitel 14

« DAS GEHEIMNIS UNSERER MACHT »

Als ich zurückkehrte, öffnete ich die rückwärtige Tür und Blue schoss in das Innere, jedoch nicht, ohne einen der eng zusammengestellten Stühle umzuwerfen. Seufzend stellte ich ihn wieder auf seine hölzernen Beine. In diesem Moment trat mein Bruder herein, den verrückten Hund an seiner Seite.

»Da bin ich. Ist all-«

Ich versuchte zu grinsen und sein besorgtes Gesicht zu ignorieren. »Wenn ich noch einmal die Frage höre, ob alles in Ordnung ist, drehe ich durch. Wirklich.«

Sein Grinsen wirkte überzeugender. »Verstanden«, sagte er nur, als Greta schon im Befehlston nach uns rief.

»Wann genau der Tag angebrochen ist, an dem meine kleinen Schwestern über mich bestimmen, habe ich irgendwie vergessen.«

Cornelius seufzte ergeben und schritt mit mir in den dunklen Vorflur, in dem ich eine der Seitentüren öffnete und eine endlos in die Tiefe führende Treppe freilegte.

»Du solltest dein Gesicht sehen«, antwortete ich lachend und kniff ihm in den Arm, dann verstummte ich.

Die bessere Idee war wohl, mich auf meine Füße zu konzentrieren. Die Stufen dieser Treppe lagen so eng beieinander, dass ich fürchtete, eine von ihnen zu verfehlen. Auch hier war die Beleuchtung wenig brauchbar. Einfache Leuchtstoffröhren, die ihre besten Zeiten schon lange hinter sich hatten, flimmerten oben an der Decke.

»Einen Elektriker …«, ich strauchelte und schlug meine Hände gegen die Wand, um Halt zu finden, »… zu engagieren, wäre wohl zu viel gewesen.«

»Das macht alles doch noch geheimnisvoller.«

Ich grummelte und versuchte, die Szenarien, die ich aus etlichen Horrorfilmen kannte, zu vergessen. Es verging eine schiere Ewigkeit, bis wir endlich unten angelangt waren. Am Fuße erwartete uns schon Greta mit einem strahlenden Lächeln.

»Willkommen in meiner Welt«, ließ sie selig verlauten und wandte sich der schweren Eisentür zu, die hinter ihr aufragte.

Neben dieser befand sich nur ein schlichtes Zahlenbedienfeld auf der rechten Seite, in das Greta mit geschwinden Fingern einen mindestens zehnstelligen Code eingab.

Die Tür öffnete sich mit einem leisen, schleifenden Geräusch und Greta signalisierte uns, ihr zu folgen. Der Bereich, der vor uns lag, war ebenso dunkel wie alles andere in den unteren Geschossen dieses Hauses, doch mit einem einfachen Fingerschnippen Gretas leuchtete das Archiv in all seiner Pracht vor uns auf. Es verschlug mir den Atem. Irgendwie hätte es mich bei dem Anblick des Wohnhauses nicht überrascht, das Archiv im Schuppen nebenan vorzufinden. *Damit* hatte ich allerdings nicht gerechnet.

Vor uns erstreckte sich eine riesige karamellfarbene Holzfassade, auf der ebenso wie auf dem gleich gehaltenen Boden sanfte Lichtflecken tanzten. Der gesamte quadratische Raum war mit Regalen und den in ihnen enthaltenen Büchern verkleidet. Man konnte kein einziges Stück der Wand dahinter erkennen. Zwischen den Regalen befand sich eine riesige verzierte Tür, direkt vor uns, die vermutlich in weitere Räume des Archivs führte.

Die hohe, gewölbte Decke erstrahlte in weißen und goldenen Farben und spannte sich wie ein Kirchendach über uns. Über den Regalen befand sich eine Galerie, die von schwungvoll verzierten Geländern umrahmt war und auf der sich nochmals etliche Regale mit ihren Schätzen verbargen.

»Das ist fantastisch«, hauchte ich.

Gretas Gesicht leuchtete im Glanz der elektrischen Kronleuchter, die von der Decke über den Gängen baumelten.

»Ich weiß. Dieser Raum ist jedoch nur einer von vielen. Das Archiv besteht aus sieben solcher Kammern. Jede von ihnen deckt einige Jahrhunderte unserer Geschichte ab.«

Sie sprach wie eine stolze Mutter. Ich wusste, dass sie einige Male hierhergefahren war, um das Archiv neu zu strukturieren. Erst jetzt wurde mir bewusst, dass ich nie wirklich darüber nachgedacht hatte, wie diese Arbeit wirklich aussah. Wenn es von diesem Raum noch sechs weitere gab, dann musste der Reichtum an Schriften unvorstellbar groß sein.

»Diese Welt hier«, erklärte Greta weiter, »liegt nicht nur unterirdisch, sie ist auch von meterdicken Betonschichten eingefasst. Dringt jemand ein, werden alle restlichen Zugänge abgeschottet.«

»Dann sind wir praktisch lebendig begraben?« Dieser Gedanke gefiel mir gar nicht.

Greta grinste. »Keine Sorge. Es gibt schon Mittel und Wege, uns wieder zu befreien.« Sie trat einige Schritte vor. »Aber ich möchte euch etwas anderes zeigen.«

Direkt vor uns, in der Mitte des Raums sah ich schon zwei ebenfalls mit Schnitzereien verzierte massive Holzblöcke, auf denen einige Bücher ausgebreitet lagen.

Greta durchschritt den Bibliotheksraum und griff nach weißen Seidenhandschuhen, die sie vorsichtig aus einer Samtschatulle nahm. Mit einer Eleganz, die ich nur von ihr kannte, streifte sie sie über ihre Hände und schlug ein Buch auf, dessen Seiten so alt schienen, dass ich fast fürchtete, sie würden jeden Moment zerfallen.

Wir näherten uns recht bedächtig, um auf ein Bild zu sehen, dessen Farben noch so leuchteten, als wären sie gerade frisch auf das vergilbte Papier aufgetragen worden.

In einem perfekten Zusammenspiel zeigten sie die filigranen Hände einer Frau, die eine schwarz leuchtende Kugel hielten. Es war, als würde der dunkle Schimmer, der von ihr ausging, den Raum ausfüllen. Vorsichtig strich ich mit den Fingern über die mit purpurner Tinte geschriebenen Worte.

›Das Geheimnis unserer Macht.‹

»In diesem Buch ist unsere Geschichte gefasst, die Geschichte der Magie, das, was uns ausmacht«, flüsterte Greta andächtig, dann schweifte ihr Blick über all die Regale und Bücher. »Diese Schriften enthalten mehr Wissen, als ein Mensch je bewahren könnte. Hier werden wir die Antworten finden, die wir suchen. Ich bin mir sicher.«

Das Wasser, das sich in mein weißes Kleid gesaugt hatte, machte es mir schwer, mich zu bewegen, als ich über den feuchten Sand des Strandes auf den Söldner zuging. Es kümmerte mich wenig.

Ich wollte ihn aus der Reserve locken, endlich diese unbewegte Miene verändern, mit der er mich stets beäugte.

Sein Blick ruhte starr auf meiner Gestalt, als er die Arme vor der Brust verschränkte.

»Hey«, sagte ich nur und lächelte siegessicher.

»Du wirst dich erkälten.«

»Wir sind in Italien. Kalte Abende sind hier noch immer warm, Aidan. Du solltest dir nicht immer so viele Sorgen machen.«

Er sah mich nur eine Weile abschätzig an, dann wandte er sich zum Gehen. Ohne nachzudenken, streckte ich die Hände nach seinem Gesicht aus und zog es an das meine. Unsere Lippen trafen sich nur flüchtig. Seine Hände, die kurz zu meiner Taille gehuscht waren, berührten mich schon nicht mehr.

Aidan entzog sich mir und sah mit unbewegter Miene auf mich herab.

Ich schreckte so heftig aus dem Traum hoch, dass mein gesamter Körper zitterte. Ich brauchte einen Moment, bis ich mich daran erinnerte, wo ich war. Die himmelblaue Decke, die ich im Schlaf von mir gestrampelt hatte, war Indiz genug.

Noch immer aufgelöst sah ich auf die andere Bettseite. Greta war nicht mehr hier. Wie jeden Tag der vergangenen Woche, war sie in aller Herrgottsfrühe aufgestanden und durchforstete die Datenbanken des Archives, um uns einige Zeit später das Tagespensum unserer Recherchearbeit zu präsentieren.

Seufzend setzte ich mich auf und schlug die Beine über die Bettkante. Die Matratze war so weich, dass dies ein recht schwieriges Unterfangen war. Während die lebendigen Vögel draußen zwitscherten, stierte ich gegen die auf der blau gemusterten Wand, an die ich mich – genau wie an den unruhigen Schlaf – allmählich gewöhnt hatte. Ich öffnete meine Tür zum Flur im selben Moment, in dem auch Aidan aus seinem Schlafzimmer trat. Das hatte mir gerade noch gefehlt.

Seit wir im Archiv angekommen waren, verfolgten mich die Erinnerungen an früher, mutierten mit jedem Tag jedoch derart, dass sie kaum mehr mit dem übereinstimmten, an das ich mich zuvor erinnert hatte.

Bei dem Gedanken an den heutigen Traum wurde mir ganz anders. So war es nicht gewesen. Aidan hatte mich nicht zurückgewiesen. Mit jedem weiteren Tag in seiner Nähe, seinem neutralen Schweigen ausgesetzt, wuchsen meine Zweifel jedoch, aber Verzweiflung durfte ich mir nicht erlauben. Schließlich war ich selbst für dieses Schweigen, diese Distanz verantwortlich.

Unsere Wege hatten sich in den letzten Tagen nur selten gekreuzt. Führte mich der meine direkt nach dem üppigen Frühstück, das Henrik für uns zubereitete, in das unterirdische Archiv, so war es an Aidan seiner Ansicht nach daran, das Haus in voller Kampfmontur zu bewachen. Meist patrouillierte er bereits draußen, wenn ich aufwachte.

Ich wünschte ihm nuschelnd einen guten Morgen und floh zur hölzernen Außentreppe, die ich barfuß hinunterraste, um einem Gespräch mit ihm zu entgehen. Die Traumbilder in meinem Hinterkopf ließen mich einfach kein normales Gespräch aufbauen. Nicht im Moment.

Nachdem ich ein schnelles Frühstück genossen hatte, hielt Greta mich zur üblichen Arbeit an.

»Die Bücher stapeln sich unten bereits. Cornelius ist schon seit einer ganzen Stunde dabei.«

Für einen Moment keimte Übelkeit in mir auf. Der Gedanke, wieder den ganzen Tag in der Bibliothek zu sitzen und ausschließlich künstlichem Licht ausgesetzt zu sein, war nicht besonders aufbauend. Die anfängliche Faszination für die Bibliothek und ihre unendlichen Ausmaße im Schutze der Unterwelt war beinahe gänzlich verflogen. Dennoch erhob ich mich und folgte zusammen mit Henrik meiner Schwester.

Die Woche, die nun so plötzlich hinter uns lag, hatte einige, jedoch wenig hilfreiche Erkenntnisse hervorgebracht. Während es Cornelius wichtig gewesen war, die Kleriker näher ins Auge zu fassen, hatte ich mich auf allerlei Texte über die Chaosmagier gestürzt. Wenn Letztere wirklich noch existierten, musste ich wissen, ob ich ein Teil dieser Gefahr war, die sie darstellten und die so skrupellos um sich griff.

Ich hatte jedoch ebenso wenig herausgefunden wie mein Bruder. Das meiste, was mir in die Hände gefallen war, waren Hetzschriften gewesen, die um das Jahr 1900 entstanden waren. Titel wie ›Chaosmagie, der Tod aller‹ oder ›Dämonen und ihre Widernatürlichkeit‹

hatten mein Mitleid mit den Chaosmagischen geweckt. Sie waren einer erneuten Hexenjagd zum Opfer gefallen, nachdem wir alle, Natur- und Chaosmagier, bereits vor längerer Zeit den Machenschaften einer übermächtigen Institution, der Inquisition, zum Opfer gefallen waren.

Die Schriften malten ein so scheußliches Bild derjenigen, die einmal Teil unserer Gemeinschaft gewesen waren, dass es mir eiskalt den Rücken hinuntergelaufen war.

»Die Magie, die uns zuteilwurde, ist ein Geschenk der Natur. Eine Gabe, gespeist aus Reinheit und Harmonie der uns umgebenden Welt. Wir beschwören und erhalten das zurück, was Mutter Erde uns zugesteht. Ein jeder Naturmagier ist ein Medium, ein Hüter des Gleichgewichts.

Jene, die sich dieser Harmonie widersetzen, jene, die Schatten und Feuer aus dem Nichts hervorbeschwören, sind Kreaturen wider die Natur. Sie sind Kinder des Chaos, jener dunklen Welt, die vor der unseren existierte, ein Ort, an dem das Leben unmöglich ist.

Jene Monster jedoch, sie halten es mit ihrer Magie am Leben. Sie speisen ihre Kraft aus ihm und eines Tages wird das Chaos die Welt umhüllen wie ein Mantel aus Grausamkeit.

Am Anfang war das Chaos, doch es wird vergehen.«

Ich schlang die Arme um meinen Oberkörper und folgte Greta bis in die Bibliothek, während ich alles rekapitulierte, was ich hatte lesen müssen. Existierten diese chaosmagischen Wesen noch, erschien es mir nur allzu verständlich, dass sie sich versteckt hielten. Hatte ihre Wut jedoch dies alles zu verschulden, würde mein Verständnis sich mit einem Schlag verflüchtigen.

Das, was ich wirklich verlangte zu erfahren, die Antwort darauf, was ich war, hatte keines der Dokumente enthüllt.

»Mach dich an die Arbeit. Henrik und ich werden uns die nächste Abteilung vornehmen.«

Ich wandte mich um und schritt die Regale entlang zu den Konferenztischen, auf denen sich tatsächlich Akten mit Protokollen und Weisungsbefehlen, Bücher und Zeitungen stapelten. Cornelius beugte sich gerade über den Artikel einer Sammlung, die er bereits gestern zu untersuchen begonnen hatte.

»Guten Morgen«, murmelte er nur und ich setzte mich zu ihm. »Greta hat gesagt, du sollst dir zuerst die da vornehmen«, instruierte er mich recht ungehalten und wies mit einem Kopfnicken auf einen der Stapel.

Cornelius nahm seine Rolle als Familienoberhaupt so ernst wie sonst nichts auf der Welt. Es musste ihm unendlich zusetzen, dass an diesem Ort seine kleine Schwester die Fäden in der Hand hielt und er nur mühsam zappeln konnte.

»Komm schon, sei nicht so griesgrämig«, ermahnte ich ihn, selbst wenn auch meine gute Laune beinahe gänzlich erschöpft war. »Ich war gestern so müde, dass ich gar nicht mehr fragen konnte, ob …«

»Ob ich etwas Neues herausgefunden habe? Nein, Nell. Gar nichts.« Mutlos nahm Cornelius das nächste Buch von einem der Stapel herunter. »Und ich glaube nicht, dass sich das heute ändern wird. Ich hatte gehofft …«

»Ich weiß«, unterbrach ich ihn.

Er hatte gehofft, dass sich eine mögliche Schuld der Kleriker schnell hätte erahnen lassen können. Ein solcher Betrug, wie wir ihn den Klerikern zuzuschreiben versuchten, hätte zahlreiche Unstimmigkeiten in den Aufzeichnungen hinterlassen müssen.

»Nun, vielleicht heißt das einfach, dass sich unser Verdacht entkräften lässt«, versuchte ich ihn aufzumuntern. »Unsere Untersuchungen reichen bis ins Jahr 1889 zurück. Wenn wir keinen Hinweis auf eine Intrige finden, gibt es diese womöglich einfach nicht.«

Sein Blick war mutlos. Er wollte es glauben, wollte glauben, dass die Gemeinschaft, der Jenna, die Liebe seines Lebens, angehört hatte, loyal und treu war, tat es jedoch genauso wenig wie ich.

»Bis wir nichts anderes gefunden haben, bleibt nur der eine Hinweis, den wir schon haben. Die Barriere und somit der Verdacht, dass sie am Verschwinden unserer Geschwister beteiligt sind. Solange ich dafür keine Erklärung in den Händen halte, sind sie *gegen* und nicht *für* uns.«

»Ja«, seufzte ich und vergrub mich wieder in die Worte.

Wir arbeiteten still vor uns hin. Ab und an lasen wir einander kürzere oder längere Textabschnitte vor, die aber kaum relevant waren, bis

Cornelius ruckartig aus seiner eingesunkenen Sitzhaltung aufschreckte. Ohne einleitende Worte fuhr er schon mit den Fingern eine der Zeilen entlang und las: »Magie ist das zerstörerische Element, das unsere Welt und all die Menschen, die in ihr leben, mit der Zeit zersetzt.«

»Steht das da wirklich so?«, fragte ich skeptisch, doch er beachtete mich gar nicht.

»Diejenigen, die sich mit ihr vereinen, sie auch nur ein einziges Mal berühren, werden in blinde Raserei verfallen und sich ihrer Macht vollkommen ergeben. Einem jeden Magier ist es durch die Schwäche seiner menschlichen Anlagen bestimmt, den Gegebenheiten seiner Existenz zu erliegen.«

»Wie bitte?«

»Diese finstere Macht, die diesen unnatürlichen Wesen eine böse Kraft verleiht, muss um jeden Preis neutralisiert werden, um die Welt vor dieser Zerstörungswut zu bewahren.«

»Und weiter?«

Mein Herz klopfte so schmerzhaft gegen meinen Brustkorb, dass ich glaubte, es würde gleich platzen.

»Mehr steht da nicht. Ist die letzte Seite.«

Ich riss ihm das Buch aus den Händen und der Einband knirschte, als würde er gegen meine grobe Behandlung protestieren. Fassungslos starrte ich auf die letzten Worte, die mein Bruder soeben noch vorgelesen hatte. Nach einiger Zeit schloss ich das in rotes Leder gebundene Buch, auf dem der Titel in hellgoldenen Lettern prangte.

»Von Wahrheit und Hoffnung. Eine Sammlung aufklärerischer Schriften?«, las ich voller Unglaube und schaute zu Cornelius, der sich seine blonden Locken aus dem blassen Gesicht strich.

»Die Wahrheit über die Magier, wie es scheint. Dies wurde vor einer der separaten Ausschussversammlungen vorgetragen. Vor sechzig Jahren. Der Artikel wurde geschrieben, als man sich bereits gut ein halbes Jahrhundert sicher sein konnte, dass die Chaosmagier verschwunden waren. Niemand hätte sich mehr solche Gedanken machen sollen, aber wie es aussieht, scheint dieser Hugo D. Baker keinen Unterschied zwischen Chaos- und Naturmagie zu machen.«

»Vielleicht, weil es keinen gibt. Papa hat uns auch immer erzählt, dass …«

»Papa hat nur gesagt, wir sollten niemanden vorverurteilen, und dass unsere Macht denselben Ursprung haben könnte, dennoch hat er sein Leben der Suche nach den Chaosmagischen gewidmet, um uns vor möglichen Gefahren zu schützen. Jedenfalls vor deiner Geburt.«

Ich überging den Kommentar. Schon vor meiner Isolation hatte Cornelius angedeutet, unser Vater hätte seine Suche aufgegeben, um sein chaosgeborenes Kind zu schützen, *mich* zu schützen.

»Im Grunde ist das doch aber auch nicht wichtig, oder?«, fragte ich zögernd. »Die Kleriker haben nie öffentlich den Verdacht geäußert, auch wir könnten eine Gefahr darstellen.«

Cornelius schüttelte den Kopf. »Der Verfasser könnte eine Ausnahme gewesen sein, oder …«

»Oder auch nicht«, schloss ich schlicht.

»Und wenn das der Fall ist«, führte Cornelius den Satz weiter. »Wenn das hier das allgemeine Meinungsbild der Kleriker widerspiegelt und man auch in uns eine potentielle Gefahr sieht, dann hätten die Kleriker einen Grund, auch das Verschwinden der Naturmagier einzuleiten.«

Erschrocken sah ich ihn an. »Du meinst, die Chaosmagier wurden von ihnen beseitigt? Wie kann man ein ganzes Volk von Magiern ausrotten, ohne dass jemand etwas davon mitbekommt? Vor allem, wenn man nicht magisch ist.«

»Ich weiß es nicht, Nell. Aber sie scheinen ja auch keine Probleme zu haben, schon jetzt Einzelne aus unserer Gesellschaft zu überfallen und zu entführen.«

Die Resignation meines Bruders machte mir mehr Angst als alles, was wir bisher herausgefunden hatten. Er hatte in den letzten Wochen alles verloren, was ihm einen sicheren Untergrund bereitet hatte. Seinen Glauben an unserer Gemeinschaft, an Jennas Gemeinschaft und daran, seine Familie auf ewig beschützen zu können.

All das hatte ihm Kraft gegeben und plötzlich stürzte er, ohne an irgendetwas Halt finden zu können. Ich streckte meine Hand nach der seinen aus und streichelte über seine kalten Fingerknöchel.

»Cornelius«, flüsterte ich so eindringlich, dass er aufsah und mich anblickte, »das alles hat auch sein Gutes.«

Er lachte auf. »Und was bitte?«

»Wir haben nach etwas gesucht, das unseren Zweifel an den Klerikern zu einem berechtigten macht, und wir haben es gefunden.«

Er entzog mir seine Hand. »Ich habe mich geirrt. Mir wäre es lieber gewesen, wir hätten nichts gefunden. Verdammt«, fluchte er und schnellte so rasch in die Höhe, dass sein Stuhl beinahe umfiel. »Dieses bescheuerte Buch kann alles und nichts für uns sein.«

»Es ist ein Anfang.«

»Es ist, was es ist. Ein Zweifel«, knurrte er und schritt durch den Raum, die Hände über seinem Kopf fuchtelnd. »Es reicht aus, um uns gegen die Kleriker zu wenden, aber es bringt uns bei der Suche nicht weiter. Es macht uns nur verzweifelter.«

»Wir haben keine Zeit, zu verzweifeln!«, bremste ich ihn in seiner miesen Laune. »Wir müssen weitersuchen. Weitersuchen, bis wir etwas gefunden haben, oder hast du einen besseren Vorschlag?«

»Nein«, seufzte mein Bruder, schob ein Lesezeichen an die Stelle des Aufsatzes, erhob sich und ließ sich auf dem Boden nieder, um seine Beine auszustrecken. Erschöpft sah er mich an. »Es macht mir nur Angst. Angst, wir könnten das Objekt fanatischer, selbstgerechter Attentäter sein. Wenn der Gedanke, wir könnten eine Gefahr darstellen, sich in den Köpfen festsetzt, sind wir verloren.«

Ich schluckte meine eigene Panik und Verzweiflung hinunter und setzte mich direkt neben ihn. Er legte einen Arm um meine Schultern und drückte mich fürsorglich an sich.

In diesem Moment tauchte Greta auf und schaute besorgt auf uns herunter. »Ist was passiert?«, fragte sie und ich machte sie auf das Buch aufmerksam, dass uns so verwirrt hatte.

Sie brauchte keine Diskussion, um zu erkennen, was diese Schrift bedeuten könnte. Ein wenig blass um die Nase ließ auch sie sich neben Cornelius sinken und legte ihren Kopf auf seine Schulter.

»Es wird schon alles gut«, flüsterte sie.

Ich war mir da nicht so sicher. Wir verharrten eine Weile so, ehe wir uns wieder pflichtschuldig und ein wenig ängstlich vor dem, was wir noch finden könnten, an die Arbeit machten.

Kapitel 15

« WEISSE NACHT »

Dass mich der Schlaf übermannt hatte, wurde mir erst bewusst, als ich die Augen öffnete. Die tief stehende Sonne kitzelte sanft mein Gesicht und ich rieb mir die Müdigkeit aus den Augen.

Nach unserer leidlich hilfreichen Entdeckung darüber, wie die Kleriker nicht nur die Chaosmagier, sondern auch uns sahen, hatte ich mich nicht mehr wirklich auf all die Worte konzentrieren können und beschlossen, mich für wenige Minuten auf mein Zimmer zurückzuziehen. Ich musste eingeschlafen sein, sobald mein Kopf das Kissen berührt hatte.

Ein Blick auf die Uhr verriet mir, dass der Abend bereits weit vorangeschritten war, und so entschied ich, mich zu den anderen zu gesellen. Nach getaner Arbeit hatten wir es zur Gewohnheit werden lassen, noch beieinanderzusitzen, selbst wenn wir wenig zu sagen hatten. Dieses gesellige Schweigen hatte ich jedoch als skurrile Routine lieb gewonnen.

Im Gehen griff ich nach dem Haarband meiner Schwester, das wir vor einer Woche im Wald gefunden hatten, und hinderte somit meine sich rau anfühlenden Strähnen daran, in mein Gesicht zu fallen.

Als ich die Treppe hinuntertapste, entdeckte ich Aidan, der seine Patrouille wie üblich beendete. Faye übernahm stets die erste Nachtschicht.

»Findest du diese Vorsicht nicht etwas übertrieben?«, fragte ich leise.

Auch wenn ich das Gespräch zwischen uns oft mied, wünschte ich mir, ihm eine Reaktion abzuringen. Eine Reaktion, die sich von der stoischen Miene unterschied, die er üblicherweise an den Tag legte.

»Man kann nie vorsichtig genug sein«, lautete seine knappe Antwort. Ohne weitere wünschenswerte Veränderungen in seinem Mienenspiel hielt er mir die Tür auf.

Ich enthielt mich eines Kommentars, huschte schnell an ihm vorbei und trat durch die Küche in den dunklen Eingangsflur. Es hatte einen ganzen Tag gedauert, bis ich in Erfahrung gebracht hatte, was sich hinter der zweiten Tür verbarg, die nicht in das Kellergewölbe führte.

Aidan auf den Fersen spürend, öffnete ich die Tür und sah in den winzigen Raum, der von ein paar Tischlampen spärlich beleuchtet wurde. Im Gegensatz zu meinem kitschigen Schlafzimmer war in diesem Raum alles der Praxis verschrieben, unnötiger Kitsch fand sich hier nicht: Zwei blassblaue Sofas in einem weiß gestrichenen Raum, ein paar dunkle Holzschränkchen und Regale. Ein kleiner, in die Wand eingelassener Kamin verströmte seine Wärme, die die vorangeschrittene Jahreszeit beinahe unnötig machte.

Davor saß Greta auf dem Boden. Ihr langes blondes Haar hatte dem strikten Knoten endlich entkommen können und fiel ihr sanft über die Schultern. Um sie herum lagen Dutzende Bücher verstreut. Vermutlich all jene, die sie für Cornelius und mich herausgesucht, die wir jedoch noch nicht bearbeitet hatten.

Sie sah nur kurz auf und ich setzte mich zu meinem Bruder auf eines der Sofas. »Tut mir leid, dass ich so lange weg war. Ich bin einfach eingeschlafen.«

Cornelius winkte ab. »Mach dir keinen Kopf. Wir haben auch nicht mehr wirklich viel zustande gebracht.«

Mein Blick fiel auf Aidan, der sich wie immer einfach gegen die Wand lehnte. Ich sah ihn selten sitzen. Allzeit bereit. Ich verkniff mir ein allzu liebevolles Lächeln. Meine Erinnerungen an ihn machten mir unser Zusammenleben nur noch schwerer. Sie ließen mich Dinge an ihm sehen, die vermutlich nicht einmal mehr da waren.

Die Plötzlichkeit, mit der Henrik ins Zimmer stürmte, war so ungewöhnlich und so unerwartet, dass ich förmlich zusammenzuckte. Auch Cornelius wäre um ein Haar aufgesprungen und Aidans Hand war zu seiner Pistole geschnellt, die an seiner Hüfte befestigt war. Diese Bewegung war weder hektisch noch unkontrolliert gewesen und ich glaubte, er führte sie viel häufiger aus, als wir es bemerkten. Es lag in seiner Natur, stets auf jedwede Gefahr vorbereitet zu sein.

Ich ließ von den Gedanken um Aidan ab und wandte mich dem breit grinsenden Henrik zu. Der Chronist war üblicherweise zu schüchtern, als dass man ihm oft Freude oder übermäßige Angst hätte ansehen können. Jegliche Emotionen seinerseits waren immer von der Röte seiner Wangen und seinem abgewandten Blick verhüllt. Mittlerweile schien er sich jedoch an uns gewöhnt zu haben und mehr er selbst zu sein.

In diesem Moment zuckte die Euphorie über sein ganzes Gesicht. Seine Augen funkelten und ich konnte erstmals seine kleinen, strahlend weißen Zähne sehen.

»Ich muss euch entführen.«

»Ich habe leider keine Zeit für Entführungen«, murmelte Greta abwesend, während sie sich, noch immer über die Bücher am Boden gebeugt, eine Haarsträhne hinter das Ohr strich. Sie wirkte so wundervoll verloren. Plötzlich war sie wieder das grüblerische Kind, das sich ausschließlich in seine Bücher vergrub und sich keine Gedanken um seine äußere Erscheinung und Wirkung oder um einen Geltungsanspruch machte.

Henrik überraschte mich erneut, als er zu ihr trat, nach ihrem Arm griff und sie in einer recht unbeholfenen Bewegung in die Höhe zog. »Für diese schon. Es ist Mittsommer.«

Ich sah ihn verdattert an. Er hatte diese Neuigkeit verkündet, als würde uns in wenigen Minuten der Papst höchstpersönlich besuchen.

»Rede keinen Unsinn, Henrik«, erwiderte Greta genervt. »Das ist sicher noch einen ganzen Monat hin.«

»Mittsommer?«, fragte ich nur und kuschelte mich noch tiefer in das weiche Sofa, um meinem stillen Protest Ausdruck zu verleihen.

»Der längste Sonnentag im Jahr«, erklärte Henrik. »Ein Tag, an dem man die trüben Gedanken vergessen kann. Es wird gefeiert, getanzt und gesungen.«

Ich sah zu Cornelius, der die Stirn runzelte. »Ich glaube nicht, dass das der richtige Zeitpunkt zum Feiern ist.«

»Und ich glaube«, fuhr Henrik fort, während er zu einem der Schränke ging und zwei Wolldecken herauskramte, die er Cornelius in die Arme drückte, »dass der Zeitpunkt genau richtig ist.«

Greta seufzte und steckte sich ein Haarband zwischen die Zähne, während sie ihre blonden Wellen zu einem Knoten drapierte, um sich wieder in Henriks strenge Vorgesetzte zu verwandeln. Vermutlich hatte sie eingesehen, dass der Chronist sich nicht so schnell umstimmen lassen würde.

»Das ändert aber nichts an der Tatsache, dass wir für Mittsommer ein wenig zu früh dran sind.«

»Lasst euch überraschen«, sagte Henrik nur fröhlich und warf auch Greta und mir eine Decke zu. Aidan als Packesel zu benutzen, traute er sich offensichtlich nicht. »Folgt mir!«

Als er hinausmarschierte, sahen wir anderen uns für eine Weile einfach nur vollkommen perplex an. Weder Aidan noch Greta wirkten, als würden sie sich in nächster Zeit von der Stelle bewegen. Mein Bruder und ich schienen offener für das Geheimnis, das Henrik uns in Aussicht gestellt hatte. Über die gestapelten Decken, die wir vor unserer Brust trugen, sahen wir einander an.

»Warum nicht? Ein bis zwei Stunden Entspannung können uns nicht schaden«, führte ich an und wandte mich Richtung Tür.

Aidan, der sich direkt neben dieser positioniert hatte, ließ mich für einen winzigen Moment innehalten, doch dann trat ich an ihm vorbei in den Flur. Hinter mir hörte ich nur, wie meine Schwester aufseufzte.

»Entspannen können wir auch hier und es hilft uns wesentlich mehr, wenn ich währenddessen noch einiges an Arbeit aufholen kann.«

Jetzt schien auch Cornelius eine Entscheidung getroffen zu haben. »Ach, komm schon, Gretchen. Du musst dich auch mal für ein paar Momente von deinen Büchern lösen.«

Er verlagerte den Deckenstapel auf den anderen Arm und schob Greta mit der freien Hand zu mir. Ihr Gesicht zeugte von sichtbarem Unwillen. »Ich löse mich von meinen Büchern, *Con*. Wenn ich schlafe.«

Unser Bruder lächelte. »Du schläfst auch zu wenig. Vielleicht müssen wir dich in die Erschöpfung treiben, damit du endlich mal die Augen ein wenig länger als zwei Stunden am Stück schließt.«

»Cornel-«

»Ich lasse nicht zu, dass du dich vollkommen überanstrengst. Ich will Amalia und Leo finden, aber ich will nicht, dass du dich derart verausgabst.«

Diese Worte setzten sie schachmatt. Wie ein schmollendes Kind führte sie uns an. Ich sah gar nicht zurück, um mich zu vergewissern, ob Aidan uns folgte. Vermutlich. Selbst wenn wir einander geschworen hatten, uns nicht übermäßig aufeinander zu verlassen, hatten Faye und Aidan uns keinen Moment unbewacht gelassen.

Henrik war durch die Küche hinausgetreten und erwartete uns auf der Terrasse. »Wir müssen ein wenig weiter laufen. Aber es lohnt sich wirklich«, versprach er uns augenzwinkernd und begann seinen angekündigten Gang.

Ich gesellte mich zu ihm. »Mir kommen die Tage schon jetzt recht lang vor. Und die Nächte zu hell.«

Henrik lächelte. »Du würdest dich wundern. An Mittsommer ist es, als würde die Sonne wie ein überdimensionaler Feuerball direkt über dem Horizont schweben. Die Nacht ist dann beinahe taghell.«

Ich seufzte. »Das würde ich gern sehen. Auch wenn ich die Dunkelheit schon jetzt vermisse.«

Diese andauernde Dämmerung machte es mir schwer, einen Schlafrhythmus aufzubauen. Nicht dass mir das irgendwo anders gelungen wäre. Nicht mit den Sorgen, die mir im Kopf rumspukten.

»Daran gewöhnt man sich. Wir treffen später einige meiner Freunde. Sie kommen praktisch von überall her. Die werden dir wohl dasselbe erzählen.«

Ich schenkte ihm ein ernst gemeintes, fröhliches Lächeln. Ich freute mich wirklich darauf, Henriks Freunde kennenzulernen, und seine freudige Art verscheuchte schon jetzt meine trüben Gedanken – jedenfalls ein wenig. Wer hätte gedacht, dass der schüchterne Chronist einen so guten Gesprächspartner abgab?

»Ich danke dir, Henrik. Dass du uns die Sorgen vergessen lassen möchtest.«

Urplötzlich errötete Henrik und wandte seinen Blick von mir ab. »Ich … Ich ähm … werde mal vorausgehen und nach dem richtigen Weg schauen. Den vergesse ich so oft.«

Wie gern hätte ich jetzt seine Gedanken gelesen.

Ich lächelte nachsichtig. Jemand wie Henrik kannte die Gegend mit Sicherheit wie seine Westentasche. Ich gewährte ihm den Rückzug dennoch. Der Chronist hatte gerade ein paar Schritte zwischen uns gebracht, da griff jemand über meine Arme und nahm mir die Decken ab.

»Du könntest ihn in Verlegenheit gebracht haben«, sagte Aidan trocken.

Im Nebeneinanderhergehen berührten sich unsere Arme und ich wich ein wenig zur Seite aus. »Henrik nicht in Verlegenheit zu bringen, ist schwer. Aber es scheint, als würde es sich viel mehr lohnen, ihn ab und an ein wenig aus der Reserve zu locken.«

Aidan hob eine Augenbraue. »Na dann, viel Erfolg dabei.«

Ich runzelte die Stirn. »Behandle mich nicht so abfällig.«

»Das tue ich doch gar nicht.«

»Das tust du mit jedem Blick, den du mir zuwirfst. Immer musst du mir zeigen, dass ich dir in jeder Hinsicht unterlegen bin. Intellektuell. Körperlich.«

Wir schwiegen. »Manchmal«, sagte er dann, »interpretierst du vielleicht einfach zu viel in meine Blicke hinein.«

Jetzt war es an mir, zu erröten. Was dachte ich mir eigentlich dabei, ihn zu maßregeln? Wir waren keine wirklichen Freunde mehr. Wir waren nicht mehr diejenigen, die wir einmal in Italien gewesen waren. Was wir hatten, war ein Zweckbündnis. »Wie auch immer. Im Grunde ist das auch ganz egal.«

»Nicht ganz«, warf er ein, ohne mich dabei anzusehen. Das wusste ich, weil ich ihn keine Sekunde aus den Augen ließ. »Wenn du das Gefühl hast, ich würde dich so abwertend betrachten, tut es mir leid.«

Ich wusste nicht, was ich darauf antworten sollte und sagte wohlweislich nichts.

»Du solltest mehr schlafen«, fischte er die Worte schier aus dem Nichts.

»Wie bitte?« Er antwortete nicht, als sei schon diese Aussage mehr gewesen, als er hatte sagen wollen. »Ich kann es mir nicht leisten, mehr zu schlafen. Und im Grunde bekommt Greta viel weniger Schlaf als ich.«

»Greta ist anders. Die Arbeit scheint sie zu elektrisieren. Sie lässt ihren Körper über sich hinauswachsen. Dich zermürbt es, dort unten eingesperrt zu sein.«

Es zermürbte mich? »Ich war schon eingesperrt, Aidan. Gegen meinen Willen. Für das, was ich jetzt tue, habe ich mich entschieden. Jetzt kann ich daran nichts mehr ändern.«

Ehe er antworten konnte, hörte ich meinen ständigen Begleiter hechelnd auf mich zurennen. Schwungvoll drehte ich mich herum und ging in die Knie, um die Arme um Blues pelzigen Hals zu schlingen.

»Na, mein Freund, wo kommst du denn her?«

Er leckte mir übers Gesicht und ich sah in die Richtung, aus der meine Geschwister auf uns zukamen, gefolgt von Faye, die Aidan höchstwahrscheinlich sofort benachrichtigt hatte, sobald er aus dem Haus getreten war. »Faye und Blue haben eine Art stillschweigendes Friedensabkommen geschlossen«, erklärte Aidan hinter mir, während die anderen zu uns aufschlossen.

Seufzend umfasste ich Blues Hundegesicht und drückte meine Nase gegen seine feuchte Schnauze. »Du verbrüderst dich für meinen Geschmack mit zu vielen Söldnern, mein Süßer.«

Dann ließ ich von ihm ab und führte meinen Weg an der Seite meiner Geschwister fort. Greta schien die Tatsache, sich von der Arbeit zu entfernen, noch immer nicht besonders erbaulich zu finden und auch Cornelius konnte ich ansehen, dass dieser Ausflug, obgleich er ihn unterstützt hatte, nichts an seinen Sorgen änderte.

Der Wind begann an meinen Haarspitzen zu zupfen und ich seufzte, befreit wie lange nicht mehr. Ich widerstand dem Impuls, einfach loszurennen. So lange hatte ich mich eingeschlossen gefühlt, selbst wenn ich das noch vor wenigen Augenblicken Aidan gegenüber bestritten hatte. Ich hatte es so sehr vermisst, mit dem Wind um die Wette zu rennen und die Natur um mich herum zu spüren.

Nach einer kleinen Weile erreichten wir das Ufer des Fjords und mit unglaublicher innerer Glückseligkeit, der Enge des Archivs entkommen zu sein, schaute ich über die glitzernde Oberfläche des breiten Flusses. Ich lächelte, als Cornelius den Wind über den Fjord schickte und die grünen, braunen und gelblichen Gräser darum sanft umherschwenken ließ, und schloss für einen Moment die Augen, um das Gefühl von Freiheit auf mich wirken zu lassen.

»Da sind wir schon«, verkündete Henrik fröhlich und wies auf drei Fremde, die sich uns gemächlichen Schrittes und mit breitem Lächeln auf den Lippen näherten. »Und damit wären wir dann auch komplett.«

Seine lockere Art überraschte mich, als ich zusah, wie er jeden der Neuankömmlinge mit einer Umarmung begrüßte.

Die zwei Männer ähnelten sich äußerlich frappierend. Dies lag nicht nur an der Wahl ihrer Kleidung. Beide trugen einfache Jeans und T-Shirts. Sie hatten dasselbe schmale Gesicht, dieselbe lange Nase und leuchtend aufgeweckte grüne Augen. Das Mädchen war eine klassische Schönheit. Ihre dunkle Haut schien makellos zu sein und ihre braunen Augen strahlten eine Wärme aus, die mich sehr an die meiner Mutter erinnerte. Als sie sich auf uns zubewegte, steckte sie ihr Haar gerade zu einem Pferdeschwanz zusammen.

Mit einer Sicherheit, die ich nur bewundern konnte, streckte sie mir die Hand entgegen und fuhr dann mit den anderen fort. »Hey, meine Lieben. Ich bin Haley.«

Einer der beiden Männer trat vor, um Gretas Hand galant an seine Lippen zu führen, und täuschte eine Verbeugung an. »Und weil sie mich und meinen Bruder wieder einmal übergangen hat«, begann er in der Bewegung in einem nicht ganz so akzentfreien Englisch wie Haley, »darf ich mich als Andrej vorstellen.«

Greta lachte und auch sein Bruder verlieh seiner Belustigung Ausdruck. »Er liebt den großen Auftritt«, erklärte er und reichte mir weniger übertrieben die Hand. »Egor«, verriet er uns dann seinen Namen.

»Nell«, begann ich mit dem Vorstellen, die anderen taten es mir murmelnd nach und Egor klopfte Henrik auf die Schulter.

»Einen netten Haufen hast du dir da zusammenstellen lassen. Ich verstehe die Welt, aus der du kommst, einfach nicht wirklich.«

Ich warf Henrik einen fragenden Blick zu und er errötete schon wieder. Greta war nicht nur verwundert. »Sie wissen von uns?«

»Und ob«, mischte sich nun Haley ein, die augenscheinlich nicht gut damit zurechtkam, dass sie nicht die treibende Kraft im Gespräch war. »Wir wissen von der Magie, auch wenn Henrik uns natürlich nie etwas davon zeigen konnte. Ehrlich mal, da lernt man schon einmal einen Naturmagier kennen und dann sind seine Kräfte irgendwie inaktiv.«

»Nicht erwacht«, berichtigte Andrej sie und Gretas Miene verdunkelte sich. Sie warf Henrik einen Blick zu, der ihm unmissverständlich klarmachte, dass sie darüber noch reden würden.

Auch die anderen verstanden diese Botschaft. Haley schlang einen Arm um Henrik. »Keine Angst«, versicherte sie meiner Schwester. »Wir sind schweigsam wie die Lämmer.«

Aber es war Egor, der Greta aus ihrer zornigen Stimmung befreite. »Zerbrecht euch doch später den Kopf darüber, ob ihr Henrik am Leben lasst. Wenn ich richtig informiert bin, seid ihr hier, um Mittsommer zu feiern.«

Er hob einen Geigenkoffer vom Boden auf und holte das Instrument hervor, das er sanft an sein Kinn legte.

»Es ist noch kein Mittsommer«, protestierte Greta erneut und erntete noch ein leises Lachen.

»Mittsommer ist nur ein Wort, ein Zeitpunkt. Wer sagt, dass wir das Gefühl nicht schon früher heraufbeschwören dürfen?«, fragte Haley lächelnd.

In diesem Moment stimmte Egor eine Melodie an. »Kommt schon«, forderte er uns augenzwinkernd zu und wandte sich beim Spielen in Richtung des Fjords zurück. »Ich glaube, ihr könnt ein wenig Freude vertragen.«

Haley griff nach Cornelius' freier Hand und zog ihn euphorisch hinter sich her. Andrej bot Greta seinen Arm an, den sie nun doch lächelnd ergriff, ehe sie sich fortführen ließ. Neben mir hörte ich Faye schnauben.

»Das ist doch kindisch.«

Ich sah sie recht abfällig an. »Entspann dich mal, Söldnerin«, und mit diesen Worten folgte ich den anderen.

Egor intensivierte das Lied und so umströmte mich die Melodie, als ich über die Dutzend violetten Blumen strich, die am Ufer wuchsen und mir bis zu den Knien reichten. Ich bückte mich, krempelte meine Leggins hoch und tauchte vorsichtig meine Füße in das seichte Wasser des Fjords. Seufzend vergrub ich meine Zehen in den glänzenden Steinchen des Grunds, dann wandte ich mich um.

Haley bewegte sich bereits im Takt der Musik und tanzte um meinen Bruder herum, der sie nur schmunzelnd beäugte, während Andrej in einer erneut reichlich überzogenen Verbeugung meine Schwester grinsend zum Tanz aufforderte. Als sie seine Hand ergriff und er sie in eine Art schnellen Walzer führte, wirkten sie beinahe wie ein modernes Pärchen, das irgendwie ins 19. Jahrhundert gefallen war.

Ich watete noch ein wenig tiefer ins Wasser, während die Musik anschwoll und mich seltsam beflügelte. Vor Glück seufzend sah ich zu Henrik, der ein paar Kerzen am Ufer entzündete. Sein Blick traf den meinen und ich griff mental nach den winzigen Flammen, die sich durch die Luft züngelten, um sie ein wenig anzufachen und die restlichen Dochte in Brand zu setzen.

Seine Lippen kräuselten sich belustigt und er griff nach einer zweiten Violine. Er sah zu Egor und fiel in die immer ausgelassener werdende Musik ein. Während er selbst spielte, begann Egor sich rhythmisch zu bewegen und sah mich herausfordernd an. Statt es ihm nachzutun, entschuldigte ich mich mit einem Lächeln. Haley stieß einen euphorischen Schrei aus und tanzte wie eine Wilde im Kreis, ehe sie nach der Hand meines Bruders griff und ihn mit sich zog.

Meine Schwester lachte und löste sich in einem Moment des Innehaltens den Haarknoten. Meine Augen jedoch wanderten bald zu Aidan und Faye, die dabei waren, die Wolldecken auf dem Boden auszubreiten. Der Söldner setzte sich darauf und betrachtete das Treiben, während seine Partnerin sofort ein wenig Abstand suchte und ihre Nachtwache fortführte. Blue blieb an ihrer Seite, als hätte er sich dasselbe zum Auftrag gemacht.

Ich wusste nicht warum, ging aber bedächtig an den tanzenden Gestalten vorbei, die mein Herz so frohlocken ließen, und setzte mich zu Aidan, der nur einmal kurz aufsah.

»Es ist wunderschön hier, nicht wahr?«, fragte ich leise, ohne mein Lächeln zu verlieren, das beim Beobachten der anderen immer wieder neu zum Leben erwachte.

Er reichte mir eine der noch unbenutzten Decken und legte sie über meine feuchten Beine. Gerührt von dieser Geste, legte ich meine Hände auf den rauweichen Stoff.

»Es ist richtig, sich einmal gehen zu lassen«, sagte er nur und ich nickte.

»Du hattest recht mit dem, was du eben zu mir gesagt hast«, ließ ich ihn wissen. Plötzlich fühlte ich mich seit Langem wieder im Reinen mit mir. »Die Arbeit im Archiv zermürbt mich. Die ganze Zeit über wollte ich einfach nur dem Wind lauschen und es hat mich förmlich zerrissen, seinem Ruf nicht zu folgen. Es ist seltsam, aber manchmal wünsche ich mich auf meine Insel zurück. Kann es sein, dass ich mich dort oft freier gefühlt habe als jetzt?«, fragte ich seufzend und zog die Decke hoch bis zu meinen Schultern.

»Nein. Dieses Leben ist nicht das, das du dir ausgesucht hast. Natürlich hast du auch die Isolation nicht gewählt, aber diese staubigen Archive liegen dem, was du willst, noch ferner als die Insel.«

»Die Bibliotheken sind atemberaubend schön.«

»Ich sage es noch mal. Es ist nicht der Ort, den du für dich wählen würdest. Du bist nicht wie deine Schwester.«

Ich lachte. »Das stimmt. In letzter Zeit wird mir das schmerzlich bewusst.«

In der Gegenwart meiner Geschwister erinnerte ich mich allzu häufig, was für ein Mensch ich einmal gewesen war. Ich wusste, dass er darauf warten würde, dass ich weitersprach, das Thema ansonsten jedoch nicht weiterverfolgen würde. Ich wandte den Blick nicht vom Horizont ab.

»Du solltest mit ihnen tanzen«, sagte er irgendwann. »Du bist diejenige, die die Sorgen mit einem Lächeln vertreibt, nicht diejenige, die ihnen erliegt. Warum hast du solche Angst, wieder zu der zu werden, die du warst?«

Ich stützte mein Kinn auf meine angezogenen Beine und sah zu, wie Cornelius unsere Schwester in einer Umarmung um seine Achse wirbelte.

»Weil diese Person furchtbar war.«

»Hör auf, dich so herabzusetzen.«

Ich blinzelte in seine Richtung, aber er hatte mich gar nicht angesehen.

»Du warst keine furchtbare Person, Nell. Du solltest dich nicht dafür schämen, wer du einmal warst. Damit würdest du dir selbst unrecht tun.«

»Ich habe den Menschen meinen Willen aufgedrängt. Immer und immer wieder. Vielleicht war ich zu sorglos.« Ich drehte mich zu ihm um und sah ihn über die Schulter hinweg an. »Jenna wäre ohne mich besser dran gewesen. Sie wäre nie mit nach Italien gekommen, um dort zu sterben.«

»Jenna war glücklich, wenn sie in deiner Nähe war.«

»Aidan …«

»Du vergisst, dass ich auch mit ihr befreundet war. Sie war mein Schützling, genau wie du. Sie war niedergeschlagen, wenn Cornelius auf Reisen war. Du hast es immer wieder geschafft, sie zum Lächeln zu bringen.«

Jennas Gesicht tauchte vor meinem inneren Auge auf. Die Freude und Leidenschaft, die sie stets begleitet hatte, hätte einen Eisberg zum Schmelzen gebracht.

»Du magst jemand anderes sein, hier und jetzt, aber das macht die Nell, die ich damals kannte, nicht zu einem schlechteren Menschen.«

»Mag sein«, wisperte ich und ließ mich auf den Rücken in das weiche, kühle Gras sinken, um die Wolken über mir zu betrachten, die plötzlich den Himmel und die tief stehende Sonne verdeckt hatten.

Für eine Weile schwiegen wir. »Weißt du, dass ich alle Freiheit eintauschen würde, um meine Geschwister in Sicherheit zu wissen?«, sagte ich irgendwann. »Ich würde die Insel wählen, ich würde auch ein Verlies wählen, um sie zu retten. Ich verstehe es nicht, Aidan.«

Eine Träne von meiner Wange wischend, setzte ich mich wieder auf. »Meine Geschwister sind in Gefahr und ich verstehe noch immer nicht warum. Ich habe eine Macht, die ich nicht verstehe, die mich plötzlich umfängt und beinahe schon zu kontrollieren scheint, und … Und in Momenten wie diesem ist sie einfach fort. Ich fühle nichts, nicht einmal den Hauch von diesem etwas, das mir helfen könnte, Leo und Amalia zu retten.«

Eine Weile sah Aidan einfach nur auf mich herab. Der Wind, der sich mir schon längst wieder entzogen hatte, spielte mit seinem dunklen Haar, das ein wenig länger war als üblich. Seine Erscheinung ließ mich meine Trauer kurzzeitig vergessen. Sie erinnerte mich an die Zeit, die wir miteinander verbracht hatten, er, Jenna und ich. Selbst sein Dreitagebart zeugte von einer so durchdringenden Alltäglichkeit, dass es mir das Herz wärmte.

Seufzend setzte ich mich wieder auf und ließ die Hoffnung, eine Antwort von ihm zu bekommen, fahren. Dann streckte ich meinen Arm vor mir aus. Mit kreisenden Bewegungen ließ ich den Wind die in tausend Farben leuchtenden Wolkenfetzen beiseiteschieben und legte den goldleuchtenden Horizont frei, hinter dem sich die Sonne versteckt hatte und wie ein schüchternes Kind hervorlugte.

Mit einem Mal war wieder die Musik Mittelpunkt meiner Konzentration, als sei ich aus einer allumfassenden Trance erwacht. »So geht es nicht, meine Dame«, hörte ich da Egor rufen und dann war er ganz plötzlich bei mir. Die Violine und den Geigenbogen in eine Hand geklemmt, streckte er mir die andere entgegen.

»Bitte, mir ist wirklich nicht nach Tanzen zumute«, sagte ich, legte aber dennoch meine Hand in die seine. Sein Charme war entwaffnend.

Egor grinste. »Darum geht es doch.«

Mit einer einfachen Bewegung zog er mich in die Höhe und an sich. Ich warf Aidan nur einen Blick aus den Augenwinkeln zu, erntete aber keine Reaktion. Ein wenig flehend sah ich Egor an. Das schreckte ihn nicht ab. Er legte sein Instrument neben Aidan auf die Decke.

»Pass gut drauf auf, Kumpel«, wies er den grimmig dreinschauenden Söldner an, der sonst einem normalen Menschen eine Heidenangst hätte einjagen müssen, und wandte sich dann mir zu.

»Ich habe da heute Abend doch irgendwo ein Lächeln auf diesem Gesicht gesehen. Lass es uns wiederfinden, Liebes«, sagte er und im Nu hatte er seinen Arm um meine Taille gelegt und zog mich in einen schnellen Tanz, den ich nicht verstand, den er aber perfekt führte.

Beschwingtheit stahl sich in mein Herz und ich spürte, wie die Freude in mir aufstieg, als ich im Kegel der euphorischen Geigenmusik herumgewirbelt wurde. Ein Lachen stahl sich aus meiner Kehle.

»Da ist es ja wieder«, rief Egor aus und wir ergaben uns für eine Weile der Ausgelassenheit.

Es war reiner Zufall, dass mein Blick irgendwann über Egors Schulter zu Aidan fiel, der sich erhoben hatte und sich mit dem Handy am Ohr ein Stück von uns entfernte. Verwundert hielt ich in der Bewegung inne und löste mich mit einem entschuldigenden Lächeln von Egor, ehe ich zu unseren Decken zurückkehrte und mich setzte, um wieder ein wenig zu Atem zu kommen.

Ich merkte erst, dass Faye sich zu mir gesellte, als sie sich bereits neben mich kniete. Ich schwieg und hätte nicht damit gerechnet, dass Faye ein Gespräch begann. »Du versuchst an seiner Oberfläche zu kratzen.«

»Wie bitte?«

»Immer wieder sehe ich dich bei ihm, ihn necken, mit ihm lachen. Ich weiß, wie nah ihr euch einmal gestanden habt. Als er für dich und die Klerikerin verantwortlich war. Wenn ich euch ansehe, sehe ich diese Bindung wieder aufleben, sehr schwach.«

Ich schnaubte und dachte an jedes Mal, wenn ich von Aidan nur eine laue Erwiderung oder einen flüchtigen Blick zugedacht bekommen hatte.

»Ich denke nicht, dass du da richtigliegst«, entgegnete ich nur bewusst abwehrend.

»Ich hoffe es zumindest.« Wieder überraschte sie mich. Sie wirkte ehrlich besorgt. »Er ist wie ein Bruder für mich, Helena, aber manchmal glaube ich …« Ihre Stimme wurde so sanft wie die einer Mutter, die über ihr Kind sprach. »Ich bin Teil eines Lebens, von dem er sich vielleicht ein wenig abwenden sollte. Er braucht jemanden, der ihm zeigt, was es sonst noch gibt im Leben.«

»Und du kannst das nicht?«

Sie lachte. Ein lautes, ehrliches Lachen, das ich von ihr noch nie vernommen hatte. »Dazu bin ich viel zu gerne Abenteurerin. Ich komme mit einer unbeständigen Lebensweise gut zurecht. Ich fürchte nur, dass er anders ist.«

Abwesend sah ich zu Aidan, der noch immer einige Meter von uns entfernt telefonierte. »Ich bin mir nicht sicher, ob du dir für diesen Wunsch die Richtige ausgesucht hast.«

Sie richtete sich auf und bedachte mich über die Schulter hinweg mit einem flüchtigen Lächeln, ehe sie sich Aidan zuwandte, der bereits wieder auf uns zutrat.

»Ich will nur sagen, hör nicht auf damit. Mit dem Kratzen an der Oberfläche«, schloss sie unsere Unterhaltung rechtzeitig, bevor Aidan ihre Worte hätte hören können.

Dieser hatte uns erreicht, bis das, was Faye gemeint hatte, wirklich zu mir dringen konnte.

»Ich brauche dich«, offenbarte er seiner Partnerin, ohne mich eines Blickes zu würdigen.

»Was ist geschehen?«, fragte ich, während Faye nur nickte und sich bereit machte, mit ihm fortzugehen.

Aidan holte tief Luft und rieb sich über das Gesicht. »Ihr solltet bald zurückkehren. Sag deinem Bruder, dass wir eine Weile wegbleiben werden.«

Kapitel 16

« IM SCHATTEN DAS LICHT »

Ab diesem Zeitpunkt war die Ausgelassenheit der Feier für mich wie weggefegt. Ich beobachtete die anderen beim Tanzen, bis ich genug hatte. Während Cornelius Haley ein paar magische Kunststückchen vorführte, klaubte ich eine Decke vom Boden auf. Greta sah mich überrascht an.

»Ich bin müde. Ich sollte mich eine Weile hinlegen«, versuchte ich meine Stimme unbekümmert klingen zu lassen.

»Wo sind die anderen?«

Ich spürte förmlich, wie meine Miene sich verdunkelte. »Ich habe keine Ahnung. Wahrscheinlich haben sie aber nur einfach wieder etwas zu besprechen, das wir nicht mitbekommen dürfen oder sollen, ich weiß auch nicht«, antwortete ich abfällig.

Meine Schwester runzelte die Stirn. »In Ordnung. Dann komme ich mit dir. Ich sag nur Cornelius Bescheid.«

Zu meiner Überraschung ließ mein Bruder uns den Rückweg allein antreten. Er schien sich tatsächlich gut zu amüsieren und ich gönnte ihm diesen Abend von Herzen.

Kaum waren wir durch die Hintertür in die Küche des Hauses getreten, durchstieß eine Woge der Magie meinen Körper, als bohre sich ein Messer in mein Herz. Greta spürte die Veränderung in meinem Verhalten sofort.

»Nell?«

»Etwas stimmt nicht«, stieß ich nur hervor.

Ich verfluchte mich selbst dafür, Aidans Warnung einfach so abgetan zu haben, und huschte durch den Flur zur Haustür. Ein salziger Geruch durchzog die Luft, als wäre das Meer nur eine Armlänge von mir entfernt. Hektische Böen zerrten unsanft an mir.

Ohne nachzudenken hob ich eine Hand, um mein Gesicht vor dem Wind, der mir eigentlich immer Freund gewesen war, abzuschirmen. Als die Regenmassen so plötzlich herunterstürzten, ließ ich sie von meiner Aura abprallen.

Schnell warf ich einen Blick hinter mich. »Du gehst wieder rein und rührst dich nicht vom Fleck«, wies ich Greta an, die in der Tür aufgetaucht war, und befahl Blue mit einer einfachen Geste zu ihr ins Innere.

»Nell … «

Für das Zögern meiner Schwester hatten wir keine Zeit. Ich hatte ein zutiefst ungutes Gefühl. »Greta, *bleib* im Haus und schließ die Türen ab. Es geht etwas vor sich.«

In diesem Moment stand es ihr nicht zu, meine Entscheidungen zu hinterfragen.

»Sei vorsichtig«, rief sie mir noch hinterher, während ich bereits ein paar Schritte nach vorne machte.

Als ich die Tür hinter mir ins Schloss fallen hörte, streckte ich meinen Geist aus und suchte. Nach jemand Fremden, nach Cornelius, nach Aidan oder Faye, fand jedoch keinen von ihnen. Für einen Wimpernschlag stand ich einfach nur da, bis ich einige unsichere Schritte nach vorn trat.

Irgendwo mussten die Söldner sein. Auch wenn ich Fayes Verhalten nicht einzuschätzen vermochte, so war mir doch vollkommen klar, dass Aidan uns nicht so schutzlos zurücklassen würde.

»Das darf doch nicht wahr sein«, fluchte ich und ließ meinen Schutz gegen den Regen fallen, um die Gegend um mich herum noch weitläufiger absuchen zu können. Es dauerte nur Sekunden, ehe ich vollkommen durchnässt war.

Noch immer reichte etwas Licht vom Haus zu mir, doch allmählich umfing mich die Dunkelheit. Ich brauchte jedoch nicht zu sehen, um die Lage einzuschätzen. So gelassen ich konnte, schloss ich meine Augen und rief die Elemente zu mir. Sie würden mir bei der Orientierung helfen, doch ich wagte mich nicht noch weiter vom Haus weg. Ich konnte Greta nicht länger allein lassen und doch zog mich irgendetwas an. Irgendetwas, das dort draußen in der Dunkelheit wartete.

Ich griff mental nach dem Wind, der sich mir immer wieder entzog. Mit einer Wucht, die mir den Atem raubte, umschlang mich dann ich ein Strudel aus reiner Magie und plötzlich wusste ich, warum sich mir der vertraute Wind verweigerte.

Greta! Ich rauschte herum und begann zu rennen, verfluchte mich, dem Drang, dem Rufen aus der Ferne nachgegeben zu haben. Ich hatte Greta vollkommen schutzlos zurückgelassen. Der einfache Sandweg war von den Kaskaden des Regens so matschig, dass ich ein ums andere Mal ausrutschte. Dies hielt mich dennoch nicht auf.

Dann bewegte sich die Erde. »Nein!«

Instinktiv warf ich mich zu Boden und bohrte meine Finger so tief in den Matsch, dass der Schmerz durch sie hindurchfuhr. Den Wind hatte ich verloren, das Wasser ebenso, die Erde würde mir dieser Eindringling nicht auch noch zum Feind machen.

Regentropfen rannen mir in die Augen, mein nasses Haar verdeckte mir die Sicht, doch die Gestalt, die sich hinter der Wand aus fadenartigen Regensalven abzeichnete, konnte ich dennoch ausmachen.

Der Regen versiegte mit einem Schlag, der Wind legte sich, die Erde kämpfte nicht mehr gegen meine Beherrschung an und ich starrte einem Mann entgegen, dessen Blick aus schwarzen, leeren Augen mich eine Zeit lang festhielt.

Von den Mächten der Welt nicht mehr zurückgehalten, sprang ich sofort auf die Füße, rief den Wind erneut zu Hilfe und dieses Mal erhörte er mich. Mit aller Wucht schleuderte ich ihm den Miniorkan entgegen und schnellte herum, um zurück zum Haus zu laufen.

Greta! Ich wurde so grob am Arm gepackt und zurückgerissen, dass ich vor Schmerzen aufschrie und halb zu Boden ging. Ich prallte gegen den Unbekannten, ließ jedoch geistesgegenwärtig mein gesamtes Gewicht zurückfallen. Dies riss ihn nicht von den Beinen, gab mir jedoch genug Spielraum, um ihm den Ellbogen fest in den stählernen Bauch zu rammen.

»Mistkerl«, fauchte ich und taumelte, als er mich losließ, fixierte ihn aber weiterhin, um abzuschätzen, ob noch ein Schlag nötig wäre, um ihn mir vom Hals zu halten.

»De Andrade!«

Fayes Stimme erklang in der Luft und ein Pfeil schoss so dicht an mir vorbei und auf den Fremden zu, dass ich erschrocken keuchte. Mit einer leichten Bewegung entging er dem Schuss und starrte auf die Person hinter mir.

Ich drehte mich herum und sah Faye, die noch immer ihren Bogen spannte und auf uns richtete. »Komm her, du Nervensäge«, knurrte sie mich an, ich hörte jedoch die Anspannung tödlichen Ernstes aus ihrer Stimme heraus, die mich ihrer Aufforderung umgehend Folge leisten ließ.

»Thomson«, ließ der Mann, von dem ich mich gerade entfernte, sehr nüchtern verlauten. »Du hast auch schon besser gezielt.«

Faye grinste bösartig. »Hätte ich dich treffen wollen, wärst du jetzt tot. Was …«

»Was willst du hier?«, führte Aidan, der hinter meinem Angreifer erschienen war, ihren Satz zu Ende.

Man konnte nicht verleugnen, dass dieser de Andrade eine imposante Erscheinung war. Sein dunkelbraunes Haar war nur ein wenig kürzer als das meine und natürlich vom Regen verschont geblieben. Er selbst war ein Riese, größer noch als Aidan und Cornelius und breiter, wobei ich mir die Vermutung erlaubte, dass an seinem Körper kein Gramm Fett zu viel war.

Er hob nur gelangweilt eine Augenbraue und starrte noch immer in meine Richtung.

»Ist das das Mädchen, das man weggesperrt hat? Viel Lärm um nichts, würde ich sagen.«

»Lass sie aus der Sache raus«, drohte Aidan mit all seiner Dunkelheit.

Faye neben mir wirkte, obgleich sie den Bogen ein wenig gesenkt hatte, nicht minder angespannt. Ich wagte einen Blick zu ihr, doch sie starrte ungehemmt auf den Eindringling.

»Wie hast du herausgefunden, wo wir sind?«

Er schwieg. Es schien, als würde er abwägen, ob er überhaupt eine Antwort geben wollte. Dabei sah er nur mich an und ein Kloß setzte sich in meinem Hals fest.

»Raus mit der Sprache«, fauchte Faye.

»Der Anruf«, antwortete Aidan anstatt des Fremden, als sei die Lösung so offensichtlich. »Du warst das.«

Um unseren Standort ausfindig zu machen. »Was …«

Ich starrte in Aidans Richtung, dessen Miene sich noch mehr verdunkelte. »Was willst du hier?«

Der Fremde sah ihn nur aus den Augenwinkeln an und trat mit einigen Schritten auf mich und Faye zu. Augenblicklich riss die Söldnerin den Bogen wieder in die Höhe und hatte schnell die Sehne gespannt.

»Das ist nah genug, de Andrade«, warnte sie und auch Aidans Anspannung war selbst aus der Entfernung spürbar. Mit unglaublicher Ruhe näherte er sich uns.

»Wer zum Teufel ist er?«, knurrte ich, allmählich wurde ich wütend.

»Nathaniel de Andrade«, zischte Faye durch zusammengepresste Zähne. »Einer der Söldner.«

»Söldner?«, entfuhr es mir und ich spürte sofort Aidans Blick zur mir schnellen, der mir eine Warnung sein sollte. Ich ignorierte sie. »Das soll ich dir glauben? Naturmagier schließen sich eher selten den Söldnern an.«

»Nell!«

Wieder ignorierte ich die Stimme und wartete auf de Andrades Antwort. Er grinste und wirkte dabei trotzdem vollkommen emotionslos. »Nun, ich habe es getan. Ich bin mit den Magiern nie sonderlich gut ausgekommen.«

»Noch ein Grund, dir nicht zu trauen«, zischte ich.

Mit einem Mal wurde de Andrades Miene zu einer harten Fassade und ich tastete vorsichtig nach dem Wind, um mich vor diesem Berserker abzuschirmen, auch wenn er mir schon gezeigt hatte, dass er die Elemente wohl besser beherrschte als ich.

Doch wenn er aggressive Gedanken gegen mich gehegt hatte, so bekam er sie schnell wieder unter Kontrolle. »Ach? Diese Leute haben dich auf eine einsame Insel verfrachtet und das nennst du vertrauenserweckend?«

»Du …!«

»Still!«, fauchte Faye und zum ersten Mal hörte ich sofort auf sie.

Diese ganze Situation war mir nicht geheuer. Ich fühlte mich furchtbar ausgeliefert. Nathaniel de Andrade hatte sich jedoch schon längst selbst zurückgezogen. »Wenn du uns nicht sofort sagt, was du von uns willst, schieße ich wirklich«, warnte Faye de Andrade ein letztes Mal.

»Eure Hilfe.«

Aidan knurrte, während Faye ein böses Lachen ausstieß. »Und jetzt die Wahrheit.«

De Andrade wirkte relativ unbeeindruckt. »Das ist die Wahrheit. Es geht den Naturmagiern an den Kragen und ich will das beenden.«

»Was interessiert es dich?«, entwich es mir zischend. »Was hast du noch mit den Naturmagiern zu schaffen?«

»Es reicht«, knurrte Aidan und marschierte an de Andrade vorbei, als sei dieser kaum mehr der gefährliche Kerl, als den sie ihn zuvor noch behandelt hatten, und packte mich grob am Arm.

»Was fällt dir ein, du …«

Faye war es, die unseren Konflikt unterband, ehe ich mich gegen Aidans Grobschlächtigkeit wehren konnte. »Schluss damit. Sich hier draußen im Dunkeln zu streiten, bringt uns nicht weiter. Aidan«, fügte sie dann ein wenig sanfter hinzu. »Lass uns das, was er zu sagen hat, anhören. Vorher wird er nicht gehen.«

Aidan sah kurz zu ihr und nickte dann einlenkend, ehe er de Andrade die Richtung wies und ihm den Vortritt ließ. In Seelenruhe langte dieser in die Tasche seines langen schwarzen Mantels und förderte eine Schachtel Zigaretten zutage. Als befände er sich unter Freunden, steckte er sich die Kippe zwischen die Lippen und zündete sie mit einem Streichholz an, ehe er an uns vorbeischritt.

Mir wäre es durchaus lieber gewesen, hätte ich Greta vor dem ungeplanten Gast vorwarnen können. Aidan allerdings hatte einen anderen Plan. Als Faye sich in Bewegung setzte und ich ihr folgen wollte, bedeutete Aidan mir mit einem festen Druck an meinem Arm, einen für ihn annehmbaren Sicherheitsabstand zu wahren.

»Du hältst dich gefälligst mit deinen Fragen zurück«, flüsterte Aidan plötzlich beinahe so lautlos, dass selbst ich ihn fast nicht gehört hätte.

»So magst du deine Frauen also, Aidan Gavriel? Schweigsam und unterwürfig? Da passt Faye ja nicht wirklich ins Bild.«

»Sehr witzig«, erwiderte er bissig und der Griff um meinen Arm, mit dem er mich noch immer zu einem gemäßigten Tempo zwang, wurde noch ein wenig fester. »Wir können es uns nicht leisten, uns zu verplappern.«

»Und ich bin jemand, der sich nicht unter Kontrolle hat. Möchtest du das damit sagen?«, wisperte ich möglichst leise.

Seine Umklammerung wurde ein wenig sanfter. »Nein. Ich will nur kein Risiko eingehen. Nicht bei diesem Typen, Helena. Bitte.«

»Gut«, zischte ich und entwand mich ihm, obschon die Berührung gerade angefangen hatte, angenehm zu werden.

Ich war nicht so dumm, ihn derart zu verärgern und zu nahe an Nathaniel heranzutreten, doch ich beschleunigte meine Schritte ein wenig, um meinen Standpunkt gestisch zu bekräftigen. Er wagte es nicht, eine Szene zu provozieren.

Nathaniels Kopf zuckte ein wenig in meine Richtung und irgendetwas sagte mir, dass er den kleinen Disput zwischen Aidan und mir ganz genau mit angehört hatte. Er verzog keine Miene, als er seine Konzentration wieder von mir ablenkte.

Das Archivhäuschen tauchte schneller auf, als ich es mir selbst erhofft hatte. Greta würde bei dem Anblick dieses grobschlächtigen Söldners garantiert einen Herzinfarkt kriegen.

Faye war schon dabei, sich vor de Andrade zu positionieren, um ihn nicht als Erstes eintreten zu lassen, da hatte dieser schon die Vordertür erreicht und trat in das dunkle Innere.

Ich riss mich von Aidan los und drängte mich an de Andrade vorbei, um Greta zu signalisieren, dass der Fremde mich nicht in seiner Gewalt hatte. »Greta! Keine Panik. Der Kerl ist …«

Ich hätte mir nicht so viele Gedanken machen sollen. Greta stand mit vor der Brust verschränkten Armen im Flur, versperrte de Andrade mit einer unglaublichen Sicherheit den weiteren Weg ins Haus, auch wenn sie ihm gegenüber winzig wie eine Maus wirkte.

»In diesem Haus wird nicht geraucht. Wenn Sie schon wie ein Berserker mitten in der Nacht in eine geschützte Unterkunft der Chronisten eindringen und uns alle in Panik versetzen müssen, dann verhalten Sie sich zumindest angemessen.«

Beinahe geschockt sah ich sie an und wagte es kaum zu atmen. Woher nahm sie den Mut, mit diesem Mann derart zu reden, der selbst mir Unbehagen bereitete?

De Andrade rührte sich für einen Moment lang nicht, dann zuckte er mit den Schultern. Irritiert sah ich dann zu, wie er meiner Schwester seine Zigarette reichte. Während wir uns in das kleine Wohnzimmer begaben, löschte Greta die Zigarette in der Küche und stieß dann zu uns.

»Also«, begann Faye in einem bissigen Tonfall. »Was willst du?«

Ich hätte mit dieser Debatte lieber gewartet, bis Cornelius zurück war, doch keiner der Söldner schien Zeit verlieren zu wollen.

»Es ist, wie ich es gesagt habe. Ich brauche eure Unterstützung«, sagte der fremde Söldner so unumwunden kalt, dass es mich vollkommen unvorbereitet traf.

Auch seine Miene wurde jetzt wieder ernst und ich fragte mich, ob er nun endlich einen Teil seiner Emotionen zeigte oder auch dieses Gefühl einfach nur perfekt umzusetzen vermochte, weil man es in dieser Situation erwartete. Trotz seines recht individuellen Aussehens erschien er mir vielmehr wie eine Art Roboter, den man dazu abgerichtet hatte, sich möglichst menschenähnlich zu verhalten.

»Vor drei Wochen führte mich mein Weg nach Moskau.«

Ich runzelte die Stirn. Ein großer Teil der naturmagischen Gemeinschaft lebte in der Umgebung Moskaus. Was hatte de Andrade dort zu suchen gehabt, wenn er sich doch von den Naturmagiern abgewandt hatte?

»Haben dich die Söldner dort hingeschickt?«, fragte auch Faye höchst skeptisch, die sich in der Tür positioniert hatte, als fürchtete sie, er könne sich jeden Moment aus dem Staub machen.

Über Nathaniels Gesicht zuckte eine Reaktion, so schnell, dass ich sie nicht zu deuten in der Lage war. »Das werde ich dir nicht verraten. Wichtig ist nur, warum ich letzten Endes dort war. Seit Monaten verschwinden überall auf der Welt Naturmagier, angefangen in Rom, dann Madrid, Hamburg und schließlich auch in Moskau.«

Mir stockte der Atem. »Warum weiß niemand davon?«, fragte ich leise.

Nathaniel verzog keine Miene. »Es wäre nicht das erste Mal, dass eure Gemeinschaft etwas Derartiges geheim zu halten versucht. Meine Ermittlungen verliefen im Sand und auch in Moskau schien es keine Anhaltspunkte auf die Täter zu geben. Zugegebenermaßen ist die Gemeinschaft der Magier so verschlossen, besonders unseresgleichen gegenüber, dass es nur schwer möglich war, an Informationen zu kommen.«

Unseresgleichen! Was für ein falsches Wort. Er war als Magier, nicht als Söldner geboren. Und seinem Erbe wurde er wahrlich gerecht, wie ich ihm zu meinem Leidwesen zugestehen musste. Er hatte mich da draußen mit seiner Magie vollkommen unter Kontrolle gehabt.

»Ich möchte Sie nur ungern unterbrechen«, überraschte mich Greta, »aber was wollen Sie dann von uns?«

Er lächelte höhnisch. »Von *euch* will ich gar nichts. So leid es mir tut, ich bin hier, um euch die besten Söldner abzuwerben, die mir freundlich gesonnen sind.«

»Uns abwerben? Wie kommt es? Üblicherweise arbeitet der Schatten allein«, fragte Faye mit höhnischer Miene.

»Ich wäre bereit, eine Ausnahme zu machen. Ich habe nichts gefunden. Keinen einzigen Anhaltspunkt dafür, wer für all das verantwortlich gewesen ist. Um das zu ändern, brauche ich eure Hilfe.«

Ich verschränkte die Arme vor der Brust. »Sie arbeiten für uns«, versuchte ich klarzustellen, war aber gewiss nicht allzu überzeugend.

Nathaniel wirkte nicht so, als würde er diesen Kommentar ernst nehmen. »Es gibt einen Eid unter den Söldnern, der älter ist als alles, was euch verbinden könnte.«

Dein Eid an uns ist wesentlich älter. Entscheide dich. Das waren die Worte gewesen, die Samuel an Aidan gerichtet hatte, als er die Messerklinge gegen meinen Hals gedrückt hatte. Ehe die Kugel durch Jennas Schädel gefeuert worden war.

»Das Leben meiner Geschwister«, versuchte ich standhaft zu bleiben, brachte aber nur ein leises Murmeln zustande. »Das Leben meiner Geschwister ist es, was uns verbindet.«

Nathaniels dunkle Augen umfingen mich. »Dann kann es nur in deinem Sinne sein, dass die beiden mit mir kommen.«

»Warum?«, fragte ich instinktiv.

In diesem Moment gab es nur den Söldner und das, was er mir antworten würde.

»Verflucht! Nell, misch dich nicht ein.«

Ich funkelte Aidan wütend an. »Ich will wissen, was hier vor sich geht«, knurrte ich und wandte mich wieder de Andrade zu. »Wozu brauchst du sie?«

Ich hatte seine Macht gespürt. Magie, die die meine und sogar die meines Bruders bei Weitem übertraf. Wozu brauchte er zwei Söldner?

Für eine Weile sah mich der abtrünnige Naturmagier an, als könne er wirklich verstehen, dass ich durch die Hölle ging, dass ich nach jedem Grashalm griff, der mich vor der Katastrophe bewahren könnte. Schweigen legte sich über uns alle. Niemand wagte, mich aufzuhalten, doch de Andrade war in keinster Weise gewillt, mir eine Antwort zu geben.

Stattdessen sah er erst Faye und dann Aidan an. »Ich habe eine Spur, die ich allein nicht verfolgen kann. Dazu braucht es Fähigkeiten, die über mein Vermögen hinausgehen. Gemeinsam hätten wir eine reelle Chance, einen Großteil der Vermissten wieder aufzufinden. *Lebendig* aufzufinden.«

Mein Blick huschte zu den beiden. Aidans Miene war mehr als nur abweisend, Zorn stand in seinen Gesichtszügen, während Faye zu zögern schien: »Aid-«

»Nein«, entschied er bestimmt.

Dabei konnte ich es nicht belassen. Ich machte einen Schritt auf Aidan zu. Er rührte sich nicht, auch wenn ich mich fühlte, als könne meine aufkeimende Wut Bäume entwurzeln. »Was meint er damit?«

Er beachtete mich nicht. »Ich kann dir nicht helfen, Nathaniel.«

Die beiden sahen sich wie wilde Tiere in die Augen, bereit, einander augenblicklich zu zerfleischen. »Du bist eine Schande für deine Sippschaft, Gavriel.«

»Vorsicht«, warnte Aidan ihn in einem so finsteren Ton, dass es mir kalt den Rücken runterlief.

»Gerade du ...« Nathaniel unterbrach sich abrupt und schien einfach von Aidan abzulassen wie von einem Ärgernis. »Wie du willst. Thomson, ich nehme an, auf deine Hilfe kann ich ebenso wenig zählen?«

Ehe sie auch nur einen Muskel rühren konnte, fuhr er fort. »Warum frage ich überhaupt? Du würdest ihm noch in eine Grube voll mit Schlangen folgen. Was für eine Verschwendung«, knurrte er und schob sich dann an ihr vorbei.

Ich warf Aidan nur einen Blick zwischen Wut und Unverständnis zu, dann rannte ich dem Abtrünnigen hinterher. »Warte, verdammt!«

Erst draußen holte ich ihn ein. Als würde ich ihn unglaublich langweilen, drehte Nathaniel de Andrade sich zu mir um, doch in seinem Gesicht lag etwas ... Merkwürdiges.

»Was willst du?«

»Du bist einer der mächtigsten Naturmagier, der mir je untergekommen ist. Warum brauchst du Aidans Hilfe? Was kann er tun, wozu du nicht in der Lage bist?«

Er sah mich kurz an, dann war es, als würde ein dichter Nebel das Mitgefühl in seinen Augen verhüllen. »Frag *ihn* das.«

Der Wind huschte an ihm vorbei und umfing mich, als bereue er den Verrat schon, den er an mir begangen hatte. »Du hast mich angegriffen«, hielt ich ihn zurück. »Warum?«

Ich konnte sein leises Lachen, mehr ein Schnauben als wirklicher Ausdruck der Freude, trotz des rauschenden Windes hören. »Ich wollte mich selbst vergewissern, ob die Anschuldigungen gegen dich der Wahrheit entsprechen.«

Ich schlang meine Arme um meinen Oberkörper, um mich vor der plötzlich um sich greifenden Kälte zu schützen. »Und zu welcher Erkenntnis bist du gelangt?«

Ich brachte ihn tatsächlich dazu, sich nochmals umzudrehen. Seine Miene war um einiges weicher als noch vor wenigen Minuten. Offener, wärmer. Ich war so perplex, dass ich zunächst nicht wahrnahm, dass er nicht mich ansah, sondern über mich hinweg.

»Achte auf deine Schwester, Helena Feyrsinger«, sagte er leise und wandte sich dann endgültig um. »Sie ist nicht wie du.«

In diesem Moment spürte ich sie hinter mir und anstatt zuzusehen, wie de Andrade aus dieser Geschichte verschwand, sah ich Greta an. Ein harter Zug umspielte ihre Lippen. Die Arme um den Körper geschlungen, sah sie demjenigen hinterher, der alles nur noch hoffnungsloser hatte werden lassen. In diesem Moment wirkte sie nicht mehr wie meine Schwester.

Kapitel 17

« AMOROSA »

Ich drehte mich nicht noch mal zu Nathaniel de Andrade um. Stattdessen eilte ich zum Haus zurück, an Greta vorbei und in das Wohnzimmer, in dem sich noch immer Aidan und Faye befanden.

Letztere sah nicht einmal zu mir auf, während sie in einer alten Zeitschrift blätterte. Aidan hingegen stand vor mir, als wäre er auf alles gefasst.

»Wir sollten reden«, eröffnete ich ihm und schritt dann hinaus, ohne darauf zu warten, ob er mir folgte.

Ich wollte Cornelius nicht begegnen, während ich mich mit Aidan auseinandersetzte, noch weniger allerdings wollte ich diesen Kampf im Haus ausfechten müssen, und so trat ich erneut aus der Haustür und schritt den Weg entlang, den de Andrade genommen hatte. Ihn konnte ich schon längst nicht mehr sehen. Die Nacht hatte ihn verschluckt.

Aidan schloss zu mir auf. Seine gesamte Haltung war derart abweisend, dass es mir unendlich schwerfiel, die richtigen Worte zu finden. Aber was kümmerte mich das? Wahrscheinlich wäre ohnehin alles falsch, was ich sagen konnte.

»Ich habe Angst, die Frage zu stellen«, gestand ich und blickte der Nacht entgegen.

»Dann lass es.«

Seine Gleichgültigkeit war wie ein Schlag in die Magengrube, aber eine derartige Behandlung war ich nicht bereit auszuhalten.

»Hör sofort auf damit, Aidan. Ich gebe dir noch immer diese eine Chance, bevor ich Cornelius in all das mit einbeziehe. Rede mit mir«, bat ich eindringlich, doch an seiner harten Fassade änderte sich nichts.

»Du verstehst es nicht, Nell«, sagte er, ohne mich anzusehen. Seine Hände ballten sich zu Fäusten. »Sobald du die Frage einmal gestellt hast, wird alles enden, was uns beiden geblieben ist.«

Ich schluckte schwer. Also hatte er wirklich etwas zu verheimlichen, aber darauf konnte ich doch keine Rücksicht nehmen, oder? Nicht, wenn es um meine Geschwister ging. Und was genau war uns eigentlich geblieben? Trotz allem, was ich mir, was ich ihm geschworen hatte, war er für mich im Geiste ein Freund, ein Vertrauter geblieben. Hatte diese Haltung mich blind für seinen Verrat an mir gemacht?

»Was wollte de Andrade von dir? Was kannst du noch tun?«

Aidans Anspannung löste sich mit einem Mal und ein Anflug von Traurigkeit huschte über sein Gesicht. An das, was dann folgte, war ich schon so schmerzlich gewöhnt, dass es mich nicht mehr überraschte. Er verschloss seine Schwäche, vielleicht bekämpfte er sie sogar ganz und damit auch die Gefühle, die er mir entgegenbringen mochte.

»Das ist nicht wichtig.« Aidans Stimme schnitt mir förmlich ins Fleisch. »Halte dich an die Arbeit im Archiv, dann wird schon alles gut.«

Dann wird schon alles gut?! Diese Worte waren so gegen seine Natur, dass sie im Grunde direkt auf seinen Lippen hätten verdunsten müssen.

»Ich soll mich mit diesen sinnlosen Recherchen herumtreiben, während du … was tust? Deine *Fähigkeiten* verschwendest?«, fragte ich und allmählich überwog der Zorn eindeutig. »So etwas in der Art hat de Andrade doch angedeutet, oder?«

»De Andrade erzählt viel, nur wenig davon ist wirklich relevant.«

»Ach wirklich, ja?« Selbst ich hörte nun, wie verletzt ich klang. Verletzt und enttäuscht. »Ich habe das Gefühl, dass das, was er sagt, das Einzige ist, was wirklich *relevant* ist.«

Aidan sah mich nicht an, als er sich zum Haus drehte und sich aus dem Disput davonstehlen wollte. »Ich kann dir nicht mehr sagen, Helena.«

Die Traurigkeit, die gegen die Wut in mir angekämpft hatte, war verschwunden. Ich packte ihn am Arm und riss ihn zurück. »Oh nein, so nicht, Aidan Gavriel! Er war sicher, dass es etwas gibt, das du tun kannst, und ich werde dich nicht gehen lassen, ohne dass du mir …«

Er stieß mich von sich mit der Leichtigkeit, mit der man sich einen Käfer von der Schulter schüttelte.

»Ich sage es dir nur noch einmal«, zischte er mit einer Stimme, die mir das Blut in den Adern gefrieren ließ. »Ich werde dir nicht mehr von mir offenbaren. Es geht nicht nur um mich. Es geht um Faye. Alles, was du von mir weißt, würde auch sie in Gefahr bringen. Ich kann dir nicht mehr helfen, als ich es bereits tue.«

»Faye?«, schrie ich ihm plötzlich entgegen, ohne zu wissen, wann ich die Überhand über meine Emotionen verloren hatte. Er sah mich an, meinen Zorn erduldend, von ihm jedoch nicht im Geringsten berührt. »Du sorgst dich um Faye? Was ist mit meinen Geschwistern? Mit Amalia und Leonard? D-Du würdest ihren Tod riskieren?«

Er blieb nicht stehen. »Ich riskiere gar nichts, Helena. Lass es gut sein.«

»Und was ist mit mir?«, rief ich. »Bin ich wirklich so unwichtig für dich? Bedeute ich dir überhaupt *irgend*etwas?«

»Du warst und bist mein Schützling«, erwiderte er kalt und starrte mit unerbittlicher Miene scheinbar über mich hinweg, als würde ihn mein Gefühlsausbruch nichts angehen. »Faye ist ... Sie ist einfach mehr. Ich würde alles für sie tun.«

Und für dich nicht, hörte ich die unausgesprochenen Worte.

»Aidan, verdammt! Ich weiß ja nicht, was Faye und du plant, aber *mein* Plan war es, meine Geschwister zu retten. Und du wolltest ... Ach, ich weiß nicht, was du wolltest, du ...«

Ich seufzte und versuchte zunächst, meinen bebenden Körper zu kontrollieren.

»Mir war, als hättest du mir versprochen, dass alles gut werden würde«, flüsterte ich schließlich gebrochen.

Er musste spüren, wie sehr er mich verletzte, doch er zeigte nicht eine Regung. Nur seine Lippen bewegten sich und ich starrte auf sie, als könnte ich so die Worte aufhalten, die sich dort Bahn brachen.

»Das, was mich an Faye bindet, ist stärker als jedes Versprechen«, murmelte er nun so leise, dass ich ihn kaum verstand. »Und ich habe dir nie versprochen, alles zu riskieren. Ich habe gesagt, ich werde dir helfen und daran hat sich nichts geändert.«

»Und ich verdiene nur die Hälfte deiner Hilfe? Oder vielleicht doch nur ein Drittel?«, konterte ich mit fast ruhiger Stimme, obgleich in mir ein Orkan wütete und ein dicker Kloß in meinem Hals das

Sprechen eigentlich unmöglich machte. »Wie viel gestehst du mir zu, hm?«

Ich kniff meine Augen zusammen, hoffte, wieder klarer sehen zu können, sobald ich sie öffnete. Ich sah ihn an und tatsächlich fand ich Klarheit.

»Warte!«, stieß ich hervor und packte ihn so schnell an der Hand, dass ich kurz überhaupt nichts mehr tun konnte. Es dauerte eine Weile, bis ich den nächsten Schritt auf ihn zu wagte.

Ich wusste, würde ich ihm mein Herz öffnen und er mich dennoch zurückweisen, würde ich in tausend Stücke zerbrechen. Ich suchte diesen Mut dennoch, um meine eigene Angst vor der Verletzlichkeit zu überwinden. Mit aller Vorsicht griff ich nach seiner Hand und sah ihn ohne jegliche Schutzschilde an, die ich üblicherweise um mich aufrechterhielt.

»Bitte«, flehte ich. »Was hältst du vor mir verborgen? Bitte, ich muss wissen, ob es meine Geschwister retten könnte.«

Er sah mich nicht lange an, ehe er mich zerstörte. »Ich kann nichts tun, Nell. Ich bringe Faye nicht in Gefahr. Ich würde für sie mein Leben geben und das eines jeden anderen.«

Mein Herz erkaltete und plötzlich fiel alles von mir ab. Ich ließ meine Hand sinken und ein Schleier trat vor meine Augen. Unwillkürlich machte ich einen Schritt zurück und strauchelte ein wenig. Er machte keine Anstalten, mich zu stützen. Er rührte sich einfach nicht.

Selbst in unseren schlimmsten Zeiten war für mich immer eines klar gewesen. Aidan hätte stets meinen Sturz verhindert, mich niemals ungeschützt gelassen. Ich hatte mich geirrt. Er würde Faye immer über mich stellen. Sie war alles für ihn.

Schlimmer jedoch noch als das Wissen, dass er vermutlich in der Lage war, meine Geschwister zu retten, mir diese Hilfe jedoch verweigerte, war die Tatsache, dass ich ihn verstehen konnte. Auch ich war bereit, alles für meine Familie zu tun. *Wirklich alles?,* fragte eine Stimme in mir. *Würdest du sein Leben riskieren, um deine Geschwister zu retten?*

Nein. Ich würde immer alles geben, um ihm zu helfen. Alles, das mir etwas bedeutete. Nur konnte ich nicht von ihm verlangen, dasselbe für mich zu tun. Es war nicht seine Schuld, dass ich nach so langer Zeit noch immer nicht hatte loslassen können. Er glich dem Idealbild, das ich von ihm im Kopf hatte, in keiner Weise mehr, wenn er das denn überhaupt jemals getan hatte.

»Ich kann dich verstehen, Aidan«, wisperte ich irgendwann. »Aber ich kann nicht erlauben, dass uns in dieser Situation Menschen umgeben, denen wir nicht trauen können. Bis morgen Abend habt ihr Zeit, zu verschwinden.«

Er antwortete mir nicht und ich fand nicht die Kraft, mich zu ihm umzudrehen, und so ging ich einfach fort. Ich setzte Fuß vor Fuß und mit jedem Schritt fiel ich innerlich zu Boden. Greta wartete auf der Außentreppe zur ersten Etage auf mich. Als sie mich sah, sprang sie sofort auf. »Bist du in Ordnung?«

Ich verweigerte mich ihrer angedeuteten Umarmung und betrat die ersten Stufen. »Es wird schon«, wisperte ich. »Ich … ich muss nur eine Weile nachdenken oder besser noch … gar nicht nachdenken.«

Das Schluchzen entrang sich mir wie von selbst und dann war meine Schwester doch da. Sie drängte sich eng neben mich auf die Treppe und griff nach meiner Hand. Gemeinsam gingen wir hinauf, legten uns auf die weiche blau bezogene Matratze unseres Bettes und Greta breitete die Tagesdecke über uns aus. Wie früher, als ich klein gewesen war, kuschelten wir uns aneinander und warteten noch in der Kleidung, die wir beim Tanz am glänzenden Fjord getragen hatten, auf den erlösenden Schlaf. Es brauchte nicht lange, ehe meine Augen sich endgültig schlossen.

Als ich sie wieder öffnete, war ich noch immer erschöpft. Die Müdigkeit hatte sich zu tief in meine Haut bis zu meinen Knochen gegraben. Die Stelle neben mir war leer. Die wenigen Stunden Schlaf hatten mich nicht wirklich wiederhergestellt, mehr war mir jedoch nicht vergönnt. Nur wenige Minuten lag ich einfach nur da und starrte an die Decke, ehe meine Schwester eintrat.

Ihr Haar war zerpflückt, als hätte jemand seine Hände darin vergraben und die einzelnen Strähnen mutwillig aus der akkuraten Frisur gerissen. Ihre sonst schon blasse Haut wirkte fahl, ein ruheloser Blick hatte sich in das Grün ihrer Augen verbissen und ich erwartete, sie würde mir nun eröffnen, dass sie Cornelius über de Andrades Besuch und seine Folgen informiert hatte. Dem war nicht so.

»Guten Morgen«, begrüßte sie mich.

»Morgen?«, wiederholte ich und sah aus dem Fenster, hinter dem es tatsächlich recht hell war, aber das war zu dieser Jahreszeit schließlich auch nachts so. »Dass schon wieder Morgen ist …«

Sie sah mich mit sorgenvoller Miene an, während sie an einem Stapel Papiere in ihren Händen nestelte. Ich wusste sofort, was das bedeutete. »Was hast du gefunden?«

»Ich weiß nicht, wie ich dir das am besten beibringen soll.«

»Schonungslos wie immer«, witzelte ich müde und schob mich vom Bett.

Sie schaute von den Blättern auf und schien um Worte zu ringen, dann reichte sie sie mir.

»Was ist das?«, fragte ich nur und verschaffte mir einen schnellen Überblick.

»Ein Protokoll und Kopien von Briefen, die man abgefangen hat.«

Ich runzelte die Stirn und wartete auf nähere Erklärungen. »Du warst nicht die Einzige, die isoliert worden ist, Nell.«

»Emanuel Torres wurde vor fünfzig Jahren zur Isolation verurteilt«, erklärte Greta, als wir alle in der kleinen Küche des Archivs saßen. Eine Stunde lang hatte sie recherchiert und mit ihren Vorgesetzten telefoniert, um diese Dinge in Erfahrung zu bringen. Henrik schenkte großzügige Mengen schwarzen Tees in die bunt zusammengesammelten Tassen.

»Man beschuldigte ihn der Chaosmagie und hielt ihn in Paris gefangen. Die Briefe schrieb er an seine Verlobte in Barcelona«, fuhr meine Schwester fort.

»Nun, die hat sie dann wohl nie bekommen«, murmelte ich und griff nach einem der Briefe, während ich einen flüchtigen Blick in Aidans Richtung warf, der wie gewohnt ein wenig abseits im Türrahmen lehnte. Ich scherte mich nicht um seine Anwesenheit. Waren die beiden bis zum Abend nicht fort, würde Cornelius dafür sorgen. Jetzt musste mich etwas anderes beschäftigen.

Greta schüttelte den Kopf. »Torres hatte es in vielerlei Hinsicht schlechter getroffen als du. Wir hätten es niemals zugelassen, dass man uns den Kontakt zu dir untersagt, doch weder er noch seine Verlobte hatten so viel Einfluss.«

Ich nahm ihre Worte zur Kenntnis, innerlich aber wurde ich von einer Kälte ergriffen, die mir beinahe das Atmen unmöglich machte. Statt weiter nach Luft zu schnappen, griff ich nach einem der Briefe und las ihn laut vor.

»Tag 1120. Die Magie der Kleriker ist mit jedem Tag spürbar«, flüsterte ich. »Sie ringt mich zu Boden und manchmal glaube ich, keinen Schritt mehr tun zu können. Dann sitze ich einfach da und spüre den Boden unter mir und tue nichts, außer diesen Schmerz zu ertragen, bis die Panik in mir aufsteigt.« Meine Stimme klang in meinen Ohren seltsam krächzend. »Ich kann die Panik zurückdrängen. Noch. Ich habe Angst vor dem Tag, an dem mir das nicht mehr gelingt. Meine Magie wehrt sich gegen diese Gewalt, die mir von außen widerfährt. Sie schreit und will mich von innen zerreißen.«

Ich brauchte einen Moment, um mich zu sammeln. Das alles hatte auch ich in Ansätzen gespürt. Zu dem Zeitpunkt, an dem er das hier geschrieben hatte, war er nur wenig länger isoliert als ich. Wie lange hätte es noch gedauert, bis ich in seiner Lage gewesen wäre? Bis mich all das von innen zerstört hätte?

Ich griff nach einem neuen Brief. »Gestern habe ich dem Hohen Rat geschrieben, *amorosa.* Langsam weiß ich nicht mehr, was ich zu berichten habe. Ich dokumentiere für sie jeden Schritt, den ich mache. Es fehlt nur noch, dass ich für sie die Briefe vervielfältige, die ich dir schreibe. Und ich weiß nicht, was es ihnen bringt. Meine Magie ist wie eh und je. Der Wind und das Meer, beide flüstern mir zu. Sie sind meine Gefährten, meine Vertrauten. Das Chaos, dieser dunkle Feind, ist mir bisher ferngeblieben. Es mag sein, dass ich ihm einmal nahe gewesen war, doch die letzten Jahre war dem nicht so. Ich weiß nicht mehr, was ich tun soll. Manchmal glaube ich, sie haben ihr Urteil schon lange gefällt, *amorosa.* Ich kann nicht sagen, ob sie mich jemals gehen lassen. Ich glaube kaum mehr daran, dich je wieder in die Arme schließen zu können.«

Ich starrte noch eine Weile auf die Worte und hielt dann den Brief demonstrativ in die Höhe. »Er hat Bericht erstattet, um seine Unschuld zu beweisen? Ich verstehe das nicht. Warum hat man mir keine derartige Aufgabe …«

Die Erkenntnis festigte sich allmählich in meinem Kopf. Ich spürte, wie Greta sich nur zögernd näherte, um mir eine Stelle im Untersuchungsprotokoll der Kleriker zu zeigen. »Ich weiß es nicht, Nell, aber … Schau hier. Sie haben seinen Fall abgeschlossen, sobald er am Isolationsort angekommen war.«

Ich schloss die Augen und unterdrückte die Übelkeit. »Sie hatten nie vor, seine Unschuld zu akzeptieren. Sie wollten ihn nur so lange wie möglich gefügig halten. Ihm die Aussicht auf Absolution vor Augen führen, wenn er nur immer artig Bericht erstattete. Er sollte in seiner Isolation versauern. Genau wie ich.«

»Das wissen wir doch gar nicht«, versuchte Cornelius mich zu beruhigen, doch auch er wirkte nur wenig überzeugt.

Ich seufzte resigniert. »Hat man ihn jemals aus seiner Isolation entlassen?«

Greta zögerte, dann schüttelte sie den Kopf. »Er starb unter der Aufsicht der Kleriker.«

Ich verschränkte meine Hände ineinander, um meine zittrigen Fingern zu beruhigen. Ich durfte jetzt nicht den Verstand verlieren. »Sie haben mit mir dasselbe vorgehabt. Vermutlich haben sie den Naturmagiern erzählt, sie wollten meine Unschuld beweisen, versucht haben sie es mit Sicherheit nicht. Sie haben es nicht einmal für nötig gehalten, mich mit einer Berichterstattung zu beschäftigen.«

Greta atmete tief ein und setzte sich neben Cornelius. »Vermutlich wiegen sie sich allmählich in Sicherheit. Unsere Obersten vertrauen ihnen blind.«

Cornelius nickte. »Der Rat war sich einig. Sie wollten dich isolieren. Wahrscheinlich haben sie sich vor niemandem rechtfertigen müssen.« Er ballte die Fäuste grob zusammen. »Verdammt, ich hätte es wissen müssen.«

Aus den Augenwinkeln sah ich zu Aidan, dessen Miene sich vollkommen verdunkelt hatte. »Wer weiß, wie vielen sie dieses Schicksal schon auferlegt haben.«

»Das passt doch alles nicht zusammen«, merkte Faye an. »Sie mögen Helena weggesperrt haben, weil sie Angst vor neu erwachenden Chaosmagiern hatten, aber was hat das mit dem Verschwinden der Naturmagier und den Morden zu tun? Wenn sie die gesamte Magierschaft auf diese Weise ausrotten wollten, bräuchten sie mit diesem Verfahren Jahrhunderte, und die Wahrscheinlichkeit, dabei erwischt zu werden, ist unglaublich hoch.«

»Eines ist doch aber klar«, stellte Cornelius ziemlich laut fest. »Die Kleriker sind es, die hier die Fäden in der Hand halten.«

»Wirklich?«, fragte Faye. »Da wäre ich mir nicht so sicher.«

»Was zum Teufel willst du denn damit sagen?« Perplex sahen wir zu Greta, die wie aus der Haut gefahren wirkte. »Alle Spuren deuten darauf hin, dass sie es sind, die hier hinter all dem stecken.«

»Nur dass sie kein wirkliches Motiv haben.«

»Hass und Angst sind etwa keine Motive?«, grollte mein Bruder und erntete einen erneuten Konter seitens Faye.

»Ihr versteift euch auf kleine Ungereimtheiten einer gigantischen, politischen Sphäre. Ihr wollt die Sache zum Abschluss bringen? Schön, aber nur weil es so einfach ist, bringt euch das noch lange nicht zum Ziel.«

»*Einfach!*«, zischte ich und schoss in die Höhe. Die Luft im Raum war so stickig, die Welt um mich herum drehte sich. »Von den hier Anwesenden sind nicht wir es, die es sich einfach machen.«

»Nell?«, hörte ich Cornelius' Stimme, doch ich ignorierte ihn.

»Ich muss mal an die frische Luft«, stieß ich hervor und floh so schnell aus der Küche, dass ich gar nicht darauf achten konnte, wie die anderen darauf reagierten.

Noch ehe ich aus dem Blickfeld des Archivgebäudes verschwunden war, hörte ich Blue hinter mir herrennen. Er schmiegte sich im Laufen an mein Bein und ich streichelte seinen riesigen Kopf, bis ich stehen blieb und einfach zu Boden sank. Liebevoll legte Blue mir seine Pfote auf den Schoß. Ich rang mir ein Lächeln ab und kraulte ihn sanft hinter dem Ohr.

»Du vermisst die Insel, oder? Hier habe ich einfach zu wenig Zeit für dich.« Er leckte mir über die Hand. »Aber das wird sich auch wieder ändern, mein Süßer. Das verspreche ich dir.«

Die Traurigkeit stieß wieder gegen die Wand meines Herzens, doch ich ließ nicht zu, dass sie sich Eintritt verschaffte. Stattdessen schlang ich die Arme um Blues Hals.

»Wir schaffen das schon.«

Ich wusste nur nicht wie.

Noch bevor ich die Tür zur Küche aufstieß, hörte ich die Stimme meines Bruders.

»Jetzt beruhige dich, Tessa.«

Ich erstarrte. *Tessa!* Jennas Mutter. Nach dem Tod meiner Eltern war sie eine Art Ersatzmutter für mich gewesen. Sie war in unser Haus gezogen, hatte uns aufwachsen sehen und uns vor allem behütet. Es war kein Wunder, dass sie sich bei Cornelius über die jüngsten Ereignisse erkundigte und da sie eine Klerikerin war, war es nur die logische Konsequenz, dass sie von dem Verschwinden meiner Geschwister und meiner Flucht wusste.

Ich atmete einmal tief ein und betrat die Küche. Die anderen waren alle fort und ich dankte allen verfügbaren Mächten dafür.

Cornelius warf mir schnell einen warnenden Blick zu, als er mich wahrnahm. Tessa durfte nichts davon wissen, dass wir zusammen waren. Wir konnten ihr vertrauen. Herrgott, ich würde ihr mein Leben anvertrauen, aber es war sicherer, sie nicht in die Sache mit hineinzuziehen.

»Tessa«, versuchte Cornelius sie zu beschwichtigen und schaltete auf die Lautsprecherfunktion um. »Greta ist bei mir. Sie ist in Sicherheit.«

Wie eine Maschine setzte ich mich an den Küchentisch und hörte zu. Ich war wie gelähmt. Erst das Zerwürfnis mit Aidan, jetzt Tessas Stimme, die mich einfach nur in ihre Arme flüchten wollen ließ.

»Und Helena?«

Es war, als spräche sie mich direkt an, und ich musste an mich halten, ihr nicht einfach zu antworten. Cornelius zögerte eine winzige Sekunde und sah mich dann irgendwie entschuldigend an.

»Ich weiß es nicht. Hier ist sie nicht.«

»Cornelius. Treib keine Spielchen mit mir.«

»Es ist mein Ernst, Tessa. Nell und ich stehen nicht einmal in Kontakt. Ehe Amalia und ich losfuhren, habe ich sie über Leonards Verschwinden informiert. Sie muss sich selbst auf die Suche gemacht haben.«

»Ich weiß nicht, ob ich dir das wirklich glauben soll.«

Cornelius fuhr sich mit der Hand über den Nacken. Es war für ihn nicht leicht, die Mutter seiner Jenna so zu belügen, aber er tat es. Er tat es für sie und für mich, die durch einen noch so kleinen, unbeabsichtigten Fehler an die Kleriker verraten werden konnte.

»Hör zu. Sie wird gewusst haben, dass sie uns durch ihre Anwesenheit nur zu einem Ziel macht und unsere Suche somit in Gefahr bringen könnte. Das würde sie nicht riskieren.«

Ein Stich fuhr mir in die Brust und ich wandte den Blick von Cornelius ab. Ich war tatsächlich ein Risikofaktor. Die Kleriker suchten mich, würden aber uns alle finden.

»Vielleicht hast du recht«, sinnierte Tessa, wirkte auf mich jedoch nicht besonders überzeugt. Sie kannte uns zu gut. »Ich kann es kaum ertragen, nicht zu wissen, wie es ihr geht.«

»Sie kann auf sich aufpassen.«

»Ich weiß, ich weiß. Passt ihr auch auf euch auf, versprich es mir.«

Es dauerte noch eine Weile, bis Cornelius sie überzeugt hatte, dass mit Greta und ihm alles in Ordnung war. Als er auflegte, zog ich meine Beine auf den Stuhl und umschlang sie mit den Armen, um das Kinn auf mein Knie zu stützen. So war es erträglich. Der Schmerz in meinem Inneren wurde dadurch irgendwie weggedrückt.

»Wo ist Greta?«, fragte ich und versuchte meine Stimme ruhig klingen zu lassen.

»Im Archiv.« Natürlich. Sie würde die Recherche nicht beenden, bis wir etwas gefunden hatten. Bei dem Gedanken, wie viel Zeit wir dadurch verloren, während Aidan untätig blieb, wurde mir schlecht.

Cornelius warf mir einen vorsichtigen Blick zu. »Sie hat mit mir über das geredet, was gestern vorgefallen ist.«

Sofort versteifte sich mein gesamter Körper. »Ich habe schon die nötigen Konsequenzen gezogen«, murmelte ich und machte mich noch kleiner.

Mein Bruder lächelte leicht. Ich sah fort. Dieses Mitleid konnte ich jetzt nicht ertragen. »Und ich sage dir jetzt etwas, das du mir vor einiger Zeit gesagt hast. Wir brauchen sie.«

Ich zuckte nur müde mit den Achseln. »Wir können ihnen nicht vertrauen.«

»Das konnten wir vorher auch nicht. Aber du hattest recht. Es wäre dumm, ihre Hilfe auszuschlagen. Ohne sie würden wir vermutlich noch schlechter dastehen.« Ein dicker Kloß breitete sich in meiner Kehle aus. »Wir dürfen uns nur eben nicht auf sie verlassen.«

Ein Nicken, mehr brachte ich nicht zustande. »Ich kann nicht mehr, Cornelius«, flüsterte ich. »Wir sind keinen Schritt weitergekommen. Wir wissen noch immer nicht mit Sicherheit, wer unsere Gegner sind.«

Cornelius seufzte. »Im Grunde ist es egal, ob die Kleriker es waren. Es ändert nichts an den Tatsachen.«

Ich setzte mich wieder aufrecht hin. »Was willst du damit sagen?«

Für einen Moment sagte er nichts, als würde er abschätzen, ob er diese Gedanken wirklich äußern sollte.

»Ich habe nachgedacht. In all den Unterlagen, die ich untersucht habe, habe ich keinen einzigen Grund dafür gefunden, dass die Chaosmagier verschwunden sind. Es wird immer wieder gesagt, die Magie, die sie in sich gesammelt hatten, hätte sie irgendwann von innen heraus zerstört, aber es gibt keine weiteren Berichte darüber. Niemanden, der versucht hätte, dieses Sterben aufzuhalten, oder überhaupt jemanden, der beobachtet hätte, wie einer dieser Magier starb. Sie sind einfach verschwunden. Ich werde das Gefühl nicht los, dass es jemanden gab, der ihre Vernichtung eingeleitet hat.«

Ich hatte mich damit noch gar nicht weiter beschäftigen können, aber im Grunde sah ich es ähnlich wie Cornelius. Meine Stimme war tonlos. Ich konnte kaum begreifen, was für Gedankengebilde wir errichtet hatten.

»Glaubst du Jenna oder Tessa hätten diese Verschwörung unterstützt?«

Mein Bruder lächelte traurig. »Nein, natürlich nicht. Aber warum hätten sie davon wissen müssen? Das Verschwinden der Chaosmagier ist zu lange her. Und wenn es tatsächlich Pläne gibt, auch die Naturmagier auszulöschen, hätte man es ihnen ganz sicher nicht anvertraut. Sie standen uns viel zu nahe.«

Ich dachte an die Zeit zurück, in der wir gemeinsam mit Jenna und ihrer Mutter, Tessa, in dem Anwesen unserer Eltern gelebt hatten. Sie waren mir zu dem Teil der Familie geworden, den ich verloren hatte.

»Sie hätten sich gegen ihre eigene Gemeinschaft gestellt, um uns zu beschützen«, flüsterte Cornelius mit erstickter Stimme und mir lief ein kalter Schauer über die Haut.

»Ja, das hätten sie.«

Ich griff nach seiner Hand und streichelte über die rauen Fingerkuppen.

»Verzeih mir«, wisperte ich dann, ohne wirklich darüber nachzudenken. »Verzeih mir, bitte, dass ich sie nicht …«

Ich brachte den letzten Teil des Satzes nicht heraus.

»Nicht. Bitte mich nicht um Verzeihung, Kleines.« Er drückte meine Hand fest, dann legte er den Arm um meine Schultern, um mir einen Kuss auf die Stirn zu drücken. »Dich trifft nicht die geringste Schuld an ihrem Tod.«

»Das ist nicht wahr«, sagte ich leise. »Du selbst hast sie mir gegeben.«

»Zu Unrecht.« Sein Tonfall war so bestimmt, dass ich ihm fast glaubte. »Ich war verzweifelt. So sehr, dass so manch böser Gedanke kam. Ich habe versucht, einen Schuldigen zu finden, das ist wahr, aber tief im Inneren wusste ich immer, dass du alles in deiner Macht Stehende getan hast.«

»Das ist nicht wahr. Das ist einfach nicht wahr. Ich habe Samuel umgebracht, Sekunden nach Jennas Tod. Ich hätte die Macht gehabt.«

»Du hattest sie nicht. Vielleicht war sie in dir, doch du warst nicht in der Lage, sie zu nutzen, Helena. Du konntest nichts tun und es hat lange gedauert, bis ich mich mit dieser Tatsache habe abfinden können. Länger, als ich es dir hätte antun dürfen. Ich bin es, der um Verzeihung bitten müsste.«

»Nein.«

»Nell, ich habe dich allein gelassen und das tut mir schrecklich Leid. Als ich endlich bereit war, deine Unschuld anzuerkennen, fürchtete ich mich davor, wie deine Stimme die Erinnerungen in mir wecken würde, und schließlich vor dem, was ich dir angetan hatte. Ich war es, der dich mit diesen Schuldgefühlen leben ließ. Tag für Tag und ich war nicht stark genug, dich von ihnen zu befreien.« Ich konnte nichts sagen. Gar nichts. »Verzeih mir, Nell, bitte.«

Ich schaffte es nicht, das Schluchzen weiterhin zu unterdrücken und auch die Tränen ließen sich nicht mehr bekämpfen. Ich drängte mein feuchtes Gesicht an seine Brust und weinte. Ich hatte Angst. Angst vor dem, was auf uns lauerte. Angst vor dem, was mit meinen Geschwistern in diesem Moment geschehen konnte, und auch der Verlust tobte in meinem Herzen.

Der Verlust von Jenna. Der Verlust von Aidan.

Kapitel 18

« WER DEN TOD SUCHT »

Ich lehnte an dem schwarz glänzenden Wagen und wartete, bis Aidan, Faye und Cornelius die Einkäufe aus dem Supermarkt trugen. Der Anblick des Söldners bei dieser alltäglichen Handlung war irgendwie irritierend, zumal ich ihn noch gestern erst entlassen hatte. Er war nicht gegangen und ich hatte sein Bleiben unkommentiert gelassen. Letztlich hatte die Vernunft in mir gesiegt. Solange ich mich daran hielt, einen emotionalen Abstand zu ihm einzuhalten, musste es gehen.

Abwesend kraulte ich Blue hinter dem Ohr. Wir waren in den nächstgelegenen Ort gefahren, um unsere Lebensmittelvorräte aufzustocken. Während Faye in einem Tiergeschäft Futter für Blue hatte kaufen wollen, waren Aidan und Cornelius in dem großen Supermarktkomplex verschwunden.

Greta war im Archiv geblieben, um die Recherche voranzutreiben. Ich hatte sie eigentlich nicht allein lassen wollen, aber vielleicht war es sogar besser so. Selbst wenn sie die Arbeit nicht niederlegen würde, könnte sie vielleicht ein wenig zur Ruhe kommen, wenn sie allein in den Dokumenten blätterte, ohne uns alle auch noch anleiten zu müssen. Henriks Hilfe war vermutlich auch dreimal so viel wert wie die eines einzelnen von uns.

Mir war ganz und gar nicht danach, mich ebenfalls ins Getümmel zu stürzen. Neben dem Supermarkt befand sich eine Art Veranstaltungshalle und es schien, als würde es jeden Bewohner des kleinen Städtchens an diesem Abend dort hinziehen. Der große Parkplatz, auf dem wir glücklicherweise ganz weit entfernt von der Masse in der Nähe der Straße standen, wirkte wie ein einziges Meer an Menschen in schicker Aufmachung.

Ich seufzte. Auf die Kopfschmerzen, die mich in dieser Menge erwarteten, konnte ich gut und gerne verzichten.

Oft erwischte ich mich dabei, wie ich in den Himmel blickte, über den sich der dunkle Schleier der Sommernacht gelegt hatte. Noch immer zogen die Vögel ihre Kreise in den unerreichbaren Höhen. Ich verlor mich in Gedanken, in Träumereien, stellte mir vor, wie es wäre, könnte man durch die Magie seine Gestalt verändern und alle Menschlichkeit abwerfen, doch bisher hatte keine meiner Quellen irgendeinen Hinweis darauf gegeben, dass dies möglich war – nicht einmal für Chaosmagier. In die Hülle eines Tieres zu schlüpfen, verlangte wohl eine ganz andere Macht.

Mit diesem Gedanken durchströmte mich plötzlich ein Impuls einer mir viel zu vertrauten Magie. Er kam und ging so schnell, dass ich kaum glauben konnte, dass ich ihn mir nicht eingebildet hatte. Es wäre wünschenswert gewesen, denn ich wollte nicht einmal darüber nachdenken, wie es sein konnte, dass diese Art der Magie mich wiedergefunden hatte.

Blue bemerkte mein verändertes Verhalten sofort und gab seine entspannte Haltung auf. Ich verschränkte meine Arme vor der Brust und versuchte, den Schein zu wahren, mich jedoch gleichzeitig genauer umzusehen.

Es waren nicht viele Menschen auf den Straßen unterwegs, aber doch genügend, dass ich den Überblick verlor. Ich fühlte mich auf einmal beobachtet wie ein Goldfisch in seinem Glas. Mein Blick streifte die Wand eines gegenüberliegenden Wohnhauses und einen Schatten, der …

Der nächste Magieschub durchstieß mich wie ein Pfeil und strömte wie Gift in den Venen durch meinen gesamten Körper. Ein Keuchen entrang sich mir und mir wurde so übel, dass ich ein wenig nach vorne fiel und mir meine Arme um die Bauchmitte schlang. Beinahe hätte es mich zu Boden gerungen, da zog sich die Magie zurück, wie Wellen, die ihren Weg zurück ins Meer suchten.

Ich war starr vor Schreck, nur meine Augen folgten der unsichtbaren Macht dorthin, wo sie Zuflucht suchen wollte. Ich wollte gerade einen Schritt nach vorn machen, als ich ebenso schnell wieder in die Realität zurückgerissen wurde.

»Nell?«

Cornelius öffnete gerade den Kofferraum und schaute mich fragend an. Aidan, der ihm gefolgt war, hievte die Einkaufstüten ins Innere des Wagens. Für einen Moment konnte ich nicht reagieren, mich nicht konzentrieren …

»Hast du nichts gespürt?«, wisperte ich und wies mit einem Nicken in Richtung des Hauses, in dem ich die Magie vermutete.

Ich kannte diese Art Magie nicht, hatte sie nie benutzt, und doch wusste ich, dass ich bereits einmal mit ihr konfrontiert worden war. An einem Tag, der mich in meinen Albträumen verfolgte.

»Nein, was ist los?«, fragte mein Bruder besorgt und ich sah aus den Augenwinkeln, wie er eine Hand nach mir ausstreckte, um mich an der Schulter zu berühren.

Ich wich ihr aus und sah Cornelius direkt an. Mein gesamter Körper stand so unter Spannung, dass auch seine Miene sich allmählich verdunkelte, als ihm bewusst wurde, wie ernst es mir war.

»Was hast du gespürt?«

»Ich weiß nicht«, murmelte ich, hektisch überlegend, wie ich dieses Gefühl beschreiben sollte. »Es war wie ein kleines magisches Beben. Es ist, als hätte mich eine Welle davon erwischt.«

Zu meiner Überraschung war es Aidan, der sich sofort in den Kofferraum beugte und eine riesige Reisetasche zu sich heranzog. »Am besten sehen wir uns das einmal genauer an.«

Er klang allerdings nicht sonderlich beunruhigt. Die Gelassenheit, mit der er an die Sache heranging, störte mich ein wenig. Natürlich war ich die Einzige hier, die keine Erfahrungen im Außendienst hatte sammeln können, aber meinem Urteil hatte er immer vertrauen können. Kurz erlaubte ich mir die Frage, wie Amalia sich verhalten hätte. War diese Ruhe vor dem Sturm eine typische Erscheinung, wenn man so abgehärtet war wie die Söldner und Cornelius?

»Wo ist Faye?«, fragte ich unruhig, während meine Blicke immer wieder zu den hübsch aneinandergereihten Einfamilienhäusern huschten.

In einem von ihnen ging etwas vor sich. Ich war mir so sicher, auch wenn ich mich gerade nur auf meine Intuition verließ, denn inzwischen erschien es mir selbst, als hätte es diesen Magieimpuls nie gegeben.

»Da sie offensichtlich nicht hier ist, kann sie sich vermutlich nicht entscheiden, welches Hundefutter am besten für Blues Zähne ist«, knurrte Aidan genervt, schwang sich die Tasche auf die eine Schulter und knallte die Tür des Kofferraums zu. »Oder sie hat einen Waffenladen gefunden. Dann verfällt sie immer in einen Shoppingrausch. Das ist hier allerdings recht unwahrscheinlich.«

In diesem Kaff, ja. Aber schließlich war seine Bemerkung auch auf etwas anderes gemünzt gewesen.

»Ich hab mir das nicht eingebildet«, zischte ich, während wir uns zu dritt zügig aus dem Blickfeld der Menge in eine kleine Gasse zwischen zwei etwas weiter entfernten Häusern bewegten, in denen keine Lichter brannten.

Ich konnte nur hoffen, dass wirklich keiner zu Hause war und niemand sah, was Aidan aus der Tasche zutage führte. Ohne auf meine Worte weiter einzugehen, reichte er Cornelius eine Schusswaffe.

»Das solltest du nehmen«, grummelte Aidan und drückte mir einen Waffengurt in die Arme. Das Messer mit der gebogenen Klinge, seine Lieblingswaffe, war daran befestigt.

Skeptisch betrachtete ich die Schattenklaue, die um einiges schwerer war, als ich es erwartet hätte.

»Keine Pistole?«

»Ich bin nicht dumm genug, dir eine geladene Waffe zu geben«, erwiderte er nur. »Du hast einfach nicht genug Übung damit. Außerdem beruht deine Verteidigung ohnehin auf deiner Magie.«

»Toll«, sagte ich sarkastisch. »Wenn das genauso gut funktioniert wie im Kampf gegen de Andrade, kommt man mir sicher so nah, dass ich das Ding auch benutzen kann. Mit Sicherheit bin ich dann vorher aber schon tot.«

Aidan blickte mich verärgert an, zog dann die Tasche zu und warf sie in den Vorgarten neben uns, dicht an die Häuserwand. »Wahrscheinlich«, antwortete er im selben Moment, in dem Cornelius mich mit »Rede nicht so« ermahnte.

»Na schön«, entgegnete ich beiden, schnallte mir den Waffengurt um und sah dann um die Häuserecke zu den Gebäuden, in denen ich die Magiequelle ungefähr vermutete.

»Wohin?«, hörte ich Aidan hinter mir flüstern.

Ich schluckte und zuckte mit den Achseln, während ich wieder zu den beiden sah. »Kann ich nicht genau sagen«, gab ich zu und ignorierte Aidans genervten Blick. »Das gelbe Haus da hinten. Da muss es irgendwo gewesen sein.«

Aidan zog eine Augenbraue hoch. »Sehr genau.«

»Tut mir leid, dass ich dir nicht die exakten Koordinaten liefern kann, Aidan Gavriel, du …«

»Schluss jetzt«, fuhr Cornelius dazwischen. »Worauf es jetzt ankommt, ist, diese Sache zu klären und nicht entdeckt zu werden. Also los.«

Aidan nickte und zog seinen Mantel über die sichtbar an seinem Körper befestigten Waffen. Noch bevor mir der Gedanke kommen konnte, dass es vermutlich wirklich besser war, auf Faye zu warten, bog Aidan um die Ecke. Cornelius folgte ihm. Meine Jacke war ein wenig kurz, um die Schattenklaue darunter zu verbergen, aber ich hoffte, dass heute niemand allzu sehr auf die Gestalten achtete, die weit entfernt der Menschen an den Hauswänden entlanghuschten. Es war nicht allzu dunkel, aber vielleicht dämmrig genug, um nicht sofort aufzufallen.

Ich bedeutete Blue mit einer unserer antrainierten Gesten, sich hinzulegen und an Ort und Stelle zu warten, dann wagte auch ich mich aus dem Schutz, den die beiden Häuser boten.

So schnell wie möglich passierten wir einige wenige Häuser, in denen tatsächlich noch Licht brannte, bis hin zu denjenigen, die wieder leer schienen. Aidan beschleunigte seine Schritte und sah noch kurz zurück. Seine Reaktion verriet mir, dass uns wohl niemand bemerkt hatte.

Als wir unserem Ziel näher kamen, schickte ich meine Magie aus. Cornelius tat es mir gleich. Aidan entsicherte seine Waffe und hielt sie dicht am Körper, sodass sie auf den ersten Blick gar nicht auffiel.

»Und?«

Mein Bruder runzelte die Stirn. »Ich spüre nichts.«

»Ich bin mir sicher«, schnappte ich wütend über die Skepsis, die in jedem dieser drei kleinen Worte mitschwang.

Ich begann die Magie in Stößen zu entsenden und hörte, was sie mir zu berichten hatte, wenn sie zurückkehrte.

»Warte«, murmelte Cornelius, der seine Augen inzwischen geschlossen hatte. »Du hast recht.«

Natürlich habe ich recht, wollte ich zischen, doch da erregte etwas anderes meine Aufmerksamkeit. Etwas, das sich nicht dort befand, wo mein Bruder es vermutete. Ich machte einen Schritt zurück.

Cornelius bedeutete Aidan das Haus neben dem gelb angestrichenen. Der Söldner nickte, begab sich in den Vorgarten und näherte sich der Haustür. Vorsichtig lugte er durch eines der Fenster ins Innere. Cornelius folgte ihm. »Es ist niemand dort drin. Ich kann jedenfalls nichts spüren.«

Aidan warf ihm über die Schulter einen Blick zu. »Könnte allerdings auch an einer Barriere liegen.«

Ich stand noch immer an der Pforte zum Vorgarten, während Aidan seine Dietriche hervorkramte. Irgendetwas stimmte hier nicht. Ich war wie angewurzelt. Noch immer entließ ich wieder und wieder meine Magie und rief sie neu in mir zusammen, um ihre Antwort zu empfangen, und dann spürte ich ihren Schmerz, als sie mit einem Male in der Luft förmlich zerrissen und in alle Himmelsrichtungen zerstreut wurde. Meine Lunge zog sich schmerzhaft zusammen und ein Schluchzen entrang sich meiner Kehle.

In diesem Moment trat Aidan in das Haus. Meine Aufmerksamkeit galt dem Ort, wo die Welt zerstob, Magie in tausend Einzelteile zu zerplatzen schien.

»Cornelius«, rief ich und riss meinen Kopf wieder in Richtung der Haustür, doch auch mein Bruder war nun im Inneren verschwunden. Ein Strudel aus Macht, in unserer unmittelbaren Nähe und keiner merkte es. »Cor-«

Ich rannte los, es war keine Zeit mehr. Ich kannte diese Magie. Eine Magie, die mich durchwandert hatte, als Samuel bis zur Unkenntlichkeit verbrannt war. Es war eine Magie, die Menschen binnen weniger Sekunden in den Tod riss. Ich konnte nicht warten.

Ohne abzuwarten, ob mein Bruder zurückkehrte, hatte ich den fremden Vorgarten hinter mir gelassen. Ich zögerte nicht, ehe ich die Tür zu dem Haus aufstieß, in dem ich das eigentliche Zentrum der Macht vermutete.

Kaum durch die Haustür geschlüpft, fand ich mich in einem kleinen, beengten Wohnzimmer wieder. Dunkel lag es vor mir. Rosafarbene Sessel mit Blümchenmuster dienten als hauptsächlicher Blickfang.

Tausende Porzellanteller hingen an der Wand. Eine massive Holztreppe mit Schnitzereien auf dem Geländer führte im hinteren Bereich des Zimmers nach oben.

Ich wusste nicht, ob ich gleich den Eigentümern in die Arme laufen würde, ich wusste nicht, ob ich mich in Gefahr begab. Über all das dachte ich nicht nach, hastete nur zur Treppe und brachte mich in Sekundenschnelle in höhere Gefilde.

»Nell!«, hörte ich Cornelius in dem Moment rufen, in dem ich meinen Fuß auf die letzte Stufe setzte.

Ich hatte jedoch nicht die Gelegenheit, zu ihm zu sehen, denn ich spürte die magische Druckwelle, noch ehe sie durch das Fenster links von mir hindurchschoss.

Die Fensterscheiben zersprangen. Etwas Scharfes kratzte über meine Wange. Instinktiv riss ich meine Arme in die Höhe und befahl die Magie zurück, die gegen mich prallen und mich von den Füßen reißen wollte. Die Welt um mich herum explodierte.

Mit einem Donnergrollen wich die Magie von mir. Im selben Moment verlor ich den Halt, wurde zurückgestoßen. Hart schlug ich mit dem Kopf irgendwo an, mit dem Rücken, dem Bauch, und für einen kurzen Moment war alles vor meinen Augen vollkommen schwarz.

Blut. Das Einzige, das ich wahrnahm, war das Blut, das ich in meinem Mund schmeckte; dann bot sich mir ein verschwommenes Bild der Treppe. Ich wusste, dass ich mich an ihrem Fuße befand, all die harten Stufen hinuntergestürzt war und dass mein Körper noch immer verzweifelt versuchte, meinen Lungen Luft zuzuführen, und dennoch war ich merkwürdig orientierungslos. In meinem Kopf war nur dieses Rauschen, ich konnte nicht atmen.

»Nell!« Cornelius. Ich hörte ihn, aber wo war er?

»Steh auf!«

Ich konnte nicht. Mein Körper war taub und … ich versuchte mich auf einen Arm zu stützen, sofort schoss der Schmerz in mich … Überall. Alles in mir schien zerbrochen.

Merkwürdigerweise war es unter all dem Schmerz das beinahe schon sanfte Stechen an meiner Hand, ein Windhauch in einem Orkan, das mich zurückholte. Mit letzter Kraft schnappte ich nach Luft, die sich schmerzhaft in meinen Brustkorb presste. Tränen drängten sich gewaltsam aus meine Augen.

Eine Sekunde … zwei … Zischend die Luft ausstoßend schaute ich auf das Baummotiv eines Tellers, der direkt neben mir in tausend Stücke zersprungen war. Eine Scherbe hatte sich in meine Handinnenfläche gebohrt.

»Nell, beweg dich!«

Er war tatsächlich hier …

»Con«, wisperte ich. Mein Blick zuckte in seine Richtung.

Zwischen uns sah ich nur tiefschwarzen Nebel, hinter dem der blonde Haarschopf meines Bruders nur zu erahnen war. Die dunklen Schwaden zogen ihren Kreis um mich herum, näherten sich mir von allen Seiten wie Strahlen einer schwarzen Sonne. Nebel, der zischte und züngelte wie Flammen, Zähne, die sich durch den Raum ihren Weg zu mir fraßen.

Magie. Magie, die mir fremd und zugleich vertraut war. Ich streckte meine schmerzhaft pochende Hand aus. Verzweifelt versuchte ich den Kern, das Zentrum der fremden Macht zu finden, sie von mir fernzuhalten. Vergeblich.

»Nein!«, konnte ich kaum mehr keuchen. Panik durchfuhr mich. Kraftlos schob ich mich über den Boden von ihnen fort, bis ich mit dem Hinterkopf gegen die Wand stieß.

»Cornelius!«, schrie ich und der Schmerz schoss mir so jäh in den Rücken, in jeden Knochen, dass ich wimmernd wieder zusammensackte.

Dann umschloss der Nebel meine Beine. Alles in mir schrie protestierend, als ich sie an mich zog. Der Schmerz, der reißend meinen Rücken hinaufjagte, die Übelkeit, die meinen gesamten Oberkörper zu erfüllen schien, brachte mich … trieb mich in den Wahnsinn. Alles um mich herum verflüchtigte sich zu einer kleinen Welt aus Schreien und Qual.

Kapitel 19

« MIT ANDEREN AUGEN »

Der Nebel schien mir in Nase und Rachen zu steigen, doch ich nahm ihn kaum wahr, wie etwas Körperloses, das von mir Besitz ergriff. Ich konnte mich nicht wehren.

Der Schmerz ebbte langsam ab, pochte, verschwand. Als wäre ich ein Geist, fern meines Körpers, sah ich zu, wie der Nebel mich verschluckte. Ich spürte nichts mehr, nur das immer schneller und schneller schlagende Herz in meiner Brust. Es schrie, kreischte, kämpfte um mein Leben, während mein Körper bereits aufgab.

Wie lange lag ich hier? Am Fuße der Treppe, verschluckt von einem Nichts? Es konnten nur wenige Sekunden sein. Es …

»Helena!«

Der Schmerz war da, die Angst verschwunden. Jemand riss an meinen Gliedern und mein Schrei entrang sich so gewaltsam meinem Körper, dass es sich anfühlte, als zerreiße er meine Kehle. Ich kehrte zurück. Zurück in die Welt, in der mir Arme und Beine, der Kopf, der Rücken, selbst die Hände so fürchterliche Qualen bereiteten, und doch konnte ich endlich wieder sehen.

Sofort ließen die Hände mich los, der Schmerz wich zurück, doch verließ mich nicht gänzlich.

»Nell.« Sanfter Atem kühlte mein wundes, glühendes Gesicht.

»Aidan«, wisperte ich und sah aus tränenverschwommenen Augen, wie sich die dunklen Nebelflammen zurückzogen wie Tiere, die sich vor Feuer scheuten.

Mein Bewusstsein wollte meinem Körper entfliehen. *Sicherheit. Aidan.*

»Hey, bleib bei mir.« Seine Stimme war merkwürdig sanft, nicht gehetzt oder laut wie die meines Bruders.

»Cornelius.«

»Er holt Faye. Es wird alles gut.«

Gut? Kann das sein?

Ich blinzelte die Tränen fort und nach und nach wurde die Welt um mich herum klarer. Wirklich klar, denn der Nebel begann sich allmählich zu lichten.

»Wie …«

Ein kleines Lächeln umspielte seine Lippen. »Nicht wichtig. Wir müssen hier raus.«

Mein Blick bohrte sich sofort in den seinen. Vollkommene Konzentration lag in dem Sturmgrau seiner Augen. »Ich kann nicht.«

»Ich bin hier.«

Als seine Hände nach mir griffen, war für einen Moment alles wieder vergessen. Schmerz katapultierte mich beinahe aus meinem Körper heraus. Wie sehr ich es mir wünschte.

»Nicht«, schrie ich und wehrte mich mit aller Kraft gegen seine Berührung. Die Bewegungen zerrissen mich beinahe und doch war nichts so schlimm wie seine Hände.

»Nell.«

»Bitte«, schluchzte ich. »Bitte, fass mich nicht an, du …«

Ich stockte, als durch das wenige Licht, das von draußen hereinschien, Schatten in den Raum geworfen wurden. Wie riesenhafte Monster schienen sie, huschten an den Fenstern vorbei.

Mit einem Satz war Aidan aufgesprungen und zur Tür geeilt. Seine Hand umfasste die Schusswaffe. Mit einem leisen Geräusch entsicherte er sie, dann schob er die Tür ein Stück weit auf, um hinauszusehen.

»Aidan …«

Ich konnte ihm nicht helfen, weder mich noch ihn verteidigen. Mein Körper war so schwach, dass ich nicht einmal die Magie in mir spürte. Im Moment war es selbst eine Qual, hier zu sitzen. Ich sah auf meine Hüfte. Aidans Schattenklaue war noch immer daran befestigt. Nutzlos wie ich.

»Es ist alles gut«, hörte ich Aidan von der Tür her flüstern. Mir entging nicht, dass sein Ton von Angst und Sorge erfüllt war.

Er lenkte mich davon ab, auf mein linkes Bein zu sehen, das noch schlimmer aussah, als es sich anfühlte. Selbst ich erkannte, dass es gebrochen sein musste, so verkrüppelt und falsch, wie es vor mir lag.

»Nell!«

Erleichterung durchfuhr mich wie ein Schuss. Mein Bruder rauschte auf mich zu, doch Aidan riss ihn an der Schulter zurück. »Nicht!«

Cornelius befreite sich von ihm, wollte zu mir, doch Aidan war erneut schneller, packte ihn nochmals. »Fass sie nicht an! Jede Berührung wird sie innerlich zerreißen.«

Faye polterte ins Zimmer, Blue im Schlepptau, und schlug schwungvoll die Tür hinter sich zu. Besorgt stürzte der riesige Wolfshund zu mir, verharrte jedoch rechtzeitig, als spürte er, was in mir vorging. Seine Augen waren vor Traurigkeit ganz verhangen.

»Sie haben das Auto gefunden«, zischte Faye. »Es wird nicht lange dauern, bis sie uns hier finden. Wir müssen sofort weg.«

Weg von hier. Es klang so einfach. Fayes Blick rauschte zu mir und ihr Gesicht schien alle Farbe zu verlieren. »Was zum Teufel …«

Sie kam auf mich zu. Ganz langsam, als hätte sie alle Zeit der Welt. Cornelius hatte sich derart angespannt, dass er kaum reagieren konnte. Viel zu spät wollte er sie daran hindern, sich mir zu nähern.

»Sie weiß, was sie tut«, beruhigte Aidan ihn.

Ich wagte nicht, mich zu bewegen, fürchtete, der Schmerz würde dann nur Überhand nehmen. Im Moment war es zumindest zu ertragen.

Faye kniete sich vorsichtig vor mich hin und besah sich mein Bein, dann schaute sie mir direkt ins Gesicht. Etwas Warmes, sehr Sanftes lag in ihren kastanienbraunen Augen. Tiefe Traurigkeit und Sorge las ich in ihnen und das machte mir mehr Angst als alles andere zuvor.

Diese Ruhe währte nicht lange, denn Faye warf Aidan über die Schulter bereits einen Blick zu. Ein Blick, der so viel aussagte.

»Sie ist regelrecht durchtränkt von diesem Fluch«, wisperte sie. »Wenn wir sie anrühren, tötet er sie.«

»Ein Fluch?«

Der Schock im Gesicht meines Bruders glich dem, der mir in die Glieder fuhr. Was hatte man mit mir gemacht? Die Antwort war so einfach wie erschreckend. *Chaosmagie.*

Anders war das, was ich vorhin mit eigenen Augen gesehen hatte, nicht zu erklären. Aus diesem Grund war es mir nicht möglich gewesen, mich zu wehren. Unglaublich müde, einfach zu erschöpft für jedwede Bewegung, suchten meine Augen nach Cornelius.

»Wie hast du ihn aufgehalten?«, wisperte ich. »Den *Fluch?*«

Es erschien so unwichtig und doch drängte sich in mir diese Frage auf, drängte nach einer Antwort. Es war, als wolle die Wahrheit ans Tageslicht. Eine viel größere, bedeutendere Wahrheit, als ich zunächst wusste.

Dunkle Schatten fielen über Cornelius' Gesicht und er sah mich unverwandt an. Widerstreitende Gefühle schienen in ihm zu kämpfen. »Ich war es nicht, Nell.«

»Was?«

»Ich habe es nicht unter Kontrolle gebracht.«

Ich brauchte einen Moment, um diese Information zu verarbeiten. Bevor mir dies gelang, lachte ich ungläubig.

»Wer soll es denn sonst gewesen sein? Ich war es zumindest nicht. Ich war wie gelähmt. Also ...«

Ich hatte ihn ganz genau betrachtet und so war es mir nicht verborgen geblieben, wie sein Blick zum Fenster hin gehuscht war. Zu Aidan.

Aidan war es gewesen, der zu mir gekommen war, der als Erster bei mir gewesen war.

»Mir wird schlecht«, wisperte ich und fokussierte den Söldner, der sich mir bereits zugewandt hatte. Seine Miene war nicht zu lesen, jedenfalls nicht für mich, und ich wusste trotzdem, was er mir sagen wollte.

Faye kniete noch immer vor mir und Angst stahl sich in ihre Augen, als mir endlich klar wurde, was ich all die Zeit übersehen hatte. Wie hatten mir die Zusammenhänge entgehen können?

»Du warst immer da, Aidan«, führte ich meine Gedanken aus. »Als Samuel starb, als ich die Barriere auf meiner Insel zerbrach ...«

Er reagierte nicht, doch ich brauchte auch keinerlei Bestätigung mehr von ihm, um die Wahrheit zu erkennen. »Und jedes Mal habe ich mir die Macht nicht erklären können, die ich wahrgenommen habe. Ich war mir sicher, dass es Chaosmagie war, denn sie war so anders als all das, was ich vorher kannte.«

Selbst das Sprechen tat weh. Anders, aber es schmerzte. Dort, wo eigentlich mein Herz hätte sein sollen, spürte ich nur ein dunkles Loch aus Schmerz.

»Aber ich bin es nicht gewesen, die sie heraufbeschworen hat, oder?«

Dieses Mal stahl er sich nicht aus der Verantwortung. Er machte einen Schritt auf mich zu, sah mich direkt an. »Nein.«

»Du bist aus dem Chaos geboren.«

Er seufzte. »Wir verwenden diesen Ausdruck nicht.«

»Es ist mir vollkommen gleich, wie du es nennst!«

Die Wut kam augenblicklich. Sie würde nicht wieder weichen wie all die anderen Male. Wider besseres Wissen hatte ich ihm vertraut, ich hatte ihm meine Seele, mein Herz anvertraut, selbst als ich dies nicht hatte tun wollen. Er hatte sie nicht zerbrochen oder zerstört, sie waren noch ganz, doch er hatte ihnen einen niederträchtigen Tritt gegeben.

»Nell, bitte, das …«

Ich hörte seine Worte kaum. »Hast du es gewusst?«, fuhr ich meinen Bruder an.

Er atmete tief ein, dann nickte er. »Sobald ich gesehen habe, wie er die Magie in Schach hielt, die sich mir entzogen hat. Als er zu dir rannte und dieser Nebel ihm nichts anhaben konnte, ich …«

Aidan näherte sich mir einen Schritt und ich konnte nicht zurückweichen. Der Schmerz in meinem Bein ließ die Übelkeit in mir aufsteigen. Ich brauchte alle Kraft, um gerade sitzen zu bleiben. Ich saß vor ihm wie das Lamm vor seinem Schlachter. Diese Schwäche würde er mir büßen.

»Du warst es«, hauchte ich. Ich sah Jennas blutbesudeltes, leichenblasses Gesicht vor mir, die Wut und die Energie, die mich ausgefüllt hatte, spürte ich tief in meinem Herzen. Dieses Gefühl erschien mir kaum mehr unbekannt. »Es war deine Magie, die Samuel getötet hat.«

Nur langsam fügten sich die Ereignisse derart in meinem Kopf zusammen, dass sie Sinn ergaben. »Ich bin nicht chaosmagisch, du bist es. Du hast ihn umgebracht.«

»Es war meine Magie, die du dir zunutze gemacht hast, ja. Als ich bemerkte, was geschah, war es bereits zu spät.« Er kam noch näher. »Es tut mir unendlich …«

»Leid? Es tut dir leid«, schrie ich. »Tut es dir auch leid, dass man mich zwei Jahre gefangen gehalten, mich wie ein Monster behandelt hat? Die ganze Zeit über wusstest du, dass ich unschuldig bin!«

Ich konnte die Tränen nicht mehr zurückhalten. Übelkeit stieg in mir hoch. Die Isolation hatte mich gebrochen, mich allein mit meiner Trauer kämpfen lassen, zu einem anderen Menschen gemacht. Nun war ich dieser andere Mensch, dieser Mensch, der sich in der gewandelten Welt nicht mehr zurechtfand.

Plötzlich kniete er bei mir. Faye hatte sich irgendwann einfach zurückgezogen. Wortlos, als läge es nicht an ihr, dass dieser Moment vorbeiging. Endlich endete.

»Nell …«

»W-Wie kannst du es wagen … Gerade jetzt … Du hast mich ausgeliefert! Du hast mir das Leben zur Hölle gemacht!«

»Nell«, sagte er nur und ich hörte so viel Traurigkeit aus seinen Worten heraus. Es ließ mich kalt. »Du warst sicher. Ich wusste, man würde dich nach ihren Maßstäben gnädig behandeln.«

Fassungslos stieß ich die Luft aus. »Im Gegensatz zu dir, meinst du? Du hast deinen eigenen Arsch gerettet?«

»Was glaubst du?!«, erhob nun auch er die Stimme. Verzweifelt streckte er eine Hand nach meinem Gesicht aus, doch ich zuckte zurück und er ließ sie langsam wieder sinken. »Es ging nicht um mich. Es ging nie nur um mich. Wäre es so gewesen, hätte ich alles in Kauf genommen, um dir dieses Schicksal zu ersparen.«

Ich würde für sie mein Leben geben und das eines jeden anderen. Die Wahrheit schlug mir mit aller Brutalität in das Bewusstsein. *Faye.* Es ging wieder um Faye und das konnte im Grunde nur eines bedeuten.

Mein Blick huschte zu Aidans Partnerin, deren Miene jetzt so verschlossen und unnachgiebig wirkte wie eh und je.

Aidan brauchte meine Feststellung nicht zu bestätigen. »Mein Geständnis hätte unweigerlich zu Faye geführt. Du warst sicher, Nell. Sie war es nicht.«

Faye war wie er. *Aus dem Chaos geboren.* »Helena …«

»Du hast mir alles genommen«, flüsterte ich. Neue Tränen bildeten sich in meinen Augen. »Mich im Stich gelassen und meine Geschwister … Was hättest du tun können, um sie aufzuspüren? Was hätten sie tun können?«

»So einfach ist das nicht. Ich hatte einen Auftrag. Sie haben alles getan, um nach den Verschwundenen zu suchen. Es sind nicht nur Naturmagier. Es …«

»Aidan, wir müssen hier weg«, hörte ich Faye drängen. »Und wir können Nell nicht tragen. Das hält ihr Körper nicht aus. Nicht einmal eine Minute lang. Der Fluch steckt ihr in jedem Knochen. Sie werden zerbrechen.«

Zu spät.

Aidan wirkte merkwürdig gehetzt. Ich fühlte mich nur noch leer. Ganz vorsichtig leckte Blue mir über die Fingerspitzen. Ich spürte es kaum.

»Hier stehen doch genügend Autos, um …«

»Wie stellst du dir das vor?«, hauchte sie irgendwie verzweifelt. »Die Straßen sind gesperrt. Mit dem Auto kommen wir nicht aus der Stadt heraus.«

Ich wusste genau, wie sehr sie sich fürchtete. Sie fürchtete, Aidan zu verlieren. An uns, die sie nur aufhielten. An mich. Und obgleich alles in mir taub war – vielleicht auch aus genau diesem Grund –, schien ich die Einzige zu sein, die wusste, was zu tun war.

Ich konnte nicht laufen, man konnte mich nicht berühren, geschweige denn tragen. Jede Möglichkeit der Flucht schied aus. Zumindest für mich.

»Aidan«, setzte ich mit all meiner Neutralität an. Seine Augen fanden sofort die meinen. »Bist du sicher, dass deine Leute nicht zu unseren Feinden zählen? Dass das hier nicht ihr Werk ist?«

»Ja.«

Ich sah die Ehrlichkeit in seinen sturmgrauen Augen und ich musste ihm einfach glauben. Mir blieb keine Wahl. Es war ein Risiko. Chaosmagischen zu vertrauen, nachdem Chaosmagie mir das hier angetan hatte, und doch war es die einzige Chance, die uns im Moment blieb.

»Ist es sicher dort?«

»Niemand weiß von ihrem Aufenthaltsort.«

Ich nickte. »Cornelius. Ruf Greta an. Sie soll das Archiv sofort verlassen. Vielleicht seid ihr nicht rechtzeitig dort, um sie abzuholen.«

»Was willst du damit sagen?«

»Ihr müsst zu den Chaosmagiern. Sie können euch Unterschlupf gewähren.«

Es dauerte nicht lange, bis Cornelius verstand. »Ich lass dich nicht hier zurück.«

Ich verzog mein Gesicht zu einer freudlosen Grimasse. »Oh doch. Hör zu …« Meine Worte setzten für einen Moment aus. Ich musste mich sammeln. Es tat zu sehr weh.

»Sie suchen nach mir! Haben sie mich, werden sie euch in Ruhe lassen. Wir können nicht nach Ammie und Leo suchen und gleichzeitig vor ihnen fliehen, und im Moment gibt es niemanden, dem wir sonst noch versuchen können zu trauen.«

Dem verzweifelten Wahnsinn nahe, kniete er sich zu mir herunter. Sein Blick war mörderisch, verzweifelt, panisch, ängstlich; alles zusammen. »Ich lasse dich nicht hier.«

Ich ließ die Magie zwischen uns auflodern, gerade rechtzeitig, um ihn daran zu hindern, mich anzufassen.

»Cornelius!« Er hielt für einen Moment inne. »Vielleicht kannst du nicht alle von uns retten. Drei für eine ist ein guter Tausch.«

Ich sah, wie sich die Erkenntnis in seinem Kopf festbiss. Ich lächelte traurig. »Pass mir gut auf meinen Hund auf.«

Ich sah Blue noch einmal in die Augen und mir brach beinahe das Herz. Er hatte immer zu mir gestanden. Rückhaltlos, bedingungslos. Er hatte mich in den schlimmsten Phasen meines Lebens begleitet. Mein treuester Freund. Zittrig streckte ich eine Hand nach ihm aus, streichelte seinen Kopf und ließ mir von ihm noch einmal über die Hand lecken.

Zumindest ihn konnte ich noch berühren, wenn es mir schon nicht vergönnt war, meinen Bruder noch einmal in die Arme zu schließen.

»Zum Teufel damit«, knurrte Aidan und seine Hand fuhr zu mir. Ehe sie mich berühren konnte, packte Cornelius seinen Arm.

Erleichtert schloss ich die Augen. Mein Bruder hatte endlich verstanden. »Ich lass nicht zu, dass du ihr noch mehr wehtust.«

Aidan riss sich los und funkelte mich böse an. »Das tust du nicht, Nell! Wer weiß, was sie mit dir anstellen.«

Ich schnaubte und schloss die Augen, während ich meinen Hinterkopf gegen die Wand lehnte. Ich wollte ihn jetzt nicht mehr ansehen.

»Hätten sie mich töten wollen, hätten sie mich auch getötet. Das hier wäre doch sicherlich wesentlich schneller gegangen«, murmelte ich, obwohl ich mir ganz und gar nicht sicher war, was dieser Angriff nun wirklich zu bedeuten hatte.

Aber im Grunde war das doch egal. Meine Geschwister waren in Gefahr, und mich zu retten, würde die Gefahr nur noch vergrößern. Es war nur eine Frage der Zeit gewesen, wann ich dieses Opfer hätte bringen müssen.

Ich sah Cornelius in diese liebevollen tiefgrünen Augen. Die Augen unseres Vaters. Die Tränen rannen ihm ungehindert über die Wangen, während ich nur traurig und müde lächeln konnte. Er würde dafür sorgen, dass das hier nicht umsonst war.

»Helena.«

Ich sah Aidan ein letztes Mal ohne jegliche Emotion an, ehe ich meine Aufmerksamkeit auf Faye richtete. Faye, die wieder einmal gewonnen hatte, auch wenn keine von uns es auf einen Wettstreit angelegt hatte.

Ihre Augen waren weit geöffnet. Ich konnte ihre innere Zerrissenheit ganz deutlich sehen, doch für sie galt dasselbe wie für Aidan. Sie würde jeden zurücklassen, um ihn zu retten, das wusste ich.

»Sorg dafür, dass er wiedergutmacht, was er getan hat.«

Sie würde Cornelius und Aidan hier rausbringen. Darauf konnte ich vertrauen.

Bleischwer lehnte ich noch immer an der Wand, als ich die schweren Schritte im Raum erklingen hörte. Meine Arme und Beine waren taub, mein ganzer Körper schien leer. Ich sah nicht auf, folgte mit dem Geiste meinem Bruder, als man die Waffen auf mich richtete.

»Helena Feyrsinger. Zur Sicherheit der Gemeinschaft fordern wir Sie auf, sich ohne Widerstand zu fügen.«

Eine Ahnung verriet mir, dass ich nicht das Glück haben würde, meine Insel wiederzusehen. Oder meine Geschwister.

Kapitel 20

« AUS TRÜMMERN ERSCHAFFEN »

Ich hatte viele Erinnerungen, wunderschöne Erinnerungen, die mich mein gesamtes Leben begleiten würden, mich ein ganzes Leben lang würden glücklich machen können.

Wenn ich die Augen schloss, konnte ich Leonard sehen, wie seine goldblonden Locken, die heute mehr braun als blond waren, auf und ab gewippt waren, als er vor mir davongelaufen war. Ich sah, wie Amalia und Cornelius von einem ihrer Einsätze zurückkehrten und uns in ihre Arme schlossen, froh, endlich wieder bei uns zu sein. Ich sah Greta, die meist ein wenig abseits gestanden hatte, wenn die Zwillinge zurückgekehrt waren. Milde lächelnd hatte sie wie die Sonne gestrahlt.

Jenna, die später einmal meine Freundin werden würde, als der Altersunterschied nicht mehr viel bedeutet hatte. Wie sie jedes Mal rot angelaufen war, wenn Cornelius sie angelächelt hatte. Ich hatte sie deswegen lange merkwürdig gefunden.

Tessa und ihre Pfannkuchen …

Seufzend rollte ich mich auf die Seite. Die Matratze des blauen Zimmers war auf eine ungute Weise unendlich weich. Früher hatte mich das nicht gestört, doch mein Körper war noch immer geschwächt und es brauchte einiges an Kraft, mich herumzudrehen.

Die Kleriker hatten mich wieder zurück ins Archivhaus der Chronisten gebracht und mich in dem Zimmer einquartiert, das ich mir mit Greta geteilt hatte. Den ganzen Weg dorthin hatte ich gefürchtet, meine Geschwister dort anzutreffen, doch wie es schien, hatte Cornelius Greta noch rechtzeitig zur Flucht verholfen und so war es nur Henrik gewesen, der mich mit einem leidvollen Blick aus den Augenwinkeln begrüßt hatte.

Das blaue Zimmer war zu meiner Zelle geworden, abgeriegelt und sicher. Einige Wochen lang hatte ich hier geschlafen, doch erst seit ich hier eingesperrt worden war, konnte ich die Besonderheiten erkennen. Einer der Vögel hatte einen gebrochenen Flügel oder war er nur fahrlässig gemalt worden?

Der einzige Weg hinaus wäre wohl der aus dem Fenster gewesen. Mein Bein war dank der speziellen Medizin der Kleriker schon recht gut verheilt. Sie übertraf alles, was ein Krankenhaus der Menschen hätte aufbringen können. Die Brüche waren kuriert, das Auftreten bereitete mir jedoch noch einige Schwierigkeiten. Einen Sprung aus dem ersten Stock würde ich nicht unbedingt wagen.

Der chaosmagische Fluch war beinahe vollkommen abgeklungen. Tage waren vergangen, ehe man mich wieder berühren konnte, was meine medizinische Versorgung ziemlich erschwert hatte. Im Grunde hatte jeder Eingriff zur Rettung meines Beins noch mehr geschmerzt als alles andere.

Stöhnend erhob ich mich und rieb mir vorsichtig über die Arme. Noch immer fragte ich mich, wie es den Klerikern gelungen war, uns so schnell zu finden. Immer wieder fielen meine Gedanken auf den Anruf Tessas einen Tag zuvor. War es wirklich möglich, dass sie uns verraten hatte? War es nicht ein Leichtes, jemanden über sein Handy zu orten? Alles in mir sträubte sich gegen die Möglichkeit, dass Tessa aktiv an meiner Verhaftung teilgenommen hatte. Und nicht nur das … Man hatte mir das Bein gebrochen und vermutlich noch mehr in Kauf genommen.

Ein Windstoß stob durch das Fenster, das von den blauen Vorhängen verdeckt war. Sie tanzten leicht in den Raum. Ehe der Regen einsetzen konnte, den ich bereits nahen spürte, rührte ich mich. So schnell mein verletztes Bein es zuließ, schloss ich das schwere holzumrahmte Fenster. Den Blick nach draußen hatte nur flüchtig sein sollen, doch irgendetwas zwang mich, zu verharren.

Ein jedes Mal, wenn ich hinaussah, erinnerte ich mich daran, wie oft ich Aidan beim Patrouillieren beobachtet hatte. Und diese Erinnerung führte direkt zu der Frage, ob ich richtig gehandelt hatte, meine

Geschwister in die Obhut Aidans und der Chaosmagischen zu drängen. Aber was blieb uns noch anderes übrig? Vielleicht waren die wirklich Einzigen, denen wir vertrauen konnten, diejenigen, die uns noch fremd waren. Oder mir. Ob Greta und Cornelius die Chaosmagier bereits erreicht hatten? Ich war jetzt seit fünf Tagen hier.

Seufzend lehnte ich meine Stirn gegen die kühle Fensterscheibe. Vielleicht würde sich heute jemand dort draußen zeigen und mir ein wenig Ablenkung verschaffen. Ich hatte wenig Hoffnung. Bisher hatte ich lediglich Kontakt mit den Heilern gehabt. Niemanden, der verantwortlich war. Verantwortlich für … was auch immer. Wie weit der Verrat der Kleriker reichte, konnte ich noch immer nicht sagen und wieder einmal nagten die Zweifel an mir. Nur weil die Kleriker gegen uns zu sein schienen, hieß das doch noch lange nicht, dass Aidans Sippschaft unschuldig war.

Aidans Sippschaft … Seine Unaufrichtigkeit lag so klar vor mir, dass er es hätte sein müssen, dem mein Misstrauen galt. Und dennoch hatte ich gewusst, dass ich ihm vertrauen konnte. Meine Geschwister würden sicher sein und …

In diesem Moment hörte ich das Schloss an meiner Tür vertraut knacken und wandte mich um, ehe man sie öffnete. Ich hatte wieder nur eine Heilerin erwartet. Zwar hatte man mein Bein heute bereits untersucht, mir jedoch noch kein Essen gebracht. Es war schon witzig, dass mein Magen selbst in einer solchen Situation unruhig grummelte.

Entgegen all meiner Erwartungen sah ich Michael Dew vor mir, der Mann, der damals mein Verhör geleitet und das Urteil meiner Isolation vollstreckt hatte. Michael war einer der ranghöchsten Kleriker, Oberster Richter und Botschafter, wodurch ihm auch Macht über die Naturmagier zuteilwurde. Mein ganzes Leben kannte ich diesen Mann, der einmal zu den besten Freunden meiner Eltern gezählt hatte. Er trug einen mit Sicherheit sündhaft teuren schwarzen Anzug. Sein gestutztes blondes Haar war von einigen grauen Strähnen durchzogen. Die leichten Falten, die sich in dem Gesicht des Mittfünfzigjährigen andeuteten, ließen ihn bedauerlicherweise nicht freundlicher wirken.

»Sieh einer an«, hörte ich mich sagen. »Hoher Besuch.«

Dew reagierte nicht auf meinen Hohn. »Helena, wie schön, dich wiederzusehen.« *Bitte?* »Ich hatte schon befürchtet, unsere Gemeinschaft hätte dich auf ewig verloren.«

Ich schnaubte und verschränkte die Arme vor der Brust. »Oh, das kann passieren, wenn man Unschuldige auf einer Insel verrotten lässt und mit Chaosmagie attackiert.«

Woher ich den Mut fand, das zu sagen, wusste ich nicht. Michael mimte nahezu perfekte Entrüstung. »Ich hätte nie geglaubt, dass du uns einmal eines solchen Verbrechens bezichtigen könntest.«

»Spar dir das, Michael. Wir sind Gefangene und Kerkermeister, dann können wir uns auch so begegnen. Ich weiß, dass ich nicht die Einzige war, die ihr aus einer bloßen Ahnung heraus … ausgesondert habt.«

Dew schwieg zunächst, ehe er mir mit aller Kälte antwortete: »Torres ist lange tot. Und wie es das Schicksal so wollte, haben sich unsere Vorwürfe gegen ihn vollkommen bewahrheitet.«

»Na, herzlichen Glückwunsch«, sagte ich nur schneidend und wandte mich wieder dem Fenster zu, um ihn nicht weiter ansehen zu müssen. »Zu dumm, dass ihr meine Schuld noch immer nicht bewiesen habt.«

Ich konnte es ihm nicht sagen. Ich konnte ihm nicht sagen, dass nicht ich es gewesen war, die damals die tödliche Chaosmagie heraufbeschworen hatte. Was hätte es auch gebracht? Aidan war frei und in der Lage, meine Geschwister zu retten. Ich war gefangen und würde es wohl in jedem Fall bleiben. Meine Ehrlichkeit würde nicht bewirken, dass man mich meines Weges gehen ließ.

»Wir hoffen natürlich weiterhin, dass du die Quelle deiner Macht ergründen und dich uns anschließen wirst.«

Das war es. Chaosmagier waren für sie also nur solange das absolut Böse, wie sie auf der vermeintlichen Gegenseite standen und sich weigerten, als Machtinstrumente für die Kleriker zu dienen. Ich hatte es ja geahnt. Wie sonst hätten sie mich mit diesem Fluch belegen können? Die Frage war nur, ob die Chaosmagier sich ihnen freiwillig angeschlossen hatten oder ob sie ebenso wie Amalia und Leonard einfach *verschwunden* waren.

»Danke, ich verzichte.«

Ich hörte seine Schritte, ehe seine Hand auf meiner Schulter zu liegen kam. Mein gesamter Körper verkrampfte sich. Bemüht, keine Reaktion zu zeigen, hielt ich die Luft an.

»Deine abweisende Haltung erschwert unsere Zusammenarbeit massiv, Helena Feyrsinger. Je schneller du das einsiehst und dich uns fügst, desto schneller können wir uns voll und ganz auf die Rettung deiner Geschwister konzentrieren.«

»Solltet ihr das wirklich vorhaben«, fügte ich an und dachte an die Barriere, die die Kleriker an dem Ort errichtet hatten, an dem Amalia und Leo verschwunden waren.

»Wir sind die Guten in diesem Spiel. Und im Übrigen auch die Einzigen, die wirklich etwas ausrichten können. Du glaubst doch nicht ernsthaft, dass Cornelius und Greta … und ein paar Söldner tatsächlich gegen diese Verschwörung vorgehen können. Wie viel habt ihr in der Zeit seit deiner Flucht in Erfahrung gebracht, hm?«

Ich starrte mit regungsloser Miene geradeaus. »Ich weiß nicht, was du meinst. Ich war allein. Ich habe mich allein auf die Suche begeben.«

Endlich löste sich seine Hand von meiner Schulter. »Aber natürlich hast du das.« Hinter mir hörte ich die Tür über den Boden scharren. »Lass es uns wissen, wenn du beschlossen hast, wieder auf die Stimme der Vernunft zu hören.«

Wie ein Wolf im kleinen Gehege streifte ich in Kreisen durch mein Zimmer. Meine nackten Füße versanken immer wieder in dem weichen blauen Teppich. Über einen Monat war es her, dass ich vom Verschwinden meiner Geschwister erfahren hatte. Es war so viel Zeit vergangen …

Irgendwann hielt es mich nicht mehr auf den Beinen. Seit Tagen kontrollierte Übelkeit meine gesamte Wahrnehmung. Das Essen, ausgewogen und mitunter wirklich köstlich, rührte ich kaum noch an. Die Enge meines winzigen Zimmers schlug mir aufs Gemüt. Hier war ich allein mit meinen Gedanken. Gedanken an meine Geschwister, an Aidan und seinen Verrat und an die Zukunft, die mir bevorstand. Vermutlich wurde man versuchen, mich einer Gehirnwäsche zu unterziehen. Schließlich hatte Michael Dew bereits zugegeben, mich als Chaosmagierin auf seine Seite ziehen zu wollen.

Als er mich am heutigen Tag besuchen kam, wie er es sich nun zur Gewohnheit gemacht hatte, machte ich mir nicht mehr die Mühe, mich zu erheben. Die Übelkeit würde anschwellen und ich könnte mich nicht mehr darauf konzentrieren, seinen Versprechungen und Drohungen, die sich stetig abwechselten, entgegenzustehen.

»Helena«, sagte er nun schon zum zweiten Mal.

»Ich habe dich gehört«, antwortete ich nur, während ich teilnahmslos an die Decke starrte. »Und ich bin nicht bereit, mich in euer nettes Rehabilitationsprogramm zu begeben.«

»Das habe ich mir gedacht. Du glaubst doch nicht wirklich, dass ich nicht mehr Durchhaltevermögen besitze.«

Recht verwirrt hob ich den Kopf und sah auf seine veränderte Gestalt. Seinen feinen Zwirn hatte er gegen legere Jeans und einen einfachen grauen Pullover getauscht. Ich schnaubte. Vermutlich versuchte er, seine bedrohliche Aura als Oberster Richter um der Überzeugung willen ein wenig aufzugeben. Das würde bei mir nicht funktionieren.

»Lass uns einen Spaziergang machen.« Mist. Dieses Angebot konnte ich einfach nicht ablehnen. Ich war zu lange in diesem Zimmer gefangen. Dreimal am Tag auf die Toilette gehen zu dürfen, war nicht wirklich eine Abwechslung.

Um meine falsch platzierte Euphorie nicht zu zeigen, schob ich meine Beine mit aller Bedacht über die Bettkante. »Gehen wir«, sagte ich nur, als ich neben ihm stand.

Gemeinsam traten wir in den dunklen Flur hinaus. Über die Außentreppe gelangten wir in die untere Etage. Ich schloss gequält die Augen, als mir klar wurde, dass der Spaziergang im Hausinneren stattfinden würde. Ich aber vermisste die frische Luft und draußen, umgeben von der Natur und der in ihr herumschwebenden Magie, wären meine Chancen zu fliehen beinahe als gut zu bezeichnen gewesen.

Ich verschränkte die Arme vor der Brust, während ich Dew in das kleine Wohnzimmer folgte. Erinnerungen an Greta, wie sie dort auf dem Boden inmitten ihrer Bücher gesessen hatte, überkamen mich und ich drängte sie gewaltsam zurück.

»Also, wann kommen wir zum eigentlichen Grund für dieses kleine Rendezvous? Wann fängst du damit an, mich wieder darüber aufzuklären, dass ihr nichts mit dem Verschwinden meiner Geschwister zu tun habt, mit dem Angriff auf mich nichts zu tun habt …«

Ich kam nicht dazu, die Liste mit ein paar weniger wichtigen Vergehen, die ich ihnen hätte vorwerfen können, zu vervollständigen.

»Ich möchte dir eine Frage stellen«, unterbrach er mich. »Was ist es, das uns so sehr belastet, dass deine Meinung über uns bereits feststeht? Wir sind eine Gemeinschaft, Helena. Eine Familie.«

Ich biss die Zähne zusammen. »Nein, das sind wir nicht«, antwortete ich stattdessen. »Meine Familie wurde mir entrissen.«

Dew schwieg eine Weile, ehe ihm bewusst wurde, dass ich seine Frage nicht mehr beantworten würde. »Ich will dir etwas zeigen.«

Er blieb abrupt stehen und zog sein Handy aus der Tasche, um jemanden zu sich zu zitieren. Dann machte er es sich auf einem der blassblauen Sofas bequem und schlug ein Bein über das andere. Seine Kleidung mochte sein wahres Wesen kurzzeitig verschleiert haben, doch jede Bewegung seinerseits zeugte von der Autorität, die er besaß. Nie konnte ich vergessen, wie sehr ich mich vor diesem Mann in Acht nehmen musste.

»Setz dich.«

Skeptisch beäugte ich ihn, wog ab, wohin all das führen sollte, doch ich folgte seiner Aufforderung und ließ mich direkt vor ihm nieder. »Und jetzt«, begann er, »sollten wir reden.«

»Reden wir«, stimmte ich zu.

»Was bringt dich auf den Gedanken, wir hätten etwas mit dem Verschwinden von Cornelius und Amalia zu tun?«, kam er gleich auf den Punkt.

Ich sah ihn eine Weile lang einfach nur stillschweigend an. Ich erwartete eine Reaktion auf diese Stille, doch es regte sich nicht ein Muskel in seinem Gesicht. Vertrauen konnte ich diesem Mann nicht, doch war es nicht meine einzige Möglichkeit, mich einigermaßen kooperativ zu zeigen? Die Schwierigkeit dieses Unterfangens jedoch war, nicht zu viel, nichts zu Wichtiges zu verraten.

Ich durfte nicht zu lange zögern. Ich durfte nicht von meiner Geschichte abweichen, auf eigene Faust gehandelt zu haben, selbst wenn er die Lüge vermutlich schon längst durchschaut hatte. Ich konnte meine Geschwister nicht willentlich verraten. Wenn dies alles vorbei war und die Kleriker wirklich unschuldig waren, mussten sie die Chance haben, in unsere Gemeinschaft zurückzukehren.

»An dem Ort, an dem Amalia und Cornelius attackiert wurden, fand ich Spuren einer Barriere, die der, die ihr um meine Insel gelegt habt, sehr ähnelt.«

»Und so kamst du zu dem todsicheren Schluss, wir hätten etwas mit der Entführung zu tun?« Er lachte. »Ach, Helena.«

Ich versuchte, meine eiskalte Miene zu bewahren. »Was soll ich sonst glauben? Dass ihr zufällig dort wart?«

»Wir waren nicht dort.«

Ich schluckte meinen Hass hinunter. »Ebenso wenig, wie ihr für den Fluch verantwortlich seid, der mich getroffen hat? Ihr habt bereits Chaosmagische in euren Reihen. Wenigstens das kannst du zugeben. Und ich bin mir ziemlich sicher, dass nicht alle euch freiwillig dienen.«

Dew schüttelte resigniert den Kopf, als habe er es mit einem schwer erziehbaren Kind zu tun. »So ist es nicht.«

»Wir kommen nicht weiter, Michael. Ich bin angegriffen worden und ihr habt mich kurz darauf festgenommen. Wer sollte deiner Meinung nach sonst dahinterstecken?«

Dew beugte sich ein Stück weit vor und seufzte. »Ich befürchte, für diese Information könntest du noch nicht stabil genug sein.«

Ich lachte auf. »Stabil genug? Versuchen wir's.«

»Das Verschwinden der Naturmagier begann bereits vor Monaten. Diese Informationen sind nie nach außen gedrungen. Es blieb jedoch auch nicht nur bei diesen Fällen. Kleriker sind ebenso verschwunden. Und nach allem, was wir inzwischen wissen, wohl auch Chaosmagier. Warum, erschließt sich uns noch nicht zur Gänze, aber der Angriff auf dich lässt vermuten, dass sie einige von ihren Opfern … Nun, dass sie sie und ihre Fähigkeiten für sich nutzen. Wie eine private Armee, von der wir leider nicht wissen, wie groß diese inzwischen sein mag. Wer weiß schon, wie lange sie schon unbemerkt diese Entführungen begehen.«

Ich zog eine Augenbraue in die Höhe und sah ihn eine Zeit lang einfach nur an.

»Das ist dein Ernst? Glaubst du wirklich, dass ich mich mit einer solchen Erklärung abspeisen lasse?« Er sagte nichts. »Ich soll glauben, dass es irgendeinen unbekannten Dritten gibt? All das können auch Kleriker getan haben. Wenn du willst, dass ich dir auch nur in Ansätzen glaube, solltest du endlich ehrlich zu mir sein.«

Michael Dew seufzte und strich sich über das blond-graue Haar. »Euch zu finden, war uns nur durch einen unverhofften Tipp möglich.«

Mein Herz machte einen Satz. War es Tessa gewesen? Das Telefonat mit Cornelius, hatte sie es aus diesem einen Grund geführt? Um uns zu orten?

»Wir wurden schon vorher verfolgt«, ließ ich ihn wissen und dachte an unsere Flucht, nachdem wir Cornelius im Krankenhaus hatten zurücklassen müssen.

»Du hattest recht, Helena. Ich denke, inzwischen wissen wir beide, dass die Chaosmagier noch existieren. Diese Menschen, die deine Geschwister entführten, haben auch Chaosmagische unter sich und es ist ihnen gelungen, jemanden ins Dunkel zu stoßen, der einmal voller Licht war.«

Ein Kloß bildete sich in meiner Kehle. »Wer ist es?«, fragte ich, ohne zu wissen, ob ich dies alles glauben sollte. »Wer sind *sie?*«

»Die Chronisten. Es sind die Chronisten, die uns verraten haben.«

Ich war nicht dazu fähig, diesen Vorwurf zu verarbeiten. Mein erster und für lange Zeit einziger Gedanke galt meiner Schwester. *Greta.*

Als ich den anfänglichen Schock überwunden hatte, drang Unglaube zu mir durch. Er log. Er log, wie er es schon die ganze Zeit über tat.

»Das soll ich dir abnehmen, Dew? Alles deutet darauf hin, dass ihr es seid, die ihre Finger im Spiel haben. Kein Wunder, dass ihr jemand anderem die Schuld zuschieben wollt.«

Micheal Dew lächelte ein verkniffenes und doch irgendwie anerkennendes Lächeln. »In der Tat. Ich verlange auch nicht, dass du mir ohne eine adäquate Beweisführung Glauben schenkst. In diesem Moment werden die notwendigen Vorkehrungen getroffen.«

»Ach ja?«, fragte ich leise statt spöttisch, wie ich es geplant hatte. Ich wollte diese Beweise gar nicht sehen. »Ist es nicht ziemlich riskant, bei denen Unterschlupf zu suchen, die ihr für die Feinde haltet?«

Dew erhob sich, wanderte wie ein grübelnder Philosoph durch diesen schäbigen, kleinen Raum, der mir so ans Herz gewachsen war, und kam vor dem Fenster zum Stehen. »Es wäre viel auffälliger, wenn wir den Chronisten Anlass gäben, an unserem Vertrauen zu ihnen zu zweifeln. Lass mich dir eine Frage stellen. Woher habt ihr die Beweise, die gegen uns sprechen?«

Ich verzog meine Stirn. »Was willst du damit sagen? Wir haben uns im Archiv verschanzt.«

Ich verdammte mich dafür, dass ich dieses *wir* so einfach benutzt und damit offenbart hatte, dass ich eben nicht bis zu meiner Inhaftierung allein gearbeitet hatte, aber er wusste es doch ohnehin schon besser. »Die Schriftstücke haben eindeutig Auskunft darüber gegeben, wie sehr ihr Magische, egal welcher Art, verachtet. Es ist nicht schwer vorstellbar, dass ihr nun die Naturmagier aus dem Weg zu räumen versucht, wo euch dies mit den Chaosgeborenen doch schon gelungen ist.«

Er drehte sich nicht einmal zu mir um. »Ausgewählte Schriftstücke? Aus verschiedenen Zeitaltern, verfasst von verschiedenen Menschen? Wahllos zusammengewürfelt, sodass sie in eurer Gesamtkonzept passten?« Sein Hohn war fast schlimmer als die Erkenntnis, die sich gewaltsam in mir festsetzen wollte. »Helena, denk doch einmal nach. Man könnte sich vermutlich Jahrhunderte in diesem Archiv einschließen und niemals die richtigen Antworten finden. Wer hat euch die Schriften vorgelegt, die uns belasten?«

Gequält schloss ich die Augen. Greta. Greta. Greta. Er wusste es doch längst, wieso fragte er noch? Aber all das bedeutete nicht das Geringste. Alles, was ich tun musste, war, den unumstößlichen Gegenbeweis zu erbringen.

»Es war deine Schwester, nicht wahr? Sie hatte die Gelegenheit, euch all das in die Hand zu drücken, was euch in eine ganz bestimmte Richtung drängen würde. Gegen uns.«

Mir wurde ganz schlecht. »Die Barriere im Wald. Wir haben sie entdeckt. Greta hatte keinerlei Einfluss auf diesen Aspekt unserer Suche.«

»Das bedeutet nur, dass man euch von verschiedenen Fronten aus zu manipulieren versucht. Ich habe dir doch schon erklärt, dass diese Barriere zwar unserer Arbeit entspricht, jedoch nicht von uns heraufbeschworen wurde. Man versuchte gezielt, den Verdacht auf uns zu lenken.«

Ich schwieg.

»Helena«, seufzte Dew dann. »Dein verzweifelter Versuch, mich zu widerlegen, beweist doch nur, dass du tief im Inneren weißt, dass ich die Wahrheit sage.«

»Unsinn«, knurrte ich und fühlte mich auf meinem Sessel wie festgeschnürt. Mein Kopf gestand etwas zu, das mein Herz noch vehement von sich wies. *Es ist möglich*. Möglich, dass sie … dass Greta uns verraten hat.

»Wir haben deine Geschwister nicht angegriffen. Wir haben dich nicht angegriffen. Jemand, der um euren Plan wusste, informierte die Chronisten und ihre magischen Untergebenen, sodass sie euch dort abfangen konnten. Sie haben die Attacke mit voller Absicht kurz vor unserem Eintreffen initialisiert, um den Verdacht gegen uns noch zu erhärten. Vermutlich stammte auch von ihnen der Tipp, wo wir euch finden würden. Er kam genau rechtzeitig, um genügend Truppen abzukommandieren.«

»Das ist doch Unsinn. Was auch immer sie von mir gewollt hätten, warum sie mich getäuscht haben … Mit diesem Angriff haben sie mich euch praktisch ausgeliefert. Warum sollten sie riskieren, dass ihr mir die *Wahrheit* erzählen könnt, die sie mit Greta und all diesen magischen Attacken angeblich verschleiern wollten.«

»Vielleicht wollten sie dich aus dem Verkehr ziehen. Vielleicht war es aber auch ein Versehen. Einer der Chaosmagier ist durchgedreht, hat seine Kräfte nicht unter Kontrolle gehabt … Irgendetwas. Ich glaube nicht, dass man dich an der Flucht hindern wollte.«

»Nein«, stieß ich hervor und schoss in die Höhe. »Ich werde mir deine Lügen nicht weiterhin anhören, Dew. Da bleibe ich lieber noch Jahre in meiner Zelle.«

»Das wird wohl nicht nötig sein …« In diesem Moment klopfte es an der Tür und Michael bat seine Lakaien herein.

Zwei Kleriker schoben ein altes Fernsehgerät in den Raum. Ein dritter drückte Dew ein paar Videokassetten in die Hand. Sie verschwanden alle, so schnell sie gekommen waren. Dew betrachtete das Filmmaterial in seinen Händen für eine Weile. Ich selbst lauschte dem Geräusch, das seine Berührung auf dem harten Plastik hinterließ.

»Die Chronisten, musst du wissen«, begann er, »haben sich schon immer unserem Einflussbereich entzogen. Die Bewahrer unserer gemeinsamen Geschichte sollten unabhängig und neutral bleiben. Ein Bindeglied zwischen Magischen und Klerikern.«

Ich kannte die Geschichte, sagte jedoch nichts, das seine Erzählung beschleunigen würde. Ich war wie erstarrt, wollte unbedingt vermeiden, das zu sehen, was den Beweis für den Verrat nicht nur der Chronisten, sondern auch meiner eigenen Schwester darstellen sollte.

»Sie sind es seit Jahrzehnten, die bestimmen, wer in den Archiven arbeitet. Du entscheidest nicht selbst, ob du Chronist wirst, du wirst berufen.«

»Berufen? Also, so einen Blödsinn habe ich lange nicht gehört. Es ist ein Beruf wie jeder andere auch. Du redest, als seien sie … sie …«

»Sie sind eine gut strukturierte Organisation, die alle Fäden in der Hand hält. Sie haben Zugang zu unserer Vergangenheit und all unseren Berufsgruppen, die ihnen uneingeschränkten Gehorsam leisten, ohne uns darüber Rechenschaft abzulegen. Was die Chronisten verlangten, hat bisher nie jemand infrage gestellt. Irgendwann haben sie aufgehört, nur Gelehrte zu rekrutieren. Sie nahmen die Naturmagier in ihre Gemeinschaft auf. Später brauchten sie nicht einmal mehr ihre Zustimmung. Sie bauen eine Armee auf. Eine Armee, die nur ein einziges Ziel hat.«

Ich hatte meine Hände auf die gepolsterte Lehne meines Sessels gelegt und unaufhörlich auf meine schneeweißen Fingerknöchel gestarrt. »Welches Ziel ist das?«

»Sie wollen uns, die klerikale Gemeinschaft, ein für alle Mal zerstören, und die Magischen von uns abkapseln.«

»Dew, in diesem Moment kommt mir dieser Plan sehr verlockend vor, muss ich sagen«, sagte ich frei heraus, ohne zu überlegen, was genau das bedeutete, was er mich glauben machen wollte.

»Verstehst du nicht? Sie zwingen die Menschen zu ihrer Sache. Glaubst du wirklich, Amalia und Leo würden sich ihnen anschließen und euch zurücklassen? Ich kenne eure Familie gut. Für keine Sache der Welt, mag sie auch noch so gut sein, hätten sie das getan.« Ich sagte nichts. »Das sind keine Erlöser, das sind Tyrannen, die die Magischen unserem Einfluss entziehen wollen, um sie selbst zu kontrollieren. Und das auf eine ganz andere Art als wir.«

Was er da sagte. All das. Alles war verkehrt. Es widersprach allem, was ich bisher für wahr gehalten hatte. In meinem Kopf begann es zu rauschen und dieses Chaos an Gedanken und Emotionen würde nur eines zu einer Ordnung wandeln können. Beweise.

»Ich h-habe nichts mit den Chronisten zu tun«, begann ich recht überlegt. »Ihr Verrat würde mich nicht sonderlich überraschen. Es kann so sein. Aber deine Theorie enthält noch etwas anderes, das ich … das ich einfach nicht glauben kann.«

»Greta«, sagte Dew ruhig, als würde ihn das alles nichts angehen. Als hätte er nicht mich, die Tochter seines besten Freundes, vor sich. Als würde er nicht wieder eine seiner Töchter des Verrats beschuldigen …

»Ja«, krächzte ich. »Greta. Sie würde uns niemals so verraten. Nicht willentlich. Sie kann nichts davon gewusst haben. Wenn sie den Chronisten in die Hände gespielt hat, dann weil man sie manipuliert hat.«

Das erste Mal, seit Dew mich so erschüttert hatte, sah ich ihm klar und direkt in die Augen. Er musste mir glauben, dann könnten wir vielleicht gemeinsam nach einer Lösung suchen, wenn nur …

Nein. Ich musste mich zusammenreißen. Es mochte so einfach sein, seiner Theorie zu folgen. Es war so einfach, die Kleriker, denen ich stets vertraut hatte, freizusprechen, aber ich musste mich der unweigerlichen Tatsache stellen, dass nichts gesichert war. Weder das, was wir in Erfahrung gebracht zu haben glaubten, noch das, was Dew von sich gab.

»Ich gebe dir recht«, erlöste er mich und erwiderte meinen verzweifelten Blick mit diplomatischer Kälte. »Sie wurde manipuliert, aber sie wusste um den Verrat, den sie an euch beging. Man muss ihr jedoch zugestehen, dass sie der Ideologie ihrer Gemeinschaft verfallen ist. Durch und durch. Sie hielt das, was sie tat, für das Richtige.«

Ich schüttelte den Kopf und gab ein abwehrendes Zischen von mir. »Woher bitte, woher nimmst du deine Gewissheit? Du kennst Greta nicht.«

Dew trat einen Schritt vor, nahm eines der Videos in die andere Hand und legte die restlichen auf den Beistelltisch zwischen den Sesseln, ehe er den Recorder startete. »Ich hoffe, du bist bereit, Helena.«

Ich nickte. Plötzlich war ich bereit für die Wahrheit, die ich seit Wochen suchte.

Kapitel 21

»ALS TROPFEN GEFALLEN INS MEER«

Das schwarz-weiße Bild flackerte vor meinen Augen auf, sobald Dew auf die Wiedergabetaste drückte. Vor mir erschien ein Raum, diesem so unähnlich wie nur irgend möglich. Quadratisch und kahl beherbergte er einen kleinen Tisch und einen Stuhl, auf dem ein blondes Mädchen kauerte.

»Das kann nicht sein«, hauchte ich.

Vor mir sah ich Greta. Wie alt mochte sie sein, neun oder zehn? Eine Frau, in einen adretten weißen Hosenanzug gekleidet, zog ihre Kreise durch den Raum, um meine Schwester herum wie ein Raubtier um die Beute. Das leise Schluchzen Gretas drang mir bis ins Herz. Sofort war die Fremde bei ihr.

»Oh nein, mein Engel. Nicht weinen.« Sie kniete sich neben Greta und strich zärtlich über ihre Wange.

»Was ist das?«, fragte ich zerknirscht, ohne die Augen von meiner Schwester abzuwenden.

»Sieh es dir an«, antwortete Michael Dew ohne jegliche Emotion, was mir nur wieder aufzeigte, wie gleichgültig ihm die Freundschaft zu meinen Eltern wohl immer gewesen sein musste.

»Ich will zu meinen Geschwistern«, jammerte Greta und wischte sich über die tränennassen Wangen.

»Natürlich willst du das und bald bist du auch wieder bei ihnen«, antwortete die Fremde in einem widerlich säuselnden Ton, den ich sofort als unaufrichtig entlarvte. Das Kind, das Greta einmal gewesen war, war dazu noch nicht in der Lage gewesen. Sie versuchte ein tapferes Lächeln. »Siehst du, meine Süße. Du bist ja so stark. Du wirst deine Geschwister doch auch beschützen, jetzt wo deine Eltern nicht mehr bei euch sind.«

Greta wimmerte leise und ich verspürte den tiefen Drang, sie in meine Arme zu schließen. »Ja, aber Cornelius …«

»Cornelius und Amalia sind älter, Greta. Und sie sind außergewöhnlich begabt. Sie müssen ihre Pflicht erfüllen und du und die Kleinen, ihr werdet für euch selbst sorgen müssen.« Gretas Augen wurden vor Angst ganz groß. »Glaubst du, Helena und Leonard sind alt genug dazu, ja?«

Gretas dünne Schultern begannen zu beben, ihr Zittern verstärkte sich mit jedem weiteren Wort, das die Erwachsene aussprach. »Ich kann ihnen dabei helfen.«

»Ja, natürlich kannst du das, aber das wird nicht einfach, meine Liebe. Jemand hat deine Eltern aus dem Leben gerissen und dieser jemand ist sehr mächtig. Du bist keine Magische, Greta, aber du hast andere Methoden, dich und deine Familie … oder den Rest davon zu schützen.«

Jetzt sah meine Schwester auf. »Wie?«

Die Fremde grinste triumphierend. »Das werde ich dich lehren. Denk immer daran, dass wir dich immer unterstützen werden. Schließlich wirst du bald eine von uns sein.«

In diesem Moment stoppte Dew das Band. Geschockt ließ ich meinen Blick auf dem Bildschirm des alten Röhrenfernsehers verharren. »W-Was sollte das? Meine Eltern sind bei einem Flugzeugunglück gestorben. Niemand hat sie *aus dem Leben gerissen*«, wiederholte ich den Wortlaut der Fremden. »Wer ist diese Frau?«

»Sidonia Evans.« Sie war die Tochter eines der obersten Naturmagischen … und darüber hinaus eine Chronistin. »Sie wurde in jungen Jahren aufgrund ihres ungewöhnlich hohen IQ rekrutiert.«

Ich schüttelte den Kopf. »Sag nicht *rekrutiert.* Das halte ich einfach nicht aus.« Es war zu viel, mir die Chronisten als die Armee vorzustellen, als die Dew sie bezeichnete. Ich hatte noch genug damit zu kämpfen, sie als die wahren Feinde anzusehen.

»Wann wurde das aufgenommen?«, fragte ich. Greta war vollkommen in Tränen aufgelöst gewesen.

»Zu diesem Zeitpunkt ist es drei Stunden her, dass ihr die Nachricht vom Tod eurer Eltern erhalten habt.«

Erinnerungen stiegen in mir auf. Greta, die Leonard und mich solange im Arm gehalten hatte, bis die Zwillinge zu uns gekommen waren, um unsere Welt auf ewig zu erschüttern. Drei Stunden! Drei Stunden hatte man sie trauern lassen und dann von uns fortgerissen? Wieso wusste ich davon nichts mehr? War es mir nicht aufgefallen, dass Greta nicht mehr bei uns gewesen war?

»Die Chronisten verlieren nur selten Zeit«, fügte Dew trocken hinzu.

»Ich kann mich nicht erinnern«, murmelte ich.

»Du warst sieben Jahre alt und standest vollkommen unter Schock, Helena.«

Ich wandte meine Augen in seine Richtung. »Sidonias Geschwafel … Was ist wahr davon?«

Dew seufzte. »Ganz ehrlich? Nicht das Geringste. Wir beobachten die Chronisten seit vier Jahren. Als uns dieses Material in die Hände fiel, überprüften wir diese Vorwürfe zuerst. Der Tod deiner Eltern war ein Unfall, ein tragisches, aber gewöhnliches Unglück.«

Ein, zweimal atmete ich tief durch und versuchte meine Gedanken zu ordnen.

»Was hat sie Greta noch erzählt?«, fragte ich. Wie viele dieser falschen Informationen brauchte es, um ein verwaistes Kind an allem zweifeln zu lassen?

»Wir können es uns anschauen«, erwiderte Michael schlicht und setzte die Wiedergabe fort. Nie war ich mir so uneins gewesen, ob ich noch mehr *Wahrheit* ertragen konnte.

Die folgenden Aufnahmen waren schlichtweg grässlich. In perfide versteckter Manier setzte man Greta die abscheulichsten Bilder in den Kopf. Die Geschichte der Chaosmagier wurde ihr in allen Einzelheiten geschildert, *ihre* Version der Geschichte. Die Chaosmagischen, von den Klerikern aufgrund ihrer Macht gefürchtet, waren brutal ausgelöscht geworden. Irgendwann, so sagte man ihr, würde dies auch mit ihren Geschwistern geschehen.

»Die Zwillinge haben große Macht, Greta«, beschwor Sidonia eine etwas ältere Greta von vielleicht dreizehn Jahren. »Es wird nicht lange dauern, bis sich die Kleriker auch gegen sie stellen. Und Helena …

Ich habe sie neulich getroffen. Sie hat Figuren mit Wind und Staub gezeichnet.«

Gretas Miene, in der letzten Aufnahme noch so weich und unschuldig, war auf dieser neueren nahezu verhärmt. Jede Information war beinahe ohne Reaktion ihrerseits in sie gedrungen, doch in diesem Moment hatte sich die blanke Panik in ihr Gesicht gestohlen.

»Nein, nein«, hatte sie gekrächzt. »Tessa würde das nicht zulassen. Jenna würde das nicht zulassen … Und sie sind beide Klerikerinnen.«

Voller Verzweiflung hatte sie ihren Kopf mit Händen und Armen umschlossen und ihre Schluchzer verborgen. Sidonias Blick war zu etwas hinter der Kamera gehuscht. Verärgert, leicht erschrocken über den plötzlichen Ausbruch des jungen Mädchens, das sie vermutlich schon in ihrer Hand zu haben geglaubt hatte.

»Nun …«, sagte sie ganz ruhig und legte Greta eine Hand auf die Schulter. Vollkommen entkräftet schaute meine Schwester auf. »Vielleicht sollten wir aufhören, dich mit der Wahrheit zu bedrängen, mein Engel. Deine Geschwister sind vielleicht in der Lage, sich selbst zu schützen, wer weiß. Vielleicht kommen Leonard und Helena noch ungeschoren davon. Schließlich zeigt er keine Spuren der Magie – zumindest noch nicht. Helena hat noch ein paar Jahre Zeit, bis sie ihre Ausbildung antreten kann. Vielleicht geht alles gut.«

Greta zuckte zusammen. »Wir leben in der Gemeinschaft der Kleriker. Sie bestimmen alles!« Es war merkwürdig, eine Dreizehnjährige so sprechen zu hören. »Wenn sie nicht auf unserer Seite stehen, sollten wir das wissen.«

Sidonia umarmte sie hölzern. Wie hatte Greta nicht bemerken können, wie unaufrichtig ihre Mentorin gewesen war? Sie hatte gewusst, wie sich eine herzliche, eine echte Umarmung anfühlte.

»Es gibt Möglichkeiten, mein Kind. Möglichkeiten, die Wahrheit schneller zu einer unumstößlichen Erkenntnis für dich zu machen.«

»Welche Möglichkeiten?«

Das Bild wurde schwarz und erst jetzt bemerkte ich, wie sich die Anspannung, die sich während der gesamten letzten Stunde in mir aufgestaut hatte, plötzlich Bahn brach.

Halt suchend rettete ich mich auf das Sofa. »Was haben sie mit ihr gemacht?«, wisperte ich erschrocken. Dew reichte mir ein Glas Wasser.

»Gehirnwäsche. Subtil über all die Jahre, die wir Greta in ihrer Obhut ließen.« Skeptisch sah ich zu ihm hoch. Diese Aufnahmen bewiesen, dass Greta wohl nicht mehr Herrin ihrer eigenen Gefühle, ihrer eigenen Ansichten gewesen war, die Schuld der Kleriker widerlegte es jedoch in keiner Sekunde. Diesen Aspekt verschwieg ich ihm fürs Erste.

»Warum ausgerechnet meine Schwester? Wieso war es ihnen so wichtig, dass Greta ihre Version der Wahrheit glaubte?«

»Ihr Plan ist es, die naturmagischen Familien zu untergraben. Greta wird nicht die Einzige sein, die sie auf diese Weise manipuliert haben. Sie suchten sich die Anfälligsten heraus und formten sie nach ihren Wünschen.«

»Greta ist nicht schwach«, knurrte ich.

Dew trank selbst einen Schluck Wasser, ehe er antwortete. »Das habe ich nicht gesagt. Greta war lediglich anfällig für ihre Art der Manipulation.«

Ich sah auf. »Wieso?«

»Die offensichtlichen Gründe zunächst einmal. Ein Kind, das seine Eltern verloren hat, einsam und verlassen ist, ist immer ein leichtes Opfer. Das war aber wohl nicht der ausschlaggebende Punkt. Ob dieser … Ausgangslage hätte man sie auf jeden Fall aufgenommen, jedoch … Der Grund dafür, dass sie eine solch entscheidende Rolle spielte, liegt in ihrer Begabung.«

Ich hatte gerade das Glas an meine Lippen gesetzt, als ich das Trinken weiter in die Zukunft verschieben musste. Mein Mund blieb mit einem einzigen Tropfen benetzt.

»Begabung? Greta ist keine Magische.«

»Das ist richtig, aber sie entstammt einer sehr mächtigen Magierfamilie. Es existiert mehr zwischen Himmel und Erde, als man sich erträumen mag, und nur weil sie nicht die Art Magie in sich wachrufen kann wie du, dein Vater oder deine Geschwister, heißt das nicht, dass sie keine übernatürliche Begabung erhalten hat.«

Ich stellte mein Glas endgültig ab. Ich musste jetzt konzentriert bleiben. »Und diese Begabung ist?«

»Eine der Art, die ungeheuer reizvoll für die Chronisten und ihre Arbeit war. Früher nahmen sie Wesen wie deine Schwester aus rein akademischen Zwecken bei sich auf. Nun … Wir glauben, einige wenige Geschöpfe, die in unmittelbarer Nähe zu so vielen und so mächtigen Magischen aufwachsen, werden für die Magie in gewisser Weise sensibilisiert. Sie sehen Dinge, die anderen verborgen bleiben.«

»Magiespuren?«, fragte ich.

»Nein, so ist es nicht. Sie ähneln dir in keiner Weise. Nichts von dem, was du vermagst, liegt in ihren Fähigkeiten. Sie fühlen die Emotionen, die mit der Magie einhergingen. Sie erspüren, welcher Laune, welchem Gefühl, welchem Gedanken die Magie entsprang. Gefühle und Gedanken, die auch Jahre zurückliegen können.«

Ich schlang mir meine Arme um den Körper, um meine Angst nicht zu deutlich zu zeigen. Sollte ich wirklich glauben, dass Greta eine solche Macht besaß? Eine, von der wir nicht einmal etwas geahnt hatten?

»Wie funktioniert es?«

Dew kehrte zum Videorecorder zurück. »Ich weiß es nicht. Wir konnten bisher kein wirkliches Merkmal herausarbeiten, das allen gemeinsam ist. In Gretas Fall … Sie ist eine Art Seherin. Szenen aus der Vergangenheit. Es ist, als läse sie Erinnerungen und Emotionen aus Gegenständen, die mit Magie oder magisch Begabten in besonderer Verbindung standen. Bloßer Hautkontakt genügt.«

Sofort schoss ein Bild in mein Bewusstsein. Greta, die Handschuhe, die sie stets in den Bibliotheken getragen hatte. Sie hatten ihrem Schutz gedient. Nichts trug so viele Erinnerungen, so viel Vergangenheit in sich wie Bücher. Ein ums andere Mal hatte es mich gewundert, wie penibel sie zunächst ihre Handschuhe übergestreift hatte, ehe sie irgendetwas angefasst hatte.

»Diese Berührungen …« begann ich. »Sie schmerzen, nicht wahr?«

Michael schob das zweite Video ein und ich sah einen merkwürdigen Zug um seine Lippen spielen. Ein verbitterter, trauriger Zug. »Deine Schwester war stark, aber sie konnte nicht verhindern, dass man ihre eigene Gabe gegen sie verwendete.«

Ehe ich auch nur im Mindesten vorbereitet war, startete er das Videoband und meine Schwester erschien erneut vor mir. Sie musste inzwischen beinahe sechzehn Jahre alt sein. Ihr blondes Haar war kurz geschnitten, eine ihrer seltenen Launen. In leichten Locken umspielten die feinen Haarspitzen ihre Mundwinkel. Ich erinnerte mich an diese

Greta. Sie war stets da gewesen, wenn ich aus der Schule gekommen war, wenn ich über Schulnoten oder Sonstiges geweint hatte.

Ihre Ruhelosigkeit, die die Bilder vor mir ganz deutlich einfingen, zeigten mir mit erschütternder Klarheit, dass diese Schwester, die ich gekannt hatte, nicht die wahre Greta Feyrsinger gewesen war.

»Bitte«, wimmerte sie. »Ich möchte das nicht mehr. Ich kann nicht …«

Sidonia tätschelte ihr lieblos die Hand. Ihre Miene war starr und kalt. »Dir bleibt keine andere Wahl, mein Kind. Hier, nimm das …«

Greta sog geräuschvoll die Luft ein. »Das Medaillon meiner Mutter? Sie hat es immer getragen, auch als sie … Woher habt ihr das, zum Teufel?«

»Das ist irrelevant. Wichtig ist nur, dass es dir hilft zu verstehen. Also mach schon. Nimm es in die Hand.«

Zittrig griff Greta nach dem Schmuckstück, das unsere Mutter höchstens zum Duschen abgenommen hatte. Was der goldene Anhänger enthielt, hatte meine Mutter uns nie erzählt und wir hatten uns nie getraut, selbst nachzusehen. Das Geheimnis wachzuhalten, war die größere Freude gewesen.

Vorsichtig strich meine Schwester über die filigranen Einkerbungen, dann verkrallten sich ihre Finger schmerzhaft darum. Sie stieß ein erschrockenes Keuchen hervor und ihr gesamter Körper begann sich auf einmal anzuspannen. Sie presste ihre Augen zusammen, doch selbst bei der schlechten Qualität der Aufnahme konnte ich genau sehen, wie die Tränen zwischen ihren Lidern hervorquollen.

»Weiter«, drängte Sidonia sie. »Nicht aufhören.«

Gretas Keuchen wurde zu einem schmerzerfüllten Stöhnen, das nach und nach zu markerschütternden Schreien anschwoll. Mein Herz setzte aus und ich ging in die Knie. »Greta«, wisperte ich, machtlos gegen das, was ihr bereits vor Jahren wiederfahren war.

»Nein«, schrie sie. »Nein!«

Mit brutaler Gewalt stob sie aus dem Stuhl in die Höhe und warf Mutters Schmuckstück von sich. Es gab ein grässliches Geräusch, als es gegen die Wand schlug und aus meinem Sichtfeld verschwand. »Ich kann nicht …«

»Siehst du, Greta? Siehst du, welche Schmerzen diese Menschen deiner Mutter zugefügt haben? Dafür müssen sie büßen.«

Wilde Wut stieg in den Augen meiner Schwester auf, dann erlosch das Bild und ich starrte ausdruckslos gegen die schwarze unbewegte Scheibe. Ich konnte mich eine Weile nicht rühren. Ich wusste selbst nicht, was ich fühlte, was ich dachte. Ich war leer.

»Was haben sie ihr gezeigt?«, fragte ich dann irgendwann. »Wenn ihr doch unschuldig seid, was haben sie ihr dann gezeigt?«

»Das Amulett zum Beispiel erhielt Maida von einer Frau, die man jahrelang gefoltert hatte. Die Chronisten verkauften Greta den Schmerz einer Fremden als den deiner Mutter. Immer und immer wieder musste sie den Schmerz fühlen und sie redeten ihr immer dasselbe ein. Die Kleriker sind schuld an dem Leid ihrer Eltern, bis deine Schwester irgendwann …«

… *wahnsinnig wurde.* Greta war eine andere Frau, nicht die, die ich kannte. So voller Zorn und Gewalt. Das war nicht meine Schwester, aber sie musste genügend Geistesgegenwart gehabt haben, die Fassade der unschuldigen, arglosen Greta aufrechtzuhalten. Egal, was wahr war, wer auf unserer Seite stand und wer nicht, die Chronisten hatten Greta dazu gebracht, uns diesen Teil ihres Lebens zu verschweigen, uns bewusst zu belügen.

Nur, wie weit war sie gegangen? »Sie weiß nichts davon«, entschied ich laut. »Wenn die Chronisten wirklich für das Verschwinden meiner Geschwister verantwortlich sind, dann haben sie Greta nicht eingeweiht. Vielleicht haben sie ihr einfach erzählt, die Kleriker steckten dahinter. Nur so hätten sie sie dazu bringen können, uns in ihrem Sinn zu manipulieren … Was auch immer sie sich davon versprochen haben, Greta auf uns anzusetzen.«

Dew seufzte. »Wenn du dir sicher bist … Wir können leider nicht so gnädig mit ihr sein.«

Ich schreckte auf. »Was meint ihr damit?«

Michael Dew ging in aller Ruhe zum Videorecorder und entnahm das Band. »Nun, Sie ist Chronistin und hat gegen uns intrigiert. Ihr wird selbstverständlich der Prozess gemacht.«

»Das erscheint euch ja sehr wichtig«, zischte ich. »Vielleicht sogar noch wichtiger, als Amalia und Leonard zu befreien.«

»Sei nicht albern, Helena.«

»Bin ich das?«, fragte ich nur. »Du bist der, der ein doppeltes Spiel spielt, Dew. Ihr habt diese Aufnahmen doch schon gehabt, bevor Greta von eurem Radar verschwunden und zu uns gekommen ist. Ihr habt sie vorher nicht inhaftiert, warum?«

Michael seufzte. »Aus demselben Grund, aus dem wir uns jetzt hier in diesem Archiv aufhalten. Solange die Chronisten keinen Verdacht schöpfen, haben wir Zeit, Informationen zu sammeln und uns einen Plan zu überlegen. Über Gretas Strafe werden wir verhandeln, wenn wir die Chronisten unschädlich gemacht haben.«

Unschädlich gemacht. Gott, Dew und seine Leute waren doch nicht besser.

Mein Körper war wie die Sehne eines Bogens gespannt, als ich mich erhob. »Lass mich gehen, Michael. Ich werde mit ihr reden. Ich werde sie dazu bringen, mir die Wahrheit zu sagen, und so werden wir den Chronisten auf die Schliche kommen.« *Oder ich lasse mich von ihr überzeugen …*

»Und sie wird sich kooperativ zeigen?«

»Natürlich«, sagte ich vollkommen sicher. »Ich bin ihre Schwester. Der einzige Grund für ihre Lüge wird sein, dass sie glaubte, wir würden Zeit brauchen oder sie wollte uns schützen. Sie ist nicht gegen *uns*.« Es konnte nicht anders sein. Sie war verwirrt, aber doch nicht böse.

»Sie ist vollkommen korrumpiert. Sieh es ein, Helena«, erwiderte Dew nur, während zwei Männer hereinkamen. »Wir können dich jetzt nicht gehen lassen. Bringt sie in ihr Zimmer zurück«, wies er beide an.

»Ihr könnt mich *jetzt* nicht gehen lassen?«, fauchte ich. »Oder nie?«

»Das wird sich zeigen.«

»Verdammt. Ihr könnt doch nicht immer noch glauben, dass ich chaosmagisch bin. Wäre ich es, dann hätte ich mich doch längst befreit, aber ich habe ja noch nicht einmal genügend Macht, mich mit Naturmagie zu retten. Ich bin keine Chaosmagische. Ich bin keine Gefahr.«

»Ich weiß das, Nell. Aber das ändert nichts an der Tatsache, dass du nicht auf unserer Seite stehst. Hab keine Angst. Wir werden deine Geschwister – und damit meine ich alle – ausfindig machen und dann wird alles wieder wie früher. Du musst uns vertrauen.«

Nur dass ich nicht wollte, dass alles wie früher wurde. Und ganz bestimmt vertraute ich ihm nicht – so wenig wie jedem anderen Kleriker.

Als man mich zurück zu meinem Zimmer führte, ließ ich meine Gedanken umherschwirren. Sie blieben ziel- und ergebnislos. Bevor man mir meine Tür öffnen konnte, versperrte uns jemand den Weg, der mir sehr vertraut war.

»Ich übernehme hier«, kommandierte Tessa. »Ihr Beim muss noch mal versorgt werden.«

Die fremden Kleriker nickten nur und überließen mich ihrer Obhut. Ich besah mir meine Ziehmutter nur aus den Augenwinkeln. Ich wollte ihr keine Reaktion zugestehen.

Tessa Davis hatte sich kaum verändert. Ihr tiefschwarzes Haar war streichholzkurz geschnitten und sie trug einen einfachen smaragdgrünen Strickpullover über zerschlissenen Jeans. Selbstsicher wie immer hatte sie die Hände in die Hüften gestemmt. Als die Wachen mich entließen, griff sie fest nach meinem Arm. Ihre resolute Art zeigte mir jedes Mal auf, wie unähnlich ihr Jenna gewesen war.

Ich sagte kein Wort und sie ebenso wenig, bis die Tür meiner Zelle sicher hinter uns verschlossen war.

»Lass dich ansehen.« Sie streckte ihre Hände nach meinem Gesicht aus, doch ich zuckte zurück, ehe sie mich berühren konnte.

»Nell …« Kränkung sprach aus ihrer Stimme und es kostete mich alle Überwindung, mich nicht in ihre Arme fallen zu lassen, damit sie mir wie früher über das Haar streichen konnte.

»Du hast mich verraten. Genau wie Greta.« Um möglichst viel Abstand zwischen uns zu bringen, begann ich wieder aus dem Fenster zu schauen. Der Blick auf den stetigen Fluss ließ mich meinen Widerstand leichter aufrechterhalten.

»Sag das nicht. Ich würde dich nie verraten, Nell.« Die Sanftheit, mit der sie diese Worte sagte, ließ alle Wälle in mir brechen. Ich wandte mich zur ihr um und begegnete ihren liebevoll glänzenden Augen. »Setz dich hin, meine Süße.«

Als ich tat, was sie verlangte, kniete sie sich vor mich hin. Mit einem Kopfnicken brachte sie mich dazu, mir die Jogginghose auszuziehen.

»Das Telefonat, das ich mit Cornelius geführt habe, war sicher. Ich hätte euch nie verraten. Die Chronisten haben sie im genau richtigen Moment an Ort und Stelle sein lassen«, erklärte sie, während sie vorsichtig mein Bein abtastete, das zwar nicht mehr gebrochen, aber noch immer mit blauen Flecken übersät war.

Alarmiert sah ich auf. Die Pflege meiner Ziehmutter war mir nicht lange zu genießen vergönnt gewesen. »Du weißt von den Chronisten?«

»Eine Weile nur«, erklärte sie, während sie sich der letzten Wunde auf meinem rechten Arm widmete. »Ich war dabei, als die Kleriker dich gefangen nahmen. Sie sind für das hier nicht verantwortlich.«

Skeptisch beobachtete ich, wie sie recht hektisch, aber dennoch sorgfältig meinen Oberschenkel massierte.

»Ach ja? Haben sie dich hierhergeschickt, um mich ein für alle Mal zu überzeugen, dass Greta mich verraten hat?«

Tessa wich meinem Blick nicht aus, sondern begegnete ihm mit gleicher Kraft. Nein, sie war nicht wie Jenna, aber ob das in diesem Moment gut oder schlecht war, vermochte ich nicht zu sagen. Ich hätte alles dafür gegeben, Jenna bei mir zu haben.

»Denkst du das von mir? Wirklich? Ich habe dich nicht verraten und das darfst du auch nicht von Greta denken. Sie würde sich eher eine Klippe herunterstürzen, als dich oder deine Geschwister in Gefahr zu bringen.«

Ich brach innerlich zusammen. Mein Herz wusste das, natürlich, aber das bedeutete nicht, dass die Fakten nicht eine andere Sprache sprachen.

»Heißt das, dass der Flugzeugabsturz meiner Eltern kein unglücklicher Zufall war? Haben die Kleriker damit zu tun, so wie man es Greta eingetrichtert hat?«

Tessa nahm sich meinen anderen Arm vor und schüttelte den Kopf. »Sie haben nichts damit zu tun. Nell, sie sind meine Familie und ich weiß, dass sie Fehler gemacht haben, aber das, was du ihnen vorwirfst, haben sie nicht verbrochen.«

Ich seufzte. »Das kann ich nicht einfach hinnehmen, Tess. Sie halten mich gefangen und Gott weiß, was sie noch mit mir anstellen werden, weil sie mich für eine Bedrohung halten.«

»Du bist nicht mehr als Chaosmagische klassifiziert. Michael hat vor zwei Tagen deinen Status geändert. Du giltst offiziell als Gast der Kleriker.«

Das überraschte mich jetzt wirklich, aber hatte Dew dies nicht bereits angedeutet, als er mich entlassen hatte? Meine Beteuerungen, ich sei eine normale Naturmagierin, hatte er mit den Worten *Ich weiß* abgetan.

»Warum?«, flüsterte ich, die Tragweite dieser Neuigkeit allmählich verarbeitend. Tessa zuckte mit den Schultern.

»Vielleicht glaubt er, so dein Vertrauen zu gewinnen. Vielleicht ist er aber auch wirklich überzeugt davon. Ich weiß es wirklich nicht, Nell. Hier trink das.«

Ich nahm ihr den kleinen Plastikbecher ab und schluckte die merkwürdig blaue Medizin.

»Das ändert aber nichts an der Tatsache, dass du hier wegmusst. Dew verspricht sich irgendetwas von dir. Sein oberstes Anliegen ist, die Chronisten aus dem Weg zu räumen. Deine Geschwister sind für ihn zweitrangig und nötigenfalls dem Allgemeinwohl unterzuordnen.«

Sie sah mich liebevoll an, während sie mein Bein mit einer fürchterlich brennenden Salbe einrieb.

»Ich muss zu Cornelius. Greta ist verwirrt. Womöglich führt sie die Chronisten direkt zu ihm.« *Und den Chaosmagiern,* fügte ich in Gedanken hinzu. Aidan und Faye mochten ihnen trauen, doch was war, wenn sie einen Hinterhalt vermuteten? Würden sie meine Geschwister dann noch schützen? Würden sie Greta ungeschoren davonkommen lassen?

»Ich sorge dafür, dass du hier rauskommst, Süße. Der Bruch ist gut verheilt, aber die Belastung steckt noch in ihm. Du wirst in nächster Zeit wohl keinen Walzer tanzen.«

»Ich werde es überleben«, tat ich die Sache schnell ab, ehe ich nach ihren Händen griff. »Tess, das ist zu gefährlich. Man wird sofort dich in Verdacht haben.«

Mit all ihrer Güte, all ihrer Mutterliebe sah sie mir in die Augen. »Ich werde nicht noch eine Tochter an diesen Krieg verlieren. Und hier eingesperrt zu sein, während deine Geschwister leiden, würde dich mit Sicherheit zerstören, Nell.«

»Warte. Noch eine Tochter? Meinst du Jennas Tod …«

Schmerz flackerte durch ihre glänzenden Augen. »Ich bin mir sicher, dass die Chronisten auch hinter ihrem Tod stecken, ja.«

Die Pläne haben sich geändert, Junge. Das waren die Worte gewesen, die Samuel an Aidan gerichtet hatte, ehe er abgedrückt und Jenna Davis, die gutmütigste Person der Welt, getötet hatte. War es das, was er gemeint hatte? Hatten die Chronisten ihn abgeworben, um die Ereignisse in Gang zu setzen? Aber wie sollte der Mord an Jenna mit all dem hier zusammenhängen?

»Es ist zu gefährlich«, war alles, was ich ob der Unordnung meiner Gedanken murmeln konnte.

»Nicht, wenn man es richtig anstellt.« Auf dem Flur draußen wurden Stimmen laut und Tessa wurde unruhig. »Ich muss gehen. Wenn sie mich hier erwischen, habe ich keine Chance, alles wieder in Ordnung zu bringen.«

»Davis«, hörte ich draußen jemanden zischen. Sofort war sie auf den Beinen.

»Es wird alles wieder gut, Nell. Ich verspreche es.«

Mit diesen Worten ließ sie mich mit meinen qualvoll wirren Gedanken zurück, ein wenig Hoffnung im Herzen bewahrend.

Drei weitere Tage vergingen, in denen ich weder Dew noch Tessa wiedersah. Als es an der Tür knackte, jedoch vorerst niemand eintrat, wurde ich hellhörig. Ich erhob mich und in diesem Moment schob sich die Tür einen Spalt auf. Es war Tessa, die hereinhuschte.

»Wir müssen noch ein kleines bisschen warten. Uns darf niemand sehen und du bist nicht sonderlich gut zu Fuß.«

Tessa warf mir einen dunklen Umhang, der dem ihren sehr ähnelte, über und zog die dünne Kapuze über meinen Kopf. Bis zu diesem Moment hatte ich nicht wirklich daran geglaubt, dass sie mir zur Flucht verhelfen würde.

Tränen traten mir in die Augen. »Tess«, wisperte ich, von der Situation erschüttert.

Ihre Gesichtszüge wurden weich und sie umfasste mein Gesicht mit ihren Händen. »Ich habe dir doch gesagt, ich lasse meine Tochter nicht im Stich.«

Ich stahl mich in ihre Arme und wurde für einen Moment zu ihrem Kind, das nach Schutz suchte. Dass sich über nichts in der Welt Sorgen machen wollte. Die Sorgen holten mich jedoch ein, als ein hochgewachsener Fremder in den Raum trat. Er trug dunkle Kleidung und seinen glatt rasierten Schädel zierten pechschwarze Tätowierungen. Bannformeln der Kleriker! Seine Nase war offensichtlich schon mehrfach gebrochen worden, was sehr merkwürdig war. Kleriker waren keine Krieger. Nun, sein gesamtes Äußeres schien auch eher darauf hinzudeuten, dass er kein gewöhnlicher Kleriker war. Aus hellen Augen sah er mich an.

»Dew ist außer Haus«, brachte er uns auf den neuesten Stand, während er mich in den Flur schob. »Die Luft ist rein.«

»Sobald wir unten sind, schleicht ihr euch zu den Autos. Ihr müsst schnell sein«, flüsterte er, als Tessa schon ihre Hand an seine Wange legte, um ihn flüchtig zu küssen.

»Ich danke dir, Benedikt«, wisperte sie. Endlich schaffte ich es, meinen Retter richtig anzusehen. Er musste an die fünfzig sein, war jedoch gebaut wie ein halb so alter Athlet. Gehörte er zu Dews Truppen, konnte ich mir gut vorstellen warum. Er strahlte ungefähr genauso viel Autorität aus wie der Präsident der Vereinigten Staaten und war so muskulös, dass er Flüchtige wie mich vermutlich mit einem Schlag außer Gefecht setzen konnte.

Er zog Tessa liebevoll an sich und hätte sie ihm nicht zuvor ihre Zuneigung bekundet, hätte ich geglaubt, er wolle sie zerquetschen. »Ich sichere den Rückweg ab. Grimes wird euch sicher fortbringen.«

»Ich komme mit dir.«

»Nein!«, riefen Benedikt und ich gleichzeitig.

»Tessa, du musst mit mir kommen. Sie werden ganz genau wissen, dass du es warst, die mir geholfen hat«, bedrängte ich sie.

»Du bist hier nicht sicher, Liebes«, unterstützte Benedikt mich und strich ihr sanft über die Wange. Plötzlich schoss mir ein Gedanke durch den Kopf. War Benedikt Jennas Vater? Wenn er es war, dann erschien mir die Unähnlichkeit von Jenna und Tessa plötzlich gar nicht mehr allzu groß. Aber für solche Gedanken war jetzt keine Zeit.

»Komm mit mir, Tess. Cornelius ist an einem sicheren Ort. Dort werden sie dir nichts anhaben können.«

»Unsinn«, winkte Tessa ab. »Sie werden dich verfolgen. Selbst wenn sie dich nicht mehr als Chaosmagierin ansehen. Ohne mich bist du schneller und stärker. Du musst deine Magie auf deinen Schutz verwenden, nicht auch noch auf meinen.«

Benedikts Miene wurde plötzlich verzweifelt. Auch wenn ich ihn nicht kannte, sah ich, wie er mit sich rang. »Dew wird sie nicht mehr verfolgen«, sagte er dann. »Er hat bereits, was er will.«

Tessa sah ihn skeptisch an. »Was er will?«

»Einen Chaosmagier.«

Seine Antwort versetzte mir einen unwillkürlichen Stich ins Herz und ich schluckte schwer. Ich überließ es Tessa zu fragen, wer es war. Die Antwort riss mir den Boden unter den Füßen fort.

»Aidan Gavriel.«

Kapitel 22

« ÜBER DEN SCHMERZ HINAUS »

Ich atmete tief ein. »Nur ihn?«

Benedikt nickte, doch diese Tatsache beruhigte mich nicht. Angst um den Mann, der mich verraten hatte, waberte unkontrolliert in mir.

»Wann haben sie ihn geschnappt?«

»Haben sie nicht«, antwortete er. »Er hat sich gestellt.«

»Er hat *was?*«, stieß ich hervor und Tessa zuckte zusammen.

»Still«, zischte sie mir zu, ich warf ihr nur einen schnellen Seitenblick zu.

»Dieser Vollidiot«, ereiferte ich mich in einem bemüht flüsternden Ton. Dass er alles andere als leise war, bemerkte ich erst, als Benedikt mich recht unsanft an den Schultern packte. »Was hat er sich dabei gedacht?«, fragte ich wütend.

»Man hat deine Leute bis an die schwedische Grenze verfolgt. Ehe man sie aber aufgreifen konnte, lief ihnen Gavriel direkt vor die Nase«, erklärte Benedikt, der mich endlich losgelassen hatte und nun begann, seine Pistole zu laden.

Entnervt schloss ich die Augen. »Und woher weiß Dew, dass Aidan chaosmagisch ist?«

Benedikt zuckte mit den Achseln. »Er hat es gestanden, nachdem sie ihn eine Weile verhört haben. Mehr weiß ich auch nicht.«

Ich runzelte die Stirn. Aidan sollte einem kleinen Verhör nicht standgehalten haben? Das wunderte mich dann doch. Die stoische Miene eines jeden Söldners hatte mich vermuten lassen, dass sie im Säuglingsalter derart abgehärtet wurden, um auf eine solche Situation vorbereitet zu sein.

»Er hat es gestanden«, murmelte ich einfach nur fassungslos. »Warum hat er das getan?«

»Darauf kommt es doch nicht an«, unterbrach Tessa mich. »Vermutlich hat er einmal in seinem Leben etwas richtig gemacht. Du hast jetzt keine Zeit, dich damit zu befassen.«

Ich sah die Sorge, die sich tief in ihre Gesichtszüge eingebrannt hatte, und doch konnte ich nicht anders handeln, als diese noch zu verschlimmern. »Wo ist er?«

Benedikt, der zur Tür getreten war, um nach draußen zu spähen, bedachte mich mit leicht erkennbarer Skepsis. »Warum sollte ich dir das sagen?«, fragte er neutral, dann riss er die Tür auf, um eine kleine Gestalt hineinschlüpfen zu lassen, doch es war nicht der mysteriöse Grimes, der vor uns stand. Es war Henrik.

»Was machst du hier?«, zischte ich und beäugte den kleinen Archivar halb wütend, halb merkwürdig erleichtert.

Er sah sich hektisch wie eine Feldmaus um und schluckte schwer. »Ich sorge dafür, dass du hier rauskommst«, sagte er mit fester Stimme. So verschreckt er auch oft wirken mochte, in ihm steckte auch der Mann, der uns zum Mittsommernachtstanz geführt hatte.

»Professor Feyrsinger gab mir die Anweisung, alles für deine Sicherheit zu tun, was mir möglich ist.«

Greta! Sie war es, die sich immer um mein Wohlergehen sorgte, selbst jetzt, wo sie … Nein, ich durfte mich nicht auf Dews Worte verlassen. Man hatte meine Schwester gezwungen, sich gegen uns zu stellen. Das bedeutete nicht, dass sie nicht noch immer bereit war, für meine Sicherheit zu sorgen.

Wie die Dinge mit Henrik standen, konnte ich allerdings nicht sagen. War er ebenso ahnungslos zum Verrat getrieben worden? Half er wirklich mir oder versuchte er nur, Greta für die Chronisten in Sicherheit zu wiegen? Im Grunde war es egal. Seine Beweggründe waren nicht wichtig. Er half *mir,* nicht Tessa oder Benedikt.

»Wo halten sie Aidan gefangen?«, fragte ich Henrik, der erschreckt zu mir sah.

»Aidan?«

»Ich weiß genau, dass die Kleriker ihn haben. Sie …« Ich musste vorsichtig sein. Solange ich nicht wusste, ob Henriks Treue den Chronisten oder uns galt, musste ich taktisch vorgehen. »Sie sind vollkommen verrückt. Ich kann ihn nicht hierlassen.«

»Wir haben keine Zeit, Nell«, drängte Tessa und fischte nach meiner Hand, die ich ihr sofort wieder entwand.

»Wir können ihn nicht hierlassen.«

Tessa schüttelte den Kopf und ließ sich von Benedikt irgendeine Schusswaffe reichen. Sie war ein wenig größer als seine eigene. »Du kannst da nichts machen, Nell. Er ist ein Chaosmagier. Chaosmagier werden inhaftiert.«

Wut durchströmte mich. »Ach, werden sie das? Und was ist mit mir?«

»Du bist keine von ihnen.«

»Das weißt du so genau, ja? Du hättest mich nicht befreit, wenn ich noch immer als gefährlich und chaosmagisch gegolten hätte?«

Sie zögerte. »Nein, es hätte nicht das Geringste geändert. Aber für Gavriel riskiere ich nicht meinen Kopf. Das kannst du einfach nicht von mir verlangen.«

Natürlich konnte ich das nicht. Benedikt reichte mir ebenfalls eine Waffe. Sie war viel schwerer, als ich gedacht hatte. Obwohl Aidan, Faye und sogar Cornelius viel zu oft mit diesen Dingern rumgespielt hatten, hatte ich nie eine davon angefasst. So war es mir leichtergefallen, zu verdrängen, in was für einer Situation ich mich befand.

Vorsichtig fuhren die Finger meiner einen Hand über den Lauf der Waffe und den Abzug. Instinktiv fasste ich sie richtig und entsicherte sie ein wenig umständlich. Das Zusammenleben mit Waffennarren war Schulung genug gewesen. Dass es meinen Bewegungen an Eleganz fehlte, war ganz egal. Die beiden hatten nicht mehr auf mich geachtet und definitiv nicht mit dem gerechnet, was ich jetzt tat.

Ich richtete die Waffe auf Benedikt. Tessas Reaktion folgte prompt. »Bist du wahnsinnig?«

Henrik war neben ihr zur Salzsäule erstarrt. Das war nicht gerade hilfreich. Ich brauchte ihn. »Wo halten sie Gavriel gefangen?«, fragte ich ihn nochmals.

»Sag nichts«, wies Tessa ihn an. »Nell, wir können nichts für ihn tun. Selbst wenn wir ihn befreien können, wäre er der Grund dafür, dass sie uns mit nur noch mehr Ehrgeiz verfolgen. Eine Naturmagierin auf Abwegen und eine abtrünnige Klerikerin interessieren sie nicht weiter, mit dem Chaosmagier sieht das anders aus.«

Das alles war richtig, vollkommen logisch, natürlich, aber dennoch …

»Ich lass ihn hier nicht zurück. Er …« Unsere Leben waren zu lange schon miteinander verknüpft. »Ich lass ihn nicht zurück«, beharrte ich.

Mit einem Mal schlich sich eine leichte Traurigkeit in ihre Augen. »Das wird dir zum Verhängnis.«

Ich schluckte meine Unsicherheit hinunter. »Henrik«, flehte ich. »Bitte. Wo ist er?«

Ich hatte Aidans Anwesenheit zu keiner Zeit wahrgenommen. Man musste ihn an einen Ort gebracht haben, der fernab von mir lag. Das bedeutete nichts Gutes.

Nach einigem Zögern schien Henrik endgültig eine Entscheidung getroffen zu haben. »Im Archiv, dort gibt es ein paar Zellen. Wir schaffen es nicht, zu ihm zu kommen, ehe man deinen Ausbruch bemerkt. Und von dort gibt es keinen schnellen Weg hinaus.«

»Bist du dir sicher?«, drängte ich ihn und appellierte an unsere noch vollkommen frische Freundschaft. »Greta meinte, es gibt immer einen Weg aus dem Archiv heraus.«

»Ich …« Ein Klicken machte mir klar, dass Tessas Waffe nun auf mich gerichtet war. *Verdammt.*

Es brauchte keine Sekunde, bis ich wusste, was ich zu tun hatte. Ohne auf die bedrohliche Geste meiner Pflegemutter zu achten, drehte ich mich herum. Sie würde niemals auf mich schießen. »Ich finde ihn auch allein.«

»Nell.«

Ehe sie wirklich reagieren konnte, war ich in den Flur geschlüpft. Es war totenstill hier und so war ich schon an der Außentreppe, als meine Pflegemutter mich harsch zurückriss. »Bist du wahnsinnig?«, zischte sie erneut.

»Tessa …«

Ehe ich ihr nochmals erklären wollte, dass sie mich nicht würde umstimmen können, sah sie zu Benedikt.

»Wir brauchen deine Hilfe.«

Offenbar zögerte sie keinen Moment an seiner Loyalität ihr gegenüber. Wie schön es sein musste, so ein Vertrauen zu kennen.

»Hey«, knurrte Benedikt in Henriks Richtung. »Welchen Weg gibt es aus dem Archiv raus?«

»Es gibt einen Gang. Er führt unter dem Fjord entlang. Einige Hundert Meter weiter kann man ihn verlassen, aber er wird bewacht.«

Benedikt fluchte. »Wo genau endet er?«, herrschte er den kleinen Chronisten an.

»Da ist eine Höhle. Sie dient als Eingang, aber …«

»Jaja, auch die wird bewacht. Tess, du holst einen Wagen und wartest dort auf uns, verstanden?«

Sie wirkte für einen Moment vollkommen verunsichert, sah dann aber in meine entschlossene Miene und nickte. Benedikt entwand mir die Waffe. »Wenn wir das jetzt wirklich machen, sollte ich die lieber nehmen. Du solltest nicht mit einer Waffe durchs Archiv laufen. Also gut, führ uns hin«, wies er dann Henrik an.

In aller Plötzlichkeit war Tessa verschwunden und wir standen in der kleinen Küche, in der wir alle so oft zusammengesessen hatten. Ich seufzte. Es war nicht fair, Tessa und auch Henrik und Benedikt hier mit reinzuziehen, aber ich konnte nicht anders.

Benedikt trat zuerst in den Flur, von dem die Einzeltüren und auch die ins Archiv abgingen. Mit einem einfachen Befehl sorgte er dafür, dass die abkommandierten Wachen verschwanden. Konnte es wirklich so einfach sein? Innerhalb von Minuten waren wir unter der Erde. Der vertraute Geruch von altem Papier stieg mir in die Nase.

Das Archiv war vollkommen leer. Natürlich. Was sollte man sich hier unten aufhalten? Zwischen all den Büchern, ohne Zugang zu frischer Luft? Als wir Stimmen hörten, bedeutete Benedikt uns, im Schatten der Regale in Deckung zu gehen.

»Benedikt«, erklang eine weibliche Stimme. »Was machst du denn hier unten?«

»Dew will euch sehen.«

»Er ist zurück?«

Ich hätte am liebsten meine Augen zusammengekniffen, unterdrückte diesen Impuls aber. Mit stockendem Atem hörten wir zu, wie die Frau sich verabschiedete und ging.

»Nichts für ungut, Kumpel. Aber es sollen immer zwei hier unten Wache schieben. Ich gehe hoch, wenn Maria wieder zurück ist.«

»Ich muss dir zustimmen. Nichts für ungut.«

Ein dumpfer Schlag erfüllte die trockene Luft des Archivs und ein Körper schlug hart auf dem Boden auf. »Kommt«, wies Benedikt uns an. »Wir haben nicht viel Zeit, ehe Maria zurückkommt.«

»Ich kann die Tür für eine Weile verriegeln. Eine Absicherung für uns Chronisten, die Kleriker wissen nichts davon«, bemerkte Henrik und machte sich sogleich ans Werk. »Da hinten ist der Flur zu Gavriels Zelle.«

Er folgte uns wenig später in den Bereich des Archivs, den ich noch nie betreten hatte, bis wir vor einer weiteren Tür innehielten. Henrik machte jedoch keine Anstalten, sie zu öffnen.

»Sie haben den Code geändert. Ich habe keine Zugangsberechtigung mehr.«

Benedikt schob ihn fort. »Lass mich mal.«

Schnell tippte er einige Zahlen ein, die wohl eine Art Universalcode darstellten. Die Tür öffnete sich.

Für einen Herzschlag hielt ich den Atem an. Aidan stand am vergitterten Fenster, mir den Rücken zugewandt. Er reagierte nicht auf mein Eintreten und ich wagte es nicht, etwas zu sagen. Mein Blick verkeilte sich in seinen Nacken, als wäre der Ansatz seines dunklen Haares das Interessanteste, was ich je gesehen hatte. Die Magie flirrte zwischen uns, deutlich spürbar für mich. Er musste wissen, dass *ich* es war.

»Ich dachte, du würdest mich im Kugelhagel zurücklassen, Nell.« Vollkommen perplex sah ich seinen Rücken an, bis mir klar wurde, dass er die Worte wiederholte, die ich damals im Hotelzimmer an ihn gerichtet hatte.

»Siehst du hier irgendwo einen Kugelhagel?«, fragte ich neutral. Benedikt hinter mir zischte ungeduldig irgendwelche Worte. »Außerdem hast du dich an diese Abmachung auch nicht wirklich gehalten. Wie oft hast du mir bisher schon aus der Patsche helfen wollen?«

»Das versuche ich im Übrigen wieder, wenn es dir noch nicht aufgefallen ist. Also verschwinde jetzt von hier, Helena. Ich sage es nicht noch einmal.«

»Du hast dich gestellt, um meinen Namen reinzuwaschen?«

»Sie waren viel zu nahe. Es musste ohnehin jemand zurückbleiben, damit die anderen fliehen konnten.«

Ich lächelte leicht und tat einen Schritt auf ihn zu. »Und da hast du dir gedacht, du könnest dann gleich die ganze Wahrheit offenbaren?«

»Ich habe Wiedergutmachung geleistet.«

»Und du glaubst, das reicht?«, fragte ich, während ich mich ihm weiterhin näherte. »Du glaubst, ich verzeihe dir, wenn du hier an meiner Stelle versauerst?«

Er antwortete nicht, hielt seinen Blick starr nach draußen gerichtet, eine Taktik, die auch ich während meiner Gefangenschaft verfolgt hatte. Es machte einen Kampf einfacher, wenn man sein Gegenüber nicht ansehen musste. Allmählich trat ich in sein Sichtfeld. Ohne darüber nachzudenken, streckte ich die Hand aus und strich ihm über die leicht stoppelige Wange. Sein Kopf schnellte wie ein Pistolenschuss zu mir.

»Ich brauche dich an meiner Seite, nicht hier drinnen. Also lass dich endlich von mir retten und komm mit.«

Ein leichtes Lächeln huschte über seine Züge. »Du willst mich retten, ja?«

Ich zuckte mit den Schultern. »Zur Abwechslung.«

Impulsartig stemmte ich mich auf die Zehenspitzen und tat etwas, das ich mir unter anderen Umständen niemals zugetraut hätte, das ich nicht einmal realisierte, ehe meine Lippen auf seine trafen. Seine Hände legten sich um meine Taille, zogen mich näher und mein Herz machte einen Satz.

Ich ließ von ihm ab, ehe er sich weitere Gedanken machen konnte. Zwischen uns stand so viel Unausgesprochenes. So viel Verrat und Trauer, aber die Welt, wie sie war, war nicht perfekt. Die Menschen verletzten sich und fanden wieder zueinander. Wichtig war für mich nur, dass er mich nicht zurückgewiesen hatte. Den Rest konnten wir später klären.

Langsam glitt meine Hand von seiner Wange und umschloss seine Hand. Unaufhörlich sah ich in seine Augen.

»Greta steckt in Schwierigkeiten. Also kommst du jetzt mit mir, Aidan Gavriel?«

Für einen Moment sah er mich einfach nur an. Das Vertrauen, das ich in seinen Augen sah, war beinahe erschütternd.

»Und würdest du es jetzt gleich tun, weil ich mir ziemlich sicher bin, dass man unsere Flucht bald bemerken wird.«

Als wäre er aus einer fesselnden Starre erwacht, drückte er meine Hand und zog mich dann in Richtung Tür, an Benedikt vorbei, dem die Erleichterung ins Gesicht geschrieben stand.

Henrik erwartete uns vor der Zelle. »Hier lang«, tat er kund, als ein geräuschvoller Tumult in unseren Rücken den Rest seiner Worte verschluckte.

Benedikt fluchte und schaute sich hektisch um. »Wir müssen sofort raus hier.«

Ich wollte ihm hinterher und Aidan mit mir ziehen, als dieser seine Hand von meiner löste und sich Henrik zuwandte. »Wir haben dich gezwungen, uns hierherzuführen, verstanden?«, fragte er den Chronisten, dessen Miene von vollkommenen Unverständnis zeugte.

»Was?«

»Du warst unsere Geisel und hattest keine Wahl«, beharrte Aidan, dann schlug er zu.

Ich unterdrückte nur mühevoll einen Schrei, als Henrik vor unseren Füßen bewusstlos zu Boden fiel. Ich kniete mich sofort neben ihn. Es ging ihm gut und ich wusste, dass das hier nötig gewesen war, um ihn vor Dews Wut zu schützen – und der der Chronisten.

»Komm«, knurrte Aidan und riss mich in die Höhe.

»Es kann nicht mehr weit sein«, rief Benedikt irgendwie noch ziemlich leise über seine Schulter hinweg. »Hoffen wir, dass sich der kleine Mann nicht geirrt hat.«

Das hoffte ich auch. Weit würde ich mit diesem Bein nicht fliehen können.

Aidan unbewaffnet zu sehen, beunruhigte mich ein wenig, doch es war nur verständlich, dass Benedikt ihm weniger Vertrauen entgegenbrachte als ich. Als ich dann jedoch die Magie spürte, die Aidan umgab, löste sich meine Anspannung allmählich. Er war ein Magischer und trug seine wichtigste Waffe immer bei sich. Jetzt, wo er sie nicht mehr verbergen musste, war sie für mich allgegenwärtig und ließ ihn noch stärker wirken.

»Kommt schon«, hörten wir da die Stimme in der dunklen Ferne vor uns.

Ich erstarrte und Aidan rannte beinahe in mich hinein. Dann spürte ich seine Hände auf meinen Schultern. Sofort wurde ich ruhiger. Benedikt entsicherte seine Pistole.

Die Bewegung vor uns war für mich jedoch zu schnell. Ein Schuss erklang, doch niemand ging zu Boden. Ehe Benedikt einen zweiten, möglicherweise tödlichen Schuss abgeben konnte, packte ich ihn alarmiert am Arm, als mir klar wurde, was gerade geschah.

Die zweite Gestalt vor uns stand vollkommen regungslos da. Die Augen des Mannes waren leer wie der Tod. Nur Aidans Magie haftete ihm an. Dann fiel er in sich zusammen. Aidans Hand schob sich in meine.

»Was hast du mit ihm gemacht?«, wisperte ich schockiert.

»Er schläft«, erwiderte er nur und zog mich mit sich.

»Wir müssen weiter«, drängte Benedikt. »Hoffentlich patrouilliert niemand sonst mehr vor uns. Tessa könnte in Schwierigkeiten stecken, wenn sie den Eingang noch intensiver bewachen.«

Mein Herz hatte sich zu etwas Undefinierbarem zusammengezogen und das Atmen tat mir weh. Die Ungewissheit, ob wir dies heil überstehen würden, war unerträglich. Unsere Flucht bestand aus unzähligen kleineren Sprints und Stopps, die Benedikt dazu nutzte, um eine Ecke zu spähen oder zu lauschen. Ich achtete nur auf Aidan, der sich meist schon deutlich eher als Benedikt entspannte und wieder vorwärtsbewegte.

Seine Fähigkeit, menschliche Schwingungen ebenso schnell zu erfassen wie die magischen, war bemerkenswert stark ausgeprägt. Mir offenbarte sich ihre Existenz jedes Mal erst nach einer Weile des Verharrens.

Ich begann ihm vertrauensvoll zu folgen, sobald er einen leichten Zug an meiner Hand ausübte. Irgendwann übernahm Aidan die Führung. Unser Tempo nahm zu, dann erklangen die fremden Stimmen, schallten überall wider.

»Zur Hölle«, knurrte Benedikt und meine Hand glitt aus Aidans. Unsere Blicke trafen sich, dann stürmte von vorn der erste Kleriker auf uns zu.

Ich überlegte nicht lange. Ich ließ meinen Arm nach vorn schnellen und die Luft schoss über unsere Köpfe hinweg, ehe sie den Mann vor uns gegen die steinerne Wand katapultierte. Die Attacke, mochte sie auch noch so schnell vonstattengegangen sein, machte mich blind für die zweite. Ich sah den Lauf der Pistole im schwachen Neonlicht aufblitzen, doch da hatte Aidan bereits reagiert. Von einem Moment auf den anderen steckte er die Hand, die die Waffe hielt, in Brand. Schmerzerfüllt schrie der Fremde auf. Mehr Zeit brauchte Aidan nicht.

Mit aller Kraft warf er sich dem Mann entgegen und schlug ihn nieder. Instinktiv beugte ich mich hinunter, griff nach der Waffe, die zu Boden gefallen war, und richtete sie auf Aidan und seinen Angreifer, der jedoch bereits leblos zu Boden sank. Was genau geschehen war, wusste ich nicht. Ich wusste nur, dass ich nicht würde schießen müssen. Von irgendwoher hörte ich Benedikt eine Warnung ausrufen. Zwei Schüsse zerschnitten die Luft.

»Lauft!«

Ehe ich richtig erkennen konnte, was hinter mir vor sich ging, hatte Aidan mich bereits weitergezogen. In meiner anderen Hand spürte ich noch immer den Kunststoffgriff der Pistole.

»Aidan«, rief ich aus, ohne dabei stehen zu bleiben. Er sah über die Schulter hinweg zu mir und ich streckte ihm die Waffe entgegen. »Nimm. Ich kann nicht.«

Wenn ich für meine Flucht Menschen verletzen musste, dann nur mit einer Macht, die ich auch beherrschen konnte. Er nahm sie ohne zu zögern entgegen und wir rannten weiter. In meinem noch immer leicht verletzten Bein pochte es merklich, doch ich ignorierte dieses unangenehme Gefühl.

Abrupt hielt mich Aidan mit einer Armbewegung zurück und schoss. Ich hatte denjenigen, der nun in sich zusammenbrach, nicht einmal wahrgenommen.

»Was ist mit Benedikt? Er …«

Ich schloss gequält die Augen. Das Geräusch der durch die Luft schnellenden Kugeln, den Körper, der hart zu Boden fiel. Nichts davon würde ich je vergessen. All das brannte sich in mir fest. Als Erinnerung, die nicht vergehen würde.

»Er ist gleich da. Warte, warte noch einen Moment.« Aufmunternd drückte er meinen Arm, doch das brachte mich nicht dazu, ruhig zu werden.

In meiner Kehle hatte sich ein dicker Kloß verfestigt und wollte sich nicht lösen, egal, wie oft ich auch schluckte. Nicht einmal als Benedikt vor uns auftauchte, konnte ich gegen die Schwere in meinem Körper und die lauernde Panik ankämpfen.

Kapitel 23

« ABSCHIED UND WAHRHEIT »

»Wir sind gleich da«, ließ Benedikt uns außer Atem wissen und übernahm wieder die Führung. Hinter ihm konnte ich bereits Licht aufglänzen sehen. Ich atmete tief und erleichtert auf, als ich aus der Ferne einen Schuss hörte. Vor uns, nicht hinter uns. Ich erstarrte, doch viel Zeit, so zu verharren, hatte ich nicht. Aidan riss mich weiter, hinter dem fluchenden Benedikt her, der beim Laufen seine Waffe nachlud.

Der Weg hinaus war länger, als es zunächst den Anschein gehabt hatte, und meine Lungen brannten, während mich ein kräftiger Wind umschlang und mir das Haar ins Gesicht peitschte.

Als ich meine Sicht wiedererlangte, sah ich nur noch, wie Tessa sich unter einem uniformierten Söldner hervorkämpfte. Blut aus seiner Bauchwunde hatte beinahe ihren kompletten Körper bedeckt. Benedikt war sofort bei ihr und half ihr auf. Meine Ziehmutter beachtete ihn kaum, starrte nur auf den Mann, den sie soeben getötet hatte.

»Tess«, murmelte der hünenhafte Kleriker. Im Licht der Nacht schienen sich die Ornamente auf seinem Hinterkopf zu bewegen. Er schlang Tessa den Arm um die Taille und stützte sie sicher.

Glänzender Schweiß hatte sich auf ihrer Stirn gebildet, sie wischte ihn fort und hinterließ so eine Blutspur in ihrem Gesicht.

»Es geht schon«, wehrte sie ab. »Es ist nur … Ich kannte diesen Mann. Ich habe mich mit ihm unterhalten. Und dann hat er mich angegriffen.«

Erst jetzt wurde mir klar, was hier geschehen war. Benedikt und Tessa hatten sich gegen ihre eigenen Leute gestellt, sie sogar getötet. Warum zum Teufel hatten sie das getan? Ich war es ganz sicher nicht wert, dass sie für mich ihre Welt auf ewig aufgaben ... und ihren Seelenfrieden womöglich unwiderruflich schädigten.

»Wir stehen nicht mehr auf derselben Seite wie sie, Tess. Du hast dich entschieden und ich trage diesen Entschluss mit. Dir blieb nichts anderes übrig. Er hätte dich genauso getötet wie du ihn.«

Sie nickte und schluckte schwer, dann schloss sie für einen Moment die Augen. Als sie sie wieder öffnete, hatte sie ihre Fassung wiedererlangt.

»Wir haben keine Zeit«, drängte sie uns und riss die Beifahrertür des weißen Geländewagens auf. »Ben, du fährst.«

Aidan schubste mich fast schon auf die Rückbank und ehe ich mich richtig setzen konnte, hatte Benedikt sich bereits hinter das Lenkrad begeben und das Auto machte einen Satz nach vorne.

»Tessa, kümmere dich um den Sender.«

Sie drückte schon einige Knöpfe an den Armaturen, ehe er den Satz überhaupt zu Ende sprechen konnte. »Sie haben jedes Auto verwanzt«, erklärte sie über die Schulter hinweg.

Der Computer machte ein paar durchdringende Signalgeräusche. »Herrgott, ich komme mit dem Ding einfach nicht klar«, jammerte sie, als wären wir auf einer Ferienreise und hätten uns auf der Suche nach irgendeinem Urlaubsort verfahren. Benedikt schlug ihre Hand weg, während der Wagen unruhig über einige Hügel holperte. Ich wurde unsanft im Sitz hin und her geschleudert und griff nach dem Sicherheitsgurt.

»Frauen und Technik«, brummte Benedikt wütend und schaltete den Technikkram selbst aus.

»Mein Gott, du bist ja ein schrecklich nervöser Autofahrer«, neckte Tessa ihn und verschränkte die Arme vor der Brust. »Wenn er anfängt, sich auf Klischees zu versteifen, würde er eigentlich am liebsten schreiend aus einem Fenster springen.«

Sie warf mir ein breites Grinsen zu und ich konnte nicht anders, als ein kleines Lächeln zu entgegnen. Eigentlich war mir nur danach, mich meines gesamten Mageninhalts zu entledigen.

»Wieso verfolgt uns noch niemand?«, fragte Aidan da und machte es dadurch auch nicht besser.

»Schwer zu sagen. Vermutlich haben sie die, die wir ausgeschaltet haben, noch nicht gefunden. Das wird sich aber schnell ändern«, antwortete Benedikt. »Hoffen wir mal, dass wir so viel Zeit haben, wie es nur irgend geht. Selbst unter besten Voraussetzungen steht unsere Flucht nämlich unter einem relativ ungünstigen Stern.«

Ich versuchte, gegen mein inneres Zittern anzukämpfen. »Wohin fahren wir?«

»In ein Dorf, circa fünfzig Kilometer entfernt. Dort werden wir uns aufteilen«, seufzte Tessa, als hasste sie es, das zu sagen.

»Aufteilen?« Meine Stimme klang schrill. »Wir können uns nicht aufteilen.«

»Uns bleibt leider keine Wahl«, ließ Benedikt verlauten und ich kam nicht umhin, den anklagenden Ton in seiner Stimme zu hören. »Mit der Befreiung Gavriels ist unsere Mittäterschaft kaum mehr zu verschleiern, aber wir können wenigstens unseren Vorteil daraus ziehen. Teilen wir uns auf, müssen sie das Gleiche tun.«

»Das gefällt mir nicht«, flüsterte ich vor mich hin, sodass Tessa und Benedikt es nicht hören konnten. Ich war mir durchaus bewusst, dass ich nicht in der Position war, den Plan zu kritisieren. Nur durch mich waren die beiden jetzt in dieser ausweglosen Situation. Aidan jedoch verstand meine Worte und legte seine Hand auf meine.

Ich fragte gar nicht erst, was Tessa und Benedikt nun vorhatten.

Wir erreichten das kleine Dorf, als sich das morgendliche Leben dort regte. Ein paar Leute beäugten das protzige Auto mit skeptischen Blicken, sahen jedoch schnell fort, sobald sie sich ertappt fühlten.

»Wie unauffällig«, kommentierte ich recht emotionslos.

Ich war nicht wie Tessa. Ich konnte in dieser Situation meinen Humor einfach nicht heraufbeschwören. Viel zu schnell stiegen wir aus. Ehe ich mich umsehen konnte, fand ich mich schon in Tessas Armen wieder. Ich gab mich einige Momente ihrer Umarmung hin. Irgendwann ließ sie mich los, nur um mir Dutzende Küsse auf Wangen und Stirn zu geben. Diese so starke, mutige Frau hatte auch eine ganz andere Seite. Eine Seite, die ich viel besser kannte. In dem Moment, in dem sie begann, mich einfach nur anzusehen, konnte ich nicht mehr an mich halten und umarmte sie nochmals voller Inbrunst.

»Ich bin so froh, dass du in Sicherheit bist«, flüsterte sie mir zu, während Aidan und Benedikt unser weiteres Vorgehen besprachen.

»Danke«, murmelte ich in den Stoff ihres weichen Pullovers. »Danke.«

Sie drückte mich fest, ehe sie mich endgültig losließ. »Bedank dich nicht bei mir, Süße. Es ist doch meine Aufgabe, euch zu beschützen. Das habe ich deiner Mama versprochen, weißt du?«

Ich nickte nur. Ich wusste, was sie meinte. Wir waren eine Familie, wir retteten einander und doch würde ich ihr auf ewig dankbar sein, dass sie mich Dew und seiner finsteren Welt entzogen hatte.

»Komm mit uns, Tessa«, sagte ich statt all dieser Gedanken. »Wir müssen zu Greta. Vielleicht kannst du ja zuerst mit ihr reden. Es gibt nichts, was sie dir nicht anvertrauen würde, und …«

»Süße, wir sehen uns bald wieder. Das hier ist kein Abschied auf ewig. Wir sorgen nur für ein klein wenig Ablenkung.«

Mir traten die Tränen in die Augen. »Ablenkung, ja? Den Köder spielen, meinst du wohl.«

»Sag das doch nicht so, als würden wir uns opfern.«

Ich konnte ihr nicht mehr ins Gesicht sehen. »Mir kommt es aber verdammt so vor. Ich hab vor Kurzem nämlich etwas ganz Ähnliches getan.«

»Ach, Unsinn«, warf sie leichtfertig ein. »Wir streuen ein paar falsche Fährten und sind untergetaucht, bevor die Kleriker uns finden. Wir machen euch euren Weg nur ein kleines bisschen leichter.«

Ich schluckte schwer. »Du weißt, wohin uns dieser Weg führt, oder?«, fragte ich verzweifelt und vor Angst ganz starr. Nichts von dem, was ich in dieser Nacht gefühlt hatte, war mit dem zu vergleichen, was sich jetzt in mir abspielte.

»I-Ich habe keine Ahnung, wo die Chaosmagier sind. Oder was sie für Absichten verfolgen. Vielleicht verhindern sie euer Kommen oder … oder … Du kannst nicht versprechen, dass wir uns wiedersehen.«

Sie gab mir noch einen Kuss auf die Wange. »Oh, wir *werden* uns wiedersehen, Liebling. Wenn das alles vorbei ist, kommst du zu mir. Mit deinen Geschwistern.« Sie lächelte. »Und zwar mit allen«, fügte sie ein wenig leiser hinzu.

Meine Stimme war nicht ganz so sicher wie die ihre. »Abgemacht.«

Dann war sie fort. Sie stieg mit Benedikt in den kleinen Ford, den er gerade kurzgeschlossen hatte, und dann fuhren sie los. Einfach so.

»Es ist nicht richtig«, wisperte ich, während ich ihnen hinterhersah. »Dass sie ihre Freunde töten, nur damit wir fliehen können. Dass sie sich in Gefahr bringen, nur für …«

Aidan warf mir einen schnellen Blick zu, während er zu dem neuen Fluchtwagen, einem dunkelblauen Kombi, trat und die Fahrertür öffnete. »Du nimmst mit jeder Stunde Opfer für deine Geschwister in Kauf. Du musst den Menschen schon zugestehen, dass sie dieselben Entscheidungen treffen wie du. Lass Tessa das tun, was sie für das Richtige hält, und lebe mit deinen eigenen Entscheidungen, Nell. Damit hast du schon genug zu tun.«

Ich schob mich auf den Beifahrersitz und atmete einmal tief aus. »Wo du recht hast … Und gerade habe ich damit zu tun, dass ich die Frau, die mich aufgezogen hat, in tödliche Gefahr gebracht habe.«

Erst in dem Moment, in dem ich die Worte aussprach, wurde mir klar, wie wahr sie waren. In dieser Nacht waren Menschen gestorben. Nicht Tessa, nicht Benedikt, nicht Aidan, aber niemand von uns war davor gefeit. Aidan antwortete nichts. Ich beobachtete ihn, während er den Wagen startete, und spürte förmlich, wie mein Herz sich mit der Zuneigung füllte, die ich immer für ihn empfunden hatte.

»Wir haben noch zu reden«, prophezeite ich ihm ein unangenehmes Gespräch, konnte aber nicht verhindern, dass meine Stimme warm und mein Lächeln aufrichtig war.

Er schielte zu mir, ließ die Welt dort draußen aber kaum unbeobachtet. »Ja, haben wir.«

»Dann ist ja gut.« Ich drehte mich weg, um aus dem Fenster zu sehen. Das hatte ich beim Autofahren immer schon am meisten geliebt. »Wohin fahren wir nun?«

»Als du dich von Tessa verabschiedet hast, hat Benedikt mir von einem verlassenen Hotel erzählt. Einer von vielen Orten, den er vorsorglich mit Bannformeln belegt hat, sollte er einmal Grund zur Flucht haben. Du siehst, sein Vertrauen zu seinen Leuten war schon vorher wohl kaum das größte. Was bestimmt auch der Grund dafür ist, dass diese geborenen Pazifisten mir plötzlich das Wasser im Umgang mit Schusswaffen reichen können.«

Ich musste lächeln. Das klang ja fast ein bisschen gekränkt. »Wie lange sind wir unterwegs?«

»Eine Stunde in etwa.«

»Ist das sicher?«, fragte ich skeptisch und zog die Beine auf den Sitz und enger an meinen Körper. »Sollte man sich so als normaler Flüchtiger verhalten?«

Aidan lächelte leicht. »Die Kleriker werden vermuten, dass wir unsere Flucht auszubauen versuchen. Sie werden die Straßen beobachten.«

Ich sagte nichts. Mir war so eine Pseudopsychologie schon immer suspekt gewesen. Was war, wenn sie damit rechneten, dass wir damit rechneten, dass sie … Ach, was sollte das alles? Wir waren auf der Flucht, da war wohl kaum ein Plan wirklich sicher. Wahrscheinlich mussten wir uns einfach auf Benedikts Bannformeln verlassen.

In der einen Stunde erzählte ich Aidan alles. Trotz meiner Müdigkeit, die ich inzwischen in jedem Knochen spürte, ließ ich nichts aus. Ich hätte auch nicht gewusst, was. Ich erzählte von Dews Theorien und den Chronisten – und von Gretas vermeintlichem Verrat. Ich hätte sie so gern vor seinem Urteil geschützt, doch Geheimnisse hatten uns nie weit gebracht. Im Gegenteil, sie hatten dafür gesorgt, dass man uns einsperrte und von dem abhielt, was wir tun mussten. Als ich endete, bog Aidan gerade auf einen kleinen Feldweg ab, der von zwei riesigen Klatschmohnfeldern umgeben war. Direkt vor uns tauchte nach wenigen Minuten das rettende Gebäude auf. Allmählich zweifelte ich daran, dass Tessa wirklich einen guten Plan hatte. Irritiert stieg ich aus und sah über den Wagen hinweg zu Aidan.

»Das soll ein sicheres Versteck sein? Hier ist doch nichts.«

Das Hotel war zwar imposant, wirkte wie ein restauriertes und modernisiertes Schloss, doch lag es mitten im Nirgendwo. Das einzige Gebäude weit und breit und somit das einzig mögliche Versteck für uns. Wenn die Kleriker nicht darauf kamen, dass wir hierher geflüchtet waren, mussten sie dümmer sein, als ich dachte, und das war nicht wirklich wahrscheinlich.

»Unterschätze die Macht von Schutzzaubern nicht, nur weil sie aus Kräutern und Tinkturen gewebt wurden und nicht von deiner Hand«, gab Aidan nur zurück und trat zu der einladenden smaragdgrünen Eingangstür.

Man hatte sie aus Holz gefertigt und türkis lackiert. Irgendwie verlieh es dem ansonsten schneeweißen Gebäude einen außerordentlichen Charme. Die strahlend rot leuchtenden Mohnblumen taten ihr Übriges. Ja, sicher hätte man sich unter anderen Umständen hier sehr wohlfühlen können.

Diese Meinung revidierte ich, als ich eintrat. Ich starrte auf die massige, ebenhölzerne Rezeption, auf der der Staub zentimeterhoch lag. Ein muffiger Geruch stieg mir in die Nase.

»Nell, komm schon«, murmelte Aidan und ich spürte, wie er seinen Arm um meine Taille legte. »Wir finden schon ein Zimmer, das nicht allzu schlimm verdreckt ist.«

Ich war so erschöpft, dass ich nur nicken konnte und mich von ihm eine geschwungene Wendeltreppe hinaufführen ließ. Irgendwie fanden wir beide einen Raum, dessen Ausstattung ich nicht mit einem Blick würdigte. Wir würden ja ohnehin wieder gehen. Mein blaues Zimmer mit den gemalten Vögeln an der Wand war bereits Vergangenheit.

Das Einzige, was ich wirklich ausmachte, war das riesige Himmelbett in der Mitte des Raums, über das man ein weißes Leinentuch gelegt hatte. Aidan hob es an und zog es vorsichtig herunter, um den Staub darauf nicht auch noch zu verteilen.

Der Geruch, der mir noch immer in der Nase klebte, lud nicht dazu ein, sich in die Decke und Kissen zu kuscheln, doch wenigstens war der gröbste Staub von ihnen ferngehalten worden. Trotz allem konnte ich es nicht erwarten, mich einfach schlafen zu legen. Die Erschöpfung in meinen Knochen zu vertreiben und die Erinnerungen für eine Weile auszulöschen.

Vollkommen erledigt und dankbar für diese Aussicht, mochte sie auch noch so banal wirken, trat ich auf Aidan zu und schmiegte mich an ihn. Meine Wange berührte seine Brust, die sich allmählich wohlig zu heben und zu senken begann. Seine Arme legte er um meinen Körper und zog mich an sich und für einen Moment genügte uns diese Umarmung. Meinen lauten Geist fortdrängend, schloss ich die Augen.

Ich konnte nicht sagen, wie lange wir so dastanden und die Nähe des anderen genossen. Es war in dem Moment, in dem ich den Kopf hob und ihm in die sturmgrauen Augen sah. Seine Hände wanderten an meinem Körper hinauf und umschlossen mein Gesicht, dann küsste er mich.

Es war ein Kuss, der für mich bestimmt war. Ein Kuss, den ich mir nicht einfach genommen hatte. Ein Kuss, von dem ich mir dieses Mal absolut sicher sein konnte, dass er ihn mir in vollem Bewusstsein gab.

Seufzend schlang ich meine Arme um seinen Hals und presste mich enger an ihn. Meine Lippen öffneten sich, meine Finger berührten die warme Haut seines Halses und die Spitzen seines wirren Haares. Ich stöhnte und sog seinen unverkennbaren Geruch nach Meer und sonnenduftendem Sand ein. Mir wurde ganz schwindelig.

Eine seiner Hände fand ihren Weg zurück an meine Hüfte, zog mich näher, fand nackte Haut an der Stelle, an der mein T-Shirt hochgerutscht war. Seine Hand wurde begleitet von der kalten Luft um uns herum und ließ mich kurz erschaudern. Mein Körper fühlte sich so empfindlich an, dass selbst eine Feder ihn hätte verletzen können. Ich aber genoss den Schauer, der mich erfasste, und lächelte gegen Aidans Lippen. Ich strich von seinem Hals hinab zu seiner Brust, fühlte den schnellen Herzschlag unter meinen pochenden Fingern.

Und …

»Stopp«, murmelte ich. Er hörte nicht. Seine Lippen wurden härter und er griff grob nach meinen Hüften. »Stopp«, hielt ich ihn dann mit harscher Stimme zurück und drückte meine Hände gegen seine Brust, um ihr Nachdruck zu verleihen.

»*So.* Ganz. Sicher. Nicht«, stieß ich atemlos hervor.

Kapitel 24

« SCHATTEN AUS VERGANGENEM »

Mein Herz klopfte so laut, dass es mir kaum gelang, meinen eigenen Gedanken zuzuhören. Ich drehte mich von Aidan weg und löste den Knopf des schwarzen Umhangs an meinem Hals, den Tessa mir umgelegt hatte, und warf ihn dann schwungvoll auf das eindrucksvoll große Himmelbett.

Mein Körper schien in sich zusammenzufallen. Ich schlang meine Arme um mich, versuchte ihn so aufrecht zu halten, und trat zum Fenster. Für einen Moment blieb mir die Luft weg. Vor mir erstreckten sich die schier endlos weiten, kräftig blühenden Mohnfelder. Ich wagte es nicht, zu Aidan zu sehen, der keinen Ton gesagt hatte, seit ich ihn fortgestoßen hatte.

»Das hier ist vollkommen verrückt. Du kannst nicht glauben, dass mich … das hier davon abhält, meine Fragen zu stellen«, begann ich und versuchte, die Sache mit dem Kuss mit einer einzigen Geste darzustellen.

»Glaubst du, das war es, was ich im Sinn hatte?«

Seine so frei heraus gestellte Frage überrumpelte mich etwas, denn ich hatte eisiges Schweigen erwartet, dem ich mit einem lückenlosen Plädoyer entgegengetreten wäre. Nicht weniger stand mir zu. Und dann hatte er gefälligst seine Geschichte zu erzählen.

»Ich weiß nicht, was in deinem Kopf vorgeht, Aidan«, sagte ich nur, ohne ihn anzusehen. Ich wandte nicht einmal meinen Kopf in seine Richtung. »Meine Gefühle dich betreffend zeige ich dir offen und klar, während du …«

»Ach, das tust du?«, knurrte er. »Ich weiß nur selten, was du gerade fühlst. Du versteckst genauso viel wie ich, möchte ich meinen.«

Dieses Gespräch lief überhaupt nicht so, wie ich es geplant hatte. Dummerweise hatte auch die Tatsache unseres Kusses den Plan gleich zu Beginn schon beinahe unmöglich gemacht.

»Ich habe dir meine Gefühle gezeigt, Aidan«, seufzte ich. »Damals am Strand habe ich dich geküsst, dann hast du mich verraten. Seit wir nun wieder zusammen sind, glaube ich manchmal, vor Gefühlen nur so zu strahlen wie eine Leuchtreklame. Es tut mir leid, wenn ich dir mein Herz nicht mit noch mehr Deutlichkeit vor die Füße werfen kann.«

Meine Stimme war immer leiser geworden und meine Arme schlangen sich immer fester um meine Körpermitte.

»Nell …«

»Nein, komm mir nicht so. Ich will darüber nicht sprechen. Das sind Dinge, die ich schon längst hinter mir hätte lassen sollen. Ich möchte, dass du mir jetzt endlich die Antworten gibst, die du mir schuldest.«

Ich glaubte ihn seufzen zu hören, war mir aber nicht wirklich sicher, ob ich es mir nicht eingebildet hatte. Ich atmete einmal tief ein und aus und dann drehte ich mich zu ihm herum. Er schob die Ärmel seines leichten Pullovers hoch, dann zog er einen Stuhl näher zum Bett heran. Ich bat das Universum um Kraft und setzte mich dann ein wenig mühselig im Schneidersitz auf die hohe Matratze. Ich faltete die Hände in meinem Schoss und sah ihn unverwandt an.

Seine dunkelgrauen Augen hatten eine gewisse Tiefe gewonnen, die mich ganz in sich hätte aufnehmen können, wenn ich es zugelassen hätte. Ich überlegte kurz, ob ich ihm eine Frage stellen sollte, entschied mich dann aber dagegen. Er wusste genau, was ich wissen wollte. Verlangen durfte er von mir nur wenig, aber ich konnte ihm die Entscheidung zugestehen, wie er seine Geschichte beginnen wollte.

»Ich wurde in die Gemeinschaft der Söldner hineingeboren. Mein Vater und meine Mutter standen fast an der Spitze der Hierarchie.«

»Waren sie auch Magische?«, warf ich ein, um einfachere Fragen gleich zu Beginn zu klären. Diese schien jedoch weniger einfach, als ich angenommen hatte. Aidan schüttelte den Kopf.

»Die Geburt eines Chaosmagischen unterscheidet sich erheblich von eurer. Deine Eltern und deine Geschwister, ihr alle seid Naturmagier, wenn auch nicht alle magisch begabt. Chaosmagie ist nicht erblich. Chaosmagier entstehen als Laune der Natur. Meine Eltern waren gewöhnliche Menschen, Söldner, die meine Fähigkeiten zunächst gar nicht wahrnahmen. Ich wurde als Söldner ausgebildet und traf während des Trainings auch auf Amalia und Cornelius.

Damals war ich neun Jahre alt und sie wurden mir zu guten Freunden. Mir war es sogar gestattet, ihrem Magietraining beizuwohnen. Ich fühlte mich jedes Mal geehrt und euphorisch, wenn sie mich mitnahmen, auch wenn mir bald klar wurde, dass mir diese Treffen nicht guttaten.«

Ich runzelte die Stirn. »Wie meinst du das?«

Er stützte seine Ellbogen auf die Knie und beugte sich vor. Ein trauriges Lächeln umspielte seine Lippen.

»Wie gesagt, wir unterscheiden uns erheblich voneinander, Nell. Du bist Mensch und Magierin gleichermaßen. Du kannst dich der Magie um dich herum bedienen, sie beherrschen. Die Magie, die ich nutze, kommt aus mir selbst. Sie ist alles, was mich ausmacht, mehr ist da nicht. Sie hält mich am Leben. Schicke ich zu viel von ihr aus, schwächt es mich derart, dass ich so auch den Tod finden könnte.«

Ein Schauer rann mir über den Rücken. »Auch meine Magie kann mich an die Grenzen meiner Kräfte bringen.«

»Natürlich, aber ich spreche von etwas anderem. Wenn du dich überanstrengst, spürst du dies physisch. Als hättest du einen schweren Felsbrocken einen Berg hinaufgerollt. Es ist dein menschlicher Körper, der dich rettet. Durch Ohnmacht, Koma, was auch immer. Überschreite ich meine Grenzen, entsende ich zu viel meiner eigenen Magie, zerstöre ich meine Lebensquelle. Ausgleichende Gerechtigkeit, denke ich. Es gibt kaum etwas, dass uns nicht möglich ist, aber man kann uns leicht stürzen, wenn wir unvorsichtig sind.«

Eine schwere Angst setzte sich in meinem Körper fest. Es war keine flatterhafte Panik, die Adrenalin in mein Herz pumpte, es war eine tief dringende Angst, die den Menschen über Jahre hinweg begleiten konnte. »Und was hat das mit Ammie und Cornelius zu tun?«

»Irgendwie gelingt es deiner Art, sich der Magie, die wir Chaosmagier in uns heraufbeschwören, zu bedienen. Da wir alle drei unwissend waren, entzogen sie mir stetig meine Kraft, die ich nicht schützen oder auffrischen konnte. Ich wurde schwach und krank und irgendwann brach sich meine Magie in der physischen Welt Bahn. Bald begannen meine Eltern, die Umstände meiner Existenz zu begreifen und sie mir zu erklären.«

Ich malte mit einem Finger unsichtbare Kreise auf meine Kniescheibe. Ich versuchte mir vorzustellen, wie es für ein Kind sein musste, wenn die eigenen Freunde für seine körperliche Schwäche verantwortlich waren.

»Sie verboten mir jeglichen Kontakt mit den beiden und jedem Naturmagier. Dann bildeten sie mich selbst zum Söldner aus, so gut sie es vermochten. Ansonsten achteten sie genau darauf, dass meine Trainingsgruppen während der Ausbildung möglichst klein ausfielen. Niemand sollte entdecken, was ich war. Zu dieser Zeit galten die Chaosmagier bereits als ausgestorben und ihre Rückkehr war von der gesamten magischen Welt gefürchtet. Zu meinem Glück wusste niemand, dass dieses Erbe nicht mit den einzelnen Individuen sterben würde. Die Jagd auf uns wurde mit jedem Jahr, das verging, weniger intensiv betrieben.«

Ich sah auf, doch Aidans Blick war starr auf seine Hände gerichtet, die er ineinander gefaltet hatte. »Was war mit deinen Eltern? Haben sie dich auch gefürchtet?«

»Söldner geben generell nicht viel auf Angst, zumindest versuchen sie, sie nicht zu zeigen. Seit dem Tag, an dem sie erfuhren, was ich bin, war ich für sie nicht mehr als ein Ärgernis, ein gefährliches Geheimnis, das sie um jeden Preis hüten mussten. Haben sie mich überhaupt irgendwann geliebt, wurde dieses Gefühl von dem Hass darauf ausgelöscht, dass ich ihnen das angenehme, ehrenvolle Leben genommen hatte.«

Ich seufzte mitfühlend. Ich wusste genau, wie es war, wenn man zum Klotz am Bein der eigenen Familie wurde, doch bei mir war es etwas anderes gewesen. Bei einem meiner Geschwister hatte ich immer Rückhalt gefunden, der Aidan vollkommen versagt gewesen war.

»Es tut mir leid. Ein Kind sollte sich immer auf die eigenen Eltern verlassen können«, wisperte ich traurig und erntete einen überraschten Blick.

»Was?«, fauchte ich. »Glaubst du wirklich, dein Schicksal lässt mich kalt, nur weil du mich schlecht behandelt hast?«

»Nein, natürlich nicht. Es tut mir leid.«

Ich nickte ergeben. »Schon gut. Was geschah dann?«

»Faye«, sagte er sanft und der Name allein genügte, um mir einen Stich ins Herz zu versetzen. »Für die Gemeinschaft der Chaosmagier war es stets schwer, die ihren zusammenzuhalten. Jederzeit kann überall auf der Welt einer von uns geboren werden, ohne dass dieser von seinen Kräften auch nur ahnt oder weiß, an wen er sich wenden kann, um sie zu verstehen.

Zu ihrer Blütezeit gelang es ihnen dennoch, neugeborene Chaosmagische ausfindig zu machen. Nachdem man sie zur Flucht gezwungen hatte, war dies nicht mehr so einfach. Sie erfuhren von mir, als ich sechzehn Jahre alt war. Wie, weiß ich nicht genau. Ich denke, Nathaniel hat damit zu tun.«

»De Andrade?«

Er lächelte entschuldigend und unendlich müde. »Eine lange Geschichte. Für einen anderen Zeitpunkt, ja?«

Ich nickte nur und beobachtete, wie er die Augen schloss und sich wieder zurücklehnte. Als würde die Erinnerung eine merkliche Spur in seinem Kopf hinterlassen, wischte er sich kurz über die Stirn.

»Sie schickten Faye zu dir«, griff ich das Thema neu auf. »Sie muss selbst noch ein Kind gewesen sein.«

Ich kannte Fayes genaues Alter nicht, aber ich hatte sie immer ein wenig jünger geschätzt als Aidans knappe sechsundzwanzig. Er nickte mit noch immer geschlossenen Augen. »Faye war eine Waise und als solche nahmen die Söldner sie sofort in ihren Reihen auf. Sie gehen nicht sehr subtil vor, wenn es darum geht, ihre Anzahl aufzustocken. Zu diesem Zeitpunkt war Faye fünfzehn und hatte bereits eine gute Ausbildung bei den Chaosmagiern genossen.«

Ich rutschte zum Rand der Matratze und ließ meine Beine herabbaumeln, um den Kopf gegen die hölzernen Bettpfosten zu lehnen, der in der Höhe bis zum Bettfirmament ragte. »Sie hat dich vor all dem Groll bewahrt«, begann ich zu verstehen.

Aidan nickte. »In gewisser Weise, ja. Meine Eltern hatten mir die schlimmsten Gefühle eingeimpft. Als ich Faye kennenlernte, war ich ein zurückgezogener, wütender Junge, der niemandem mehr vertrauen wollte. Sie schaffte es in wenigen Tagen, dass ich lernte, bei ihr eine Ausnahme zu machen. Zunächst sogar, ohne dass sie mir zeigte, dass sie wie ich war.«

Ganz kurz sah ich Faye mit seinen Augen. Es war mit einem Mal nicht schwer, von dem Bild abzuweichen, das ich von ihr hatte. Die Person, mit der sich alles verändert, die ihn gerettet hatte. Sie war sein Licht in der Dunkelheit gewesen. Geblendet von diesem Strahlen hatte er vielleicht einfach nicht bemerkt, wie ich fühlte, vielleicht war es für jemand anderen auch nie so offensichtlich gewesen.

»Neben der Ausbildung der Söldner durchlief ich von da an Fayes Unterweisungen in der Magie. Als wir offiziell unseren Dienst für die Gemeinschaft der Söldner aufnahmen und Außeneinsätze antraten, brachte sie mich zu den Chaosmagiern. Zum ersten Mal in meinem Leben musste ich mich nicht verstecken. Ich hatte bei diesen Fremden und an Fayes Seite ein Zuhause gefunden.«

»Und habt ihr weiter für die Söldner gearbeitet?«

»Es erschien den Obersten unserer Gilde ratsam. Es ist außerordentlich schwer, jemand gut Ausgebildeten in eure Gemeinschaft einzuschleusen. Das war bei uns nicht mehr notwendig. Wir waren Teil von ihr und somit eine Verbindung in die öffentliche Welt. Meine Loyalität galt sowohl den Söldnern als auch den Chaosmagiern, mein Pol zwischen den beiden aber blieb Faye, auch wenn wir unsere Aufträge oftmals getrennt voneinander ausführten.«

Faye ist … Sie ist einfach mehr. Ich würde alles für sie tun. »Verstehe«, erwiderte ich leise. »Und irgendwann war einer dieser Aufträge, Jenna und mich zu eskortieren.«

Aidan überraschte mich mit einem sanften, fast schon liebevollen Lächeln. »Einer, der mir einiges abverlangt hat.«

»Aber es war ein Auftrag der Söldner, nicht der Chaosmagischen, oder?«

»Ja. Die Chaosmagier erfuhren erst von dir, als … Samuel starb.«

Die Erinnerung an Jennas Leichnam und dem schreienden Söldner, der vor meinen Augen zu Staub zerfallen war, schoss schmerzhaft in mein Bewusstsein. Und auch all das, was danach geschehen war, kehrte zurück.

»Warum verriet Samuel dich?«

Aidan zuckte mit den Achseln. »Jemand hat ihm mehr geboten. Was Treue ist, wusste er noch nie.«

»Wer war es?«

»Ich weiß es nicht. Vielleicht diejenigen, die wir suchen. Vielleicht sind es die Chronisten, vielleicht auch nicht.«

Das waren eine Menge *vielleicht.* »Wie … Wie habe ich … An diesem Tag …«

Sein Blick schoss so schnell zu mir, dass ich für einen Wimpernschlag wie erstarrt war. »Ich war außer mir, als Samuel dir das Messer an die Kehle drückte. Meine Ausbildung war gut, ich konnte mich zurückhalten und doch tobte die Magie so wild in mir, dass es mich alle Mühe kostete, sie nicht nach außen dringen zu lassen. Als er auf Jenna schoss, war es mit meiner Kontrolle dahin. Ich hätte mich vielleicht noch rechtzeitig bremsen können, aber du …«

»Ich war ebenso außer mir«, beendete ich seinen Satz.

»Du hast mir die Magie förmlich fortgerissen. Ich war zu überrascht, um es zu verhindern. Wahrscheinlich hätte ich nicht einmal gewusst, wie das überhaupt zu machen gewesen wäre, und dann war es zu spät.«

Mir schnürte sich die Kehle zu. »Also war ich es doch. Ich war es, die ihn letzten Endes getötet hat.«

»Du hast einen Mörder daran gehindert, noch jemandem Leid zuzufügen.«

Plötzlich wurde mir kalt. Es war eine krankhafte Kälte, die mich innerlich schwach und panisch machte. Ich griff zurück und angelte nach dem Umhang, um ihn mir wieder über die Schultern zu ziehen, doch er ließ mich nicht besser fühlen.

»Es ist vollkommen egal, was er war. Ich habe jemanden getötet, weil ich wütend gewesen bin und die Kontrolle verloren habe. Das darf mir nicht noch einmal passieren«, wisperte ich so leise, dass ich erst nicht wusste, ob er mich gehört hatte.

Dass er es getan hatte, wurde mir bewusst, als er sich mit einem Mal vor mich kniete und seine Hand auf meinen Oberschenkel legte. »Es ist …«

Ehe er zu Ende sprechen konnte, hatte ich seinen Blick mit dem meinen aufgefangen. Seine grauen Augen entfesselten in sich selbst einen Sturm, der darum kämpfte, in die Realität zu stürzen. Tränen traten mir in die Augen.

»Was haben sie …« Ich musste mich unterbrechen. Ich brauchte alle Kraft, meine Trauer in mir einzuschließen. Den schmerzenden Kloß in meiner Kehle hinterschluckend, schloss ich die Augen. »Die Chaosmagier, was sagten sie zu meiner Verurteilung? War es ihnen so gleichgültig?«

»Sie riefen mich gleich nach deiner Verhandlung zu sich und stellten mir mitunter dieselben Fragen wie der Rat.«

Ich versuchte seine Hand auf meinem Bein zu ignorieren. »Was hast du ihnen geantwortet?«

»Die Wahrheit. Die Chaosmagier beschlossen, die Sache in den Händen der *anderen* zu lassen.«

Ich konnte sie verstehen. Sie, diese Fremden, hatten mir nichts geschuldet. Warum hätten sie ihr sicheres, geheimes Leben für jemanden riskieren sollen, der nicht einmal zu ihnen gehörte?

»Und du hast Faye beschützen wollen«, fügte ich hinzu. »Ihr wolltet nicht riskieren, die Aufmerksamkeit, die auf mir gelegen hatte, auf euch zu ziehen. Du hast dich einfach entscheiden müssen.«

Konnte ich ihm tatsächlich noch vorwerfen, dass er mich nicht verteidigt hatte? Zu dem Zeitpunkt seiner Aussage hatte er nicht gewusst, was genau ich war. Er hatte genauso wenig gelogen. Ich war nicht in Gefahr gewesen. Er hatte nach bestem Wissen und Gewissen gehandelt und Faye, seinen Pol, über eine Freundin gestellt, die er nur flüchtig gekannt hatte. Eigentlich war es ganz einfach.

»Ich habe die falsche Entscheidung getroffen, Nell.«

Ich schüttelte den Kopf. »Nein, das hast du nicht. Ich hätte das Gleiche für meine Geschwister getan.«

Jemand Unbedeutenden geopfert. Der Unterschied war nur … Aidan war für mich nie unbedeutend gewesen.

»Es ist kein Tag vergangen, an dem ich das, was ich dir angetan habe, nicht bereut habe … Es nicht wiedergutgemacht zu haben … Ich …«

»Du *hast* es wiedergutgemacht. Du bist gekommen«, flüsterte ich und umfasste sein Gesicht mit meinen Händen. »Du hast dich für mich den Klerikern gestellt.«

Traurigkeit lag in seinem Gesicht, als er mich ansah. »Ich habe diese Bilder von dir nicht mehr aus meinem Kopf bekommen. Wie du gebrochen dort in diesem Haus lagst. Ich konnte den Gedanken nicht ertragen, dass ich dir schon wieder solches Leid zugefügt hatte.«

»Der Angriff war nicht deine Schuld.«

»Oh doch. Es ist meine Schuld, dass du allein da rein bist. Du bist seit dem Vorfall mit Samuel für die Chaosmagie sensibilisiert. Deshalb hast du sie wahrgenommen, während sie Cornelius verborgen geblieben ist. Faye und ich haben unsere magischen Sinne unterdrückt, um unsere Kräfte vor dir und deinem Bruder zu verbergen. Hätte ich das nicht getan, hätte ich gespürt, was in dem Haus vor sich ging. Wieder etwas, das ich mir nicht verzeihen werde.«

Ich wusste nicht warum, aber ich senkte meinen Kopf. Meine Hände noch immer an seinem Gesicht, zog ich ihn näher und küsste ihn. Seine Lippen waren weich und so warm, dass die Kälte in meinem Inneren kurzzeitig verscheucht wurde. Aidans Hände wanderten meine Schenkel hinauf zu meiner Taille, bis er sich erhob und mir seine Berührung raubte. Von unten herab sah ich zu ihm hoch, doch noch immer war ich es, die in diesem Moment die Macht über ihn hatte. Er hatte Schuldgefühle. Ich kannte mich mit Schuld aus. Ich wusste, dass es nicht so einfach war, Absolution zu akzeptieren, wenn sie erteilt wurde.

»Es ist alles in Ordnung«, flüsterte ich und eine letzte Träne löste sich unter meinen Wimpern.

»Nell …«

Noch einmal strich ich ihm sanft über die Wange. »Es ist gut.« So viel mehr. So viel mehr bedeutete er mir. Mehr, als ich zugeben wollte, mehr, als ich geahnt hatte, mehr, als er selbst für mich empfand. »Ich glaube, ich muss ein wenig schlafen«, murmelte ich dann und legte mich seitwärts auf die alte Matratze.

»Sicher«, antwortete er mit fast schon wieder vollkommen neutraler Stimme. »Ich such mir ein Zimmer in der Nähe.«

»Unsinn«, sagte ich leise. Irgendwie war mir gerade so viel egal geworden. »Die anderen Zimmer sind in einem katastrophalen Zustand, das haben wir doch gesehen. Das Bett hier ist groß genug für uns beide.«

Mit diesen Worten rutschte ich auf die andere Seite unter die Decken, dem Söldner den Rücken zugewandt. Für kurze Zeit glaubte ich, ihn sich nicht einmal bewegen zu hören, dann gab die Matratze neben meinem Körper ein wenig nach. Er erhob weder Anspruch auf einen Teil der Decke noch sagte er irgendetwas.

So lagen wir gemeinsam im Halbdunkel des Zimmers und versuchten, den Schlaf zu finden, den wir beide brauchten. Aidan, um seine Schuldgefühle zu vergessen. Ich, um dem Schmerz zu entfliehen, der durch die Erkenntnis entstanden war, dass ich ihn vermutlich immer schon verzweifelt geliebt hatte.

Bis zum Abend hatte ich den Tag in einer Art Dämmerzustand zugebracht. Es war Aidan, der mich aus diesem ermüdenden Halbschlaf erlöst hatte. Es war nur recht und billig, schließlich war er es, der ebenso für meine Schlaflosigkeit zuständig war. Seufzend stand ich auf. Mein Körper fühlte sich merkwürdig taub an. Die Trauer der letzten Stunden hatte mich matt werden lassen.

Jede Minute hatte ich damit zugebracht, die alten Bilder und Fotos an der Wand zu betrachten. Familienfotos und Kinderportraits. Tausend Augen hatten mich angestarrt. Bei einigen Mädchen, die in feiner Kleidung und akkurat geflochtenen Zöpfen dastanden, hatte man fast nicht sagen können, ob sie nicht ebenso wie die starren Puppen in ihren Armen aus Porzellan waren.

Wieder dachte ich an das gemütliche blaue Zimmer im Archivhaus, das ich mir mit Greta geteilt hatte. »Du meine Güte!«, schoss es mir plötzlich durch den Kopf und ich rotierte zu Aidan herum, der bereits an der Tür zum Flur gestanden hatte. »Greta!«

»Was ist mit ihr?«

»Die Chronisten. Wenn sie irgendetwas mitbekommen haben oder glauben, die Kleriker hätten mich überzeugt … Was ist, wenn sie Greta kontaktieren und sie flieht. Wenn sie abhaut, ohne dass ich mit ihr sprechen konnte, werde ich sie nicht so bald wiedersehen, das weiß ich.«

Aidan überlegte kurz. »Wir beeilen uns, zu ihnen zu gelangen. Wir sollten uns ruhig verhalten, Nell. Den Chronisten keinen Anlass geben, voreilig zu handeln.«

»Wir sollten Cornelius anrufen. Er muss dafür sorgen, dass …«

»Dass was? Dass sie deine Schwester einsperren?«

Gott, Greta hinter Gittern? Daran wollte ich gar nicht erst denken.

»Wir dürfen Greta nicht das Gefühl geben, dass wir ihr misstrauen.«

Ich wusste, dass er recht hatte. Wenn sie merkte, dass wir ihren Verrat enttarnt hatten, würde sie kopflos fliehen. Wie würden die Chaosmagier das wohl aufnehmen? Sie sollte sich sicher fühlen.

»Es ist mittlerweile über eine Woche vergangen. Was ist, wenn sie den Chronisten den Aufenthaltsort der Chaosmagier verrät?«

Aidan lächelte. »Das kann sie nicht«, sagte er nur, als er schon die Tür öffnete. »Im Gegensatz zu mir vertraut Faye niemandem. Ich bin mir ziemlich sicher, dass Greta zu diesem Zeitpunkt keine Ahnung hat, wo sie ist. Außerdem wird jeder, der ins Dorf kommt, zunächst gründlich auf etwaige Sender überprüft und aller elektronischen Geräte entledigt. Sie werden die ersten Wochen keinen einzigen Schritt ohne einen der unsrigen machen.«

»Wie beruhigend«, brummelte ich humorlos und folgte ihm.

Ich war gerade die Wendeltreppe hinuntergeschlichen, als ich an einem verstaubten Spiegel vorbeiging. Zwar waren die meisten meiner Kleidungsstücke noch im Haus des Archivs gewesen, als man mich dort gefangen gehalten hatte, doch meine plötzliche Flucht hatte mir leider nicht erlaubt, etwas davon mitzunehmen. Meine hellgraue Bluse hatte schon deutlich bessere Tage erlebt. Unten rechts war der Saum deutlich eingerissen und aus irgendeinem Grund war sie so schmutzig, als hätte ich mich durch einen Sandsturm gekämpft.

Ich erklärte Aidan, vor unserer Abfahrt noch duschen zu wollen, doch da sich im ganzen Hotel keine gefüllten Kleiderschränke befanden, musste ich danach meine alten Klamotten wieder anziehen. Ich stopfte mir die Bluse in den Bund meiner Jeans und steckte mir die nassen Haare mit einem Gummiband zusammen, das ich in einem der Bäder gefunden hatte. Mich ein klein wenig besser fühlend, kehrte ich dann zu Aidan zurück.

Schneller, als ich es registrieren konnte, saß ich im Auto und Aidan fuhr an. Ich hatte noch viele Fragen an ihn, doch noch immer war ich einfach nur müde. Die langen Tage voll Erschöpfung und Traurigkeit forderten jetzt ihren Tribut. Es brauchte nicht lange, da zog ich mich auf die Rückbank zurück und döste vor mich hin.

Ich erwachte erst nach … vier Stunden, wie mir die Digitaluhr des Wagens verriet. Noch immer vollkommen erschöpft, rieb ich mir über die müden Augen. »Wo sind wir jetzt?«, fragte ich und erntete einen Blick aus dem Rückspiegel.

»Vor einer Stunde haben wir Stockholm durchquert.«

»Wie bitte?«, stieß ich hervor. »Wie schnell bist du denn gefahren? Glaubst du nicht, dass das ein bisschen auffällt?«

Aidan zuckte mit den Schultern. »Wir befinden uns auf der Flucht, ich finde, da sollte man das ein oder andere Risiko schon einmal eingehen.«

Ich sagte nichts dazu. Wenige Minuten später hielt er an einer Tankstelle, füllte das Fluchtauto mit Benzin und kaufte mir ein Croissant und einen starken Kaffee. Ich hatte mich während seiner Abwesenheit wieder auf den Beifahrersitz begeben.

Ich ließ mich tiefer in den Sitz gleiten, schloss die Augen und presste meinen Hinterkopf gegen die Kopfstütze, während ich einen Schluck Kaffee trank.

»Alles in Ordnung?«

Ich sah zu Aidan und versuchte eine Augenbraue hochzuziehen. Das hatte ich allerdings noch nie gekonnt. »Warum bist du auf meine Insel gekommen?«

Dass zuvor ein leichtes Schmunzeln seine Lippen umspielt hatte, bemerkte ich erst, als es nun jäh verschwand. »Die Söldner wurden von den Klerikern kontaktiert, als das Verschwinden Leonards öffentlich wurde. Sie wollten verhindern, dass du irgendetwas Dummes anstellst.«

»Das ist alles?«, fragte ich. »Dann hast du damals wirklich die Wahrheit gesagt? Nach all den Lügen und Geheimnissen hast du mir einmal reinen Wein eingeschenkt?«

»Nicht ganz.«

»Wusste ich es doch«, jubelte ich, auch wenn mich sein Eingeständnis verletzte. »Du hast also doch was verschwiegen?«

»Ich war eigentlich einer anderen Sache auf der Spur. Sie hätten jemand anderen geschickt. Als Faye davon erfuhr, kontaktierte sie die Chaosmagier. Sie entschieden, ich solle mich um den Auftrag bemühen, um dich von den Klerikern fernzuhalten.«

Das überraschte mich dann doch. »Warum? Ich dachte, es war ihnen egal, was mit mir geschieht.«

»Das nicht, sie haben nur nicht eingegriffen.«

»Das ist das Gleiche.«

»Ist es nicht«, brummte er. »Ich habe auch nicht eingegriffen, aber egal warst du mir nicht.«

Ich schluckte schwer. »Also, warum wollten sie mich plötzlich beschützen?«

»Es verschwanden zu diesem Zeitpunkt nicht nur Naturmagier. Auch die unseren wurden attackiert und entführt. Sie dachten, es wäre durchaus hilfreich, wenn wir zusammenarbeiten würden. Sie wussten, dass euch andere Mittel zur Verfügung standen, und hofften, wir würden so schneller herausfinden, wer hinter all dem steckt.«

»Die Chronisten habt ihr nie verdächtigt?«

Er lachte auf. »Gott, nein. Für uns waren sie einfache Bibliothekare. Wir haben sie wohl unterschätzt.«

»Ja«, seufzte ich. »Das haben wir auch.«

Aidan schwieg eine Weile, dann schaltete er das Radio an. »Wir haben noch eine lange Fahrt vor uns. Was willst du hören?«

Ich lächelte und begann den Sendersuchlauf zu betätigen. »Und wohin geht es?«

Kapitel 25

« DAS DORF DER CHAOSMAGIER »

Nach längerem Drängen hatte ich von Aidan zumindest das Land erfahren, in das wir nun flüchten würden. Tschechien. Eine Stunde noch konnte Aidan fahren, dann übernahm ich das Steuer, während er ein wenig Schlaf auf dem Beifahrersitz suchte. Er fand ihn.

Ab und an sah ich verstohlen zu ihm hinüber. Es war schon ein Anblick für die Götter, wie er da schlummerte, die Stirn gegen das Fenster gelehnt und im Schlaf vor sich hin lächelnd. Ich nahm an, dass nicht einmal ein Söldner auf eine wirklich männliche Art schlafen konnte. Ich konnte gegen das Grinsen nicht ankämpfen und beschloss, dieses Gefühl einfach zu genießen. Schließlich würde niemand davon erfahren.

Ein paar Stunden folgte ich den Anweisungen des Navis durch das mir so fremde Schweden. Sobald ich die blecherne Stimme ausschaltete, wurde es um mich herum ganz still und ich genoss die Ruhe. Kamen wir im Dorf der Chaosmagier an, würden die Probleme über uns hereinbrechen. Ich wollte diesen Problemen aus dem Weg gehen, so lange es noch irgend ging.

Als eine rote Fahne auf dem Display des Navis von einer merkwürdig animierten Figur herumgeschwenkt wurde, befand ich mich … mitten im Nirgendwo. Stirnrunzelnd hielt ich an und betrachtete die enge Straße inmitten weiter Felder. Weit entfernt am Horizont konnte ich das Meer in der Sonne glitzern sehen. Ich legte eine Hand auf Aidans Schulter, rüttelte ihn wach und stieg dann aus, um mir für ein paar Minuten die Beine zu vertreten.

War hier unser nächster Rastplatz oder hatte Aidan das Navi falsch programmiert? Es war wirklich nervtötend, dass man ihm jede Information förmlich aus der Nase ziehen musste. Hinter mir hörte ich, wie sich eine weitere Autotür öffnete und schloss. »Was sollen wir hier?«, fragte ich und wandte mich zu ihm um.

»Hast du geglaubt, wir bestreiten die gesamte Fahrt mit dem Auto?«, erwiderte er spöttisch und ich enthielt mich einer Antwort auf die eindeutig rhetorische Frage.

»Also holt uns jemand ab?«

Aidan nickte und streckte sich die Glieder ausgiebig, ehe er sich mit dem Rücken gegen den Wagen lehnte und tief einatmete. »Meine Leute schicken uns einen Jet.«

»Und warum mussten wir unbedingt hierherfahren, um abgeholt zu werden?« Die Fahrt hatte mich geschlaucht. Jetzt zu erfahren, dass sie vollkommen unnötig gewesen war, machte mich ein klein wenig wütend.

Aidan zuckte nur mit den Schultern. »Wir müssen in Bewegung bleiben, Nell.«

Nachdem ich eine Weile auf und ab ging, kam ich dann jedoch zu dem Schluss, dass ich mich ebenso ein wenig mehr bewegen konnte, um die Wartezeit zu überbrücken. Ohne ein Wort marschierte ich in Richtung des Meeres, auch wenn mir klar war, dass es vermutlich zu weit entfernt war, um es noch rechtzeitig zu erreichen.

Mir kam das alles nur allzu bekannt vor. Aidan und ich, wartend auf einen Jet, der mich in eine unsichere Zukunft fliegen sollte. Nun, ganz so unsicher vielleicht auch nicht. Meine Geschwister warteten auf mich und mit ihnen eine schreckliche Enthüllung. Ich seufzte. Wie wohl Cornelius auf meine Nachricht reagieren würde? Und Greta …

Ein Monat. Über einen Monat war es her, dass ich von Leonards Verschwinden erfahren hatte. Über einen Monat, in dem ich mich auf der Flucht vor den Klerikern und den Naturmagiern befand. Über einen Monat, in dem ich um meine Geschwister bangte. Über einen Monat, in dem ich … Ich verlor mich in meinen Gedanken. Ich hatte ein ganzes Leben in diesem Monat gelebt. Wie sehr ich mich doch nach Ruhe und Frieden sehnte.

Während ich mir den Wind zum Geleit rief, beschleunigte ich meine Schritte und schloss die Augen. Die Erde unter mir schien euphorisch zu beben. Das Leben um mich herum konnte mir immer

Kraft geben, doch für wie lange noch? Geistesabwesend zeichnete ich mit Wind und aufgewirbeltem Staub Bilder in die Luft, während mir ganz plötzlich das heutige Datum bewusst wurde. Der dreißigste Mai. Jennas Geburtstag.

Der Schreck biss sich tief in meinen Knochen fest und wurde sofort von einer machtvollen Trauer verfolgt, die sich in meinem Brustkorb festsetzte. Ihr Lächeln trat sofort vor mein inneres Auge. Und ihr Strahlen. Um die aufsteigenden Tränen zu bekämpfen, atmete ich tief durch und dann … rannte ich. Ich rannte, wie ich es immer tat, wenn der Schmerz in mir überhandnahm.

Der Wind schnellte hinter mir her, die Erde pumpte ihre Kraft in meine Beine und ließ mich schneller und schneller werden, bis ich über die grasbewachsenen Dünen hinwegschoss und mich in den weichen Sand des Strandes fallen lassen konnte. Vor mir breitete sich das schier endlose Meer aus und ich fühlte mich wieder befreit. Aidan und das Auto konnte ich von hier aus nicht mehr sehen, aber er würde mich schon suchen kommen, sollte er sich Sorgen machen.

Ich hockte eine Weile da und vergrub meine Hände in dem Sand, während ich die tanzenden Wellen des Meeres beobachtete. Diese Beschäftigung würde mir nie langweilig werden. Egal, an welchem Ort ich mich befand, ganz gleich, zu welcher Zeit, unter welchen Umständen auch immer, ich …

Meine Fingerspitzen berührten etwas angenehm Kühles und ich schloss sie um einen vom Sand glatt polierten Stein, der genau in die Kuhle meiner Handinnenfläche passte. Eine Weile betrachtete ich die verschiedenen Graunuancen. Sturmgrau. Ich lächelte.

Als ich den Jet in der Ferne hören konnte, erhob ich mich und trat langsam den Rückweg an. Es würde ohnehin noch einen Moment dauern, bis die Maschine landete. Der Söldner sah mir schon von Weitem entgegen. Weder Tadel noch sonst irgendeine Emotion lag in seinem Gesicht.

»Du hast es nicht für nötig befunden, einmal nach mir zu sehen?«, neckte ich ihn und setzte mich vor ihm ins Gras. »Ich hätte dir wieder davonlaufen können.«

Seine Mundwinkel zogen sich ein wenig hoch. »Du bist nicht so dumm, den gleichen Fehler zweimal zu begehen.«

Ich stöhnte. »Dummerweise hast du recht«, gestand ich ein und ließ mich ein paar Minuten später von ihm in die Höhe ziehen, als uns endlich klar war, wo der Jet landen würde. Ehe der Pilot die Luke zum Inneren der Maschine öffnete, griff ich erneut nach Aidans Hand, um ihm den grauen Stein in die Hand zu legen.

Erstaunt sah er mich an. »Was ist das?«

»Ein improvisiertes Geburtstagsgeschenk.«

»Woher weißt du das denn schon wieder?«, fragte er wirklich vollkommen verdutzt.

»Meinst du, es ist Jenna entgangen, dass eure Geburtstage auf dasselbe Datum fallen?«, murmelte ich, glücklich und traurig zugleich. »Sie war ganz aus dem Häuschen, als sie zufällig davon erfuhr.«

»Ach, tatsächlich?«

Seine Stimme war seltsam leise und warm geworden. Ich lächelte. »Sie war ganz fasziniert von Astrologie. Wer weiß, was das wohl zu bedeuten hat.«

Nach nur ein paar Stunden überflogen wir Prag, um noch ein wenig weiter ins Landesinnere Tschechiens zu gelangen. Nachdem wir die goldene Stadt hinter uns gelassen hatten, fiel ich in einen unruhigen Schlaf. Erst als Aidan meinen Namen flüsterte, schreckte ich hoch.

»Wo sind wir?«

»Weit weg von jeglicher menschlichen Zivilisation.«

Ich rieb mir die Müdigkeit aus den Augen und folgte ihm hinaus. Vollkommen erstaunt sah ich mir an, wo genau wir uns befanden. Wir waren eingeschlossen von grobem Stein und um mich herum standen Dutzende Jets, Autos und Computer. »Wo zum Teufel sind wir hier?«, stellte ich meine Frage erneut.

»Im Inneren des Berges, an den unser Dorf grenzt. Hier verstecken wir unsere … Transportmittel und alle möglichen Gerätschaften, die der tschechischen Regierung nicht unbedingt direkt ins Auge fallen sollen.«

»Der tschechischen Regierung?«, fragte ich und ließ mich von Aidan durch die Steinhalle bis hin zu einem Gang führen, der nur spärlich beleuchtet war.

»Wir sind ein ganzes Volk, Nell. Der Begriff *Dorf* trifft die Art unseres Wohnverhältnisses eigentlich nicht so ganz. An offizieller Stelle ist die Stadt als Tajemství gelistet, aber solange wir zahlungskräftig sind, bemüht sich die Regierung, unsere Existenz so weit wie möglich unerwähnt zu lassen.«

Der Gang führte in eine weitere Steinhalle und nun spürte ich wirklich, wie mir meine Gesichtszüge entglitten. Vor uns befanden sich Markstände, mehr Stände mit Obst- und Gemüsewaren, Stoffen und unzähligen Kräutern und Tinkturen in Glasphiolen, als ich überblicken konnte. Aber das war nicht einmal das Absonderlichste. Es tummelten sich so viele Menschen hier, im Inneren eines Berges, als befänden wir uns inmitten einer Großstadt.

Die Magie, die von diesen Menschen ausging, schlug mich beinahe mit all ihrer Macht nieder und ich bemühte mich nach Kräften, sie zu ignorieren. Ich erinnerte mich nur daran, was Aidan gesagt hatte. Auf keinen Fall wollte ich Aufmerksamkeit dadurch auf mich ziehen, dass ich jemandem seinen Lebensfunken stahl. Panisch verkrampfte sich jeder Muskel in mir. Verdammt, ich befand mich inmitten Dutzender Chaosmagier. Es war, als wäre ich in einer Legende wieder aufgewacht.

Aidan erkannte meine Furcht sofort, legte mir eine Hand ans Kreuz und führte mich eine unebene Steintreppe hoch in einen weiteren Gang, der ans Tageslicht führte. Erst blendete mich die Sonne, dann wurde das Bild vor mir klar. Ich traute meinen Augen kaum.

Wir waren in einem Wald. Einem riesigen Wald, der den himmelhohen Berg vollkommen einschloss, und vor uns … Vor uns fiel die Welt in viele kleine Hügel und Abhänge hinab. Zwischen den Bäumen des Waldes standen kleine sand- bis roséfarbene mehrstöckige Häuser an den Hängen des naturbelassenen Waldbodens. Steintreppen mit eisernen Geländern führten auf die unteren Ebenen. Ich sah über ein eng bebautes Dorf inmitten gewaltiger Baumgiganten hinweg, über die sich ein entfernter blauer Himmel spannte.

»Unglaublich«, flüsterte ich. Aidan lächelte und schob mich eine der Treppen hinunter. »Das kann man doch nicht geheim halten.«

»Wir halten die Existenz des Dorfes nicht zurück. Warum sollten wir auch?«, fragte Aidan amüsiert. »Es ist eine Ortschaft wie jede andere im Land auch. Es leben sogar Menschen hier, die wir eingeweiht haben. Sie sind eine Art Geheimniswahrer unserer Magie. Und es gibt niemanden, der inmitten dieser Wildnis leben will, derart abgeschnitten von allem. Wir haben keine Schwierigkeiten, unter uns zu bleiben.«

Ich antwortete nicht und Aidan leitete mich auf einen runden Steinplatz inmitten der Stadt. Eine Art Versammlungsort, wie die Agora einer Stadt des alten Griechenlands. Kaum jemand befand sich hier, was kaum überraschend war. Anscheinend waren um diese Zeit alle in der Markthalle des steinernen Kolosses zugegen.

»Nell!« Der Ausruf fuhr mir in alle Glieder und ich hätte mich beinahe übergeben, so übel wurde mir mit einem Mal, als ich meine Schwester auf mich zulaufen sah.

Ihr leuchtend helles Haar fiel ihr in einem ungezwungenen geflochtenen Zopf über eine Schulter. Ihre sonst so blassen Wangen waren vor Aufregung gerötet, die Augen strahlten vor Freude. Ich war vollkommen zu Stein erstarrt.

»Sie haben mir gesagt, du würdest bald hier sein, aber ich konnte es nicht glauben«, rief sie noch, während sie auf mich zulief. »Oh, meine Kleine …«

Ich strauchelte, als ich ihrer Umarmung auswich.

»Nell?« Alles tat mir weh und ich presste eine Hand auf meinen Bauch.

»Nell!« *Cornelius.*

Greta berührte mich am Arm.

»Ich kann nicht«, stieß ich hervor und machte einige unbeholfene Schritte zurück.

»Cornelius«, sprach Aidan ein Machtwort. »Kümmere dich um Nell. Greta.«

Mit einer Hand hielt er sie von mir fort, dann griff er nach ihr, um … Ich wusste nicht, was zu tun war.

»Nein«, stieß ich hervor und ehe ich michs versah, hatte ich Greta an mich gezogen und begann die Tränen zu weinen, die ich vorher immer noch zu bekämpfen versucht hatte.

»Ich bin so froh, dass es dir gut geht«, murmelte Greta.

Ich schluchzte, löste mich dann aber von ihr. Meine Schwester sah mich irritiert und besorgt an. »Nell, was ist los, Schätzchen?«

»Greta, ich … ich …« Hilfe suchend sah ich zu dem Mann an meiner Seite.

»Aidan«, wisperte ich und er trat vor.

»Greta, du wirst uns einige Fragen beantworten müssen.«

»Fragen?«, wiederholte Cornelius, der jetzt bei mir war und einen Arm um meine Schultern legte, um mich fest an sich zu drücken. »Was soll das bedeuten, Gavriel?«

Noch ehe er antworten konnte, stahl sich zunächst die Skepsis, dann das Verstehen in Gretas Augen.

»Greta«, wisperte ich, doch sie wich zurück.

»Was haben sie euch erzählt?«, flüsterte sie und ihr Blick huschte panisch zwischen uns hin und her.

Ich vergrub mein tränennasses Gesicht an der Brust meines Bruders. Der war in diesem Moment jedoch nicht in der Lage, mir Trost zu spenden, denn jetzt erfasste auch er den schrecklichen Ernst der Lage. Als Aidan seine Hände nach Greta ausstreckte, war er bei ihm.

»Lass die Finger von meiner Schwester«, knurrte er wie von Sinnen und zog Greta von Aidan weg.

Im Nu waren zwei Chaosmagier bei ihm und hielten ihn grob zurück. Einer zog eine Waffe. Ich versuchte nur noch, mich aufrechtzuhalten.

»Cornelius«, wimmerte ich flehend, doch meine Schwäche schien meinen Bruder nur noch rasender zu machen.

»Was zum Teufel hat das alles zu bedeuten?«, schrie er Aidan an, der sich nur auf Greta konzentrierte, die ihm wie die Sehne eines Bogens gespannt gegenüberstand. Noch machte er keine Anstalten, sich ihr zu nähern.

»Nach allem, was wir wissen, stecken die Chronisten hinter den Entführungen.«

»Sie haben Greta benutzt, um eine falsche Spur zu legen. Uns in die Irre zu führen«, fügte ich Aidans Worten matt hinzu. Ich vermied es, meine Schwester anzusehen, deren Blick ich auf mir spürte.

Cornelius wirkte für einen winzigen Moment unsicher. »So ein Blödsinn. Was zum Henker redest du da?«, fuhr er mich an und seine Wut schmerzte mir tief im Herzen. »Wir hätten nie hierherkommen dürfen.«

Ich konnte ihn verstehen, aber ich war gerade erst zu ihnen zurückgekehrt, nachdem man mich tagelang fortgesperrt hatte. Das kleine

Mädchen in mir wollte einfach nur den Frieden und die Freude genießen. Dazu sollte es nicht kommen. Aidan trat einen Schritt auf Greta zu.

»Komm. Ihr. Nicht. Zu. Nahe!«, erscholl Cornelius' Stimme und mit einem Mal war er frei. Einer der Chaosmagier lag regungslos am Boden, dem anderen verpasste er in diesem Moment einen Faustschlag ins Gesicht. Die Magie peitschte um uns herum.

»Cornelius!«, schrie ich, als er sich gerade auf Aidan stürzen wollte.

»Das reicht«, erscholl da Fayes Stimme. Ich rotierte zu ihr herum. Sie richtete eine Pistole auf meinen Bruder.

»Nicht!«

»Du beruhigst dich jetzt, Feyrsinger. Auf der Stelle!«, befahl die eiskalte Söldnerin. Ihre Stimme ließ mich erschaudern. »Ich habe nichts dagegen, dich niederzuschießen.«

»Faye, jetzt nimm gefälligst die Waffe runter«, knirschte Aidan mit erzwungener Ruhe. »Hol Marek, sofort.«

Faye zögerte einen Moment, dann lief sie die so eigentümlich idyllische Kleinstadtstraße entlang und verschwand. Ich sah zu Greta und der Ausdruck in ihrem Gesicht stürzte mich schier in Verzweiflung. Ihre Augen wirkten so hart und leblos, dass ich glaubte, meine Schwester für immer verloren zu haben. Ein finsteres Glitzern durchzuckte das sonst so strahlende Blau.

»Das ist es, nicht wahr? Der Grund dafür, warum wir hierherkommen sollten«, zischte Cornelius. »Hier sind wir dir nun vollkommen hilflos ausgeliefert, nicht wahr?«

»So ist es nicht«, flüsterte ich und sah zu, wie Aidan sich auf Greta zubewegte. Sie rührte sich noch immer nicht.

»Greta«, sagte er so sanft, dass es mir die Tränen in die Augen trieb. »Du musst mit mir kommen.«

Ihr Blick huschte langsam zu seinem Gesicht, dann nickte sie und ließ zu, dass er ihr die Hand auf den Rücken legte, um sie zum Berg zu führen.

Die Chaosmagier ließen meinen Bruder los und er stand einfach nur da. Ich wusste, dass er mich ansah, doch ich konnte die Geste nicht erwidern. Stattdessen betrachtete ich die Baumwipfel, über denen die Sonne langsam unterging.

Für einen Moment standen wir einfach nur da, nicht bereit, uns der Realität zu stellen.

»Ich glaube das nicht«, waren Cornelius' erste Worte in der vergangenen Stunde. »Nell, ich *glaube* das alles einfach nicht!«

Ich sah auf die weißen Kerzen auf dem Tisch, deren Flammen sich in die Dunkelheit schlängelten. Sie waren die einzige Lichtquelle in diesem Raum.

»Es ist die Wahrheit. Sie haben Greta nach Strich und Faden manipuliert. Sie hat gedacht, sie würde das Richtige tun.«

Die ganze Zeit, in der ich Cornelius und Marek, dem Obersten der Chaosmagischen, alles zu schildern versuchte, was ich erlebt und erfahren hatte, war es mir nicht möglich gewesen, mich auch nur ein Stück zu bewegen.

Noch immer saß ich auf einem gut gepolsterten Holzstuhl, den Oberkörper über den Tisch gebeugt. Marek hatte es meinem Bruder gestattet, seiner inneren Unruhe mit Bewegung beizukommen. Auf und ab, auf und ab lief Cornelius direkt vor meiner Nase.

Marek hatte sich in eine der hintersten Ecken des Konferenzzimmers in einen Ohrensessel zurückgezogen. Ich konnte ihn von meiner Position aus nicht einmal richtig sehen, dafür war es viel zu dunkel in diesem Raum. Nur Aidan war in meiner Nähe geblieben und hatte einen Stuhl zu mir herangezogen.

Während ich die meiste Zeit zusah, wie mein Bruder auf und ab ging, warf ich gelegentlich einen Blick auf Aidan. Es schien, als beobachte er mich beinahe die ganze Zeit über. Ich wusste, würde ich die Hand nach ihm ausstrecken, würde er sie ergreifen.

»Nur Greta hatte die Möglichkeit, uns in eine ganz bestimmte Richtung zu lenken.«

Cornelius hielt inne. »Vorausgesetzt, die Kleriker sind wirklich schuldlos und die Chronisten schuldig.«

Ich erhob mich und ging auf ihn zu, unterließ es aber, ihn zu berühren. »Du hattest genauso Schwierigkeiten, die Kleriker als die Schuldigen anzusehen.«

»Aber im Grunde glaubte ich genauso an ihre Schuld wie du. Was sollen die Chronisten denn für ein Motiv haben?«

»Ich weiß es nicht, wirklich«, gab ich zu und schaute zu Aidan, dessen Miene aber wieder recht verschlossen wirkte. »Wir hatten einen leichten Verdacht, der für die Schuld der Kleriker sprach, aber dass wir diesen weiterverfolgt haben, kam allein durch Greta.«

»Sie ist unsere Schwester, Nell. Darüber bist du dir schon noch im Klaren, oder?«

Die Schuldgefühle bohrten sich wieder tief in meine Magengrube. »Ja«, krächzte ich. »Aber wenn du gesehen hättest, was diese Menschen ihr angetan haben, würdest du auch nicht mehr daran glauben, dass Greta noch immer die ist, die sie einmal war.«

Cornelius sah mich an, als sei ich ein widerwärtiges Geschwür oder dergleichen. Ich musste mich zurückhalten, nicht aufzuschluchzen. »Warum willst du unbedingt daran glauben, dass sie uns verraten hat?«

Verzweifelt riss ich die Arme in die Luft, ließ sie dann jedoch sinken, weil ich nicht wusste, was ich mit dieser Geste hätte anfangen sollen. »Als ob ich es glauben wollte!«

»Langsam kommt es mir so vor. Sieh mal, ich will ja nicht sagen, dass du lügst.« Er seufzte. »Aber nur weil die Chronisten ihr eigenes kleines Spiel spielen, heißt das noch lange nicht, dass die Kleriker unschuldig sind. Und wir können immer noch nicht sicher sein, wer hinter den Entführungen steckt.«

»Ich bin mir sicher, dass die Kleriker nichts damit zu tun haben«, sagte ich leise und ein wenig beschämt. So viele Theorien hatten wir schon verfolgt. Wie konnte ich mir erlauben, die Wahrheit endlich ergründet zu haben? »Ich hätte viel früher daraufkommen müssen.«

Jetzt wurde auch Aidan wieder hellhörig. »Wie meinst du das?«

»Als man mich vor Gericht stellte, hatten die Kleriker volle Handhabe über mein Schicksal. Wenn sie es sind, die Naturmagier und Chaosmagier für ihre Zwecke entführen, warum haben sie mich dann zwei Jahre auf dieser Insel verrotten lassen? Hätten sie mich dort hinbringen wollen, wo auch die anderen sind, wäre ihnen das möglich gewesen. Sie hätten mich unter dem Deckmantel ihrer Gesetze vielleicht sogar zum Tod verurteilen können.«

Ich sah zu Aidan, der die Hände zu Fäusten ballte. »In ihren Augen war ich entweder eine Naturmagische mit guten Genen oder eine Chaosmagierin. Ich hätte in ihr Beuteschema gepasst.«

Cornelius zog eine Augenbraue hoch. »Das beweist nichts, Nell. Du bist in keiner Weise ausgebildet und standest unter dem Schutz all deiner Geschwister. Damit hätten sie eine Art von Öffentlichkeit riskiert, die für sie bestimmt nicht förderlich gewesen wäre. Wir wissen doch gar nicht, was diese Leute wirklich wollen. Mich hat man zurückgelassen und Amalia mitgenommen? Darauf haben wir auch keine Antwort.«

Ich schwieg für eine Weile. »Sie hat nichts abgestritten, Cornelius. Sie hat kein einziges Wort mehr gesagt. Nichts. Für mich klingt das nach einem Schuldeingeständnis.« Es tat so weh, das zu sagen.

»Was sollte sie denn auch tun, wenn man sie auf diese Weise beschuldigt. Sie hätte Amalia und Leo nie so etwas angetan«, beharrte er.

»Ich weiß es nicht«, gestand ich traurig. »Denk mal nach. Sie wusste immer, wo wir uns aufhielten. Der Tag, an dem ich inhaftiert wurde … Es kann gut sein, dass sie erst die Chronisten informierte, die uns angriffen, und dann die Kleriker auf unsere Spur brachte, sodass wir glauben mussten, sie steckten hinter all dem. Ich weiß nicht, ob sie wirklich wollte, dass man mich gefangen nahm. Das Einzige, was ich weiß …« Ich brauchte einen Moment, um meinen Gefühlen Ausdruck zu verleihen. »Ich glaube, wir kennen sie nicht. Wer weiß, was man ihr erzählt hat. Was sie für das Richtige hält.«

»Es gibt eine Möglichkeit, das herauszufinden«, erklang da plötzlich Mareks Stimme. Wir sahen alle gleichzeitig auf. Für eine Weile sagte der geheimnisumwobene Oberste nichts. Dann erhob er sich und schritt auf uns zu.

Als ich ihn draußen das erste Mal erblickt hatte, war mir seine Erscheinung außerordentlich imposant vorgekommen. Die tief dunkle Stimme hatte einiges dazu beigetragen. Jetzt aber sah ich, dass Marek Cerny ein recht gewöhnlicher Mann war. Natürlich war seine Größe – er musste an die zwei Meter groß sein – beträchtlich, doch seine Statur war längst nicht so durchtrainiert, wie ich es von einer Art Rebell erwartet hätte.

Er trug ein schlicht weißes Anzughemd über einem mollig gerundeten Bauch, der nur auffiel, wenn er beim Gehen vorwitzig aus dem zugeknöpften Jackett hervorlugte. Seine Nase wirkte im Vergleich zu seinen riesigen braunen Augen merkwürdig klein und wies einen kleinen Knick auf, als sei sie bereits einmal gebrochen gewesen. Seine Haut war blass und zeigte keine Anzeichen davon, dass er sich häufig in der Sonne aufhielt. Auch das helle Haar ließ seine Erscheinung weit weniger finster wirken als zu Beginn.

Doch trotz allem verstand es Marek auch jetzt, allein durch den Einsatz seiner Stimme seine vollkommene Autorität im Raum wirken zu lassen.

»Nur ist es so«, führte er weiter aus. »Letzten Endes wird dir diese Möglichkeit auch keine hundertprozentige Sicherheit geben, uns hingegen schon«, sprach er erst an Cornelius, dann an Aidan gewandt.

Ich begriff schnell. »Es ist eine eurer Fähigkeiten, nicht wahr?« Keiner von beiden sagte etwas. »Aidan?«

Er sah mich nicht an. »Diese Möglichkeit hätte ich nicht in Betracht gezogen.«

»Warum nicht?«, wollte jetzt Cornelius wissen. »Was könnt ihr tun, um die Wahrheit zu erfahren?«

»Chaosmagie erlaubt es uns, unserem Gegenüber auf einer mentalen Weise zu begegnen«, erklärte Marek. »Wir können Bilder in die Köpfe setzen, Illusionen erwecken und das Bewusstsein für einige Augenblicke vollkommen verändern.«

»Das Bewusstsein?«, wiederholte ich erschüttert. Das klang so endgültig. Wie konnte man das Bewusstsein für nur *einige Augenblicke* verändern?

»Sagen wir, wir können die Schalter im Hirn umlegen, die dafür sorgen, dass sie uns die Dinge, die sie weiß, vorenthält. Nur wenn ihr uns nicht traut, werdet ihr auch nicht an das glauben können, was sie unter unserem Einfluss preisgibt.«

Ich überlegte kurz. »Ihr … Ihr könntet sie dazu zwingen, die Wahrheit zu sagen?«

Marek lächelte recht unbeholfen. »So ist es.«

»Das ist aber sicher nicht ungefährlich, nicht wahr?«, knurrte Cornelius neben mir wütend und ich wusste genau, dass die Frage an Aidan gerichtet war.

Dieser schüttelte den Kopf. »Sie wird sich wehren. Es wird ihr wehtun.«

Ich hätte geglaubt, Cornelius würde diese Möglichkeit sofort ausschließen, doch er schwieg. Jetzt wagte ich es, mich zu ihm umzudrehen. Er sah starr gegen die Tischkante. »Du ziehst das doch nicht in Betracht, oder?«, fragte ich leicht verängstigt.

»Vielleicht haben wir keine andere Wahl.« Gut, ich war nicht länger *nur* verängstigt.

»Ist das dein Ernst?«

»Du hast selbst gesagt, sie verbirgt irgendetwas. Und du hast recht. Sie ist anders.«

Bilder gerieten in meinen Kopf. Aidan, der meiner schreienden Schwester Frage um Frage stellte, bis sie in sich zusammenbrach und Greta, meine Greta, auf ewig verschwand. Man hatte ihr schon so viel angetan.

»Das wird aber ganz sicher nicht geschehen, ehe ich mit ihr gesprochen habe«, sagte da Cornelius und riss mich aus diesen schrecklichen Vorstellungen.

Die Greta, die ich kannte, die nach all meinen Hoffnungen noch irgendwo in dieser gequälten Person steckte, hätte alles getan, um Amalia und Leonard zu retten. Vielleicht war das noch immer so. »Wir beide«, stimmte ich ihm zu. »Vielleicht sieht sie ein, wie falsch sie gehandelt hat.«

Marek hinter mir räusperte sich. »Wenn sie wirklich all das durchgemacht hat, was du geschildert hast, wird sie sich nicht von einigen netten Worten umstimmen lassen.«

Cornelius sah mir mit einer neu gewonnenen Entschlossenheit in die Augen. »Wir müssen es versuchen.«

Marek nickte ergeben und sah dann zu mir. »Trotzdem solltet ihr euch ein bisschen Zeit nehmen, euch zu erholen. Das Quartier, das man euch zugewiesen hat, bietet sicher noch Platz für eine weitere Schwester.«

Cornelius berührte mich am Arm. »Er hat recht. Du solltest dich noch ein bisschen hinlegen. Komm schon«, flüsterte er resignierend.

Dann ließ ich mich von meinem Bruder dort hinführen, wo er und Greta die letzten Tage verbracht hatten.

Kapitel 26

« IM ANGESICHT DES FEINDES »

Cornelius brachte mich zu einem steilen Hang, auf den eine massive, aus einem Stein geschlagene Treppe führte. Es war anstrengend, sie zu erklimmen. Die Stufen schienen kein Ende zu nehmen und ihre Abstände wirkten derart unregelmäßig, dass es den Aufstieg noch mehr erschwerte. Hatten wir es endlich geschafft, fanden wir uns in einem dichteren Teil des Waldes wieder und gingen eine Weile den nun langsamer ansteigenden Hügel hinauf. In der Ferne sah ich bereits ein weißes hölzernes Landhäuschen, das fast vollkommen von wildem Efeu überwuchert war. Kleine, erkerhafte Fenster schauten aus dem grauen Dach.

Zögerlich trat ich auf die große Veranda und legte eine Hand auf einen der sich in die Höhe windenden Stützbalken, um den sich auch schon Efeu und ein paar blau blühende Pflanzen rankten. Vor mir befanden sich zwei helle Schaukelstühle vor kleinen, überwucherten Fenstern. Unter anderen Umständen hätte ich geglaubt, dass dies ein Ort war, an dem man sich wohlfühlen konnte.

»Sie halten ihre Türen immer geöffnet. Anscheinend gibt es hier keinen Grund, jemandem zu misstrauen«, erklärte er, als er die Eingangstür öffnete, an der bereits ein wenig Farbe abgeblättert war.

»Mit Elektrizität sieht es eher schlecht aus. Es erweist sich wohl als ein bisschen schwer, einen ganzen Wald zu verkabeln. Wasser aber haben wir«, sagte er und deutete hinaus. Vor dem Haus befand sich ein alter Brunnen, dem ich kaum Beachtung geschenkt hatte. »Wird aus einem nahe gelegenen See bezogen, hier gefiltert und entkeimt. Angeblich zumindest.«

Während er sprach, entzündete er einige Kerzen und hüllte den Vorraum in schummriges Licht. Neben mir blitzte es auf und ich rotierte erschrocken herum. Aus einem bis zum Boden reichenden Spiegel heraus sah ich mir selbst entgegen. Mein Gesicht wirkte so müde, als hätte ich seit Tagen nicht richtig geschlafen. Violette Schatten waberten unter meinen Augen, doch das konnte auch am Licht liegen. Mein Haar erschien mir in den letzten Wochen unnatürlich rasch gewachsen zu sein. Es reichte mir schon wieder bis knapp über die Brust und verdeckte jetzt endgültig die Narbe an meinem Hals.

»Oben sind vier Schlafzimmer. Greta und ich haben die beiden hintersten bezogen«, sagte er unwillig. »Als sie aus dem Archivhaus geflüchtet ist, hat Greta ein paar unserer Kleidungsstücke mitgenommen. Müssten in ihrer Kommode sein.«

Ich nickte nur resignierend. Seine Stimme war so kalt und harsch, dass ich mich gar nicht traute, etwas zu sagen. Mutlos setzte ich meinen Fuß auf die erste Stufe und drehte mich dann doch herum.

»Ich hab keine Schuld an dem, was geschehen ist, Cornelius.«

Die Treppenstufe unter mir knarzte geräuschvoll.

»Ja, ich weiß«, murmelte er. »Marek lässt uns in einer Stunde abholen, um uns zu Greta zu bringen. Ruh dich bis dahin noch ein wenig aus.«

Ich schlurfte kommentarlos die Treppe hinauf und sah in die einzelnen Zimmer, um Gretas ausfindig zu machen. Es war nicht schwer, es zu finden. Bücher lagen darin kreuz und quer auf dem Boden verteilt. Im hinteren Teil des Hauses angesiedelt, war es komplett von weiß eingerahmten Fenstern umgeben. Weiße, seidengleiche Vorhänge reichten von der Decke bis zum Boden und ließen das Zimmer mehr wie ein Hochzeitskleid wirken. In der Mitte des Raums stand ein Bett mit einer sehr hohen, weichen Matratze. Riesige Kissen lagen auf einer cremefarbenen Tagesdecke. Ein hölzerner Sekretär stand dahinter.

Seufzend ließ ich mich auf das einladende Bett fallen und mich erst einmal von Gretas vertrautem Geruch nach Vanille einhüllen.

Ein Kloß setzte sich mir in den Hals. Wann war ich zu der Schwester geworden, die Probleme verursachte, nicht löste? Mit Sicherheit hätte Cornelius Amalia um einiges lieber an seiner Seite gehabt. Ehe ich mich ganz in Gretas Bett und ihrem Duft vergraben konnte, hörte ich ein Kratzen an der Tür und sprang sofort auf, weil ich wusste, was ich all die Zeit verdrängt hatte, um nicht noch mehr zu leiden, und was mir in diesem Moment wieder Hoffnung geben konnte.

Ich öffnete die Tür und noch ehe ich michs versah, stürmte ein riesenhafter schwarzer Schatten auf mich zu. »Oh«, hauchte ich und wieder traten mir Tränen in die Augen.

Ich fiel auf die Knie und schlang meine Arme um Blue, der geräuschvoll an meinem Ohr wimmerte. Die Tränen ignorierend, strich ich meinem besten Freund um das weiche Hundegesicht.

»Da hab ich dich ja wieder«, flüsterte ich ihm zu und er legte eine seiner Pfoten auf meine Schulter. »Hat Greta gut für dich gesorgt, ja?«

Ich schluchzte den Namen meiner Schwester mehr, als dass ich ihn aussprach.

Nachdem Blue ruhiger geworden war, erhob ich mich und sorgte für ein wenig Licht. Es war gerade einmal Nachmittag, aber der uns umgebende Wald ließ den seidig weißen Raum dunkel bleiben. Drei Kerzen befanden sich auf einer Kommode gleich neben der Tür. Auf der Suche nach Streichhölzern öffnete ich die obersten Schubladen.

Als die ersten Flammen sicher um die Dochte tanzten, legte ich die Streichholzschachtel zurück. Dabei fiel mein Blick auf eine Fotografie, die halbseitig angestrahlt wurde. Meine Eltern, Maida und Paul Feyrsinger, lächelten mir entgegen. Ich konnte nicht anders, als nach dem Bild zu greifen. Ich selbst hatte keine brauchbare Aufnahme von meinen Eltern. Doch diese hier war noch mehr. Sie war ein Schatz.

Meine Mutter lächelte stolz auf den in eine rosafarbene Decke gehüllten Säugling herab. Ich lag sicher in ihren Armen, ebenso wie Leonard in denen meines Vaters. Greta grinste am breitesten in die Kamera. Mit wehenden blonden Löckchen hockte sie im Gras. Amalia hatte von hinten ihre Arme um sie geschlungen und ihr Kinn auf ihren Haaransatz gelegt. Cornelius stand stolz neben unserem Vater.

Ich schluckte schwer. Diese Familie war frei von den Schatten, die noch über sie kommen sollten. Alle Probleme, die wohl auch mit meiner illegitimen Geburt einhergegangen sein mochten, erschienen so weit fort, schienen diese Menschen nicht entzweit zu haben. Tränen verschleierten mein Sichtfeld und ich spürte, wie Blue mir tröstend über die Hand leckte. Ich versuchte ein Lächeln, doch das war mir kaum möglich.

Mit einem kaputten Herzen machte ich ein paar Schritte zurück und legte mich rücklings auf Gretas Bett. Vollkommene Erschöpfung hatte die Kontrolle über meinen Körper übernommen.

Blue folgte mir und sprang auf die Matratze, um sich neben mich zu legen. Ich vergrub eine Hand in seinem drahtigen Fell, während ich Greta in die Augen sah und kurz darauf die meinen für einen kleinen Augenblick schloss.

Ein Klopfen riss mich aus diesem Zustand.

»Nell?«

Anscheinend war diese Stunde schneller vorbeigegangen, als mir bewusst gewesen war. Ruhe hatte ich, so vor mich hin dösend, nicht finden können.

»Komm schon, wir müssen los.«

Ich hatte nur seine Stimme gehört. Cornelius hatte es nicht einmal für notwendig befunden, zu mir ins Zimmer zu kommen. Seufzend setzte ich mich auf. Blue sah mich fragend an.

»Ich glaube, ich kann dich nicht mitnehmen, mein Süßer«, sagte ich entschuldigend zu ihm. »Aber wenn ich wieder da bin, kannst du mir diesen merkwürdigen Ort hier zeigen.«

Ich streichelte ihm den Kopf, steckte unser Familienfoto in die breite Tasche meines Pullovers, ohne es noch einmal anzusehen, und löschte die Kerzen auf der Kommode. Als ich auf den Flur trat, war nichts von Cornelius zu sehen, ebenso wenig im Erdgeschoss. Ein bitteres Gefühl machte sich in meiner Magengegend breit, als ich die Tür öffnete. Die milde Sommerluft kitzelte mein Gesicht zur Begrüßung. Cornelius, der bereits am Fuß der Holztreppe mit Mareks Gesandten auf mich wartete, sah mich mit unergründlicher Miene an.

»Wir können los«, nuschelte ich im Vorbeigehen und versuchte, die Reaktion meines Bruders zu ignorieren.

Das allerdings erwies sich als schwierig, denn er hielt mich am Arm zurück. »Nell, ich … Nell, ich bin ein Hornochse«, stieß er hervor.

»Manchmal, ja«, krächzte ich plötzlich mit angeschlagener Stimme.

»Es … Es tut mir leid. Ich benehme mich wie ein blöder Mistkerl, statt dir beizustehen. Du hast so viel durchgemacht und bist trotzdem weiterhin so stark, auch wenn ich dir das alles nicht leicht mache. I- Ich kann nur einfach nicht glauben, dass …«

Ich ergriff seine Hände, ehe er weitersprechen konnte. »Es ist alles in Ordnung. Ich weiß es ja. Du versuchst uns alle zu retten und die Tatsache, dass dir das vielleicht nicht gelingt, macht dich wütend und ängstlich.«

»Starr vor Angst trifft es eher«, flüsterte er, ohne mich anzusehen.

»Wir schaffen das. Wir werden alle in Sicherheit sein.«

Dankbar berührte er meine Hand und nahm sie fest in die seine. Dann setzten wir unseren Weg fort. Für einen Moment wollte ich ihm auch meine Angst eingestehen, hielt mich jedoch zurück. In seine Augen war ein so entschlossener Ausdruck getreten, dass ich selbst wieder ein wenig Hoffnung schöpfte.

Markes Mann führte uns scheinbar durch den gesamten Wald, an paradox mediterran wirkenden Gebäuden vorbei. Auf unserem Weg trafen wir einige Menschen, die einen nachmittäglichen Spaziergang tätigten. Sie begegneten uns mit flüchtigen, meist skeptischen Blicken, die mich fühlen ließen wie ein seltenes Tier im Zoo.

Unsicher klammerte ich mich an Cornelius' Arm und versuchte, diese Fremden, diese Chaosmagier zu ignorieren. Ich spürte die beständige flimmernde Magie, die diese Wesen umgab. Sie waren mir unheimlich, sie waren gefährlich. Wie leicht mochte es ihnen fallen, uns zu manipulieren? Würden wir diesen mentalen Angriff überhaupt bemerken?

»Alles in Ordnung«, flüsterte mein Bruder. »Diese Menschen sind ein wenig zurückhaltend, jedoch nicht abweisend oder feindselig uns gegenüber. Solange wir unter Mareks Schutz stehen, werden sie uns in Ruhe lassen.«

Ich runzelte die Stirn. Ich war seit zwei oder drei Stunden hier. Ich vertraute Marek nicht. Ich vertraute Aidan und wahrscheinlich sogar Faye, aber würden sie sich für uns gegen ihre Gemeinschaft stellen? Das hatte ich doch schon bezweifelt, als sie nur Söldner gewesen waren und nicht Teil einer zutiefst verschworenen Geheimorganisation.

Der fremde Chaosmagier führte uns zurück in das Innere des riesigen Schattenberges, in dem ich aus dem Jet gestiegen war und in dem sich die Markthalle befand, die Aidan und ich passiert hatten.

»Dorthin bringt ihr diejenigen, die unter Arrest stehen?«

»Die Zellen befinden sich neben dem Kontrollzentrum, das unbedingt im Schutz des Berges installiert werden musste«, erklärte der Chaosmagier.

Zelle?! »Sie ist doch keine Terroristin! Ein Zimmer mit einem einfachen Schloss hätte es auch getan.«

»Diese Entscheidung liegt bei Marek«, grummelte Cornelius finster. »Wir sind hier. In seiner Welt. Du hast für uns entschieden, hierherzukommen. Und wir müssen uns nach seinen Regeln richten.«

Er hatte recht. Es würde nicht das Geringste bringen, sich derart unkooperativ aufzuführen.

Wir stiegen die schwer zu nehmenden Stufen herunter, wie ich sie vor wenigen Stunden noch erklommen hatte. Mit aller Vorsicht folgten wir dem Chaosmagier durch die Markthalle und in einen dahinter gelegenen Gang. Eine Gestalt lehnte an seinem Ende an der Wand, stieß sich dann von ihr ab und bewegte sich auf uns zu.

»Ich übernehme hier, Wilson«, hörte ich Aidan sagen und der Fremde entfernte sich. »Kommt mit mir.«

Wir bogen noch ein paar Mal ab und es entging mir nicht, dass der Weg noch weiter abfiel und wir somit noch tiefer in den Berg wanderten. Irgendwann eröffnete sich vor uns ein kreisrunder Raum, in dessen Mitte sich ein paar Computer befanden. Alles wirkte wie das Hightech-Labor in einem Agentenstreifen und somit noch unwirklicher als es für mich ohnehin schon war. Rund um die Computer fanden sich verschiedene anthrazitfarbene, stark spiegelnde Flächen. Starre Augen, meine eigenen, blickten mir entgegen.

Hinter den Monitoren blitzte ein roter Lockenkopf hervor. Sobald der zugehörige Mensch uns erspäht hatte, erhob er sich und erschreckte mich dermaßen mit seiner muskulösen Erscheinung, dass mir die Überraschung wohl allzu deutlich vom Gesicht abzulesen war. Er wirkte nicht wie der typische Informatiker.

Mit einigen wenigen Schritten war er bei uns und streckte mir selbstbewusst die Hand entgegen. »Jason, sehr erfreut.«

Sobald meine Haut seine berührte, durchzuckte mich eine unglaublich intensive Woge der Magie. Wie ein Stromschlag. Erschrocken riss ich meine Hand zurück und taumelte nach hinten. Ehe ich dem Schreck nachgeben konnte, legte sich Aidans Hand beruhigend auf meinen Rücken.

»Jason«, warnte er leicht gedehnt und der Rotschopf errötete plötzlich bis zum Ansatz.

»Sorry. Ich bin immer ein wenig … aufgeladen«, entschuldigte er sich, auch wenn ich nicht ganz verstand, was er damit meinte. »Bin wie 'ne Art Batterie. Die Magie in mir regeneriert sich schneller, als ich sie loswerde, was wahrscheinlich auch der Grund dafür ist, warum ich hier unten arbeite. Ist ein klein wenig sicherer«, erklärte er weiter mit einem Zwinkern.

Ich konnte nicht anders. Irgendetwas an seiner Art amüsierte mich ungemein und ich lächelte ihn ehrlich an.

»Hey, Kumpel«, wandte er sich nun meinem Bruder zu. »Das Händeschütteln lassen wir dann doch lieber mal. Ich lass mich eh nicht so gern von Naturmagiern anzapfen.«

Mein Grinsen vertiefte sich, jedoch nur so lange, bis mir wieder gewahr wurde, was uns hierhergeführt hatte. Aidan erinnerte mich viel zu schnell wieder daran.

»Wir wollen zu Greta Feyrsinger.«

Jason nickte ernst. »Klar.« Er marschierte zurück zu seinen Computern und drückte ein paar Tasten. Eine Art schleifendes Geräusch ertönte hinter mir und ich fuhr herum. Aidans Berührung verschwand, doch ich konnte mir nicht erlauben, sie zu vermissen.

Vor mir wurde eine der anthrazitfarbenen Wände zur Seite geschoben. Hinter einer neu erscheinenden Glasscheibe erblickte ich meine Schwester, die wie ein Insekt in einer abstrusen Versuchsreihe auf einem Bett, dem einzigen Einrichtungsgegenstand in der Zelle, kauerte. Die Beine dicht an den Körper gezogen, das Kinn auf die Knie gestützt. Ihre Arme umklammerten ihre Beine und das eben noch so locker geflochtene Haar, das von einer Ungezwungenheit gezeugt hatte, die mir das Herz gebrochen hatte, fiel wirr über ihre schmalen Schultern.

»Greta«, flüsterte ich, doch meine Stimme brach. Untröstlich legte ich meine Hand an die Scheibe. Meine Schwester reagierte gar nicht.

»Sie kann dich weder sehen noch hören. Die Wand ist nur von unserer Seite aus einsehbar«, informierte Jason mich. Ein Kloß bildete sich in meinem Hals. »Wir können diese Abschirmung abstellen, sobald ihr bereit seid.«

»Wir gehen zu ihr rein«, entschied Cornelius.

»Ich glaube nicht, dass das so eine gute Idee ist«, begann Jason vorsichtig, um uns nicht vor den Kopf zu stoßen, und doch mit einer Bestimmtheit, dass ich panisch zu Aidan sah.

»Das geht schon in Ordnung«, zerstreute er meine Angst und ich lächelte ihm dankbar zu.

»Marek wird das gar nicht gefallen.«

»Marek kannst du mir überlassen und jetzt lass sie rein. Greta ist schon viel zu lange allein da drin.«

Jason nickte nur und im nächsten Moment wurde auch die Spiegelwand beiseitegeschoben. Cornelius fasste mich behutsam am Arm und wir traten gemeinsam ein. Eine Sekunde später schloss sich die Zelle hinter uns.

Greta sah nicht auf, rührte sich nicht einmal. »Was wollt ihr?«

Diese Worte waren mein Verderben. Sofort war ich bei ihr und sank vor ihr auf den Boden. »Greta.«

Gleichgültigkeit und Leere in den blauen Augen. Es erschütterte mich vollkommen. Nun trat auch Cornelius heran und setzte sich neben sie auf das Bett. Eine Hand legte er auf ihre nackten Oberarme.

»Hey, Schätzchen.«

Sie verzog bei diesem Kosewort keine Miene, starrte einfach nur geradeaus, wie zufällig in meine Richtung. »Was wollt ihr?«, wiederholte sie.

»Was ist geschehen?«, fragte ich nur und hielt ihrem Blick stand.

»Ich weiß nicht, was du meinst«, flüsterte sie.

Hilflos sah ich kurz zu Cornelius, dem dieselbe Ratlosigkeit ins Gesicht geschrieben stand. »Willst du uns nicht erzählen, was …«, ich stockte. »Was die Chronisten herausgefunden haben?«, versuchte ich recht neutral, doch auch auf diesen Schein fiel sie nicht herein.

»Die Chronisten? Nichts«, sagte sie tonlos.

»Greta«, krächzte Cornelius und ich spürte, wie er neben unserer Schwester unruhig wurde. Ein schlimmes Gefühl beschlich mich. »H-Hast du uns verraten?«

Noch ehe er die Frage ganz ausgesprochen hatte, wusste ich, dass er die Sache falsch angegangen war. Gretas Blick wurde ganz geisterhaft und wie mechanisch zuckten ihre Augen in seine Richtung.

»Ich habe niemanden verraten«, murmelte sie leise und mit einer Traurigkeit, die mir ins Herz schnitt. »Aber alle anderen haben uns verraten.«

»Alle anderen?«, fragte ich. »Du sprichst von den Klerikern?«

Meine Schwester erhob sich und ich rückte ein wenig zurück, damit sie an mir vorbeigehen konnte. Wortlos verschränkte sie die Arme vor der Brust und trat zu der verspiegelten Eingangstür, um ihr kaltes Ebenbild zu betrachten. Ich war mir sicher, dass Aidan und Jason hinter dieser Wand genau beobachteten, was hier drinnen geschah.

Greta fuhr sich selbst über das zerzauste Haar. Dann griff sie in eine Tasche ihres Kleides und zog eine silberne Klammer hervor, um ihr goldenes Haar wieder zu dem für sie so üblichen Knoten zu drapieren. Dennoch gelang es ihr nicht, ihre gewohnte Erscheinung wieder hervorzurufen. Einige Strähnen hatten sich gelöst und fielen ihr über die Schultern, bis sie es ganz aufgab und die Spange wieder herausnahm. Es war, als hätte Greta versucht, sich erneut hinter der Fassade der Professor Feyrsinger zu verstecken, letzten Endes schien sie sich jedoch einfach nur verloren zu haben. Gequält schloss sie die Augen.

»Die Kleriker stellen eine Bedrohung dar«, sagte sie mit einer recht fadenscheinigen Stärke.

»Ist das so?«, fragte Cornelius vorsichtig.

»Warum fragt ihr mich das alles?« Gretas gesamter Oberkörper schien zu beben. »Ihr seid hier, ihr habt mich hier … eingesperrt. Ihr wisst doch schon längst alles. Ihr wisst, was ich getan habe.«

Ich vermied es, sie anzusehen, schaute stattdessen zu Cornelius hoch, als ich sprach: »Man hat dich angewiesen, unsere Konzentration auf die Kleriker zu lenken, nicht wahr?«

»Ich habe getan, was ich tun musste.«

»Warum hast du nicht mit uns geredet?«

Sie schwieg. Lange Zeit hörten wir nur der Stille zu. »Ich weiß es nicht«, flüsterte sie. »Ich konnte es nicht.«

Mit einem flauen Gefühl in der Magengegend stand ich auf und ging zu ihr hinüber. So sacht ich konnte, berührte ich sie am Arm und zog sie von der Spiegelfläche fort. Kurz ließ sie mich gewähren, dann wehrte sie mich jedoch ab und krabbelte zurück auf ihr Bett – nicht ohne einen gewissen Sicherheitsabstand zu Cornelius zu wahren. Sie zog die Beine an und machte sich wieder ganz klein. Sie wirkte wie eine Kriegerin, die verloren hatte und keinen Sinn mehr in irgendetwas anderem fand.

Ich ertrug es nicht mehr, sie so zu sehen, und ich ertrug es nicht, dass Greta anscheinend nicht mehr in der Lage war, vernünftig mit mir zu sprechen, oder offen und ehrlich. »Greta, ich weiß, was die Chronisten mit dir gemacht haben.«

Sie biss sich auf die Lippe und schloss erneut die Augen, als könne sie die Welt, in der sie sich befand, nicht mehr ansehen. »Gar nichts weißt du.«

»Ich weiß, dass das, was sie dir gesagt haben, nicht die Wahrheit ist.«

Ihre Augenlider zuckten, ehe sie mich mit wässrigen Augen ansah, die noch so viel von meiner Schwester zeigten und die ihre äußerliche Emotionslosigkeit Lügen strafte. »Du glaubst mir nicht?«

Ich seufzte verzweifelt. »Greta, du erzählst mir nichts. Das Einzige, was ich dir sagen kann, ist, dass die Kleriker vermutlich nichts getan haben.«

Sie schien durch mich hindurchzusehen. »Woher willst du das wissen?«

»Ich war bei ihnen, Gretchen.«

»Rede mit uns«, versuchte Cornelius zu ihr durchzudringen, doch sie lehnte sich kopfschüttelnd zurück und drückte ihren Hinterkopf gegen die kalte Wand.

»Ich werde nichts sagen. Nicht, bevor ihr nicht wenigstens *offen* dafür seid, mir zu glauben.«

Jetzt war es mein Bruder, der die Geduld verlor. »Verflucht, Greta, hör auf mit diesen Spielchen. Es geht hier um Ammies und Leos Leben!«, schrie er und war dabei so energisch aufgesprungen, dass unsere Schwester zusammengezuckt war.

»Cornelius«, knurrte ich warnend und packte ihn grob am Arm. »So nicht.«

»Gar nicht«, murmelte Greta mit leicht brechender Stimme. »Ich kann euch nichts sagen, bis ich weiß, auf wessen Seite ihr steht.«

Sie ist korrumpiert! Vollkommen von den wirren Gedanken durchdrungen, die ihr die Chronisten in den Kopf gesetzt haben!, schoss es mir durch den Kopf. Bestimmt schob ich Cornelius zurück.

»Greta«, machte ich noch einen Versuch. »Egal, was da vor sich geht. Wir müssen überprüfen, was die Chronisten wissen. Wenn du uns nur sagen könntest, wo …«

»Nein!«, fuhr sie mich plötzlich so aggressiv an. »Lasst mich allein. Raus hier!«

Gerade noch sah ich, wie sich eine Träne durch ihre dichten Wimpern stahl, dann schlug sie die Hände über ihrem Kopf zusammen, als hätte sie Schmerzen, gab dabei jedoch keinen einzigen Laut von sich.

»Damit riskierst du alles«, wisperte ich. »Den Tod unserer Geschwister. Ist dir das egal?«

Cornelius zog mich hinaus, bevor sie mir eine Antwort geben konnte. Ehe sich die Wand hinter mir vollkommen verschloss, hörte ich einen einzigen verzweifelten Schrei. Instinktiv wirbelte ich herum und erblickte Greta, die nun am Boden kniete, ihre Hände kraftlos neben ihrem Körper liegend. Die Wand vor mir wurde dunkel und verbarg meine Schwester vor meinen Augen.

Geschockt fuhr ich die Konturen meines Halses nach. »Was haben sie ihr angetan?«, flüsterte ich starr vor Schock. Die Welt, die ich kannte, war so weit von mir entrückt, dass ich mich fragte, wo meine Kraft geblieben war.

»Das ist nicht meine Schwester«, knurrte Cornelius. »Das ist nicht Greta.«

»Nicht die Greta, die ihr kennt«, fügte Jason an und erntete einen finsteren Blick von meinem Bruder.

»Sie hat Angst und ist verzweifelt. Wie wir alle.«

»Das kann keine Entschuldigung sein, Nell. Wir haben nur noch uns. Wir sollten uns aufeinander verlassen können.«

Ich wusste nicht, wohin mit meinen Händen und legte sie sanft an meinen schmerzenden Hals. Unter meinen Fingern spürte ich meinen schnellen Puls. »Ich weiß. Sie braucht vielleicht einfach nur Zeit.«

»Zeit ist genau das, was wir nicht haben.«

»Ihr solltet sie euch nehmen«, schaltete sich da Aidan ein. »Ruht euch aus, morgen besprechen wir unser weiteres Vorgehen.«

Ich wusste, dass er mit *weiteres Vorgehen* vermutlich die Maßnahme meinte, die Marek bereits angesprochen hatte. Mentale Magie. Aus den Augenwinkeln sah ich, wie Cornelius nickte.

»Komm, Nell. Wir gehen nach Hause.«

Nach Hause? Wir haben kein Zuhause! Wir schienen nicht einmal mehr eine Familie zu sein.

»Sie kommt gleich«, antwortete Aidan, bevor ich es konnte. Verwirrt sah ich ihn an und auch Cornelius blieb skeptisch. »Ich bringe sie sicher zurück.«

Langsamer als mein Bruder zuvor, verließen wir die dunkle Höhle. Als die frische Luft mein Gesicht streichelte, blieb ich stehen und versuchte den Schmerz in mir fortzudrängen. Aidan drehte sich zu mir um und ehe ich michs versah, lag ich in seinen Armen, drückte mein Gesicht an seine Brust und schluchzte leise.

»Du wirst noch zu ihr durchdringen«, flüsterte Aidan und ich sog schwer die Luft ein.

»Was macht dich da so sicher?«

»Sie ist deine Schwester.«

Kapitel 27

« WAS DAS CHAOS UNS GIBT »

Vor der Haustür begann mein Magen zu knurren. Schuldbewusst legte ich mir die Hände auf den Bauch. Aidan lachte leise. »Du solltest etwas essen.«

Überrascht über seine Zwanglosigkeit hob ich eine Augenbraue. »Klar. Ich ruf gleich den Pizzadienst an«, witzelte ich.

Aidan grinste. »Warum schaust du nicht erst mal in den Kühlschrank?«

Ich blinzelte perplex. Um zur Treppe zu gelangen, hatte ich die Küche durchqueren müssen, mich aber mit diesem Teil des Hauses noch nicht weiter beschäftigt. Ein Impuls der Freude ob eines gefüllten Kühlschranks ließ mich meine leidende Schwester für einen kurzen Moment vergessen.

»Fantastisch.«

»Du kannst kochen?«

»Ich habe zwei Jahre auf einer einsamen Insel verbracht. Da lernt man so einiges.«

Wieder lachte er. So ungezwungen und befreit. Sehr irritierend. »Und trotzdem hast du dich in Schweden von Henrik bekochen lassen.«

Ich rümpfte gespielt die Nase und trat ein. »Ich habe nie gesagt, dass es die große Kunst ist, aber wenn du Hunger hast, bist du trotzdem eingeladen. Noch«, fügte ich schnell hinzu und hörte schon, dass er mir folgte. »Faye auch. Wenn sie meine Anwesenheit für einen Abend erträgt, schaff ich das auch mit ihrer.«

Jetzt war es am Söldner, überrascht zu gucken. »Bist du sicher? Eigentlich hätte ich gedacht, sie sei die Letzte, die du jetzt … bewirten möchtest.«

Ich lächelte ein wenig erleichtert. Mit jeder Sekunde fiel ein Stück der Schwere von mir ab. »Ich möchte kein böses Blut. Nicht jetzt«, erklärte ich und schloss die Tür. »Ich möchte für einen Moment einfach nur vergessen, was Greta vermutlich getan hat, was sie unter Umständen weiß und ob sie uns wirklich verraten hat. Ich brauche Ruhe, nur für ein paar Stunden. Außerdem«, fügte ich lächelnd hinzu, »wäre es kein Geburtstagsessen, wenn ich die wichtigste Person in deinem Leben auslade.«

Aidan sagte nichts. Ich fing den Blick auf, den er mir zuwarf, und war kurz wie erstarrt. Als er lächelnd eine Nachricht ins Handy eintippte, merkte ich erst, was meine Worte wirklich bedeuteten. Heute war auch Jennas Geburtstag. Als wäre dieser Tag nicht schwer genug für Cornelius, hatte er auch heute erfahren müssen, was aus Greta geworden war. Dieses Essen hatte noch einen weiteren, sehr wichtigen Nutzen. Ich wollte nicht, dass mein Bruder heute mit seinen Gedanken allein blieb.

Kaum standen wir in der Küche, eilte ich schnell in den Flur und zur Treppe, die in die erste Etage führte. »Ich muss den Hund holen. Lauf nicht weg, ich brauche dich als Küchenschergen.«

Ich war schon einige Stufen hinaufgelaufen, da hielt Aidan mich zurück. »Ich glaube, das wird nicht nötig sein.«

Ich drehte mich auf der knarrenden Stufe zu ihm herum und sah ihn fragend an. In der Hand hielt er einen rosafarbenen Notizzettel. »Cornelius ist mit ihm raus.«

Ich seufzte und kam wieder hinunter. »Ich bin furchtbar zu ihm, oder? Er ist ein Tier und keine Puppe«, sagte ich leise, während ich dem Söldner zurück in die Küche folgte.

»Du kannst dich nicht um alles kümmern. Das ist das Positive daran, ein Team zu sein. Man kann sich gegenseitig unterstützen.«

Ein wohliges Gefühl durchströmte unerwartet meinen Körper, als er uns als *Team* bezeichnete. Ich grinste ihn dies verbergend jedoch nur frech an und trat hinter ihm in die hochmoderne Küche, die so gar nicht zu dem restlichen Interieur passen wollte. »Ach, es gibt auch einen negativen Teil?«

Ich öffnete ein paar der glänzenden, verchromten Schranktüren und verschaffte mir einen Überblick über alle Utensilien. Aidan grummelte etwas Unmissverständliches.

»Ich höre?«, setzte ich neu an und trat zu dem Kühlschrank, der mit dem integrierten Gefrierfach vom Boden bis zur Decke reichte.

»Die Angst«, kam da die Antwort. »Die Angst, jemanden zu verlieren und wohin sie dich treibt.«

Für einen Moment hielt ich inne. »Ja«, flüsterte ich. »Das kann ich gut nachvollziehen.«

Leise verschaffte ich mir Zugang zu den inneren Gefilden des Kühlschranks und überflog die recht üppige Auswahl an Lebensmitteln, entschied mich dann jedoch, meine Kochkunst nicht überzustrapazieren. Ich kramte ein paar Tomaten hervor und hob sie kurz hoch.

»Was hältst du von Spaghetti?«, fragte ich, ohne ihn anzusehen.

»Klar«, murmelte Aidan, als seien seine Gedanken ganz woanders. Ich traute mich nicht, mich zu ihm umzudrehen. Also suchte ich mir ein paar Töpfe und Schneidebretter zusammen.

»Du kannst die Tomaten würfeln«, wies ich ihn an. »Und mir dann erklären, wie man dieses Ungetüm von Gasherd anmacht.«

Ich wusste nicht, mit was ich gerechnet hatte, aber sicherlich nicht damit, dass er sich erhob, die Ärmel seines Pullovers hochschob und sich neben mir positionierte, aber genau das tat er. Ihm kurze Anweisungen gebend, reichte ich ihm ein Messer.

Stillschweigend verrichteten wir unsere Arbeit und schon bald köchelte eine gut duftende Tomatensauce in ihrem Topf. Während Aidan abspülte, setze ich das Wasser für die Nudeln auf. Fast paralysiert hörte ich das Klimpern der Schalen, die Aidan übereinanderstapelte.

Ich schloss die Augen. Mein Herz setzte für einen Moment aus, als ich schon die Stimme erhob, ohne genauer darüber nachzudenken. »Der Tag am Strand«, entschlüpfte es mir. Ich spürte, wie auch Aidan erstarrte. »Vor zwei Jahren.«

Warum konnte ich nicht still sein? Es war doch bequem zwischen uns geworden. Einfach, unbekümmert und zwanglos. Warum musste ich jetzt damit anfangen?

Weil du es nicht bequem haben willst, löste meine innere Stimme die Fragen in meinem Kopf auf.

»Was ist damit?«, fragte Aidan steif, um jeden Preis die Fassung bewahrend.

Ja, was ist damit? Die Erinnerung an unseren Kuss warf tausend Schatten in meinem Herzen. Es tat weh, glauben zu müssen, dass ich ihm diesen Moment der Zweisamkeit aufgezwungen hatte. »War es …«

Ich konnte die Frage nicht stellen, ich konnte einfach nicht. Meine Finger ballten sich zu Fäusten, nicht angriffslustig, aber entschlossen.

»Was war da zwischen uns, Aidan? War da überhaupt etwas oder waren das alles nur Hirngespinste?«

Ich konnte noch immer nicht hochsehen. Ich spürte, wie Aidan einen Schritt auf mich zu machte.

»Ein verzweifelter Wunsch vielleicht oder …«

Ich verstummte, als er seine Hand auf meine Wange legte.

Mein Blick schoss in die Höhe. Ich sah in sein Gesicht, das so ernst und doch so weich und liebevoll zugleich war. »Nell, ich … Glaub mir, ich wollte nie, dass dir etwas zustößt. All das wollte ich nicht für dich.«

Ich konnte nichts dagegen tun, dass in meine Augen ein Flehen trat. »Du hast die Frage nicht beantwortet.«

Um seine Mundwinkel zuckte es. »Du …«

»Nell?« Sofort glitt Aidans Hand von meinem Gesicht und er wich einen Schritt zurück. Auch ich war bei der Stimme meines Bruders zusammengeschreckt. »Du kochst!?«, entfuhr es Cornelius, sobald er den Kopf zur Küchentür hereinstreckte.

»Das soll vorkommen«, gab ich angespannt zurück.

Blue kam auf mich zugelaufen und rieb seinen Kopf an meinem Körper. Abwesend kraulte ich ihn hinter den Ohren, ehe ich mich wieder dem Topf mit der Tomatensauce zuwandte. Die Stille im Raum war regelrecht spürbar.

»Habe ich euch bei irgendetwas gestört?«, lautete der vorsichtige Kommentar meines Bruders und ließ mich sofort wieder Haltung annehmen.

»Mach dich nicht lächerlich«, versuchte ich möglichst munter zu klingen und drückte ihm den Stapel Teller in die Arme, die ich bereits vorher bereitgestellt hatte. »Faye kommt zum Essen«, erklärte ich, obwohl sie noch nicht einmal zugesagt hatte. »Könntest du den Tisch decken?«

Cornelius sah mich für einen kleinen Moment mehr als skeptisch an, nickte dann jedoch und verschwand aus der Küche. Erst jetzt wurde mir klar, dass ich durch diese Ablenkung wieder allein mit Aidan im

Raum war. Ich rührte weiter wortlos im Topf herum. Aidan schwieg. Und auch Blue enthielt sich jedem Laut. Wäre es nicht so absurd gewesen, hätte ich geglaubt, er sähe von einem zu anderen.

»Nell …«

Ein Räuspern befreite mich aus dieser schrecklichen Situation. Fast schon dankbar sah ich auf. Faye stand im Türrahmen und lächelte irgendwie schüchtern. »Ich dachte, ich … komme einfach rein.«

»Schön, dass du da bist«, begrüßte ich sie, über mich selbst überrascht. In diesem Moment hätte ich vielleicht selbst Michael Dew derart willkommen geheißen.

»Ich muss gestehen, dass ich nicht allein bin. Marek war bei mir und es erschien mir irgendwie unhöflich … Ich habe euch was mitgebracht«, unterbrach sie sich selbst und in ihre Miene trat ein Ausdruck, den ich an ihr schon kannte, sogar gewohnt war. Die harte, unerschrockene Fassade der Kriegerin, die eben nicht mehr war als genau das. Eine Fassade. Das erkannte ich aber auch erst jetzt.

Sie reichte mir eine Flasche eines mir unbekannten Rotweins und verschränkte die Arme vor der Brust.

»Das ist nett von dir«, sagte ich irgendwie hölzern. »Ich begrüße schnell Marek.«

Damit hatte ich es geschafft, der unangenehmen Präsenz Aidan Gavriels zu entkommen. Das war jedoch weder von Dauer noch in irgendeiner Weise ausreichend.

Während des Essens schien ein jeder von uns in seinem Teller zu versinken. Die Stille, die sich zwischen uns aufbaute, war erdrückend, wanderte von Stuhl zu Stuhl und auch Blue hatte sich mittlerweile schon leicht winselnd zurückgezogen.

Das einzige Geräusch war das Klirren der Gabeln auf dem Landhausgeschirr mit den rosa Blümchen. Die Tatsache, dass es so raumfüllend war, machte alles nur noch schlimmer. Irgendwann hielt ich es nicht mehr aus. Ich atmete einmal tief durch, griff nach meinem Weinglas und sah zum Obersten der Chaosmagier, mit dem ich mich noch nicht eingehend hatte beschäftigen können.

»Also, Marek«, begann ich, noch unsicher, ob das wirklich der richtige Weg war, das Schweigen zu unterbrechen. »Was ist nun das Geheimnis der mysteriösen Chaosmagier?«

Für eine Weile tat diese Frage der Stille keinen Abbruch. Aus den Augenwinkeln sah ich, wie Cornelius zu mir herübersah. Ob bestätigend oder missbilligend, konnte ich nicht sagen.

Marek zumindest schien diese Frage zwar zu verwundern, nicht jedoch zu schockieren. Er hob eine Augenbraue und sah zu Aidan. »Du hast ihr noch nichts erzählt?«

Aidan zuckte mit den Schultern. »Ich kenne die Geschichte nicht so gut wie du.«

Der Oberste Chaosmagier schmunzelte leicht. »Stimmt schon«, gab er zu und wandte seine Aufmerksamkeit wieder mir zu.

Er legte sein Besteck zur Seite und signalisierte damit, dass die Geschichte zu wichtig war, um sie kauend vorzutragen. Natürlich. Was auch immer vorgefallen war, es hatte zur Folge gehabt, dass eine ganze Gesellschaft sich vom Rest der Welt abschottete.

»Ich selbst kann natürlich nicht aus erster Hand berichten. Unsere Gemeinschaft wählte die Isolation vor über hundert Jahren. Vorher waren unsere Spezies vollkommen gleichberechtigt, wie ihr vielleicht wisst. Neben den Obersten der Kleriker und Naturmagier hatten auch die Chaosmagischen ihre Vertreter im Rat.«

»Der Teil der Geschichte ist nicht in Vergessenheit geraten«, mischte Cornelius sich ein, als wollte er unser Volk verteidigen, das zumindest diese Tatsache nicht untergraben hatte.

»Unser Verbund war mächtig, mächtiger als alles, was man sich vorstellen kann. Die euren beherrschten die Natur, wir hingegen waren Meister der mentalen Magie, aber das war es nicht, was uns so stark machte.«

»Es gab einen Weg, Chaos- und Naturmagie zu verbinden«, rutschte es mir mit einem Blick auf Aidan heraus, der diesen wissend erwiderte.

»Wir nennen das Konvergenz«, bestätigte Marek. »Abraham Blake und Jamie Rowan gingen sie erstmalig ein. Vor über vierhundert Jahren. Ziemlich spät für zwei so alte Kulturen, ich weiß, aber vor dieser Zeit haben unsere Völker einander gemieden. Es war schwer genug, auf die seinen zu achten in einer Zeit, in der übernatürliche Wesen gejagt und sogar auf die Scheiterhaufen gezerrt wurden. Wie auch immer … Rowan war ein Chaosmagischer und beschwor einen regelrechten Feuersturm aus dem Nichts hervor. Meine Spezies neigt zu dieser Form von Beschwörung, wenn sie in Rage gerät. Blake war anwesend und begann die Macht, die Rowan zwar erweckt hatte, jedoch nicht zu kontrollieren vermochte, in die richtigen Bahnen zu lenken.«

Die Bilder in mir krochen wieder an die Oberfläche meines Bewusstseins. Samuel, der vor meinen Augen in Flammen aufgegangen und zu Staub zerfallen war. Ich wagte es, meinen Bruder anzusehen. Seine Augen waren auf mich gerichtet und zeugten von einer Sanftheit und Reue, die mich fast hätten aufseufzen lassen.

»So war es damals, nicht wahr?«, flüsterte er. »Sobald mir klar wurde, dass Aidan chaosmagisch ist, wusste ich auch, dass es seine Magie gewesen sein muss, die Samuel tötete. Ich konnte mir nur nie richtig erklären, wie du glauben konntest, dass du die Schuld trägst.«

»Letzten Endes war ich es, die das Feuer befehligt hat«, antwortete ich meinem Bruder ebenso leise.

Samuel mochte ein Mörder gewesen sein, aber auch ich hatte ein Leben ausgelöscht, das würde ich niemals vergessen. Ich hielt daran fest, dass dieses Gefühl der Schuld genau das war, was mich von ihm unterschied.

»Das Potential, das durch diese Verbindung freigesetzt wurde, erkannten die Obersten sofort«, fuhr Marek mit seiner Geschichte fort. »Man begann, sie zu erforschen und in das Training und die Ausbildung mit einzubeziehen. So lange, bis man sich gewahr wurde, welches Opfer sie mit sich brachte.«

»Opfer?«, fragte Cornelius. Längst schon aß niemand mehr von uns. Ich selbst klammerte mich förmlich an mein Weinglas.

»Für die Chaosmagier ist es tödlich, zu viel Magie zu verwenden«, erklärte ich, Aidans Worte genau erinnernd. »Die Magie hält sie am Leben und während wir uns der natürlichen Magie bedienen, die uns umgibt, entsenden sie die Magie aus sich hinaus in die Welt.«

Marek nickte. »Und tun wir dies unbedacht, erlischt unser Lebensfunke. Einerseits haben wir den Naturmagiern viel voraus. Wir sind nicht auf die Gegebenheiten unserer Umwelt angewiesen. Wir können das Unglaubliche schaffen, nur müssen wir stets einen Teil unserer Macht zurückhalten, um uns am Leben zu halten.«

Ich zog die Stirn in Falten. »Und das wusste man nicht vor der ersten Konvergenz?«

»Natürlich hatte es schon einige, wenn auch wenige Fälle gegeben, in denen ein Chaosmagischer sein Leben verlor, aber für gewöhnlich kann ein jeder von uns seine Ressourcen gut genug einschätzen.«

»Für gewöhnlich«, wiederholte Cornelius allmählich verstehend. »Was ist geschehen, dass das nicht mehr genügte?«

Marek seufzte. »Die Unschuld und Arglosigkeit der Kindheit.« Ich wollte gar nicht hören, was jetzt kam. »Irgendwann begann man, die Altersgrenze für den Beginn der Ausbildungszeit herabzusetzen. Man glaubte, es könne nicht schaden, die Kinder so früh wie möglich mit der Magie vertraut zu machen.«

Faye stieß einen Laut des Unmuts aus. »Es ist nie gut, Kindern die Kindheit zu früh zu rauben.« Ich brachte ein schiefes Lächeln zustande, obwohl mir gar nicht danach war. Wer hätte gedacht, dass Faye und ich einmal einer Meinung sein würden?

»Der Streit zwischen zwei jungen Adepten geriet außer Kontrolle. Ein Junge zwang einen Naturmagischen mental zu einem dummen Streich. Letzterer begann sich zu wehren, entzog ihm allmählich die Magie, um die mentale Verbindung zu kappen. Er tötete ihn, bevor ihm bewusst wurde, was er getan hatte.«

Obgleich ich dieses Ende hatte kommen sehen, schloss ich geschockt die Augen. Eine solche Tragödie musste entsetzliche Konsequenzen gehabt haben. »Die Eltern des toten Jungen, Nichtmagische, aber dennoch Teil unserer Gemeinschaft, waren außer sich und forderten einen Prozess.«

Ich schüttelte abwesend den Kopf. Menschen in Trauer waren zu den merkwürdigsten Dingen fähig. »Dieser ging natürlich ins Leere, aber das war auch nicht das Entscheidende. Fortan unterbrachen die Chaosmagier jeglichen Kontakt mit den Naturmagiern. Sie fürchteten sich. Und dann wurde aus dieser Furcht Wut und fehlgeleiteter Aktionismus.«

»Rache«, sprach Cornelius seinen Gedanken aus.

Marek brauchte gar nicht erst zustimmen. Die Wahrheit lag klar vor uns. »Unter der Führung ausgerechnet einer der Enkel Rowans gruppierten sich die Gerechten. Mitten in der Nacht drangen sie in die Köpfe der Obersten Naturmagier ein und zwangen sie dazu, ihre eigenen Kinder zu töten.« Mareks Stimme wurde mit jedem Wort leiser. »Der Rest meiner Art, von dieser Tat geschockt, verfiel in totale Panik. Sie fürchteten die Rache der Naturmagier und flohen noch in der Nacht, in der die euren die Gerechten töteten.«

Kälte grub sich in meinen Brustkorb, dennoch war ich es, die als Erste ihre Sprache wiederfand. »Deshalb diese Furcht. Auf beiden Seiten. Furcht, die die Generationen überdauert hat, auch wenn der Grund dafür vergessen war.«

Marek nickte. »Man schwieg aus Scham darüber, was geschehen war.«

»Aus Scham darüber, was wenige getan haben«, knurrte Aidan. »Ein paar kranke Köpfe wurden zu Mördern und beschworen einen Schrecken hervor, der bis heute andauert, drei ganze Völker gegeneinander aufhetzt.«

Marek beugte sich vor und faltete seine Hände vor sich auf dem Tisch. »Wir mögen die Magie in uns tragen, doch letztlich sind wir Menschen. Ängstlich … Brutal …«

»Mutlos«, flüsterte ich.

Kapitel 28

« BLUMEN AUS EIS »

Der Tritt in meinen Bauch riss mir den Boden unter den Füßen weg. Sofort sprang ich wieder auf die Beine, nur um von dem Schmerz erneut niedergerungen zu werden und zusammenzusacken. »Verdammt«, fluchte ich und dann sah ich schon, wie die Söldnerin ihren Körper über meinen brachte und mir ihren Dolch an die Kehle hielt.

»Faye!«

Sie grinste auf mich herab. »Da kommt der Aufseher«, flüsterte sie mir verschwörerisch zu und streckte eine Hand aus, um mir aufzuhelfen.

Außer Atem ließ ich mich von ihr hochziehen und schaute zu Aidan, der mit ernster Miene auf uns zukam. »Darf ich dich daran erinnern, dass Nell sich noch immer von einer Beinverletzung erholt?«

»Aidan«, warf ich milde lächelnd ein. »Man kann den Klerikern noch immer so einiges vorwerfen. Vielleicht sind sie unsere Feinde, aber mein Bein haben sie vollkommen in Ordnung gebracht. Wirklich.«

In den letzten fünf Tagen hatten die Söldner begonnen, mich im Nahkampf zu unterweisen. All das, was ich während meiner Ausbildung zur Außendienstlerin hätte lernen sollen, wäre die Isolation nicht gewesen, kam mir jetzt in einer Art Crash-Kurs zu. Cornelius trieb derweil meine magischen Fähigkeiten an den Rand ihrer Grenzen.

Aidans Miene erhellte sich nicht. »Du musst dich nicht schon vor dem Kampf vollkommen verausgaben.«

Faye schnaubte. »Besser so, als dass sie im besagten Kampf draufgeht, weil ich sie nicht ausreichend unterrichtet habe. Das würdest du mir ewig vorwerfen.« Sie drehte sich herum, um die Waffen – Schwerter und Handfeuerwaffen – vom Boden aufzusammeln und fein säuberlich in Samt zu wickeln. »Wenn du so viel an meinen Unterrichtsmethoden zu kritisieren hast, dann überlass ich dir gern den Job, aus ihr einen nicht ganz so hoffnungslosen Fall zu machen.«

Vor ein paar Tagen hätte ich diese Worte als Seitenhieb in meine Richtung gedeutet. Seit ich aber mit Faye trainierte, fielen mir die kleinen Anzeichen von Sanftheit und Sorge auf, die ihr Mienenspiel und ihre Stimmfarbe manches Mal änderten. Sie konnte sagen, was sie wollte, ich wusste, dass sie ehrlich versuchte, mich möglichst gut auf all das vorzubereiten, was kommen mochte.

»Nein«, warf ich ein. »Du machst deine Sache gut.« Und außerdem glaubte ich nicht, dass ich mich sonderlich gut gegen Aidan machen würde. Entweder würde er mich schonen oder ich mich nicht trauen, ihm alles entgegenzusetzen, was ich aufbringen konnte. Was – wie ich gestehen musste – bedauerlicherweise nicht viel war.

Faye drehte sich nicht mehr um, als sie den Trainingsraum verließ, der sich ähnlich wie die Kommandozentrale und der Zellentrakt, in dem sich Greta aufhielt, im Inneren des Berges befand.

Neben dem Training hatte ich stets einige Stunden am Tag bei meiner Schwester verbracht. Ich hatte mich auf ihre Bettkante gesetzt und ruhig ihrem Schweigen gelauscht. Langsam machte mich ihr passives Verhalten wahnsinnig. Ich musste endlich wissen, was sie vor uns verbarg. Ich musste wissen, ob sie an dem Verschwinden all der Magier und unserer Geschwister beteiligt war.

»Sie darf mich nicht mit Samthandschuhen anfassen«, sagte ich zu Aidan und kehrte mit meinen Gedanken wieder zurück zum Geschehen.

»Nein.« Er reichte mir eine Flasche Wasser, die ich dankend entgegennahm. »Aber sie muss ganz sicher nicht derart heftig vorgehen.«

Ich lachte auf. »Ach, komm schon. Als würde mein potentieller Gegner Rücksicht auf meine Verletzungen nehmen.«

»Dazu wird es gar nicht kommen.«

Ich zog die Augenbrauen hoch – nur ein klein wenig spöttisch. »Du meinst wegen des tollen Plans, den du mit Cornelius und Marek ausheckst?«

Ich löste das Zopfband um mein verschwitztes Haar und verließ mit Aidan im Schlepptau die Turnhalle. Die frische Luft, die mir entgegenschlug, machte mich ein Stück weit fröhlicher. »Die großartig heimliche Aktion, in der wir bei Nacht und Nebel alle Gefangenen befreien? Greta spricht nicht mit uns. Bis jetzt haben wir nicht einen Anhaltspunkt, wo sich die Obersten der Chronisten aufhalten oder wo man die Entführten festhält. Wie könnt ihr einen Plan konstruieren, wenn ihr nicht einen Zentimeter dieses Ortes kennt?«

Aidan war mir gefolgt, die Hände hinter dem Rücken verschränkt, als würde er einen angenehmen kleinen Spaziergang machen. »Man kann sich durchaus schon einige Taktiken zurechtlegen. Kennen wir unser Ziel, können wir sie anpassen.«

Ich hielt kurz inne, um nicht gegen die Gruppe wild kreischender Kinder zu rennen, die im Affenzahn Richtung Spielplatz lief. Dieser Ort war wirklich merkwürdig. So untypisch, aber von einem unfassbar warmen Zauber erfüllt, der mich sofort hatte heimisch fühlen lassen.

Die Gemeinschaft der Chaosmagier war größer, als ich es vermutet hatte. Zwanzigtausend Chaosmagier und dadurch, dass Chaosmagie nicht zwingend erblich war, auch gewöhnliche Menschen lebten hier zusammen. Die meisten Menschen wohnten hier nur so lange, bis ihrer Kinder erwachsen waren und kehrten dann wieder in die öffentliche Welt ohne Magie zurück. Einige von ihnen blieben noch länger.

Der Wald, der all diesen Wesen zu einer Heimat geworden war, war vor der Außenwelt mithilfe der Magie geschützt. Sie sorgte dafür, dass nicht jeder einfach durch Zufall auf das Dorf stoßen konnte. Die Regierung wusste zwar um die Existenz dieser besonderen Gemeinschaft, jedoch nicht um die Fähigkeiten ihrer Anhänger, und war gut genug bestochen worden, damit sie ihr Wissen nicht verbreitete und für die Notwendigkeiten Sorge trug, dass die zwanzigtausend Menschen unentdeckt blieben.

»Aber, das war es gar nicht, was ich meinte.«

Ich blinzelte kurz und rief mir wieder ins Gedächtnis, worüber wir gesprochen hatten. »Was meintest du dann, Aidan?«, seufzte ich ein wenig genervt.

»Ganz egal, wohin es uns verschlägt, ich lass dich dort sicher nicht allein.«

Diese Worte waren so typisch für ihn, aber auch so trügerisch, dass ich mir den Schmerz gar nicht anmerken lassen durfte. Seit dem Gespräch an unserem ersten Abend hier waren wir uns freundschaftlich nah begegnet, hatten uns den verfänglichen Themen jedoch ferngehalten.

»Wir wissen doch beide, dass das nicht stimmt«, murmelte ich. Wäre er gezwungen, zwischen Faye und mir zu entscheiden … »Du wirst nicht immer da sein können, um mich zu beschützen. Ich muss lernen, mich selbst zu verteidigen, und das kann ich am besten mit Fayes Hilfe.«

Er wollte gerade seinen Mund zu Widerworten öffnen, da drückte ich ihm schon die Wasserflasche in die Hände und beschleunigte meine Schritte. »Ich muss zu Cornelius. Es ist nicht leicht, eine jahrelange Ausbildung in ein paar Tagen aufzuholen«, rief ich über die Schulter hinweg und joggte los.

Während des immer schneller werdenden Laufs band ich mein getrocknetes Haar wieder zu einem unordentlichen Zopf zusammen. Meine Zeit hier war täglich stets demselben Muster unterworfen und so kostete ich jeden Moment des guten Teils aus. Später wäre wieder genügend Zeit für Trübsal.

Ich näherte mich dem bewohnten Bereich des Waldes und vor mir tauchten schon die ersten Gebäude auf, die an den Hang gesetzt waren wie Spielzeughäuser. Die, die hier lebten, bedachten mich kaum mehr mit den skeptischen Blicken und schienen sich an meine Anwesenheit genauso gewöhnt zu haben wie an die von Cornelius. Gretas Inhaftierung war schlichtweg hingenommen worden, vielleicht war es auch einfach noch niemandem aufgefallen. Die meisten hier mussten wissen, dass wir als Naturmagier wohl in der Lage wären, den ihren zu schaden. Gerade aus diesem Grund rührte mich ihr Vertrauen noch mehr.

An diesem Ort umgab mich fortwährend Magie, die mir auch in diesem Moment folgte. Sandten die Chaosmagischen sie aus und entließen sie ihrer Kontrolle, begann sie sich einen neuen Herrn zu suchen. Erst jetzt konnte ich wirklich verstehen, was mich von den anderen hier unterschied. Die Chaosmagier waren Quellen, produzierten ihre eigene ganz individuelle Magie, wie auch die Natur selbst es tat. Cornelius und ich waren eher eine Art Medium, ein Gefäß, ein Bändiger des bereits Vorhandenen.

Aus den Augenwinkeln sah ich wieder ein paar Kinder, die unter der Aufsicht einiger Erwachsener herumalberten. Einer von ihnen war selbst von magischen Schwingungen umgeben und so sorgte ich mich nicht, als einer der Jungen einen kleinen Schneesturm heraufbeschwor. Die Magie verließ ihn, wirbelte herum, wurde zu etwas vollkommen Neuem, Wunderbarem und schloss sich dann meiner Gefolgschaft an.

Das bemerkte auch Cornelius, als ich die Wohnhäuser hinter mir gelassen hatte und neben ihm auf der kleinen Lichtung zum Stehen kam. »Um dich herum leuchtet es ja förmlich«, begrüßte er mich trocken, aber ich wusste, dass ihn dieser Ort ebenso euphorisch stimmte wie mich.

All diese Magie war wundervoll. Derart zentriert lebten wir Naturmagier nur selten. Der größte Verbund, den wir kannten, waren verschiedene Ordenshäuser, in denen jedoch nie mehr als zehn, höchstens fünfzehn Magische zusammenwohnten.

»Dann lass uns das doch nutzen«, forderte ich ihn grinsend auf und schon bebte die Erde unter mir.

Mit einem Satz wich ich zurück. Die Erschütterung, die mein Bruder im Boden auslöste, folgte mir unaufhörlich. Ich schenkte Cornelius ein provozierendes Lächeln. Dieses Element war wahrlich nicht mein Spezialgebiet, aber ich würde die Herausforderung annehmen. Ich machte einen weiteren großen Sprung, landete seitlich von meiner ursprünglichen Position und schlug die Handflächen auf die kalte Erde. Sofort stieß ich auf den Widerstand der tobenden Magie. Sie war rasend und schien vor Wut zu schäumen. Ehe ich michs versah, hatte sie mich hart von sich geschlagen und ich fand mich auf meinem schmerzenden Rücken wieder.

»Autsch«, grummelte ich unwillig und sah zu Cornelius, der mit süffisanter Miene auf mich zuschritt. »Wir sind noch nicht fertig, Freundchen.«

Allein mit der Macht meiner Gedanken schoss meine Magie in die Erde und durchzog die Strecke zwischen mir und meinem Bruder. Ehe er reagieren konnte, waren starke Wurzeln um ihn herum aus dem Boden geschossen und umschlangen seine Beine. Er taumelte und verlor schnell auch den Rest seines Gleichgewichts. Als der Fall nicht mehr zu verhindern war, ließ ich die Wurzeln schlapp niedersinken, damit er sich so gefesselt nicht sämtliche Knochen brach.

»Guter Zug«, knurrte er, während er sich aufrappelte. Ich war längst wieder auf den Beinen und rieb mir den schmerzenden Rücken. »Aber genug davon.«

»Genug?«, fragte ich und begann meine Arme noch einmal zu dehnen.

»Du verausgabst dich. Dein Kampftraining mit Faye ist schon Anstrengung genug für deinen Körper.«

Ich atmete tief gegen den Schmerz. »Ich muss lernen, meine Magie auch im Kampf zu nutzen.«

»Das zu lernen, wirst du nicht schnell genug schaffen«, wiedersprach er. »Es ist ein Wunder, wenn du durch Faye die Grundzüge des Nahkampfes verinnerlichst. Dabei noch deine Magie im Zaum zu halten, wird beinahe unmöglich sein. Du bist nicht bei den Naturmagiern, Nell. Du durchläufst nicht dieselbe Ausbildung wie Amalia oder ich. Noch nicht. Wir bereiten dich vor, so gut es eben geht. Aber worauf du setzen musst, ist deine Magie. Zum Schutz, nicht für den Kampf.«

Endlich erlaubte ich meinen Muskeln, sich ein wenig zu entspannen. »Und warum dann überhaupt das Kampftraining?«

»Für den absoluten Notfall«, erwiderte er ernst und ich sah die Sorge in seinen Augen. »Zu dem es nicht kommen wird, solange ich da bin.«

Ich verbat mir den Gedanken, dass er damit wohl meinte, er ließ mich für den Fall wappnen, dass er verletzt wurde oder sogar starb. »So was Ähnliches hat Aidan heute auch gesagt«, sagte ich nur. »Habt ihr euch irgendwie abgesprochen?«

»Brauchten wir nicht und jetzt setz dich hin«, forderte er mich auf und ließ sich zu Boden sinken.

»Ist das dein Ernst?« Als er nicht antwortete, begab auch ich mich in den Schneidersitz. »Und jetzt? Meditieren?«

So ruhig hatten wir es selbst zu Beginn meines Crashkurs-Trainings nicht angehen lassen. »Die letzten Tage haben wir deine Stärke ausgelotet«, erklärte er mir. »Du bist stark und obwohl du nicht richtig ausgebildet bist, hat die Zeit auf der Insel dich unglaublich sensibel und offen für die Magie gemacht.«

»Ich musste mir die Zeit ja irgendwie vertreiben.«

Über Cornelius' Gesicht zuckte ein Schatten des Schuldgefühls. »Du weißt, was möglich ist und du hast keine Schwierigkeiten, das zu tun, was du tun willst. Normalerweise ist das die erste Hürde in der Ausbildung eines Naturmagiers. Was dir fehlt, ist Übung darin, die Magie lange aufrechtzuerhalten.«

»In Ordnung«, seufzte ich. »Und wie stellen wir das an?«

»Die Luft ist für die meisten Magier am leichtesten zu kontrollieren und die geheime Verbündete eines jeden Naturmagiers. Sie ist überall vorhanden und nicht nur das. Aus einem einfachen kalten oder warmen Lüftchen lässt sich so ziemlich alles erschaffen.«

Mit einer flinken Handbewegung fuhr er durch die Luft und ließ wie aus dem Nichts ein Gebilde aus Eis in seiner Hand entstehen. Mir stockte der Atem. Erst beim zweiten Hinsehen erkannte ich die Figur, die das Eis bildete. Eine Blume.

»Unglaublich«, murmelte ich. Irgendwie hatte er es geschafft, die Wassermoleküle der Luft so abzukühlen, dass sie nicht nur festes Eis, sondern auch eine klare Gestalt annahmen.

»Das hier ist eine Spielerei, eine Feinheit, die man erst im Laufe vieler harter Jahre perfektionieren kann. Aber etwas anderes kann ich dir jetzt schon beibringen.«

Ich war noch so gefesselt, dass ich seine Worte nur halbherzig aufnahm. »Irgendwie kommt mir das bekannt vor.«

Cornelius lächelte und reichte mir die Eisblume. Schon bei der ersten Berührung meiner warmen Hände begann das zarte Blümchen zu schmelzen. Fast schon instinktiv kühlte ich sie magisch.

»Vater hat uns diesen Trick öfter vorgeführt. Amalia war immer so wütend, wenn sie die Blume nicht lange genug am Leben erhalten konnte.«

Langsam erinnerte ich mich. »Er sagte ihr, dass sie die Macht dazu irgendwann in sich finden würde.«

»Und so war es auch. Jetzt möchte ich dasselbe von dir.«

Ich runzelte die Stirn. »Und wie?«

»Indem du das tust, was du schon die ganze Zeit machst. Halt sie, so lange es geht«, schloss er und lehnte sich zurück, um sich rücklings auf das weiche Gras zu legen.

»Wie bitte? Du willst, dass ich hier rumsitze und die Blume halte?«

»Bis sie geschmolzen ist«, antwortete er gut gelaunt und machte es sich bequem.

Ich stöhnte gequält. »Cornelius, das wird Stunden dauern.«

»Ach? Hältst du dich für so gut, ja?« Lächelnd schloss er die Augen. »Es ist ziemlich warm. Unterschätz das nicht.«

Ich wollte gerade protestieren, dass mir das wohl kaum helfen würde, während der Mission zu bestehen beziehungsweise zu überleben, doch dann rief ich mir wieder seine Ernsthaftigkeit, seine Sorge vor Augen und ließ meine Worte unausgesprochen. Er würde meine Zeit nicht damit verschwenden, mir Unsinnigkeiten beizubringen.

So saß ich eine Weile da, lauschte dem Wind und dem ruhigen Atem meines Bruders. Mit jedem Aufschlag meiner Augen schien die Luft um mich herum wärmer zu werden. Die Blume wurde bereits feucht unter meinen Fingerspitzen.

»Bist du das?«, fragte ich Cornelius, der mir aber nicht mehr zur Antwort gab als ein tieferes Lächeln.

Ganz egal, ob er gegen meine Magie arbeitete oder nicht, ich wusste eines genau. Das hier würde schwieriger werden, als ich gedacht hatte.

Vollkommen erschöpft stieg ich einige Stunden später auf die Veranda unserer vorübergehenden Bleibe. Blue, dem es schon nach wenigen Malen zu langweilig geworden war, mir beim Training zuzuschauen, lag auf dem hölzernen Untergrund und hob zur Begrüßung den Kopf.

Trotz meiner protestierend schmerzenden Glieder bückte ich mich zu ihm herunter und streichelte seinen Kopf. »Na, mein Großer. Bist du müde vom Erkunden?«

Marek hatte mir gestattet, Blue frei herumlaufen zu lassen, nachdem ihm irgendwann aufgegangen war, dass der riesige Wolfshund nicht einmal einer Fliege etwas zuleide tun konnte.

Blue, der nicht weniger ausgelaugt zu sein schien als ich, blieb draußen liegen, als ich ins Innere des Hauses trat, um schnell zu duschen. Während ich das tat und anschließend in meiner Reisetasche herumwühlte, dankte ich allen Mächten, dass die sanitären Anlagen in diesem Wald dem westlichen Standard entsprachen. Und natürlich Cornelius und Greta, die bei ihrer Flucht aus dem Chronistenarchiv an meine persönlichen Dinge und meine Kleidung gedacht hatten.

Ich schlüpfte in bequeme Jeans und einen weiten Pullover und trat dann wieder ins Freie. Auch Blue schien sich ein Stück weit erholt zu haben und begleitete mich auf meinem Weg zur Kontrollstation.

»Guten Abend«, begrüßte ich Jason, der wie gewohnt hinter seinen zahlreichen Computern hockte. Genau wie Blue wenige Minuten vorher, sah er nur kurz auf. »Irgendwann musst du mir mal erklären, was du da den ganzen Tag treibst.«

Ohne den Blick von den Monitoren zu nehmen, grinste er breit. »Irgendwann. Wenn du mehr Zeit hast als den kleinen Moment zwischen deinem Kampf- und deinem Magietraining.«

Ich antwortete nicht, weil sich sofort der Gedanke in mein Bewusstsein schlich, dass ich vielleicht nicht mehr hier sein würde, wenn mir diese Zeit vergönnt war. Ich lebte erst wenige Tage hier, doch die Welt der Chaosmagier in ihrem kleinen, schier verzauberten Wald war auf eine merkwürdige Art die meine geworden. Hier erlebte ich Unbeschwertheit und genoss den Umstand, Freunde anstelle von Gefährten auf meiner Mission zu haben. Zu einem dieser Freunde zählte definitiv Jason.

»Hast du heute schon etwas gegessen?«, fragte er, während er sicherlich unheimlich wichtige Dinge in die Tastatur hämmerte.

»Frühstück«, gab ich zu und setzte mich für einen Moment auf einen der Schreibtischstühle.

Jason beäugte mich missbilligend und hob eine Augenbraue. »Es ist acht Uhr abends, junge Dame.«

Ich lächelte leicht. Der Ausdruck *junge Dame* passte überhaupt nicht zu der Art unseres Verhältnisses. Jason war ungefähr in Cornelius' Alter. »Das musst du gerade sagen. Wie lange versteckst du dich am Tag in diesem Bunker? Ich bin mir nicht einmal sicher, wann du das letzte Mal die Sonne gesehen hast.«

»Witzig, witzig«, grummelte Jason und schob sich auf seinem Stuhl in die Nähe einiger Aktenschränke. »Das Essen vergesse ich nie.« Er warf mir einen Apfel zu. »Den isst du gefälligst, bevor du zu deiner Schwester gehst.«

Ich gehorchte artig und erkundigte mich nach Gretas Befinden. Immer wenn meine Gedanken zu ihr abschweiften, fühlte ich mich schuldig. Es war nicht richtig, dass dieser Ort mir zu einer Art Wahlheimat geworden war, während sie ihre Tage in diesem Loch fristen musste.

»Ganz gut, denke ich«, antwortete mir der Computerspezialist. »Cornelius war heute Morgen mit ihr draußen.«

Ich verschluckte mich fast an meinem Apfel. »Wie bitte? Das hat er vorhin gar nicht erwähnt. War das mit Marek abgesprochen?«

Jason nickte, war aber im Grunde wieder vollkommen mit dem beschäftigt, was auf dem Bildschirm flackerte. »Natürlich. Es hat ihr gutgetan. Hat wieder ein bisschen Farbe im Gesicht.«

Ich überlegte einen Moment. »Hat sie irgendetwas gesagt?« Als Jason nur den Kopf schüttelte, erhob ich mich und warf den Rest meines Apfels in den Müll. »Dann gehe ich jetzt rein.«

Jason drückte auf ein paar Knöpfe und ehe eine Minute vergangen war, befand ich mich in der Zelle meiner Schwester. Bedächtig setzte ich mich zu ihr auf das Bett. »Wie geht es dir?«, fragte ich, erwartete aber keine wirkliche Antwort.

Zu meiner Überraschung erhielt ich jedoch eine. »Willst du sehen, ob es etwas gebracht hat, dass Cornelius mich ausgeführt hat?«

Sie zog wieder ihre Beine mit auf das Bett und stützte ihren Kopf auf die Knie. Eine Geste, die ich von ihr allmählich satthatte. Sie war nicht diese zurückgezogene, melancholische Person. Ich musste mich nur daran erinnern, wie sie als Professor Feyrsinger aufgetreten war.

»Du weißt ganz genau, dass ich jeden Tag komme, und bis eben habe ich gar nicht gewusst, dass Cornelius mit dir … spazieren war.«

Sie reagierte nicht und die Wut schoss in mir hoch. Ich wusste nicht, warum dies nicht in den letzten Tagen geschehen war. Was sie dazu bewogen hatte, so plötzlich aus mir herauszubrechen, aber es geschah in diesem Moment.

»Verdammt, hör endlich auf, das bockige Kind zu spielen. Ich habe genug davon«, fuhr ich sie an und stand auf. »Du hast uns etwas verschwiegen und du tust es immer noch. Vielleicht hast du nicht das Gefühl, uns hintergangen oder verraten zu haben, aber indem du hier sitzt und nichts sagst, gefährdest du das Leben von Amalia und Leo nur noch mehr!«

Ein kalter Blick ihrerseits traf mich. »Untersteh dich«, zischte sie und versuchte, mich in die Position der kleinen Schwester zu drängen. »Wage es ja nicht, mir vorzuwerfen, ich würde ihr Leben riskieren. Wäre das, was ich weiß, relevant, würde ich sofort den Mund aufmachen.«

Ich lachte höhnisch und irgendwie boshaft. »Ja, wirklich?« Meine Worte klangen kaum nach mir. »Du hast doch nicht mehr alle Sinne beisammen!«, schrie ich vollkommen außer mir. »Du bist ein korrumpiertes, emotionsloses Nichts, nicht mehr meine Schwester. Und«, fügte ich jetzt ein bisschen leiser hinzu, »ganz sicher auch nicht mehr ihre.«

Mit einer fließenden Bewegung holte ich das Foto unserer Familie aus meiner Hosentasche, das ich schon seit meinem ersten Tag hier mit mir herumschleppte, und warf es ihr vor die Füße, dann signalisierte ich Jason, den ich nicht sehen konnte, dass ich hinauswollte. Es brauchte nur wenige Sekunden, dann war die Barriere zwischen uns wieder errichtet. Zitternd stand ich im Kontrollraum.

»Nell«, hörte ich da Cornelius und ich wagte es nicht, in seine Richtung zu sehen.

»Ich kann das nicht mehr«, verteidigte ich mich. »Ich habe genug von ihrem Starrsinn. Mit jedem Tag wird sie mehr zu der Verräterin, die wir nicht in ihr sehen wollten, ich …«

»Nell!« Die Dringlichkeit, mit der er mir das Wort abschnitt, ließ mich endlich aufsehen und ich traute meine Augen nicht.

Nicht nur mein Bruder hatte meinen Kontrollverlust und Ausbruch von Gefühlen mitbekommen. Um uns herum waren Marek, Aidan und Faye versammelt. Und jemand, von dem ich nicht geglaubt hatte, dass ich ihn jemals wiedersehen würde.

Direkt vor mir stand der einzige weitere abtrünnige Naturmagier, den ich kannte. Nathaniel de Andrade.

Kapitel 29

« NARBEN UND VERSPRECHEN »

»Was machst du denn hier?«, fauchte ich. »Lassen sie jetzt jeden dahergelaufenen Naturmagier hier herein?«

»Nicht wirklich«, kommentierte de Andrade in der gleichgültigen Art, die ich schon von ihm kannte.

»Ich dachte, dieser Ort hier sei geheim«, zischte ich mit einem ziemlich tadelnden Blick in Aidans Richtung.

Marek räusperte sich und wirkte auf einmal leicht verlegen. »Ist er auch. Nur ist es so, Nathan gehört zur Familie … Er ist mein Cousin.«

Darauf fiel mir jetzt erst einmal gar nichts mehr ein. Natürlich. Chaosmagie war eine Laune der Natur – wenn das vielleicht auch eine leicht paradoxe Formulierung war – und nicht erblich, aber dass jemand, in diesem Fall Marek, eigentlich von Naturmagiern abstammte und zugleich chaosmagisch war, überraschte mich nun doch.

»Bist du deshalb zum Abtrünnigen geworden?«, fragte ich rundheraus, doch de Andrade verzog keine Miene.

»Es ist nicht einfach, einer Gemeinschaft anzugehören, die deiner eigenen Familie ans Leder will.«

Mein Gesicht musste vollkommen leer erscheinen, als ich ihn ansah, denn ich konnte keinen wirklichen Gedanken mehr fassen. De Andrade war ein Buch mit sieben Siegeln für mich.

»Ich verstehe es immer noch nicht ganz. Was will er *hier?*«

Ich hätte nicht vergessen dürfen, dass Nathan de Andrade sich nicht übergehen ließ. *Vergessen? Als wüsstest du überhaupt, was in dem Kerl vor sich geht!* Meinen inneren Streit nicht bemerkend, räusperte er sich.

»Sie hüllt sich in Schweigen, ja? Das sollten wir ändern.«

Ich funkelte ihn wütend an. »Rede nicht so von ihr.«

Er hob eine Augenbraue. »Und wie bitte rede ich von ihr?«

»Als wäre sie irgendein störrisches Kind, das man nur geschickt manipulieren muss, damit es das tut, was man will. Du kennst sie doch gar nicht.«

Er wartete einen Moment und beäugte mich, als würde er abschätzen, ob ich überhaupt eine Antwort wert war. »Hast du nicht vor ein paar Minuten genau das Gleiche über sie gesagt? Sogar direkt in ihr Gesicht?«

»Hey«, mischte sich da Aidan ein. »Lass die Spielchen, de Andrade. Sag ihr, warum du hier bist.« In diesem Augenblick hätte ich gern nach seiner Hand gegriffen, um mich stillschweigend zu bedanken, doch er stand natürlich zu weit weg.

Als würde er über einen Witz lachen, den nur er hören und verstehen konnte, schmunzelte de Andrade und trat vor. Während dieser Bewegung zog er ein kleines Notizbuch aus der Innentasche seines Mantels und reichte es mir. Skeptisch nahm ich es entgegen. Es war schlicht in Leder gebunden, doch in das weiche Material hatte jemand eine Vogelgestalt geprägt.

»Dein Tagebuch?«, fragte ich ihn bitter und schlug es auf, ohne zu fragen. Eine fein säuberlich eingetragene Schrift schimmerte mir in kobaltblauer Tinte entgegen.

»Nicht ganz«, antwortete er. »Es ist der persönliche Fortschrittsbericht von Sidonia Evans.«

Überrascht sah ich auf. Nie in meinem ganzen Leben würde ich diesen Namen vergessen. Den Namen der Person, die meine Schwester nach dem Tod unserer Eltern mit giftigen Worten gefüttert und innerlich zerstört hatte.

»Wie bist du daran gekommen?«

»Nell …«, versuchte Cornelius zu beschwichtigen, aber ich achtete gar nicht darauf.

»Wo zur Hölle hast du das her?«, fragte ich noch mal und de Andrades Blick ruhte für einen Moment auf mir.

»Ich habe meine Methoden. Wichtig ist nur, dass es deine Schwester dazu bringen wird, die Wahrheit zu sagen.«

Ich blätterte durch die Seiten und las still.

»*Tag 15. Das Kind zeigt sich noch immer wenig kooperativ. Es wird Zeit, es dem Einfluss seiner Geschwister gänzlich zu entziehen.*«

»Wie? Sie wird glauben, dass dieses Buch eine Fälschung ist.«

»Hast du schon vergessen, dass auch deine Schwester außerordentlich begabt ist? Sie muss das Buch nur berühren und sie …«

… wird wissen, was in Sidonia vorging, während sie diese Einträge verfasste.

»Nein«, entschied ich. »Es muss einen anderen Weg geben.«

»Helena.« Plötzlich spürte ich Aidans Hand an meiner Schulter. Ich zuckte zurück und wich von ihm fort. Entgeistert, verwirrt und enttäuscht blickte ich ihn an, obgleich ich noch nicht im Mindesten einschätzen konnte, was das alles bedeuten sollte.

»Wir haben keine Wahl«, sagte Cornelius leise. »Sie redet nicht mit uns. Wir haben ihr alle Zeit der Welt gegeben – mehr als wir haben -, weil wir noch immer versuchen, sie zu schützen. Aber das geht nicht mehr so weiter und diese Variante wäre vermutlich weniger riskant und schädlich für sie als der mentale Übergriff eines Chaosmagiers. Außerdem würde sie so *selbst* erkennen, was wahr ist. Uns wird sie nie glauben. Es ist der einzige Weg, sie wirklich erkennen zu lassen.«

Ich drehte das Buch in meinen Händen herum, genau wie meine Gedanken in meinem Kopf hin und her kreisten. »Dann würden wir dasselbe machen wie Sidonia Evans. Wir würden ihre Fähigkeiten gegen sie verwenden. Kannst du dir vorstellen, wie es ihr wehtun würde, zu erfahren, dass …«

Ich umschlang das Notizbuch und drückte es an meine Brust, um es so fern wie möglich von den anderen zu halten.

»Sie wird uns nichts verraten«, beschied Marek. »Sie hat lange genug geschwiegen und wird dieses Schweigen ganz sicher nicht einfach brechen. Man hat ihr diese krankhafte Loyalität eingeimpft.«

Das Atmen fiel mir schwer. »Wenn wir noch etwas warten …«

»Wir haben keine Zeit mehr zu warten«, fauchte Faye gereizt und stützte ihre Arme auf einen der Schreibtische. »Das hier ist kein Spiel. Das ist ein Krieg, dessen Ausmaße wir noch in keiner Weise überblicken können, und du weißt das, Helena. Du weißt es, sonst hättest du da drin eben nicht derartig reagiert.«

Während ich sie ansah, streifte mein Blick auch Jason, der sich sichtlich Mühe gab, unbeteiligt zu wirken. Ich wusste nicht, was diesem Mann geschehen war, aber er fürchtete sich, allzu involviert zu sein. War es mit mir nicht genauso? Ich vergrub mich in der sicheren Muschel, der Sicherheit dieses Waldes und der Tatsache, dass Greta schwieg und ich ohnehin nichts tun konnte. Das durfte so nicht weitergehen. Nicht, wenn ich Amalia und Leonard jemals lebend wiedersehen wollte.

»Schön«, wisperte ich und reichte Cornelius das Notizbuch. Irgendwie schaffte de Andrade es jedoch, es mir zu entwenden.

»Ich mache das.«

»Du?«, schoss es aus mir heraus. »Ich lasse dich bestimmt nicht in die Nähe meiner Schwester.«

»Vielleicht wäre es ganz gut, wenn jemand zu ihr geht, der nicht so krampfhaft versucht, sie davon zu überzeugen, dass sie schuld an dieser Situation ist«, überlegte Cornelius und ich legte die Hand auf die Stirn.

»Bist du verrückt?«, flüsterte ich, mehr zu mir selbst als zu ihm.

Achte auf deine Schwester, Helena Feyrsinger. Sie ist nicht wie du. Warum kamen mir gerade jetzt diese Worte in den Sinn? Die Worte, die de Andrade an mich gerichtet hatte, ehe er eigentlich für immer aus meinem Leben hatte verschwinden sollen. Und aus Gretas.

Achte auf deine Schwester. Und wenn er nicht gemeint hatte, dass ich sie beschützen musste? Wenn er schon gesehen hatte, was mir noch verborgen geblieben war? Dass sie ein Geheimnis hatte … *Sie ist nicht wie du.* Hatte er mehr in meiner Schwester gesehen, schon damals?

Ich sagte nichts, nickte aber und Marek gab Jason ein Zeichen, der daraufhin sofort die Zellentür entriegelte. Ich sah zu meiner Schwester, die am Boden kniete und das Foto in den Händen hielt. Sie trug keine Handschuhe. Was sah sie, was fühlte sie in diesem Moment? Ihre Augen waren starr gegen eine der festen Zellenwände gerichtet. Dieser Anblick brach mir beinahe das Herz.

Als de Andrade eintrat, schloss sich die durchsichtige Barriere und schirmte mich ab, auch wenn ich noch genau sehen konnte, was vor sich ging. Ich hatte meine Schwester einem vollkommen Fremden ausgeliefert. Cornelius legte einen Arm um mich und drückte mich aufmunternd an sich, ehe er seine Konzentration wieder auf das Innere der Zelle richtete.

Greta hob den Kopf erst spät. Als sie de Andrade erblickte, lächelte sie. Sie lächelte! Ein leicht verzweifeltes, trauriges Lächeln. Endlich zeigte sie wieder eine Emotion. »Was willst du hier?«

»Dir die Wahrheit zeigen, *menina*«, erwiderte er leise und kniete sich vor sie hin. Ich konnte seine Miene nicht sehen, da er uns den Rücken zuwandte, aber in den Augen meiner Schwester sah ich etwas, das ich für sie lange verloren geglaubt hatte. Etwas wie Hoffnung.

»Das haben die anderen auch schon versucht«, brachte sie fast flehend hervor.

De Andrade legte das Notizbuch zwischen sie beide auf den Boden. »Aber sie wissen nicht, was dazu nötig ist. Sie wissen nicht, was du brauchst, um dich endlich zu befreien.«

Meine Schwester starrte unbeteiligt, fast leblos auf das Büchlein, auf das Nathaniel de Andrade noch immer seine Finger drückte. »Woraus zu befreien?«

»Aus dieser Dunkelheit, der Angst, der Ungewissheit.« Was tat dieser Mann da? Wie konnte ein so kalter, gleichgültiger Mensch mit einem Mal so einfühlsam wirken? »Hier ist, was du brauchst, Greta.«

»Was brauche ich denn?« Bildete ich mir das ein oder war ihre Stimme plötzlich verändert? Fester, mutiger.

»Beweise.«

Gretas Blick wurde weicher, ihre Augen leuchteten kurz auf und schienen nur diesen Mann zu sehen, der ihr mehr zu helfen schien als jeder der Besuche von Cornelius oder mir. All das wusste sie recht gut hinter ihrer Maske aus Eis zu verbergen, aber ich sah es dennoch.

»Darf ich?«, fragte sie und streckte ihre Hand nach dem kleinen Büchlein aus, zog sie dann jedoch wieder zurück.

»Wenn du dir nicht sicher bist, kannst du es gleich lassen. Entweder reißt du dich jetzt zusammen oder du löst dich endlich in deinem Selbstmitleid auf. *So* können deine Geschwister dich nicht gebrauchen.«

Meine Hände ballten sich wütend zu Fäusten. Herrgott, der Kerl machte alles wieder zunichte, er …

Greta seufzte. »Ich war mir in den letzten Monaten nicht mehr sicher, Nathaniel«, benutzte sie seinen Namen so unbeschwert wie er vorhin noch den ihren, und mir traten bei diesem Geständnis die Tränen in die Augen. »Ich bin mir nicht einmal mehr sicher, wer ich überhaupt bin, was ich mache, was ich verweigere. Da ist nur dieser Schmerz. Aber ich bin mir sicher, dass ich mich endlich aus diesem Zustand befreien muss.«

»Dann nimm«, unterbrach er sie und schob ihr Sidonia Evans' Notizbuch hin. Ich hätte geglaubt, sie würde erneut zögern, es zu berühren. Der Schmerz, den sie durchlebt hatte, den ich ihr auf den Videos hatte ansehen können, war in meiner Erinnerung noch zu allgegenwärtig. Meine Schwester überraschte mich. Ohne groß zu überlegen, nahm sie das Büchlein in ihre Hände und erstarrte.

Die Veränderung in ihrem Körper begann langsam. Erst zitterten die Hände, die auf ihrem Schoß das Notizbuch umklammerten, dann ihre Arme, ihre Schultern. Die Augen, die sie geschlossen hatte, sobald sie den ledernden Einband berührt hatte, krampften sich zusammen, sie biss sich auf die Lippen und … Obwohl ich so weit fort war und ich ihre Stimmen nur über die Sprechanlage hatte vernehmen können, hörte ich, wie ihr ein Wimmern entschlüpfte.

»Greta«, flüsterte ich entsetzt und auch Cornelius neben mir hielt seine Arme gegen seinen Oberkörper gepresst, als würde er nicht ertragen, was er sah.

Gretas Oberkörper schwankte und die Tränen liefen ihr deutlich sichtbar über die Wangen, dann riss sie die Augen auf. Selbst von hier konnte ich die Erschütterung in dem wässrigen Blau ihrer Iriden sehen. Erschütterung, aber ebenso Erleichterung. Für einen Moment senkte sie den Kopf und ihr geflochtenes Haar fiel ihr über die Schulter, dann öffnete sie das Buch und las.

Es verging eine ganze Weile. Eine Weile, die nur von wenigen Geräuschen bestimmt war. Das Rascheln des Papiers, jeder einzelnen Seite, die Greta berührte und sanft umblätterte, ihr leises Ein- und Ausatmen. Selbst die Stille de Andrades hatte eine ganz eigene Melodie, die die Welt zwischen ihm und meiner Schwester erfüllte. Er saß ruhig, fast regungslos da. Obgleich er wissen musste, dass er von uns in jeder Sekunde beobachtet wurde, ließ er Greta nicht aus den Augen. Nicht, als sie lautlos las, nicht, als sie für einen Moment das Buch zuklappte und versuchte, ihren Atem zu beruhigen, der ihr plötzlich viel zu stockend entwich.

Es verging eine ganze Weile, dann gab sie de Andrade das Buch zurück.

»Ich danke dir.« Ihre Stimme war so leise und zerbrechlich, gleichzeitig jedoch so viel mutiger als die vorherigen Tage.

Ohne ein Wort nahm de Andrade das Notizbuch entgegen, erhob sich und verließ die Zelle.

Der Moment war vorbei.

De Andrade reichte Sidonias Schrift der Grausamkeit seinem Cousin und wandte sich zum Gehen. »Ich habe dafür keine Verwendung mehr. Viel Glück bei der Suche.«

»Nathan«, rief Marek ihm nach. »Bleib noch, bis ich mit dir unter vier Augen reden konnte. Bitte.«

De Andrade nickte nur und verschwand. Auf ein Zeichen von Aidan hin folgten er und Faye ihm nach. Marek und Jason schienen sich in die Schatten des Kontrollraums zurückzuziehen. Erst da wurde mir klar, dass Jason die Zelle noch nicht wieder verriegelt hatte. Unsicher, was wir nun tun sollten, sah ich zu Cornelius. Er lächelte ein wenig mutiger und trat einige Schritte vor. Ebenso wie ich.

Greta sah uns mit einer Miene tausender Emotionen an. So schnell sie konnte, stemmte sie sich in die Höhe und wandte sich von uns ab. »Ich … Ich kann jetzt nicht mit euch reden. Es tut mir leid.«

Sie klang so verzweifelt und hilflos, dass ich direkt zu ihr eilen wollte, aber sie drehte sich halb zu mir um und hob eine Hand. »Bitte. Ich brauche einen Moment, aber ich werde euch sagen, was ihr wissen müsst. Alles, was ich weiß.«

»Gretchen«, begann Cornelius.

»Bitte«, stieß sie flehend hervor und ich sah in Cornelius' Augen denselben Schmerz, den ich fühlte. Ich wandte mich von beiden ab und floh.

Ich rannte. Rannte fort von dem Schmerz meiner Schwester. Von all dem fort. Ich wusste nicht wohin, aber die Magie begleitete mich. Ich fühlte sie, ließ mich von ihr leiten und riss sie mit mir. All die widerstreitenden Gefühle in meinem Inneren kämpften ihren Kampf auch außerhalb meiner selbst. Überall um mich herum waren Bäume. Ich stolperte über eine ihrer tief reichenden Wurzeln und wäre beinahe gestürzt.

Die Welt war plötzlich zu einer vollkommen dunklen geworden und während ich meinen vor Anstrengung fast zerberstenden Körper immer weitertrieb, schlugen Blitze über die schwarze Leinwand des Himmels.

Die ersten Tropfen des Regens brannten kalt auf meiner Haut. Abrupt blieb ich stehen, streckte die Arme weit von mir und begann, mich im Kreis zu drehen, der Wind folgte meinen Bewegungen. Wassermassen stürzten auf mich herab und ich genoss, wie sie schlagartig meine Kleidung durchweichten. Ich formte meine Hände zu einem Kelch und über mir veränderte sich der Lauf des Regens, er fiel nicht mehr zur Erde hinab, sondern verharrte in der Luft.

Jedes einzelne Wassermolekül gesellte sich direkt über mir zu den seinigen, bis sich ein See zwischen mir und dem Himmel geschoben hatte. Wimmernd gab ich dem Impuls nach und schmetterte die Wassermassen von mir, wo sie an einem Baum zerschellten und an seinem Fuß einen kleinen Krater in die Erde bohrten.

Kraftlos schlang ich mir die Arme um den Oberköper und sank auf die Knie. Meine Finger bohrten sich in den Matsch um mich herum und die Feuchtigkeit war an jeder Stelle durch den Stoff meiner Kleidung gedrungen. So verharrte ich eine Weile schwer atmend und einsam, ehe ich Schritte hinter mir hörte.

»Gerade habe ich für einen Moment gedacht, die Welt würde untergehen«, ließ Aidan mich wissen und ich lächelte erschöpft, bevor mir eine erschreckende Erkenntnis kam.

»Habe ich jemanden verletzt? Ich habe so viel Magie zu mir gezogen, ich …« Ich hätte so leicht einem der zahlreichen Chaosmagier seine Lebensenergie rauben können, einem Kind. Ich hatte einfach nicht darauf geachtet, was ich tat. Aidan zerstreute meine Ängste schnell.

»Alles in Ordnung. Ich habe dafür gesorgt, dass du dich nur an meiner Magie bedienst.« Er legte mir eine Decke um die Schultern und sie begann sich bereits vollzusaugen. Der Regen, den ich heraufbeschworen hatte, prasselte aber nicht mehr auf mich herab. Irritiert sah ich hinauf und erkannte, dass die Wassertropfen über mir in einem Halbkreis entlangliefen.

Dann wurde ich mir Aidans Worte gewahr. Er hatte sich als Energiequelle zur Verfügung gestellt und hielt nun darüber hinaus noch immer magisch den Regen zurück. Diese Aufgabe nahm ich ihm ab und ich spürte, wie er mir ein wenig magische Unterstützung zukommen ließ. Vielleicht hatte irgendein innerer Plan dies einmal so vorhergesehen. Diese Einheit.

»Lass uns zurückgehen«, schlug ich leise vor und atmete tief ein, während ich die Decke enger um meine Schultern zog. Ich hatte keine Kraft mehr, die Kälte abzuhalten.

»Geht es dir gut?«

Ich lächelte traurig und nickte. »Ich bin nur erschöpft und … Wann sind wir so geworden, Aidan?«, fragte ich. »So hat es nicht sein sollen. Greta sollte zwischen all ihren Büchern sitzen, Leonard seine Ausbildung machen, ich die meine. Cornelius und Jenna …« Schnell überging ich das Thema. »Amalia hätte … Was weiß ich, ein oder zwei Kinder bekommen. Das kannst du dir vielleicht nicht vorstellen, aber ich habe sie immer mit Kindern gesehen. Wann ist alles so furchtbar geworden?«

Ich spürte seine Hand auf meinem Rücken und lehnte mich wie selbstverständlich an ihn. »Was nützt es dir, wenn ich dir sage, wann alles aus der Bahn gelaufen ist?«

»Weißt du es denn?«, murmelte ich im Gehen an seine Schulter und er lachte.

»Nein, ich glaube nicht.«

Ich grinste. »Ich habe das Gefühl, dass sich nichts ändert. Alles ist in sich zusammengebrochen und steht jetzt still.«

Er ließ seine Finger auf meinem Kreuz kreisen. »Greta hat sich verändert.«

Ich seufzte. »Ich hätte nicht wegrennen sollen. Ich sollte bei ihr sein.«

»Cornelius ist in ihrer Nähe. Du kannst dich nicht zerteilen, Nell. Du hast in diesen wenigen Tagen ein strammes Training durchgezogen. Lass ihn eure Schwester bewachen und kümmere du dich darum, dass er sich nicht auch noch um dich sorgen muss.«

Ich stieß einen Schwall Luft aus und langsam drang die Kälte zu mir durch. »Ich habe keine Ahnung, wo wir sind«, gab ich zu und kuschelte mich noch enger an ihn.

»Gleich weißt du es«, versprach er und tatsächlich standen wir wenige Augenblicke später vor dem weißen Landhäuschen. Blue wartete dort unter dem Dachvorsprung auf uns.

»Er wollte dir hinterher, aber Faye hat ihn stattdessen hierher gebracht.«

»Sie entwickelt langsam ein wenig Einfühlungsvermögen.«

Aidan schmunzelte. »Das hatte sie schon immer. Sie hat es nur meist dafür genutzt, dass andere sich schlechter fühlen.«

So hatte ich ihn noch nie über Faye sprechen hören. Diese sanfte Kritik, die ohne Gram vorgetragen war, ließ die Freundschaft zwischen ihnen beiden noch so viel enger und wichtiger wirken. Sie kannten ihre Fehler und Schwächen ganz genau. Sie waren nicht blind für diese, aber was vielleicht noch wichtiger war, sie kannten auch jede ihrer Stärken.

»Ich verstehe es jetzt«, flüsterte ich, während Aidan mich die Treppe hinaufführte.

»Was?«, fragte er leicht verwirrt.

»Wie viel sie dir bedeutet. Ich habe vorher angenommen, es zu wissen. Sie mit meinen Geschwistern verglichen, aber ich habe es bis zu diesem Zeitpunkt nie ganz verstanden. Sie hat dich gerettet, als du ganz unten angekommen bist, und sie ist bei dir geblieben.«

Aidans Miene wurde ein wenig ernster und er öffnete die Tür zu meinem Zimmer. »Ja«, sagte er nur.

»Ich weiß jetzt, wie wichtig es ist, so jemanden in seinem Leben zu haben«, redete ich einfach weiter, als würde mein Unterbewusstsein fürchten, mein Verstand würde sich bald einschalten und die Worte verhindern. »Seit ich die Insel verlassen habe, bist du dieser Jemand für mich. Und wie so vieles verstehe ich das erst jetzt.«

Er sah mich an, auf mich herab und ich versuchte zu begreifen, was ich da gerade gesagt hatte. Ich hörte ihn meinen Namen flüstern und sein warmer Atem liebkoste die schmerzhaft spannende Haut meines Gesichts. Ich trat einen Schritt auf ihn zu und seine ganze Kraft, sein Herzschlag, sein magischer Lebensfunke schienen mich einzuhüllen wie eine sanfte Umarmung. Ich hörte das Pochen meines eigenen Herzens. So nah, dass unsere Oberkörper einander beinahe berührten, war ich ihm und doch musste ich auch diese Kluft überwinden.

Ich sah in das Sturmgrau seiner Augen. Jede Nuance schien für ein eigenes Gefühl zu stehen. Gefühle, die ich ihm kaum alle ablesen konnte. Als wäre es das einzig Richtige, was ich in diesem Moment tun konnte, legte ich ihm eine Hand auf die Wange. Meine Finger glitten leicht über die Stoppeln seines Bartes.

»Keine Geheimnisse mehr«, flüsterte ich und meine Stimme versagte mir beinahe bei diesen Worten. Fester drückte ich meine Handinnenfläche auf die Stelle seines wild hämmernden Herzens.

Aidan schüttelte so leicht den Kopf, dass jemand anderes diese Geste vielleicht für unwillkürlich gehalten hätte, ich nicht.

Das, was geschehen war und uns voneinander ferngehalten hatte, stand noch zwischen uns, wie eine Gewitterwolke zwischen der Welt und der Sonne, aber das war mir gerade gleichgültig.

Als ich die Intensität in seinen Augen aufglimmen sah, hatte er schon mein Gesicht mit beiden Händen umfasst. Er küsste mich, ehe ich mich gleichwohl dazu entscheiden konnte. Ich taumelte ein wenig zurück, doch er hielt mich und sein Atem vermischte sich mit meinem. Ich ertrank beinahe in ihm und schob mich doch näher an ihn.

Meine Arme umfingen seinen Nacken. Die Erleichterung, die mein Herz durchflutete, ließ mich alles vergessen. Die Probleme mit Greta, die Angst um meine Geschwister. Alles.

Er küsste das Zittern von meinen Lippen. Seine kalte Nasenspitze stupste gegen meine, als er begann, den Kuss zu vertiefen. Seine Hände legten sich auf meinen Rücken und ich ließ mich von ihm in die Höhe heben. Meine Beine schlangen sich wie von selbst um seinen Körper und in Windeseile trug er mich zum Bett hinter uns.

Für einen Moment unterbrachen wir den Kuss, um nach Luft zu ringen, doch ich war nicht bereit, die Nähe zu ihm aufzugeben, und berührte mit meiner Stirn den noch feuchten Ansatz seines Haares, dann tauchte ich in die Weichheit der Decken ein und zog ihn mit mir. Seine Lippen waren den meinen kaum entfernt und doch ragte er über mir auf. Schweigend betrachtete er mich. Das reichte mir nicht.

»Bleib …«, wisperte ich.

Er strich mir eine Haarsträhne aus dem Gesicht, ehe ich seinen Mund zurückeroberte und meine Hand unter sein nasses Shirt schlüpfte. Ich würde nicht bitten. Er sollte aus freien Stücken bei mir sein, nie wieder wollte ich glauben, er sei nicht mit vollem Herzen bei mir.

Ich lächelte aus einem vollkommen reinen Impuls heraus, als er mich tiefer in die Matratze drückte und küsste, sodass ich an nichts anderes mehr denken konnte als an den Sturm, der über mich gekommen war.

Meine Hand auf seinem Rücken wanderte weiter, bis ich meine zweite zu Hilfe nahm und ihm das Shirt vom Körper schälte. Im blassen Licht wirkte Aidan so unnahbar, dass ich ihm vorsichtig über die Haut strich. Sie war nicht makellos. Sie war Zeuge all dessen, was er bereits erlebt hatte.

»Ich habe dir einmal vorgeworfen, dass deine Narben nicht dein Gesicht zeichnen«, wisperte ich. »Du seist zu perfekt, als sei es dir möglich, selbst zu kontrollieren, wie man dich verletzt.«

Ich lachte über die blöden Gedanken und die unbedachten Worte, die ich aus Wut damals auf der Insel an ihn gerichtet hatte. »Ich habe vergessen, dass jede Narbe ihren Schmerz in sich trägt. Es tut mir leid«, flüsterte ich untröstlich, dann fanden seine weichen Lippen wieder die meinen.

Seine Finger fuhren über die Spuren von Samuels Messer auf meinem Kinn und meinem Hals. »Meine Narben sind Zeichen für das, was ich freiwillig gegeben habe«, hauchte er meinem Gesicht noch so nahe. »Deine sind Erinnerungen an das, was man dir gewaltsam genommen hat, Nell.«

»Es war nicht richtig, dir die Schuld dafür zu geben.«

»Vergiss das. Vergiss das alles«, wischte er meinen Gedanken fort und küsste mich wieder.

»Dann hilf mir dabei.« Irgendwann spürte ich die kalte Luft auf meiner nackten, noch immer feuchten Haut und seine Hände, die über meinen Oberschenkel glitten. »Hilf mir, mich endlich von all dem zu befreien.«

Wir begrüßten die Nacht gemeinsam. Die schiere Ewigkeit dieser Dunkelheit lebte von diesem einen Herzschlag, den ich unter meiner Wange an Aidans Brust spürte, und seiner festen Umarmung. Ab und an schloss ich die Augen, schien aber nie lange zu schlafen, denn es blieb stockfinster dort draußen, wo die Welt auf uns wartete.

»Ich konnte nicht.« Diese leisen Worte ließen mich aus diesem dämmrigen Zustand erwachen. Ich hob meinen Kopf und sah zu ihm. »Nach Jennas Tod konnte ich es nicht ertragen, in deiner Nähe zu sein. Das, was ich tat, tat ich für Faye, aber ich konnte mir selbst nicht mehr in die Augen sehen, geschweige denn mich dir stellen, wenn dir klar wurde, dass ich dich verraten habe. Ich konnte nicht mit dem leben, was zwischen uns angefangen hatte, also habe ich es weit von mir geschoben.«

Ich strich ihm über die stoppelige Wange. »Vergiss das alles«, wiederholte ich seine Worte. »Das, was wir in diesem Augenblick haben, reicht mir, Aidan. Das reicht vollkommen. Und wenn du Faye beistehen musst, rette ich mich einfach selbst«, versprach ich und lächelte. Nicht weil ich mich gezwungen dazu fühlte, sondern weil ich glücklich war. Endlich, nach so langer Zeit war mein Lächeln vollkommen von Glück durchdrungen.

Aidan strich zärtlich über meine Hüfte. Mein Herz machte einen kleinen Hüpfer. »Solange ich lebe, bin ich es, der dich rettet, Helena. Das habe ich dir doch schon gesagt.«

Ich wusste nicht, ob er wirklich genau verstand, was dieses Versprechen bedeutete, aber ich wollte es glauben.

Kapitel 30

« CHRONOS »

»Nell?«

Ich atmete tief ein und drehte mich zu ihm herum. Ich wusste nicht, wie lange ich schon wach war, doch seit einigen Augenblicken saß ich aufrecht im Bett und hatte gegen die Wand gestarrt, während Aidan neben mir noch eine kleine Weile weitergeschlafen hatte. Ich lächelte ihn über die Schulter hinweg an.

»Alles in Ordnung?«

Sein Anblick war beinahe zu schön, um wahr zu sein. Ich unterdrückte den Impuls, mich einfach wieder zurückzulegen und ihn zu küssen. Ungeachtet der Tatsache, dass ich nicht wirklich wusste, wie diese Nacht die Art unserer Beziehung verändert hatte, gab es andere Dinge, um die ich mich zu kümmern hatte.

»Ich muss zu Greta«, antwortete ich seufzend und krabbelte aus dem Bett.

Ich vermied es, ihn anzusehen, während ich mir meine Kleidung zusammensuchte. Als ich mich zu meiner Reisetasche herunterbückte, streiften meine sich rau anfühlenden Haarspitzen meine Wange und der Geruch von Regen stieg mir in die Nase.

»Soll ich mit dir kommen?«, fragte er, ebenfalls inzwischen aufgestanden.

Ich schüttelte den Kopf. »Das müssen Cornelius und ich allein machen«, murmelte ich, auch wenn ich lieber etwas anderes zur Antwort gegeben hätte.

Ohne mich noch einmal zu ihm umzudrehen, tapste ich mit einem mulmigen Gefühl in die Dusche. Als ich aus dem Badezimmer trat, hatte Aidan das Haus längst verlassen. Ich fütterte Blue und ließ die Haustür für ihn offen stehen, als ich hinaustrat, um meiner Schwester den hoffentlich letzten Besuch abzustatten. Es war gefährlich, darauf zu hoffen, Marek würde ihren Arrest aufheben, das wusste ich genau.

In der Zentrale angekommen, fiel mein erster Blick sofort auf Cornelius, der es sich auf einem der Schreibtischstühle bequem zu machen versucht hatte. Sein Kopf hing leblos über der Stuhllehne und sein Mund stand offen. Ich verkniff mir ein Grinsen und stupste leicht gegen seine Schulter.

»Hey.« Er grummelte irgendetwas Unverständliches. »Cornelius!«

Ruckartig schreckte er aus dem Schlaf hoch und sah mich halb irritiert, halb verärgert an. Er hasste es, derart unsanft geweckt zu werden. Ich sah ihm direkt an, wann er sich der Situation wieder gewahr wurde. Seine Miene wurde ernst.

Er räusperte sich. »Morgen.« Er nahm die Füße von dem zweiten Stuhl und ich setzte mich ihm gegenüber.

»Warst du schon bei ihr?«

»Nein«, antwortete er kopfschüttelnd und ließ ein gemächliches Gähnen entschlüpfen. »Sie bat mich um diese eine Nacht und da Jason anscheinend doch manchmal zu schlafen pflegt, müssen wir uns noch eine Weile gedulden.«

Ich drehte mich auf meinem Stuhl einmal im Kreis, um mich von den beunruhigenden Gedanken abzulenken. »Ich hätte nicht gedacht, dass er woanders lebt als an diesem Ort.«

»Hier zu schlafen, ist nicht wirklich komfortabel, glaub mir«, entgegnete Cornelius feixend und rieb sich über das müde Gesicht.

Seufzend verdrängte ich die Frage, ob er wirklich glaubte, dass Greta nun reinen Tisch machen würde. Ich vermied jegliche Anspielung auf sie und übte mich im Smalltalk. Blöderweise waren mein Bruder und ich darin unglaublich schlecht.

Als Jason endlich den Kontrollraum betrat, atmeten wir beide hörbar auf. »Na endlich«, rief ich aus.

Jason schien noch gar nicht richtig wach zu sein. »Es ist sechs Uhr in der Früh, Helena«, grummelte er. »Wie wäre es erst einmal mit einem *Guten Morgen?*«

»Guten Morgen.« Die Anspannung war inzwischen unerträglich. Ich sprang auf und ging auf Gretas Zellenwand zu, um sanft meine Hand darauf zu legen. »Mach auf, ja?«

»Schon gut«, brachte er nur gähnend hervor, ließ Cornelius den Platz räumen und bediente trotz seiner offensichtlichen Müdigkeit mit recht flinken Händen die Computer.

»Viel Glück«, wünschte er uns noch, ehe sich die Zellenwand aufschob.

Greta stand, uns den Rücken zugewandt, mitten in ihrer Zelle. Die Arme hielt sie eng um ihren Oberkörper geschlossen und ich sah, wie sie tief einatmete, als sie unsere Anwesenheit bemerkte. Es war fast, als hätte sie die ganze Nacht so dagestanden.

»Es tut mir leid«, wisperte sie und meine Verkrampfung löste sich schlagartig. »Es tut mir leid, dass ich euch belogen habe, und dass ich so lange in meiner eigenen Verzweiflung ausgeharrt habe.«

Ihre Stimme war tonlos und ruhig. Die Worte brachte sie so klar und sicher hervor, dass ich sofort wusste, wie wohl überlegt jedes einzelne von ihnen war.

»Ich habe mich vor dem gefürchtet, was ihr herausfinden könntet, wenn eure Untersuchungen sich auf die Chronisten richten. Welche Informationen ich euch darlegen sollte, wurde mir von ihnen vorgeschrieben. Sollten sie hinter all dem stecken, habe ich dazu beigetragen, dass sie ihre Machenschaften ungehindert ausführen konnten, ja.«

Es war seltsam, dieses Geständnis von ihr zu hören. Sie schien vielmehr sich selbst aufzeigen zu wollen, welche Konsequenzen ihr Verhalten gehabt hatte. Ich sah Cornelius aus den Augenwinkeln an und auch in seinem Blick erkannte ich, dass er verstand, was in Greta vor sich ging. Nun, ansatzweise zumindest. Was meiner Schwester wirklich angetan worden war, würde ich wohl niemals zur Gänze nachempfinden können.

Greta seufzte. »Ich habe ihnen vertraut, aber ich werde sie nicht länger schützen, auch wenn es mir schwerfällt zu glauben, dass sie Amalia und Leonard etwas angetan haben. Vielleicht lässt sich so sogar ihre Unschuld beweisen, wer weiß.«

Alles an ihr zeugte von Resignation, von einem emotionalen Niedergang. Irgendetwas in ihr hatte aufgegeben und es tat mir in der Seele weh, sie so zu sehen.

»Die Obersten der Chronisten sitzen in der Nähe von Baltimore.« Dort, wo sich das Archiv befand, das Greta leitete. »Aber sie haben einen inoffiziellen Sitz auf einer kleinen Insel vor Tasmanien.«

Wie schön. Bis vor zwei Jahren hätte ich nicht gedacht, dass meine Gemeinschaft so viele unentdeckte Inseln annektiert hatte. *Meine Gemeinschaft* … In diesem Moment schienen weder Naturmagier noch Kleriker, geschweige denn die Chronisten zu dem Teil der Gemeinschaft zu gehören, dem ich mich selbst zuordnen konnte.

»Tasmanien?«, wiederholte Cornelius langsam für sich.

»Sie ist weit abgelegen von allen Standorten der Magier und sollte als Rückzugsort dienen, sollten die Differenzen zwischen … ihnen und den anderen sich verschärfen.«

»Es gab offene Differenzen?«, fragte ich ein wenig provozierend. Wie? Wie hatte sie davon wissen und noch immer zu ihnen stehen können, nicht zu uns? Die Antwort darauf wollte ich mir nicht wirklich eingestehen, auch wenn sie schon eindeutig vor mir lag und immer wieder auftrat. »Du hast dich schon vor langer Zeit von uns abgewandt, nicht wahr?«, murmelte ich verletzt und sah auf meine Füße anstatt auf ihren geraden Rücken.

»Differenzen gibt es in der Politik immer, Nell«, flüsterte sie traurig. »Wie auch immer. Wenn wir hinter den Entführungen stecken, gibt es nur diesen einen Ort, wo die Opfer gefangen gehalten werden könnten.« *Wir* …

»Sicher?«, fragte Cornelius. Wo war die Wärme, die ich von ihm erwartet hatte? Die Erleichterung, dass Greta noch immer auf unserer Seite war? Irritiert huschte mein Blick zu ihm. »Es gibt doch sicher noch andere Möglichkeiten.«

»Ich werde euch nichts mehr verschweigen, Cornelius.« Jetzt hörte ich vergossene Tränen in ihren Worten. »Ich für meinen Teil weiß nur von einer Möglichkeit, die vollkommen sicher ist.«

»Wir … wir werden das überprüfen«, presste mein Bruder hervor. »Ich danke dir, Greta.« Er machte auf dem Absatz kehrt und gab Jason ein Signal, um die Zelle zu verlassen. »Nell?«

Ich ließ die Aufforderung erst ungehört an mir vorbeigehen, dann schüttelte ich den Kopf. »Ich komme gleich.«

»Beeil dich, wir haben keine Zeit mehr zu verschenken.«

Dann war er fort und ich blieb mit meiner Schwester allein zurück. Ich verstand seine Reaktion. Ich wusste selbst nicht, wie ich mit Greta umgehen sollte. Ein manches Mal war ich einfach nur unglaublich wütend auf sie, im nächsten Moment wollte ich sie unbedingt vor all dem beschützen. Es war schwierig, jemanden so zu lieben. Aber genau das würde uns alle auch wieder zusammenführen.

Ich machte einen Schritt auf Greta zu, verharrte dann aber an dieser Stelle.

»Er hat Angst um die beiden«, versuchte ich die Situation zu beschwichtigen.

»Ja«, stimmte Greta mir leise zu, dann schnellte ihre Hand zu ihrer Stirn. Sie schwankte. »Ja, das hat er. Und er wird mir nie verzeihen, wenn ich schuld an dem bin, was ihnen geschehen ist.«

»Du hast nichts davon mit Absicht getan«, versicherte ich ihr und endlich schaffte ich es, die Distanz zwischen uns zu überwinden. Ich legte eine Hand auf ihre Schulter. Sie ergriff sie fast sofort. »Sie haben dich manipuliert.«

»Vielleicht«, murmelte sie. »Aber irgendwann war ich von dem überzeugt, was sie mir sagten. Ich war nicht stark genug, mich zu wehren.«

»Du warst ein Kind.«

Sie schüttelte den Kopf und schluchzte leise. »Das ist keine Entschuldigung. Das ist nichts, was mich rettet. Wenn irgendjemandem etwas zugestoßen ist, werde ich mir selbst nie verzeihen.« Sie nahm ihre Hand von meiner und drehte sich zu mir um. Ich zuckte fast zusammen, als ich ihre verquollenen Augen sah. »Ich hoffe, dass ihr Amalia und Leonard findet. Nichts wünsche ich mir sehnlicher und doch …«

… und doch wollte sie den Verrat der ihren nicht verkraften müssen. Ohne weiteres Zögern schloss ich sie in die Arme. Unsicher und schwach legte sie ihre Hände auf meinen Rücken. »Ich weiß«, hauchte ich nahe ihrem Ohr. »Ich weiß ja.«

Sie schluckte so schwer, dass ich es hören konnte, und löste sich dann aus meiner Umarmung.

»Du solltest gehen. Cornelius braucht dich mehr denn je. Du bist die Einzige, die er im Moment hat«, wies sie mich an. Ihre Stimme hatte etwas an Festigkeit zurückgewonnen, doch ich glaubte nicht, dass sie bald schon frei von dieser Zerbrechlichkeit werden würde.

Ich nickte nur. »Ich werde dafür sorgen, dass man dich bald hier rauslässt«, versprach ich ihr und ging entschlossen in Richtung der anderen.

»Ich bin eine Verbrecherin, Nell. Du magst mir vergeben können, aber ich glaube kaum, dass die anderen dazu in der Lage sind.«

Ich musste ihr wenigstens diese Sicherheit geben. »Das werden sie. Du bist kein böser Mensch.«

Sie sagte lange Zeit nichts. Erst kurz bevor sich die Zellentür hinter mir wieder schloss und mich von ihr abschirmte, offenbarte sie die Gedanken, die sie gebrochen hatten: »Ich weiß nicht, was ich für ein Mensch bin.«

Ich drehte mich zu ihr herum, doch da hatte Jason ihr Gefängnis bereits verriegelt. Die Tränen zurückdrängend legte ich eine Hand auf die verspiegelte Fläche, die sich einen Moment später verdunkelte. »Ich hab dich lieb«, flüsterte ich, ohne dass sie diese Worte hören konnte, und wandte mich um.

Noch immer befanden sich nur Jason und Cornelius im Raum. Mein Bruder sah nur kurz auf, dann sah er wieder auf das, was Jason auf dem Monitor aufgerufen hatte. »Marek, Aidan und Faye wissen Bescheid. Sie werden jeden Moment hier sein.«

Ich trat zu ihnen und betrachtete die Karte von Tasmanien. »Was habt ihr herausgefunden?«

In diesem Moment traten die Chaosmagier herein und sie waren nicht allein. Leicht skeptisch schielte ich zu Nathaniel de Andrade. Seine Anwesenheit hier beunruhigte mich. Sein seltsames Verhältnis zu Greta ängstigte mich sogar.

»Immer noch hier? Ich dachte, Partnerarbeit sei nicht dein Ding.«

Er gewährte mir nur einen kurzen Blick. »Ich untersuche diesen Fall schon länger als ihr. Jetzt, wo sich der Verdacht erhärtet, dass wir dasselbe Ziel verfolgen, ist es eine Sache der Vernunft, zu bleiben.«

»Wir brauchen jede Hilfe«, beendete Marek unseren aufkeimenden Disput mit seiner tiefen, einnehmenden Stimme.

»Also schön«, hakte Jason ein. »Greta hat uns von einem Geheimquartier der Chronisten in der Nähe von Tasmanien erzählt. Eine Insel, die vermutlich ebenso abgeschirmt ist wie die wenigen Isolationsinseln der Kleriker.«

Erinnerungen keimten in mir auf. »Wie kommst du darauf?«, fragte ich schnell, um sie zu vertreiben.

»Das ist ja wohl offensichtlich. Eine Insel, die als Fluchtmöglichkeit im absoluten Notfall dient, sollte wirklich für alle geheim sein, denkst du nicht? Die Menschen mit ihrer Technik könnten diesem Vorhaben recht hinderlich sein.«

Marek runzelte die Stirn. »Die Chronisten sind nicht magisch begabt. Wie sollten sie das anstellen?«

»Sie haben es schon getan«, antwortete Cornelius ihm. »Dort, wo man Amalia entführte, stießen wir auf eine magische Barriere, von der ich mir sehr sicher bin, dass sie aus einer der Bannformeln der Kleriker gewebt wurde.«

»Genügend magisch Begabte haben sie sich ja bereits gewaltsam genommen«, grummelte Aidan. »Warum sollten sie vor den Klerikern haltgemacht haben? Vielleicht haben sich einige von ihnen auch freiwillig angeschlossen, und selbst wenn nicht … Manipulation scheint ihnen ja zu liegen.«

Jason vergrößerte den Ausschnitt auf der Karte mit ein paar Tastencodes und inmitten der blauen Fläche erschienen kleinere Inseln. »Es gibt schon noch einige verlassene Inseln in der Gegend. Die meisten davon befinden sich in Privatbesitz und laufen auf die Namen irgendwelcher internationalen Geschäftsmänner. Hinter jeder dieser Identitäten könnten sich die Chronisten verstecken. Das Problem ist aber ein anderes. Es gibt einige … nennen wir sie blinde Flecken auf der Karte.«

»Heißt das, ihre Magie kann sogar die Technik der Satelliten überwinden?«, sinnierte Faye zutiefst skeptisch und auf Jasons Lippen stahl sich ein mattes Lächeln, ehe er dem Computer wieder Befehle gab.

»Nicht direkt. Aber für ein klein wenig mehr als ein unverschämt riesiges Vermögen lassen sich diese Dinge regeln. Maschinen lassen sich manipulieren. Das hier«, erklärte er über das elektronische Piepen hinweg und wies auf einen Bereich zwischen Island und Schottland, der mit einem roten Kasten versehen und dann vergrößert wurde, »ist die Insel, auf der sie Nell festgehalten haben.«

Es war nichts zu sehen als Meer.

»Was ist das für ein Programm, mit dem du arbeitest?«

In Jasons Augen blinzelte leichte Arroganz auf, als er meinem Bruder antwortete. Eine Seite, die ich an ihm bereits kennengelernt hatte. Computertechnisch konnte ihm niemand etwas vormachen.

»Jedenfalls nicht Google Maps, wenn du meine Arbeitsweise kritisieren willst«, näselte er und blendete wieder die kleine Insel unterhalb Australiens ein.

»Ist ja gut«, wehrte Cornelius ab und hob entschuldigend die Hände. »Ich wollte nur wissen, ob sich diese blinden Flecken wieder sichtbar machen lassen.«

»Möglich, aber das wird seine Zeit dauern, und selbst wenn ich es schaffe … Ich weiß nicht, ob ich mit Sicherheit werde sagen können, wo sich die Chronisten aufhalten.«

»Und wie finden wir sie dann?«, fragte ich ein wenig verzweifelt.

Jason lehnte sich zurück und nahm die Hände von der Tastatur. »Es wäre sinnvoll, einige Magier vor Ort zu haben, die die Gegend für mich sondieren.«

Ich seufzte. »Großartig. Das hier«, begann ich und gestikulierte über die überwiegend blaue Fläche um Tasmanien herum, »ist der Indische Ozean, nicht? Das. Kann. Wochen. Dauern.«

»Na, na. Hab ein bisschen mehr Vertrauen in unsere Fähigkeiten. Ich mache meine Arbeit, so gut ich kann, und dann … «

»… ist es möglich, die magischen Schwingungen besagter Insel zu orten«, schloss Marek. »Ich schicke ein paar meiner Leute dorthin.«

»Ich werde mich ihnen anschließen, wenn du erlaubst«, meldete sich Cornelius zu Wort und ich sah vollkommen erschrocken zu ihm. Warum war ich so perplex? Hatte ich wirklich gedacht, er würde hier Däumchen drehen?

Marek nickte, ohne den Blick von der Karte zu nehmen. »Ein wenig Naturmagie schadet sicher nicht.«

»Ich komme auch mit«, warf Faye ein, doch mein Bruder schüttelte den Kopf.

»Auf gar keinen Fall«, widersprach er. »Solange die Suche noch nicht beendet ist, kann Nell ihr Training fortsetzen und dafür braucht sie dich.«

Faye verschränkte die Arme vor der Brust. »Du kannst es ihr genauso beibringen.«

»Faye. Cornelius würde sie allzu sehr schonen.« Aidans Stimme wirkte leicht entnervt. Vermutlich wusste er genau, dass seine Partnerin nur eine für sie so übliche Show abgab. Sie hatte sich längst mit dem

Gedanken abgefunden, hierzubleiben. »Wir gehen«, sagte er zu meinem Bruder. »Sie kommen nach.«

Tief in mir spielten widersprüchliche Gefühle vollkommen verrückt. Ich wollte keinen der beiden dort unten wissen, wenn ich nicht bei ihnen sein konnte, aber ich sagte nichts. *Konzentration.*

»In Ordnung«, schloss Marek. »Ich lasse einen Jet bereit machen.«

»Jetzt?«, entwischte es mir panisch und ich sah erst zu Cornelius, dann zu Aidan. Ehe mein Bruder mich harsch zurechtweisen konnte, rief ich mir die Fakten zurück ins Gedächtnis. »Ich weiß, ich weiß. Wir haben keine Zeit.«

Mein Körper fühlte sich von Grund auf einfach nur ausgemergelt an, als ich vor dem Jet stand, den Marek Aidan und Cornelius zusammen mit drei weiteren seiner Leute zur Verfügung gestellt hatte. Sie starteten von einer Lichtung hinter dem teilweise ausgehöhlten Berg, in dem ich oft mit Faye trainiert hatte. Ich konnte mir zwar nicht vorstellen, wie sie es anstellen wollten, derart steil in die Luft zu kommen, aber ich vertraute auf ihre Flugkunst.

Um Haltung ringend streichelte ich Blues Kopf. Von Weitem sah ich Cornelius, der sich seinen Weg durch die Massen von Chaosmagiern zu mir bahnte, die sich von ihren Familien verabschiedeten. Nie hätte ich gedacht, dass diese Reise einmal derart enden würde. Ich versuchte ein mutiges Lächeln, als er mich erreichte.

»Wir sehen uns bald wieder«, sagte er nur und nahm mich dann fest in die Arme. »Du kommst nach, sobald wir etwas herausgefunden haben.«

»Gut so«, nuschelte ich und drückte ihn fest. »Lange werde ich sicher nicht hier herumsitzen.«

Lachend löste er sich von mir. »Da ist es ja gut, dass Faye bei dir ist. Sie ist eine verfügbare Pilotin und wird sich ebenso wenig zurückhalten lassen.«

Ich spürte die Tränen kommen, doch sein Lachen half mir dabei, sie fortzudrängen. Es war so unbeschwert, so frei und hoffnungsfroh. Wir beide hatten diese Hoffnung. Die Hoffnung, dass unsere Suche bald ein Ende hatte, aber waren wir einmal ehrlich, resultierte sie nur aus der Tatsache, dass das hier unsere letzte Option war. Wir hatten zwar wenige Beweise, aber uns waren die Alternativen ausgegangen. Sollte sich herausstellen, dass die Chronisten unschuldig waren … Ich wollte nicht darüber nachdenken. Es war schwer genug, meinen Bruder gehen zu lassen. Unsere Familie war schon so sehr auseinandergerissen. Wir sollten zusammenbleiben.

»Hast du dich von Greta verabschiedet?«

Er nickte. »Natürlich.«

»Gut, dann …« Ich brauchte eine kurze Pause. »Dann bis bald«, stieß ich hervor, ehe er zum Jet joggte und mir zum Abschied kurz winkte.

»Ich achte auf ihn«, hörte ich da eine vertraute Stimme hinter mir und ich drehte mich mit einem Herzen schwer wie Stein zu Aidan herum.

Ohne ihm zu antworten, sah ich ihn einfach nur an. In der kurzen Zeit, die Marek ihnen noch gewährt hatte, hatte er sich das länger gewachsene Haar stutzen lassen und sich rasiert. Ich lächelte leicht, in Dutzenden Erinnerungen versunken, mein Blick merkwürdig verschleiert.

»Achte auf dich selbst. Das würde mir schon ausreichen«, murmelte ich leise und atmete tief ein, während ich einen Schritt auf ihn zu machte, die Augen gen Boden gerichtet.

»Nell«, stieß er so unbeschwert aus, dass mir fast übel wurde. »Wir ziehen nicht in den Krieg.«

»Es fühlt sich aber so an. Was ist, wenn irgendwas schiefgeht? Was ist, wenn …«

»Helena«, wiederholte er meinen vollen Namen und nahm mein Gesicht in seine Hände, zwang mich, ihn direkt anzusehen. »Das hier ist etwas Gutes, hörst du? Wir haben ein Ziel.«

Ich konnte seine gute Laune kaum ertragen. Nicht bereit, mich von seiner Berührung zu befreien, schloss ich nur kurz die Augen und konzentrierte mich auf seinen Atem, der über meine Lider strich. Das letzte Mal, als ich gewagt hatte, ihm meine Gefühle zu offenbaren, war er danach aus meinem Leben verschwunden. Ich konnte nicht glauben, dass dies wieder so sein würde. Gerade nach der letzten Nacht.

»Wehe dir, ich warte vergeblich auf einen Anruf, Aidan Gavriel«, warnte ich ihn, als ich die Augen wieder öffnete. »Ich meine es ernst.

Ich weiß, wie es ist zu warten. Ich habe das durchgestanden, bis ich diese verdammte Insel verlassen habe, und dieses Mal bin ich bereit, mich *augenblicklich* euren Anweisungen zu widersetzen.«

Ich versuchte, meine Angst totzureden. Ich konnte mich jetzt nicht von ihm verabschieden, ich … In diesem Moment ertönte hinter mir der Motor des Jet.

»Gavriel, kommst du jetzt, oder was?«, rief einer der Magier, die Marek abkommandiert hatte, die mir aber noch vollkommen fremd waren.

Aidan sah über meine Schulter hinweg zu ihm hin, ohne dabei aber die Hände von meinem Gesicht zu nehmen. Das tat er erst einige Wimpernschläge später.

»Mach keine Dummheiten«, flüsterte er noch und dann war er weg, rannte befreit und fast freudig, wie ich ihn nur selten gesehen hatte, über das Plateau und sprang in die startende Maschine.

Der Kloß in meinem Hals schnitt mir schmerzhaft in die Haut. Wie konnte es sein, dass beide Männer, die ich unter solchen Qualen verabschiedete, so euphorisch bereit waren, mich zu verlassen? Es war, als würde nur ich den Ernst der Lage erkennen.

»Da fliegen sie«, grummelte Faye plötzlich neben mir und starrte auf das Szenario sich in die Lüfte hebender stählerner Ungetüme. Vielleicht war ich nicht die Einzige, der es zusetzte, hierbleiben zu müssen. »Vollidioten«, fügte die Söldnerin noch hinzu und wandte sich dann zum Gehen.

Ich wollte bleiben, wollte ihren Aufbruch würdigen, indem ich hier stand, bis … Bis was? Bis sie anriefen?

»Hey«, riss Faye mich vollkommen aus meinen Gedanken. Ich drehte mich fragend zu ihr um. »Willst du jetzt dafür sorgen, dass deine Schwester aus dem Knast kommt, oder nicht?«

Mit einem Mal war ich wieder die Alte. Schnellen Schrittes schloss ich zu meiner Lehrerin auf und zusammen rannten wir Marek hinterher, der sich schon längst von dem Geschehen abgewandt hatte, um dem nachzugehen, was er als Oberster zu tun hatte. »Marek«, peitschte Fayes Stimme ihm hinterher. »Ich würde gern etwas mit dir besprechen.«

Mit der Hand seinen anscheinend steifen Nacken knetend, drehte er sich zu uns um. Aus seiner Miene konnte ich genau ablesen, wie ungern er uns diesen Moment gewährte. »Was gibt es?«

»Es geht um Greta«, begann ich. »Jetzt, wo sie einsichtig war, könntest du doch dafür sorgen, dass …«

Er seufzte schon inmitten meines Satzes und unterbrach mich gleich darauf. »Nein.«

»Was?«

»Das war meine Antwort. Nein«, sagte er entschieden, ohne dass ich die Frage richtig hatte stellen können, und schaute mich mit recht unnachgiebiger Härte an. »Deine Schwester wird bis auf Weiteres unter Arrest stehen.«

»Aber wieso? Sie hat ihre Verfehlungen zugegeben und bereut sie«, protestierte ich, während ich neben Marek herlief.

»Ach, tut sie das?«

»Marek«, versuchte Faye vorsichtig zu vermitteln. »Das Mädchen ist vollkommen ungefährlich.«

Der Oberste lachte. »Klar. Und was ist, wenn das auch nur wieder Theater ist und sie den Chronisten Meldung erstattet, sobald sie auf freiem Fuß ist? Oder unseren Aufenthaltsort verrät? Wenn sie das nicht schon längst getan hat.«

»Unsinn, wir haben dafür gesorgt, dass sie keinen Kontakt zu *irgendjemandem* aufnehmen konnte.« Ich begann wirklich, mich für Faye zu erwärmen. Leider konnte ich das von Marek nicht behaupten.

Ich stöhnte halb entnervt, halb frustriert. »Wenn sie es ihnen bereits verraten hat, dann ist es doch ohnehin zu spät, und jetzt würde sie das auf keinen Fall mehr tun. Ich bin mir sicher.«

Marek hielt ruckartig inne und funkelte mich wütend an. »Schön, ich bin es nicht. Ich sagte nein, und dabei bleibt es. Jeder hat für seine Verfehlungen geradezustehen und sie wird sicher keine Ausnahme bilden.«

Mit diesen Worten ließ er uns stehen. Resigniert seufzend sah ich zu Faye. »Und was machen wir jetzt?«

Sie zuckte mit den Schultern und warf mir einen mitfühlenden Blick zu. »Jetzt bleibt nur eins«, schloss sie missmutig. »Wir gehen trainieren und danach schauen wir Jason so lange bei seiner Arbeit zu, bis er zu neuen Erkenntnissen gekommen ist.«

»Wir warten«, fasste ich ihre wenig aufmunternden Worte zusammen. »Wie ich das hasse.«

Kapitel 31

« DIE POETIK DES FEINDES »

Drei Tage warten. Drei weitere Tage, in denen Jason kaum geschlafen hatte, warten. Drei Tage, in denen ich mich bis zur vollkommenen Erschöpfung geprügelt hatte, warten. Drei Tage, in denen Greta in ihrer Zelle versauerte und immer mehr zu einer leeren Hülle wurde, warten.

Ich stöhnte und lehnte mich so weit in meinem Drehstuhl zurück, bis dieser gefährlich knackte. »Das ist Folter«, brachte ich hervor und warf den tellergroßen Schaumstoffball zu Faye, die ihn prompt auffing. Die einzige Beschäftigung neben unserem oder vielmehr meinem zehrenden Training.

»Folter ist es, wenn man sich zu konzentrieren versucht und dabei die ungeduldigsten Menschen der Welt vor sich sitzen hat«, knurrte Jason ungehalten und sein Blick huschte von Monitor zu Monitor. »Habt ihr nicht irgendetwas Besseres zu tun?«

»Wir können nicht pausenlos trainieren. Wenn Nell den eigentlichen Kampf überleben soll, muss sie sich zwischendurch auch einmal ausruhen. Sonst fällt sie schon vorher tot um.«

Fayes Ansicht, nicht meine. Alles war besser als das hier. In den vergangenen Tagen hatten Cornelius und Aidan genau viermal angerufen. Jedes Mal hatten sie dieselben Neuigkeiten gehabt. Die privaten Inseln waren nichts als private Inseln. Mittlerweile waren auch sie dazu gezwungen, auf Jason zu warten, der ihnen ein neues Ziel nannte. Ich selbst hatte mit beiden kaum zehn Worte gesprochen. *Wie geht es dir? Pass auf dich auf.*

»Außerdem«, fügte die Stimme, die mir in den letzten Tagen wirklich am meisten auf den Geist ging, künstlich gedehnt hinzu, »ist es fast genauso langweilig.«

Wütend funkelte ich de Andrade an. »Du bist weder gezwungen, uns hier Gesellschaft zu leisten, noch mir beim Training zuzusehen.« Und Letzteres hatte er ausgiebig getan. Um ehrlich zu sein, hatte ich mich sehr gewundert, dass er nicht mit nach Tasmanien aufgebrochen war. Letzten Endes glaubte ich aber den Grund dafür zu kennen. Er hielt es wohl erst dann für angebracht zu handeln, wenn auch wirkliche Beweise vorlagen.

Jason knurrte. »Und ich bin gezwungen, euch alle zusammen zu ertragen?«

Daraufhin schwiegen wir wieder.

Ich begann innerlich zu zählen. *Eins. Zwei. Drei. Vier.* Ich überlegte, zu Greta in die Zelle zu gehen, aber vor wenigen Stunden noch hatte sie mich mit der Ausrede, sie wolle ein wenig schlafen, hinausgeschickt. *Fünf. Sechs. Sieben.* Ich fing den Ball auf, den Faye in meine Richtung katapultierte. *Vierundvierzig. Fünfundvierzig.* Ich rieb mir über das müde Gesicht. *Sechsund-* Nein, das war falsch. Es musste …

»Wir könnten die Zeit auch sinnvoller nutzen«, nuschelte Faye und sah mich sanft an. Eine ganz neue Geste, doch sie versetzte mich eher in Wut.

»Nein. Können wir nicht«, antwortete ich kategorisch. Faye hatte sich mehrmals angeboten, die Konvergenz, die Verbindung von meiner Natur- und ihrer Chaosmagie, zu erproben, doch ich war nicht bereit. Ich wollte nicht riskieren, von der neu erlernten Fähigkeit Gebrauch zu machen und letzten Endes jemandem zu schaden, jemanden zu töten …

»Sieh es doch einmal so. Du könntest dennoch unbewusst unsere Macht nutzen und dann wäre es doch sinnvoller, wenn du weißt, wie es funk-«

»Ich habe *Nein* gesagt. Prob doch mit de Andrade«, keifte ich zurück.

»Hab ich schon, war nicht sehr witzig.«

»Du …«

»Zum Teufel!«, fluchte Jason so laut, dass ich beinahe hintenüberfiel. Gehetzt sah ich zu ihm hinüber. Faye und de Andrade waren schon an seiner Seite.

»Was ist?«

Gerade als auch ich bei ihm angekommen war und auf die blinkenden Umrahmungen, Markierungen und Daten auf dem Kartenabschnitt von Tasmanien starrte, stieß er ungläubig die erlösenden Worte hervor: »Ich hab es geschafft.«

Ich runzelte die Stirn. Das, was da virtuell vor uns herumtanzte, war mir ein vollkommenes Rätsel. »Und was genau?«

Jason erholte sich aus seiner kurzzeitigen Entspannung und beugte sich wieder über die Tastatur.

»Siehst du diese Insel?« Er vergrößerte den Bildausschnitt und ich nickte ungeduldig, bedeutete ihm mit einer wedelnden Handbewegung, dass er sich beeilen sollte. »Sie wurde schon vor ein paar Jahrzehnten aus dem System entfernt. Ich habe nicht eine Information über sie gefunden, bis jetzt.«

Ich wollte gar nicht wissen, wo er sich reingehackt hatte, um diese Information zu kriegen.

»Und?«

»Und? Ist das dein Ernst? Diese Insel hat eine ungefähr ähnlich große Fläche wie Irland. Wer braucht bitte eine derart große Fläche, die den internationalen Regierungen und den magischen Gemeinschaften bis heute verborgen war?«

»Eine dieser Regierungen selbst?«, mutmaßte ich vorsichtig.

Jason sah mich an wie ein kleiner Hund, den man getreten hatte.

Faye zuckte mit den Achseln. »Einen Versuch ist es wert. Besser als hier herumzusitzen. Ich mache meine Maschine bereit.«

»Warte, warte«, bremste Jason sie. »Wir müssen Marek Bescheid geben und dann Aidan und … Ihr könnt nicht los, ehe wir uns sicher sind.«

Faye schnaubte. »Keine Chance. Wir fliegen noch heute runter. Jason, informier Marek. Wir brauchen noch Einsatzfähige. Helena, pack deinen Kram zusammen. Wir treffen uns bei den Trainingshallen. Dort befinden sich die zwei letzten Jets. In einer Stunde will ich abflugbereit sein.«

Und dann nahm mich ein einziger Gedanken vollkommen ein. *Es beginnt genau jetzt!*

»Es ist unglaublich!«, machte ich meiner Wut Luft, während Faye die Maschine startete. Missmutig sah ich zu, wie sie Tausende kleine Hebel betätigte und irgendwelche blinkenden Knöpfe drückte.

»Was?«, fragte sie recht abwesend. »Dass Marek uns nicht mehr Männer zur Verfügung stellt, als er entbehren kann? Oder dass er nur die Erfahrenen mit uns schickt?«

Ich sah hinter mich. Marek hatte uns zu den drei Chaosmagiern, die er mit Aidan und Cornelius gesandt hatte, noch zehn weitere zur Verfügung gestellt. Vier von ihnen befanden sich in diesem Jet, während der Rest unter der Führung de Andrades bereits den zweiten und letzten startklar machte.

»Wir sind zu wenige. Wer weiß, was uns erwartet. Es ist, als würde er ignorieren, dass das hier auch euer Kampf ist. Es sind nicht nur Naturmagier, die verschwunden sind.«

Faye seufzte. »Hör zu. Marek ist kein Unmensch. Er würde es niemals zulassen, jemanden auf Mission zu schicken, der in seinen Augen noch nicht bereit dafür ist, Nell. Er schickt seine Leute nicht in den Tod.«

»Schön«, grummelte ich nur, da ich ihre Worte kaum schlechtreden konnte. »Hoffen wir, dass er *uns* damit nicht in den Tod schickt.«

Die Söldnerin Schrägstrich Chaosmagierin lachte. »Hab doch ein wenig Vertrauen in unsere Fähigkeiten.«

Ich sah sie skeptisch aus den Augenwinkeln an, als sie die Maschine in den Himmel bugsierte. Dieses Mal würde ich die Aussicht vielleicht sogar genießen können … Wenn meine Gedanken nicht schon ganz woanders wären.

»Ich meine es ernst«, sagte Faye irgendwann, als wir stetig und gleichmäßig hochstiegen. »Du hast unglaubliche Fortschritte gemacht. Du hast jeden Tag bei uns genutzt und ich bin stolz darauf, was du in dieser kurzen Zeit gelernt hast.«

Vor Unglauben sah ich sie ganz verdutzt an. Die kalte, beinharte Faye Thomson hatte in meiner Gegenwart noch nie solche positiven Gefühle geäußert. Dass ich auch noch Objekt dieser ungewöhnlichen Emotionen war, machte die Sache noch absonderlicher. Sie musste meine Irritation gespürt haben, denn sie lachte wieder auf. »Keine Angst, ich werde ab sofort wieder unausstehlich und diabolisch sein.«

Ich musste ein klein wenig grinsen, auch wenn diese Reaktion wohl ziemlich unpassend für die Situation war. »Du scheinst dich wirklich auf das zu freuen, was kommt.«

Faye schmunzelte und warf mir einen schnellen Seitenblick zu, der irgendwie genau für das stand, was sich in den letzten Tagen zwischen uns entwickelt hatte. Eine zweckmäßige Freundschaft, die mich sicherer machte, stärker und euphorisch. Faye war mir tatsächlich irgendwie ans Herz gewachsen. Vielleicht suchte ich in ihr auch einfach nur eine Art Schwesternersatz, wo ich mich doch früher einmal immer auf Greta oder Amalia hatte verlassen können, die nun …

»Ich bin nicht gern untätig. In diesem Punkt sind wir beide uns durchaus ähnlich.«

»Wer hätte das gedacht«, witzelte ich und ließ mich dann tief einatmend in meinen Kopilotensitz sinken. »Übrigens, wäre es nicht besser, wenn nicht ich hier sitzen würde, sondern jemand, der mehr vom Fliegen versteht?«

»Der Flug dauert seine Zeit, Nell. Vielleicht sind wir sogar einen ganzen Tag unterwegs. Wenn ich müde werde, lasse ich mich schon rechtzeitig komplett ablösen.«

Ich beobachtete fasziniert, wie wir durch die Wolkendecke stießen. »Wie du meinst.«

Für eine Weile war es still. »Ich bin nicht scharf auf den Kampf«, sagte sie dann vollkommen unvermittelt und ernst. Es war nicht die Ernsthaftigkeit, die ich bereits von ihr kannte. Nicht diese neutrale bis pessimistische Haltung, die nur dazu diente, Aidan und sich vor allen Eventualitäten zu schützen. Es war eine traurige, furchtsame … Schwere. »Immer wenn ich mich von meinen Freunden zu Hause verabschiede, weiß ich, dass es möglicherweise das letzte Mal sein wird. Aber auf das Übel und all die Katastrophen zu warten, ist noch schlimmer.«

Ich nickte mit vollstem Verständnis. »Keine Panik«, sagte ich dennoch, um sie aus dieser grauen Welt zu befreien. »Wenn hier jemand sterben wird, dann bin ich das.«

Sie schnaubte amüsiert. »Wenn jemand überlebt, bist du das, Schätzchen. Es gibt zu viele, die alles dafür tun werden, dass dir nichts geschieht. Cornelius, Aidan, sollten wir deine Schwester befreien können, sie ebenfalls. Und ich«, fügte sie nach einer kleinen Pause hinzu.

Ich zog eine Augenbraue hoch. »Ach?«

Der Blick der Chaosmagierin war jetzt ganz starr auf die objektlose Welt vor uns gerichtet. »Glaubst du, ich bilde dich die ganze Zeit aus, nur damit du dann bei der nächstbesten Gelegenheit stirbst?«

»Wahrscheinlich nicht.«

»Und selbst wenn es nicht so wäre«, führte sie das Szenario dann weiter aus. »Aidan würde mir nicht verzeihen, sollte ich dich deinem Schicksal überlassen. Ich habe nur noch ihn.«

Dieses Geständnis kam überraschend. Ich wusste, wie sehr er an ihr hing, wie dankbar er ihr war, doch von ihr hätte ich nie erwartet, dass sie ein ähnliches Gefühl in meiner Gegenwart laut formulierte.

»Was ist mit deiner Familie?«, fragte ich, weil diese Frau mich in irgendeiner Weise beschäftigte und ich nicht darauf hoffen konnte, dass sie mir jemals wieder so friedfertig gegenüber sein würde.

»Als mein magisches Erbe aufkeimte, kamen Abgesandte von Mareks Vorgänger. Sie weihten mich und meine Familie in alles ein und ich entschloss mich, mit ihnen zu gehen. Ganz einfach.«

Ich seufzte. »Wie alt warst du da?«

»Sechs. Später begriff ich dann auch, dass sich meine Welt und die meiner Eltern nicht mehr vereinbaren ließen. Ich war Teil eines Geheimnisses geworden, dass unter allen Umständen bewahrt werden musste. Und … Ich fürchtete, meiner Familie könnte etwas geschehen, wenn jemand auch nur den leisesten Verdacht hegen würde, dass sie mit mir in Verbindung steht. Das war der Zeitpunkt, an dem ich aufhörte, sie zu besuchen.«

Mein Blick huschte zu ihr. »Das war sicher eine schwierige Entscheidung.«

Sie lächelte traurig. »Eigentlich nicht. Du müsstest es doch am besten wissen. Man tut alles, um diejenigen zu schützen, die man liebt.«

Alle paar Stunden wurde Faye im Cockpit abgelöst und wir legten uns in den hinteren Bereich des Jet auf fest verankerte Pritschen, um ein wenig Schlaf zu finden. Ab und an landeten wir, um den Tank aufzufüllen.

Ich wusste nicht genau, wie lange wir unterwegs waren, als ein kleines grünes Lämpchen auf Fayes Schaltapparatur blinkte. Es mussten schon mehr als vierundzwanzig Stunden gewesen sein. Die Söldnerin drückte auf einen Knopf und reichte mir ein Headset mit Mikrophon.

»Aloha, Mädels«, scholl Jasons Stimme aus den Kopfhörern und es tat so gut, sie zu hören. Seit wir unterwegs waren, erschien mir alles, was hinter uns lag, so weit entfernt, als hätte ich es nur geträumt. Als hätte diese Reise kein Ziel, keinen Grund.

»Wir müssten jetzt ganz in der Nähe sein«, überging Faye seine Begrüßung und holte auch den Technikfreak aus seiner lockeren Stimmung.

»In Ordnung«, sagte er ernst und es wurde mir ganz schwer ums Herz. »Gebt mir noch mal eure Koordinaten durch.«

Faye drückte die verschiedensten Knöpfe und wartete, bis Jason sich erneut meldete. »Alles klar. Wenn ihr den Kurs haltet, müsstet ihr es in wenigen Minuten direkt vor euch sehen. Ihr solltet das Ziel jetzt auf dem Bildschirm haben.«

Das war der Moment, in dem ich mich gezwungen sah, meiner Unwissenheit Abhilfe zu schaffen. »Was genau müssten wir vor uns sehen?«, fragte ich in das Mikrophon, sah aber nur Faye skeptisch an.«

»Das wird dir nicht gefallen«, eröffnete sie mir entschuldigend.

»Lass mich das entscheiden.«

»Wir machen uns ein genaues Bild«, erklärte Jason höchst zögerlich. »Vom Sitz der Chronisten.«

»Ah ja?«, fragte ich mit hochgezogener Augenbraue, obgleich er diese Geste nicht sehen konnte und Faye nicht einmal ihren Kopf in meine Richtung wandte. »Und das heißt im Klartext, dass wir …«

»Ja«, unterbrach mich Faye. »Wir fliegen jetzt gleich übers Krisengebiet. Das wird aufregend.«

Ich sah sie kurz an, als hätte sie ihren Verstand verloren. »Und das konntet ihr mir nicht sagen?«

Jason räusperte sich irgendwie verlegen. »Wir wollten dir deinen Flug nicht damit vermiesen, dass du dir unnötige Gedanken darüber machst, ob der Jet aus der Luft geschossen wird oder so ähnlich.«

»*Muss* ich mir Gedanken darüber machen?«, fragte ich nachdrücklich, noch nicht sicher, ob ich wirklich sauer sein sollte.

»Nicht im Geringsten.« Ich sah zu Faye, die bei diesen Worten leicht lächelte. Dann spürte ich schon die Woge der Magie, die von ihr ausging und in Sekundenschnelle in unbekannte Gefilde entsandt worden war.

»Was tust du?«

»Ich sorge dafür, dass man uns nicht bemerkt. Mach's gut, Jason«, verabschiedete sie sich noch, ehe sie die Verbindung trennte.

»Du machst uns unsichtbar?«, entflohen mir die entgeisterten Worte und ich erntete ein belustigtes Gelächter.

»Ach was. Es gibt auch Grenzen für uns Chaosmagier, musst du wissen.« Hinter mir entsandten auch Mareks Männer magische Schwingungen und ich fühlte mich mit einem Mal seltsam unbehaglich. »Ich sorge nur dafür, dass denen da unten unsere Anwesenheit verborgen bleibt.«

Ich schüttelte den Kopf ob dieser Kleinigkeit. Die Köpfe all dieser Wesen so zu manipulieren, dass sie einen riesigen Jet nicht wahrnahmen, war für mich noch viel beeindruckender als das Phänomen, unsichtbar zu werden.

»Und wenn uns doch jemand bemerkt?«

Faye grinste, als stünde dies nicht zur Debatte. »Dann sind wir weg, bevor sie etwas tun können. Wir haben keine Wahl.«

Das entsprach der Wahrheit, auch wenn ich der Sache immer noch skeptisch gegenüberstand. Mehr als skeptisch.

Als ich die Farbe allmählich aus Fayes Gesicht entweichen sah, ließ ich einen Teil meiner Kraft in sie fließen. Immerhin steuerte sie noch immer den Jet. Ich wusste nicht genau, ob das funktionierte, aber ich hatte nicht wirklich Lust, im Ozean zu versinken, der sich unter uns befinden musste.

Faye reagierte nicht auf meine magische Unterstützung, aber das hatte ich auch nicht erwartet. Es war auch nicht wirklich relevant. Wir waren ein Team. Wir hielten einander am Leben. Es war kein Platz für persönliche Abneigungen, nicht einmal für Dankbarkeit. Wir handelten aus der Notwendigkeit heraus.

Wenige Augenblicke später atmete Faye tief ein. »Da ist es.«

Ich traute meinen Augen kaum, als das Objekt unserer Suche, unser Ziel, einfach vor uns auftauchte. Mit jedem Hauch, den Faye den Jet aus dem Dunst der Wolkendecke manövrierte, wurde ein neuer Teil der grauen Welt vor uns sichtbar. Die See unter uns war von einem dunklen Schwarzblau und formte reißende Wellen, die auf einen Schatten im Berg zuschnellten.

»Unglaublich«, flüsterte ich und starrte auf die Festung, die in eine Felsenwand geschlagen war, die die Landmasse der Insel abrupt im Nichts enden ließ. Die Schaumkronen des Meeres fraßen sich wie riesige Zähne ihren Weg zu den Klippen und mit geballter Macht donnerten die Wassermassen gegen die felsige Wand und verschluckten ganze Teile der Festungsfassade. Wenige Sekunden später tauchte sie wieder auf, ehe sie von neuen Wellen umspült wurde. Reste des salzigen Meerschaums blieben an der schwarzen Steinfassade der Festung hängen wie Seepocken am Bug eines Schiffes und ließen sie alt und schmutzig wirken, jedoch nicht minder gefährlich.

»Ich würde sagen, wir haben gefunden, was wir gesucht haben. Wer sonst würde sich in so einem Gebäude aufhalten, wenn nicht der von allen gefürchtete Endgegner«, witzelte Faye.

Und ich stimmte ihr zu. Es hatte etwas Poetisches, dass unser Feind sich in diesem imposanten Gebäude verschanzte. Aber nicht nur der Feind. Auch meine Geschwister und so viele andere Magier jeder Art mussten dort drin versteckt sein.

»Es scheint nur wenige Zugänge vom Land aus zu geben«, überlegte Faye und ich blickte zu den oberen Etagen, die über das Plateau der Insel hinausragten und Türen enthielten, die vom Land aus zugänglich waren. »Ich denke mal, dass von der Burg ein Tunnelsystem ausgeht, das einen Teil der Insel durchzieht.«

Ich nickte. Ähnlich wie die versteckten Verliese, Kontroll- und Trainingsräume der Chaosmagier in Tschechien.

Wir überflogen die Insel und umrundeten das gewaltige Gebäude mehrmals. Faye betrachtete die Umgebung genau und mit vollster Konzentration. Zwischenzeitlich wies sie auf einen sehr breiten Steg, der ab und an unter den Wellen aufblitzte und vom Anwesen aus eine sehr lange Strecke ins Meer führte.

Eine Stunde später war von dem Schatten im Berg nichts mehr zu sehen. Auch das Meer lag nun ruhig und strahlend blau unter uns.

Jason gab uns neue Koordinaten durch, die uns den Aufenthaltsort der anderen anzeigten. Sicher sagte er noch mehr, doch ich hörte gar nicht zu. Die ganze Zeit über fragte ich mich nur, wie wir es verflucht noch mal schaffen sollten, in eine Festung einzudringen, die anscheinend nur vom Wasser aus für uns zugänglich war. Die einzigen Zugänge, die man vom Land aus erreichte, würden bestimmt außerordentlich gut bewacht sein.

Faye sagte ebenfalls nichts und so schwiegen wir uns an, bis der Jet sanft auf einem elfenbeinfarbenen Sandstrand landete, der von der

Welt vollkommen abgeschieden zu sein schien. Ich konnte den Anblick nicht genießen. Nicht einmal dem grünblau leuchtenden Meer konnte ich viel abgewinnen. Meine Gedanken wirbelten nur hin und her.

»Willkommen auf Tasmanien«, ließ Faye verlauten, die hinter mir aus dem Jet stieg. »Sorgt dafür, dass die Schutzkreise ordentlich gezogen sind«, wies sie die ihr unterstellten Männer und Frauen noch an, dann sandte sie ihre Magie aus, um die anderen zu finden. Ich überließ es ihr, den Weg durch den angrenzenden, scheinbar unberührten Wald zu bahnen. Sie führte uns sicher dorthin, wo Cornelius, Aidan und Nathaniel de Andrade ihre Zelte aufgeschlagen hatten.

Aidans Wut konnte ich schon von Weitem sehen. Die Magie wirbelte nur so um ihn herum, als er mit zornerfüllter Miene auf Faye zustampfte und mich dabei vollkommen ignorierte. Es war schon witzig. Früher hatten beide ihre Chaosmagie vor mir verborgen, jetzt konnte ich mir die beiden nicht mehr ohne magische Schwingungen vorstellen. Sie waren wie ein intensiverer Gesichtsausdruck.

»Wie konntest du nur ein solches Risiko eingehen?«, fauchte Aidan Faye an und ich sah nur auf die Gestalten hinter ihm. Mein Bruder, erleichtert, und de Andrade, sichtlich belustigt. Vermutlich war auch er es gewesen, der ihnen von unserem kleinen Ausflug erzählt hatte. Immerhin war er uns nicht gefolgt, sondern bereits zur Insel vorgeflogen.

»Es war wohlkalkuliert.«

Aidan schnaubte. »Wohlkalkuliert. Du kannst deinen Hals ja gerne in die Schlinge stecken, Thompson. Ich habe nichts dagegen, aber zieh nicht immer andere in deinen Scheiß mit rein.«

Ich hätte einwenden können, dass ich kein kleines Kind mehr war, aber immerhin hatte Faye mich ja wirklich nicht mitreden lassen, also beschloss ich, die beiden streiten zu lassen und stattdessen meinen Bruder mit einer wortlosen Umarmung und de Andrade mit einem Nicken zu begrüßen.

»Hätte ich sie nicht mit reingezogen, wären wir noch immer ahnungslos, und das sind wir dank mir nun nicht mehr«, verkündete Faye erst leicht erbost, dann so feierlich, als hätte sie ein Mittel gegen Krebs entdeckt. Wer hätte gedacht, dass die Söldnerin eine solche Rampensau war.

Aidan seufzte und strich sich über das Gesicht, das schon wieder ganz stoppelig war. »Na schön«, gab er schließlich nach. »Was habt ihr herausgefunden?«

Während Faye den anderen unterbreitete, was wir gesehen hatten, konnte ich nicht umhin, immer wieder zum Zelteingang zu sehen, vor dem de Andrade sich eine Zigarette angesteckt hatte. Ich war zu sehr vom Jetlag geplagt, sodass ich ohnehin nicht richtig zuhören konnte. Die anderen würden mich für strategische Pläne wohl auch nicht brauchen und so gesellte ich mich zu ihm, als Faye sich mit meinem Bruder zu streiten begann.

»Rauchen ist ungesund«, bemerkte ich beiläufig, als hätten wir keine anderen Sorgen. Nathan de Andrade ließ ein merkwürdiges Grummeln erklingen und nahm einen kräftigen Zug, anstatt mir zu antworten. »Interessiert dich nicht, was sie da austüfteln?«, fragte ich irgendwann, nachdem wir eine Zeit lang auf den dicht bewucherten Dschungel vor uns geschaut und den Geräuschen zahlreicher exotischer Vögel, die ich nie im Leben würde bestimmen können, gelauscht hatten.

»Und dich?«

Ich zuckte mit den Schultern. »Ich könnte ohnehin nicht viel dazu beitragen. Es ist wohl das Beste, wenn man mir einfach später sagt, was zu tun ist, und ich mich ansonsten nicht weiter einmische.«

Er verzog überrascht das Gesicht. »Das klingt so gar nicht nach dir.«

»Als ob du mich so gut kennen würdest.«

Natürlich hatte er recht, ich versuchte nur, ein wenig pragmatischer zu werden, und etwas anderes erschien mir gerade einfach ebenso wichtig wie die Pläne, die sich auch ohne mein Zutun entwickeln würden.

Eine Frage nistete schon seit Längerem in mir. Eine Frage, die ich ein ums andere Mal beinahe gestellt hatte, während er mir beim Training zugesehen hatte. Dass sie letzten Endes nicht über meine Lippen gekommen war, war ganz eindeutig meiner Angst zuzuschreiben. Angst davor, dieser berechnende, gefühllose Abtrünnige könnte etwas entdeckt haben, was mir einfach entgangen war. Der Flug hierher war es gewesen, der mir die Augen geöffnet hatte. Vielleicht gab es niemals wieder diese Möglichkeit. De Andrade war nicht zu durchschauen. Wer garantierte mir, dass er bei uns blieb oder sich nicht nach getaner Arbeit sofort absetzte und sich wie Nebel verflüchtigte? Wer garantierte, dass wir unser Ziel alle lebend erreichten – oder verließen?

»Du hast es gewusst, oder?«

»Was gewusst?«, fragte er gedehnt.

»Dass Greta irgendetwas mit der Sache zu tun hat.«

De Andrade sagte erst nichts, zog nur noch mal an seiner Zigarette, stieß mit aller Geduld den Rauch aus und ließ den Stummel dann zwischen seinen Fingern in Flammen aufgehen, bis von ihm nichts mehr übrig war.

»Nein.«

»Ich erinnere mich daran, was du damals zu mir gesagt hast. Ich solle auf sie achten«, drängte ich.

Er gab einen Laut von sich und wenn ich es nicht besser gewusst hätte, hätte ich geglaubt, er hätte einen Seufzer ausgestoßen. »Ich wusste, dass sie etwas verbirgt. Und dass sie daran zerbricht.«

Mit diesen Worten marschierte er plötzlich in Richtung Dschungel. »Du hast es gewusst?«, fragte ich leicht erschüttert. »Verdammt, du kennst sie doch nicht einmal.«

Wie hatte er sehen können, was mir einfach entgangen war?

Er verharrte einen Moment und wandte den Kopf leicht in meine Richtung. »Manchmal muss man nur genauer hinsehen.« Dann ließ er mich allein. Ich setzte mich auf die kühle Erde, während die Stimmen der anderen zu mir drangen, und fragte mich, warum gerade er so genau hingesehen hatte.

Kapitel 32

« STILLE WELTEN »

»*Das* ist der Plan?«, schrie ich über den Lärm der tosenden Wellen und die Motorengeräusche hinweg und versuchte, das Schaukeln des Bootes, auf dem wir uns befanden, zu ignorieren.

»Das hast du mich heute schon dreimal gefragt«, lachte Cornelius. War er denn vollkommen verrückt geworden? »Und gestern viermal.«

»Bis eben habe ich auch noch ernsthaft gedacht, dass ihr Witze macht«, wisperte ich angsterfüllt und klammerte mich an der eisernen Reling fest, um wenigstens ein bisschen Halt zu finden. Kaum hatte ich fast drei Tage lang vergeblich versucht, den Jetlag zu besiegen, da wartete die Seekrankheit auf mich.

Finster starrte ich auf das Meer hinaus, über dem die dunklen Wolkenmassen unheilvoll wie Felsbrocken hingen. Irgendwo da draußen musste der Schatten im Berg sein. Wir waren so nahe und gleich würden wir ihm noch ein ganzes Stück näher sein, in ihm verschwinden und vielleicht nie wieder zurückkehren.

»Du musst das nicht tun, Nell«, hörte ich Cornelius neben mir. Er war noch immer bei mir, noch immer besorgt um mich, noch immer bereit, mich aus alldem herauszuhalten. Hinzu kam, dass ich noch vor ihm die Sicherheit des Schiffs aufgeben und mich ins Gefecht stürzen musste. Der Plan sah für Cornelius einen Platz vor, den ich nicht einnehmen konnte. Er war um so vieles mächtiger als ich. Ich schüttelte den Kopf, noch ehe ich mir eine Antwort zurechtgelegt hatte. »Ich werde weder sie noch dich im Stich lassen. Ich hole sie da raus.«

Er nahm meine Hand und drückte sie leicht. Ich fand den Mut, die Reling loszulassen. »Nur damit du es weißt«, sagte ich noch einmal, ehe er mich zur anderen Seite des Boots führte. »Ich finde diesen Plan noch immer vollkommen verrückt.«

»Ich weiß.« Als er mich losließ, wankte ich erst, fing mich jedoch sofort wieder und fixierte die Personen, die sich an die Reling drängten und hinaus in das mittelschwere Unwetter schauten.

Mein Blick fand Aidans und ich atmete einmal tief ein, ehe ich die letzten Schritte auf ihn zu machte. Sorge zierte sein Gesicht, als er die Hand an meine Wange hob und ich für kurze Zeit die Wärme spürte, die ich an diesem Ort verloren geglaubt hatte. »Alles in Ordnung?«

Ich verfluchte die Tränen, die sich wieder an die Oberfläche kämpften. Das hier war das, was ich wollte. Mein Ziel, meine Bestimmung. Die vergangenen Tage waren die pure Hölle auf Erden gewesen. Zu wissen, dass meine Geschwister so nah waren und doch ... Cornelius, Aidan, selbst de Andrade hatten verboten, die Mission ohne vorherige Ruhephase anzutreten.

Einfach weil ich es satt hatte, mich zurückzuhalten, griff ich Aidans Hand und führte sie an meine Lippen, um einen Kuss darauf zu hauchen. Der Wind zerrte mit aller Kraft an meinem festgesteckten Haar und schien mich anzutreiben. Tief einatmend sah ich auf die ersten drei Chaosmagier, die sich dicht an die Reling stellten.

Ich sah noch kurz zu Nathaniel de Andrade, der mitsamt meinem Bruder der Einzige war, der jetzt unser aller Sicherheit garantieren würde. Er schien meine Gedanken lesen zu können, denn er verzog seine Mundwinkel zu einer Miene der Belustigung – zumindest glaubte ich das, im Grunde wirkte er noch immer wie versteinert. Ohne mich aus den Augen zu lassen, streckte er die Hand in Richtung des stürmischen Wassers aus. Mein Bruder tat es ihm nach. Alle Magie, deren Anwesenheit ich im Unterbewusstsein vernommen hatte, schoss auf sie zu wie Wasser durch ein Schleusentor und wirbelte um sie herum, als würde sie sie verschlucken wollen.

Ich ließ Aidans Hand in genau dem Moment los, als Nathan und Cornelius förmlich explodierten und die enorme Macht über das Meer schickten. Wasser spritzte in mein Gesicht und ich schützte es mit dem Arm. Als ich aufsah, lag die See vollkommen ruhig vor mir. In sich brodelnd und doch so still, als hätte das Unwetter nie existiert. Die tödlichen Wellen waren zur Ruhe gezwungen worden.

Sie plätscherten nur noch sanft gegen die Außenhülle des Bootes. Um uns herum wurde es merkwürdig still, doch in der Ferne, dem Ort, wo die Magie der beiden Naturmagier endete, sah ich, wie die Welt weiterhin tobte.

Für einen Moment hielten wir alle inne, dann sprangen die Chaosmagier kopfüber in die Fluten und tauchten erst nach einigen Augenblicken wieder auf, um gleich darauf gen Anwesen zu schwimmen. Immer wieder positionierten sich Mareks Männer und schließlich auch Faye, und sprangen.

»Nell, du bist dran«, hörte ich Cornelius' Stimme nur schwach.

Ich nickte mutlos. Das war der Plan. Und dieser Plan sah tatsächlich vor zu schwimmen, um möglichst wenig Aufsehen zu erwecken. Die Chaosmagier konnten das Boot zwar eine Zeit lang ungesehen machen, doch das Risiko, dass die Schwingungen ihrer Magie von jemandem in der Festung aufgefangen wurden, war einfach zu hoch. Wir konnten es uns nicht leisten, entdeckt zu werden, ehe nicht alle Gefangenen befreit waren, und mussten so viel Abstand wie möglich halten.

Cornelius und de Andrade würden die See ruhig halten, bis wir unser Ziel erreicht hatten. Eine unruhige See zu durchqueren, hätte uns bereits vor dem Kampf allzu sehr ausgelaugt. Geschweige denn der Versuch, das Meer zur Ruhe zu zwingen, während wir all unsere Kraft für das Vorwärtskommen benötigten.

»Ich bin bereit«, flüsterte ich Aidan zu, auch wenn ich mir eigentlich sicher war, dass er mich nicht hören konnte.

Meine Bereitschaft, diesen Plan durchzuziehen, signalisierte ich jedoch auf andere Weise. Ich nahm all meinen Mut zusammen und stellte mich dorthin, wo die Reling abrupt endete und nur ein Schritt mich von dem wütenden, zur Ruhe gezwungenen Meer und dem halbwegs sicheren Deck trennte.

Ich schloss die Augen und richtete meine Konzentration auf Cornelius und de Andrade.

»Jetzt«, schrie mein Bruder und ich dachte nicht eine Sekunde darüber nach, ehe ich die Arme in die Höhe riss und sprang. Mein Körper schnitt wie ein Pfeil durch das eiskalte Wasser. Ich spürte Aidan dicht neben mir, während ich für einen Moment von der Schwerelosigkeit umfangen wurde. Dann merkte ich, wie ich wieder Richtung Oberfläche gezogen wurde, und rief all die Magie zu mir, die de Andrade und Cornelius für mich unverbraucht gelassen hatten.

Ich ließ mich von den Wassermassen nach unten drücken, befahl alle Luft, die sich hier unten noch konzentrierte, um uns herum und schwamm. Vage registrierte ich die Körper vor mir und versuchte mich auf diese zu konzentrieren und nicht auf die Kälte, die mich lähmen wollte.

Meine Schwimmzüge wurden immer kräftiger, brachten mich immer weiter vorwärts und ich vergaß beinahe, dass es mir wenige Male möglich war, frei zu atmen. *Weiter*, sang eine fremde Stimme in mir und ich ließ mich von ihrem Drängen leiten, bis das Flüstern des Meeres mich zum Halten aufforderte. Ich spürte die stählernen Schwingungen der massiven Felswand vor mir. Ich wagte es nicht, zu nahe an sie heranzuschwimmen. Brach Cornelius' Magie, würde die Wucht des Wassers mich an dem unnachgiebigen Stein zerschellen lassen.

Stattdessen tauchte ich auf und schaute auf die Felswand, die sich in sicherem Abstand zu uns aus dem Meer emporhob und bald in Gemäuer überging. Rechts von mir erstreckte sich der breite Steg, der von dem Eingangstor hoch oben auf dem Klippenberg meterweit ins Wasser hineinreichte. Mit erschöpften und inzwischen recht ungelenken Armbewegungen näherte ich mich seinem Ende.

Allein hätte ich mich niemals dort hochhieven können. Die ersten hölzernen Streben, die man als Kletterhilfe hätte nutzen können, waren viel zu hoch angesetzt. Mareks Männer waren da wohl um einiges geschickter gewesen, denn sie warfen mir bereits von oben ein Seil zu.

Aidan angelte danach und schlang es einige Male um meinen Körper, damit ich es leichter haben würde, mich daran festzuklammern. Jetzt dankte ich den dicken Lederhandschuhen. Das grobe Seil hätte meine Hände vermutlich vollkommen zerstört. So ließ ich mich fast schon problemlos in die Höhe ziehen. Als die ersten Querstreben des Stegs für mich in Reichweite traten, kletterte ich den Rest allein hinauf. Es war Faye, die mir die Hand reichte und mich auf den Steg zog.

Für einen Moment erlaubte ich es mir, ein erleichtertes Keuchen auszustoßen und die Hände auf die Oberschenkel zu pressen. Am liebsten wäre ich jetzt zu Boden gesunken, aber dann wäre ich wohl nicht mehr aufgestanden. Dann war Aidan da. In seinem Gesicht standen so viele Botschaften, die ich nicht mehr entschlüsseln konnte.

Urplötzlich zerriss ein Schuss die Luft. Ich schrie, ohne es zu wollen, dann sackte einer der Fremden, die mir auf diese Mission gefolgt waren, leblos auf die harte Oberfläche des Wassers und wurde für immer verschluckt.

»Nein!«

Fayes Schrei durchdrang mich, mehr noch als mein eigener. »Du hältst dich an den Plan«, brüllte Aidan mir zu und dann rannte er auf diejenigen zu, die das Feuer eröffnet hatten und die mit rasanter Geschwindigkeit auf uns zustoben. Ich erlaubte es mir nicht, sie einer genaueren Betrachtung zu unterziehen. Ich wusste nicht, wer diese Leute waren, wusste nicht, wie viele uns gegenüberstanden. Das Einzige, was ich wusste, war, dass ich eine Aufgabe hatte. Mit dem Rücken zum Geschehen ließ ich mich auf die Knie fallen und griff nach dem Wesenskern des Meeres. Es wirkte aufgewühlter als zuvor. Ein eindeutiges Zeichen dafür, dass Cornelius und de Andrade die Kraft ausging.

Noch ein Schuss erklang. Ich spürte das die Luft durchschneidende Stück Eisen auf mich zuschnellen, doch es erreichte mich nicht. Noch vor mir löste es sich in Luft auf. Eine Barriere! Es musste Aidan sein, der mich schützte. Gott, er brauchte meine Hilfe und zwar sofort.

Ich suchte nach der Magie meines Bruders und fand sie rasch. Ich zupfte und stupste, bis sie sich zurückzog. Es war meine Art, ihm zu zeigen, dass er kommen konnte. Dass ich für seine Sicherheit sorgen würde. Ich wartete darauf, dass er und de Andrade ins Meer tauchten. Unsere magischen Schwingungen waren einander so nahe, dass ich es ganz genau spüren würde, doch … Er tat es nicht. Hinter mir hörte ich Aidan Fayes Namen schreien. *Ich darf die Konzentration nicht verlieren! Nicht …*

»Nell!«

Mein Kopf wirbelte herum. Mit aller Kraft entzogen sich die Wellen meiner Kontrolle und ich entging dem Schlag meines Gegners nur knapp. Aus einem selbsterhaltenden Impuls heraus ließ ich eine Woge geballter Luft auf ihn los und sprang auf. Ehe er sich fangen konnte, schlug ich ihm die Pistole aus der Hand, dann riss ich meine Schattenklaue aus der Schlaufe an meiner Hüfte und stieß sie mit aller Wucht in seine Brust. Ich sah das Licht in seinen Augen erlöschen.

Die Welt um mich herum rückte in weite Ferne. Ich hörte das Rauschen des Meeres. Ich taumelte, starrte auf meine Hände, an denen das Blut des Fremden klebte. Es lastete so schwer auf meiner Haut, als würden Gewichte an meinen Fingern hängen, die mich hinunterzogen. Alles wurde so viel langsamer und Tränen pressten sich ungewollt in meine Augen. Es schmerzte. Alles schmerzte.

Du hast getötet. Das Rauschen wurde lauter. *Du hast einen Menschen getötet.*

Das Erste, was ich wieder spürte, war das unkontrollierte Zittern, das meinen Körper ergriff. Es war ein Zittern der Schwäche, rührte nicht daher, dass ich klitschnass war.

Wir waren den Plan oft genug durchgegangen. Von vornherein war uns klar gewesen, dass die Festung nicht vom Land aus einzunehmen war. Uns in vollkommener Sicherheit wiegend hatten wir uns darauf verlassen, dass de Andrade und Cornelius die Wut des Meeres würden kontrollieren können. Sie hatten daran geglaubt, dass ich es schaffen würde, das Meer für diese letzten Momente so zu beruhigen, dass sie mit dem letzten Schwung nachkommen könnten. Niemand hatte damit gerechnet, dass man unsere Anwesenheit so schnell entdecken würde. Vielleicht hatte auch niemand daran denken *wollen,* schließlich war dies hier unser einziger Plan gewesen.

Dieser war grandios gescheitert. Es fehlten noch einige Chaosmagier. Nathaniel de Andrade. Cornelius.

Cornelius. Ich kehrte mit einem Ruck, der meinen gesamten Körper erschütterte, zurück in die Realität. Schwärze breitete sich in meinem Kopf aus, blendete alles aus, was meinen Geist niederringen wollte. Ich dachte nichts mehr. Nur an das, was ich zu tun hatte.

So schnell ich konnte, versuchte ich wieder Kontrolle über die tosenden Wassermassen zu erlangen, dann riss mich Aidan zurück. Ich prallte hart gegen seinen Oberkörper. »Wir können nicht hierbleiben.«

Vollkommen schockiert sah ich ihn an. »Cornelius«, war das Einzige, was ich herausbrachte.

»Wir haben keine Wahl. Wenn jemand Alarm geschlagen hat, schicken sie bald mehr hierher und wir haben unsere Chance vertan, hineinzugelangen.«

Panik stieg in mir auf. Ich konnte nicht zulassen, dass unser Vorhaben schon nach wenigen Augenblicken beendet sein sollte. »Dann geht«, brachte ich heraus. »Ich sorge dafür, dass …«

Aidan schüttelte ruckartig den Kopf und zog mich den Steg entlang. »Es gibt niemanden, den ich hierlassen kann, damit er dir Rückendeckung gibt. Wir haben nur diese eine Chance. Wir brauchen da drin jeden Magischen. Dein Bruder hat de Andrade und fünf weitere Chaosmagier bei sich. Sie müssen einen anderen Weg finden.«

»Aber der Plan.«

»Der Plan ist hinfällig, Nell. Kümmert euch um die Toten«, wies er die Männer an und ich konnte nur flüchtig beobachten, wie Mareks Männer sich neben die Leichen knieten und sie mit der ganzen Handfläche berührten. Binnen weniger Sekunden schienen sich die Körper in sich schnell verflüchtigenden Kristallstaub zu verwandeln. Es dauerte nicht lange, dann waren unsere Spuren verwischt.

Faye, deren Schläfe bereits ein leicht blutender Kratzer zierte, schob die Flügeltüren des Anwesens noch weiter auf und wir verschafften uns Zutritt. Hinter mir hörte ich die Schritte der Chaosmagier an den Felswänden widerhallen wie in einer Kirche. Und in der Tat glich der Anblick, der sich uns bot, einem fast schon sakralen Bau.

Das eigentliche Gebäude begann erst einige Etagen über uns. Die Flügeltüren hatten uns direkt in den ausgehöhlten Berg geführt. Dieser war jedoch um einiges eindrucksvoller konstruiert als alles, was ich im Dorf der Chaosmagier kennengelernt hatte. Die Decke war nicht durch hässliche, aber pragmatische Stützbalken gesichert, der unebene Boden nicht durch nachträglich montierte Geländer ausgeglichen. Lediglich einige wenige kunstvoll verzierte Steinbögen stützten das obere Gestein, von dem aus sich Dutzende Stalaktite gen Boden streckten. Das wenige Licht, das von den Torbögen ausging, ließ die Decke der tropfsteinernen Höhle bläulich schimmern. Es sah … magisch aus.

In diesem Augenblick schlug mir jemand seine Hand auf die nasse Schulter. Ich zuckte zurück, dann schaute ich zu Duncan, einen der erfahrensten Männer Mareks. Er reichte mir Aidans Schattenklaue, mit der ich mich vor wenigen Sekunden noch verteidigt hatte.

Ich habe einen Mann getötet!

Ich musste mich zusammenreißen, damit mir nicht schlecht wurde.

»Faye hat dich gut unterrichtet, Kleines.«

Ich lächelte schwach, da brummte Aidan. Er gab den Männern ein Zeichen und sie entrollten eine Plane, in der sie weitere Waffen vor dem Wasser hatten schützen wollen.

Ich konzentrierte die Wärme in mir. Es würde nicht viel an meinem bebenden Körper ändern, aber wenigstens würden meine Klamotten so schneller trocknen.

»Das nächste Mal«, begann Aidan harsch, »schießt du. Du kannst es dir nicht leisten, deine Waffe noch einmal so leichtfertig zu verlieren. Die wirst du noch brauchen, wenn man dich in die Enge gedrängt hat.«

Ich nickte nur, als Duncan auflachte. »Aber gut getroffen hat sie, das muss ich ihr lassen.«

Wie konnte er so locker sein, wenn einer seiner Mitstreiter dort draußen im Meer trieb! Zu keinem Zeitpunkt hätte mir klarer werden können, dass diese Männer für solche Situationen ausgebildet waren. Ganz im Gegensatz zu mir. Schon der Tod dieses Fremden ging mir so sehr unter die Haut, dass ich fürchtete, mich nicht mehr bewegen zu können. Man hatte meine Magie und Nahkampfkompetenzen so gut es ging geschult, aber auf das hier hatte man mich nicht vorbereitet.

»Weiter jetzt«, ließ Aidan Duncans Worte unkommentiert. »Es waren noch keine Magier dabei, was wohl heißt, dass euer kleiner Rundflug unbemerkt geblieben ist. Man hätte uns schon mit deutlich mehr entgegentreten können.«

Deutlich mehr? Wir hatten bereits einen Mann verloren und waren momentan nur noch dreizehn. Wie sollten so wenige Leute eine ganze Festung untergraben und unbestimmt viele Gefangene befreien?

Ich spürte Aidans Hand auf meinem Rücken und ließ mich von ihm hinter den anderen herschieben. Erst jetzt wurde mir bewusst, wie kalt es innerhalb dieses Gemäuers war. Kalt und feucht. Ich unterdrückte ein Husten und stieß nur einen Schwall sichtbar gewordener Luft aus.

Als die Wege sich allzu oft gabelten, trafen Aidan und Faye eine Entscheidung. Wir teilten uns auf. Innerlich krampfte sich mein Herz zusammen, als die Söldnerin, die mir so ganz plötzlich zur Freundin geworden war, sich ein letztes Mal umdrehte und mit vier der Chaosmagier im Dunkeln verschwand.

»Wir haben keine Zeit zu verlieren. Diese Gänge sind wie ein verdammtes Labyrinth«, murmelte Aidan. »Achtet auf jedes Lebenszeichen.«

Die Chaosmagier streckten ihre magischen Fühler aus und ich konzentrierte mich auf ihren Energiehaushalt, den ich ein ums andere Mal mit einigen Schwingungen verstärkte. Ich selbst wagte es nicht, meinen Geist schweifen zu lassen, aus Angst, auf etwas zu stoßen, das ich nicht erwartete.

Nervös huschte ich hinter den anderen her. Wir waren Schatten im Schatten selbst und irgendwann hatte ich vollends die Orientierung verloren. Die Gänge wurden mit jedem Schritt dunkler und so beleuchtete bald eine von Duncan heraufbeschworene blaue Lichtkugel unseren Weg, die er sofort erlöschen ließ, sobald wir fremde Energien wahrnahmen. Es schien, als sei das Unmögliche geschehen und unser Eindringen war trotz des ersten Angriffs längerfristig unbemerkt geblieben.

Gerade als ich diesen Gedanken zu meinem Herzen hatte dringen lassen, hob Tatiana, eine kernige Chaosmagierin mit lockigem mittelblondem Haar, mahnend die Hand. Wir erstarrten, das Licht erstarb unter Duncans Befehl und ich hielt den Atem an. Trotz all meiner Angst ließ ich die Magie fortfliegen und sie kehrte wie ein Echo zu mir zurück. Es kamen Männer auf uns zu. Mindestens drei. Ihre Schritte waren gleichmäßig und ruhig. Die Magie schien sie wie ein leichter Hauch zu verfolgen, doch nicht zu durchdringen, und ich war mir sicher, dass sie nicht magisch begabt waren. Das bedeutete, sie würden uns zu spät bemerken.

Aidan nickte Tatiana und Elias zu, die ohne zu zögern in der Dunkelheit verschwanden. Wenige Minuten später war die warme Energie der fremden Wesen ohne einen Laut verschwunden und die beiden Chaosmagier waren zurückgekehrt. Sie signalisierten Aidan mit einer einfachen Kopfbewegung: »Da drüben ist etwas.«

Meine Arm verschlang sich reflexartig mit Aidans und ich sah ihn besorgt an. Er erwiderte meinen Blick nur kurz, dann entwand er sich meiner Berührung und drängte sich an den Anfang unserer Kolonne. Duncan nahm seinen Platz in meinem Rücken ein, um mich zu schützen, sollten wir in einen Hinterhalt geraten, und wir marschierten weiter, noch immer umschlungen von endloser Dunkelheit.

Wir kamen an den Männern vorbei, die Tatiana und Elias ausgelöscht hatten, und ich versuchte ebenso unempfindlich gegenüber dem Tod zu sein wie alle anderen hier. Es gelang mir nicht wirklich.

»Zieh deine Waffe«, zischte Duncan mir zu, während wir unseren Weg fortsetzten.

Ich tat, was er mir befahl und entsicherte meine Waffe mit einem leisen Klicken. Es wäre mir lieber gewesen, mich auf meine Magie verlassen zu können. Mit einem Mal hörte ich die anderen kollektiv aufatmen.

»Schnell«, wies Aidan uns an und wir strömten in einen Raum, den die Felsenwände umschlossen. Zu meiner Rechten waren Zellen in den Stein geschlagen. Mein Herz machte einen Satz. Die Chaosmagier machten sich augenblicklich an den verankerten Eisenstangen zu schaffen, während Duncan seinen Lichtball zur Decke gleiten und seine Strahlen ein wenig weiter reichen ließ. Meine Augen verkniffen sich ob der plötzlichen Helligkeit. Neben mir umfasste Aidan die Eisenstangen und sie schmolzen ihm unter den Händen förmlich weg, sodass er sie ein Stück weit auseinanderbiegen konnte.

»Hilf mir«, riss Aidan mich aus meiner Lethargie und ich schob mich in die winzige Zelle.

»Oh mein Gott«, entfuhr es mir, als sich meine Augen an die Dunkelheit der Zelle gewöhnten. Vor mir hing ein Mann, mit Handschellen in eine gekrümmte Senkrechte gezogen, an der Wand. Seine dunkle Kleidung war zerfetzt, sein Kopf lag ihm leblos auf seiner Brust.

So schnell ich konnte, war ich bei ihm und fühlte seinen Puls. *Er lebt!*

Vorsichtig umschloss ich mit meinen Händen sein Gesicht, um es anzuheben. Dreck verunzierte die regungslosen Züge des Mannes, seine Augen waren geschlossen. Unsicher strich ich ihm über die Wangen, während Aidan dabei war, die Handschellen aufzusprengen.

»Hey, hey«, murmelte ich und versuchte den schweren Kopf in aufrechter Position zu halten. »Wach auf, wach doch auf.«

»Das bringt nichts«, schloss Aidan und schob mich ein Stück zur Seite. Der Kopf des Gefangenen fiel so hart wieder herab, dass ich ein Wimmern erwartet hätte, doch da war nichts. »Der Typ ist unter Drogen gesetzt worden.«

Geschickt manövrierte er den Fremden über seine Schulter. Schnell schlüpfte ich in den Hauptraum zurück und machte Duncan Platz, der Aidan den fremden Gefangenen durch die Gitterstäbe hindurch abnahm.

Schluchzer und Schreie rissen mich zurück ins Geschehen. Ich fand mich inmitten verletzter Frauen und Männer wieder, die die anderen aus unserem Trupp aus ihren Zellen gezogen hatten. Die meisten von ihnen konnten sich gerade so allein auf den Beinen halten.

Sie sahen jämmerlich aus, schmutzig, dürr, mit tränenverschmierten, dreckigen Gesichtern, doch das, was mich eigentlich schockierte, war das, was man nicht sehen konnte. Die schwache Magie, die in ihnen so panisch aufglomm wie ein Ertrinkender, der nach Luft schnappte.

»Chaosmagier«, wisperte ich. Dann spürte ich, wie einer der Lebensfunken endgültig zu erlöschen drohte. Erschrocken fuhr ich zu einer Frau herum, die die anderen an eine Felsenwand gelehnt hatten. Die Jeans und das T-Shirt, das sie trug, waren total zerfetzt.

»Aidan«, rief ich alarmiert und ohne genauer darüber nachzudenken, kniete ich vor der Frau nieder und hatte nach der Magie gegriffen, die in Aidan so stark pulsierte. Ich rief sie zu mir, aus ihm heraus und befahl sie in den Körper der sterbenden Frau.

Ihr Kopf schoss in die Höhe und sie keuchte voller Panik. »Ruhig, ruhig«, überschlugen sich die Worte, die ich ihr zusprach. »Alles wird gut.« Ich legte meine Hand auf ihre Wange, so wie ich es bei dem Leblosen getan hatte, doch sie reagierte. Ihre Augen verbissen sich in meine und ich hielt ihrem Blick so lange stand, bis die Hektik aus ihnen verschwunden war. »Es wird alles gut«, wiederholte ich und sie wagte ein unsicheres Nicken.

Aidan ließ sich neben mich fallen und versicherte sich der Verfassung der Frau. »In diesem Zustand schafft sie es nicht allein. Elias, Thomas«, beorderte er zwei seiner Männer zu uns und drückte Thomas die Fremde in den Arm. »Ihr seid für die Sicherheit dieser Leute zuständig. Geht mit Duncan und bringt sie unverletzt zum Zugang. Wartet dort und haltet so lange wie möglich die Stellung. In einer Stunde ruft ihr das Schiff und flieht, verstanden?«

»Verstanden«, bestätigte Duncan.

Während er und Thomas versuchten, die verwirrten, verzweifelten und zugleich hoffnungsfrohen Gefangenen zur Bewegung anzuhalten, sah ich über all ihre beinahe zu Tode gepeinigten Körper hinweg. Es waren fünf. Fünf von ihnen, die, wenn es nach uns ginge, bald der Freiheit begegnen würden.

»Leo«, flüsterte ich, als mir klar wurde, dass meine Geschwister sich nicht unter ihnen befanden. »Amalia. Sie sind nicht hier, Aidan.«

Tränen stiegen in mir auf, auch wenn ich stark sein wollte. Stark sein musste. Aidan schob mir eine meiner Haarsträhnen, die sich bei all meinen hektischen Bewegungen aus dem strengen Knoten gelöst hatten, hinter das Ohr. Seine Finger streiften meine sich unglaublich matt anfühlende Wange. »Wir finden sie.«

»Dann würde ich mich mal beeilen«, hörte ich da eine fremde Stimme und sah zu einem Kerl, den ich vorher nicht einmal wahrgenommen hatte, der aber eindeutig zu den Gefangenen, wenn auch nicht zu den verzweifelten oder zu Tode gepeinigten gehörte.

In zerrissenen Jeans und einem genauso lädierten schwarzen Jackett lehnte er neben den malträtierten Eisenstangen, die die Zellen begrenzt hatten. Sein schwarzer Bart, der von langen, ungepflegten Haarzotteln umrahmt war, ließ ihn wie einen auf einer einsamen Insel Gestrandeten wirken.

Ich schämte mich sogleich für diese Gedanken. Er hatte sich in einer dieser Zellen befunden. Er musste Schreckliches durchgemacht haben. Rein äußerlich konnte man ihm diese Strapazen auch ansehen, doch sein Verhalten zeugte von nichts dergleichen. »Ich danke für die Rettung«, gestand er uns mit einem höflichen Nicken zu. »Aber wenn ihr nichts dagegen habt, verschwinde ich jetzt.«

Er stapfte zu einem Schrank an der gegenüberliegenden Felsenwand und riss dessen Tür mit einem kräftigen Ruck aus ihren Angeln. Dann förderte er eine Pistole und eine Art Gewehr zutage, das er schulterte, während er erstere in den Hosenbund steckte.

»Ich habe mein eigenes Ziel und eures interessiert mich nicht wirklich, aber ich kann euch den Rest der Zellen zeigen.«

Mareks Leute sahen unsicher zu Aidan, der den Fremden misstrauisch beäugte. Der verzog nur entnervt die Mundwinkel, als sei dies alles hier nur ein Spiel. »Habt ihr wirklich so viel Zeit zu verschenken?«

Aidans gesamter Körper spannte sich an. Ich ließ meine Hand in seine gleiten und er fasste sich wieder.

»Na schön. Du gehst voran. Denk dran, dass dein Rücken ungeschützt ist, wenn du uns verrätst«, eröffnete er finster und wir folgten demjenigen, den wir gerade erst aus dieser Gruft befreit hatten.

Kapitel 33

« ZERTRÜMMERT »

Wir sprengten sechs weitere Verliese mit der Hilfe des mysteriösen Fremden, ohne dabei entdeckt zu werden. Die sechs Personen, die wir befreiten, waren allesamt in weitaus besserer Verfassung als diejenigen, die wir mit Duncan fortgeschickt hatten. Aidan befahl zwei weiteren Magiern, die Gefangenen zum Zugang zu führen, sodass nur noch Tatiana bei uns blieb. Die anderen sollten zurückkehren, sobald es ihnen möglich war. Die Angst um meine Geschwister wuchs mit jeder Sekunde, in der wir sie nicht fanden. Die Schlinge um meinen Hals schien sich zuzuziehen, ohne dass ich etwas dagegen tun konnte. Panik wollte meinen Körper übermannen, doch ich drängte sie mit der Gewissheit zurück, dass sie nicht mehr weichen würde, wenn ich ihr einmal die Kontrolle überließ.

»Hier müssen noch mehr Zellen sein«, drängte Aidan den Fremden. Nicht nur Leonard und Amalia fehlten. So viele Namen vermisster Magier schwirrten in meinem Kopf umher. De Andrade hatte nur zwei von ihnen erwähnt, als er uns in alles eingeweiht hatte, was er wusste. Jelena und Jirko Degen. Namen, zu denen ich die Gesichter kannte. Gesichter, die keinem der Gefangenen gehört hatten.

»Es gibt welche. Sie haben mich …«

Ehe er zu Ende sprechen konnte, schoss Aidan direkt an meinem Kopf vorbei. Der Schuss surrte in meinen Ohren nach und ließ mich die Welt um mich herum nur noch dumpf wahrnehmen. Dennoch hörte ich den schweren Körper hinter mir zu Boden fallen.

Ich fuhr herum und hob meine Waffe, die mir sofort aus den Händen geschlagen wurde. Ich sah das höhnische Grinsen meines Feindes vor mir und schon wurde ich von Aidan weg gegen die Wand geschleudert. Hart prallte ich mit dem Rücken auf, aber ich hatte keine Zeit, mich dem Schmerz zu ergeben. Ich sah den Fremden auf mich zustürmen.

Keine Sekunde zu früh drehte ich mich zur Seite, als das Messer auch schon neben mir am Stein abrutschte. Er zögerte nicht lange und griff mit der anderen Hand zu, erwischte mein Haar und riss mich daran zurück. Aufschreiend stieß ich gegen seinen Körper und die Magie um mich herum begann wild zu peitschen, als er seine Waffe anlegte, um mir in den Kopf zu schießen. Mit aller Kraft stieß ich ihm meinen Ellbogen in den Leib und entzog ihm im selben Moment jegliche Luft. Sein Schuss löste sich, traf sein Ziel jedoch nicht.

Nach Atem ringend ließ er mich los, ich stürzte nach vorn, das Haar, das er losgerissen hatte, fiel mir ins Gesicht, versperrte mir die Sicht. Wild und verzweifelt trat er nach mir und ich fiel hart auf den Boden, rutschte auf dem Rücken von ihm fort, während ich ihm beim Sterben zusah. Hektisch fuhren meine Finger über den feuchten Boden und fanden, wonach sie suchten. Ohne Skrupel hob ich meine Waffe und schoss ihm in den Brustkorb, der sich in diesem Moment wieder mit Luft füllte.

Das Leben in seinen Augen erlosch, noch während der Schuss verklang. Der Knall dröhnte durch mein gesamtes Bewusstsein. Für einen Moment war ich orientierungslos, kämpfte mich dann jedoch hoch. Keuchend lehnte ich an der Wand, sah der Leiche in die leblosen Augen, dann war Aidan bei mir.

»Alles in Ordnung?«

Ich nickte, auch wenn es nicht der Wahrheit entsprach. Nichts würde je wieder in Ordnung sein. Ich brauchte den Körper des zweiten Mannes, den ich getötet hatte, nicht einmal mehr ansehen. Sein Gesicht würde mich bis zum Tage meines eigenen Todes verfolgen.

»Wir müssen weiter«, rief der Fremde von weiter weg. »Die Verhörräume sind über uns.« Ich schob die Frage, wozu man wohl diese Verhöre abgehalten hatte, ganz weit von mir und ließ mich von Aidan mitziehen.

Der Bärtige führte uns bis zu einer riesigen Eisentür, die zwischen den Felsenwänden verankert war, nachdem wir mühselig unregelmäßig angeordnete Stufen in höhere Gefilde hinaufgestolpert waren. Tatiana gab Aidan und mir Rückendeckung. Sie war alles, was wir momentan hatten und ich fragte mich, ob das nicht vielleicht auch so bleiben würde. Wie sollten die anderen diesen Weg zu uns noch zurücklegen?

Was war aus Cornelius und Faye und all den anderen Chaosmagiern geworden, die uns hätten unterstützen sollen? Der Fremde drückte mir seine Waffe in die Hand und hebelte mit beiden Armen die schwere Tür auf. Wir traten in ein Areal, das sich nicht groß von den anderen Zellentrakten unterschied. Einige Schränke und vereinzelte Stühle und Monitore auf Schreibtischen, ein Bücherregal mit Aktenordnern, mehr nicht.

Der Fremde huschte an einen der Computer und tippte einige Codes in die Tastatur. »Woher zum Teufel kennst du dich hier so gut aus?«, keifte Aidan, der neben ihn trat und auf den Bildschirm stierte.

Der Bärtige sah kurz lächelnd auf. »Stelle nie die Chefetage infrage«, sagte er nur. »Dann bist du ganz schnell vom Wachdienst zum Lieblingsfolteropfer der Wärter degradiert.«

Er betätigte eine letzte Taste und eine Tür ein paar Fuß von mir entfernt schob sich auf. Ein Schwall Magie schoss mir entgegen und ich keuchte erschrocken. Sie war darin eingeschlossen gewesen. Abgeschirmt. Jemand, der sich dort aufhielt, wäre von uns für immer unentdeckt geblieben.

Instinktiv bewegte ich mich in den Gang, der sich vor mir eröffnet hatte und der endlos weit zu reichen schien. »Helena«, versuchte Aidan mich warnend zurückzuhalten, doch ich hörte nicht auf ihn. Rechts von mir erstreckte sich eine klare Glaswand. Eine Steinpritsche stand inmitten der Zelle und darauf …

»Aidan!«, rief ich und sofort war er bei mir. Ehe er die Scheibe einschlagen konnte, griff ich wie von selbst nach seiner frei umherschwirrenden Magie, legte eine Hand auf das Glas und es zerschmolz unter meinen Fingern.

Auf der Pritsche lag ein vollkommen entblößter Fremder, auf den Bauch gedreht. Narben zierten seinen Körper und blutig gerissene Wunden, deren eitriger Geruch mir sofort in die Nase stieg.

»Oh mein Gott«, wisperte ich heute nicht zum ersten Mal und machte mich gleich daran, die schweren Eisenketten aus ihrer Verankerung zu koppeln. Sie waren so sehr gespannt, dass sie dem Mann ins Fleisch schnitten.

»Verdammt, Nell. Erkennst du ihn?«, fragte Aidan plötzlich so geschockt, dass mir der Schreck in die Glieder fuhr, und dann sah ich auf das Gesicht des schon halbtoten Mannes.

»Jirko«, stieß ich entsetzt hervor.

Wenn er hier war, dann war es doch möglich, dass …

Ich stürmte aus der Zelle. Überließ Jirko Aidan und schwenkte nach rechts, um den Gang abzulaufen. Flüchtig spähte ich in jede Zelle, die neben mir auftauchte. Leer. Leer.

Sie sind alle *leer!* Meine Schritte wurden schneller und ich stieß einen verzweifelten Schluchzer aus.

»Helena«, hörte ich Aidan hinter mir rufen, doch ich reagierte nicht und suchte weiter die Zellen ab, bis ich verharrte und für zwei Sekunden einfach nur auf die zerstörte Kreatur vor mir sah. Ich ignorierte den Schrei, der aus meiner Kehle entwich, und riss alle Magie an mich, die verirrt und verletzt um mich herumwaberte.

Die Felswände begannen zu beben und dann zerbrach die Glasscheibe vor mir in Tausende kleine Splitter. Sie regneten auf mich nieder, doch ich schloss nicht einmal die Augen. Als der erste meine Wange kratzte, beschwor ich eine magische Aura des Schutzes um mich herum und dann …

»Leo«, flüsterte ich, ehe ich zu seinem geschundenen Körper stürzte.

Tränen drängten sich aus meinen Augen und waren nun unvermeidlich. Sie rannen mir schon bis zum Kinn, als ich meine Hände nach meinem Bruder ausstreckte, jedoch nicht wagte, ihn zu berühren. Er war nicht wie Jirko entkleidet worden, doch das Blut seiner Wunden tränkte den zerrissenen Stoff. Sein Bewusstsein schien jedoch genauso fern zu sein wie das des Halbtoten.

»Oh«, wimmerte ich, nicht sicher, ob ich ihn anfassen konnte. Ich wollte sein Leiden nicht verschlimmern. Als gefühlte Äonen vergingen, vergrub ich meine Hand in seinem hellbraunen Haarschopf. »Leonard.«

Mein Wispern war kaum für mich selbst wahrnehmbar und ich bezweifelte, dass er es hören konnte. Sanft und extrem vorsichtig strich ich ihm über Stirn und Wange, dann schloss ich die Augen und sandte ihm all die verbliebene positive Energie, die ich an diesem Ort noch finden konnte. Leonard war kein Chaosgeborener. Reine Magie hätte ihn nicht am Leben halten können, so wie die Frau, die zu den ersten Geretteten gehört hatte. Ich versuchte nur, seinen eigenen menschlichen Funken zu wecken.

»Leonard, bitte.«

Als nichts geschah, wollte ich sterben. Ich wollte die Hoffnung aufgeben und für immer verzweifeln, doch dann bewegten seine Augen sich unter ihren geschlossenen Lidern. »Leo«, flüsterte ich noch mal eindringlich und dann sah er mich an. Die Plötzlichkeit und die Intensität in seinen Seelenspiegeln raubte mir den Atem und noch mehr Tränen schossen hervor.

»Nell«, krächzte er und ich hörte die Verzweiflung, die Angst, aber auch die Hoffnung aus seiner Stimme heraus, all das, was ich auch schon in den anderen Gefangenen gesehen hätte. »Du kannst nicht wirklich hier sein.«

Ich schluchzte auf, für einen Moment in meiner Glückseligkeit verfangen. »Doch. Leonard, ich bin hier.« Sein Bewusstsein begann mir wieder zu entgleiten. »Leo. Ich. Bin. Hier«, bekräftigte ich nochmals und folgte dem Impuls, meine Stirn an die seine zu drücken. »Und wir holen dich hier raus.«

»Zwecklos«, hauchte er und ich sah auf.

»Nein«, versicherte ich fast schon munter und trunken vor Glück. »Wir kennen einen Weg und wir sind nicht allein.«

»Zwecklos. Nell, meine Beine sind gebrochen. Sie haben sie mir zertrümmert.«

Ich erstarrte. Für einige Momente sagte niemand etwas. Wir waren wieder in dieser stillen, dunklen Welt des Schmerzes gefangen und nur Leonards leicht hörbares Nachluftschnappen signalisierte, dass sich etwas Entscheidendes getan hatte.

»Aldan?«, fragte ich und traute mich endlich, einen Blick zu Leonards Beinen zu werfen, die verkrümmt dalagen.

Vorsichtig betastete der Söldner sie und hielt jedes Mal inne, wenn mein Bruder vor Schmerz aufstöhnte. Als er aufsah, erkannte ich die Wahrheit in seinen Augen. Ich schloss die meinen für eine kleine Weile, um mich darauf zu konzentrieren, meine Seelenpein unter Kontrolle zu bringen, dann strich ich Leonard wieder über das Gesicht.

»Aidan wird dich tragen, Leo. Wir kriegen dich hier raus, das schwöre ich.«

In diesem Moment und noch ehe Leonard widersprechen konnte, hatte Aidan mich von ihm weggeschoben und hob meinen Bruder in seine Arme. Er schrie nicht mehr, auch wenn ihm diese abrupte Bewegung entsetzlich wehgetan haben musste, er krächzte nur schwach.

»Sieh nach, ob da hinten noch welche sind«, wies Aidan mich an, als er Leonard schon den Gang hinunter in Richtung der anderen trug.

Ich lief jede einzelne Zelle ab, fand jedoch niemanden. Meine Schwester war nicht hier. Niemand weiteres von meiner Liste. Übelkeit breitete sich tief in mir aus und erfüllte meinen gesamten Körper innerhalb kürzester Zeit. Ich hatte sie schon bekämpft, als ich zu den anderen stieß, links von mir Jirkos Zelle, vor mir der Kontrollraum, von dem aus Tatiana zu uns sah.

Aidan setzte meinen Bruder gerade auf dem Boden ab, als der Fremde Jirkos Körper untersuchte. »In wenigen Minuten ist der Kerl hier hinüber«, informierte er uns und ich sah erschrocken zu Aidan, dem ich deutlich ansehen konnte, dass er einen inneren Kampf mit sich ausfocht.

»Kannst du ihn tragen?«, fragte er und erntete ein fast schon amüsiertes, wenn auch trockenes Lachen.

»Nein, Mann. Ich gehe ganz sicher nicht mit euch zurück. Da ist jemand anderes, auf den ich es abgesehen habe. Auf meine Rache verzichte ich sicher nicht für jemanden, der fast tot ist.«

»Wir müssen ihn hierlassen«, entschied da Tatiana und kam auf uns zu.

»Wie bitte?«, entfuhr es mir, doch sie sah mich nur kalt an.

»Ich riskiere *mein Leben* nicht für jemanden, der fast tot ist«, wiederholte sie die Worte des herzlosen Bärtigen. »Aidan kann schlecht zwei Schwerverletzte tragen und wenn wir es versuchen, werden wir so langsam sein, dass sie uns sicher einholen werden. Also, entweder dein Bruder oder er, wir …«

Ihre Worte wurden von der Feuersäule verschluckt, die sie mit einem Mal umgab. Direkt vor meinen Augen hatte sie sich in einen lebenden Feuerball verwandelt. Ihre Schreie ging mir durch Mark und Bein, als ich mir schon die Feuchtigkeit, die an den Wänden klebte, zunutze machte. Ich bewegte die Hände so schnell umeinander herum, dass erst zwischen ihnen, dann vor mir eine riesige Kugel aus Wasser entstand. Ich trat einen Schritt nach vorn in den Kontrollraum und feuerte das Geschoss auf sie ab. Ihre Leiche fiel leblos zu Boden, während noch vereinzelte Flammen an ihr züngelten.

»Nell!« Ich hatte gar nicht bemerkt, dass ich mich direkt in die Schussbahn manövriert hatte, wenn ein Chaosmagier so etwas überhaupt brauchte. Und niemand anderes war dieser jemand, der mit schnellen Schritten auf mich zurannte. Diese Welt unter dem Stein war grauenhaft. So eingeschlossen konnte ich als Naturmagierin nicht viel ausrichten.

Instinktiv riss ich meine Waffe in die Höhe und schoss, doch die Kugel verflüchtigte sich, ehe sie ihn traf und dann stoben schwarze Nebelschwaden von ihm aus auf mich zu. Ich wollte gerade ausweichen, da warf sich Aidan zwischen mich und den Tod in Form der schwarznebulösen Fangzähne, die sich durch die Luft gebissen hatten. Sie umflossen ihn, ohne ihn zu berühren, ehe sie auf ihren Erzeuger zurückgefeuert wurden. Seine Schreie, als seine Haut sich allmählich verätzte und dann auflöste, machten mich ebenso schwach wie Tatianas.

Aidan zog vor mir seine Waffe aus dem Holster und richtete sie auf den zweiten Angreifer, doch bevor der Schuss in dieser Unterwelt erklingen konnte, bohrte sich ein Pfeil von hinten durch den fremden Chaosmagier.

»Faye«, rief ich, als sie hinter der in sich zusammenbrechenden Leiche auftauchte.

»Da kam ich ja gerade noch rechtzeitig«, murmelte sie und als wäre dies kaum der Rede wert, griff sie nach ihrem Pfeil, der aus dem Rücken unseres Feindes ragte, um ihn mit einem Ruck herauszuziehen und in den Köcher zurückzustecken.

»Nicht ganz«, flüsterte ich mit einem Blick auf Tatianas Überreste. Ich hatte die großgewachsene blonde Frau nicht gut gekannt, aber die anderen hatten sie unheimlich respektiert.

Die lockere Art, die Faye an den Tag gelegt hatte, war in dem Moment verschwunden, in dem sie ihren Pfeil nicht mehr berührte. Schnell war sie bei uns und sah mit einem erleichterten Lächeln auf meinen bewusstlosen Bruder herab. Blut klebte an ihrer Stirn.

»Wir haben einen Zellentrakt gefunden und fünf gefangene Magier. Ein weiterer Trakt war offensichtlich seit Längerem unbenutzt. Ich habe die anderen den Zugang sichern lassen und bin euch nachgekommen.« Dann warf sie mir ein ehrliches Lächeln zu. »Cornelius ist auch dort.«

Mein Herz machte einen Satz. Aus Freude oder Angst, dass er nun auch in Gefahr war, wusste ich nicht. »Wie?«

»De Andrade ist auf dem Schiff geblieben. Er hat ihm ermöglicht, zum Steg zu schwimmen«, erklärte sie und beugte sich dann zu Leonard hinunter, um seinen Puls zu fühlen. Als hätte ich hier noch stehen können, wenn er bereits tot wäre. »Er übermittelt den verletzten Chaosmagischen neue Energie. Ich habe ihm versprochen, dich zurückzubringen, damit er die Suche weiterführen kann.«

Ich atmete tief durch. »Ich geh nicht zurück.«

Sie sah mich von unten herauf an und ihr Lächeln wurde wärmer. »Ich weiß.« Damit schien für sie alles geklärt. Zum ersten Mal wurde mir gewahr, dass sie mich als ebenbürtig betrachtete. Ihr Blick huschte weiter. »Und wer ist das?«

Ich brauchte ihr Kopfnicken nicht, um zu wissen, wen sie meinte. »Wir haben ihn aus einer Zelle befreit. Er hat uns geholfen, uns hier zurechtzufinden.«

»Jep«, meinte der Fremde nur und sah sich die Waffen an, die in Jirkos Zelle an der Wand hingen. Ohne zu zögern, griff er nach einer Art überdimensionalem Hammer, von dem ich nicht wissen wollte, ob man mit ihm Leos Beine zertrümmert hatte.

»Und wenn ihr mich entschuldigt, ich habe jemanden umzubringen.«

Er schob sich gerade aus der Zelle, als ich ihn harsch am Arm packte. Er sah zwar nicht wie jemand aus, den das aufgehalten hätte, dennoch blieb er stehen und sah mich mit neutraler Miene an. »Meine Schwester ist nicht unter den Gefangenen gewesen.«

»Dann gnade ihr Gott, Mädchen.«

Als er sich abwenden wollte, drückte ich fester zu. »Sag mir, wo sie ist.«

Ich übertrug Hitze in meine Hände. Dieser Mann war kein Magier, das hatte ich vom ersten Moment an gespürt. Sollte er sich ruhig ein wenig fürchten, auch wenn ich kein Feuer entstehen lassen konnte.

Er seufzte. »Seine Lieblinge werden an einem anderen Ort festgehalten.«

Lieblinge?! »Und der Kerl, den ich suche, ist immer in ihrer Nähe. Also, wenn du dich anschließen willst …«

»Auf keinen Fall«, schloss Aidan kategorisch aus. »Sie geht mit dir nirgendwo hin.«

Ich schwieg einen Moment. Er hatte recht. Ich durfte diesem Fremden nicht vertrauen, konnte ihm nicht trauen, er … Er zuckte mit den Achseln. »Wie du meinst.«

»Halt«, rief ich impulsartig aus. »Ich komme mit dir.«

Gewaltsam riss Aidan mich zu sich herum. »Nur über meine Leiche.«

Ich ignorierte seinen schmerzhaften Griff und sah ihm in die Augen. »Aidan, ich muss mit ihm gehen. Es geht um Amalia. Nur deshalb bin ich hier.«

Seine Finger lösten sich von meinem Arm. »Du bist nicht hier, um zu sterben.«

»Ich muss gehen«, entschied ich und trat einen Schritt zurück.

»Dann komme ich mit dir.«

»Nein«, stieß ich hervor und nahm sein Gesicht in meine Hände. »Bring Leonard fort von hier. Bitte«, flehte ich ihn unter Tränen an. »Nur du kannst das tun.«

Ich sah die Angst in seinen Augen, den Unwillen, mich gehen zu lassen, doch er schwieg. »Ich gehe mit ihr«, hörte ich Faye sagen, riss den Blick aber von ihm nicht los.

Die Söldnerin packte ihren Partner an der Schulter und unterbrach unseren Kontakt. »Ich passe auf sie auf, Aidan.«

Er presste die Augen zusammen, nickte dann aber. »Dann los.« Ohne mich anzusehen, hievte er Leonard hoch.

»Wehe, du lässt zu, dass ihr etwas geschieht«, zischte er Faye zu und wollte gerade gehen, als sein Blick noch einmal an mir hängen blieb. »Ich komme nach.«

Unvermittelt war ich bei ihm und küsste ihn mit einer schmerzhaften Intensität, dass mir wieder die Tränen kamen.

»Danke«, hauchte ich gegen seine Lippen. »Ich danke dir.«

Er sah mich an und nickte. So viele Gefühle zeigten sich in seinen Augen. Wut, Angst, Liebe. Und dann war er verschwunden.

Sobald ich ihn nicht mehr sah, riss die Furcht die Kontrolle über mein Herz an sich. Ich durfte ihn nicht das letzte Mal gesehen haben.

Der Fremde räusperte sich und schulterte seinen Hammer. »Können wir?«

Ich wollte ihm und Faye gerade hinausfolgen, sah aber nochmals zu Jirko. »Was ist mit ihm?«

»Hast du es nicht bemerkt, Mädchen? Während deines rührenden Abschieds hat er sein Leben schon längst ausgehaucht.«

Kapitel 34

« CHAOSGEBORENE »

Faye projizierte eine Lichtkugel vor uns, wie Duncan es zuvor getan hatte, und wir traten in die dunklen Gänge hinter dem Kontrollraum und den Verhörzellen. Ich wusste nicht, ob ich Licht in seiner reinen Form kontrollieren konnte, doch ich griff nach seiner Magie, spürte die Energie und hörte ihr Flüstern, sodass ich es der Chaosgeborenen abnahm, die Magie, die sie am Leben erhielt, zu verschwenden.

Das war wohl der größte Unterschied zwischen uns. Mir bereitete es kaum Schwierigkeiten, das Licht aufrechtzuhalten, es war wie ein Wimpernzucken, während sie einen Teil ihrer eigenen Lebensenergie für jeden Magieakt opfern musste. Sie konnte Unwahrscheinliches leisten, riskierte dabei jedoch ein jedes Mal aufs Neue ihr Leben. Ob sie daher lieber zu ihrem Bogen griff, statt magisch anzugreifen? Ich konnte mir nicht vorstellen, wie es war, wenn die Magie kein stiller Begleiter, sondern ebenso eine Schwachstelle wie eine Stärke war.

Vielleicht war es ein Fehler gewesen, die Chaosmagier zu fürchten. Zusammen, einander unterstützend, würden wir noch über alle Grenzen hinausgehen können. Wir würden Unglaubliches bewirken.

Für solche Gedanken war jedoch momentan keine Zeit. Während die Schritte des Fremden immer schneller wurden, betrachtete ich ihn aus sicherer Entfernung. Ich kannte nicht einmal seinen Namen. »Beckett«, sagte er nur, als ich ihn darauf ansprach. Ich ging davon aus, dass dies nur sein Nachname war. Gut, mehr brauchte ich nicht.

»Beckett«, murmelte ich. »Was genau meintest du mit *Lieblingen?*«

Er wurde noch schneller und sah sich nur kurz nach mir um. »Hör zu. Der Kerl, der hinter all dem steckt …«

»Dein Arbeitgeber«, fuhr ich ihm dazwischen.

»Da du mich aus einer dieser widerlichen Zellen geholt hast, ist die Formulierung ein bisschen unter der Gürtellinie, findest du nicht? Aber ja, er war mein Arbeitgeber. Er bezeichnet sich selbst als Sammler.«

»Sammler von was?«, fragte Faye forsch und warf einen Blick zurück über ihre Schulter.

»Menschen. Diejenigen mit außergewöhnlichen Fähigkeiten.«

Ich runzelte irritiert die Stirn. »Wenn er Chronist ist, was will er dann von meiner Schwester? Die Chronisten sind Naturmagier wie sie auch.«

»Seine Gabe schlummert wie bei den meisten von euch. Außerdem braucht er nur ihre Macht und … andere Eigenschaften deiner Schwester. Und er kann es überhaupt nicht gebrauchen, dass man ihm bei seiner Arbeit auf die Finger schaut.«

Das machte mir mehr Angst als alles andere. Was veranstaltete dieser Mann mit Magiern wie Amalia? Gerade als ich diese Frage stellen wollte, verharrte Beckett und bedeutete uns, still zu sein.

»Was …« Faye beendete ihre Frage nicht. »Du verdammter Scheißkerl!«

Keine Zeit verschenkend ließ ich meinen Geist wandern … und spürte deutlich einen ganzen Schwall Magie auf uns zuströmen. Faye zog ihren Bogen von dem Rücken und drängte mich in einen Seitengang.

»Mist, das sind eine ganze Menge, die da auf uns zukommen. Können wir denen entgehen?«, fauchte Faye Beckett an, der sich ebenfalls versteifte.

Also schien er uns wohl zumindest nicht in einen Hinterhalt geführt zu haben. Seine Angst zeigte das deutlich genug.

Er nickte. »Hier entlang.« Er schlüpfte durch eine Holztür, die sich ein paar Schritte von uns entfernt befand, und dann rannten wir – ungeachtet dessen, dass wir ziemlich laut und vielleicht bald nicht mehr unentdeckt waren. Faye stieß mich weiter in Becketts Richtung und drehte sich immer wieder um. Die Panik schnürte mir die Kehle zu, das Adrenalin kochte in meinem Blut.

Ein warmer Hauch umspielte mein kaltes Gesicht und flüsterte mir leise die Warnung zu: *Sie sind schneller als ihr.*

»Schneller, Helena!« Und dann war sie nicht mehr hinter mir.

Ich stoppte augenblicklich, als mir das klar wurde. »Faye!« Sie hatte mir bereits den Rücken zugedreht und spannte leicht den Bogen, den sie auf die Dunkelheit richtete, in der sich irgendwo die Gefahr ausbreitete.

»Lauf!«, zischte sie mir nur zu, doch daran war nicht zu denken. Ich verringerte unseren Abstand in Sekundenschnelle und wurde hart zurückgestoßen. Sie hatte mich abgeschirmt. »Bleib dicht bei Beckett.«

Beckett? Der würde sich bei seiner Mordmission am Ende noch selbst umbringen. Ich war nicht für ihn, sondern für *sie* verantwortlich.

»Ich meine es ernst. Egal, wer er ist, bei ihm bist du sicherer«, flüsterte sie entlang der Sehne ihres Bogens. »Ich habe ein Versprechen gegeben. Hol deine Schwester, dann hole ich dich.«

Sie riss die Schusswaffe noch höher und spannte sie geräuschvoll. »Faye.«

»Verdammt, jetzt lauf!« Ihr Stimme war leise und doch so eindringlich, dass ich mir ein Herz fasste. Sie würde mich nicht zu sich lassen. Ihre Loyalität Aidan gegenüber würde dies nicht erlauben. Aus diesem Grund oder irgendeinem anderen rannte ich und sah nur noch, wie ihr angelegter Pfeil durch ihre Magie mit einem Mal violett aufleuchtete.

Ich riss meine Gedanken von ihr los und hielt meinen Weg vor Augen. Beckett hatte nicht auf mich gewartet. Seine Treulosigkeit – selbst wenn wir ihn kaum kannten – schürte die Wut in mir.

Er reagierte kaum, als ich zu ihm aufschloss. »Du bist nicht wirklich loyal, hm?«, knurrte ich.

»Was willst du hören? Dass ich nicht so edelmütig bin wie deine kleine Freundin? Bin ich nicht. Ich habe ein Ziel, das ich nicht aus den Augen verlieren werde.«

Der Gang endete an der Stelle, an der er die letzten Worte herausgepresst hatte.

Na toll, dachte ich noch, als er eine Luke in der Decke öffnete und eine zusammengefaltete Leiter herunterzog. In Windeseile war er eine Etage – wenn man das in diesen unterirdischen Tunneln so nennen konnte – höher und sah auf mich herab.

»Kommst du nun, Mädchen? Oder wartest du, bis ich dir die Hand hinhalte und dich raufziehe?«

Ich zischte zornig und kletterte hinauf. Meine Hände berührten kühlen, glatt marmorierten Steinboden und ich schob mich in den kleinen dunklen Gang. Dunkel, aber wahrscheinlich mit einem Boden ausgestattet, der teurer war als all meine Habseligkeiten. Halb aus der Luke hinausschauend strich ich über den hellweißen Marmor, der sich merkwürdig von dem groben Stein der Wände abgrenzte.

»Nun komm schon, Kleine.«

Wider seiner vorherigen Worte streckte Beckett mir die Hand entgegen und half mir hoch. Ich ließ mich von ihm durch den seltsamen Flur führen. An seinem Ende fanden wir uns vor einer einfachen Holztür wieder. Mit einem Ruck stieß er sie auf und Licht strömte mir in silbernen Fluten entgegen.

Ich traute meinen Augen kaum. Neben dem marmornen Boden fielen mir goldverzierte Säulen ins Auge. Sie wanden sich bis an die Decke und überall standen ebenfalls marmorne Statuen, die mich an das alte Griechenland erinnerten.

Beckett lachte, als er meinen Blick sah. »Chronisten. Sie lieben die vergangenen Kulturen. Das hat sich auch nicht geändert, als sie sich von ihrem reinen Leben als Bibliothekare abgewandt haben.«

Am außergewöhnlichsten jedoch war für mich das Licht der Nacht, das durch bis zur Decke reichende Fenster zu mir drang. Der Mond und die Sterne, sie waren kraftlos, boten jedoch mehr Helligkeit, als die dunklen Tunnel es getan hatten.

»Komm, wir haben keine Zeit.«

Ich ließ den Gedanken, dass wir uns augenscheinlich nicht mehr in den unterirdischen Tunneln der Insel, sondern in dem dunklen Anwesen befanden, nicht allzu sehr an mich herankommen. Wir waren unserem Feind plötzlich um so vieles näher. Beckett leitete mich, vorbei an einer ziemlich echt anmutenden Nachbildung der mythologischen Medusa, zu einer prunkvollen Treppe, die geschwungen auf eine hohe Galerie führte.

»Warum willst du ihn töten?«, stieß ich plötzlich hervor.

»Willst du das nicht? Nach allem, was du heute gesehen hast? Nach dem, was er mit deinem Bruder angestellt hat?«

»Ich …« Ich konnte es nicht sagen und so gab ich ihm keine Antwort, als er mich in einen weiteren mit Kunstwerken überladenen Gang führte.

»So, mein Mädchen. Hier trennen sich unsere Wege.«

»Wie bitte?« Als ich ihm gefolgt war, hatte ich irgendwie nicht damit gerechnet, mich von ihm zu trennen. Dumm von mir.

»Das Büro vom Big-Boss«, verkündete er höhnisch, »liegt auf den oberen Etagen. Seine Lieblinge sind hier unten in den Schlafzimmern untergebracht. Bis ich oben angekommen bin, wird alles ruhig bleiben. Du solltest dich beeilen, sonst kommst du hier nicht mehr raus.«

Lebend.

Bleib dicht bei Beckett, schwirrten mir Fayes Worte im Kopf herum, doch hatte sie ernsthaft geglaubt, er würde mich beschützen? Vermutlich nicht. Und ich hatte mir auch einen Schwur geleistet. Ich würde meine Schwester hier rausbringen, sollte sie noch am Leben sein, und wenn es das Letzte war, das ich tun würde. Ich erwiderte nichts, als Beckett seinen Weg fortsetzte, und ich zögerte auch nicht länger, sondern schritt den Gang entlang. Die schweren Schritte in meinen festen Boots hallten zu laut nach und ließen mich hektisch werden. Die Furcht, entdeckt zu werden, pochte allgegenwärtig in mir.

Als ich die erste Tür erreichte, legte ich zuerst meine Hand auf das fein geschliffene Holz. Ich spürte nichts. Keinen Hauch der Magie, nur einen merkwürdigen Widerstand. Diese Räume waren abgeschirmt wie die Zellen in den Tunneln. Wollte ich zuallererst Amalia in Sicherheit bringen, musste ich wohl oder übel jeden einzelnen Raum öffnen. Ich sah mich noch einmal nach rechts und links um, dann ruckelte ich am Türgriff. Verschlossen. Was hatte ich auch erwartet?

Tief durchatmend konzentrierte ich die Luft im engen Raum des Schlüssellochs und ließ sie sich dann explosionsartig ausbreiten. Das Schloss wurde herausgesprengt und ich öffnete die Tür. So schnell ich konnte, schlüpfte ich hinein und fand ein leeres Zimmer vor. Ein riesiges, weiches Himmelbett, eine Staffelei vor einem ausladenden Fenster, das auf das Panorama des offenen Meeres hinwies.

Verzweifelt presste ich meinen Rücken gegen die Tür und blinzelte die Tränen weg. Wie konnte es sein, dass ich auf einmal allein dastand? Wo war Aidan, wo war Cornelius? Ich war nicht stark genug für all das hier. Aber ich war die Einzige, die hier war. Ich kratzte die Reste meiner

Kraft zusammen, öffnete die Tür einen Spalt und huschte hinaus, als ich mich der Abwesenheit meiner Feinde versichert hatte.

Von neuem Mut erfasst, wagte ich mich an die nächste Tür und ließ sie dieses Mal gleich magisch aufspringen, anstatt erst noch zu versuchen, sie manuell zu öffnen. Als ich in das Zimmer trat, das das exakte Ebenbild des vorherigen war, konnte mein Blick gerade noch zu der Gestalt schnellen, die am Boden unter dem Fenster hockte.

In einem blauen, weit wallenden Kleid, das sich um ihre angewinkelten Beine bauschte. Vorsichtig wandte sie mir ihr verweintes Gesicht entgegen und dann … schrie sie aus Leibeskräften. Wie wahnsinnig versuchte sie, weiter von mir abzurücken und bohrte sich mit der Rückseite dichter an die Wand. Kurz war ich zu geschockt, um zu reagieren, dann rauschte ich herum …

… und blickte direkt in das fremde Gesicht einer Frau.

Mein Herz blieb stehen, doch sie lächelte nur. Ich wich zurück, der schreienden Frau näher kommend. Ihre Verrücktheit war nicht halb so beängstigend wie die kalte Berechnung, die in den Augen der anderen aufblitzte. Freudlos lächelnd schloss sie die Tür hinter sich.

»Helena«, begrüßte sie mich mit sanfter Stimme und strich sich über das mausbraune Haar. Und mehr war sie auch nicht. Eine kleine Maus, die jedoch eine ungeheure Macht ausstrahlte. »Wie schön, dich hier zu haben.«

In aller Seelenruhe hob sie die Hand und die Fläche der Tür schimmerte kurz bläulich auf. Mehr Zeit brauchte ich nicht. Ich rief die Magie zu mir. Sie hörte mich nicht. Ich hatte zu lange gewartet. Meine Hand fuhr zu meiner Pistole, doch ich stockte und hielt noch in der Bewegung inne. Mein gesamter Körper war erstarrt.

Die Fremde warf mir aus den Augenwinkeln einen süffisanten Blick zu, dann wandte sie sich zu der schreienden Frau.

»Sara, Sara. Ruhig, meine Süße. Sie wird dir nichts tun. Sie ist nur hier, um ihre Schwester zu sehen, weißt du?«

Sofort verstummten Saras Schreie und ihre Augen, die eben noch von grenzenloser Angst gezeichnet gewesen waren, wurden vollkommen ausdruckslos.

»Was willst du von mir?«, raunte ich. Selbst meine Mundwinkel schienen mir nicht mehr zu gehorchen.

»Ich von dir?«, fragte sie verwundert und sah auf. »Ich will gar nichts von dir. Du bist hier eingedrungen, Helena.«

Sie kam auf mich zu und nahm mir meine Waffen ab. Wie konnte es sein, dass ihre Magie sie nicht im Stich ließ? Vermutlich weil dies ihre Barriere war, ihr Spielplatz.

»Wenn du keine Zicken machst, kannst du deine Schwester sehen. Ich weiß nicht genau, was er mit dir anstellen wird, aber diesen einen Wunsch würde auch er dir wohl nicht abschlagen.«

Ich sagte nichts, doch sie löste die Erstarrung und ich wagte wieder, frei zu atmen. Sie schritt zur Tür und öffnete sie, als wäre von mir keine Gegenwehr mehr zu erwarten. Und das war es doch wohl auch nicht, oder? Sie würde mich zu meiner Schwester bringen. *Amalia.*

Sie führte mich ganz ans Ende des breiten Flurs und während sie die Tür mit einem einfachen Schlüssel aufschloss, starrte ich rechts von mir durch das Fenster, das das Ende des Ganges begrenzte. Direkt unter mir prallte das schäumende Meer gegen die Felswand. Hier, in diesem Flur, hätte ich sie womöglich überwältigen können, doch ich wagte es nicht. Sie würde mich endlich zu meiner Schwester bringen. Wer garantierte mir, dass sich Amalia wirklich hinter dieser Tür befand? Und wenn nicht? Dann hätte ich keinen Anhaltspunkt mehr. Ich brauchte diese Frau, jedenfalls glaubte ich das. Das Klicken des Schlosses beendete meine Beobachtung abrupt und wir traten zusammen ein.

Da lag sie. Versunken in den unzähligen Kissen des Himmelbettes, die Beine an sich gezogen und die Arme um den Körper geschlungen. Sie konnte uns nicht sehen. Das Gesicht hatte sie dem Fensterpanorama und dem Meer zugewandt. Als sie die Anwesenheit Fremder im Raum spüren musste, richtete sie sich auf und schob sich aus dem Bett.

Die Bewegungen ihres dünnen, aber drahtigen Körpers wirkten seltsam müde und taub. Auch sie war in ein weites Kleid gehüllt. Ihre wundervollen Locken fielen ihr in dem für sie üblichen Weinrot an ihrem Körper hinab. Der Ansatz ihres blonden Haares war bereits gut zu erkennen. Meine Schwester.

»Ammie«, wisperte ich und sie fuhr so harsch in sich zusammen, dass es mir körperliche Schmerzen bereitete. Sie drehte sich herum und wurde schneeweiß im Gesicht, als sie mich erkannte.

»Nein«, schluchzte sie und ihre Augen füllten sich mit Tränen. »Oh, bitte nicht.«

Ich hatte die Fremde ganz vergessen und machte einige Schritte auf meine Schwester zu. »Amalia.«

Plötzlich schien sie von einer unglaublichen Wut gepackt zu sein. »Was soll sie hier?!«, schrie sie. »Habt ihr mir nicht genug angetan? Ich tue alles, was ihr verlangt, nur lasst sie gehen. Ich bitte euch«, wurde ihr Schreien zu einem Flehen.

»Ihr geschieht nichts«, kam die gelassene Antwort hinter mir.

»Ihr geschieht nichts?«, knurrte Amalia außer sich. »Ihr geschieht nichts? Und ob ihr nichts geschieht.« Vollkommen unvermittelt sprang sie vor und griff nach meinem Arm. Diese plötzliche Berührung machte mich für einen Moment lang sprachlos. Mit aller Wucht riss meine Schwester mich zu sich und schob ihren Körper vor mich.

»Tu ihr etwas an, Sybill, und du wirst sehen, welche Kraft noch in mir steckt.«

Sybill zuckte mit den Achseln, als würde sie all das nichts angehen. »Ich habe nicht die Absicht, irgendetwas an ihrem Körper zu krümmen.« Sie lächelte finster. »Nicht so wie bei deinem Bruder.«

»Miststück«, schrie Amalia und wollte gerade auf sie losgehen, als sie mit einem Mal stocksteif verharrte. Sie stöhnte gequält auf.

»Nicht so unbeherrscht, meine Liebe«, säuselte Sybill und trat mit provozierender Ruhe auf meine Schwester zu, um ihr eine Hand auf den Bauch zu legen. Ich war für einen Moment zu angsterfüllt, um mich zu rühren, und dann legte sich auch um mich die zwanghafte Starre von Sybills Zauber. »Deinem Baby bekommt das nicht.«

Baby? Erst jetzt nahm ich wahr, wie sich der Stoff ihres Kleides unter Sybills Berührung ganz leicht wölbte.

»Amalia«, hauchte ich fassungslos, nicht fähig, diesen Gedanken richtig zu erfassen.

»Das *Baby* ist mein Trumpf gegen euch«, fauchte meine Schwester, mich ignorierend. »Dieses *Baby* wird euch nichts nützen, wenn ihr Helena etwas antut.«

Im Nu wurde ich zurückgerissen. Ich schnappte nach Luft, fand jedoch keine. Nicht einmal für einen einzigen Schrei hatte ich genügend Kraft, als ich gegen die Wand prallte und an sie gepresst in die Höhe gezerrt wurde. Etwas Unsichtbares legte sich um meinen Hals. Verzweifelt versuchte ich mich zu befreien, doch es gelang mir nicht.

»Ich warne dich«, krächzte Sybill wie wahnsinnig. Schwankte ihre Stimme oder war das nur das Rauschen meines Blutes, das ich hörte? »Drohe *nie* wieder diesem Kind.« Als wäre es ihres. Als würde Amalia ihm etwas antun können.

»Lass meine Schwester los«, forderte Amalia. »Lass sie sofort los!«

Und dann hörte ich andere Worte, sanfte, mir vertraute Worte der Magie, und ich wusste, dass Sybill in ihrer Wut gerade einen entscheidenden Fehler begangen hatte. Plötzlich sah ich den Funken Magie, der tiefrot in ihr bebte, und ich grinste über die Unwissenheit der Chaosmagierin. Sie bemerkte gar nicht, wie ich ihr die Magie entzog, die sie mir wie eine ausgestreckte Hand hinhielt.

Vor wenigen Augenblicken noch war sie sicher in ihr eingeschlossen gewesen. Meine Magie war von ihrer Barriere gehemmt, doch mit der ihren verhielt es sich anders. Sie flammte hell auf und ich konnte sie mir zunutze machen.

Und ich hatte im Umgang mit Chaosmagiern einiges gelernt. Als ich die Kontrolle gewann, fiel ich zu Boden, konnte den Sturz aber einigermaßen leicht abfangen. Sybills Miene verzog sich schmerzerfüllt, ich aber lauschte nur der Magie, die mir alles aufzeigen wollte, was ich wissen musste. Konzentriert sah ich auf meine geöffnete Hand und krümmte leicht meine Finger. Giftgrüne Energie waberte über meine Handinnenfläche und ich riss den Arm nach vorne, um die Magie in Sybills Richtung zu lenken.

Wie ich noch vor wenigen Sekunden selbst, prallte sie zurück, ein wenig nur, doch es reichte aus, dass sie strauchelte und fiel. Ohne darüber nachzudenken, was genau ich da tat, entriss ich ihr alles. Alle Magie, die sie am Leben erhielt, bis ihr inneres Licht erlosch.

Die Magie schoss in mich, als suche sie verzweifelt einen menschlichen Wirt, und ich keuchte erschrocken ob der Intensität dieser unglaublichen Macht auf.

Ich sank in mich zusammen. Nur allmählich spürte ich den Schmerz in meinen Knien, auf denen ich so unsanft gelandet war. Fast schon abwesend sah ich zu, wie meine Schwester die Waffen aufhob, die mir Sybill zuvor entwendet hatte.

»Nell, steh auf«, befahl sie mir und ich konnte nicht anders, als ihr zu gehorchen. Ich hatte sie noch nicht erreicht, da erschien eine mir wohlbekannte Frau in der Tür. Sidonia.

Ehe ich reagieren und die überschüssige chaosmagische Energie in mir mobilisieren konnte, war meine Schwester zur Stelle. Mit einem ausfallenden Schritt war sie bei der Frau, die Greta in den Wahnsinn getrieben hatte, und schnitt ihr mit Aidans Schattenklaue die Kehle durch.

Wie unpoetisch dieses Ende doch wirkte. Mit ihr hatte alles begonnen, jetzt war sie innerhalb eines Wimpernschlags ausgelöscht.

»Helena, jetzt komm schon.«

Ich brauchte nicht noch eine Ermahnung. Schon war ich auf den Beinen und bei ihr. Ich riss sie mit mir und dann befanden wir uns in dem marmornen Gang. Es würde nicht lange dauern und man hätte uns entdeckt. Einen Ort jedoch musste es geben, an dem man uns erst einmal nicht suchen würde. Sicherlich würde man nicht annehmen, dass wir so mitten im Krisengebiet verweilen würden. Das war aber auch nur eine Vermutung.

»Komm«, rief ich meiner Schwester zu und riss die Tür zu dem leeren Zimmer auf. Mit der Chaosmagie löste ich die Barrieren, die Sybill um den Raum gelegt hatte, und drückte sie gegen die Tür, um sie zuzuhalten.

»Helena.« Amalia starrte mich vollkommen überrascht an. »Wie …« So vieles hätte in dieser Frage stecken können. W*ie kommst du hierher? Wie kamst du von der Insel? Wie kann meine kleine Schwester solche Macht hervorrufen?*

»Hi«, murmelte ich nur entkräftet, doch sie hatte mich schon in ihre Arme gezogen. Schluchzend presste ich mein Gesicht in ihre Schulter und sog ihren vertrauten Duft ein.

»Helena«, wisperte sie nochmals. »Wie bist du nur hierhergekommen? Wie hast du uns … mich gefunden.«

»Uns«, verbesserte ich sie und löste mich ein wenig von ihr, um sie anzusehen, ließ sie jedoch nicht los. »Wir haben Leonard. Er wird in Sicherheit gebracht. Es wird alles gut.«

»Wie hast du das nur geschafft?«

»Nun«, versuchte ich mit schwacher Stimme, die Barriere in meinem Rücken immer noch aufrechterhaltend. »Erst einmal bin ich von der Insel geflohen, mit … etwas Hilfe. Dann haben wir Cornelius gefunden und …«

»Es geht ihm gut?« Amalia seufzte und drückte damit ihre tiefste Erleichterung aus. »Sie haben Leo benutzt, um mich gefügig zu machen. Sie haben ihn gequält, bis ich nicht einmal mehr richtig atmen konnte. Ich befürchtete, sie hätten irgendwann dasselbe mit Cornelius vor … oder er wäre schon längst tot.«

Ich schüttelte den Kopf. »Wir haben die letzten Wochen zusammen nach euch gesucht. Er ist hier. Es wird alles gut«, wiederholte ich.

Amalia sah mich eine kurze Zeit so tieftraurig an, dass ich meinen eigenen Worten kaum noch Glauben schenken konnte. Sie hob die Hand und nahm eine Strähne meines zerzausten Haars zwischen die Finger. »Nell, sie … sie haben Jenna getötet.«

Das Bild von Samuel schoss mir unvermittelt in den Kopf, der Blick meiner besten Freundin, der plötzlich leblos und leer geworden war. »Was?«, stieß ich hervor und Amalias Augen wurden feucht, auch wenn sie nicht weinte. Sie weinte nie.

»Sie haben den Söldner beauftragt, sie in deiner Anwesenheit zu töten, um zu erfahren, ob du wirklich chaosmagisches Erbe in dir trägst.«

Ich schluckte schwer und sah auf den Boden. Meine Gefühle und Gedanken wirbelten durcheinander. »Warum sollten sie so etwas tun? Selbst wenn meine Mutter chaosmagisch gewesen sein sollte. Chaosmagie ist nicht erblich.«

»Wirklich?«, fragte meine Schwester verwundert. »Woher … Egal. Sie wissen es nicht. Sie wissen kaum etwas. Über uns, über Chaosmagier. Nicht so viel, wie sie wissen müssen, um …«

In diesem Moment prallte etwas gegen meine Magiebarriere. Ich schrie und setzte dem Angriff von der anderen Seite alles entgegen. »Um was?!«, drängte ich.

»Sie analysieren uns, Nell. Sie haben mich geholt, weil ich schwanger war. Sie … Das Kind … Sie wollen seine Magie verstärken, mit der Chaosmagie verbinden. Wir …« Ein weiteres Poltern gegen die versperrte Tür unterbrach sie. »Sie haben mir etwas gespritzt, was meine Fähigkeiten auf ein Minimum reduziert«, offenbarte sie panisch. »Ich kann nichts tun.«

Angst durchflutete mich und als eine weitere Woge der Magie mir entgegenschlug, wurde ich fast ohnmächtig. »Was sollen wir tun?«, wisperte ich fast schon zu schwach dafür.

Amalia sah sich hektisch um. Ihr Blick blieb am Fenster hängen, gegen das gerade eine meterhohe Welle schlug. Wir befanden uns nicht weit über der Meeresoberfläche, dadurch, dass das Anwesen direkt in die Klippenwand geschlagen worden war. Es wäre möglich.

»Wir springen«, sprach ich ihren Gedanken aus und realisierte dann erst, was ich da sagte.

Meine Schwester brauchte nicht lange. Sobald meine Worte in die Welt entschwunden waren, setzte ich nach vorn und sprengte mit Sybills verbliebener Energie das Fenster, das mit Gewissheit nicht zu öffnen war, aus den Angeln.

Gleichzeitig versuchte ich die Barriere hinter mir zu stabilisieren, dann kam ich zu ihr. Ich warf einen raschen Blick hinaus und der Wind schlug mir eiskalt entgegen. Der Steg konnte nicht weit entfernt von dieser Stelle sein. Skeptisch starrte ich die Klippe unter uns hinunter, die immer wieder von kleineren Wellen umschlungen wurde.

Ich streckte die Hand aus und brachte sie so gut es ging zum Schweigen. »Du zuerst«, befahl ich meiner älteren Schwester und sie lachte auf.

»Ganz bestimmt nicht. Ich lasse nicht zu, dass du bei dem Versuch, mich zu retten, draufgehst.«

»Amalia«, sagte ich drängend und mit fast vollkommen zusammengebissenen Zähnen. »Ich kann das nicht mehr lange durchhalten. Wenn ich springe, verliere ich die Kontrolle über das Meer und die Wellen schlagen dich gegen die Felsen. Dann bist du tot und dein Baby auch. Ich komme, wenn du weit genug weg bist. Kannst du dich dort unten schützen? Reicht deine Kraft dafür?«

Sie nickte, anscheinend noch unentschlossen, ob sie mir einfach das Kommando überlassen konnte. So viel Zeit hatte ich nicht. »Du springst jetzt und dann schwimmst du, verstanden? Dort unten ist ein Steg, auf dem sich Cornelius oder de Andrade befinden. Sie und …«

»De Andrade?«, stieß sie hervor, als ich meine Pistole und die Schattenklaue wieder an mich nahm und sie dazu brachte, sich auf den niedrigen Fenstersims zu stellen.

»Sie halten das Meer ruhig. Dir wird nichts geschehen. Ich komme nach«, überging ich ihre Frage und dann stieß ich sie hinaus. Ihr Körper wurde von den brodelnden Wellen umschlungen und ich hoffte, dass ihrem ungeborenen Kind bei dem Sprung nichts geschehen war. In diesem Moment tauchte sie auf und schwamm, um sich von den gefährlichen Klippen zu entfernen.

Hinter mir ertönte das grässliche Geräusch zersplitterten Holzes und mein Arm, den ich in Richtung der Tür hielt, fühlte sich an, als hätte man ihn mir halb ausgerissen. Aber noch waren sie nicht da. Mit aller Dringlichkeit starrte ich hinunter. Gleich würde Amalia aus der gefährlichen Zone heraus sein. Ich spürte, wie sie an dem dünnen Faden zupfte, der meine Kontrolle über die Wellen darstellte. Sie war bereit, sich selbst zu schützen. Sie wollte die Macht aufrechterhalten, bis ich ihr in die Fluten gefolgt war. Ich überließ ihr die Gewalt und sandte ihr noch alle Magie, die ich entbehren konnte und die sie benötigte, um weit genug schwimmen zu können. Sie würde noch früh genug bemerken, dass ich den Sprung nicht wagen würde.

Jemand hatte sein Versprechen gegeben, dass mir nichts geschehen würde, und hatte es bisher mit äußerster Loyalität gehalten. Diesen jemanden würde ich nicht einfach im Stich lassen. Ich musste zu Faye. Mit diesem Gedanken brach die Barriere und die Tür zerbrach in ihre Einzelteile. Die Aura der fremden Magier und die magischen Schwingungen der Explosion schossen auf mich zurück. Ich wurde quer über den Boden geschleudert und verlor die Pistole, die meine verlorene magische Kraft hätte ersetzen müssen. Keuchend sah ich gerade noch rechtzeitig auf, als eine Feuersalve mir entgegenstob, und riss den Arm hoch, um mich abzuschirmen.

Zwei Männer traten auf mich zu. Chaosmagier und Naturmagier. Sie wirkten wie die perfekten Killer. Geschorenes Haar, die Köpfe mit Bannformeln tätowiert; wie Benedikt, doch sie wirkten um einiges bedrohlicher. Eine dunkle Aura umgab sie und der Wahnsinn stand ihnen in den Augen.

Viel zu irritiert starrte ich sie an. Sie bildeten ein Team, vereinten die Unbegrenztheit der Chaosmagie und die Balance der Naturmagie. Ich wankte einige Schritte zurück und schleuderte ihnen einen Windstoß entgegen, der sich jedoch zwischen uns verflüchtigte, ehe er sie erreichte. Zu spät wurde mir klar, dass ich Faye gegenüber vielleicht loyal sein mochte, jedoch nie bedacht hatte, wie wenig ich gegen diese Wesen auszurichten vermochte. Ich war nicht stark genug.

Der Chaosmagische grinste mich mit einer Mischung aus Freude und Sadismus an, dann ließ er einen Feuerball inmitten der unbelebten Luft entstehen. Vollkommen verzweifelt zückte ich meine einzig verbliebene Waffe, Aidans Schattenklaue, und hielt sie schützend vor meinen Körper.

Ich spürte den Moment genau, als der Naturmagier die Herrschaft über das Feuer übernahm. Der Griff des Messers erwärmte sich in Sekundenschnelle. Ich hielt es fest umklammert, bis es sich in mein Fleisch brannte. Klirrend fiel es zu Boden. Panik wallte in mir auf. Die Magier grienten auf mich herab.

Sie kosteten sie aus, die Zeit bis zu meinem Tod. Womöglich um zuzusehen, wie die Verzweiflung mich allmählich in sich einschloss. Auch wenn ich mir im Klaren war, dass es mich nicht retten würde, rutschte ich rücklings auf dem Boden zurück, bis ich gegen die Wand unter dem Fenster stieß. In Panik verfallend sah ich gerade noch, wie dem Naturmagier von hinten eine Klinge durch den Leib gebohrt wurde.

Ich schrie, war jedoch geistesgegenwärtig genug, mich des Feuers zu bemächtigen, das frei geworden war, und es in der Luft zu halten. Faye streckte, noch während das Blut ihr über die Finger lief, die um die Klinge geschlossen waren, die andere Hand nach dem Kopf des Chaosmagiers aus. Er hatte keine Zeit zu handeln. Sein Blick wurde leer, irgendwie umnebelt und dann sackte er zeitgleich mit seinem Partner zu Boden. Mit einer der letzten Bewegungen griff sie nach dem Feuerball, den ich kaum mehr länger zu halten in der Lage gewesen wäre, und ließ ihn sich ins Nichts verflüchtigen.

Faye taumelte und stieß hart gegen den Türrahmen. Sie war blass, sehr blass und Schweiß stand ihr in dicken Perlen auf der Stirn. Sie keuchte unruhig. »Kannst du nicht zwei Sekunden auf dich selbst aufpassen?«, fragte sie atemlos, doch mit einem Lächeln auf den Lippen. Ich lächelte zurück, so erleichtert, sie heil und gesund zu sehen, dass ich kurz vergaß, aufzustehen und mit ihr zu fliehen. Und das war der Fehler.

Plötzlich spürte ich eine immense Kraft um meine Kehle, die immer weiter zudrückte. Eine Macht drängte mich weiter an die Wand und umfing mich, als wäre ich ein Fisch in einem Glaskasten. Mir blieb nicht einmal genug Luft für einen Schrei, als Faye von hinten umschlungen wurde. In diesem Moment sah ich sie sterben, doch sie belehrte mich, dass ich sie nie unterschätzen durfte. Ein schwarzrauchiger Machtimpuls schoss aus ihr heraus und wehrte den Angreifer ab. Mit einem beherzten Sprung setzte sie nach vorne und rollte sich geschickt auf dem Boden ab.

Die Freude, die sich in mir Bahn brach, hielt nicht lange an, als die Wände meines unsichtbaren Käfigs immer näher kamen. »Nein!«, schrie ich, als der Fremde, dessen Gesicht von vielen blutenden Narben geziert war, kalt lächelnd ein Schwert aus der Scheide zog, das länger war als mein komplettes Bein.

Faye war sofort zur Stelle, aber ihre Bewegungen waren langsam, viel langsamer als zu Zeiten, in denen wir zusammen trainiert hatten. Aber schnell genug. Mit einem formvollendeten Roundhouse-Kick traf sie den Fremden direkt in den Bauch. Er strauchelte, dann entsandte Faye ihre Magie und ich wollte erleichtert aufatmen. Doch als das Leben in unserem Angreifer erlosch, verrauchte meine Zuversicht. Mein Käfig blieb bestehen.

Mein Herz machte einen panischen Satz, als ich sah, wie Faye entkräftet zu Boden stürzte.

»Faye«, schrie ich. »Faye, verdammt.«

Ich wusste sofort, dass man ihr den Lebensfunken nehmen wollte. Ich überlegte nicht lange, schickte ihr alle Macht zu, die ich mobilisieren konnte. Mit einer Leichtigkeit, die mich überrumpelte, wurde sie abgewehrt.

»Faye.« Ich sah in ihre schmerzverzerrten Augen, die direkt auf mich gerichtet waren, und versuchte meinen Käfig zu zertrümmern. Vergeblich, immer und immer wieder, bis sich in meinem Körper ein kränkliches Zittern ausbreitete. Faye wurde mit jedem Moment blasser. »Nein!«

»Helena«, wisperte sie, als ihre Haut plötzlich grau wurde. Ich sah die Angst in ihr und die Resignation. »Helena.«

Als sie die Augen schloss, umfing auch mich Dunkelheit.

Kapitel 35

« DIE MACHT EINES PFEILS »

Als ich erwachte, schmeckte ich Blut in meinem Mund. Ich öffnete die Augen nicht, da der Schmerz mich noch immer gefangen hielt. Was war geschehen? Was war mit mir geschehen? Innerlich sah ich Faye vor mir, der man das Leben allmählich und doch viel zu schnell entrissen hatte, und ich erinnerte mich an die Verzweiflung, mit der ich versucht hatte, ihr genügend Magie einzuflößen, die sie am Leben erhielt, bis ich mich selbst so der Kraft beraubt hatte, dass ich … Ich schreckte auf. Ich war mitten im Kampf zusammengebrochen und …

Mein Blick fiel auf das weiche Himmelbett vor mir, auf dem sie mit ausdrucksloser Totenmaske lag. Faye Thomson, die Kriegerin, in der Kampfkleidung, die sie noch immer trug und die an ihr plötzlich so fehl am Platz wirkte. Am Leib des toten Schneewittchens, das mit schneeweißer Haut und dunklem Haar einfach dalag, als würde es schlafen.

Tränen drängten sich in meine Augen und machten mich kurz blind, als ich aus dem riesengroßen Ohrensessel herausstrauchelte, in dem ich wach geworden war. Vor dem Bett fiel ich in mich zusammen und es brauchte einen Moment, bis ich mich erhob und zittrig die Hand nach der Söldnerin ausstreckte. Ich wagte es nicht, sie zu berühren.

»Faye«, wisperte ich und meine salzigen Tränen begannen, meine Haut auszutrocknen.

»Ein Jammer«, erklang da eine mir fremde Stimme. Ich sah mich nur kurz zu ihr um. Nicht panisch, nicht ängstlich, einfach nur, um den Urheber der Worte flüchtig zu identifizieren.

Ich sah einen leicht dicklichen Mann, der in einem hellbraunen Anzug steckte. Graues Haar, ein freundlicher Schnäuzer. Er wirkte so gar nicht wie mein Feind.

Ich schaute wieder auf Faye. »Sie wäre sicherlich eine Bereicherung für uns gewesen. Ihren Tod hätte ich gerne verhindert«, fuhr der Fremde einfach fort und ich hörte, wie er die Tür hinter sich schloss.

Wäre. Tod. Warum stachen mir seine Worte so sehr ins Herz? Ich hatte doch schon in dem Moment, in dem ich sie hier hatte liegen sehen, gewusst, dass sie tot war. Seit ich erfahren hatte, was sie und Aidan waren, hatten sie nie mehr Anstrengung darauf verwendet, ihr Wesen aus Magie vor mir zu verbergen. Ich hatte den Lebensfunken meiner Beschützerin stets wahrgenommen. Jetzt war er erloschen.

»Du wolltest nicht, dass sie stirbt? Vermutlich ist es ihr so lieber«, sagte ich kraftlos, ohne mir Gedanken darüber zu machen, was er von mir wollte oder was er mit mir tun würde. Wer er war, schien klar. Offensichtlich hatte Beckett sein Ziel nicht getroffen, vermutlich war er schon tot. »Alles ist besser, als zu einem Versuchsobjekt zu werden.«

Der Fremde lachte leise und ich vernahm seine schweren Schritte zum Fenster, aus dem Amalia gesprungen war. Ich wusste nicht, was aus ihr geworden war, aus Aidan, Leo oder Cornelius. Vermutlich würde ich es auch nie erfahren.

»Du verkennst die Situation vollkommen, Helena.«

Ich schloss gequält die Augen. Warum? Warum nannten sie mich alle so vertraut bei meinem Vornamen? Als würden sie mich kennen, aber das taten sie doch auch, oder? Amalia hatte es gesagt. Jenna hatte sterben müssen, um mich zu testen. Sie hatten mich beobachtet, weil sie geglaubt hatten, ich sei eine Chaosmagische.

»Ich bedaure den Tod eines jeden Magiers, Helena.« Konnte er nicht endlich aufhören, meinen Namen zu sagen? »Ihre Leben waren mir kostbar, doch das, was ihnen geschah, war unbedingt notwendig. Die Sicherung der Magie muss für uns alleroberste Priorität haben.«

Tränenblind ließ ich meinen Blick auf Faye gerichtet. Ich würde diesen Mann nicht ansehen. Faye war es, die mir jetzt noch Kraft schenken konnte. Kraft, mich nicht aufzugeben, auch wenn mein Schicksal bereits besiegelt war.

»Sicherung der Magie«, zischte ich. »Ihr habt getötet, Familien auseinandergerissen. Wen habt ihr je mit euren Taten beschützt?«

»Du scheinst es nicht zu verstehen. Wir sind Wesen der allerhöchsten Existenz. Der Starrsinn der Obersten unserer Rasse und der magielosen Kleriker«, zählte er auf, als seien all diese Abschaum, »hat sogar dazu geführt, dass die Wunderbarsten unter uns ausgegrenzt wurden, zu Gestalten der Geschichte. Wir aber brauchen sie. Die Verbindung von Natur- und Chaosmagie eröffnet uns eine solche Macht, der niemand mehr etwas entgegenzusetzen hat.«

»Wesen von allerhöchster Existenz«, äffte ich nach und sah aus den Augenwinkeln Fayes elfenbeinfarbenen Bogen, der in einer Ecke des Zimmers an die Wand gelehnt worden war. »Dein Erbe schlummert. Du hast keine Ahnung, was die Magie aus uns macht und was nicht.«

Er ignorierte mich, als redete er gar nicht mehr mit mir. »Seit Jahrzehnten versuchten wir, die Chaosmagischen wieder ausfindig zu machen, doch sie schienen für immer verschwunden zu sein. Und dann warst da du.« Ich biss mir fest auf die Lippe. »Du, eine solche Hoffnung und bald schon eine solche Enttäuschung.«

»Jenna«, murmelte ich, ohne den Laut der Anklage in meiner Stimme. Was brachten mir all diese Gefühle noch? »Ihr habt sie töten lassen. Wieso habt ihr mich nicht einfach entführt wie all die anderen?«

»Wäre deine Mutter eine Chaosmagische gewesen, hätte dein Erbe existiert, hätte es bereits sehr lange geschlummert … Wir glaubten, nur die absolute Verzweiflung wäre imstande, die fremde Magie in dir zu wecken. Deine Freundin sterben zu sehen, hätte sie explosionsartig freigesetzt.«

Ich schloss die Augen und schüttelte nur den Kopf. *Oh, Jenna.* »Dem war aber nicht so. Ich bin nicht chaosmagisch.«

Sein erneutes Lachen wurde von dem Rauschen des mittlerweile eigentlich ziemlich ruhig gewordenen Meeres übertönt. »Selbst zu diesem Zeitpunkt waren wir uns nicht wirklich sicher. Immerhin ist der Söldner regelrecht zu Staub zerfallen. Wir setzten den Obersten den Gedanken der Isolation vor und während sie dich beobachteten, taten wir es auch.«

Ich streckte meine Hand aus und getraute mich zum ersten Mal, Fayes Arm zu berühren. Keine Kraft steckte darin. »Wann habt ihr gewusst, dass ich unschuldig war?«

»Nach einem Jahr waren wir sicher und stellten uns schon gleich die Frage, wie die Macht, die den Söldner getötet hatte, sonst hatte freigesetzt werden können, und so kamen wir auf Aidan.«

Aidan! Jetzt zuckte mein Blick zu ihm. Diesem so freundlich dreinschauenden Mann, der so viel Grausamkeit verbreitet hatte. »Er war es? Hinter ihm wart ihr her?«

»Nicht ganz. Wir wollten sie alle. Die Chaosmagier, ihr Versteck, ihr Blut, ihre Nachkommen, alles.«

»Und wie zum Teufel wolltet ihr das anstellen?«

»Das haben wir doch, nicht wahr? Wir brauchten Amalia nicht nur wegen ihres Kindes. Wir entführten deinen Bruder, um deine wesentlich machtvolleren Geschwister auf den Plan zu rufen.«

Ich betrachtete noch immer die Söldnerin, die mir körperlich so nah, seelisch ferner war als je zuvor. Faye hatte Sommersprossen, ziemlich viele sogar. Sie tanzten wie wild um ihre Nase herum. Ein Detail, das mir zuvor immer entgangen war. »Warum habt ihr Cornelius zurückgelassen?«

»Wir waren uns sicher, ohne ihn würdest du die Chaosmagier nicht finden. Wäre uns ihr Versteck erst einmal bekannt gewesen, hätten wir nicht nur sie gehabt, sondern auch deinen Bruder. Wir ließen ihn zurück, um später den hundertfachen Einsatz rauszukriegen.«

Ich sah ihn an. Er war mir viel näher gekommen, als ich es bemerkt hatte. Ich sah in seine so offenen hellgrauen Augen, die auf seltsame Weise müde wirkten. »Und ich? Bin ich jemand, der aus dem Weg geschafft werden muss, oder Material, mit dem sich arbeiten lässt?«

Seine Stimme erklang wieder dichter als zuvor. »Du bist nie so mächtig gewesen wie Amalia. Wir waren so erpicht darauf, zu erfahren, was aus ihrem Kind werden würde.« Er seufzte. »Es ist, wie ich es sagte. Ein Jammer. Du, ja, du wärst uns wohl von Nutzen gewesen. Wenn auch nicht kraftvoll genug, fließt die Magie deiner Familie doch in deinen Adern. Wir hätten dich und deine Nachkommen für die Forschung wohl gut gebrauchen können.«

Ich nahm Fayes Hand in meine und streifte dabei mit den Fingern die Spitze des Pfeils, den sie an ihrem Oberschenkel befestigt hatte. Er kratzte leicht meine Haut auf. »Was hattet ihr vor? Mit dem Kind?«, fragte ich abwesend und starrte regungslos auf diesen einen Pfeil.

»Die Macht, die zwischen Chaosmagier und Naturmagier entsteht, ist unglaublich. Wie unglaublich wäre es gewesen, diese Kraft in einem einzigen Individuum zu vereinen?«

»Es wäre *gewesen?*«, knurrte ich und schloss für einen Moment die Augen.

»Ach, Helena. Wir waren mächtig. Wir konzentrierten die Macht, die nur durch Natur- und Chaosmagie zu entstehen vermag. Hätten wir euch im Versteck der Magier überraschen können wie geplant, hätten wir euch übermannt, aber so ... Die meisten von uns sind einfache Bibliothekare, Gelehrte, die gerade mit einer Auswahl Waffen umgehen können. Auf euren Angriff waren wir nicht vorbereitet.«

Ich runzelte die Stirn. »Was willst du damit sagen?«

»Greta war eine Schwachstelle, die ich nicht einkalkuliert habe, meine Liebe. Ihr Verrat an uns hat uns bloßgestellt. In der Realität waren wir euch ausgeliefert, nicht umgekehrt. Wir können euch nicht weiterhin zurückdrängen und zweifelsohne werden auch die Naturmagier hiervon erfahren. Es ist vorbei für uns.«

»Warum bist du dann hier?«

»Die Sentimentalität eines alten Mannes. Vielleicht wollte ich nur einmal noch einen Menschen von der Richtigkeit meines Handelns überzeugen. Ich weiß es nicht. Vielleicht wollte ich auch nur einer so talentierten Chaosmagierin meinen Respekt erweisen.«

Ich schnaubte und fuhr über die Spitze Fayes letzten Pfeils. »Sie braucht deinen Respekt nicht. Er hat keinen Wert, alter Mann. Und du hast dir die Falsche ausgesucht, um deine Geschichten loszuwerden. Du hast Jennas Tod verschuldet und Fayes. Du hast Amalia und ihr Kind und Leo bis an die Grenzen ihrer Kraft gequält. Du hast meine Schwester, eine von euch, in den Wahnsinn getrieben.«

»Ja. Greta ...« Ich spürte seine fleischige Hand, die sich auf meine Schulter legte. Wut erwachte tief in mir zum Leben. »Das Kind ist ein Kollateralschaden gewesen. Sie hat außerordentliche Kräfte, in der Tat, aber auf andere Weise war sie uns von weitaus größerem Nutzen.« Meine Finger umschlossen wie von selbst Fayes Pfeil. »Es war ein Fehler. Ein winziger Fehler, der alles zum Einstürzen gebracht hat.«

»Sie ist meine Schwester«, flüsterte ich. »Sie hätte uns nie wirklich verraten, wenn ihr alles bewusst gewesen wäre. Es war dumm, gegen ihre Liebe zu uns zu setzen.«

»Nun«, gab er resignierend zu bedenken und gleichgültig, so gleichgültig, »ich dachte, ich hätte ihr dieses Gefühl endgültig ausgetrieben.«

Ich hatte genug gehört. In einer fließenden Bewegung riss ich den Pfeil aus der Schlaufe an Fayes Oberschenkel und rauschte herum. Mit aller Kraft rammte ich die Spitze der letzten Waffe der Söldnerin in den Hals ihres Mörders. Er sackte auf die Knie. Sein erschrockener Blick bohrte sich direkt in meinen. »Und es war dumm zu glauben, ich sei nicht rachsüchtig, egal, wie sicher dein Untergang bereits wäre«, zischte ich ihm ins Gesicht, während ich noch immer den Pfeil in seinem Hals fest umklammert hielt und zusah, wie das Blut seinen Mund füllte. Krächzend, als wolle er noch etwas sagen, spuckte er es mir auf die Uniform, dann fiel er zur Seite weg.

Angewidert und voller blindem Zorn sah ich ihn noch lange an. Diesen alten Mann, der bis zum Ende geglaubt hatte, das Richtige getan zu haben. Wie konnte ein einziger Mann, eine einzige kranke Idee so viel Unheil bringen? Irgendwann bückte ich mich hinunter und zog den Pfeil aus seinem Hals, dann wandte ich mich wieder der toten Söldnerin zu. Ganz vorsichtig setzte ich mich auf ihre Bettkante und öffnete ihre bereits steif gewordenen Finger. Ich drückte ihr den blutigen Pfeil in die Hand und schloss sie wieder. Es war vorbei.

Es *war* doch vorbei, oder nicht? Hatte er es nicht selbst gesagt? Es war so wahrscheinlich, so zentral im Bereich des Möglichen, dass in wenigen Sekunden jemand in dieses Zimmer trat, der mir etwas antun würde, dem ich wohl nichts mehr entgegenzusetzen hatte, und dennoch … Dennoch legte ich eine Hand auf Fayes Oberschenkel und blieb bei ihr.

Es brauchte seine Zeit, ehe ich mich wieder bewegen konnte. Mein Rücken schmerzte und in meinem Kopf dröhnte ein nicht zu bekämpfendes Poltern. Irgendwo an meinem Körper nässte Blut meine Haut, sog sich nach einiger Zeit aber in den Stoff meiner Kleidung ein und trocknete.

Ich kann im Nachhinein nicht mehr sagen, wie lange es dauerte, bis ich nicht mehr länger allein mit dem Schmerz fertigwerden musste und bis ich mich zur gleichen Zeit noch zerstörter fühlte. Bis ich Aidan hinter mir spürte, und mit ihm seine Verzweiflung. Ohne zu ihm zu sehen, rutschte ich von Fayes Totenbett und trat einige unbeholfene Schritte auf ihn zu.

Augenblick um Augenblick hatte ich die neuen Tränen zurückgedrängt, doch als ich den Kopf hob, um ihm ins Gesicht zu sehen, waren sie nicht mehr aufzuhalten. Aidans Miene war undurchdringlich. Verhärmt und verschlossen.

»Aidan, ich …« Mein Wispern erlosch, als er mit einem Schritt bei mir war, einen Arm um meine Taille schlang und mich an sich zog. Schluchzend presste ich mein Gesicht an seine Brust und spürte seine Lippen an meinem Hals. Sie zitterten, er selbst bebte am ganzen Körper, doch ich hielt ihn so fest wie ich konnte, und klammerte mich gleichzeitig mit all meiner Traurigkeit an ihn, um nicht in der Flut meiner Gefühle zu ertrinken. Ich lauschte nur seinem Flüstern.

»*Helena, Helena, Nell …*« Sprach er die Worte wirklich aus?

»Es tut mir leid«, brachte ich nach einiger Zeit hervor. »Es tut mir so leid.«

Ich spürte, wie er seine Umarmung löste, doch nicht, um sich von mir zu entfernen, sondern um seine Hände sanft um mein Gesicht zu legen. Er sagte nichts, sah mich nur an und strich mit den Daumen die Tränen von meinen Wangen. Er weinte nicht. Als wäre er innerlich gestorben, doch ein Blick in seine Augen zeigte mir den Schmerz, der in ihm tobte.

Ich berührte mit den Fingern die Schatten in seinem Gesicht.

»Es tut mir so leid«, wiederholte ich. »Ich liebe dich, es tut mir leid, ich …«

Wieder ließ er meine Worte leise abklingen, als er seine Lippen auf meine senkte und ich für einen Wimpernschlag alles vergaß, dann ließ er mich allein. Ich schlang die Arme um meine Mitte, während ich ihm dabei zusah, wie er mit fast schon seelenloser Langsamkeit zu seiner Freundin schritt. Keiner von uns scherte sich noch um den Leichnam des Alten auf dem Boden.

Als Aidan die Hand nach Faye ausstreckte, wandte ich mich tief betrübt von ihm ab. Ich drückte die Arme enger um meinen Körper, aus Angst, sonst zu zerbrechen, dann ging ich hinaus. Ich wusste nicht, was da draußen auf mich wartete. War der Kampf denn schon vorbei? Alles war mir egal. Aidan musste allein mit ihr sein und dies würde ich ihm ermöglichen. Ich zog die Tür hinter mir zu, als ich aus dem düsterstillen Raum getreten war.

»Helena.«

Erst als ich aufsah, erkannte ich, wer da meinen Namen ausgesprochen hatte, und sobald ich ihn sah, überraschte es mich schon.

»Cornelius«, seufzte ich. Ja, ich war erleichtert, aber die Trauer saß viel zu tief. Ohne weitere Worte floh ich in seine Arme.

»Es ist vorbei. Wir sind in Sicherheit«, flüsterte er mir zu. »Du hast sie beide gerettet.«

Ich wusste, wie schwer es ihm gefallen sein musste, mich hier drin allein zu wissen, selbst wenn ich nicht einmal allein gewesen war. »Ist Amalia …?«, konnte ich die Frage nur beginnen.

»Sie ist sicher. Und Leo …« Seine Stimme wirkte rau und noch immer traurig, vor allem aber grenzenlos erschöpft. »Er wird wieder, auch wenn ich nicht weiß, ob das auch für seine Beine gilt.«

Ich schüttelte nur den Kopf.

»Nicht wichtig. Es ist nicht wichtig. Er lebt. Cornelius, er lebt«, wiederholte ich nur immer wieder.

»Ja«, antwortete er leise. »Sie leben beide.«

Kapitel 36

« ERWACHEN »

Mutlos ging ich durch die Straßen des Dorfes, in dem die Chaosmagier sich seit Jahren versteckt gehalten hatten und es noch eine sehr lange Zeit tun würden, wenn es nach uns ginge.

Meine Tage waren von den immer selben Vorgängen bestimmt. In den drei Wochen, in denen wir nun wieder hier waren, hatte ich mein Training nicht wieder aufgenommen. Wozu auch? Dazu würde in der Zukunft noch genügend Zeit sein. Amalia würde mich zur vollendeten Naturmagierin ausbilden, während Cornelius versuchen würde, als eine Art Botschafter zwischen den magischen Völkern zu vermitteln. Das war der Plan.

Die Naturmagier waren von ihm über die Sachlage in Kenntnis gesetzt worden und hatten begonnen, die Chronisten, diejenigen, die den Angriff der Chaosmagier überstanden hatten, vor Gericht zu stellen.

Es hatte nächtelange Diskussionen darüber gegeben, ob die Chaosmagier sich und ihre Existenz offenbaren sollten. Viele von ihnen fürchteten sich ob der grausigen Legenden, die man sich seit ihrem Verschwinden erzählte. Es gab jedoch eine noch größere Anzahl derjenigen, die den Schrecken der Vergangenheit nicht mehr als den ihren ansahen und einen Neuanfang wagen wollten. Es hatte sich viel getan.

Wie schon damals, bevor die Welt sich auf eigenartige Weise wieder zusammengefügt hatte und zugleich in sich zerbrochen war, öffnete ich die schwere Eisentür zu den Kontrollräumen.

»Hey«, begrüßte ich Jason, der mit einem mitfühlenden Blick aufsah. »Darf ich zu ihr?«

Er nickte. »Na klar«, bestätigte er und drückte einige Knöpfe, um mir die Zelle zu öffnen.

Sie hatte sich leicht verändert. Marek hatte es schließlich selbst nicht mehr ausgehalten, Greta derart spartanisch die Tage fristen zu lassen, die Inhaftierung hatte er dennoch nicht aufgehoben. Zwei riesige Bücherstapel machten die Zelle ein klein wenig wohnlicher. Meine Schwester hatte sie bislang nicht einmal angerührt.

»Guten Morgen«, flüsterte ich und setzte mich auf ihr Bett. »Wie geht es dir?«

Sie bewegte sich nicht von ihrem Platz am Fenster fort. »Wie geht es Leonard?«

Ich seufzte. Fragte ich nach ihrem Befinden, antwortete sie mir stets, indem sie sich nach unserem Bruder erkundigte. »Gut. So wie schon seit Tagen. Die Beine machen ihm nicht mehr allzu viele Probleme. Er will dich sehen, Gretchen.«

Sie regte sich nicht. »Wie geht es Amalia und dem Baby?« Das war stets ihre nächste Frage, als wäre es nicht wichtig, was sie selbst durchstehen musste.

»Sie will dich auch sehen«, sagte ich deshalb nur. Sie wusste doch schon, dass es beiden gut ging. Sie konnte es nur nicht ertragen, sich nicht länger selbst zu bestrafen. Sie hatte nicht erlaubt, dass unsere Geschwister sie besuchten.

»Sie können mich sehen«, antwortete sie leise. »Vermutlich haben sie das auch schon. Ich weiß genau, dass man die Zelle einsehen kann.«

Ich seufzte. »Das ist nicht das Gleiche. Sie wollen dich berühren, dich in die Arme nehmen.«

Stoßweise entwich ihr die Luft und sie krümmte sich zusammen, als könne sie den Schmerz nicht mehr ertragen. »Nell, ich kann nicht. Ich kann sie nicht in die Arme schließen, sie nicht einmal ansehen in dem Wissen, was ich ihnen angetan habe. Ich ertrage es nicht und ich verdiene es auch nicht.«

»Aber vielleicht verdienen *sie* es, Greta.« Sie antwortete nicht. »Was ist mit Cornelius?«

Sie hob eine Hand und wischte sich über das Gesicht. Ich konnte nicht sehen, ob sie weinte. Das tat sie viel in der letzten Zeit, leise, ohne einen einzigen Laut. Auch die letzte Kraft, die in der Zeit in ihr gesteckt hatte, als wir noch nicht einmal gewusst hatten, ob Amalia und Leo überhaupt noch am Leben waren, war von ihr gewichen. Jetzt war davon nichts mehr zu erkennen. Irgendwann würde *ich* ihren Schmerz nicht mehr ertragen.

»Nein«, entschied sie kategorisch.

Ich hatte ihr nicht erzählen wollen, dass die Chronisten hinter Jennas Tod steckten, hatte ihre Seele nicht noch mehr zerbrechen sehen wollen, aber es war mir notwendig erschienen, sie in alles einzuweihen. Vielleicht um ihren Zorn auf diese skrupellosen Männer zu wecken, sie *auf*zuwecken. Wenn das mein Plan gewesen war, war er fehlgeschlagen.

Wie jedes Mal kam der Moment, in dem ich keine weitere Hoffnung mehr hatte, dass sie sich insoweit verzieh, dass sie unsere Geschwister zu sich ließ. Seufzend drückte ich ihre Schulter kurz, aber liebevoll und verließ die Zelle. Ich sah Jason nicht in die Augen. Ich wollte mich mit seinem Mitleid nicht befassen. Womit hatte ich es mir eigentlich verdient? Meine Geschwister lebten. Sie alle lebten. Es gab viele andere in diesem Dorf, die ein größeres Opfer gebracht hatten, die jemanden verloren hatten.

Mit diesen Gedanken ging ich wieder nach draußen und fand mich irgendwann in einem Türrahmen lehnend wieder. Dem Türrahmen zu meinem Zimmer. Schwer schluckend sah ich zu, wie Aidan seine Kleidung ungeordnet in eine Reisetasche stopfte.

»Und du bist dir sicher?«, fragte ich mit seltsam toter Stimme. Er sah sich nicht zu mir um.

»Ich muss weg von hier. Wenigstens für eine Weile.«

Mein Magen schmerzte, als wäre er mit Rasierklingen gefüllt. Unsere Beziehung seit Fayes Tod war … merkwürdig. Wir hatten keine einzige Nacht seither ohne einander verbracht. In jeder von ihnen hatte ich versucht, seinen Schmerz erträglicher zu machen, doch es war mir nie gelungen. Ich war nicht das, was er brauchte. Er sehnte sich nach der Rache, die ihm versagt zu bleiben schien.

Aidan riss den Reißverschluss der Tasche zu und verharrte dann, mir den Rücken zugekehrt. Er hatte einen Plan, aber wo sollte er eigentlich wirklich hin? Wo würde er seinen Schmerz vergessen können? Wo wurde er nicht ständig daran erinnert, dass Faye bei dem Versuch, mich zu retten, ihr Leben gelassen hatte?

»Ich kann nicht bleiben«, sagte er mit Nachdruck, als müsste er sich für irgendetwas rechtfertigen.

»Ich weiß«, flüsterte ich und senkte den Blick zu meinen Füßen.

Ich registrierte nicht, dass er endlich erkannt hatte, was er als Nächstes tun sollte. Er war bei mir, ehe ich es bemerkte, und hatte eine Hand an meine Wange gelegt, hob mein Gesicht an, sodass ich ihn ansehen musste. »Ich komme wieder.«

»Sicher doch«, gab ich ihm flüsternd zur Antwort. Er würde kommen, wenn er dem Schmerz Herr geworden war, doch ich war wider meiner Worte nicht sicher, ob das jemals geschehen würde.

Ich hatte ihn in den letzten Wochen auf eine neue Weise kennengelernt. Ich merkte es sofort, als seine Gefühle für mich einen kleinen hellen Fleck in seine dunkle Innenwelt zauberten. Seine Haltung wurde weicher, offener und ich stahl mich in seine Arme, die er fest um mich schlang. Ich lauschte dem Pochen seines stetig schlagenden Herzen, dessen Klang nicht vermuten ließ, dass es gebrochen war.

»Ich schwöre es dir.«

Ich liebe dich, dachte ich, sprach es aber nicht aus. Die Angst, er könne es nicht erwidern, war zu groß. Seit damals in der Festung der Chronisten hatte ich es nicht mehr gewagt.

»Ich schwöre es«, wiederholte er und dann ging er fort.

Die nächste Nacht war ich allein und sie war voller Schatten.

Als ich an irgendeinem der vielen Morgen nach seinem Verschwinden in die Küche trat, sah ich meine Schwester schon den Kaffee aufsetzen. Jetzt, einige Wochen später, konnte man die Wölbung ihres Bauches viel besser erkennen.

Das Kind darin bedeutete so vieles. Es bedeutete Leben, die wir gerettet hatten, und Leben, die so lange fremdbestimmt gewesen waren.

Drei von den gefangenen Naturmagierinnen hatte man von zur Willenlosigkeit gequälten Chaosmagiern Dutzende Male vergewaltigen lassen. Das Zuchtprogramm von Mathias Spencer, dem Kopf der Chronisten, den ich mit Fayes Pfeil getötet hatte, war nicht so unproblematisch gewesen, wie er selbst es hatte klingen lassen. Neben dem, was diesen Frauen zugestoßen war, wirkten die Bluttest- und Genmanipulationslaboratorien regelrecht human. Wir hatten Leichen von Chaos- und Naturmagiern gefunden, denen man das Blut der jeweils anderen Spezies zugeführt hatte. Die Verbindung hatte sie von innen heraus aufgefressen.

Amalia selbst hatte man ein Serum gespritzt, das aus dem Blut verschiedenster, sehr mächtiger Chaosmagier bestanden hatte, um ihr Kind in eine Art Mutanten zu verwandeln, den *Höhepunkt* in ihrer Forschung. Dieses Serum hatte ihre eigenen Fähigkeiten reduziert, wie Unkraut die schönen Blumen im Garten verdrängte.

»Guten Morgen«, murmelte ich. »Wie geht es euch?«

Amalia lächelte und legte sich die Hände auf den Bauch. »Fantastisch. Seit Wochen bin ich jetzt hier und kann immer noch nicht genug davon kriegen, Kaffee zu kochen.«

Ich grinste ein klein wenig glücklicher als gestern. »Nur leider darfst du ihn nicht trinken«, erinnerte ich sie an die Bedingungen ihrer Schwangerschaft.

»Als würde ich das vergessen, aber allein der Duft macht mir immer wieder klar, dass … dass alles wieder gut ist. Fast zumindest«, fügte sie mit einem traurigen Zug um den Mund hinzu.

Amalia litt unwahrscheinlich darunter, dass Greta sich weigerte, sie zu sich zu lassen.

»Ah, Kaffee«, hörte ich da Leonard, der in der Tür zur Küche aufgetaucht war. »Davon werde ich nie mehr genug bekommen.«

Ich verdrehte die Augen. »Ich lebe in einer Familie voller Junkies«, seufzte ich und stand auf, um Leonard dabei zu helfen, mit seinem Rollstuhl über die Schwelle zu kommen.

Nach seiner eigenen Aussage bereiteten ihm die eingegipsten Beine kaum noch Schmerzen, doch ich wusste nicht, ob das wirklich ein gutes Zeichen war. Die Kleriker hatten damals mein gebrochenes Bein in wenigen Tagen heilen können, Leos Fall jedoch war schwerwiegender. Zwar war er gleich nach seiner Rettung zu einer der Delegationen der Kleriker gebracht worden, die sich seiner Verletzungen angenommen hatten, doch seine Knochen waren derart zertrümmert worden, dass es nicht viele Ansätze zur Heilung gegeben hatte.

Ich schob ihn an den Tisch, schenkte ihm eine Tasse Kaffee ein und stellte sie vor ihm hin. »Wann gehst du zu Greta?«, fragte unser Bruder und ich schaute rasch auf meine eigenen Tasse.

»Sobald ich mich dazu in der Lage sehe«, murmelte ich. »Wie immer.«

Amalia seufzte. »Es ist nicht richtig. Es ist nicht richtig, dass sie dort eingesperrt bleibt. Wem soll sie denn noch etwas antun?«

»Marek hat allen Grund, ihr zu misstrauen. Er gibt die Befehle, nicht wir. Er ist es, der eine ganze Gemeinschaft beschützen muss.« Es hatte lange gedauert, bis ich das begriffen hatte. »Und es würde auch nichts ändern, wenn sie frei gelassen wäre. Sie will euch nicht sehen. Ihre Schuldgefühle sind zu groß.«

»Dann müssen wir sie ihr nehmen.«

Ich sah auf. Cornelius, der seit gestern wieder bei uns war, setzte sich zu uns und ich sah meinen älteren Bruder verwundert an. Seine Trauer um Jenna begleitete ihn zwar wieder mit starker Intensität, seit die wahren Umstände ihres Todes zutage getreten waren, doch flüchtete er sich nicht mehr in Zorn und Schuldzuweisungen wie damals vor zwei Jahren.

»Und wie willst du das anstellen?«, fragte ich frustriert.

»Weiß ich nicht, aber ich werde bestimmt nicht den gleichen Fehler zweimal begehen und wieder eine Schwester im Stich lassen.«

Ich riss erschrocken die Augen auf, als mir die Parallelen bewusst wurden. Wir standen am Anfang. Eine Schwester, isoliert und für schuldig befunden. Dieses Mal aber würden all ihre Geschwister ihr beistehen. Sie selbst war es gewesen, die mir mit grenzenloser Loyalität begegnet war, während ich auf der Insel hatte vor mich hin vegetieren müssen. Ganz egal, wie sehr mich ihre Resignation belastete oder erzürnte, ich durfte und konnte sie einfach nicht aufgeben.

»Wir schaffen das schon«, ließ Leonard mit seiner positiven Art verlauten.

Amalia drehte ihre Tasse in den Händen hin und her. »Die Frage ist nur«, sie nahm einen Schluck des Getränks, »ob wir das *hier* schaffen.«

»Was meinst du damit?«, fragte ich, ein wenig böse mit ihr.

Sie hatte sich noch nicht wirklich an den Gedanken gewöhnt, in einem Dorf voller Chaosmagier zu leben. Sie war das Produkt unserer fatalen Erziehung, die nicht unsere Eltern, sondern unsere Gesellschaft verschuldet hatte.

»Marek traut ihr nicht. Ich weiß nicht einmal, ob er *uns* vertraut. Fehlendes Vertrauen führt zur Katastrophe. Dasselbe ist letzten Endes doch mit den Chaosmagiern geschehen. Sie fürchteten sich davor, wie wenig Vertrauen ihnen von den unsrigen entgegengebracht wurde, und tauchten unter.«

Ich schüttelte den Kopf. »Wenn es um Vertrauen geht, dann vertraue ich eher ihnen als unseren Obersten.«

Leo drückte meine Hand. »Ich sehe das genauso. Verdammt, unsere Leute haben Helena weggesperrt.«

Meine Schwester sah mir fest in die Augen. »Ich weiß. Und sie werden dich für deinen Eidbruch bestrafen, wenn wir zurückgehen. Es muss ihnen klar sein, dass du bei uns bist. Das, was Cornelius ihnen erzählt hat, wird sie wohl kaum von dieser Tatsache abgebracht haben.«

Cornelius sah uns einen nach dem anderen an. »Wir müssen zusammenbleiben. Wir müssen bei Greta sein und wir müssen bei Helena sein.« Er streckte seine Hände zur Mitte des Tisches und wir legten unsere auf die seine.

« Sechs Monate später »

»Ich … Ich kann nicht glauben, dass man sie tötet«, wagte Greta zu sagen.

Seit Marek ihre Inhaftierung aufgelöst hatte, sprach sie nur selten von unserer düsteren Vergangenheit, ihrer Rolle darin oder den Chronisten.

»Es fällt mir schwer, Mitleid zu empfinden«, antwortete Amalia laut und stellte die Umzugskiste in Gretas Zimmer. »Diese Schweine sind meinem Kind mit einer Nadel zu Leibe gerückt. Ich hätte sie vielleicht selbst getötet, wenn ich die Möglichkeit gehabt hätte.«

Greta erbleichte. »Ich meinte nicht …«

Sofort sah Amalia, was für einen Fehler sie begangen hatte. Sie legte unserer Schwester einen Arm um die Schulter und drückte sie an sich.

»Ich weiß«, versicherte sie. Bis zum Tag der Geburt war uns allen angst und bange gewesen. Aber dem Kind ging es gut. Alles war in Ordnung.

»Es ist nur so«, versuchte Greta es nochmals mit ernster Stimme. »Sie alle, ich habe sie alle gekannt. Es erscheint mir nicht richtig, dass ich ungestraft davongekommen bin und …«

»Von wegen«, knurrte Amalia, während ich zu einer etwas längeren Antwort ansetzte: »Du standest vor Gericht. Einem chaosmagischen zwar, aber du hast deine Strafe erhalten. Du kannst dir nicht die Schuld dafür geben, dass die Naturmagier die Todesstrafe fordern, die du ohnehin zu keinem Zeitpunkt verdient hättest.«

Greta hatte noch einen Monat in ihrer Zelle zubringen müssen. Ebenso wie Beckett, der nun selbst unter dem dunklen Berg einquartiert war.

Im Gegensatz zu ihm hatte Greta jedoch niemanden wissentlich gefoltert und gequält und so war sie schon nach einer Weile von Marek in ein größeres Zimmer außerhalb des Steinungetüms untergebracht worden. Dennoch war sie bis vor Kurzem eine Gefangene gewesen. Erst heute hatte sie die Erlaubnis bekommen, zu uns zu ziehen. Dennoch, sie würde noch für eine sehr lange Zeit Mareks Gefangene bleiben.

Amalia und ich halfen ihr gerade bei dem Umzug, der nicht so viel Anstrengung brauchte. In ihrem Zimmer hatte sie im Grunde nur Bücher, ihre Staffelei und ihre Bilder gehabt.

Plötzlich erklang da das glucksende Murmeln meiner bezaubernden Nichte. Ich grinste, als ich mich zu ihr umdrehte. Sie lag einfach in ihrer Wiege und beobachtete uns mit ernstem Blick. Ich beugte mich zu ihr hinunter und hob sie in meine Arme, woraufhin sie mir die Hand auf das Gesicht patschte.

Amalia lachte, ehe sie genauso ernst wurde wie das Baby in meinen Armen.

»Es ist beruhigend, dass sie ihre Tanten genauso liebt wie mich.« Sie seufzte traurig und fasste ihr weinrotes Haar zusammen, um es hochzustecken. »Manchmal glaube ich, sie wird mich vergessen.«

»So ein Unsinn«, meinte ich nur, während Greta gedankenversunken aus dem Fenster sah.

Das geschah manchmal mit ihr. Sie war dann an einem anderen Ort. Einem Ort, an dem sie noch immer den Schmerz ihrer Schuld ertragen musste. Es war schon merkwürdig, dass die Schuld manches Mal qualvoller sein konnte als ein selbst erlebtes Trauma. Amalia litt kaum noch unter ihrer Vergangenheit. »Maida liebt dich und wird dich vermissen, wenn du den Außendienst antrittst.«

Nach langem Ringen mit sich selbst hatte Amalia entschieden, die Gemeinschaft der Chaosmagier zu unterstützen, wie sie es schon zuvor bei den Naturmagiern getan hatte. Als Außendienstlerin. Ihr erschien es wichtig, die auf der Welt verstreuten Magier, die allein mit ihrem Schicksal fertigwerden mussten, zu retten, so wie sie gerettet worden war.

»Ich tue es ja schließlich auch für sie. Dort draußen wird es mir leichterfallen, mich nach ihrem Vater umzuhören.«

Amalia hatte nie viel von Maidas Vater erzählt, in den sie sich während einem ihrer Aufträge verliebt hatte. Er war Privatdetektiv gewesen, so viel wusste ich. Nachdem ihr gemeinsamer Job gefährlicher geworden war als zuvor angenommen, hatte Jackson sie verlassen. Nun, wo die Kleine da war, schien sie nahezu besessen von dem Gedanken, ihn zu finden.

Maida wurde unruhig in meinen Armen. Ich drückte ihr einen Kuss auf die Stirn und reichte sie ihrer Mutter, die sie daraufhin aus dem Zimmer trug, um mit ihr ein wenig spazieren zu gehen. Erst jetzt konnte ich mich Greta zuwenden, die mit den Gedanken noch immer weit fort war.

»Hey«, flüsterte ich. Sie sah mich mit diesem trübsinnigen Blick an, den ich so sehr hasste. »Alles in Ordnung?«

Sie probierte ein Lächeln. »Aber ja.« Ihre Stimme klang wieder ein wenig fröhlicher und sie kniete sich auf den Boden, um die letzten Bücherkisten auszuräumen.

»Manchmal weiß ich nicht, ob ich alle meine Geschwister habe retten können«, gestand ich leise und sah durch das große Fenster nach draußen.

»Das darfst du nicht sagen. Belaste dich nicht mit meinen Teufeln, Nell.«

»Ich bin deine Schwester«, sagte ich lächelnd. »Das ist mein Job.«

Greta grinste und griff kurz nach meiner Hand. »Und dafür liebe ich dich, kleine Schwester.«

Gerührt von ihren Worten war ich nicht vorbereitet auf den Schmerz, der mein Herz umfasste. »Hat Aidan sich gemeldet?«, fragte Greta, die meinen Stimmungsumschwung genau bemerkt hatte.

Ich schüttelte den Kopf und griff nach einem Stapel Bücher, den sie mir anreichte, um sie ins Regel zu stellen. »Seit zwei Wochen nicht mehr und ich weiß nicht, ob das jemals noch geschehen wird. Er erwähnt nie auch nur mit einem Wort, ob er zurückkommt, und seine Anrufe werden immer seltener.«

»Er hat es dir geschworen.« Gretas Zuversicht war unglaublich. Wie konnte sie ihrer Zukunft so dunkel entgegensehen, während meine in ihren Augen noch immer Hoffnung in sich trug. »Und er hat es geschafft, Lilja und Fenna hierherzubugsieren.«

»Das war vor drei Monaten, Greta«, versuchte ich das leidige Thema zu beenden.

»Es ist eine Geste. Ich hätte nicht gewusst, wie ich zwei dicke Ponys quer durch Europa transportieren sollte.«

Ich grinste und für einen kurzen Moment wurde mir wieder warm ums Herz. Verdammte Hoffnung. Ich konnte sie nicht schon wieder gewinnen lassen, weil so klar war, dass sie mich letzten Endes nur wieder enttäuschte.

Ich seufzte. »Ich werde meine Ausbildung zu Ende führen. Alles andere sollte mir erst einmal egal sein. Ich kann nicht ewig auf etwas warten, was wir nie genau definiert haben.«

Die Ausbildung, die ich schon vor über zwei Jahren hätte antreten sollen, wäre Jenna nicht gestorben und ich nicht vor Gericht gelandet, hatte mich die letzten Monate beinahe vollkommen vereinnahmt. Sie sah ein wenig anders aus, als ich es mir als Kind vorgestellt hatte, und tatsächlich war sie auch von ganz anderer Art als die der Zwillinge. Ich lernte nun von Anfang an, die Konvergenz mit einem Chaosmagier bewusst einzugehen.

Greta sah mich eine Weile lang an. Ihre wunderschönen blauen Augen waren so offen und ehrlich. Wie oft hatte ich befürchtet, diesen Blick nie wieder auf mir zu spüren. Mich nicht mehr meiner großen Schwester anvertrauen zu können.

»Vielleicht hast du recht. Ihr solltet alle euren Weg gehen. Leonard in Prag als Anwalt und du solltest mit Cornelius und Amalia ziehen, wenn du so weit bist. Das ist das, wozu ihr bestimmt seid.«

Ich hielt inne und betrachtete sie. Ihr blondes Haar, das sie früher immer streng zusammengebunden hatte, war nun mit einer einfachen Holzklammer locker hochgesteckt und fiel ihr in leicht zerzausten Strähnen um die Schultern. Sie war frei und auch wieder nicht.

»Und was ist mit dir? Was ist mit dem, was dir bestimmt wurde?«

Traurigkeit stahl sich in ihre Augen. »Mein Schicksal hat sich verzerrt und das ist meine eigene Schuld.« Sie lächelte, auch wenn ich wusste, dass sie es nur tat, um mich zu beruhigen. »Ich muss etwas finden, was sich mit meinem Leben hier vereinbaren lässt.«

Ihre Gefangenschaft hatte Marek zwar aufgehoben, dennoch war es ihr noch immer nicht erlaubt, das Dorf der Chaosmagier zu verlassen. Sie würde sich seinem Einfluss vielleicht nie mehr entziehen können.

Und mit ihm war sie auch Nathaniel de Andrade ausgeliefert. In den vergangenen sechs Monaten war er nur zweimal in das Dorf der Chaosmagier zurückgekehrt, doch zu beiden Gelegenheiten hatte er Greta aufgesucht.

Mir gefiel es ganz und gar nicht. Ich traute ihm nicht im Geringsten. Doch ihre gemeinsame Geschichte schien gerade erst zu beginnen und daran würde ich wohl nichts ändern können.

Erst recht nicht, wenn ich meine Ausbildung beendet hatte. Greta hier für längere Zeit allein auf sich gestellt zu wissen, gefiel mir nicht, aber sie würde nichts anderes zulassen. Womöglich erlaubte Marek gelegentlich einen Besuch von Tessa und Ben, die unter die Gerichtsbarkeit der Kleriker und Naturmagier gefallen, aber freigesprochen worden waren.

Weil ich nicht wusste, was ich Greta sagen sollte, nahm ich einfach wieder neue Bücher von ihr entgegen. Als ich mich vom Regal weg wieder zu ihr wandte, waren ihre Augen zur Decke gerichtet.

»Ich könnte das Haus renovieren. Wir brauchen wieder ein richtiges Zuhause, findest du nicht? Einen Ort, an den ihr zurückkehren könnt, wenn euch die Welt zu groß wird. Ich könnte Cornelius bitten, nach Baltimore zu reisen und unsere restlichen Sachen zu holen. Für jeden von euch ein Zimmer einrichten.«

Es gab nicht einmal genügend Zimmer in dem Haus, welches Marek uns schon vor der Rettung zugewiesen hatte, aber ihr Plan gefiel mir.

»Du würdest aus diesem Haus etwas Wunderschönes machen«, bestätigte ich und ihre Miene hellte sich zu diesem seltenen, wirklichen Glück auf.

Wir hatten so viel gewonnen. Wir mussten uns immer wieder daran erinnern, dass wir nicht nur Verluste durchlebt hatten. Seit dem ersten Tag auf der Insel spürte ich den Schmerz mal still, mal heftig pochend in mir. War ich seit Jennas Tod jemals vollkommen glücklich gewesen? Vermutlich nicht, aber ich spürte, dass die Zeit dazu gekommen war.

Wir hörten die schnellen Schritte auf den alten Holzdielen schon lange, bevor Cornelius ins Zimmer stürmte. Greta sprang erschrocken auf, als unser Bruder sich schwer atmend am Türrahmen abstützte.

Genau wie ich erwartete sie noch immer mit jedem Tag eine neue Katastrophe. Cornelius war vollkommen aufgelöst. Die blonden Locken klebten ihm schweißnass am Gesicht, aber womöglich kam das nur von seinen täglichen Trainingseinheiten.

»Was ist passiert?«, stieß Greta hervor und wollte schon zu ihm eilen, als er die Worte herauspresste.

»Das Archiv. Es ist zerstört. Explodiert und verbrannt.«

Greta neben mir erstarrte. »Das in Schweden? Henriks Archiv?!«, schrie ich furchtbar schrill.

Cornelius nickte nur. Unsere Blicke richteten sich auf Greta, deren Augen sich mit Tränen füllten. Ich wusste genau, was sie dachte. Auch mir bereitete diese Nachricht einen säureähnlichen Knoten im Hals. All dieses verlorene Wissen. Die unendlich vielen Bücher und Schriften und …

Sie regte sich und lief zu ihrer Handtasche auf ihrem Bett. Ihr langer Rock raschelte hörbar in der Stille. Schnell tippte sie eine Nummer ein und sah uns an, während es klingelte. »Henrik«, erklärte sie nur.

Henrik und seine Familie waren schon seit Langem für unschuldig befunden worden. Sie waren ein Teil der wenigen Chronisten, die wirklich nur das Leben einfacher Bibliothekare geführt hatten. Innerlich hoffte ich inständig, dass sich weder Henrik noch einer seiner Familienangehörigen in dem Gebäude aufgehalten hatte.

»Henrik«, seufzte Greta da schon erleichtert.

An ihrem Gesicht konnte ich sehen, dass niemand zu Schaden gekommen war. Die Anspannung in mir löste sich sofort und ich atmete wieder frei. Während Greta alle Informationen aus dem Chronisten herausfilterte, schlurfte ich auf Cornelius zu, der mich einmal beruhigend an sich drückte. Als meine Schwester auflegte, sah sie uns mit einer Mischung aus Erschütterung und Erleichterung an. Sie ließ sich auf ihr Bett sinken, das Telefon noch immer fest umklammert.

»Es geht allen gut. Es ist wohl nur ein Teil des Archivs ausgebrannt.«

Sie schien zu überlegen, wie sie das Kommende formulieren sollte, dann sah sie von ihren Händen zu uns auf. Zu mir.

»Was?«, fragte ich besorgt. »Was ist es?«

»Schon vor einigen Monaten hat Henrik einen Anruf bekommen. Er sollte die propagandafreien Werke aus dem Bereich schaffen, der Ziel des Angriff war.«

Ich griff nach dem Arm meines Bruders und bohrte ihm die Fingernägel in die Haut. Er zuckte nicht einmal zusammen. »Von wem kam der Anruf?«

Gretas Kopf huschte erst zu Cornelius, dann wieder zu mir, bevor sie antwortete. »Er kam von Aidan.«

Epilog

« WISSEN UND MACHT »

Die kalte Luft ließ meine Wangen unsanft prickeln und meinen Atem sichtbar in der Luft vor mir tanzen, während ich in einen weinroten Umhang gehüllt dastand. Nur mein Haar, das bald wieder so lang sein würde wie zu Jennas Lebzeiten, entfloh der seidenen Hülle. Der Wind spielte damit, während ich auf den kunstvoll gefertigten Grabstein der Söldnerin starrte, die ich so lange hatte hassen wollen.

Blue sah mich von der Seite an. Das tat er oft, seit ich von der Rettungsmission zurückgekehrt war, als fürchtete er, ich würde wieder verschwinden. Jason hatte sich gut um ihn gekümmert, aber die Zeit der Angst war an Blue nicht spurlos vorbeigegangen. In dem Moment, in dem wir wieder vereint gewesen waren, hatte die Heilung meines Schmerzes begonnen.

Hinter mir hörte ich das leise Schnauben der Ponys. Sie alle waren hier. Diejenigen, die mir zwei Jahre der Einsamkeit beinahe erträglich gemacht hatten. Und doch fehlte mir so viel.

Stillschweigend lauschte ich schon seit einiger Zeit den Geschichten des Windes und beobachtete die fröhlichen Naturgeister, die mich umgaben. Der Schnee zauberte alle möglichen Gebilde in die Luft.

Ich wusste nicht, warum ich immer wieder hierherkam und auf Fayes Grab starrte, aber nur hier fand ich die innere Ruhe, die mir half, mich ein wenig von dem schwierigen Ausbildungsalltag zu distanzieren … Ebenso von der Tatsache, dass Aidan einen Hort des Wissens ausgelöscht hatte und damit jegliche Hoffnung, dass er zurückkehren würde. Er schien in seinem Schmerz gefangen zu sein.

In genau drei Tagen würde ich mit Amalia und Cornelius zu meinem ersten wirklichen Außeneinsatz aufbrechen. Wir sollten ein chaosmagisches Kind ausfindig machen. Im Gegensatz zu dem, was ich bereits erlebt hatte, erschien mir dieser Initiationsritus fast schon lächerlich.

Blue riss in freudiger Hektik den Kopf in die Höhe und blickte auf eine Stelle hinter mir. Ich runzelte die Stirn. Weder Wind noch Erde hatten mich auf Gesellschaft vorbereitet. Es dauerte nicht lange, ehe ich den wild wirbelnden Magiefunken hinter mir identifiziert hatte.

»Helena.«

Ich versuchte, meine Stimme kalt klingen zu lassen. »Hast du deinen persönlichen Rachefeldzug beendet?« fragte ich und erhob mich, ließ ihm jedoch den Rücken zugewandt.

»Nein.«

Nein! Jetzt fuhr ich herum. »Aidan, was …«

All die Wut, all die Verbitterung, nichts von dem, was ich in den vergangenen Wochen … Monaten gefühlt hatte, war imstande gewesen, mich auf seinen Anblick vorzubereiten. Sein Erscheinungsbild erinnerte kaum noch an denjenigen, der mich verlassen hatte. Sein dunkelbraunes, fast schwarzes Haar war geschnitten, sein Gesicht glatt rasiert, doch ich sah die Narben auf seinen Wangen, seinem Kinn. Auf dem Gesicht, das früher so makellos gewesen war, um das ich ihn beneidet hatte. Seine sturmgrauen Augen aber verrieten mir, dass sich eine Sache nicht geändert hatte.

Ich biss mir auf die Lippe, ehe ich meine Frage neu formulierte. »Was willst du noch von mir?«

Er machte einen Schritt auf mich zu, doch vergrößerte ich die Distanz zwischen uns wieder.

»Ich weiß es nicht. Ich weiß es wirklich nicht.«

»Toll«, grummelte ich und hob hilflos die Arme. »Was soll ich damit anfangen?«

Er sah mich unverwandt an und so ehrlich. »Es hätte für uns keine Zukunft geben können, Helena. Nicht bevor ich …«

»Bevor du nicht mit de Andrade ein jahrhundertealtes Archiv in die Luft gejagt hast? Damit hast du meiner Schwester wohl auch noch den letzten intakten Teil ihres Herzens gebrochen, ist dir das klar?«

Ich übertrieb, das wusste ich. Henrik hatte uns versichert, dass nur von ihm ausgewähltes, bedenkliches Material verbrannt war, das er an einen Ort geschafft hatte. Greta hatte insgeheim sogar ein Lächeln verborgen.

»Ich habe schon mit ihr gesprochen.«

»Wie schön«, zischte ich dann und setzte mich in Bewegung, direkt an ihm vorbei. »Wie schön, dass du Zeit hattest, ihr alles zu erklären, bevor du zu mir kamst, du …«

Er griff nach meinem Arm. Sein Gesicht war meinem ganz nahe. »Ich habe ihr gesagt, dass ich es nicht ertragen konnte, dass dieses Archiv noch länger existierte«, raunte er mir eindringlich zu. »All diese Schriften voll Lügen, Unwahrheiten und Angst … Sie hatten eine so unvorstellbare Macht über die Feindschaft unserer Völker, dass ich … Ich schäme mich nicht für das, was ich getan habe.«

Ich riss mich von ihm los. »Nein, natürlich nicht. Und Greta auf ihrem Trip der Selbstbestrafung hält dich vermutlich auch noch für einen Helden, aber nachgedacht hast du trotzdem nicht. Was ist mit Cornelius? Er versucht so angestrengt, den Frieden zwischen den Völkern herzustellen. Was, glaubst du, werden die Naturmagier sagen, wenn sie herausfinden …«

»Wie sollten sie das? Sie haben keine einzige Spur. Der offizielle Bericht spricht von einem technischen Schaden und ich plane keine weiteren solcher Aktionen … zumindest nicht in nächster Zeit«, fügte er leicht lächelnd hinzu.

»Du …« Vollkommen entgeistert sah ich ihn an. »Du bist einfach nur verrückt«, schrie ich und drehte mich weg, auch wenn ich gar nicht wusste, wohin ich vor ihm fliehen wollte.

»Komm schon«, rief er mir hinterher. »Warum sagst du nicht einfach, was dich wirklich stört?«

»Was mich wirklich stört?« Ich rauschte herum und schlug ihm mit aller Kraft gegen die Brust, immer und immer wieder. »Du hast mich allein gelassen! Du hast deine irrsinnige Rache über mich gestellt! Du hast dich mit de Andrade verbündet, demjenigen, dem du am wenigsten von allen vertrauen kannst!«

Mit dem vierten Schlag ergriff er meine Handgelenke und ließ mich dann los, sobald er meine Energie gebrochen hatte. »Ich musste ihm nicht vertrauen, solange er seine Arbeit machte. Zu wem hätte ich sonst gehen sollen?«

Diese Frage enttäuschte mich mehr als alles andere. »Zu mir, verfluchter Mist!«, schrie ich ihn vor lauter Wut an. Ich spürte Fayes Schatten deutlich in meinem Rücken. »Aber du hast mir noch immer nicht verziehen, dass ich sie dir genommen habe. Dass sie wegen mir gestorben ist.«

Ich sah diese tiefe Traurigkeit in seinen Augen und es zerfetzte mir das Herz. Aber da war auch die Wut, die er mir gegenüber noch nie gut hatte kontrollieren können.

»Zu dir, ja? Eher wäre ich diesen Weg allein gegangen, als dich wieder da hineinzuziehen! Das Einzige, das mich noch auf den Beinen gehalten hat, war die Tatsache, dass du am Leben bist. Und es geht hier nicht darum, dir zu verzeihen. Faye hat die einzige Person gerettet, ohne die ich nicht hätte weitermachen können.«

Ganz langsam drangen seine Worte zu mir, ließen die Hoffnung siegen. Ich sah ihn an, bis ich nach einer quälenden Ewigkeit einen Schritt näher trat. Nur ein Hauch Luft war noch zwischen uns. Sein Blick bohrte sich entschieden in meinen und ich hielt dem stand, bis es mir reichte. Ich riss seinen Kopf zu mir herunter und küsste ihn mit aller Härte und aller Verzweiflung, die ich in den vergangenen Monaten zu spüren bekommen hatte.

Als ich mich von ihm löste, hielt ich seinen Kopf noch immer umklammert, damit er meinen Augen nicht ausweichen konnte.

»Hör mir jetzt gut zu, Aidan Gavriel, weil ich es nur einmal sagen werde. Ich schwöre bei allen möglichen Mächten, wenn du mich noch einmal hier zurücklässt, werde ich dich verfolgen und dann wirst du dir wünschen, niemals geboren worden zu sein! Ich kenne dich. Ich kenne dich gut genug, um zu wissen, dass du mich brauchst, verstanden? Der Konflikt zwischen den Völkern kann nicht rein diplomatisch gelöst werden. Du wirst für diesen Frieden kämpfen, das weiß ich, und das werde ich dich nicht ohne mich tun lassen.«

Auch nachdem ich geendet hatte, sagte er lange Zeit nichts. Er sah mich nur an. Ich hätte ihm noch so vieles vorwerfen können und ich hatte ihm bestimmt noch nicht vollkommen verziehen, aber es stimmte, was ich gesagt hatte. Er brauchte mich, ich brauchte ihn, und verdammt, ich hatte genug. Genug davon, wütend auf ihn zu sein. Für den Moment …

Langsam schob er mir die Kapuze meines Umhangs vom Kopf und strich mir über die vom Winter empfindlich gerötete Wange. Irgendwann konnte ich die Freude in mir nicht mehr zurückhalten und ich lachte vor Glück auf, ehe er mich packte und in die Höhe hob, sodass unsere Gesichter einander ganz nahe waren.

»Verstanden«, murmelte er dicht an meinem Mund und löste mit seinem Kuss ein kleines Chaos in mir aus.

Aber mit dem Chaos konnte ich mittlerweile umgehen.

Ende

Danksagung

Es ist merkwürdig, jetzt diese Worte zu schreiben, obwohl der Gedanke, *Chronika* zu veröffentlichen und in den Händen zu halten, für mich noch immer wie ein weit entfernter Traum erscheint. Auf der Reise zu dieser irgendwie unwirklichen Wirklichkeit haben mich viele wundervolle Menschen begleitet:

Laura Labas: Für mich war das Schreiben schon immer mit dir verbunden und ohne dich hätte ich keinen einzigen Schritt dieses Weges gehen können, wäre vermutlich lange vor der Hälfte einfach umgekehrt. Du bist ein großer Teil von *Chronika* und das werde ich dir nie vergessen. Seit Jahren gibst du mir mit deiner Freundschaft Sicherheit und Mut. Ich bin dir unendlich dankbar!

Marie Graßhoff: Auch du hast einen großen Anteil daran, dass ich diese Worte überhaupt erst schreiben kann. Du hattest es mit mir wirklich nicht leicht und umso dankbarer bin ich, dass du mich nicht aufgegeben hast. Du hast für *Chronika* das perfekte Cover gezaubert!

Laura Evers: Danke für dein tolles Lektorat, das wie die Faust aufs Auge zu mir passte und ganz im Sinne der Geschichte und ihrer Charaktere war. Du hast dieses Buch vor dem ein oder anderen groben Schnitzer bewahrt.

Astrid Behrendt & **Ava Reed**: In einer Zeit, in der ich nur im stillen Kämmerchen geschrieben habe, hätte ich mir das alles kaum ausmalen können. Vielen Dank für diese Chance und eure Unterstützung. Ihr macht Tag für Tag Träume wahr!

Nur einzelnen Menschen zu danken, ist unglaublich schwer. Es gab so viele, die immer an mich geglaubt und mich immer wieder aufgebaut haben, wenn die Zeiten schwerer wurden. Ich danke meiner **Familie** und meinen **Freunden,** die mich so unermüdlich gefragt haben, wann sie endlich etwas von mir kaufen und lesen können. Jetzt ist es soweit!

Ein einfaches, letztes Danke an euch alle! Ohne euch wäre Nells Geschichte nichts weiter als eine Seifenblase in meinem Kopf!